»Beten hilft nicht«, sagt der Sikh auf der Tankstelle zu der Nonne, und ich freu mich wie Bolle, grinse von Ohr zu Ohr, obwohl ich die Stelle selber übersetzt und schon fünfmal gegengelesen habe. Dabei geht mir eigentlich der Sinn für Klamauk völlig ab. Wenn alles schiefgeht, was nur schiefgehen kann, und dann noch eins draufgesetzt wird. Erst Liza Cody hat mir beigebracht, ihre bitter-süßen Slapstick-Einlagen zu genießen. Auch deshalb, weil sie sich über ihre zugespitzten Figuren nicht erhebt. Sie nie verrät, sondern nur losschickt und nach Strich und Faden an der Wirklichkeit scheitern lässt, auf eine Art, dass ich mich darin wiederfinde. Ein liebevoller Zerrspiegel meiner peinlichen Niederlagen und meiner Alibis.

Teil des Zaubers ist für mich, dass Cody in dieser immer wieder überraschenden Achterbahnfahrt so viel Realität unterbringt – die Sorte grimmige Realität, die uns zwischen Zorn und Verzweiflung taumeln lässt, weil das Reale grausam, schreckensreich und vollkommen irrwitzig ist. Hier genial transformiert: Der Irrwitz ist hintergründig, schlagfertig und bemerkenswert. Wortspiele, Bilder, Sätze und Erkenntnisse, die mir über Wochen und Monate durch den Kopf rumoren und immer wieder ein Aha, eine Idee bescheren, oft auch ein Schmunzeln. Das ist Munition für den Alltag. Und ich ahne, dass genau das der Sinn des Blödelns ist: Wenn die Wirklichkeit schon nicht zuversichtlich stimmt, wird bei Liza Cody immerhin ehrliches Hinschauen belohnt – mit Spannung, kleinen Späßen, großen Einsichten und viel Galgenhumor.

Der Witz umarmt die Wirklichkeit, schrieb Karl Kraus. Willkommen also in Lady Bags neuer Odyssee, in der Charme auf Chancenlosigkeit prallt, Glitzern auf Gier, Demut auf Dünkel und Revolution auf Reihenhauswelt.

»Ich mag dich lieber, wenn du dir was vormachst«, wisperte der Lord der Lügen. »Leute, die sich selbst belügen, kann man so viel leichter dazu bringen, dass sie alle anlügen. Los, trink aus.«

Else Laudan

Liza Cody

KROKODILE UND EDLE ZIELE

Deutsch von Else Laudan

Ariadne 1227
Argument Verlag

Kapitel 1

Zu Gast bei Ihrer Majestät

Eins lässt sich zugunsten von Knast sagen: Wenn du drin bist, muss der Gesundheitsdienst dich behandeln. Draußen können sich Ärzte und Zahnärzte ihre Patienten aussuchen, und wenn du auf der Straße lebst, suchen sie sich in neunundneunzig von hundert Fällen nicht dich aus.

Nur eins von vielem, was sich gegen Knast sagen lässt: Die zahnärztliche Versorgung ist barbarisch.

Sie warteten, bis ich zwölf Kilo verloren hatte, weil ich nicht kauen konnte, bevor sie den Zahnarzt holten, der mir sämtliche kaputten Zähne raushackte. Dann zog er mir gleich noch eine Ladung von den anderen, wegen jahrelanger Vernachlässigung. Es hat was Unlogisches, einer Person, die nicht kauen kann, die Zähne zu entfernen. Aber auf meine Art von Logik hört im Knast niemand. Er meinte, auf lange Sicht würde ich ihm dankbar sein. War ich nicht.

Man gab mir einen Satz falsche Beißer, und wie meine Schuhe saßen sie nicht richtig. Die Wärterin der Krankenstation sagte, mein Maul wär genauso groß wie meine Füße, und ich könnte von Glück sagen, dass mir überhaupt welche passten.

Also sind meine Zähne, wie meine Schuhe, jetzt Dinge, die man mir klauen kann, wenn ich nicht aufpasse. Zum Glück sind sie aus Plastik, und ich hab sie im Mund gehabt, also gibt es wohl nicht so viele Diebe, die scharf auf sie sind.

*

»Ange«, sagte Kerrilla Cropper, »halt einfach mal die Klappe. Du denkst dich noch zu Tode. Paar Leute hier im Trakt finden schon, du hast 'n Rad ab und sehnst dich nach 'ner Tracht Prügel. Ich kann ihnen da nicht guten Gewissens widersprechen.«

Es gibt in jedem Gefängnistrakt eine Knallhartentruppe. Dass sie Frauen sind, heißt noch lange nicht, dass sie keinen Nutzen daraus ziehen, bösartiger als alle anderen zu sein.

»Lass dich ruhig mit dem Teufel ein«, sagte ich, »wenn du glaubst, das macht dein Leben einfacher.«

»Und das ist auch so 'ne Nummer …« Kerrilla ist es gar nicht geheuer, wenn ich vom Teufel anfange, dabei geht sie sonntags in die Kapelle. Aber sie muss genau wie ich jeden verdammten Tag diese versifften Klos putzen, während Satans Vasallen die gemütlichen Jobs wie Bücherei, Wäscherei und Lazarett kriegen.

Sie ist ein großes, ein wirklich großes Mädchen, aber sie kann weder lesen noch schreiben. Ich helfe ihr beim Formulare-Ausfüllen, deshalb toleriert sie mich. Aber sie will nicht mit mir in eine Zelle. Sie meint, ich grummele nachts vor mich hin und rede den ganzen Tag verrücktes Zeugs.

Ansonsten nehme ich meine Medikamente und mache absolut keinen Ärger, selbst wenn mir die Mitglieder der Knallhartentruppe in die Suppe spucken und anschließend auch noch den Nerv haben, mich zu fragen, ob ich ihnen die Anträge für die Hafturlaubskommission schreibe. Das Ganze nennt sich Gemeinschaftsleben. Ich komm damit klar, weil's keine andere Möglichkeit gibt.

»Meine Ma hat 'ne Besuchserlaubnis«, berichtete Kerrilla und rührte mit einer braun gefleckten Bürste Bleiche in einer Schüssel an. »Sie bringt meinen Connor mit. Ich kann's gar nicht erwarten.« Sie sah bange aus. Sie hatte ihren Sohn seit sechs Monaten nicht gesehen.

»Ob er mich noch erkennt?«, fragte sie.

Nein, wird er nicht, dachte ich, denn das ist eine alltägliche

Knasttragödie. Laut sagte ich: »Er wird deine Liebe erkennen. Er ist noch zu klein, um sich dem Teufel zu verschreiben.«

»Ach, halt doch deine verdammte Fresse«, brüllte sie und spritzte mit Bleiche nach mir.

Egal wie viel Bleiche wir nehmen, gegen den Dreck kommen wir nicht an. Die Sprünge im Porzellan, die Risse im Mörtel und die Ritzen im Boden sind gefüllt mit dem Blut von Tausenden verlorener Seelen.

*

Später am Abend, nach dem Tee und vor der Einschließung, fand ich Kerrilla im Fernsehraum, wo sie Trickfilme guckte und leise vor sich hin weinte.

»Ach, Ange«, sie zog Rotze hoch und rieb sich die Augen mit den schon ganz schwarz geheulten Ärmeln. »Es ist so mühsam für Ma, Connor den ganzen Weg hierherzubringen. Sie sagt, er wollte nicht mit, und sie konnte ihn nicht zwingen. Ich hatte mich so auf ihn gefreut. Aber Ma hat gesagt, daran hätte ich mal denken sollen, bevor ich Scheiße baue. Am Ende haben wir uns angebrüllt.«

»Wollen und Wünschen bringt immer Enttäuschung«, sagte ich, weil's wahr ist.

»Und du nennst dich Freundin?«, brüllte sie und stürmte schluchzend davon.

»Eigentlich nicht, nein«, sagte ich hinter ihr her. »Ich bin hier und du bist hier. Wir sind öfter mal gleichzeitig am selben Ort, aber das ist noch keine Freundschaft.«

Ich habe nur eine einzige echte Freundin. Sie ist kein Mensch, darum weiß ich, dass ich mich vollkommen auf sie verlassen kann, durch dick und dünn, bis zum Tod. Sie heißt Elektra. Pierre hat mir ein Foto von ihr geschickt, weil er dachte, damit könnte sich meine Knastzelle ›heimeliger‹ anfühlen. Er ist ein wohlmeinender Idiot, der noch nie im Kittchen saß. Ein hochrangiges Mitglied der Knallhartentruppe kriegte es in ihre schmierigen Finger und sagte: »Dein Hund sieht mehr nach Hundefutter als nach Hund aus. Ich wette, dein Kumpel lässt ihn verhungern.«

Ich hab ihr eine Gabel ins Gesicht gerammt. Viel Schaden hat das nicht angerichtet, weil's eine Plastikgabel war, aber sie hat ein solches Geheul losgelassen, dass die Wachteln angerannt kamen und mich in Einzelhaft steckten. Das ging in Ordnung. Ich mag Einzelhaft. Und es hat meinem Ruf genützt. Ich galt nicht mehr als vollgedröhnter Zombie. Ich galt als unberechenbarer Zombie und gab nicht so ein gutes Mobbingopfer ab. Ich hatte ein Talent für Gewalt bewiesen – diese Sprache verstehen Satans Handlanger.

Aber das Foto bin ich lieber losgeworden. Hier drin ist es besser, nicht mal ein Bild von etwas Wertvollem zu haben, denn auch Bilder kann man stehlen oder besudeln.

Am nächsten Morgen nach Bohnen auf so durchgeweichtem Toast, dass ich ihn kauen konnte, kamen Kerrilla und ich wieder bei Bleiche und Bürste zusammen. Sie sagte: »Dein Entlassungstermin ist bald, Ange. Geh hin und sieh für mich nach dem Rechten. Der Freund von meiner Ma mag keine schwarzen Babys, und ich fürchte, er kriegt sie dazu, meinen Connor beim Sozialamt abzuladen.«

»Deine eigene Ma?« Aber eigentlich wunderte mich das nicht – Mütter sind nicht immer auf dein Wohlergehen bedacht. Jedermann bildet sich das ein, aber sie sind menschlich, und die Würmer des Teufels bohren auch an ihren Äpfeln.

»Sie würde für dieses versiffte Stück Scheiße alles tun«, sagte sie wie zur Bestätigung meiner schlimmsten Befürchtungen in Bezug auf Frauen und Liebe. Sie fuhr fort: »Die schicken dich doch bald zurück nach London. Was kann ich schon tun, solange ich hier in Birmingham sitze?«

»Was ist mit seinem Vater?«

»Der würde Connor nur bei *seiner* Ma abladen. Die hat wahrscheinlich 'n Freund, der keine weißen Babys mag. Außerdem sind die doch alle in Gangs.«

»Vielleicht wäre er ja besser dran, wenn …«

»Sag's nicht, Ange«, kreischte Kerrilla. »Lass es sein. Ein Baby braucht seine Familie.« Wohlgemerkt, sie meint dieselbe Familie, die aus ihr eine missbrauchte Analphabetin gemacht hat, so nichtsahnend und verkorkst, dass sie mit dem erstbesten Kerl durchgebrannt ist, der zu stoned war, um sich um ihr Aussehen zu scheren. Die Knallhartentruppe hier im Trakt nennt sie Gorillakacke und hält das für geistreich.

Auf einmal riss sie sich das Hemd vom Leib und stopfte es mit der Bürste in die Kloschüssel. In der nächsten Kabine kam die Jogginghose dran. Dann ihre Unterwäsche, dann ihre Schuhe, dann die Wischmoppköpfe und Putzlappen. Sie rannte hin und her, frierend und wabbelig, und zog ab, zog ab, zog ab, bis der gesamte Fußboden unter Wasser stand.

»Zieh es durch, Kerri«, murmelte ich und stand daneben und sah zu. Sie machte ihrem Hass auf sich selbst und ihre Lage Luft. Besser raus damit als drinbehalten, sag ich, auch wenn man diesen einen glorreichen Anfall von Raserei und Unabhängigkeit bestrafen würde, indem man sie noch ohnmächtiger machte. Natürlich schleppten drei Wachteln sie weg und warfen sie in Einzelhaft.

»Wieso hast du das nicht verhindert?«, fragte PO Brownlee und starrte auf die verstopften Klos.

»Der Teufel hat seine Krallen in sie geschlagen«, sagte ich. »Umstände, die sich meiner Kontrolle entziehen …«

»Ach verfickter Scheißdreck, wieso frag ich überhaupt? Sieh zu, dass du diesen Schlamassel wegputzt.«

Nach dem Mittagessen schickten sie mich ins Lazarett, und ich stand in der Schlange für die Pillen an, die mir Freud und Leid des Lebens ersparen. Falls der Sinn des Lebens in Fortpflanzung, Lachen und Schmerzen besteht, dann ist mein Leben sinnlos, noch viel sinnloser als das von Kerri.

Als ich drankam, schaute der Doc in meine Akte und sagte: »Wir sollten jetzt mal anfangen zu kürzen.«

Ich stemmte meine Fäuste auf den Schreibtisch und sagte: »Fangen Sie mit meinen Füßen an. Kürzen Sie die, dann wird es leichter, passende Schuhe zu kriegen. Hacken Sie ein bisschen was an den Fersen weg und was von den Zehen. Das wird erst mal blutig, aber dafür bin ich dann mehr wie Aschenputtel. Es ist nämlich nicht meine Schuld – meine Mutter hat mir bei der Geburt nicht die Füße gebunden. Natürlich hat sie dann andere Methoden gefunden, mir Fesseln anzulegen, damit ich nicht weglaufen konnte, als mir mein charmanter Fürst der Finsternis begegnet ist. Ich konnte nur mit ihm tanzen. Bis zum bösen Ende.«

»Ach, verdammt und zugenäht«, sagte der Doc und gab mir die volle Dosis. Er ist neu, aber er wird schon noch dazulernen.

Drei Tage danach überstellten sie mich zurück nach London. Kerrilla war immer noch in Einzelhaft, also hatte ich keine Möglichkeit, mich zu verabschieden, und sie konnte mir nicht sagen, wo ihre Mutter wohnte. Ich war vom Haken. Wer außer einem erbärmlichen weltfremden Würstchen wie ihr würde denn auch eine Katastrophe wie mich um Hilfe bei familiären Problemen bitten? Ich würd ja glatt lachen, nur könnten mir dabei die Zähne rausfallen.

*

Zurück im Gefängnis Ihrer Majestät Holloway in London kam mich meine Anwältin Ms. Kaylee Yost besuchen. Sie sagte: »Wir können mit einem Entlassungstermin irgendwann im Laufe der nächsten Woche rechnen, mit ein bisschen Glück und sofern Sie Ärger aus dem Weg gehen. Ich werde wohl irgendwelche

Bewährungsauflagen verhandeln müssen, aber im Grunde ist Ihre Zeit um. Wie fühlen Sie sich damit?«

Wegen der Pillen fühlte ich praktisch gar nichts, aber ich wusste, dass Elektra auf mich wartete. Wenn ich sie erst sah und mir ein Schlückchen Rotwein genehmigte, würde ich mich schon viel normaler fühlen.

Als könnte sie meine Gedanken hören, sagte Ms. Yost: »Natürlich müssen Sie als Erstes mit Ihrem AA-Sponsor und einem Bewährungshelfer sprechen. Sie sind ja jetzt vom Alkohol weg und werden feststellen, dass Ihr Leben wesentlich sicherer und gesünder ist, wenn Sie dabei bleiben.« Sie sah so zufrieden mit mir aus und so hoffnungsvoll, dass ich es nicht übers Herz brachte, ihr zu sagen, was ich dachte: Pustekuchen. Was soll denn Freiheit nützen, wenn man nicht mal nach den eigenen Regeln verkacken darf?

»Kommt Pierre mich abholen?«

Ms. Yost glaubte noch immer, er sei mein AA-Sponsor. Für eine Anwältin war sie ganz schön leichtgläubig. Andererseits war sie ja bloß eine Babyanwältin, und ich war ihre erste Klientin gewesen, also fand ich, ich sollte ein bisschen sachte mit ihr umgehen und ihr nicht gleich alle Illusionen auf einmal kaputtmachen.

»So ein liebenswürdiger Mann. Er sagt, er wartet draußen.«

»Mit Elektra?«

»Und Ihrer Schwester.«

»Ach du je«, sagte ich.

Die Person, die Ms. Yost als meine Schwester bezeichnet, ist niemandes Schwester und auch nicht mit mir verwandt. Er bildet sich ein, ein Mädchen zu sein, muss sich aber immer mal wieder rasieren. Das ist noch so ein Geheimnis, das ich meiner Anwältin vorenthalte, weil sie eine eher geradlinige Frau und leicht zu verwirren ist. Wenn sie als Gerichtsbevollmächtigte wüsste, dass man mich in die Obhut eines Travestiekünstlers, eines Transsexuellen und einer Hündin entlässt, die von den dreien vermutlich die vernünftigste ist, hätte sie womöglich Bedenken, sich dermaßen hilfsbereit zu zeigen. Und dermaßen hoffnungsvoll.

*

Zum Aufschluss, der Stunde der Geselligkeit, war ich zurück. Ich ging in meine Zelle. Ich bin nicht gut in gesellig, und ich wollte Ms. Yosts Mitbringsel, einen weißen Schokoriegel, verputzen, ohne gestört zu werden oder teilen zu müssen. Gerade hatte ich das Einwickelpapier entfernt, da spürte ich eine Anwesenheit an meiner Tür. Ich blickte auf und sah, dass sich dort ein kleines rotblondes Wiesel herumdrückte.

»Was?«

»Schrei mich nicht an.« Sie schlüpfte herein und stellte sich mit dem Rücken dicht an die Wand, als hätte man ihr zu oft in den Hintern getreten. »Ich bin gerade von Birmingham überstellt worden, und Kerrilla Cropper wollte, dass ich dich aufsuche.«

»Wer?«

»Na, Gorillakacke – jetzt tu nicht so, als hättest du sie vergessen. Ich war mit ihr im Strafverschärfungstrakt, und als sie da rauskam, hat sie mir ihre halbe Tabakration gegeben, damit ich verspreche, mit dir zu reden, obwohl du 'ne haltlose Irre bist und in einem Pappkarton lebst.«

Eine halbe Tabakration ist sehr, sehr teuer für eine, die dermaßen Kette raucht wie Kerri.

Ich sagte: »Und?«

»Und ich hab den Namen und die Adresse von ihrer Ma aufgeschrieben, und du musst da hingehen, wie du's versprochen hast.«

»Hab ich nicht!«

»Hier, nimm schon«, sie drückte mir die schmuddelige abgerissene Ecke eines Umschlags in die Hand, »und hör auf rumzubrüllen.«

Kapitel 2

Was man so Freilassung nennt

Schließlich kam der Zeitpunkt, wo mir der Doc Pillen für ein paar Tage aushändigte und der Vizedirektionssekretär die dreiundsiebzig Piepen, die ich mit Toilettenschrubben verdient hatte, und sie mich wieder da rausschickten und für den öffentlichen Verzehr freigaben.

Ich war so grau und nüchtern wie der Morgen, und ich musste an das letzte Mal denken, wo ich diese Tür hinter mir hatte zuschlagen hören. Das war vor Jahren gewesen, da hatte ich keine Freunde oder Verwandten gehabt, keinen Job und nichts als die Adresse eines Hostels in Southwark. Damals glaubte ich noch, ich könnte mir den Weg zurück in ein anständiges, geachtetes Leben erkämpfen. Jetzt weiß ich, dass ich das nicht kann, und das nimmt ein bisschen was von dem Druck weg.

Aber wie um mir die Behaglichkeit von niedrigen bis gar keinen Erwartungen zu verweigern, war die erste Person, die ich sah, als ich auf die Straße trat, Ms. Kaylee Yost mit einem Plastikordner voller Instruktionen und hilfreicher Vorschläge, wie ich mich am schnellsten zu einer nüchternen braven Bürgerin umschulen könnte. Für eine Person, die so darauf brannte wie ich, die Freiheit mit einer Pulle Rotwein zu feiern, ließ sich das nur als kompletter Reinfall bezeichnen.

Dann sah ich Elektra auf mich zutrotten, ihr Fell wunderschön gezeichnet wie das einer Tigerkatze, ihre Ohren gespitzt und ihr Schwanz freudig wedelnd: »Hallo, da bist du ja, wie geht's dir, wo warst du?« Natürlich sagte sie das nicht laut – ich

13

brauche mehr als ein Glas Roten, bevor sie mich ihre Stimme hören lässt –, aber ihre Topasaugen leuchteten und hießen mich willkommen. Ich ließ meine Tragetasche fallen und breitete die Arme aus.

Es gibt ein Leben nach dem Knast, und hier war sie, die Vorderpfoten auf meinen Schultern, den schlanken Kopf unter mein Kinn gedrückt.

Dann sah ich meine ›Schwester‹, meine Mister-Schwester, die klicketi-klack mit Pfennigabsätzen auf mich zustöckelte, in grasgrünen Strumpfhosen und einem scharlachroten Kunstpelzmantel. »Hätte mir ja denken können, dass ich neben einem Hund nur die zweite Geige spiele«, raunte er gerührt.

»Na ja, sie ist immerhin ein Greyhound«, sagte ich, bevor er mich in parfümierte Kunstpelzarme zog. Ich muss sagen, ich ziehe Hundefell und Hundeduft vor, aber wenn Schmister Zuschauer hat, kann er einem großen Mädchenauftritt einfach nicht widerstehen.

»Ich hab dich sooo vermisst, aber Pierre und Cherry haben für mich gesorgt, und ich für Elektra. Ich hab ihr einen Kaschmirmantel gegen die Kälte gestrickt, nur hat Pierre nicht erlaubt, dass ich ihn ihr heute anziehe. Er meinte, du würdest mich umbringen.«

»Sie sieht damit aus wie die Brautjungfer bei einer superschwulen Hochzeit«, verkündete Pierre, der gleich dahinter kam.

»Sie sieht traumhaft aus«, protestierte Schmister.

»Ich schwör dir, wenn Hunde rot werden könnten …«

Ich sagte: »Wer ist Cherry?«

»Wollen wir uns nicht ein Café suchen?«, warf Ms. Yost ein. »Auf ein Heißgetränk zur Feier des Tages.«

»Wir wär's mit einem Pub?«, fragte ich.

Ms. Yost warf Pierre einen warnenden Blick zu. Er nahm sich zusammen und sagte: »Aber, Angela, du weißt doch, dass dergleichen nicht in Frage kommt, solange ich auf dich achtgebe.«

Schwülstigkeit passte überhaupt nicht zu ihm, aber immerhin musste Schmister kichern.

Ich knirschte mit den Zähnen. Das hier hatte mit Freiheit nichts zu tun. Das war soziale Kontrolle. Da hätte ich genauso gut im Kittchen bleiben können.

Ich sagte: »Na ja, ich muss eh erst mal nach Shoreditch, um was für eine Freundin zu erledigen, also hab ich gar keine Zeit zum Feiern.«

»Was für 'ne Freundin?«, sagte Schmister. »Du hast keine Freunde.«

»Unglück schmiedet starke Bande«, sagte ich. Schmister schien vergessen zu haben, dass er und ich Freunde waren. Und Pierre war nicht der Einzige, der schwülstig daherreden konnte.

»Kommt schon, Mädels«, sagte Pierre, »zankt euch nicht. Ihr habt euch monatelang nicht gesehen. Machen wir's doch, wie Kaylee vorgeschlagen hat. Gönnen wir uns ein Tässchen Koffein. Sie hat bestimmt nicht den ganzen Tag Zeit.«

Also verbrachten wir eine unbehagliche halbe Stunde damit, so zu tun, als wäre Schmister ein Mädchen, Pierre mein AA-Sponsor und ich nicht voll auf dem Alk-Jieper.

Kaylee Yost sagte: »Sie sehen so viel gesünder aus.« Womit sie trocken meinte.

Pierre sagte: »Das Weiß deiner Augen ist tatsächlich mal weiß, weißte.«

»Mir gefallen die Zähne«, sagte Schmister.

Am liebsten hätte ich sie rausgeholt und nach ihm geworfen.

Elektra sagte nichts, die Gute. Sie lehnte sich gegen meinen Stuhl und legte ihren Kopf auf mein Knie, und ich fütterte sie unterm Tisch mit Häppchen von meinem klebrigen Gebäckstück.

Im Knast muss ich nicht so tun, als wäre ich gesellig. Niemand erwartet von mir, dass ich Wertschätzung oder Dankbarkeit zeige für etwas, worum ich gar nicht gebeten hab. Aber ich murmelte mein Dankeschön an Ms. Yost dafür, dass sie mir einen Bewährungshelfer in der trostlosen Ödnis des nord-nordwestlichen Finchley besorgt hatte, denn das lag in relativer Nähe zum gegenwärtigen Wohnsitz von Pierre, der ja angeblich auf mich aufpasste. Und wie ich hinzufügen darf, so weit wie nur irgend möglich entfernt vom West End, meinem bevorzugten Ort der Nichtansässigkeit.

Der Teufel schnappt sich gern wohlmeinende Trottel wie Kaylee Yost und schiebt sie mir unter wie einen Stein in meinem Schuh. So stellt er sicher, dass ich meine Freiheit nicht genießen kann und dass ihr, dem armen Lämmchen, unter meinem schwieligen zynischen Fuß sämtliche Ideale zermanscht werden. Zwei Fliegen mit einer Klappe. Was für ein cleverer Scheißer er doch ist. All die kleinen Schritte auf dem mühevollen Weg hierher, in dieses Café, wo ich mit diesen drei nicht zueinanderpassenden Leutchen hocke, waren zunächst sein Werk. Ich landete im Bau, weil ich ihm zu Willen gewesen war. Der einzige Akt unbefleckten freien Willens meinerseits war, dass ich mir Elektra ausgesucht habe. Sie ist nämlich die eine wahrhaft Unschuldige in meiner Geschichte.

Kaylee ging dann irgendwann, aber nicht, ehe sie mich gezwungen hatte, ihr Telefon zu benutzen und bei einem Bewährungshelfer namens Howard Piper einen Termin zu vereinbaren. Sie war wild entschlossen, mich auf den schmalen schnurgeraden Pfad zurückzuführen – den sie tagtäglich beschreitet und für so leicht gangbar hält.

Pierre sagte: »Enttäusch sie nicht. Sie hat sich die ganze Zeit für dich ins Zeug gelegt.«

»Aber sie ist dermaßen langweilig«, beschwerte sich Schmister. »Dieser Hosenanzug ist hundert Prozent Polyester.«

»Wieso verpasst du ihr nicht eine von deinen Schönheits-kuren?«, schlug ich vor.

»Sie ahnt ja nicht mal, dass sie eine braucht. Wo wir gerade

dabei sind – wie gefallen dir die hier?« Er öffnete den Reißverschluss seines Mantels und entblößte einen engen Pulli, der
einen schwellenden Busen zur Schau stellte, der absolut echt
aussah.

»Oh, du hast dich doch nicht …«, rief ich.

»Operieren lassen? Nein, Dummchen. Ich bin bei dem tolls-
ten Endokrinologen aller Zeiten in Behandlung. Er ist das
reinste Genie in Sachen Hormone. Pierre ist schon dermaßen
eifersüchtig.«

Pierre seufzte schwach. »Du kapierst es einfach nicht, was?
Ich bin ein Kerl. Ich will gar keine Titten, außer an Cherry. Ich
bin ein Illusionist. Das ist was anderes, weißte.« Er war eigentlich Automechaniker, kahl wie ein Straußenei mit Armen wie
knotige Eichenstämme, aber trotzdem die mit Abstand beliebt-
teste Diana Ross in der ganzen Nordlondoner Travestieszene.
Es hatte was Tröstliches, dass er und Schmister einander nicht
immer verstanden, denn mir waren sie beide ein totales Rätsel.

»Warum bin ich immer noch hier und höre mir euren Stuss
an, obwohl ich zur Abwechslung mal tun kann, was ich will?«
Ich stand auf.

»Nu warte mal«, sagte Pierre. »Ich hab für dich die Bullen
beschwindelt. Weiß der Geier wieso, vielleicht weil ich es nicht
aushalte, eine erwachsene Transe flennen zu sehen. Jedenfalls
gondelst du jetzt nicht davon und gibst dir die Kante, wo du
die erste Nacht aus dem Knast bist. Cherry würde sich Sorgen
machen.«

»Pierre und ich haben für dich und Elektra die alte Ambulanz-
Minna klargemacht«, sagte Schmister. »Sie steht bei Cherry
hinterm Haus, und das ist der Wohnort, den du brauchst. Du
kannst nämlich jetzt nicht mehr ohne festen Wohnsitz sein.«

»Wer ist Cherry?«, fragte ich erneut.

*

17

Die Minna sah aus wie die Kemenate einer hübschen Prinzessin, nur dass es keine Prinzessin gab und nichts zum Sitzen außer dem Kajütenbett. Es lag sogar ein niedlicher rosa Plüschhase auf dem Kopfkissen, falls ich mich mal einsam fühlte und was zum Kuscheln brauchte. Ich spürte, wie mir der Magensaft hinten in der Gurgel hochkam. Mir kamen auch noch andere Säfte hoch, hinten in den Augen; vielleicht lag Schmister auf seine schauderhafte Art ja wirklich was an mir.

Elektra trank Wasser aus einer rosa Schüssel mit ihrem Namenszug drauf und streckte sich dann in einem eigenen weichen Bettchen aus. Sie wirkte äußerst zufrieden. Die Minna roch nach Reinigungsmittel mit Zitronenduft, Lufterfrischer und nach der chemischen Toilette. Es erinnerte mich ans Kittchen und ans Lokusputzen. Ich wollte eigentlich die Luft von London riechen, Verkehrsstau, Budenpommes, freie Menschen und Hunde.

Ich legte mich auf das untere Kajütenbett und hieß Elektra zu mir kommen und sich neben mich legen. Dann steckte ich meine Nase in ihre Halsgrube und schlief ein. Das zumindest war eine Freiheit, die ich mir jetzt gönnen konnte – schlafen beim Summen des wirklichen Lebens, ohne das ständige Knallen zuschlagender Türen.

Ich träumte einen einsamen Traum von einem Kreidepfad, der sich meilenweit über wellige Hügel erstreckte. Elektra rannte voraus, bis sie nur noch ein Punkt am leeren Horizont war. Das war alles, aber es schien sich ewig hinzuziehen.

Am Abend nahm ich am Essen bei Cherry teil. Sie hatte ein fades Chili gekocht, das wir auf amerikanische Art mit Crackern statt mit Reis aßen. Danach gab es Brownies und plörrigen Kaffee.

Sie sprach gurrend mit Pierre, neckisch mit Schmister und tätschelte Elektra, zu mir war sie höflich-kühl. Tragischerweise gab es keinen Wein zum Essen, noch nicht mal ein dünnes Bier, und als ich mich kurz entschuldigte, um aufs Klo zu gehen, fand ich nichts Berauschendes im Arzneischränkchen und auch keine interessanten Flaschen im Kühlschrank oder in den Küchenschränken. Cherrys Bude war so trocken wie ein Dinosaurierknochen.

Doch ich besaß ja ein Heilmittel. »Ich geh mal in den Pub«, sagte ich, als ich von meiner Hausdurchsuchung zurückkam. Ich tastete in meiner Tasche nach den dreiundsiebzig Pfund, die ich im Bau verdient hatte. Sie waren weg. Vollständig.

Ich stieß ein Gebrüll aus.

Pierre, Schmister und Cherry saßen da wie versteinert. Sie sahen schockiert aus, aber nicht überrascht. Elektra drückte sich platt unter den Couchtisch.

Mein glühender, wutentbrannter Blick heftete sich auf Langfinger Schmister.

»Guck mich nicht so an«, sagte er. »Das war nicht meine Idee.«

»Rück's raus.« Ich baute mich zornbebend vor ihm auf. »Hast du auch nur den leisesten Schimmer, was ich dafür tun musste? Häh?«

»Hören Sie auf zu schreien.« Cherry sprang auf. »Pierre und ich, wir haben Ihnen zuliebe gelogen. Also lassen Sie es jetzt nicht an uns aus. Und bitte brüllen Sie nicht in meinem Wohnzimmer. Sie machen Elektra Angst.«

Pierre wirkte so unbeschwert wie Buddha persönlich. Er sagte: »Hast du deine Medizin genommen?«

»Ja!«, brüllte ich. Hatte ich natürlich nicht. Ich hatte mir vorgestellt, ich könnte das Essen und die Gesellschaft über mich ergehen lassen und mich dann im nächsten Pub belohnen gehen. Nach ein paar Krüglein vom Roten würde alles in Ordnung sein. Ich würde den chemischen Nebel nicht mehr brauchen. Elektra würde wieder mit mir sprechen, und ich würde frei sein.

»Du hast sie nicht genommen, stimmt's?« Er sah mir direkt in die Augen.

»Volltreffer«, bemerkte Schmister.

Ich strebte zur Tür. »Ein tolles Nachhausekommen ist das!« Ich wäre in meinem rechtschaffenen Zorn geradewegs hinausgestürmt, nur dass Elektra irgendwie nicht mit mir mitstürmte. Sie blieb unterm Couchtisch und machte ein sorgenvolles Gesicht.

»Nachhausekommen?«, höhnte Schmister. »Du hättest doch gar kein Zuhause, wenn ich nicht die Minna gestiftet hätte.«

»Wozu brauchtest du den Krankenwagen überhaupt noch?«, fragte ihn Cherry. »Du wohnst doch schon in meinem Gästezimmer, seit die da … weg ist.«

Pierre gähnte und sagte: »Los, geh deine Pillen nehmen, Momster. Komm runter. Gönn dir 'ne Mütze Schlaf.«

Meine außerkörperliche Erfahrung:

Plötzlich hing ich unter der Zimmerdecke in der Ecke überm Fernseher. Kopfüber wie eine Fledermaus. Und starrte auf Schmister, Cherry, Pierre und Elektra, als wären sie die vier Gesichter der Frau an sich. Schmister alias Little Missy, ein Knabe, der entgegen aller Vernunft davon ausging, ein Mädchen zu sein, und viel mädchenhafter wirkte als Cherry – die richtige Frau. Pierre, der die weibliche Kunst der Illusion nutzte, um alle zu überzeugen, er sei eine Diva, und gleichzeitig alle Privilegien des echten Mannes für sich beanspruchte. Cherry, eine so waschechte Frau, dass sie diese Übergriffe auf ihr Territorium anscheinend nicht als Bedrohung empfand. Elektra, die treue, die zuverlässige, Inbegriff weiblicher Tugenden. Und ich? Tja, ich war gar nicht da. Ich war die große Unsichtbare in diesem Gemälde. Mit meinen großen Füßen und Plastikzähnen, meinem Narbengesicht und meinem katastrophalen Mangel an Sprit – zählte ich da überhaupt noch als Frau?

Schmister half mir auf die Beine. Elektra winselte und leckte mir die Hand. Pierre sagte: »Also weißte, du kannst doch nicht plötzlich aufhören, die Medikamente zu nehmen, die du seit Monaten einwirfst. Morgen, nachdem du beim Bewährungshelfer warst, bring ich dich zu Cherrys Hausarzt, da besorgen wir dir ein Rezept und einen vernünftigen Ausschleichplan.«

»Man könnte ihn glatt für 'n richtigen AA-Sponsor halten«, murmelte Schmister, als er und Pierre mir zur Hintertür halfen.

Cherry hielt Elektra am Halsband fest.

Ich lag allein auf dem Kajütenbett in der Minna und fühlte mich verlassener als jemals im Knast.

Kapitel 3

Freunde sind Feinde

Howard Piper war einer von diesen Pseudobewährungs-helfern im schwarzen Geh-mit-den-Kids-Kapuzenpulli. Er schaute kaum von seinen Akten auf – eine Frau in meinem Alter nahm er gar nicht erst wahr. Das war so ein Moment, wo es sich als Segen erwies, die Unsichtbare zu sein. Er würde mir zwar keinerlei Hilfe anbieten, aber er würde mir auch keinen Kummer machen.

Der Arzt war anders. Er wollte zeigen, wie freundlich und einfühlsam er sich Randständigen gegenüber verhalten konnte. Er verließ sich auf Pierres Wort, ohne Fragen zu stellen, und überreichte ihm, nicht mir, die erbetenen Rezepte. Über meinen Kopf hinweg unterhielt er sich mit Pierre über Arznei-mittelabhängigkeit und die Wirkung von Medikamenten auf Alkoholismus. Ab und an bezog er mich ein, indem er mir ein wohlwollend herablassendes Lächeln zuwarf. Ich spielte das Spiel mit, indem ich stur schwieg, mich weit weg dachte und Elektras Ohren kraulte.

Anschließend stampfte ich erbost raus, ohne Danke oder Auf Wiedersehen zu sagen. Pierre holte mich ein und zwang mich in der Apotheke zu warten, bis die Rezepte eingelöst waren, und dann ließ er mich direkt vor Ort meine Pillen nehmen, vor den grausamen Augen des Apothekers, als wäre ich irgendeine dahergelaufene Methadonabhängige.

Früher habe ich Pierre gemocht. Jetzt nicht mehr. Irgend-wann, irgendwo hat Satan ihm seine Einflüsterungen in sein hübsches schwarzes Ohr geraunt. Die Worte sind durch sein Hirn getingelt und haben sein Herz infiziert. Jetzt ist er ein Agent des Verderbers, aber davon weiß er nichts. Er hält sich für die Güte in Person. Er hatte sich den Vormittag freigenommen, um ›mir auf die Sprünge zu helfen‹, und mir zu Mittag Fish and Chips und heißen süßen Tee spendiert. Er verstaute meine Arznei sicher in seiner Tasche, weil er argwöhnte, ich würde sie verscherbeln, um mir Fusel davon zu kaufen.

Ich war ganze vierundzwanzig Stunden aus dem Knast raus und hatte noch nicht mal einen Hauch von Freiheit geschmeckt oder auch nur am Roten genippt. Ganz klar war hier der Herr der widerlichen Würmer am Werk und brachte alle meine Freunde gegen mich auf. Alle um mich herum konspirierten, um mich in eine nüchterne, achtbare, saubere und ordentliche Mitbürgerin zu verwandeln.

Aber für Achtbarkeit musst du dich jeden Tag deines Lebens abmühen. Du darfst dich nicht besaufen oder in der Öffentlichkeit furzen. Deine Socken müssen zusammenpassen, deine Fingernägel müssen frei von Dreckrändern sein, und du solltest jederzeit darauf vorbereitet sein, Fremde in deiner Bude mit Tee und Gebäck zu bewirten. Nur wozu das alles? Ich will kein Gebäck, keine sauberen Fingernägel, keine Adresse und keine Freunde, denn wenn ich mich daran erst gewöhnt habe, kommt der Teufel und schnappt mir alles weg. Er kann mich nicht finden, solange Elektra und ich in Bewegung bleiben und uns von Ärzten, Anwältinnen und Bewährungshelfern fernhalten.

Aus den Augen, aus dem Sinn, wenn ich nichts habe, kann man mir nichts wegnehmen, und wenn ich nirgends wohne, kann man mich nicht zwangsräumen.

An diesem Abend ging Cherry aus, um einen Abendkurs mit dem Titel ›Kreiere dein persönliches Handtaschendesign‹ zu besuchen. Pierre, Schmister und ich aßen Pizza. Als sie in der Küche darüber stritten, wer den Müll rausbringen musste, klaute ich zehn Mäuse aus Schmisters Portemonnaie und schlich mit Elektra an meiner Seite zur Vordertür hinaus.

Wir spazierten allein durch die nächtlichen Straßen und spürten die feuchte Kälte des Winters auf unseren Lidern und an den Ohrläppchen. Wir rochen die Wolken aus bleifreien Abgasen von der nördlichen Ringstraße und betrachteten den akkumulierten Dreck verkehrsreicher Jahre auf den Schaufenstern pleitegegangener Geschäfte. Streunende Jugendgangs aßen schleimige Kebabs und zwangen uns zum Ausweichen in Hauseingänge oder in den Rinnstein. Es war gar keine böse Absicht. Sie steckten bloß bis zum Arsch in ihren Smartphones und iPads und sahen uns ganz einfach nicht. Sie waren die Herren des Gehwegs. Ihr Wohlstand und Vermögen waren in die schimmernde Technologie investiert, die sie in den Händen hielten, damit sie vergaßen, dass sie machtlos, missachtet und Ausschuss waren. Genau wie ich.

Wir stießen auf einen Spirituosenladen, der hinter stählernen Rollgittern lauerte. Drinnen hockten der Ladengehilfe und der Sprit in einem Käfig aus kugelsicherem Glas. Ich steckte mein Geld durch einen Schlitz, und der Gehilfe tat eine Zweiliterflasche und mein Wechselgeld in einen Bottich, aus dem ich beides herausfischen konnte. Es war ein erbärmlich von Argwohn geprägter Austausch, aber mir war das egal. Die Freiheit war mein, und jetzt hielt ich die Lösung all meiner Probleme in den eigenen Händen – eine schwere Plastikflasche mit rotem Trost.

Elektras Ohren klebten flach an ihrem schmalen Schädel. Sie zitterte vor Kälte und Besorgnis. Ich sagte: »Nun guck mich nicht so an. Ich weiß gar nicht, worüber du dich beklagst – oder bist du neuerdings zu gut für mich? Hast du bequemerweise vergessen, wie nah du am Eingeschläfertwerden warst, als ich dich retten kam?« Sie winselte und presste sich an meine Beine.

Wir verließen den Spritladen und wandten uns wieder in Richtung Minna und Cherrys Haus. Aber ich konnte nicht länger warten. Ich schraubte die Pulle im Gehen auf und steckte den Hals zwischen meine Lippen. Ich nahm einen langen, tiefen Schluck – meinen ersten nach so vielen schmerzhaft trockenen Monaten. Meine Gurgel öffnete sich weit, um das Heilmittel für alles, was mich plagt, in Empfang zu nehmen, und ich spürte, wie sich der eng um meinen Kopf gewickelte Stacheldraht lockerte, noch ehe der Wein in meinem Magen ankam.

Ich erfuhr fast sieben Minuten reinster Glückseligkeit. Die Last aus Anspannung und Unmut fiel von meinen Schultern, ich spürte die Kälte nicht länger. Das gähnende Loch in meiner Brust verheilte. Mein Kopf fühlte sich leicht und luftig an.

»Elektra«, sagte ich, »wie kann etwas, das sich so gut anfühlt, schlecht für mich sein?«

»Ich hab nie gesagt, es sei schlecht für dich«, antwortete sie traurig, »ich habe gesagt, es ist schlecht für mich. Du vergisst den Heimweg, und wir enden irgendwo in einem Hauseingang ohne auch nur eine Decke, unter der wir uns verkriechen könnten.«

»Red doch keinen Scheiß! Wir gehen jetzt nach Hause.« Doch dann blieb ich stehen. Ohne Vorwarnung packte Schmerz meine Schädelbasis mit eiserner Faust und drückte zu. Als hätte ich in eine Zitrone gebissen, fingen sämtliche Speicheldrüsen unter meiner Zunge an, wie wild zu produzieren. Schweiß floss mir übers Gesicht. Dann erbrach ich mich. Pizza und ein halber Liter Rotwein stürzten aus meinem Mund aufs Pflaster. Selbst als er schon völlig leer war, krampfte und hob sich mein Magen.

Ich stolperte weg von der Bescherung. Mein Kopf, meine Eingeweide und meine Kehle zuckten vor Krämpfen.

»Was?«, fragte Elektra.

»Gift«, würgte ich. »Deine lieben Freunde Pierre und Schmister haben mich mit verdorbener Pizza gefüttert.«

Angewidert trat sie einen Schritt zurück. »Bist du sicher, dass es nicht der Wein ist? Du bist nicht mehr daran gewöhnt.«

»Es ist die Pizza!«

»Schon gut, nicht schreien.« Sie stand ein paar Schritte entfernt von mir und rümpfte ihre feine schlanke Nase. »Bloß komm jetzt weg hier. Du willst doch nicht wieder in den Bau wegen unbotmäßiger Trunkenheit.«

»Ich bin nicht betrunken«, stöhnte ich, »so leid mir das tut. Und wie soll ich unbotmäßig sein, wenn ich nicht mal aufrecht stehen kann?«

»Du bringst das irgendwie fertig.« Sie drehte sich um und trottete davon in den trüben Tunnel der Nacht, führte mich weg von meiner Schmach und hin zu meiner Schuld.

Mein Kopf hämmerte wie die Türen von Holloway und machte mich blind, doch ich folgte dem Klicken ihrer High Heels auf dem versifften Pflaster, in den Armen meine Plastikflasche mit Wein und Wärme.

*

Am nächsten Morgen erwachte ich als Knäuel auf dem Boden der Minna. Mein Schädel war doppelt so groß wie sonst und schepperte wie ein alter Kolbenmotor. Elektra schlief auf dem Bett.

»Momster«, rief Little Miss Schmister von draußen, »bist du schon auf?« Seine Stimme war ein Kriegsbeil, das durch meine Nervenbahnen hackte.

»Geh weg«, stöhnte ich, und die Anstrengung des Sprechens zerrte an meinen Eingeweiden.

Er riss die hinteren Türen auf, stand da und starrte mich an, während meine Augäpfel im Tageslicht brutzelten.

»Das nenne ich einen ausgewachsenen Kater«, sagte er trocken. » Hast du eine Ahnung, wie abstoßend du aussiehst?«

Elektra streckte sich ausgiebig und sprang über meinen toten Körper hinweg, um ihn zu begrüßen.

»Warte, wenn ich das Pierre erzähle. Der dreht durch.«

»Geh weg – ich sterbe.«

Elektra spazierte davon zu ihrem morgendlichen Pinkeln.

»Pierre wird *dermaßen* enttäuscht sein.« Schmister schwelgte in seiner Missbilligung. »Er hat gedacht, du hättest dich geändert, der arme Trottel.«

»Hätte mich vielleicht erst mal fragen sollen, oder?« Ich bedeckte meine Augen mit dem Unterarm.

Schmister ließ mich nicht in Ruhe. Er drängte mir eine Flasche Wasser auf. »Trink das, trink alles aus. Du musst auch deine Pillen nehmen. Und ich kann dir die Weinpulle nicht dalassen. Pierre würde mir die Eingeweide rausreißen, eine Schlinge draus machen und mich daran aufknüpfen.«

Ich trank etwas von seinem Wasser und nahm die verhassten Pillen aus seinen manikürten Pfoten entgegen. Er ließ mich den Mund weit aufmachen, damit er kontrollieren konnte, ob ich sie runtergeschluckt hatte. Ich hätte ebenso gut wieder im Bau sein können.

»Auf jetzt«, sagte er herrisch. »Wasch dich ordentlich und zieh dir was Sauberes an. Du müffelst nach Kotze und Achselschweiß. Ins Haus kannst du erst nach dem Mittagessen. Ich hab eine Klientin da.« Und er tänzelte davon, meine Pulle voll Erbarmen unterm Arm, als wäre dieses elende Eckchen des mitleidslosen Universums seine private Tanzfläche.

»Ich hasse dich mit unflätiger Leidenschaft«, sagte ich und ließ mich zurück auf die Liege fallen, die so heimelig nach Elektra roch, dass ich praktisch auf der Stelle einschlief.

Als ich aufwachte, wurde mir klar, was passiert war. Der Teufel hatte meine Freunde erwischt und sie in Feinde verwandelt. Er hatte Pierres und Schmisters edle Ziele gepackt und sie so lange verschnürt und verknotet, bis sie ein Wirrwarr bildeten und Gutes zu Bösem umgemodelt war. So kommt es nämlich, wenn Leute sich einbilden, sie wären auf Seiten der Engel.

*

Ich wusch mich und zog meine älteren, weniger dreckigen Sachen an. Die bekotzten Plünnen ließ ich auf dem Boden der Minna liegen. Im Schränkchen unterm Bett fand ich meinen alten Rucksack und packte alles Brauchbare hinein, auch Hundefutter und einen Dosenöffner. Bettler dürfen nicht wählerisch sein, und genau das bin ich letzten Endes nun mal: eine Bettlerin. Meine Existenz hängt an der Gunst von Fremden. Satan hat eine Heidenarbeit damit, beiläufige Güte zuschanden zu machen.

Dann verschloss ich die Türen, versteckte den Schlüssel im Auspuff und schritt davon, ohne zurückzublicken. Elektra kam an meine Seite, und ich kraulte ihr die Ohren. »Wir haben Erfahrung damit«, versicherte ich ihr. »Wir kriegen das hin. Wir brauchen nur einander und sonst nichts.«

Ich ging nicht den ganzen Weg bis zum West End zu Fuß. Spinnt ihr? Frisch aus dem Ferienlager, mit einem Kopfweh so groß wie die Albert Hall? Ich hab doch keine Superkräfte. Ich nutzte, was von Schmisters Zehner übrig war, und nahm den Zug. Und falls ihr euch jetzt Sorgen um Schmister macht – lasst es. Er hat mir meine dreiundsiebzig Pfund gestohlen. Ich hab ihm bloß zehn geklaut. Er hat noch einen Riesenvorsprung. Er hat immer einen Riesenvorsprung.

Am Piccadilly Circus verließ ich die U-Bahn atemlos, zittrig und durcheinander vom Gestank so vieler Leiber. Ich kam mir vor, als wäre ich jahrelang weg gewesen und in meiner Abwesenheit hätte sich die Bevölkerungsdichte mit 99 multipliziert. Unter dem kalten grauen Eros zu stehen war, wie im Mittelpunkt eines rasenden, kreischenden Rades Halt zu suchen. Die Rotationskraft brachte mich ins Trudeln, und ich musste mich erst mal auf die Stufen setzen, um mich in all dem Chaos zu besinnen.

Ich sagte mir, dies war es, wonach ich mich im Gefängnis gesehnt hatte. Dieses Chaos war meine Freiheit. Ich war nur ein

Blättchen an einem Riesenbaum, das sich mitten im Sturm an einen Zweig klammerte. Niemand richtet sein niederträchtiges Augenmerk auf ein einzelnes Blättchen, oder?

»Das Chaos ist mein Verbündeter«, flüsterte ich Elektra zu. Sie lehnte sich stumm an meine Schulter. Ich fuhr fort: »Es gibt keinen Grund auszuflippen, aber allen Grund, dankbar zu sein. Ich muss mich nur erst wieder dran gewöhnen.«

»Na, Scheiße noch mal, also wenn das nicht Lady Bag ist!«, krächzte eine belegte, stinkende Stimme hinter mir. »Quatscht mit ihrem Köter, weil sich keiner, der bei Trost ist, mit ihr blicken lassen würde.«

Ich drehte mich um. Es waren Scots Gary und seine Gefährtin Husten-Hazel. Ihr Gesicht war grau und schartig wie ein Bimsstein. Sie sagte: »Hab gehört, du wärst im Bunker krepiert.« Sie hustete pfeifend. Ihre Knöchel waren lila und dick geschwollen.

»Falsch gehört. Ich hab gehört, du rauchst nicht mehr.«

»Falsch gehört.« Ihr Lachen begann und endete in einem würgenden, qualvollen Hustenanfall.

Scots Gary sagte: »Das sollten wir feiern – du lebst noch und sie stirbt noch. Haste paar Kröten fürn Schlückchen?«

Ich hatte nur noch sechzig Pence übrig, also musste ich trinken, was sie tranken, nämlich Industrie-Cider.

Diesmal brauchte es nur ein paar Mundvoll, bis – genau wie gestern Abend – meine Eingeweide und mein Kopf mit der Wucht eines Zugunglücks kollabierten.

»Herrgott noch mal!«, sagte Gary. »Was soll denn das jetzt?«

Zum Glück hatte ich seit dem letzten Mal nichts gegessen, folglich gab es, obwohl ich mich ganz genauso mies fühlte, deutlich weniger Bescherung.

»Was für Medizin nimmst du?«, erkundigte sich Husten-Hazel mit kaltem Interesse und sah zu, wie ich mich krümmte. »Haben sie dir was gegeben, damit du nicht mehr säufst?«

»Nein«, ächzte ich.

»Weißt du noch, dein Kumpel, Klein-Craigie?«, sagte sie zu Gary. »Dem hatten sie Antabus verpasst, und er hat sich eingeredet, er könnte das Zeug unterkriegen.«

»Oh, aye, der arme Scheißer.«

»Antabus?« Ich wischte mir den Mund und die laufende Nase am Ärmel ab.

»Das ist so 'n Zeugs, das sie dir geben, damit du kotzen musst, wenn du trinkst. Eigentlich dürfen sie das nur mit deiner Zustimmung. Aber ich wette 'ne Million, dass Klein-Craigie da nicht zugestimmt hat, was, Gary?«

»Nee, nicht unser Craigie, nie und nimmer.«

»Siehste?« Husten-Hazel hustete selbstgefällig. »Die haben dich bestimmt da draufgeschickt, ehe du ausm Knast kamst, und jetzt haste die bunte Mischung auf deinen Rezepten stehen. Lass mal draufgucken, dann kann ich's dir gleich zeigen.«

»Ich hab sie gar nicht«, nuschelte ich, den Kopf in den Händen. »Pierre hat sie.«

»Dann ist ja alles klar – dein Pierre füllt dich damit ab.«

»Das würde er nicht tun«, protestierte ich mit vom trockenen Würgen schmerzenden Gedärmen.

Aber dann dachte ich an die Veränderungen bei Pierre. Früher hatte er das Abenteuer geliebt. Doch seit ich ihn zuletzt gesehen hatte, war er, oh Kacke, respektabel geworden. Vielleicht lag es daran, dass er in einem konventionellen beigefarbenen Haus mit einer konventionellen Weißbrotfrau zusammenlebte. Vielleicht hatten Satan und Cherry ihn überzeugt, dass er aus Freundlichkeit grausam sein musste, wo er in Wahrheit einfach nur grausam war, ohne meine Zustimmung. Er trieb Abusus mit Antabus, an mir, und Satan lachte sich schlapp.

»Wie lange dauert es, bis das nachlässt?«, fragte ich mit dem Mund voller Rostfraß.

»Wann hast du zuletzt was genommen?«

Ich versuchte mich zu erinnern, wie viele Pillen mir Schmister in den Hals gekippt hatte. Es mochten an die vier Stück gewesen sein. »Heute Morgen.«

»Dann lässt du die nächsten Tage besser die Finger vom Schlucken«, sagte Gary. »Klein-Craigie war monatelang todkrank davon, bis er den Löffel abgegeben hat. Wenn du mich fragst, haben ihn die Pillen gekillt.«

»Nun mach ihr keine Angst«, sagte Husten-Hazel mit einem wohligen Schaudern.

Wir schlurften von meiner Kotze weg. Sie wollten zum Cambridge Circus. Es war klar, dass unsere Wege sich trennten. Sie würden den ganzen Tag rumsumpfen und saufen, wohingegen mein Leben für die absehbare Zukunft ruiniert und freudlos war.

Ich suchte meinen absoluten Lieblingsplatz auf – Trafalgar Square. Mein Kopfweh machte mich blind, also setzte ich mich auf die Treppe der National Gallery, bis es etwas nachließ. Dann blieb ich noch ein bisschen sitzen, weil ich Angst hatte, wenn ich mich bewegte, würde es wieder losgehen. Es fing an zu regnen. Elektra kroch dicht an mich heran, und ich bot ihr Schutz unter meiner Jacke. Sie weiß es immer genau, wenn ich krank bin oder Schmerzen habe, und teilt bereitwillig ihre Wärme mit mir. Im Moment war mir so übel, dass ich mich am liebsten hinlegen und sterben wollte. Es war wie der größte, schlimmste Kater der Weltgeschichte multipliziert mit 3,7 Millionen, und ich hatte nicht mal Spaß gehabt, um ihn zu verdienen.

»Verpiss dich bloß, Herr der Maden«, sagte ich zum Teufel. »Such dir eine andere Methode, mir am Zeug zu flicken. Du kannst ruhig mal deine Phantasie benutzen.«

Natürlich hatte ich schon mal von Antabus gehört, aber ich hätte nie gedacht, dass es jemand an mir ausprobieren würde. Und schon gar nicht Pierre. Er doch nicht.

Aber als ich dort im Regen saß, verkrampft wie eine geballte Faust vor lauter Brechreiz und Wut, da musste ich auf einmal an das letzte Mal denken, als ich meinen Vater gesehen hatte. Warum in aller Welt stopfte mir mein armes, schrottreifes altes Hirn diese verkackte Erinnerung in meinen hämmernden Schädel?

Ich war acht Jahre alt und kam früher aus der Schule nach Hause, weil ich Ohrenschmerzen hatte. Ich machte die Haustür auf und sah meinen Vater mit einem mächtig schweren Koffer die Treppe runterkommen. Das Ding knallte gegen die Wände und ich wusste, meine Mutter würde ausrasten wegen der guten Tapete. Er blieb stehen. Und ich stand da, in der offenen Haustür, meinen Schlüssel in der Hand. Meine Mutter ließ mich ihn an einem Band um den Hals tragen, weil ich, wie sie sagte, so unachtsam war, dass ich ihn sonst verlieren würde. Aber die Mädchen im Umkleideraum der Turnhalle verspotteten mich deswegen, also nahm ich ihn ab, bevor ich in die Schule ging. Normalerweise dachte ich daran, ihn wieder umzuhängen, ehe ich heimkam, aber nun stand ich hier an der Haustür mit dem Band in der Hand. Und mein Vater sah mich. Er war immer auf der Seite meiner Mutter. Nie auf meiner. Nicht ein einziges Mal in meinem ganzen Leben hatte er mich vor ihr beschützt.

Er sah mich an. Er runzelte die Stirn. Damals, vor all den Jahren, glaubte ich, sein Gesichtsausdruck sei grimmig. Heute, auf dem Trafalgar Square, fragte ich mich plötzlich, ob er nicht eher ängstlich war.

Er sagte: »Erzähl's nicht deiner Mutter.« Und ging weiter die Treppe runter, stieß mit dem Koffer an die Stufen und gegen die Wände. Er nahm seinen Mantel von dem gewohnten Haken. Und drückte sich an mir vorbei, während ich wie zur Salzsäule erstarrt in der offenen Tür stand. Der Koffer rammte mich am Knie, und ich sagte: »Aua!« Aber er schaute mich nicht mal an. Nichts. Er ging einfach weg.

Ich hatte Angst, es meiner Mutter zu erzählen, wegen des Schlüssels. Ich versteckte das, was da gerade passiert war, hinter meinen Ohrenschmerzen, und als sie nach Hause kam, weinte ich, weil es so wehtat. Selbst jetzt noch spürte ich, wie ein unangenehmes schrilles Pfeifen in meinen Ohren sich mit dem Kopfweh zu einer Streitmacht verband. Ich ahnte, dass ich mich vor dem Falschen gefürchtet hatte. War das der Moment gewesen, wo alles anfing – dieses Talent, das ich habe, immer alles zu missdeuten? Oder war ich schon gestört zur Welt gekommen, wie meine Mutter immer beteuerte?

Mein Mund war so trocken und eklig wie ein Kamelarsch. Ich taumelte runter zum Brunnen, schöpfte mit der hohlen Hand und trank. Elektra trank neben mir.

»Oh um Himmels willen!«, sagte ein älterer Mann im blassbraunen Trenchcoat. »Tun Sie das nicht. Es ist sehr ungesund. Hier, nehmen Sie die paar Piepen und kaufen Sie sich eine Flasche sauberes Trinkwasser.« Er hielt mir eine Zwanzigpfundnote hin.

»Aber das sind zwanzig Pfund.« Ich fühlte mich plötzlich zu schwach und aufgewühlt, um einen gutmütigen Touristen zu schröpfen. »Das ist sehr viel Geld.«

»Nicht für mich.« Er bückte sich, um Elektras Kopf zu streicheln, und sie lächelte ihn dankbar an. »Süße Töle«, sagte er und eierte über den Platz davon in Richtung Admiralty Arch.

Ich stopfte den Zwanziger in eine Innentasche, bevor ihn mir jemand abnehmen konnte. Dann durchwühlte ich meine anderen Taschen auf der Suche nach einem Schneuztuch, um mir die Nase zu putzen, denn ich fühlte mich heulsusig. Und dabei stieß ich auf die abgerissene Ecke eines Briefumschlags mit Gorillakackes Adresse drauf.

Kapitel 4

Ein Versprechen halten, das ich nie gegeben habe

Ich fuhr nach Shoreditch, weil es keinen Sinn hatte, im West End abzuhängen und Kohle für Sprit zu sammeln. Im West End riskierte ich nur, dass mir jemand über den Weg lief, den ich kannte und der mir einen ausgeben wollte, und ich glaubte nicht, dass ich die Kraft haben würde zu widerstehen, auch wenn ich wusste, dass ich davon nur meine Gedärme übers Pflaster verteilen würde. Das ist die traurige Wahrheit – ich verzehrte mich immer noch nach einer Pulle vom Roten, ich brannte darauf.

Lasst mich euch noch was erzählen: Ich brauchte verdammt lange, um an der U-Bahn-Station Charing Cross jemanden zu finden, der mir meine Zwanzigpfundnote in einen Zehner und zwei Fünfer wechselte. Und dann jemanden zu finden, der meinen Zehner nahm und mir im Gegenzug mit seiner Kreditkarte einen Fahrschein zu lösen bereit war.

Ich war fuchsteufelswild und den Tränen nahe, als ich endlich in die Bahn steigen konnte. Diese sogenannte bargeldlose Gesellschaft schließt die Mittel- und Obdachlosen, die weder Bankkonten noch Kreditkarten besitzen, vollständig aus. Wir sind die übersehenen, gar nicht existierenden Armen.

Wie um die empörende Wahrheit noch tiefer reinzureiben, dass man sich nur um die kontoführungsberechtigten Klassen zu kümmern braucht, war Shoreditch wesentlich stärker gentrifiziert, als ich es mir vorgestellt hatte. Es ist nicht gerade ein Stadtteil von London, wo ich mich auskenne, aber schon der Name weckt doch Assoziationen von Jack the Ripper und Dickens'schen Elendsvierteln, nicht von Weinlokalen und Designstudios.

Im Wissen, dass Kerrilla nicht aus dem Hoheitsgebiet der französischen Patisserien stammte, schleppten Elektra und ich uns gedrückter Stimmung in ärmere Wohngegenden. Als wir eine Straße mit zerbrochenen Flaschen, Kebabläden und überquellenden Müllsäcken erreichten, wussten wir, dass wir uns dem Ziel näherten. Ich fragte eine Vierzehnjährige, die ein hustendes Baby im Kinderwagen vor sich herschob, nach dem Weg. Sie deutete auf einen Häuserblock aus stockfleckigem Beton und gesprungenen Glasscheiben.

»Keine besonderen Überraschungen«, sagte ich zu Elektra. »Weißt du was, wenn ich richtig hart arbeite und lange genug nüchtern bleibe, um es auf eine Warteliste für Wohnungssuchende zu schaffen, dann könnte ich vielleicht eines Tages und mit viel Glück in so was hier untergebracht werden.« Ich lachte kläglich auf, denn einst, vor Jahren, hatte ich genau das zu erreichen versucht. Immerhin blieb mir die Befriedigung zu wissen, dass ich daran gescheitert war, auch nur den normalen Standard des Scheiterns in dieser fabelhaften Stadt zu erreichen.

Das Treppenhaus war eine Müllkippe aus kaputten Spielsachen, wanzenverseuchtem Bettzeug, Dosen, Flaschen, Kondomen und Spritzen. Im dritten Stock stießen wir auf ein stark ausgezehrtes Mädchen, das sich eine Kippe drehte. Sie trug einen Mikrominirock und ihre Beine waren blau vor Kälte. Sie grinste uns höhnisch an, als wir uns an ihr vorbeidrückten, um auf den Außenkorridor zu kommen, wo uns der Wind voll ins Gesicht fauchte.

Nummer 23c hatte Stiefelabdrücke an der Tür. Das Glaspaneel obendrüber war durch Pappe ersetzt und mit Paketband fixiert. Ich klopfte. Nichts tat sich. Ich klopfte erneut, mit demselben Ergebnis. Elektra gähnte, also setzte ich mich mit dem

Rücken an der Tür, wo wir halbwegs vor dem Wind geschützt waren.

Der Tag hatte sich bisher ziemlich traumatisch gestaltet, und wir hatten einen langen Weg hinter uns. Wir schliefen ein, und ich träumte von einem Lagerhaus voll mit leeren Flaschen. Ich musste Elektra tragen, denn sie hatte sich an den Glasscherben die Füße verletzt. Sie sagte: »Voll mit Leere – na, das sieht dir ähnlich. Du musst mir nur über den Berg helfen.«

Ich wachte davon auf, dass eine Punjabi versuchte, ihren Kinderwagen über meine Beine zu schieben. Ihre Freundin, eine Dicke in weinroten Kunstveloursstiefeln, sagte: »Kriegen Sie mal den Arsch hoch. Was bilden Sie sich ein, hier besoffen auf unserem Stockwerk abzuhängen?«

»Ich warte auf Mrs. Cropper.« Ich krabbelte aus dem Weg.

»Die? Na, viel Glück. Wenn sie sich nicht gerade volllaufen lässt …«

»Komm jetzt«, sagte die Punjabi, und sie ließen uns da sitzen, wo eine Fußmatte gewesen wäre, wenn hier irgendwer Interesse an sauberen Schuhen gehabt hätte. Ich rappelte mich hoch und hämmerte wieder gegen die Tür. Erwartete genau nichts und bekam auch nichts, bis ich, gerade als ich aufgeben und gehen wollte, ein Kind heulen hörte. Es war ein erschöpftes, hoffnungsloses Weinen, und plötzlich überwältigte mich markerschütternde Traurigkeit. Binnen weniger Sekunden erwachte das unbeaufsichtigte Bruchstück, das einmal mein Herz gewesen war, zuckend zum Leben und fühlte: die Fahnenflucht meines Vaters, die bittere Enttäuschung meiner Mutter über mich, die Wut meines Bruders, den Verrat meines Liebsten und meine eigene Trostlosigkeit, als mir klar wurde, dass ich den Teufel geliebt hatte und immer noch liebte. Dann folgte eine schier endlose Parade von Erinnerungen an ungegessene Mahlzeiten, ungetrunkene Schoppen, verfehlte Ziele, ungeborene Kinder – und ach, diese hungrigen Nächte der Not.

Ich verfluchte mein Lazarusherz, bückte mich und spähte durch den Briefschlitz.

Ein nacktes Kind stand auf alten Zeitungen in einem dreckigen Flur. Ich konnte mühelos seine Rippen zählen, nicht aber seine Blutergüsse. Seine uralten Augen begegneten meinem Blick ohne jede Spur von Hoffnung oder Erwartung, doch er setzte sein leises, trübseliges Wimmern fort.

Ich richtete mich hastig auf und kippte beinahe um. Mein Kopfweh spaltete mir den Schädel. Ich sah Elektra an. Sogar ein betagter Greyhound, eine Bettelhündin, hatte mehr Fleisch auf den Knochen als Kerrillas Sohn Connor. Elektra schaute mich an, und an ihrer liebenswürdigen Miene konnte ich sehen, dass sie wusste, ich würde sie füttern, bevor die Nacht hereinbrach. Connor hatte absolut nichts zu erwarten.

Ich hämmerte gegen die Nachbartür, und als das nichts brachte, versuchte ich die nächste. Schließlich wurde eine Tür geöffnet, von einem fetten Mann in einem Netzhemd.

Ich sagte: »Entschuldigen Sie die Störung, darf ich bitte mal Ihr Telefon benutzen? Vier Türen weiter ist ein Kind in Not.«

Der Mann machte sich nicht die Mühe zu antworten. Er drehte mir den Rücken zu und schrie »Sally!«, dann latschte er zurück zu seinem brüllenden Fernseher.

Seine spindeldürre Frau sagte: »Ach, das Cropper-Kind. Ich steck manchmal ein Stück Pizza durch den Briefschlitz, wenn sie weg sind – sofern ich welche übrig habe.« Sie schwang einen Daumen in Richtung ihres fetten Gefährten. »Ich tu, was ich kann, und dass Sie mir ja nichts anderes behaupten. Und was mein Telefon angeht – hauen Sie bloß ab. Wenn sie spitzkriegt, dass ich meine Nase in ihren Kram gesteckt hab, reißt sie sie mir ab.« Sie schloss die Tür.

Ich wandte mich zur Treppe, doch das blaubeinige Mädchen hatte gerade Sex mit einem weißhaarigen Mann mit Halbglatze und versperrte mir den Weg nach unten. Sie hielt mit einer Hand seine Schulter gepackt, um nicht zu fallen, in der anderen hatte sie ein Tütchen mit etwas, das nicht nach Zucker aussah. Ich musste nicht lange warten, dann ging er treppabwärts und machte sich dabei den Hosenschlitz zu, als hätte er mal eben gepisst. Als sie sich bückte, um ein schmutziges Taschentuch aufzuheben, trat ich an sie heran und rupfte ihr das Tütchen aus der Hand.

»Hey!«, kreischte sie durch einen Vorhang aus wirrem, fettigem Haar.

»Gib mir dein Telefon.«

»Du verfickte Schlampe.« Sie griff nach ihrem Stoff. Ich schob ihn in meinen BH. Sie ging auf meine Augen los. Ich rammte ihr das Knie in den Unterleib. Sie war so dünn wie ein Toastständer und hatte keine Spur von Stehvermögen. Sie setzte sich hin und fing an zu weinen. Es war das gleiche hoffnungslose müde Winseln, das ich von Connor gehört hatte.

Ich sagte: »Leih mir kurz dein Handy.« Egal was sie alles nicht haben, Mädels in ihrer Branche besitzen grundsätzlich Handys. Sie wühlte in ihrer Jackentasche und zog ein smartes kleines Telefon heraus. Ich beäugte es. »Mach es an.«

»Es ist an. Bist du blind?« Aber sie klappte es auf und reichte es mir, wobei sie auf meinen Busen starrte wie ein Habicht auf ein Häschen.

Ich drückte 999. »Polizei und Krankenwagen«, sagte ich, als mein Anruf durchkam. »Mein Name ist, äh, Ariadne Baguette. Ich melde ein verhungerndes und misshandeltes Kind namens Connor Cropper, Adresse …« In dem Moment warf sich das blaubeinige Mädchen auf mich – nichts als spitze Knie, Ellbogen und Fingernägel. Ich schaffte es gerade noch, die Adresse ins Telefon zu rufen, bevor sie es mir aus der Hand riss. Ich war ehrlich verblüfft, dass sie es auf das Handy abgesehen hatte und nicht auf ihr Crack.

»Du verfluchte blöde Schlampe«, schrie sie, »wieso kümmerst du dich nicht um deinen eigenen Scheiß?«

38

»Ist es dir ganz egal, wenn ein Baby draufgeht?«, brüllte ich zurück.

»Hättest echt nicht mein Fon benutzen müssen«, sagte sie. »Hast mich nur in die Scheiße geritten damit. Jetzt gib mir mein Zeug zurück, sonst ruf ich meinen Freund, und der macht dich in nullkommanix fertig. Er hat auch 'n Hund, der frisst deinen zum Frühstück.«

»Da muss er sie erst mal kriegen«, sagte ich. Aber ihr kleines Päckchen Entspannung und Tod gab ich ihr zurück. Elektra winselte. Sie mochte Drohungen und Wut nicht. Und ich mochte nicht bleiben, wenn die Bullen auf dem Weg waren. Blaubein blieb da, um sich wegzuschießen. Blöd genug dafür war sie.

Oder vielleicht auch nicht blöd. Vielleicht hätte ich es ja genauso gemacht, wenn ich die Möglichkeit gehabt hätte, auf meine Art high zu werden. Aber noch mehr Gewürge und Kopfweh hielt ich einfach nicht aus.

Elektra ging so dicht neben mir, dass ich sie berühren konnte. Ihr Kopf hing runter und ihre Ohren lagen flach am Kopf. Sie sah aus, als hätte jemand sie ausgepeitscht. »Tut mir leid«, sagte ich. Plötzlich zerplatzte die ganze Wut auf Schmister und Pierre in tausend Stücke und richtete sich auf Kerri Cropper, weil sie so eine unfähige Versagerin war, auf ihre Mutter, weil sie alles, was eine Mutter falsch machen kann, falsch gemacht hatte, und alles, was eine Großmutter falsch machen kann, hatte sie auch noch hingekriegt. Alle hier schienen eine Scheißangst vor ihr zu haben, also war sie wohl obendrein eine Tyrannin. Ich war wütend aufs Wohnungsamt, weil sie arme Leute in solche Scheißlöcher steckten, ich war wütend aufs verkackte Bildungssystem und aufs Sozialsystem, weil sie nicht einschritten, um ein Kind vor solchem Elend zu retten, wenn nicht gar vor dem Tod. Ich war stocksauer auf die Nachbarn, weil sie zu gleichgültig waren, um ein Risiko einzugehen.

Und auf mich selbst. Ariadne Baguette, dachte ich, wie kann man sich nur so einen bescheuerten Namen ausdenken? Sie würden sofort wissen, dass er erfunden war, und dann würden sie weder die Cops noch den Krankenwagen losschicken. Aber meinen eigenen konnte ich ja nicht gut angeben, oder? Oder? Die Cops hassen mich, und ich kann sie auch nicht sehr viel besser leiden. Auf keinen Fall wollte ich so kurz nach meiner Entlassung aus Holloway wieder auf ihrem Schirm auftauchen.

Inzwischen war ich weitergewankt bis zum biederen Teil der Shoreditch High Street und fühlte mich so mies und grimmig, dass ich fast aus den Latschen kippte. Mit einem Rums setzte ich mich hin, direkt vor einer Konditorei, die gerade zumachte. Elektra legte sich quer über meine Beine und schlief auf der Stelle ein. Sie war es nicht mehr gewöhnt, durch die Straßen zu ziehen. Und ich auch nicht. Ich vergrub den Kopf in den Händen.

Jemand tippte mir auf die Schulter und fragte: »Möchten Sie was trinken?«

»Rotwein«, sagte ich automatisch, so reflexhaft wie einer von Pawlows Hunden.

Er war groß und trug eine Schlachterschürze. »Die Geschäfte laufen so verdammt lausig, dass ich mir Wein nicht mal für mich selber leisten kann, also werd ich auch nicht für Ihren zahlen. Aber ich hab noch ein paar Croissants übrig, wenn Sie mögen.«

Er brachte sie mir auf einem Teller, und er brachte auch süßen schwarzen Kaffee in einem Pappbecher und eine Schüssel Wasser für Elektra.

Ich dachte, von Essen müsste ich würgen, aber tatsächlich war ich heißhungrig. Ich verschlang das Backwerk bis auf den Mundvoll, den ich für Elektra aufhob.

»Ich hab den ganzen Tag noch nichts gegessen«, sagte ich zu dem freundlichen Mann. »Danke.«

Er konnte sich nicht verkneifen zu sagen: »Na ja, vielleicht sollten Sie sich besser überlegen, wofür Sie Ihr Geld ausgeben.«

»Welches Geld?«, sagte ich tugendhaft. »Ich koste die Steuerzahler nichts. Und Sie sollen wissen, dass ich seit Monaten nichts mehr getrunken habe. Ich geh zu AA.«

»Wie kommen Sie da klar?« Er klang skeptisch.

»Schwierig. Ich bin Alkoholikerin.«

»Es heißt ja, das Schwerste ist, das zuzugeben.«

»Das ist das Leichteste.« In meinem Fall stimmt das – ich gebe alles zu, wenn ich dafür ein weiteres Croissant bekomme. Er setzte noch einen drauf und brachte mir mehr süßen Kaffee und ein Stück Schokoladenkuchen. Der schmeckte wie das Köstlichste, was ich je gegessen hatte, und vertrieb den Gestank von Sex und Treppenhaus aus meiner Nase. Fast vergaß ich, dass ich vor weniger als einer Stunde mit einem Junkie gerangelt hatte. Irgendwann seitdem war die Dunkelheit hereingebrochen, und ich hatte es nicht bemerkt.

Der freundliche Mann erlaubte mir, Elektra auf einem seiner Teller zu füttern, aber so freundlich, dass er mich sein Klo benutzen ließ, war er denn doch nicht. Er muss wohl gewusst haben, dass ich sein Klopapier hätte mitgehen lassen und seine Seife und überhaupt alles, was nicht niet- und nagelfest war.

»Sie sind doch nicht dumm«, sagte er zu mir. »Wieso kriegen Sie sich nicht auf die Reihe?«

»Ich hab mich in den Teufel verliebt«, sagte ich. »Er hat mir das Herz rausgerissen und es eine versiffte Treppe hinuntergeworfen. Seitdem suche ich immerzu danach. Sie haben ja keine Ahnung, wie weh das tut.«

»Schon klar«, sagte er und zog sich hastig zurück. »Äh, na ja, dann viel Glück dabei, und auch bei den AA.« Er zog die Tür hinter sich zu und ich hörte, wie er sie abschloss und den Riegel vorlegte.

Wir überquerten die Straße und tauchten in eine Seitengasse

41

ab, um uns einen möglichst tiefen Hauseingang zu suchen, wo wir unser Schläfchen zu Ende bringen konnten. Ich brauchte Rast.

Wenn ein Hauseingang unbeachtet genug ist, um eine Frau und ihren Hund zu beherbergen, ist er auch ein Ort, wo faule besoffene Männer zum Pinkeln hingehen. Ich weiß das. Ich habe jahrelang auf der Straße gelebt und kenne sämtliche Gerüche der geistlosen Menschheit. Das Risiko, das ich bei einem unbeleuchteten Hauseingang wie diesem eingehe, ist, dass der nächste Besoffene ein blinder Besoffener ist, der einfach auf mich draufpisst, oder ein gewalttätiger, der mich zusammenschlägt, weil ich ihm im Weg bin.

Zudem war ich nervös, weil ich länger eingebuchtet gewesen war, geschützt von dicken Mauern, die mich einsperrten, verweichlicht von einem Bett, getrennt von mir selbst durch Medikamente. Da drin wirst du von den Regeln umgestaltet, und die Regeln wiederum sind von gebildeten Leutchen gestaltet, die genau wissen, wie sich jeder zu benehmen hat. Wenn die Regeln versagen, verpassen dir diese weisen Leutchen mittels Chemikalien und Gehirnbetäubung eine Lobotomie. Was für eine Geldverschwendung – ich kriege das mit einer Flasche von dem Rotwein, den sie mich nicht trinken lassen wollen, viel wohltuender und billiger hin.

Letztendlich schlief ich unruhig und träumte, ich sei wieder drin, in der Knastküche. Es war meine Aufgabe, die Hungrigen zu speisen, doch die Küche stank fürchterlich nach verrottendem Fleisch, menschlichen Exkrementen und Maden, also musste ich sie zuerst putzen. Doch diese Aufgabe war zu gewaltig, und die verhungernden Kinder fingen an zu weinen.

Ich schlug die Augen auf und hörte, wie eine Uhr elf schlug. Elektra rührte und streckte sich. Ich legte die Arme um sie, und ein Weilchen wärmten wir einander die Knochen. Dann standen wir auf, schüttelten uns und gingen.

»Soll ich dahin zurück?«, fragte ich Elektra. »Zu dem Treppenhaus und dem Briefschlitz? Soll ich rausfinden, ob jemand gekommen ist, um Connor zu retten?«

Ich wusste, sie würde jetzt sagen, das soll ich. Sie ist liebevoll gegenüber allem, was lebt, und ein leuchtendes Vorbild für uns alle.

»Was, wenn das blaubeinige Mädchen Mrs. Cropper von uns erzählt hat? Was, wenn der Mann, der keine schwarzen Babys mag, auch keine Bagladys und keine Hunde mag?«

Sie warf mir einen Blick zu, der raunte: »Niemand mag Bagladys, aber jeder mag mich.«

»Danach gehen wir nach Hause, versprochen.«

»Welches Zuhause?«

»Ach du Scheiße«, sagte ich, denn ich merkte, dass sie humpelte. Früher ist sie Rennen gelaufen, bis sie von jüngeren Hunden eingeholt wurde und ihr Trainer sie zum Sterben auf den Müll warf. Jetzt hat sie Arthritis, die arme alte Hündin, und bei Schmister, Pierre und Cherry hat sie ein butterweiches Leben geführt.

In den Straßen rings um die Wohnung, wo Connor Cropper lebte, patrouillierten umherstreifende Jungsbanden, die mich an Wolfsrudel denken ließen, so wie sie ihr Gebiet markierten und bewachten. Innerhalb ihres Territoriums, auf dem vermüllten Gelände um den Wohnblock, drückten sich schattenhafte Gruppen von Kids herum. Trotz der Kälte saßen oder standen sie im Kreis, still wie Gespenster, wärmten ihre Finger an den eisigen blauen Flammen ihrer Smartphonescreens und simsten mit anderen Gespenstern irgendwo oder nirgendwo. Zu hören war nichts außer dem Kakerlakengeraschel von Fingernägeln auf Plastik sowie hier und da dem farblosen Piepton einer hereinkommenden Antwort. Gelegentlich durchbrach etwas kurz die Stille, ein Kreischen, ein Schluchzer, ein bellender Hund, ein dreckiges Auflachen.

Ich hatte gehofft, wir könnten unbemerkt vorbeihuschen, doch die frostversengte Erde um Mitternacht gehörte den Teenagern, die auf der Hut vor Aliens waren. Ein verkniffenes bläuliches Gesicht drehte sich in meine Richtung, ein Ellbogen grub sich in benachbarte Rippen. Ich war als Eindringling ausgemacht, und die Kunde eilte durch den flimmernden blauen Äther.

Am Fuß der Treppe warteten sechs oder sieben Jungs auf mich. Hinter ihnen ertönte eine dünne Mädchenstimme: »Das ist die, von der ich erzählt hab – und ihr Hund.«

Meine gute Tat des Tages endete damit, dass ich mich umdrehte und floh. Ich ließ Elektra los, denn selbst mit Arthritis kann sie noch schnell genug laufen, um den Tritten pickliger Kids zu entgehen.

Ich nicht.

Ich stolperte durch die Ödnis, meine Schnürsenkel flatterten und mein Rucksack schlug einen holprigen Rhythmus auf meiner Wirbelsäule.

Sie schubsten mich von einem zum anderen wie einen Basketball, bis ich hinfiel. Dann krümmte ich mich um meine Weichteile und nutzte meinen Rucksack als Schildkrötenpanzer.

Es ist bloß ein Spiel, dachte ich. Ich bin der Spielball des Teufels. Seine minderjährigen Lakaien gönnen sich eine Runde Tretball. Der Teufel hat mich ins Spiel geworfen, und jetzt muss ich rollen oder durch die Luft fliegen, dem Gesetz von Kraft und Trägheit der Masse unterworfen, wie die Spitze eines Sportschuhs es meinem Arsch diktiert.

Eine gestandene ältere Frau als Spielzeug. Bis zum bitteren Ende, dachte ich, denn manchmal entscheiden sich Kids spontan dafür, die Welt von jemandem zu befreien, der weder Haus noch Hoffnung hat. »Tut es«, zischte der König der Würmer. »Es macht Spaß. Sie ist dreckig, alt und reine Platzverschwendung. Wer soll es schon merken? Los, Jungs, gönnt euch – seid frei in meinem Königreich. *Get your kicks on Route 66.* Seid meine Mannschaft, nutzt eure Spannkraft, tragt meine Standarte, bei diesem Spiel gibt's keine rote Karte.«

Und zu mir sagte er: »Närrin. Du denkst, du bedeutest etwas? Spielen dein Alter, Erfahrung und deine Erinnerungen etwa irgendeine Rolle? Gibt es sie in Wahrheit überhaupt? Du bist nichts als ein Produkt meiner Einbildungskraft, du hast keine Existenz außer der, die ich dir zubillige, und ich spiele mit dir, solange es mir gefällt.«

»Duff, duff, duff«, sagten die teuren Sportschuhe. Auf Sportschuhe muss man hören – die wissen wirklich, wovon sie sprechen.

Aber Regen beendete die Spielzeit, und die kleine Miss Blaubein sagte: »Wieso soll ich 'nen trockenen Furz darum geben, was mit dem Bastardbaby meiner Schwester passiert? Was glaubst du wohl, wer mir mein erstes Crack besorgt hat? Meine scheiß Halbschwester und ihr Arschloch von Kerl, die waren das.« Und dann rannten sie alle davon, damit ja nicht ihre Nikes nass wurden.

Nach einer Weile setzte ich mich auf und sagte: »Wenigstens haben sie nicht behauptet, meine Freunde zu sein.« Denn Rotwein hätte jetzt schön meine Schmerzen betäubt, aber meine sogenannten Freunde hatten dafür gesorgt, dass ich jeden einzelnen Bluterguss, jede gerissene Muskelfaser und jeden geprellten Knochen spüren durfte, ohne Linderung und ohne Trost. Sie ließen mir keinen Ausweg aus meinem Elend, keine Flucht vor dem König der Würmer, der lachte und sagte: »Also, das hat Spaß gemacht. Du liebst mich doch noch, oder etwa nicht? Du wirst doch jemandem, den du liebst, nicht sein kleines Vergnügen missgönnen, oder?«

In dem Moment fiel mir auf, dass ich meine Zähne verloren hatte, und ich kroch auf Händen und Knien umher, bis ich sie fand. Ich spülte sie im Regen ab, und dann stolperte ich blindlings weiter und suchte nach Elektra.

Natürlich fand ich sie nicht, aber irgendwann fand sie mich. Dann stapften wir los. Wir schleppten uns mühselig und beharrlich weg vom Cropper'schen Kreis der Hölle, Meile um Meile, legten so viel Entfernung zurück, wie wir konnten. Mein Verstand war ebenfalls ein Kreis der Hölle oder genauer gesagt ein Kreisel, der sich endlos drehte, ohne je irgendwo anzukommen.

Was hatte ich getan? Ein Gefallen für eine Mitgefangene? Worum hatte Kerri mich eigentlich genau gebeten? Ich konnte mich nicht erinnern. Es hatte irgendwas damit zu tun, ihre Mutter zu überzeugen, dass sie ihren Sohn nicht dem Sozialamt überließ. Was für eine Lachnummer. Ich spähte also durch einen Briefschlitz und sah ein Kind – nackt, heulend, grün und blau geschlagen und am Verhungern – und was tat ich? Ich versuchte die Obrigkeit herbeizurufen. Dieselbe Obrigkeit, die ich fürchte und verabscheue. »Und warum habe ich das getan?«, fragte ich Elektra. Aber Elektra hinkte an meiner Seite dahin, ohne mir zu antworten. Ich musste mir das wohl selbst beantworten. »Weil es nicht in meiner Macht steht, für ein verhungerndes Kind irgendwas zu ändern«, sagte ich laut.

»Oder für eine Hündin«, hätte sie wohl gesagt, wenn ich sie nur hätte hören können.

Gehen tut mir gut – der langsame Rhythmus beruhigt den Lärm in meinem Kopf. Des Teufels Gelächter rückt ferner, wenn ich auf den Beinen bin. Aber Elektras Gelenken tut es gar nicht gut. Ich verschaffe mir Erleichterung, indem ich meine Freundin martere.

Ich war froh, dass ich noch laufen konnte. Vor einigen Monaten hatte mich schon mal jemand zusammengetreten, jemand, der auf Platte war wie ich und ein gutes Paar feste Armeestiefel zu schätzen wusste. Dank ihm habe ich mein Plastikgebiss sowie die Narben und den Haarriss in meiner Schädeldecke, der die Nacht hereinlässt. Adidas und Nike können da nicht mithalten.

Wir fanden etwas Pitabrot und Salat in einer Mülltonne neben einem Kebabladen und ein Stück weiter eine nur halb gegessene Portion Fish and Chips. Das half uns durchhalten. Ab und an fand ich eine Nische oder einen stillen Winkel, wo wir kurz unterkriechen konnten, und dann ließ Elektra sich auf meine Beine fallen und schlief sofort ein. Ich konnte meinen schmerzenden Rücken ausruhen, schlafen konnte ich nicht.

In einer Tasche vor einem Wohlfahrtsladen entdeckte ich einen Kinderregenmantel aus Plastik. Ich trocknete Elektra ab und frottierte sie mit einem Herrensweater, bevor ich ihr den Regenmantel über den Rücken legte. Ein extragroßer Kapuzenpulli passte mir und gesellte sich zu den Schichten unter meiner Jacke. Mein Dank gilt euch Ungeduldigen, die ihr euren Kleiderschrank ausmistet und dann nicht warten könnt, bis der Wohlfahrtsladen aufmacht. London wimmelt nämlich von Leuten, die Kleidung für sich und ihre Kinder brauchen und nicht mal die Preise im Wohlfahrtsladen zahlen können. Ich bin ein Mitglied dieses Stammes, der von eurem Ausschuss lebt.

Der Müll vor einer Pizzabude, der sich im Regen langsam in Brei verwandelte, brachte mich wieder auf Connor und die alte Nachbarin, die ein Stück Pizza durch den Briefschlitz schob, wann immer ihr fetter Gatte eins übrig ließ.

Ich dachte an Kerri, Gorillakacke, und versuchte mich zu erinnern, in welchem Zustand sie gewesen war, als ich sie zuletzt sah. Es war keine schöne Erinnerung. Drei Wachteln bändigten sie und schleppen sie weg, nackig, blaugefroren und voller blauer Flecke von den Fliesen. Immerhin war sie nicht so ausgezehrt, jedenfalls nicht in puncto Nahrung. Sie aß alles, was sie in ihre gierigen Finger bekam. Ihr nacktes Fleisch, grob behandelt, wabbelte und schwabbelte. Sie hat mir, glaube ich, mal erzählt, dass sie neunzehn Jahre alt ist, aber all das überschüssige Fett lässt sie aussehen wie vierzig.

Sie heulte vor Wut und Verzweiflung, bloß weil ich zaghaft angedeutet hatte, Connor sei in der Obhut des Sozialamts womöglich besser aufgehoben als unter der liebevollen Fürsorge ihrer Mutter. Jetzt, wo ich ihn mit eigenen Augen gesehen und Kerris Halbschwester kennengelernt hatte, fragte ich mich, wie weit sich die Seuche aus Armut, Beschränktheit und Vernachlässigung bereits ausgebreitet hatte. War er schon unheilbar damit infiziert? Würde er einfach vollends verhungern und damit allen die Mühe ersparen, irgendwas zu unternehmen, was darüber hinausging, eine weitere lebensuntüchtige Frau wegzusperren? Ob die Sozialfürsorge es besser machen würde als Großmutter Cropper? Das hofft ihr doch, nicht wahr?

Ich bin genauso schlimm wie Schmister und Pierre. Ich habe meine vorwitzige Nase in Dinge gesteckt, die mich nichts angehen. Ich hatte nicht etwa getan, worum Kerri mich gebeten hatte. Nein, ich hatte mir angemaßt, es besser zu wissen. Aber ich hatte es verpatzt, und höchstwahrscheinlich war niemand gekommen, um ihn zu retten. Nicht mal das konnte ich herausfinden. Ich konnte lediglich feststellen, dass Außenseiter, die sich einmischten, gewaltsam davon abgebracht wurden. Ich konnte nicht helfen. Ich hatte keinerlei Macht – hatte nicht mal die Macht, Einfluss auf Leute zu nehmen, die so was wie Macht haben.

»Um dir das vor Augen zu halten, habe ich dich hierher geführt«, kicherte der Teufel in meinem Ohr. »Du hast das längst gewusst, aber du hattest vergessen, dass es auch für dich gilt. Der Weg zur Hölle ist mit guten Vorsätzen gepflastert, und edle Ziele sind reine Verblendung. Versuch ja nicht, mir ins Handwerk zu pfuschen. Ich suche mir die, die ich foltern will, sorgfältig aus. Und ich verlange von ihnen Liebe und Respekt. Gute Taten, gute Absichten haben noch nie jemanden gerettet – sie verlängern nur das Leiden. Kannst du es nicht fühlen – das Bedauern, das wühlende Schuldgefühl tief in deinem Innern, die Frustration und den Selbsthass? Oh ja, ja, du weißt, worauf ich stehe. Mmmm.«

»Hör auf!«, brüllte ich, dass die vormorgendlichen Großstadtmöwen auseinanderstoben, die gerade einen schwarzen Müllsack zerlegten und seine Innereien übers Pflaster verteilten. Das bin ich, dachte ich, ein Sack voller Unrat, aus dem das vergiftete Gekröse herausquillt.

Elektra stupste meine Hand mit ihrer feuchten Nase und erinnerte mich daran, dass ich eine Freundin hatte, deren Leben ich ein wenig verbessern könnte. Da wusste ich, dass ich zu Cherry zurückmusste, wenn sie mich noch aufnahm. Ich würde meine Pillen schlucken – nun ja, einige davon – und versuchen, mich dem König der Würmer gegenüber taub zu stellen. Denn der König der Würmer tötete mich tief in mir drin.

Kapitel 5

Eine ganz schlechte Idee

Nie und *nimmer* haben wir dich vergiftet!«, beteuerte Schmister lautstark. Sein schimmernder, mit dunklen und hellen Strähnchen versehener Bubikopf bebte vor Lauterkeit. »Wir geben dir bloß, was der Doktor verschrieben hat, und du haust es uns noch um die Ohren.«

»Wenn ich das nur könnte«, murmelte ich.

Pierre saß in seinem Lehnsessel wie Buddha auf einem Altar. Elektra lag ausgestreckt unterm Couchtisch und schlief tief und fest.

»Antabus.« Ich ließ es nachklingen wie ein Richter, der ›Mord‹ sagt. »Davon habt ihr mir nichts gesagt.«

»Nie davon gehört. So was würden wir nie tun.«

»Würden wir schon.« Pierre dehnte seinen Hals in die eine und dann in die andere Richtung, bis es knackte. »Wir sind aufgeflogen, Lil Missy, jetzt können wir's genauso gut zugeben.«

»Na ja. Also das ist nicht auf meinem Mist gewachsen.«

»Eigentlich doch«, sagte Pierre. Er drehte sich zu mir. »Weißte, als du … ähm, weg warst, hatte Lil Missy hier kein Zuhause, und sie kann ja nicht Auto fahren. Also haben wir die Minna hergeholt. Sie sollte eigentlich drin wohnen, aber sie fühlt sich so leicht einsam, also hat Cherry gemeint, sie kann das Gästezimmer kriegen.«

»Das Problem bist aber du, nicht ich«, warf Schmister ein. »Wer will schon eine trunksüchtige Irre um sich haben? Bloß dass Cherry dann so pflichtversessen wurde, weil die trunksüchtige Irre nun mal diesen Hund hat.«

»Tierlieb«, bemerkte Pierre stolz. »Cherry Pie – ein Herz so weich wie Kirschkuchen. Aber ich hab verkackt, als ich den Cops erzählt habe, ich wäre dein AA-Sponsor.«

»Das war doch wegen der Besuchserlaubnis.« Schmissy schniefte.

»Nicht dass einer von euch je zu Besuch gekommen wäre.« Ich war immer noch gekränkt deswegen.

»Ich bin eine gesuchte Frau«, sagte Schmister. »Ich wette, es gibt sogar Poster von mir.«

»Jedenfalls«, Pierres Stimme hob sich um eine Nuance, »dass wir dich vom Suff fernhalten war die Bedingung dafür, dass du herkommen kannst. Und das wiederum war die Bedingung für deine vorzeitige Entlassung.«

»Vorzeitig? Kam mir wie 'ne Ewigkeit vor.«

»Hör mal«, sagte Schmister, »ich bin reifer geworden, seit du weg warst.«

»Ach ja?«

»Und ich hab mich geändert. Ich zieh nicht mehr durch die Clubs.«

»Nicht so oft«, warf Pierre ein.

»Und ich schleppe keine Kerle mehr ab. Ich bin meinem geliebten Endokrinologen treu.«

»Manchmal.«

»Pierre!«, quietschte Schmister. »Warum ziehst du mein Liebesleben in den Schmutz? Du weißt, dass ich mir Mühe gebe, noch tugendhafter zu werden. Und sie …« Er stieß seinen Daumen in meine Richtung. »Sie zieht mich runter.«

»Ich zieh dich runter? Du hast wirklich keine Ahnung, was ihr mir in den letzten achtundvierzig Stunden angetan habt, was? Wenn Connor Cropper jetzt stirbt, ist das eure Schuld, ihr und eure Einmischerei. Wenn ich mir einen kleinen Schluck hätte genehmigen können, wäre ich da nie hingegangen. Aber das konnte ich nicht. Und ich war krank – zu krank, um zurande zu kommen. Also hab ich Mist gebaut.«

»Du weißt doch gar nicht, wie man sich einen *kleinen* Schluck genehmigt«, brüllte Schmister.

»Woher willst du das denn wissen?«, brüllte ich zurück. »Du hast mich doch noch nie unter normalen Umständen erlebt!«

»Es *gibt* keine normalen Umstände, wenn du in der Nähe bist.«

»Wer stirbt?«, fragte Pierre. »Inwiefern hast du Mist gebaut?«

Also ignorierte ich Schmister und erzählte Pierre von Connor Cropper. Keine Ahnung, warum ich einen hundertzwanzig Kilo schweren Fummel-Diva-Automechaniker für ›den Vernünftigen‹ hielt. Schließlich hatte er sich mir gegenüber nicht gerade bewährt.

Aber Elektra schlief friedlich unterm Couchtisch. Ihr Bäuchlein war voll, und sie hatte aus einer Schüssel mit der Aufschrift *Wachhund* sauberes Wasser und etwas von meinem Tee getrunken. Sie hatte Schmister und Pierre zärtlich begrüßt und das kleine Haus nach Cherry abgesucht. Doch Cherry war nicht da. Sie war gleich nach der Arbeit zum Pilatestraining gegangen. »Wer's mit einem Hünen treibt«, bemerkte Schmister unverblümt, »muss sich fit halten.«

Elektra hat einen miesen Geschmack, wenn es um Menschen geht. Sie liebt sogar mich, dabei hab ich sie die ganze Nacht auf ihren armen alten Beinen durch die Gegend gescheucht und ihr Schmerzen bereitet. Ich bin ihr was schuldig, selbst wenn sie nicht mit mir spricht.

»Bist du, als du im Gefängnis warst, plötzlich zur Expertin in Sachen Kindeswohl geworden?«, fragte Schmister. »Weil nämlich, als ich dich zuletzt erlebt habe, wusstest du keinen feuchten Dreck über Kinder.«

»Ich erkenne blaue Flecken, wenn ich welche vor mir habe. Und der arme Kleine konnte nicht mal richtig weinen.«

»Mit blauen Flecken kennst du dich aus – das muss ich zugeben.« Er musterte mich kritisch. »Du bist wirklich Expertin fürs Kassieren von Prügeln und Tritten. Wenn das als Spezialistenfach gelten würde, hättest du einen Doktortitel …«

»Aber du hast noch geschafft, 999 zu wählen«, warf Pierre dazwischen, »und du hast den Namen und die Adresse des Kindes genannt?«

»Schon, aber ich hab für mich selber einen falschen Namen angegeben, und der Anruf wurde abgebrochen. Ich wusste nicht, dass das Mädchen mit den blauen Beinen Connors Tante ist. Nicht, dass sie das groß schert – sie schien einen ziemlichen Hass auf ihn zu haben.«

Schmister seufzte. »Modernes Familienleben in seiner ganzen Schönheit, so klingt das für mich.«

»Du hast dein Bestes getan«, sagte Pierre.

»Aber auf mich hört doch keiner. Mein Bestes ist genauso wie gar nichts tun.«

Pierre sah mich ernst an. »Das ist der Preis, den du zahlst, weil du nicht zum Mainstream gehörst. Oder vielmehr, es ist der Preis, den das Kind zahlt.«

»Ja«, sagte Schmister, »armes Würmchen. Sein Retter ist eine zahnlose meschugge Landstreicherin.«

»Du bist ja wohl selber nicht gerade ein Musterbeispiel mittelständischer Tugenden.«

»Still, Mädels«, mahnte Pierre. »Keiner von uns ist in der Zone der Normalität zugange.«

»Aber sie ist die Schlimmste. Sie kann ja nicht mal so tun als ob.«

»Doch, das könnte sie«, sagte Pierre, »am Telefon, wenn sie keiner sieht. Sie kann sich gewählt ausdrücken, und sie hat einen ziemlich noblen Akzent. Wir könnten die Sozialbehörde in Shoreditch googeln, da anrufen und jemanden an die Strippe holen, bei dem sie sich dann gewählt ausdrücken kann.«

»Oder wir verkleiden uns als Nonnen«, sagte Schmister. »Vor Nonnen hat doch jeder Manschetten.«

Zu meinem Entsetzen ging Pierre enthusiastisch auf diese Schnapsidee ein. Aber natürlich würde es ihrem Herrn, dem Teufel, einen Ständer verpassen, wenn er seine Vasallen in geistlicher Amtstracht sah.

»Yeah, Nonnen, die Traktätchen verteilen«, erwärmte sich Pierre. »Wir könnten unsere Handys unterm Habit verstecken und durch den Briefschlitz Fotos von dem Kind machen.«

»Und der Behörde sagen wir, wir veröffentlichen die Bilder im Internet, wenn sie nichts unternehmen.«

»Was unternehmen?«, fragte Cherry, die zur Tür hereinkam und nach Deodorant und Mädchenschweiß roch. Ihre Miene wurde streng, als sie mich sah. Schmister trat mir gegen den schon getretenen Knöchel. Ich stand auf.

»Wecken Sie ja nicht den Hund auf«, sagte Cherry. »Er bleibt hier, bis Sie gelernt haben, ihn anständig zu behandeln.«

Ich wollte protestieren, aber ich sah, wie Schmister erneut auf meinen armen geschundenen Knöchel zielte. Also senkte ich demütig den Kopf und hinkte davon zur Minna.

Ich war zu fußwund und müde, um irgendwas anderes zu tun, als auf das Kajütenbett zu plumpsen – ein richtiges Bett mit einer Matratze, die alle noch verbliebene Unruhe aus mir herauszog. Ich fragte mich, ob Connor wirklich mittels Technologie zu retten war. Wenn man die richtigen Dingsdas besaß und damit umzugehen verstand, konnte die Technik viele Wege öffnen, über die sich Leute oder Institutionen erpressen oder in Verlegenheit bringen ließen, so dass sie handelten.

Aber würde der Herr der verlorenen Seelen es gestatten?

»Wart's nur ab«, zischte er schadenfroh. »Versuch nicht, mir auf die Schliche zu kommen. Du liegst eh immer daneben. Versuch lieber nur, es mir recht zu machen.«

Es stimmt. Damals, als ich noch glaubte, er sei ein Engel, versuchte ich es ihm mit Rührei und Räucherlachs recht zu machen. Ich kaufte ihm einen klassischen Austin-Healey Sprite. Ich zeigte ihm, wie er eine Bank ausrauben konnte. Ich nahm für ihn die Schuld auf mich. Doch er ließ mich hängen, ließ mich im Wind schaukeln, wo Fliegen und Stechinsekten an meinem lebendigen Fleisch knabbern konnten.

Ich wälzte mich herum und stopfte die Finger in die Ohren.

Hört mir zu. Deshalb brauche ich was zu trinken. Ich brauche Rotwein – Kommunionswein, damit ich Zwiesprache mit meinem Hund halten kann. Meine Hündin ist weise und gütig. Sie belügt mich niemals. Sie tut nicht nur so, als liebte sie mich. Wenn ihr wählen müsstet zwischen Hund und Teufel, wen würdet ihr wählen?

*

»Es gelten folgende Regeln«, sagte Cherry ohne auch nur ein ›Hallo, gut geschlafen?‹. »Sie nehmen jeden Morgen und jeden Abend an der Küchentür Ihre Tabletten. Sie werden nie wieder einfach tagelang mit diesem armen alten Hund verschwinden. Ich war bei der Tierärztin, und sie sagt, die Arthritis ist am schlimmsten im linken Hinterbein …«

»Das liegt daran, dass man sie auf der Rennbahn so herum laufen lässt«, sagte ich. »Die Kurve überlastet die Beine am stärksten auf der Innenseite.«

»… und Arthritis wird nicht besser. Es gibt nur eine Richtung, in die sich etwas verändert: von schlimm zu schlimmer. Letztlich kann man nichts tun, außer mit den Schmerzen zu leben. Das Tier durch ganz London zu schleifen ist absolut nicht hilfreich. Ich dachte, Sie lieben den Hund. Wie können Sie so gefühllos sein?«

»Es war das Antabus.«

»Es war blanke Selbstsucht. Wie wollen Sie anständig für ein Tier sorgen, wenn Sie betrunken sind und sich nicht im Griff haben?«

»Wie soll ich anständig für sie sorgen, wenn ich nur speie und …«

»Wenn Sie nicht trinken, müssen Sie auch nicht speien.«

»Wenn ich nicht trinke, kann der Teufel …«

»Ach ja, na sicher, der Teufel hat Sie dazu gebracht. Reißen Sie sich mal zusammen. Dieser Quatsch verfängt bei mir nicht.«

Es war mir bisher nicht aufgefallen, aber ihre hübschen blauen Augen waren hart wie Stahl, und sie sah mich an wie jemand, der ganz genau weiß, dass er im Recht ist.

Ich sagte: »Ich liebe Elektra sehr. Wir sind sogar zusammen durchs Feuer gegangen.« Ich senkte demütig den Blick. »Deshalb möchte ich Ihnen danken, dass Sie sie aufgenommen und sich für mich um sie gekümmert haben …«

»Das habe ich nicht für Sie getan. Ich habe es für Pierre getan.«

»Ja. Sie sehen ja selbst, wie liebevoll und wie lieb sie ist. Man wollte sie einschläfern, wissen Sie.«

»Und Sie haben sie gerettet – das gibt Ihnen nicht das Recht, sie zu misshandeln.« Einwandfreie Logik, und in etwa so entgegenkommend wie ein Backstein.

»Ich wollte ja nicht den ganzen Weg zu Fuß gehen. Aber mir war so schlecht, dass ich nicht stillhalten konnte – ich musste in Bewegung bleiben, um den Jieper loszuwerden und die Stimmen, und ich habe einer Freundin ein Versprechen gegeben, als ich weg war.«

»Das ist auch so eine Geschichte …« Das Licht der Rechtschaffenheit leuchtete aus Cherrys Blick. Satan, der Verführer, liebt solche Augen. »Sie sind so ein Ausbund von Hirnverbranntheiten, dass ich nicht weiß, was wahr ist und was nicht. Sie haben meinem Pierre und Missy da was eingeredet von barmherzigen Schwestern, die irgendein Kind retten sollen. Ich musste sie nachdrücklich zur Vernunft rufen. Also hören Sie, nehmen Sie Ihre Tabletten, sorgen Sie für den Hund und lassen Sie meinen Pierre in Ruhe.«

Damit zog sie ab, adrett und gepflegt, mit einem Duft nach Süße und Redlichkeit. Sie konnte einem Angst machen. Ich ließ ihr eine halbe Stunde Zeit, um zur Arbeit aufzubrechen, dann fand ich mich lammfromm an der Küchentür ein.

»Mach schnell«, sagte Schmister. »Wir wollen zum Bull and Bush-Kostümverleih. Ich liebe diesen Laden.«

»Aber Cherry hat doch gesagt …«

»Ich räum dir eine Schonfrist ein«, sagte Pierre und reichte mir ein paar Tabletten und ein Glas Wasser. »Die Anti-Wahnsinn-Pillen musst du nehmen, aber ich lass das Antabus weg. Gestern Abend hast du ausgesehen wie ein seekrankes Gespenst. Aber ich warne dich …«

»Ich weiß schon. Ich schwöre.«

»Wehe nicht.«

»Können wir jetzt los?« Schmister trug seinen roten Pelzmantel und schwenkte seine Handtasche.

»Wo ist Elektra?«

Pierre und Schmister tauschten einen bedeutungsschweren Blick. Dann sagte Pierre: »Tja, na ja, also Cherry hat sie heute mit zur Arbeit genommen.«

»Pierre«, sagte ich, »sie ist mein Hund.«

»Cherry sagt, wenn du dich nicht ordentlich um Elektra kümmerst, verdienst du sie nicht.« Schmister schniefte ungeduldig.

»Klappe«, sagte Pierre. »Momster, klar ist sie dein Hund. Cherry will ihr nur geben, was sie braucht.«

»Ich kann ihr geben, was sie braucht.«

»Du *hast* aber nicht, was sie braucht«, stichelte Schmister.

Ich wusste, er hatte recht. Aber es zu hören tat weh wie ein Loch im Herzen.

»Lass gut sein«, sagte Pierre. »Denk jetzt an was anderes. Wir sind im Auftrag der Barmherzigkeit unterwegs.«

»Ich werde aussehen wie Audrey Hepburn in *Geschichte einer Nonne.*« Schmister setzte eine Miene voller Unschuld und Heiligkeit auf.

»Und ich gehe als Whoopi Goldberg.«

»Ist das nicht paradox? Die Einzige, die aussehen wird, als ob sie Fummel trägt, ist Lady B.«

»Schluss jetzt«, sagte Whoopi Goldberg.

Kapitel 6

Halb Frau, halb Pinguin

Als ich Schmister zum ersten Mal begegnete, war er als Nonne verkleidet. Da zog er gerade eine Haustür-Masche ab, und er war schon damals äußerst überzeugend. Der einzige Makel war, dass seine Finger gelb vom Nikotin waren und er roch wie ein Spucknapf. Jetzt, wo Cherry ihn als Bedingung für seinen Aufenthalt in ihrem Haus vom Rauchen abgebracht hatte, waren seine Hände sauber und sein Atem süß. Nichts verdarb die Illusion von Reinheit.

Pierre war ein Megaerfolg, keine Ahnung, wie er das anstellte. Er war nach wie vor hünenhaft und muskulös, aber er hatte sich irgendwie eine geheimnisvolle Aura von Tugend, Anmut und frommer Gefasstheit zugelegt. Er war nicht einfach bloß eine Nonne, er war eine Nonne, der du bedingungslos vertrauen konntest.

Wie vorhergesagt war die Einzige, die nicht wie eine religiöse Frau aussah, ich. Die weiße Haube und die schwarze Robe verweiblichten mich nicht die Spur. Ich sah aus wie ein alter Mann auf einer miesen Halloweenparty.

»Wir werden sie im Auto lassen müssen«, sagte Schmister. »Denk dran, das Fenster einen Spalt zu öffnen.«

»So schlimm ist sie doch gar nicht.«

»Ich komme mir vor wie ein Volltrottel.«

»Du solltest dir vorkommen wie eine Nonne«, riet Schmister, »notfalls eben wie eine vertrottelte Nonne.«

»Sie weiß nicht, wie man eine Kostümierung mit Leben erfüllt. Das ist ein Talent.«

Sie beäugten mich kritisch, während ich mich bemühte, die Robe mit Leben zu erfüllen.

»Vielleicht weiß sie gar nicht mehr, wie man sich als Frau fühlt«, sagte Pierre.

»Sie hatte ja mal einen Freund. Aber der …«

»Das hab ich dir im Vertrauen erzählt«, brüllte ich los. »Ich habe den Teufel geliebt, und er hat sein Spiel mit mir getrieben. Er hat mir das Herz rausgerissen. Er hat die Frau in mir eingefroren und welken und sterben lassen. Er …«

»Friede«, sagte Pierre. »Lebe in Frieden. Wir werden dich beschützen. Du musst keine Frau sein, um Gottes Liebe zu empfangen.«

Ich hätte schwören können, dass er sich das glatt selber abnahm. Ich glaubte es beinahe auch, nur wusste ich ja, dass der Lord der Lügen aus seinem Mund sprach.

Ohne den Lord der Lügen auch nur zu bemerken, sagte Schmister: »Ich will sternhagelvoll auf dem Tisch strippen, wenn wir es auch nur schaffen, so was wie halb Frau, halb Pinguin aus ihr zu machen.«

Sie fielen über mich her, zwickten, zupften und puderten, bis Schmister nach zwanzig Minuten sagte: »Na ja, ich schätze, den Teil mit halb Pinguin haben wir hingekriegt. Aber wir müssen sie immer noch im Auto lassen, dabei bleibt es.«

Ich weiß nicht, warum ich das alles zuließ. Vielleicht war ich froh über die Chance, ausnahmsweise mal passiv zu sein, oder vielleicht hatte ich einfach meine eigene Dummheit satt und wollte herausfinden, ob die Folgen der Dummheit anderer irgendwie besser zu ertragen waren. Vielleicht nahm es mir ja Verantwortung ab, den Tatendrang von anderen Idioten auszuagieren. Vielleicht hatte der Knast mich so lädiert, dass ich leicht zu beeinflussen war. Vielleicht hatte ich meine einzige echte Freundin an eine jüngere, passendere Frau verloren und brauchte unbedingt Ablenkung. So viele Vielleichts, so wenig Gewissheit.

Pierre parkte seinen Vauxhall Minivan auf dem Lieferantenstellplatz der Festung Cropper. Der Wohnblock ragte über uns auf, ein Monument der Entbehrung. Gang-Tags und Müll waren die einzigen Anzeichen, dass es hier menschliches Leben gab.

Ich sagte: »Ich will nicht allein warten. Was, wenn diese Kids kommen und mich wiedererkennen?«

»Das werden sie nicht«, sagte Schmister. »Aber jemand muss beim Auto bleiben, sonst fehlen nachher der Motor oder die Reifen.«

»Ich lass dir die Schlüssel da«, sagte Pierre. »Wir beten für dich, aber schließ dich ruhig ein, wenn du Angst hast.«

Sie rauschten davon, die Roben gerafft, um sie vor den Pfützen zu schützen, die der Regen von gestern Abend hinterlassen hatte. Sie trugen schlichte schwarze Schuhe und dicke schwarze Strumpfhosen. Sich zu verkleiden war Balsam für ihre verkorksten Seelen. Sie blühten auf in ihrer Kostümierung. Ich nicht. Vielleicht bin ich nicht blühfähig – ein trockener Stängel, der nur in immer kleinere Splitter zerbrechen kann. Der Teufel gab vor, mich zu lieben, und nun bin ich eine Nonne ohne Seele, eine Liebende ohne Herz, und ich habe Elektra an die ach so rechtschaffene Miss Cherrygeschmack verloren.

Ich saß also in Pierres Auto und wartete. Die Uhr auf dem Armaturenbrett zeigte mir an, dass ich von 11:05 bis 11:27 gewartet hatte. Mein Atem beschlug die Fenster und reduzierte meine Welt auf die Größe einer metallenen Arrestzelle, ein winziges U-Boot. Ich war gefangen und mir ging langsam der Sauerstoff aus. Ich fing an zu zittern und zu keuchen. Schweiß rann an meinen Rippen runter.

Ich riss die Tür auf und stolperte hinaus in die kalte feuchte

Luft. Ich musste an Elektra denken, wie Cherrys Hand sie streichelte, wie Elektras Augen Cherry voller Hingabe anblickten, dankbar und vertrauensvoll. Ich schrumpelte vor lauter Versagen und Eifersucht.

Ohne mein Allheilmittel Rotwein war das Einzige, was ich tun konnte, mich in Bewegung zu setzen – weglaufen vor der Schande, ich zu sein, mich verlieren im Rhythmus meiner Schritte.

Ich marschierte einmal im Kreis um den Vauxhall herum. Dann marschierte ich einmal im Kreis um Burg Cropper herum, und mein Habit flatterte mir um die Beine wie ein Laken. Aber das brachte mich nur wieder zurück zum Auto – und zu mir.

»Lass das Auto nicht allein«, ermahnte ich mich und schloss die Türen ab. Und: »Lass auf gar keinen Fall das Auto hier unbewacht stehen«, sagte ich, als ich den Schlüssel hinten im Auspuff versteckte.

»Geh schon«, wisperte der Teufel. »Du wirst dich besser fühlen, und nur darauf kommt es an. Du kennst doch den Weg. Dein moralischer Kompass sollte immer in eine Richtung zeigen: auf dich selbst.«

Also ging ich.

»Du schuldest denen rein gar nichts«, fuhr der Prinz der persönlichen Rechtfertigung fort. »Die sind Schuld, dass Cherry sich deinen Hund unter den Nagel gerissen hat.«

»Ich muss sie wiederhaben«, sagte ich, »mit oder ohne deine Hilfe.«

»Wie war das?«, sagte eine alte Frau in einem Mantel, in den sie zweimal hineinpasste. Sie stand an einer Bushaltestelle. »Sie brauchen Hilfe?«

»Für die Armen«, sagte ich. »Es heißt, der Herr wird es richten, aber darauf warte ich schon sehr lange.«

»Ich auch.« Sie reichte mir eine Pfundmünze. »So ein Armutsgelübde muss doch eine verflixte Härteprüfung sein.«

»Mich hat das Keuschheitsgelübde abgeschreckt«, sagte eine dicke, vollbusige Frau in einem Mantel, der nur halb um sie herumpasste. »Meine Mum wollte, dass ich zu den Schwestern gehe, aber dafür mochte ich Jungs viel zu gern. Jetzt hab ich fünf Kinder, so gesehen hatte sie vielleicht recht. Mit fünfzehn denkt man halt nicht nach, was?«

»Es ist ein hartes Leben«, ich nahm die Münze an, die sie mir hinhielt, »und nicht jede ist dafür geschaffen.«

»Wir führen alle ein hartes Leben«, sagte ein Glatzkopf mittleren Alters in einem Mantel, der ihm tadellos passte. Er gab mir einen Fünfpfundschein. »Ich persönlich glaube nicht an dieses ganze Kirchenbrimborium. Aber ich wünsche Ihnen viel Glück.«

»Gott segne Sie alle.« Ich wusste nicht genau, wie man sich korrekt bekreuzigt, deshalb hob ich die Hand wie die Jungfrau Maria auf alten Gemälden. Ich war beeindruckt – vielleicht war ja an dieser Kostümnummer doch was dran. Es war viel einfacher, Selbstgespräche führend durch die Gegend zu schusseln, wenn alle annahmen, dass ich Gebete murmelte und nicht bloß besoffen oder beknackt war. Und Leute gaben mir Geld, ohne auch nur gefragt worden zu sein. Na ja, nicht mir – sie gaben dem Kostüm Geld. Mich sahen sie gar nicht. Wenn ich mit Elektra zusammen war, sahen sie mich auch nicht. Dann gaben sie das Geld ihr. Es ist leichter, einen Hund zu mögen als eine Frau. Ich verstehe das. Ich bin genauso.

Elektra muss das doch auch wissen. Sie muss wissen, dass sie meine einzige echte Freundin ist und dass ich sie liebe. Also gut, ja, ich hab kein Auto, um sie damit herumzukutschieren, und ich hab auch kein Geld für eine teure Tierärztin. Es stimmt, dass ich es ein paarmal, sehr gelegentlich, nicht geschafft habe, ihr anständiges Hundefutter zu kaufen. Und sie könnte womöglich geltend machen, dass diese sehr seltenen Vorfälle damit zusammenhingen, dass ich Geld für Rotwein ausgegeben hatte.

Aber sie kann nicht leugnen, dass ich ihr treu ergeben bin, und früher war sie mir auch treu ergeben. Bis Cherry des Wegs kam.

»Vielleicht hat Cherry dich ja extra in den Bau gebracht«, raunte der Wurm in meinem Hirn, »damit sie Elektra stehlen kann.«

»Cherry kannte uns nicht mal, bevor ich in den Bau kam.«

»Bist du dir da ganz sicher?« Der Wurm wühlte sich in seine warme Höhle unter meiner Schädeldecke, hinter meinem Ohr. »Elektra ist das wertvollste deiner Besitztümer. Sogar Schmister hat sie einmal gestohlen. Weißt du nicht mehr? Er ist auch gar nicht dein Freund, sondern Cherrys Freund. Sie ist ein Raubtier. Erst raubt sie deine Freunde. Dann raubt sie deine beste Freundin.«

»Meiner Besitztümer?«, fragte ich. »Ich habe keine Besitztümer.«

»Natürlich nicht«, sagte eine Frau in einem schicken grünen Regenmantel. »Sie sind schließlich eine Nonne. Hier, bitte geben Sie das den armen Kindern.« Sie stopfte einen Zehner in meine Hand, als wäre ich eine Sammeldose.

Ich neigte in Demut und Würde, so hoffte ich, meinen Kopf. Die Frau schaute mich ganz komisch an, darum eilte ich in doppeltem Tempo weiter. Ich war müde und wusste nicht mehr, wo ich mich befand. Außerdem hatte ich siebzehn Mäuse in der Hand und keine Tasche, um sie einzustecken. Kann sein, dass echte Nonnen Taschen haben, falsche Nonnen haben jedenfalls keine. Ich konnte mir ja schlecht eine Handtasche kaufen, denn so was haben echte Nonnen bestimmt nicht.

Als ich mit siebzehn Pfund in der Hand vor einem Zoogeschäft landete, wurde mir klar, dass ich Elektra seit Ewigkeiten kein Geschenk mehr gekauft hatte. Vielleicht war sie ja deshalb zu Cherry übergelaufen. Cherry konnte ihr jederzeit Zeugs kaufen. Ich nicht.

So ging das nicht weiter. Ich trat in den Laden und kaufte ein

Quietschehuhn, einen anständigen Kauknochen und ein paar Dosen gutes Hundefutter. Die Verkäuferin gab mir den Knochen umsonst und zu viel Wechselgeld sowie eine Plastiktüte, in die alles hineinpasste. Außerdem sagte sie mir den Weg zur Haltestelle sowie den Bus, mit dem ich zur nördlichen Ringstraße kam. Ich würde zu Cherrys Haus fahren und Elektra holen. Mein Leben hatte einfach keine Startlöcher ohne sie. Ich trieb nur dahin wie ein toter Vogel auf einem Teich.

*

Es war dunkel, als ich ankam, aber ich sah Pierres Minivan vorne stehen. Ich schlich mich ums Haus herum nach hinten. Mein Plan war, mich in der Minna umzuziehen, aber dann sah ich Licht in der Küche und ging zur Hintertür.

Ich hörte das Gezeter schon, ohne die Tür zu öffnen. Cherry schimpfte immer wieder: »Seid ihr denn wahnsinnig? Ich hab's euch gesagt – ich *hab's* euch gesagt.« Und: »Ich will, dass sie morgen früh weg ist.«

Pierre grummelte irgendwas, das ich nicht verstand, aber Schmister hörte ich deutlich: »Es war nicht unsere Schuld. Ehrlich nicht.«

»Es ist mir egal, wessen Schuld es war«, schrie sie. »Ihr seid alle beide auf ihr Niveau gesunken. Ihr bringt das jetzt in Ordnung, oder ich rufe die …«

»Cherry … Schatz!« Es war das erste Mal, dass ich Pierre mit erhobener Stimme sprechen hörte. Ich wusste, Elektra verabscheute Geschrei, also machte ich die Küchentür auf. Ich brauchte nicht nach ihr zu rufen oder zu pfeifen. Ich sagte leise ihren Namen, und da war sie schon, lächelte, wedelte und drückte ihre feuchte Nase in meine Hand.

»Na komm«, sagte ich. »Nichts wie weg von diesen Irren.«

Kapitel 7

Beten hilft nicht

Ich wusste, weit würde ich mit der Minna nicht kommen, denn es war kaum noch Benzin im Tank. Aber ich glaubte auch nicht, dass ich weit fahren musste. Alles, was Cherry wollte, war, dass ich aus ihrem Haus verschwand. Also würde ich verschwinden, und Elektra würde ebenfalls verschwinden – diese Suppe kannst du jetzt auslöffeln und verdauen, Miss Ehrbar.

Der Motor startete beim vierten Versuch, und ich setzte den rumpelnden, protestierenden Haufen Metall im Rückwärtsgang auf die Straße raus. Elektra saß neben mir auf der Vorderbank. Endlich waren wir zusammen und allein miteinander. Meine Tränenkanäle drückten. Ich streckte die Hand aus und streichelte ihre weichen Ohren. Sie legte sich hin, den Kopf auf meinem Knie, und schloss die Augen. Das erinnerte mich daran, dass ich bislang ohne Licht fuhr. Aber ich fand den Schalter nicht.

Ich bog auf die Hauptstraße ein, wo die Beleuchtung besser war. Aber der Verkehr war schlimmer, und Autos hupten mich an und blendeten auf – riesige Stahlmonster, alle mit hasserfüllten Gesichtern, und alle brüllten mich an.

Schweiß durchweichte meine Haube. Meine Hände umklammerten das Lenkrad, als wäre es eine Rettungsweste. Aber ich konnte mich trotzdem nicht erinnern, wo der Schalter fürs Licht war.

Ich sah ein Tankstellenschild, riss das Steuer herum, und

die Minna schleuderte mit Schwung auf die Zufahrt. Wo sie prompt verreckte.

Aber wir lebten noch, Elektra und ich. Meine zitternden Hände hielten noch immer das Lenkrad gepackt. »Was mach ich jetzt?«, fragte ich sie. Aber sie lächelte nur lieb und schlief weiter.

Ein Sikh mit Texaco-Latzhose und blauem Turban öffnete die Fahrertür. »Nicht hier stehen«, sagte er. »Blockiert Zufahrt, ja?«

Ich konnte das Steuer nicht loslassen.

»Beten hilft nicht«, sagte der Mann. »Sie müssen wegfahren. Ich sag, den Motor anmachen, ja?«

Gehorsam drehte ich den Zündschlüssel. »Röchel, röchel, röchel«, sagte der Motor müde. Er klang so trocken und durstig, wie ich mich fühlte. Ich drehte den Zündschlüssel noch vier Mal, und der Motor röchelte noch vier Mal.

»Jetzt töten Sie Batterie«, sagte der Sikh. »Und blockieren Zufahrt zu Zapfsäulen.«

Hinter der Minna bildete sich eine Wagenschlange. Einige fingen an zu pöbeln. Ich bedeckte mein Gesicht mit den Händen. Die Welt roch so beißend nach Unmut, überhitztem Metall und giftigen Dämpfen, dass es mich würgte. Ich stieg aus und hob von der Beifahrerseite aus Elektra heraus. Sie war müde und zögerlich.

Der Sikh erklomm den Fahrersitz und ließ den Motor noch ein bisschen röcheln. »Kein Sprit«, sagte er angewidert. Inzwischen staute sich hinter uns ein weiteres halbes Dutzend Autos – alles hupte, alles pöbelte.

»Chaos«, kicherte der Teufel. »Oh, jaa – du weißt wirklich, was ich mag. Mach nur so weiter, dann gibt es bald Unfälle. Wenn wir richtig Glück haben, wird vielleicht jemand eingeklemmt oder in blutige Schnitzel zerlegt.«

Geblendet von Scheinwerfern, halb taub von der Wut, die aus jeder Hupe dröhnte, wandte ich mich ab.

»Oy«, sagte der Mann. »Ich hab Reservekanister. Ich sag, halbe Gallone reicht bis Zapfsäule. Dann volltanken. Okay?«

Er war nicht böse oder unfreundlich. Dabei hatte ich seine Zufahrt in ein Chaos verwandelt und ruinierte ihm das Geschäft.

Ich sagte: »Aber es ist kein Geld mehr übrig.« Ich griff auf der Beifahrerseite in die Minna. In der Tragetasche des Zooladens waren Hundefutter, ein Kauknochen, ein Gummihuhn und siebenundachtzig Pence. Ich zeigte alles dem Sikh. Er blinzelte ungläubig.

Eine Gruppe Männer stieg aus ihren Autos und Vans und kam auf uns zu. Der Sikh breitete die Arme aus und zuckte die Achseln. Er griff in die Zooladentüte, holte die siebenundachtzig Pence heraus und hielt sie der versammelten Menge auf der Handfläche entgegen.

»Kein Cash, ja?«, sagte er resigniert.

»Los, fahren Sie jetzt diesen Schrotthaufen weg«, sagte ein ganz besonders hilfreicher Kerl in einem wulstigen Parka. Der Teufel applaudierte ihm heimlich und flüsterte ihm was ins Ohr. Der Mann fuhr fort: »Mir doch schnurz, und wenn sie die wiederauferstandene Mutter Teresa ist. Ich mag keine Nonnen, und sie muss endlich dieses Stück Scheiße aus dem Weg schaffen.« Er starrte mich und das Gummihuhn mit solcher Verachtung an, dass ich es rasch hinten in die Minna warf, bevor er etwas darüber sagen konnte. Ich senkte den Kopf, damit er dachte, ich würde beten, und meine blauen Flecke nicht sah. Ein Kerl wie der würde sich gewiss jede Schwäche zunutze machen.

»Verkehrsbullen«, mahnte ein Mann in Gipser-Montur. »Die sind bestimmt gleich hier, und ich kann's echt nicht brauchen, dass irgendein scheiß Schnüffler meine verfickte Steuermarke unter die Lupe nimmt.«

»Wie reden Sie denn«, sagte jemand anders.

»Ja, genau, zeigen Sie mal etwas Respekt.«

»Sie erweist uns doch auch keinen«, dröhnte der Nonnenhasser im Wurstparka. Ich roch das Bier in seinem Atem und hasste ihn zurück.

Ich sagte: »Ich bete für Frieden und Erlösung, aber das Armutsgelübde und mein schlimmer Rücken erlauben mir keine direkteren Maßnahmen.«

Ich sah, wie der Teufel den Nonnenhasser anfeuerte, eine noch hetzerischere Entgegnung zu formulieren, da unterbrach ihn das laute Heulen eines Kindes. Dieses einsame, hoffnungslose Jaulen hatte ich schon mal gehört. Es kam aus dem hinteren Teil der Minna.

Ich dachte, wenn ich jetzt wegrenne, passiert auch nichts Schlimmes. Aber ich stand wie angewurzelt und wartete darauf, dass das Fallbeil des Schicksals meinen ungeschützten Hals traf.

Der Sikh öffnete die Hecktür der Minna.

»Verdammt und zugenäht«, sagte der Gipser. »Wen haben wir denn da?«

Es war Connor Cropper. Natürlich, wer sonst. Was dachtet ihr denn?

Das Fallbeil des Schicksals fuhr mit einem Sausen und einem Knirschen durch Nackenwirbel und Kehle. Der Herr der unliebsamen Überraschungen hüstelte und kicherte. »Ich wette, das hast du nicht kommen sehen. Bin ich nicht mal wieder in Bestform?«

Connor stand neben dem Kajütenbett, sein Mund ein klaffendes Loch, aus dem akustisches Elend drang. Er trug ein formloses gestreiftes Sweatshirt, das mal mir gehört hatte, und um seine Knöchel hing ein nassgepinkeltes Badetuch. Er sah aus wie ein Kleinkind, das soeben ein Gummihuhn an den Kopf gekriegt hat.

»Das sieht aber nicht gerade hübsch aus«, meinte der Gipser.

Er hatte recht. Selbst in einem Frauenpulli sah Connor fürch terlich aus, seine Beinchen waren spindeldürr und übersät mit Blutergüssen.

»Was hier los?«, fragte der Sikh, und sein Blick schoss zwischen Connor und mir hin und her.

Ich murmelte: »Das kommt dabei raus, wenn Pierre und Schmister kreativ werden.«

»Beten hilft immer noch nicht.«

»Dieses Kind ist ja am Verhungern«, brüllte der Gipser, woraufhin Elektra sich duckte und Connor lauter heulte.

»Von so was liest man doch immer in der Zeitung«, sagte der Nonnenhasser. »Priester und Nonnen – alles Perverse.«

Alle schauten mich an und warteten auf eine Antwort. Ich sagte: »Elektra ist ein geretteter Hund. Das Kind ist ebenfalls gerettet. Was ihr hier seht, ist das Werk des Teufels. Der Fürst der Finsternis gibt auf seine eigene, üble Weise. Ich bete, dass der Herr des Lichts und die Güte Fremder Besseres geben.«

»So ein Haufen Unfug«, sagte der Nonnenhasser. »Merken Sie nicht, was sie vorhat? Sie will uns dazu bringen, dass wir unser mühsam verdientes Geld rausrücken, um sie von dieser scheiß Zufahrt wegzukriegen.«

»Können Sie nicht was machen, damit das Kind aufhört, so zu weinen?«, fragte ein Geschäftstyp.

»Er ist drei Jahre alt«, sagte ich. »Er ist hungrig, nass, allein und friert. Wenn man da nicht weinen darf, wann dann?«

Der Geschäftstyp langte in die Minna hinein und bot Connor seine Hand. Connor biss zu und zog sich dann schreiend an die Wand zurück.

»Er kennt keine Freundlichkeit«, sagte jemand.

»Seine Mama war den größten Teil seines Lebens im Gefängnis«, erklärte ich ihnen allen. »Da ist noch viel zu tun.«

»Allerdings!«, sagte der Geschäftstyp und hielt sich den malträtierten Daumen. »Hoffentlich ist der Hund gutartiger.«

Elektra beantwortete das, indem sie hinten in die Minna

hopste und sich zwischen Connor und uns setzte. Sie hielt sich sorgsam außer Reichweite seiner Zähne. Er hörte auf zu schreien, stopfte sich die Faust in den Mund und stieß stattdessen erstickte Stöhnlaute aus.

»Das ist schrecklich«, sagte der Geschäftstyp. »So etwas sieht man in rumänischen Waisenhäusern. Aber doch nicht hier.«

»Connor ist einheimisch – jeder jämmerliche Zoll von ihm«, sagte ich nachdrücklich.

»Leute, Leute«, flehte der Sikh, »denken Sie an die Schlange, die Zufahrt, die Verkehrspolizei, viele et ceteras.«

»Richtig«, stimmte der Gipser zu. »Wir müssen sie flottkriegen, sonst hängen wir hier fest.«

»Habichsnichgesagt«, meinte der Nonnenhasser. »Hab ich doch?«

»Halt die Klappe und schieb, verflixt«, sagte der Gipser.

Der Sikh setzte sich hinters Steuer, und etwa ein halbes Dutzend Männer schob. Ich tat nichts, stand nur da, Hände gefaltet, Kopf gesenkt, wie eine Nonne beim Gebet. Ich war passiv, pleite und ohne Treibstoff, hilflos gegenüber den Gewalten der Gesellschaft. Und ja, der Nonnenhasser hatte ganz recht – ich wartete wirklich darauf, dass alle anderen mich aus dem Schlamassel holten, in dem ich steckte. Ich lebe ja sowieso von Mildtätigkeiten, also brauchte ich mich gar nicht besonders anzustrengen – nur dass ich ganz ungeplant angezogen war wie jemand, der es verdient hat.

Sie schoben die Minna ans Ende der Zufahrt, wo sie nur ein bisschen den Luftzapfer verstellte. Dann zerstreuten sie sich so schnell wie möglich. Der Gipser gab mir einen Zehnpfundschein. Der Nonnenhasser verpasste mir einen Blick, unter dem Frühlingsblumen gewelkt wären.

Ich kratzte meinen Mut zusammen und machte die Hecktür der Minna wieder auf. Ich spähte hinein, Elektra hüpfte heraus. Connor hockte in seiner Scheiße und würgte das

Quietschehuhn. Auf seinem Gesicht lag ein Ausdruck mörderischer Entschlossenheit. Er blickte kurz zu mir auf, und seine Züge verzerrten sich zu einer Grimasse aus tiefem Hass und Furcht.

»Noch einer, der Nonnen hasst, was?«, sagte ich mit, wie ich dachte, beruhigender Stimme. Sogar Elektra wich ein Stück zurück. Ich machte die Tür wieder zu. Der kleine Junge war ein zu verstörender Anblick.

Ich ging mit dem Zehnpfundschein in den Tankstellenladen und fand den Sikh beim Konferieren mit einer winzigen Achtzigjährigen. Ihr schneeweißes Haar war mit einem Schnürsenkel zu einem dünnen Pferdeschwanz gebunden, und sie trug unerhört erotische goldene Sandaletten an ihren knorrigen alten Füßen.

»Wenn das eine koschere Nonne ist, bin ich ein Schinkenbrot«, verkündete sie und musterte mich mit ausgeblichenen Augen. »Aber es gibt ja immer ein schwarzes Schaf, sogar im Kloster.«

»Man lässt mich den Bus fahren«, sagte ich bescheiden.

»Heute nicht mehr«, sagte der Sikh. »Batterie hinüber.«

»Aber die haben Ihnen ein Baby anvertraut?«

»Das war nicht so geplant.«

»Diese gute Dame hier ist Mrs. Dora …«

»Mein Sohn hat mal Anstalten gemacht, Mr. Singhs Tochter nachzustellen. Aber das haben wir schnell und gründlich gehandhabt, was?«

»Oh ja, und wie«, sagte der Sikh voller Respekt. »In null Komma nichts.«

»Also, was wissen Sie über Babys?« Mrs. Dora heftete ihren nebligen Blick auf mich. »Haben Sie selbst welche? Na ja, wohl kaum, was? Warum bei Gottes flacher Welt vertraut man euch Leuten Kinder an?«

»Ich fahre nur den Bus.«

»Ich sag, besser nicht, nicht mal das«, meinte der Sikh.

»Und wo ist nun das arme kleine Würmchen?«

Das arme Würmchen köpfte mit seinen spitzen kleinen Zähnen ein Gummihuhn. Das Huhn quietschte schwächlich.

»Der stinkt aber übel«, sagte Mrs. Dora. »Wie heißt er denn?«

»Connor.«

»Oy, Stinker«, sagte sie. »Guck mich an, wenn ich mit dir rede. Hast du Hunger oder so?«

Connor guckte sie an und begann gellend zu schreien.

Ich machte die Tür zu. Nach ein paar Sekunden hörte das Schreien auf, und das schwache Quietschen fing wieder an.

»Er ist verwildert«, entschied Mrs. Dora.

»Er ist Satans Kind«, erwiderte ich, denn ich kannte diesen Blick.

»Tja, sie sind alle Satans Brut, nicht?«, sagte Mrs. Dora behaglich. »Das ist doch nichts Neues. Sie werden mit dem kleinen Schreckgespenst die Nacht hier verbringen müssen. Was gedenken Sie zu tun?«

Mir fiel nichts anderes ein, als ihn und das verstümmelte Huhn zurück zu Cherrys Haus zu zerren und ihn Schmister und Pierre in den Schoß zu werfen. Das Ganze war schließlich ihre Schuld, ihr verrücktes Spiel, ihre Schweinerei. Sollten sie sie doch aufräumen. Sollte Miss Tadellos ihnen dabei helfen – sie hatte nie unrecht und machte nie Fehler. Sie würde dieses Katastrophenszenario schon irgendwie so hinbiegen, dass es in ihr selbstgefälliges Weltbild passte.

Ich muss so hilflos ausgesehen haben, wie ich mich fühlte, denn der Sikh sagte: »Beten hilft immer noch nicht.«

Mrs. Dora zupfte den zerknautschten Zehnpfundschein aus meiner Hand. »Ich rufe Verstärkung«, erklärte sie, »aber das kostet Sie zehn Piepen pro Stunde.« Aus einer riesigen Schottenkaro-Tasche förderte sie das allerneuste Hightech-Handy zutage. Sie klappte es auf und brüllte hinein: »Schafft eure

Ärsche hier runter, aber bisschen plötzlich. Die verdammte Uhr läuft.« Sie schlidderte und wackelte ins warme Innere des Tankstellenshops, während sie weiter Befehle bellte.

Ich folgte ihr langsamer. Jetzt, da ich keine zehn Pfund mehr hatte, war ich im Laden nicht mehr willkommen. Also setzte ich mich zwischen die welkenden Fertigblumensträuße und die Zeitungsautomaten. Ich war müde und mir war schlecht, denn ich hatte den ganzen Tag nichts gegessen oder getrunken. Elektra war auch müde. Sie legte sich quer über meinen Schoß, so dass meine Robe sie vor dem kalten Wind schützte. Wie üblich sagte sie nichts, aber ich sah, dass sie Hunger hatte.

»Na, der dritte Tag in Freiheit?«, fragte ich sie. Ich wusste es gar nicht mehr so genau. Es schien Wochen her, dass ich aus dem Knasttor spaziert war mit nichts weiter im Sinn als Elektra in die Arme schließen und dann mit einem Schlückchen Rotwein feiern. Seitdem hatte man mir Cocktails aus hirnverbiegenden Toxinen verabreicht und meine beste Freundin entwendet. Elektra konnte ich keinen Vorwurf machen – sie ist ein Hund, und es liegt in ihrer entzückenden Natur, zu tun, was man ihr sagt – so ähnlich wie bei mir, strenggenommen. Nur dass meine Natur nicht halb so entzückend ist. Und die von Schmister auch nicht – er hängt sich einfach passiv wie eine Schlingpflanze an jeden, von dem er hofft, dass er ihm ein Gästezimmer sowie Zugang zu einem gut beleuchteten Schminkspiegel gewährt. Deshalb hat er damals überhaupt meine Bekanntschaft gesucht – er nahm an, ich hätte Kohle.

Von Pierre hatte ich gedacht, dass er anders sei. Er war der Illusionist, der Leute glauben machte, ein hundertzwanzig Kilo schwerer Automechaniker könne eine zierliche Diva sein. Er wirkte immer so stark in seiner Position abseits der Norm. Er schien ein unerschöpfliches Maß an Fürsorge und Einfühlung für andere zu haben, die von der Normalität drangsaliert wurden. Aber nichts da. Wieder falsch. Wenn es um die Freundin geht, die perfekte Miss Cherry mit ihren kleinen Eisaugen, ist er genau wie jeder andere Kerl auch, er lässt sich von ihr mit dem Pimmel in der Hand an der Leine führen und tanzt hechelnd nach ihrer Pfeife. Für einen Fick verkauft er alles und jeden. Und genau *das*, habe ich feststellen müssen, ist die Norm.

Das waren also meine Freunde. Sie ließen mich hängen mit einem Wildkind in einem Ex-Ambulanzbus mit vergurkter Batterie und ohne Benzin. Ich wünsche euch bessere Freunde, als ich sie habe.

Ich spielte an dem billigen Kitschkruzifix herum, das mir die Jungs um den Hals gehängt hatten, und entdeckte, dass der winzige Jesus an dem Kreuz einen Ständer hatte. Das mussten Schmister und Pierre wohl wahnsinnig witzig gefunden haben, allerdings hatte mir keiner was davon gesagt. Oder, wahrscheinlicher, es war das Werk des Fürsten der grausamen Späße. Wer sonst würde mich in die Kluft der Keuschheit kleiden und mir dann ein pornografisches Kruzifix um den Hals hängen? Schließlich hatte er auch mein Leben in die Hände von Pierre gelegt, der ein gehorsamer Sklave seines gierigen geilen Pimmels war, und von Schmister, der seinen loszuwerden versuchte, um sich eine gierige geile Muschi zuzulegen, und von Cherry-Eis, die beide wie Marionetten lenkte, indem sie Sex und Obdach gewährte oder verweigerte.

Auch ich bin ein Geschöpf des Herrn Satan wegen Sex. Ich bin in dieser lächerlichen Situation, hocke neben den Nelkensträußchen fürs schlechte Gewissen und trage einen Witz-Jesus, weil ich mich nach Liebe verzehrte und nach der liebkosenden, marternden Hand des Teufels. Ich gab ihm meine Liebe, meine Sexualität, meine Seele. Er forderte mein Geld, mein Haus, meinen Ruf und meine Kenntnis der Kundenkonten. Ich servierte ihm alles auf dem Silbertablett. Er nahm mir meine

Freiheit, und dann nahm er auch noch meinen Verstand und spielte Flipper damit.

Es gähnt ein leeres, unfüllbares Loch, wo einst mein Herz war, und das schmerzt wie ein verfaulender Zahn. Oder vielmehr wäre es so, wenn der Teufel nicht auch noch mit meinen Zähnen Würfel gespielt hätte.

Elektra hob ihren schönen schmalen Kopf und schaute mich mit warmen Goldaugen an. »Ja«, sagte ich, »und dann kamst du. Aber wir sprechen ja nicht mehr miteinander, nicht? – Antabus sei Dank.« Ich legte ihr meine Hand auf den Kopf und strich mit dem Daumen sanft über die Stelle zwischen diesen engelhaften Augen.

Eine Frau sagte: »Das sehe ich gern – eine Nonne, die einen Hund segnet.« Sie war auf dem Weg nach drinnen, um für ihre Tankfüllung zu bezahlen.

»Vielleicht sollte es besser andersrum sein«, sagte ich.

Sie blieb stehen und starrte mich verdutzt an. »Ich dachte, euereins glaubt nicht, dass Hunde eine Seele haben.«

»Wenn Gott ein Wesen gemacht hat, hat er ihm auch eine Seele gegeben«, verkündete ich entschieden. Natürlich glaube ich nicht, dass Gott irgendwas gemacht hat. Die Schöpfung war ein wahlloser kosmischer Unfall, mit dem der Teufel jetzt seine Späße treibt. »Aber eigentlich ist Mainstreamtheologie gar nicht mein Ding«, fügte ich entschuldigend hinzu.

»Sind Sie Franziskanerin? Sammeln Sie für irgendwas?«

»Sie hat Hunger.« Ich streichelte Elektra. »Und da drin im Shop sind Leute, die wollen mir mit der, ähm, dem Bus helfen – aber sie nehmen dafür zehn Pfund pro Stunde, deshalb bin ich jetzt total pleite.« Ich überging die Frage mit den Franziskanern, denn über den heiligen Franziskus wusste ich nur, dass er mit Tieren sprach. Genau wie ich. Ihr fiel das nicht auf. Sie war eine große, schlaksige Frau, die aussah, als würde sie niemals Zeit vertrödeln. Sie griff unverzüglich in ihre Tasche.

»Nein – wenn ich da mit Geld reingehe, nehmen sie es mir für den Bus ab. Aber Gott segne Sie.«

»Wer einen Hund füttern will, muss schon Hundefutter kaufen.« Sie ging weg.

»Tut mir leid«, sagte ich zu Elektra. »In der Minna liegt Futter, aber ich hab Angst vor Connor.«

Sie kuschelte sich an mich, als wollte sie sagen: »Ich auch«, aber sie hatte immer noch Hunger.

Ein Hyundai hielt quietschend neben mir, ein Mann sprang heraus und knallte mir um ein Haar die Tür an den Schädel. Er holte sich die Abendzeitung aus einem der Automaten, ehe er bemerkte, dass er auf meinem Habit stand. »Gott! Tschuldigung. Hab Sie da unten gar nicht gesehen. Tut mir leid, tut mir leid. Sammeln Sie für herrenlose Hunde? Hier, nehmen Sie mein Kleingeld.« Er warf eine Handvoll Münzen in meinen Schoß und verschwand in einer Wolke aus Kohlenmonoxid und Zitrusdeodorant.

Es war mehr als genug für eine Dose Hundefutter für sie und ein Sandwich für mich, aber ich blieb, wo ich war. Ich wollte unser Essensgeld nicht Mrs. Dora geben.

Ein Range Rover kam die Zufahrt hoch. Zwei riesige Männer und eine winzige Frau stiegen aus und gingen in den Shop. Fünf Minuten später streckte Mrs. Dora ihren Kopf aus der Tür und fragte: »Was isst er?«

»Sie«, sagte ich. »Hundefutter, und ich würde nicht nein zu …«

»Das Stinkekind«, blaffte sie. »Was ist los – hat man Ihnen ins Hirn gekackt?«

»Ich weiß nur von Pizza. Die Nachbarin hat manchmal welche durch den Briefschlitz geschoben.«

»Schofle Kriminelle«, sagte sie und schwankte auf ihren sexy Sandaletten davon, vorbei an der schlaksigen Frau, die gerade herauskam.

Die schlaksige Frau hockte sich neben mich, um Elektra zu

streicheln. Sie hatte eine Dose Hundefutter in der einen Hand und einen Pappteller in der anderen. Elektra setzte sich erwartungsvoll auf. Die Frau öffnete den Ringverschluss und kippte den matschigen Inhalt auf den Pappteller. Elektra lächelte sie an und wedelte höflich, bevor sie reinhieb. Nun erst reichte mir die Frau ein Käsesandwich. Sie sah mich nicht mal an, sondern streichelte Elektras Schulterblätter, während die aß.

»Danke sehr.« Ich versuchte nonnenhaft und würdevoll zu klingen, während ich gierig ins Käsebrot biss.

»Es wundert mich, dass Ihr Kloster noch niemanden zur Hilfe geschickt hat.« Sie wandte den Blick nicht von Elektra. »Und ich weiß nicht recht, ob Sie Mrs. Doras Familie wirklich trauen sollten. Die sehen mir ein bisschen dubios aus.«

»Bettler können nicht wählerisch sein«, sagte ich, froh, zur Abwechslung mal etwas Wahres sagen zu können. »Dem guten Samariter hat auch niemand getraut.«

»Der gute Samariter hat auch keine zehn Pfund pro Stunde berechnet«, sagte sie scharf. Sie tätschelte Elektra noch ein letztes Mal und richtete sich auf, dann fügte sie fast beschämt hinzu: »Vielleicht war es ein Fehler, aber ich habe für zwei weitere Stunden bezahlt. Passen Sie ja auf, dass Sie was kriegen für mein Geld.« Damit eilte sie davon, zu energisch, um mein Dankesgemurmel noch zu hören.

»Ich schätze, ich sollte wohl ein schlechtes Gewissen haben«, sagte ich und hielt Elektra den Pappteller so hin, dass sie gut an die letzten Reste herankam. »Aber hab ich nicht. Immerhin muss ich einen kleinen Jungen und einen Hund durchfüttern. Ich mach nur, was eine Nonne tun sollte – mich um die Bedürftigen kümmern und das Beste hoffen. Zumindest finde ich, dass Beten darauf hinausläuft. Wobei Beten zielgerichtet ist und Hoffen nicht.«

Elektra seufzte und legte sich wieder quer über meine Beine. Sie schenkte mir ein schläfriges, zufriedenes Lächeln und ich konnte sie fast sagen hören: »Mir egal, als was du dich ausgibst, solange es mir einen vollen Bauch beschert.«

Puff: Mrs. Dora erschien neben mir in einem Schwefelwölkchen. »Auf, auf, Schwester Schwachsinn, ja, Sie. Sie sind nicht hier, um ein Schläfchen zu halten. Sie haben sich um ein Kind zu kümmern, das wird sich wohl nicht selbst versorgen. Also hopp-hopp jetzt, oder sonst.«

Elektra und ich rappelten uns hoch.

»Ihr Hund sieht aus wie ein Skettelett, und Sie haben wohl in letzter Zeit auch nicht viel gespachtelt. Meinetwegen könnt ihr Nonnen euer gottiges schofles Selbst zu Tode hungern, aber kleine Kinder und Hundchen brauchen Fleisch, Kartoffeln und Grünzeug.«

»Ich bin bloß die Transportnonne«, murmelte ich.

»Und das haben Sie ja super gemeistert, oder was.«

»Wir sind ein armer Orden.«

»Das bin ich auch, aber meine Kinder hab ich trotzdem satt gekriegt.«

»Connor ist doch gerade erst in unsere Obhut gekommen.«

»Obhut, fürn Arsch«, sagte sie und ging voraus zur Minna, wo zwei riesige Männer und eine winzige Frau gerade Connor in einen schwarzen Müllsack stopften. Nur sein Kopf guckte oben heraus, und er brüllte wie am Spieß. Die winzige Frau brachte ihn zum Schweigen, indem sie ihm ein großes Stück Schokolade in den Mund schob.

»Das ist meine Misha. Sie weiß, wie man für Kinder sorgt«, sagte Mrs. Dora stolz.

Misha sagte: »Scheiße noch mal, braucht der dringend eine Dusche! Was ist los mit euch Gottesanbetern? Wisst ihr denn gar nichts über Kinder?«

»Also die da ist so nützlich wie ein Netzkondom«, sagte Mrs. Dora und stieß ihren runzligen Daumen in meine Richtung.

»Sag das lieber nicht«, meinte einer der beiden Riesen.

»Katholiken und Kondome passen nicht zusammen.« Er und Misha verfrachteten Connor, der jetzt laut schmatzte, statt zu weinen, in den Kofferraum des Range Rover, dann fuhren sie in die Nacht davon.

Damit war der zweite Riese sich selbst überlassen. Er sagte: »Wo ist Ihre Batterie?«

»Frag sie nicht«, meinte Mrs. Dora. »Der haben sie ins Hirn gekackt.«

»Sie könnte unterm Beifahrersitz sein, und Gott segne Sie.«

»Was bilden Sie sich ein, meinen Tony zu segnen? Los, hier rüber mit Ihnen, putzen Sie mal die Kacke aus dem Heck von dem Klowagen hier.«

Kapitel 8

Sweet Charity

Behindert von meinem Habit war das Beste, was ich tun konnte, die besudelten Teppiche und Decken rauszuwerfen. Ich wischte auf, was sich aufwischen ließ, Misha und die zwei Riesen hatten Wasser mit Desinfektionsmittel mitgebracht. Die Minna roch trotzdem nicht gerade gut. Hatte sie vielleicht nie. Ich wusste es nicht mehr. Das kalte Wasser und der kalte Wind machten meine Hände ganz wund. Es war wieder ganz wie bei meinem Knastjob – anderer Leute Scheiße wegschrubben.

»Selber schuld«, frohlockte Satan. »Das ist die Quittung dafür, dass du nie hinter dir selber wegputzt. Diese ganze Schweinerei hat mit dir angefangen. Zähl ruhig mal die Schritte. Der erste war, mich als Liebhaber auszusuchen.«

»Du hast mich ausgesucht.«

»Ich hab vielleicht mal angeklingelt. Du hättest ja nicht darauf eingehen müssen. Es gab reichlich Gelegenheiten, etwas Abstand zu gewinnen und nein zu sagen.«

»Du hast mir nie gesagt, dass du der Teufel bist. Du hast vorgegeben, ein Mann zu sein, der mich liebt. Du hast mir das Gefühl gegeben, etwas Besonderes zu sein.«

»In deinem Alter? Bei deinem Aussehen? Bring mich nicht zum Lachen«, sagte der Graf der grausamen Scherze und lachte. »Eine vierzigjährige Jungfrau, die bei ihrer Mutter lebt – sei nicht so naiv. Du warst keine Beziehung, du warst eine Geschäftsmöglichkeit. Jeder Mann, der was taugt, weiß, man kann alles kriegen, wenn man einer Frau weismacht, sie sei etwas *Besonderes*.« Er spuckte das Wort aus, als wäre es der abgedroschenste Begriff im ganzen Wörterbuch, und ich wusste, dass er die Wahrheit sagte. Ich spürte die vom Wind gefrorenen Tränen auf meinem Gesicht. Manche Witze werden nie alt. Ich schon.

Mrs. Dora sagte: »Wenn Sie Gott um Hilfe anflehen, verschwenden Sie nur Zeit. Krempeln Sie die Ärmel hoch und helfen Sie sich selbst.«

»Sie macht doch schon«, sagte Tony. Seine Unterarme waren schwarz gestreift vom Motoröl und mit Maorimustern tätowiert. »Diese Batterie bringt nicht mal mehr 'ne Taschenlampe zum Brennen. Sie braucht eine neue. Ruf Lance wieder her, dann fahren wir zum Hof.«

»Ich rede mal mit Jimmy Singh«, sagte sie. »In der Zwischenzeit macht ihr beide gefälligst weiter, verdammt.«

»Machen Sie sich nichts draus«, sagte Tony, als sie weg war. »Sie ist eine Naturgewalt, meine Gamma. Ich sag nicht, dass sie 'n Herz aus Gold hat, denn manchmal hat sie gar kein Herz, aber sie kriegt einfach alles geregelt. Unsere Familie wär schon zehnmal auseinandergefallen, wenn Gamma nicht wär.«

»Sind Sie der, der auf Mr. Singhs Tochter stand?«

»Tu ich immer noch«, sagte er, und sein Gesicht verknitterte sich zu einem zärtlichen Lächeln. »Väter und Omas glauben gern, sie haben die Welt geordnet. Denken, sie wüssten alles.«

Ich fand, er hatte ein wirklich gutes und vertrauenswürdiges Lächeln. Er stand mit beiden Füßen fest auf der Erde, als wüsste er genau, dass er dort hingehörte. Hoffentlich hatte er sich nicht die falsche Frau ausgesucht. Die falsche Frau kann nämlich ein süßes Lächeln manipulieren, bis es ganz sauer wird. Seht nur, was Kerri Croppers Ma dem armen Connor angetan hat. Seht, was Cherry mit Pierre macht. Und ich, ich bin das Ergebnis dessen, was ein böser Mann anrichten kann. Seht her und lernt.

»Rostfraß«, sagte Tony, als könnte er meine Gedanken lesen. »Die Batterie ist hinüber.«

»Ich kann mir keine neue leisten«, sagte ich und zählte das Kleingeld, das mir der Hyundaifahrer in den Schoß geworfen hatte. Es waren sechs Pfund und einunddreißig Pence. Der Mann schmiss mit Geld um sich, als wären es Brotkrümel für die Vögel.

»Ich weiß nicht, wie Sie es bis hierher geschafft haben, ohne liegen zu bleiben.«

»Ich auch nicht.«

»Mächtig eisiger Wind. Was dagegen, wenn ich reinkomme?«

Wir setzten uns beide hinten in die Minna. Gedankenlos zog er eine Tabakdose aus einer Tasche und fing an, eine Zigarette zu drehen. Ich hinderte ihn nicht daran. Soziale Kontrolle ist Cherrys Gebiet, nicht meins. Ich war vielleicht angezogen wie die Truppen der Rechtschaffenheit, aber ich wusste noch, wer ich war. Und ich hatte eben erst das Strafvollzugssystem verlassen, wo der Prozentsatz der Rauchenden höher ist als an irgendeinem anderen Ort der Welt. Ich hatte nicht vor, mich als moralische Instanz aufzuspielen.

Doch genau das schien er von mir zu wollen. Wir saßen auf dem Kajütenbett, Elektra schlief zwischen uns, er rauchte, ich ruhte mich aus. Und nach einer Weile sagte er: »Ich glaube schon an Gott – ich bin anglikanisch erzogen. Ich weiß, Sie sind römisch-katholisch, aber ich hab mich gefragt …«

Ich sagte nichts, wartete nur ab und fürchtete religiöse Fragen, die ich nicht beantworten konnte.

Er fuhr fort: »Jimmy Singhs Tochter ist Harpreet Kaur. Ich nenne sie Pretty. Sie glaubt auch an einen einzigen Gott. Aber glauben wir an denselben? Das würde ich gern wissen.«

Ich sagte: »Wenn es nur einen gibt, gibt es nur einen. Gott und Amen sind bloß Namen.«

»Ja«, sagte er, »'s gibt viele Namen für ein und dasselbe. Aber denken Sie mal an Autos.«

Ich dachte an Autos, aber dazu fiel mir erst recht nichts ein.

»Es gibt Massen von verschiedenen Autos – Hondas, Vauxhalls, Mercedes und so weiter. Sind alles Autos, aber nicht dieselben. Und, denken Sie daran – jemand, der einen Bentley fährt, würde nie im Leben in einen Skoda steigen.«

»Der Teufel tritt auch in vielen Gestalten auf«, unterbrach ich. »Mit Hörnern oder ohne, mit einem Schwanz, vielleicht einem gespaltenen Huf, mal als böser Geist, mal als gewöhnliche blonde Frau, besessen von Satans Wesen.«

»Aber er ist immer noch Satan«, bestätigte mein philosophischer Tony, paffte Golden Virginia und nebelte die Minna mit männlichem Qualm ein. Es roch nicht nach Schwefel, aber man weiß ja nie.

»Immer derselbe«, stimmte ich zu, »immer mit derselben Absicht – zu verderben und zu zerfressen, immer mit Hilfe von Jüngern.«

»Aha.« Er drückte seine Zigarette sorgfältig auf dem Deckel seiner Tabakdose aus und steckte die Kippe in die Tasche. Einer von uns war sich offenbar bewusst, dass wir uns auf einer Tankstelle befanden. »Also ist er gar nicht das, was man zu ihm sagt. Er ist das, was er tut.«

Schlagartig war ich zu müde, um auch nur zu nicken.

»Und Sie meinen, mit Gott ist es genauso? Prettys Gott und meiner sind derselbe, weil sie gut sind, und ihre Jünger sind auch gut, selbst wenn sie Gurus heißen? Man kann wirklich prima mit Ihnen reden für eine Nonne.«

Nur dass er nicht mit einer Nonne redete – er redete ja nicht mal mit mir. Er redete mit sich selbst. Kein Wunder, dass er die Unterhaltung leicht fand.

»Wohin haben sie Connor gebracht?« Ich dachte, es wäre taktisch klug, wenn es aussah, als wäre ich besorgt, auch wenn der arme kleine Kerl eine untragbare Bürde war.

»Sie bringen ihn zu Ma. Das war sie vorhin mit Lance.«

Winzige Gamma, winzige Ma, riesige Söhne – klar, dass die Frauen in der Familie zäh wie Nashornleder waren.

»Ma weiß schon, was zu tun ist«, ergänzte Tony mit dem unbekümmerten Vertrauen des Kindes mit der starken Mutter. »Außerdem hat sie noch die ganze Babyausstattung von Meadows drei Kleinen da. Wir sind gut gerüstet für solche Fälle – besser als Sie zumindest. Was hatten Sie denn mit ihm vor?«

Gute Frage, keine Antwort. »Schlafen könnte er im Kloster, aber ich dachte, als ich ihn so sah, dass er eher einen Arzt braucht oder einen Sozialarbeiter.«

»Also, bei unserer Familie kriegt er keinen Sozialarbeiter zu sehen. Die können wir nicht ab.«

»Aber er ist am Verhungern.«

»Ma wird ihn schon päppeln.«

»Und er sieht aus, als wäre er geprügelt worden.«

»Ja, na ja, also das kriegt man nicht mal eben schnell in Ordnung gebracht.«

»Nein. Aber die Behörden könnten gewährleisten, dass er nicht mehr misshandelt wird.«

»Glauben Sie das ja nicht«, sagte Tony. »In neun von zehn Fällen geben die das arme kleine Blag direkt wieder zurück zu seiner Familie. Sie sollten mal sehen, was ich jeden Tag bei unseren Nachbarn erlebe. Es gab da diese eine Familie in unserer Straße – etwa so schlimm wie Connor seine – und Gamma und Ma betrieben praktisch eine Art Notfallheim für die Kinder, wo sie immer hinkonnten. Sie schicken uns heute noch Weihnachtskarten. Sie wissen wohl, dass sie es sonst nie da raus geschafft hätten.«

»Ich fürchte, für direkte Aktion ist unser Orden nicht ausgestattet.«

»Laden sie ihn bloß nicht bei den Sozialwichsern ab, sonst werden Ma und Gamma Sie zur Strecke bringen und töten.« Er lächelte sein geerdetes Lächeln.

Mrs. Gamma Dora spähte zur Minnatür herein und sagte: »Wen soll ich töten? Kriegt mal eure Hintern hoch, sonst kommt ihr als Nächstes dran. Tony, schaff die Batterie rüber zu Jimmy Singh – er sagt, du kannst sein Dingsbums benutzen, um zu sehen, ob sie noch Ladung hält.« Sie zielte mit einem knorrigen Finger auf mich. »Sie kommen mit mir in den vermaledeiten Laden. Ich sorg dafür, dass Sie kaufen, was nötig ist, damit Sie das arme unschuldige Kerlchen die nächsten zwölf Stunden am Leben halten können. Ich weiß, dass Sie nur Krötenpisse im Hirn haben, aber Ihr Herz ist wohl am rechten Fleck.«

»Es ist irgendwo in meiner Brust, zerbrochen und blutend«, murmelte ich, denn jedes Mal, wenn ich an den Lord der Lügen und der lädierten Liebe denke, möchte ich einen Pflock hineinrammen, um den Druck des Elends zu verringern.

»Was schwafeln Sie da?«

»Ich sagte, ich hab nur sechs Pfund und ein bisschen.«

»Das muss dann wohl reichen, was?«

»Ja«, sagte ich brav und folgte ihr in den Shop.

Doch als ich den Preis für ein Päckchen Wegwerfwindeln sah, wurde mir klar, dass ich mir für Connor nicht viel mehr leisten konnte als einen Liter Milch und ein Sandwich vom Vortag.

Ich geriet in Panik, und während Mrs. Gamma Dora mit Jimmy Singh konferierte, mopste ich rasch die Wohltätigkeits-Sammelbüchse vom Tresen und schlüpfte hinaus in die Nacht.

Elektra und ich trudelten gegen den Wind die nördliche Ringstraße runter, angehupt und herumgestoßen vom nimmermüden Londoner Verkehr. In der Luft hing Frostgeruch, und ich zitterte. Wir bogen in die erste Seitenstraße, in der ich einen Pub sah. Ich steckte Hyundaimanns sechs Mäuse in die Wohlfahrtsdose, damit sie einladender rasselte. Dann betrat ich die öffentliche Bar. Als ich die Dose ausstreckte, bemerkte ich, dass ich für ›Helft den Alten‹ sammelte. ›Helft einer mittellosen Mittelalten und einem frisch entführten Kind‹ wäre natürlich präziser gewesen, aber Präzision stand heute nicht auf der Tagesordnung.

Der Pub war warm und bierig. Auf dem Bildschirm unter der Decke lief Sky Sport und zeigte ein Golfturnier in einem grünen, sonnigen Land. Gruppen von Männern ignorierten es, redeten laut und kippten ihre Pints, wie sie es kurz vor der Sperrstunde tun – schneller als sonst und sorglos. Ich hätte mir für meinen Überfall keinen idealeren Zeitpunkt aussuchen können. Durchgewärmt und entspannt, wie sie waren, gruben sie angesichts einer zitternden Nonne mit einem mageren Hund lammfromm in ihren Taschen und blechten. Sogar der Inhaber steckte einen Fünfer in die Dose. Inhaber schmeißen mich gewöhnlich raus wegen Bettelns oder weigern sich, mich zu bedienen, weil ich ein zerlumptes, elendes schlechtes Beispiel dafür bin, was Alk aus einem Stammtrinker machen könnte. Normalerweise will niemand an so was erinnert werden. Heute war alles anders. Der Habit beschützte mich und ließ mich straflos mit meinem Schwindel durchkommen.

Auf dem Weg nach draußen bemerkte ich ein unbewachtes Gläschen Cider. Cider ist nicht mein Lieblingsfusel, aber wenn er stark genug ist, tut er das Nötigste. Ich schnappte mir das Glas und ließ meinen langen schwarzen Ärmel über die Hand gleiten. Dann neigte ich demütig den Kopf, schlüpfte hinaus in die Dunkelheit und suchte mir den erstbesten schützenden Hauseingang.

Ich hatte das halbe Glas intus, ehe mir das Antabus wieder einfiel und ich feststellte, dass ich nicht kotzte. Da war Kopfschmerz, ja, aber nicht heftig genug, um mir den Magen umzudrehen. Die Übelkeit verhielt sich konstant. Ich machte langsamer. Hastiges Runterstürzen würde nicht dabei helfen, den Alkohol lange genug drinzubehalten, damit er wie liebevolle Zuwendung in meine Blutbahn eindrang und von da aus in meinen Brägen.

Ich schaute Elektra an und sie mich. Nach einer langen Pause sagte sie: »Idiotin. Dabei könntest du ganz von vorn anfangen, ohne Abhängigkeit, wenn du nur wolltest.«

»Ein Glas Cider macht mich schon nicht abhängig.«

»Lüg dir doch nicht selbst was vor«, sagte sie traurig. »Du bist längst abhängig. Du bist eine ausgewiesene Alkoholikerin, und das weißt du auch.«

»Wie soll ich denn Alkoholikerin sein? Ich hatte seit Monaten keinen Tropfen.«

»Das ist aber nicht dein Verdienst. Immer wieder gehst du das Risiko ein, stundenlang zu göbeln und den schlimmsten Kater der Weltgeschichte zu erleiden, nur um dir ein bisschen Sprit reinzuziehen. Ein normaler Mensch würde sagen: ›Jetzt reicht's.‹ Aber du nicht – oh nein, niemals. Wenn das nicht übelste Trunksucht ist, dann weiß ich auch nicht.«

»Das hier ist doch keine Trunksucht. Es ist bloß ein halbes Glas Cider.« Aber als ich hinsah, stellte ich fest, dass ich einen Pintkrug in der Hand hielt, der jetzt so leer war wie die Taschen einer Bettlerin.

»Siehst du?«, sagte Elektra. »Niemand verarscht sich selbst so sehr wie eine Frau, die trinken will. Der Suff macht eine dreckige Lügnerin aus dir – mach dir da bloß nichts vor.«

»Aber ich bin einsam«, jaulte ich. »Du redest ja nicht mit mir, wenn ich nicht trinke.«

»Fang bloß nicht an, mich für deine Entgleisungen verantwortlich zu machen. Die gehen auf dein Konto und das des Teufels.« Sie schüttelte sich. »Ich bin bloß ein Hund – von Entgleisungen soll ich gar nichts verstehen. Und wo wir gerade dabei sind, ich soll auch nicht sprechen. Ich kommuniziere nämlich direkt. Was mich umtreibt, solltest du daran merken, was ich tue, nicht was ich sage. Eure Sprache ist ein Irrgarten und eine Falle. Sie führt dazu, dass ihr den Unterschied zwischen Fakt, Wahrheit und Aufrichtigkeit nicht erkennt. Wenn ich bloß ein

Hund bin, kann ich dir nicht die Wahrheit sagen und ich kann auch nicht lügen. Ich bin aufrichtig. Aber das kannst du durch einfaches Hingucken erkennen.«

»Willst du damit sagen, ich bin unaufrichtig?«

»Volltreffer! Du lügst dir vor, du wärst keine Alkoholikerin, und du lügst dir vor, dass du das Geld sammelst, um Connor zu helfen.«

»Gar nicht wahr.«

»Und ob«, sagte sie ohne den leisesten Zweifel. »Du redest dir ein, du würdest zur Tanke zurückgehen und das Geld Gamma Dora überlassen. Aber das machst du nicht. Du suchst dir noch einen Pub, und dann noch einen, und immer so weiter. Und am Ende liegst du in einem Hauseingang wie diesem, weil du säufst, bis du umfällst. Du tust nur so, als ob Connor dir was bedeutet, aber so ist es gar nicht. Du behauptest mich zu lieben, aber deine Priorität liegt beim Fusel, und ich komme erst lange, lange danach. Ja, das nenne ich unaufrichtig.«

»Also, dass Connor mir nicht so viel bedeutet, stimmt schon …«

»Siehst du? Ich habe recht, oder?«

»Ich bin noch nicht fertig – ich kenne ihn gar nicht gut genug, als dass er mir wirklich viel bedeuten könnte. Aber darum geht es nicht. Es sind die Umstände. Das Ganze ist eine Nummer zu groß für mich. Ich kann das nicht mal denken. Ein vernachlässigter, misshandelter kleiner Junge, den man in ein kleines Ungeheuer verwandelt hat – wie soll ich damit umgehen? Wenn mir das zu nahegeht, muss ich etwas tun, und ich weiß nicht, was zu tun ist.«

»Natürlich nicht.« Elektra schüttelte den Kopf, dass ihre Ohren gegen den Schädel schlugen. »Na dann lass dich doch volllaufen und vergiss ihn einfach. Vergiss Kerri Cropper und ihre Verzweiflung. Rede dir einfach ein, dass sie bis zum Abendbrot drüber weg sein wird. Dann kannst du mit dir leben, nicht wahr? Du bist ja schließlich der unterste Bodensatz, also braucht niemand sonst Hilfe und Mitleid, nur du.«

»Wieso bist du denn auf einmal so streng mit mir?« Ich setzte den leeren Pintkrug zwischen uns auf den Boden, ging in die Hocke und nahm ihr Gesicht zwischen meine kalten Hände. Sie gähnte ihr fleischiges Hundegähnen, setzte sich ebenfalls hin und schaute mich mit ernstem Hundeblick an. Wenn dir ein Hund auf diese Art direkt in die Augen blickt, kannst du nicht anders, als dich vollkommen durchschaut zu fühlen. Das ist ein ziemlich beängstigendes Gefühl, sofern du keine Heilige bist, was ich bekanntlich nicht bin. Und es wäre auch absolut unerträglich, so durchschaut zu werden, wenn du nicht gleichzeitig so vorbehaltlos akzeptiert würdest. Und trotz all ihrer Krittelei und strengen Worte hatte ich noch nie das Gefühl, dass Elektra mich verändern will. Sozialmanipulation ist nicht ihr Ding, ebenso wenig wie andere fertigmachen und für ihre eigenen Zwecke ummodeln. So was ist typisch menschlich – es ist genau das, was sie in Gefängnissen tun. Und in bürgerlichen Haushalten.

Ich sagte: »Die Wirkung von diesem Krug Cider wird nicht ewig anhalten. Dann hörst du wieder auf, mit mir zu reden, und ich weiß nicht, was ich tun soll.«

»Wie vernagelt bist du denn? Niemand muss sich von einem Hund sagen lassen, was sie tun soll.«

»Außer mir«, sagte ich demütig.

Sie lehnte sich nach vorn und gab mir einen dicken nassen Kuss auf den Mund, und dann verstummte sie. Ich hatte es doch gewusst – ein Krug Cider genügte einfach nicht. Ich hätte heulen mögen. Wir waren so lange getrennt gewesen. Und jetzt, wo sie da war, hatte sie mir nur zu sagen, dass ich eine Alkoholikerin und eine Lügnerin war. Ganz anders als ihre neue Freundin, Miss Selbstgerecht, die keinen Alk im Haus hatte und mit absoluter Sicherheit wusste, wie ein Hund behandelt

»Ja, Sie, Schwester Hirnschiss.«

»Ich sag, langsam, ja? Geistlicher Orden, ja?«

»Geistlicher Orden, meine runzlige alte Tante! Wer sind Sie wirklich?«

»Angela Mary«, sagte ich, denn es ist immer besser, ein Stückchen Wahrheit in ein Lügenmärchen einzubauen. Es ist leichter zu behalten, und es fühlt sich besser an.

Die Namen, die meine Mutter mir gab, lauten Angela und May. Erst die Bullen haben daraus Angela Mary gemacht. Auf der Straße kennt man mich als Lady Bag oder Irre Alte Schrulle mit Hund. Ich glaubte allerdings nicht, dass ich damit bei Gamma Dora Eindruck schinden konnte. Also sagte ich: »Schwester Angela Mary vom Orden der Armen Franziskanerinnen. Der heilige Franziskus liebte die Tiere, deshalb retten wir auch Hunde.« Ich sah Elektra an, doch sie lag erschöpft zu meinen Füßen auf dem Boden. Am liebsten hätte ich mich zu ihr gelegt.

Gamma Doras graue Brauen zuckten ungläubig, also sprach ich rasch weiter: »Wir kümmern uns besonders um Rennhunde, die ihre Glanzzeit hinter sich haben. Wussten Sie, dass man sie tötet und den anderen Hunden im selben Zwinger zum Fraß vorwirft?« Ich glaube eigentlich nicht, dass der letzte Teil so stimmen kann, aber es klang so schön gewissenlos.

»Entführt ihr die auch, so wie kleine Kinder?«

»Sie werden gekauft oder gespendet«, sagte ich mit Nachdruck.

»Ich hoffe, kleiner Junge nicht gekauft oder gespendet«, warf Mr. Singh ein.

»Manchmal, wenn die Not allzu groß ist, bittet man uns, für eine gewisse Zeit ein Kind in unsere Obhut zu nehmen, bis ein geeignetes Zuhause gefunden ist. Aber es stimmt, dass wir eher dafür ausgestattet sind, Hunde aufzunehmen.«

Gamma Doras Gelächter klang passenderweise wie das Bellen

eines Mastiffs. Sie blaffte in ihr Handy: »Weck den stinkigen kleinen Scheißer nicht auf. Behalt ihn über Nacht da. In der Kasse ist genug Zaster, um ein Kamel zu begraben. Keine Sorge. Diese ›Nonne‹ macht uns keinen Stress.«

Sie teilte das Spendengeld in zwei gleiche Teile und halbierte die dann noch mal. Ein Viertel kam zurück in die Dose auf Mr. Singhs Tresen. Drei Viertel verschwanden in ihrer Tasche. Dann fiel sie über die Regale her wie ein Schakal über einen Kadaver. Sie griff Süßigkeiten, Brausegetränke und Kuchen heraus, dann Dinge, die für ein kleines Kind eher geeignet waren wie Wegwerfwindeln, Milch, Brot und Bananen. An der Kasse fügte sie mehrere Schachteln Zigaretten und Päckchen Tabak hinzu.

Das war zu viel. Ich sagte: »Das Geld war für Connor bestimmt.«

»Und die, die sich um ihn kümmern.« Sie verpasste mir den Einschüchterungsblick, und da kapierte ich auf einmal, was direkt vor meiner Nase lag, seit ich sie zum ersten Mal gesehen hatte: Gamma Dora war irgendwann mal im Gefängnis gewesen. Und nicht nur das – ich hätte mein Leben verwettet, dass sie Mitglied der Knallhartentruppe gewesen war. Die Herausforderung in diesem Blick ist nicht misszuverstehen. Er schreit förmlich: »Na, was willst du dagegen tun, du Niete? Bist du stark genug, um dich mit meinesgleichen anzulegen?«

Im Knast hatte ich vor diesem Blick immer gekuscht. Hier war es nicht anders – ich kuschte.

Kapitel 9

Connor in Obhut

Elektra braucht Wasser«, sagte ich zu Gamma Dora. Sie beachtete mich nicht. Also ging ich zu Jimmy Singh, der flink und fremdklingend mit seinem Ladengehilfen konferierte. Er deutete auf die Toiletten weiter hinten.

Ich fragte ihn: »Wo haben sie Connor hingebracht?«

Er hob eine Hand und ließ mich warten.

Ich wandte mich wieder an Gamma Dora. »Sie haben eben Ihrer Tochter gesagt, sie soll Connor über Nacht dabehalten. Wo?«

»Was geht Sie das an?«

»Nun, eigentlich sollte er in meiner Obhut sein, nicht in der Ihrer Tochter.«

»Eigentlich, Schwester Schwindel, sollte er in einem verflixten Kloster sein, wo sich Leute um ihn kümmern, die Ahnung haben. Und nicht hinten in einem schoflen eiskalten Bus hocken, eingeschissen und brüllend vor Hunger. Wolln Sie dem armen kleinen Bastard etwa das bisschen Essen und Trost missgönnen?«

»Nein, aber ...«

»Nein aber was?«

Ich richtete mich kerzengerade auf und packte den anstößigen Heiland mit beiden Händen. »Wer entführt denn jetzt wen, Mrs. Dora? Ich habe nur gefragt, wo Connor hingebracht wurde. Ich bin die Person, unter deren Aufsicht er sein sollte. Mittellos, ja, glücklos, ja, aber nicht verantwortungslos, nein.«

»Ich sag, besser spät als nie, ja?«, warf Mr. Singh vergnügt dazwischen.

»Aufsicht? Verantwortung? Wolln Sie, dass es mir hochkommt? Sie gondeln mit einem verkehrsuntüchtigen Brummer durch die Gegend und haben ein ungesichert herumpurzelndes Kleinkind hinten drin, das nur ein Hundespielzeug zum Draufrumkauen hat, und so was nennen Sie Verantwortung?«

»Die Minna war mal verkehrstüchtig.«

»Und ich war mal 'ne achtzehnjährige Schönheit«, sagte Mrs. Dora, was die Diskussion mehr oder weniger abwürgte. Aber sie bestrafte ihr Hightechhandy hart, indem sie mit Granitdaumen draufhieb und hineinblaffte: »Lance, schaff deinen Arsch wieder rüber – ich und die schofle Mutter Minderbemittelt hier brauchen einen Transport.«

Meinem launischen Hirn schienen nur Sekunden verstrichen, als der gewaltige Lance in seinem Range Rover vor dem Tankstellenshop hielt. Er musste seine Gamma auf den Beifahrersitz heben und ich Elektra auf den Rücksitz, denn manche Autos liegen einfach viel zu hoch für normale Menschen und Hunde. Dann fuhr er uns feierlich hundert Meter weit und um eine Ecke zu einem Sozialwohnungsblock. Der war beinahe so hässlich wie Burg Cropper, aber besser in Schuss – zumindest funktionierte der Aufzug, und der Pissegestank war nicht so beißend, dass meine Augen davon tränten.

Mama Mishas Wohnung hingegen war eine Offenbarung. Sie hatte von allem das Beste und Größte. Ein wandmontierter Fünfzigzollfernseher herrschte über ein mit männerformatigen Ledermöbeln vollgestopftes kleines Wohnzimmer. Regale bogen sich unter der Last von Königshaus-Kitsch und Hunderten von Porzellanfigurinen. Vorhänge und Tapeten waren Dschungel sich bekriegender Früchte und Blumen. Der Flauschteppich war langflorig genug, um darin die Schuhe zu verlieren. Zu allem Überfluss hatte sie drei dicke Welsh Corgis, die lautstark nach Aufmerksamkeit verlangten. Sie hießen Diana, Wills und Harry und wurden nur liebevoll angegurrt.

»Kommen Sie mit«, sagte Misha.

Ich folgte ihr in ein Schlafzimmer und überließ Elektra den drei Corgis, die sie umstellten. Connor schlief tief und fest im kleinsten von drei kleinen Bettchen. Er hielt immer noch das Quietschehuhn umklammert, aber im Schlaf sah er fast menschlich aus.

»Ich hab ihm ein paar Teelöffel Hustensirup ins Essen getan«, erklärte sie mir, »und einen Schuss Rum in den Saft. Er war so durchgedreht, dass er vor lauter Schreien kaum essen konnte, geschweige denn schlafen. Wissen Sie was? Mir ist es wurscht, ob die Sisters of Sweet Charity ihn entführt haben. Er musste verflixt dringend entführt werden. Er hat Zigarettenbrandmale an den Händen und Füßen und überall, wo keine blauen Flecken sind. Wussten Sie das?«

Ich schüttelte den Kopf. Starrte ihm in das krustige braune Gesicht mit den Blutergüssen rund um Augen und Ohren und hätte fast nicht gemerkt, dass sein Kopf jetzt kahlgeschoren war.

Misha sah meinen Blick und sagte: »Er wimmelte von Läusen und Nissen. Er wollte mich nicht seine Haare waschen oder auskämmen lassen. Da musste ich ihn rasieren, als er eingeschlafen war. Ich konnt ja wohl nicht zulassen, dass er sich mit dem verflixten Schädel auf die Kissen legt, die meine Enkel benutzen, nicht wahr?«

Ich schüttelte wieder den Kopf. Kahlrasiert und vollgedröhnt, mit Alkohol und Schokolade besänftigt – Connor hatte wahrscheinlich die beste Nacht seines bedauernswerten Lebens. Wer war ich denn, da Anstoß zu nehmen? Aber ich fragte mich wirklich, was die Sisters of Sweet Charity alias Pierre und Schmister sich dabei gedacht hatten. Sie hatten vorgehabt, durch den Briefschlitz Fotos von ihm zu schießen und damit die Sozialbehörde zu nötigen, etwas zu unternehmen. Das schien doch ein für ihre Verhältnisse noch halbwegs vernünftiger Plan. Was hatte dazu geführt, dass sie es sich anders überlegten? Falls Überlegung überhaupt eine Rolle gespielt hatte.

»Sie werden das mit dem Rum wahrscheinlich nicht gutheißen«, meinte Misha.

»Ich heiße alles gut, was ihn durch die Nacht bringt«, versicherte ich ihr.

»Ich weiß, dass Nonnen nicht trinken.«

»Doch, das tun wir schon«, widersprach ich, froh, etwas Wahres sagen zu können. »Nämlich Rotwein. Darf ich mal Ihr Bad benutzen?« Ich hoffte, dass sie Connor nicht den gesamten Hustensirup eingeflößt hatte.

Sie zeigte mir das Badezimmer, wo es eine überdimensionierte eingebaute Badewanne gab sowie, oh Wunder, einen gigantischen, prachtvoll ausgestatteten Arzneischrank. Ich konnte sowohl ein wenig Hustensaft schlürfen und eine noch ungeöffnete Packung Diazepam in meinem BH verstauen, als auch pinkeln und mich waschen. Beides hatte ich bitter nötig. In dem gewaltigen beleuchteten Spiegel sah ich erschöpft, schmuddelig und geistesgestört aus. Ich verbarg den Witz-Jesus und richtete meine Haube, zog sie etwas weiter nach vorn, so dass mein Gesicht im Schatten lag. Viel mehr konnte ich nicht tun, höchstens noch Mund und Gebiss mit Mishas hochgradig schmerzhafter Mundspülung auswaschen.

In der Küche traf ich auf Elektra, Diana, Wills und Harry, die sich gerade über Riesenportionen vom besten Hundefutter hermachten, das für Geld zu haben war.

Elektra sah kurz zu mir hoch und sagte mit vollem Mund: »Wenn du sie ganz nett bittest, meinst du, sie könnten mich auch entführen?«

»Niemand entführt hier niemanden«, sagte ich entschieden.

»Das will ich aber auch meinen«, sagte Gamma Dora. »Ich hab's Ihnen doch gesagt: Meine Misha weiß mehr darüber, wie man für Kinder und Hunde sorgt, als ihr schoflen Frömmlerinnen in zehn Menschenaltern lernen könnt. Was haben Sie denn gedacht – dass wir hier einen Pädophilenring am Laufen haben?«

»Ich musste mich vergewissern.«

»Türlich musste sie das.« Mama Misha reichte Gamma Dora ein Pintglas Gin Tonic. Lance kam hereingestrolcht und bekam eine gekühlte Dose Lagerbier. Mir gab sie einen Becher Tee. Ich hätte sie umbringen können.

»Also, ich behalte das arme kleine Würstchen dann bis morgen früh hier«, fuhr sie fort. »Danke übrigens für all das Zeugs. Er wird alles brauchen, was er kriegen kann. Ich weiß, Sie sind von einem heiligen Orden oder was weiß ich, aber eins muss ich Scheiße noch mal loswerden – wenn ich das nicht sage, will ich in den verkackten Kopf geschossen werden. Sie können den kleinen Scheißer nicht zu seiner scheiß Familie zurückschicken. Auf keinen Fall. Unter keinen Umständen. Niemals.«

Genau in diesem Moment beschloss ich, Connor bei Gamma Dora, Mama Misha, Tony und Lance zu lassen. Ich selber hatte ums Verrecken keine Möglichkeit, mich um ihn zu kümmern. Und wie irrsinnig wäre es, ihn bei Pierre oder Schmister abzuladen? Die selbstherrliche Cherry würde ihn bloß direktemang zu seinen Folterern zurückexpedieren.

»Nun warte mal«, sagte Elektra, verließ ihre leergeputzte Schüssel und lehnte den Kopf an mein Bein. »Du kannst ihn doch nicht einfach bei Fremden aussetzen.«

»Ich bin doch selbst eine Fremde für ihn. Er kennt mich nicht. Er kennt ja nicht mal seine eigene Mutter.«

»Und wie ist er dann hinten in Ihrem Bus gelandet?«, fragte Lance.

Ich streichelte Elektras Kopf und sagte: »Still jetzt.« Sie verwirrt die Leute immer, wenn wir in Gesellschaft anderer sind.

»Was meinen Sie damit, dass er nicht mal seine scheiß Mutter kennt?«, fragte Misha.

»Sie ist im Gefängnis.« Ich wandte mich direkt an Gamma Dora, weil ich davon ausging, dass sie am besten wusste, wovon ich sprach. »Connor sollte bei der Mutter seiner Mutter bleiben. Aber diese Großmutter hat einen Freund, der offenbar Babys gemischter Herkunft nicht ausstehen kann.«

»Eine Großmutter hat ihm das angetan?«, fragte Lance entgeistert.

»Schofler Scheiß«, verkündete Gamma Dora im Namen aller Großmütter und Urgroßmütter auf der ganzen Welt. »Wobei, ich fürchte, keine Frau ist je zu alt, um sich wegen irgendeines Dreckskerls zur Vollidiotin zu machen.«

»So sieht's aus«, bemerkte Misha halb lachend.

»Immerhin bade *ich* meine Fehler selber aus«, fuhr Gamma Dora fort. »Ich hab es nie an euch ausgelassen.«

»Du warst damals noch zu klein, um dich an Onkel Karbunkel zu erinnern«, sagte Misha zu Lance.

»Und dabei soll es auch bleiben!«, brüllte Gamma Dora. »Lance, ruf deinen Bruder an. Je eher wir die verdammte Schwester hier flottkriegen, desto eher ist alles wieder beim Alten.«

Ich stand auf. »Ehe Sie fragen«, sagte ich, »ich gehe mal eben mit meinem Hund um den Block. Sie hat heute zwei Mahlzeiten gegessen.«

»Gute Idee«, sagte Misha. »Wenn Sie schon dabei sind, nehmen Sie meine drei auch gleich mit.«

»Aber …«

Aber da gab es kein Vertun, und ehe ich noch triftige Gegenargumente formulieren konnte, bekam ich zwei blaue und eine rosa Lederleine in die Hand gedrückt. Die drei Corgis trugen kleine Geschirre sowie flauschige Fleecemäntelchen. Elektra starrte sie verdutzt an. Sie selbst trug nichts als einen hübschen silbergrauen Schal mit blauen und violetten Blumen darauf – der ging natürlich auf Schmisters Konto.

Ich führte meine hündischen Schutzbefohlenen mit vielen

Haltestationen zurück zur Tankstelle. Die Minna hockte neben dem Druckluftspender wie ein Hausbesetzer in der Vorstadt. Weder Jimmy Singh noch Tony waren zu sehen. Die Frau hinterm Tresen im Shop machte deutlich, dass sie nichts wusste und noch weniger verstand. Aber sie zeigte energisch auf ein Schild mit der Aufschrift *Hunde nicht gestattet* und verkündete streng mit perfektem Nordlondoner Akzent: »Vier Hunde nicht gestattet hier, ja.«

»Aber Sie verkaufen doch Hundefutter«, hielt ich dagegen.

»Nur an Menschenbesen«, sagte sie ungerührt.

Geschlagen begab ich mich zur Minna. Es war nach wie vor keine Batterie da, wo eine hätte sein sollen.

Im Heck roch es angenehm nach Tonys Golden Virginia. Ich hob Wills, Harry und Diana hinein, und sie drängten sich allesamt in Elektras Bett und schliefen ein. Elektra hatte keine Einwände. Sie hüpfte aufs Bett und legte sich ebenfalls ab.

Ich kramte meinen alten Rucksack heraus, zwei Jogginghosen und ein paar fadenscheinige alte Pullis und T-Shirts. Dann nahm ich eine Diazepam und setzte mich neben Elektra.

»Wach auf«, sagte ich. »Was soll ich jetzt anziehen?« Sie ist ein Mädchen, sie muss doch so was wissen.

»Sei leise«, sagte sie. »Die Königlichen versuchen zu schlafen.«

»Das sind Sozialwohnungshunde.«

»Sie stammen von einer langen Linie walisischer Königinnen und Magier ab. Sie sind, was sie sind, nicht wo sie wohnen.«

»Also genau wie du.«

»Und wie du – nur sehe ich bei dir weder einen Stammbaum noch sonderlich viel Magie.« Sie schnüffelte prüfend an meinen Fingerspitzen, ob ihnen etwas Königliches anhaftete, und schüttelte den Kopf.

»Ich hätte mir denken können, dass du etwas auszusetzen hast. Ich wollte nur wissen, was ich anziehen soll.«

»Nein, das ist nicht wahr. Deine Frage ist wesentlich weitreichender. Du willst wissen, mit was für ethischen Auswirkungen du rechnen musst, wenn du dich weiterhin als moralisch hochstehende, tugendhafte, ehrliche Frau verkleidest.«

»Eigentlich«, sagte ich, »interessieren mich mehr die finanziellen und rechtlichen Auswirkungen. Sieht aus, als könnte ich als Nonne wesentlich mehr Kohle machen. Aber ist das legal? Ich meine, könnte man mich wegen Erschleichung von Spenden unter Vorspiegelung falscher Tatsachen drankriegen?«

»Woher soll ich das wissen?« Sie stand auf und streckte sich. »Aber wenn du um Geld bittest, oder meinetwegen auch um Liebe, und dich dabei verdienstvoller darstellst, als du bist, ist das ethisch unvertretbar.«

»Jetzt klingst du schon wie die Hündin einer Nonne. Woher kommen denn auf einmal all diese sittlich-moralischen Wertungen? Ich dachte, wir haben immer bloß getan, was wir eben tun, um über die Runden zu kommen.«

»Ich rede nicht von religiöser Moral, du Flasche.« Sie lehnte sich freundlich an mich. »Ich rede von den Fragen, die du dir selbst stellen solltest. So was wie: Wem schadet es, wenn ich mich soundso verhalte? Was hat mein Handeln für Folgen?«

»Ich wünschte, Pierre und Schmister hätten sich das gefragt, bevor sie Connor gekidnappt haben.«

»Ich auch. Er ist ein tief verstörter kleiner Junge. Er braucht die Liebe eines guten Hundes.«

»Ich fürchte, er würde einen guten Hund schlecht behandeln.«

»Ich auch«, sagte sie wieder. »Der Hund müsste unbedingt schneller und größer als er sein – einer, dem es nichts ausmacht, ihn auch mal mahnend zu zwicken, wenn er sich zu gestört verhält.«

»Also nicht du?«

»Bist du wahnsinnig? Ups, blöde Frage – du hast gerade einen Hund gefragt, was du anziehen sollst.«

Der Himmel war noch immer so nasskalt und dunkel wie

mein Herz, und die Zufahrt lag verlassen da. Ich zog eine Garnitur normale Kleidung unter den Habit, falls mir kalt wurde oder ich mich schnell umziehen musste. Ich sah so exzentrisch aus wie immer, nur ein bisschen klobiger.

Dann sammelte ich die Leinen der Corgis ein, rief Elektra und machte mich auf.

Die Corgis schienen genau zu wissen, wo sie hinwollten. Dort aber wollte ich nicht hin. Wenn ich sie wieder heimbrachte, hatte ich es mit einer Übermacht aus Gamma Dora und Misha zu tun, die mich zwingen würde, Verantwortung für ein kahlgeschorenes, schwer beschädigtes Ungeheuer von einem Kind zu übernehmen. Das konnte ich nicht. Glaubt mir einfach, ich kann so was nicht. Seht mich an. Seht mich. Ich kann ja kaum die Verantwortung für mich und Elektra tragen.

»Sei erwachsen«, mahnte Elektra. »Nimm es in die Hand.«

Aber ich hatte schon zu viel Mühe damit, den Corgis meinen Willen aufzunötigen. Letztlich sprang Elektra ein, indem sie sie führte, und wir spazierten weg von ihrem Wohnblock und durch die Nacht davon.

Eine halbe Stunde später standen wir vor dem Haus der Miss Tadellos. Alle Lichter waren aus und die Bewohner im Bett, also schlich ich nach hinten und fragte mich, ob ich Schmister wecken konnten, indem ich einen Corgi an sein Fenster warf.

Kapitel 10

Emotionale Erpressung

Was in Dreiteufelsnamen denkst du dir eigentlich?«, flüsterte Schmister, als er die Küchentür öffnete. Er trug einen elfenbeinfarbenen Satinpyjama, und sein Haar wirkte kunstvoll zerzaust.

»Genau das wollte ich euch fragen«, flüsterte ich zurück. »Ihr habt ein Kleinkind entführt – wohl kaum eine vernünftige Handlungsweise.«

Elektra schlüpfte an uns vorbei in die Küche, um aus der Edelstahlschale zu trinken, die die Eiskönigin für sie angeschafft hatte. Ich ließ die Leinen der Corgis los, damit sie ihr folgen konnten.

Schmister sagte: »Du hast das entführte Kind doch auch entführt. Ebenfalls keine vernünftige Handlungsweise. Cherry ist affentittensauer auf uns, Pierre krault sich die Eier, und was sollen die ganzen Corgis?«

Ich überging die Frage. »Ich hab mir nur Elektra zurückgeholt. Ich konnte doch nicht wissen, dass ihr Connor hinten in der Minna eingelagert habt.«

»Das ist der zweite Grund, warum Cherry affentittensauer ist. Wenn du mich fragst, regt das mit dem Hund sie mehr auf als das mit dem Kind.«

»Tja, da muss sie durch. Elektra ist mein Hund.«

»Du hast ja keine Ahnung, was für einen Preis Pierre und ich zahlen mussten, um sie davon abzuhalten, zu den Bullen zu gehen. Er musste versprechen, mit ihr nach New York zu fliegen, statt

104

in der Super-Tramps-Parade aufzutreten, was er und ich sonst *immer* zusammen machen. Immer. Sie hat die Tickets gleich online gebucht, damit er keinen Rückzieher machen kann.«

»Och, ihr Armen. Ich heule gleich vor Mitgefühl. Was habt ihr euch dabei gedacht, Connor einzusacken?«

»Wir konnten nicht anders. Ich hab Pierres Handy durch den Briefschlitz gesteckt, um ein Foto zu machen – genau wie wir gesagt hatten –, aber das kleine Scheusal hat es weggeschnappt und mich in den Daumen gebissen. Wir konnten ja schlecht sein Telefon dalassen, also musste Pierre die Tür aufbrechen, um es zu holen. Und da sahen wir, in welchem Zustand der Kleine war. Und nebenbei, wir konnten ihn auch schlecht ohne Eingangstür da zurücklassen, oder?«

»Ihr hättet doch irgendwas Vernünftiges machen können, zum Beispiel ihn ins Krankenhaus bringen.«

»Jetzt komm *du* mir nicht mit Vorträgen über Vernunft. Was hast du denn geleistet, außer den kleinen Psycho gegen drei Corgis einzutauschen?«

»Nur zu deiner Information, ich bringe sie nach Hause zurück. Aber was Connor angeht, bin ich wirklich in der Zwickmühle. Im Moment ist für ihn gesorgt, aber über eure Mission der Barmherzigkeit ist im Radio berichtet worden. Musstet ihr euch unbedingt Sisters of Sweet Charity nennen? Ging es noch offensichtlicher?«

»Wir wurden von einer minderjährigen Nutte angepöbelt. Mir ist nichts Besseres eingefallen.«

»Tja, jetzt musst du dir was Besseres einfallen lassen«, sagte ich. »Ich stecke in der Klemme, und Connor auch, und ihr müsst zur Abwechslung mal was richtig machen.«

»Das ist jetzt dein Problem. Du hast die Minna und Elektra geklaut und bist hier nicht mehr willkommen. Und ich bin auf Bewährung, weil ich einen ganz schlechten Einfluss auf Darling Pierre habe.«

»Was ist mit Pierre?«, fragte Pierre und machte das Küchenlicht an. Er warf einen entsetzten Rundblick auf mich, Elektra und die drei zusätzlichen Hunde und zog prompt die Tür wieder zu.

Schmister machte sie wieder auf und zerrte ihn herein.

»Verschont mich, Jungs!«, zischte er. »Was habt ihr vor – wollt ihr meinen Tod?«

»Das ist genauso dein Scheiß wie meiner«, zischte Schmister zurück.

»Ihr habt mich da reingezogen«, flüsterte ich. »Das Mindeste, was ihr tun könnt, ist, mir da wieder rauszuhelfen.«

»*Du* hast *uns* da reingezogen«, sagte Pierre.

»Menschen«, sagte Elektra zu den Corgis, »ständig beschuldigen sie sich gegenseitig. Kein Wunder, dass es so viel Krieg gibt. Und wer leidet darunter, frag ich euch? Kinder und Hunde.«

»Kinder müssten an Leid gewöhnt sein«, sagte ich. »Sie sind am untersten Ende der menschlichen Nahrungskette. Alle anderen sind größer und stärker als sie.«

»Das ist emotionale Erpressung«, sagte Schmister.

»Seht ihr?«, sagte Elektra zu den Corgis. »Menschen könnten von Hunden noch eine Menge lernen.«

Harry setzte sich auf und kratzte sich hinterm Ohr, und die anderen beiden machten es ihm nach.

»Schscht«, sagte ich zu Elektra.

»Sie ist ja zugedröhnt«, sagte Pierre zu Schmister. »Wie hat sie das geschafft – in der Kluft einer Nonne?«

»Pures Talent«, sagte Schmister zu Pierre.

»Haltet mal alle die Klappe«, sagte ich. »Ihr zwei müsst euch wieder aufnonnen. Wir müssen die Minna von der Tankstellenzufahrt wegkriegen, Connor bei Mama Misha und Gamma Dora abholen und ihn in die Notaufnahme von irgendeinem Krankenhaus bringen.« Das war der einzige Weg raus aus diesem Haufen Scheiße, der mir einfiel.

»Sag mir nicht, ich soll die Klappe halten«, sagten Schmister und Elektra gleichzeitig.

»Wo hast du den Krankenwagen gelassen?«, sagte Pierre.

»Wer muss ins Krankenhaus?«, fragte Cherry und stieß die Küchentür auf.

»Oh Scheiße, Haiattacke«, sagte ich.

»Es ist ihre Schuld«, sagte Schmister und stieß seinen angebissenen Daumen in meine Richtung.

»Schatz, du bist ja wach«, stammelte Pierre. Und wenn ihr noch nie einen hundertzwanzig Kilo schweren Automechaniker mit höllischem Muffensausen gesehen habt, lasst mich euch sagen, es ist ein krasser Anblick.

Cherry sagte: »Ich habe euch beiden doch klargemacht, dass dieser Alki da nie wieder einen Fuß in mein Haus setzen darf.« Sie trug ein geschmackvolles sexy Nachthemdchen in Altrosa. Als sie sich vorbeugte, um Elektra zu tätscheln, zeigte sie mir mehr künstlich gebräunten Ausschnitt, als ich je sehen wollte.

»Wer sind denn diese kleinen Kerlchen?«, fragte Pierre hastig, als sähe er die Corgis gerade zum ersten Mal.

»Wills, Harry und Diana«, sagte ich.

»Ja halloo«, gurrte Cherry und ging in die Hocke, um sie ebenfalls zu streicheln. Sie begegneten ihr mit Würde, aber ohne Wärme, als könnten sie ihren eisigen Charakter schon am Geruch ihrer Hand erkennen. Meine Achtung ihnen gegenüber stieg. Hätte Pierre den Instinkt eines Hundes oder auch nur den Geruchssinn eines Hundes, wir wären niemals in diese Lage geraten.

Es gab ein kurzes Schweigen, als wüsste niemand, wie nun beginnen. Dann sagte Cherry: »Die Hunde können bleiben, aber sie geht. Sofort. Und es ist mir egal, was mit dem kleinen Jungen passiert, solange es nicht in meinem Haus stattfindet.«

Beinahe gleichzeitig sagte Pierre: »Schatz, ich weiß, es ist nicht deine Verantwortung, aber ich schätze, es ist unsere.«

Und Schmister stammelte: »Ich war das nicht, wirklich nicht. Bitte wirf mich nicht raus, ich kann sonst nirgendwohin.« Er hatte Angst vor ihr – echte Angst. Elektra trottete hinüber und stupste seine Hand an. Sie kann wirklich jeden lieben und jedem alles verzeihen, und es darf ruhig wiederholt werden: Sie ist einfach ein besseres Weibsstück als ich.

Ich schnalzte mit der Zunge, und sie kam zu mir. Ich sagte: »Bleib an meiner Seite.«

Sie sagte: »Ich weiß nicht, was für einen Krieg du mit Cherry laufen hast, aber sie kümmert sich gut um mich. Spricht das nicht für sie?«

»Auch Hitler mochte Hunde, hab ich gehört.«

»Reden Sie etwa mit mir?«, fragte Cherry.

»Ich rede mit meiner Hündin«, sagte ich. »Und keine Sorge, wir sind gleich weg. Ich dachte nur, die Jungs möchten mir vielleicht helfen, das Chaos in Ordnung zu bringen, das sie angerichtet haben. Außerdem muss ich die Corgis nach Hause schaffen. Sie werden sonst vermisst.«

»Wo sind sie denn her?«, fragte Pierre. »Und wo ist Connor?«

»Spielt das eine Rolle?«, sagte Cherry. »Hauptsache, er ist nicht hier.«

Weder Pierre noch Schmister sagten etwas dazu, also fragte ich: »Ich weiß ja, dass Engländern Hunde mehr bedeuten als Kinder, aber war das jetzt nicht gerade beängstigend kaltherzig?«

»Was fällt Ihnen ein, mich kalt zu nennen!«, fauchte Cherry. »Das Kind braucht professionelle Hilfe. Ihn herzubringen hat mehr Schaden angerichtet als Nutzen und uns alle in Gefahr gebracht ...«

»Richtig, Schatz«, unterbrach Pierre. »Aber die ganze Kette von Ereignissen war ja keine böse Absicht – keiner kann was dafür.«

»Der kleine Scheißer hat mich gebissen«, jammerte Schmister.

»Wessen Idee war die Verkleidung als Nonnen?«, fragte Cherry streng.

Pierre duckte sich leicht. »Das ist 'ne mächtig raue Gegend da. Wir brauchten eine Tarnung.«

»Beurteile uns nicht danach, wie sie aussieht.« Schmister zeigte auf mich. »Und wirf uns nicht vor, dass sie hier ist. Wir haben sie gar nicht eingeladen.«

»Ich gehe jetzt.« Die beiden widerten mich an, wie sie versuchten, eine dermaßen herzlose Frau gnädig zu stimmen. Vielleicht war sie eine Kanone im Bett, und das war die Quelle ihrer Macht.

»Sie nehmen Elektra nicht mit.« Cherry trat mir entgegen.

»Sie ist mein Hund«, sagte ich. »Wo ich hingehe, da geht sie hin. Finden Sie sich damit ab.«

»Ich ruf die Polizei. Die stecken Sie wieder hinter Gitter.«

»Leih mir mal kurz dein Handy«, sagte ich zu Pierre. »Ich erstatte Gegenanzeige. Sie versuchen gerade, vier kostbare Rassehunde zu stehlen.«

»Danke«, sagte Elektra schlicht. Die Königlichen nahmen das Kompliment für selbstverständlich. Ich fühlte mich ermutigt. Ich war im Begriff, mir meine Selbstbestimmung zurückzuerobern. Vielleicht lag es am Diazepam, aber ich hatte plötzlich das Gefühl, lange genug auf die Gnade des Teufels und all seiner Vasallen gehofft zu haben. Es wurde Zeit, dass ich mich wehrte.

Cherry-Eis sah aus, als wollte sie mir einen Kopfstoß verpassen. Pierre legte von hinten seine Arme um sie. »Schatziii«, sagte er in einem Ton, bei dem mir auch ohne Hilfe von Antabus schier der Magen hochkam. »Schatziii, du hast absolut recht, mit allem. Und ich bin voll im Unrecht. Ich war ein verdammter Idiot. Aber diesen Salat haben wir angerichtet, und man sollte selbst in Ordnung bringen, was man angerichtet hat, stimmt's? Und wir können die Bullen nicht gebrauchen – das hast du doch schon eingesehen. Warum gehst du nicht zurück ins Bett, wo es warm und kuschelig ist, und ich versprech dir, dass bis morgen früh alles geregelt ist?«

»Du sorgst dafür, dass sie verschwindet?« Sie schmiegte sich an seine gewaltige Brust wie ein kleines Mädchen an ihren Papa. »Aber ich will den Hund behalten.«

Meine Eingeweide verkrampften sich erneut.

»Ich krieg das schon hin.« Über ihren Kopf hinweg schnitt er mir eine wilde Grimasse.

»Ich vertrau dir«, sagte sie mit ihrer brechreizerregenden Kleinmädchenstimme, und dann tapste sie zurück ins Bett – wobei sie kurz innehielt, um mir ein kaltes, triumphierendes Grinsen zu verpassen.

Oh was hätte ich darum gegeben, ihr in den manipulativen Arsch zu treten! Mein Fuß schmerzte regelrecht vor unterdrücktem Verlangen.

»Momster!« Schmister pflanzte sich zwischen mir und der Tür auf. »Lass gut sein. Du hast verloren. Denk mal zur Abwechslung an andere. Mir ist kalt und ich bin müde, und ich glaube, die kleine Missgeburt hat mir Tollwut oder Gangrän verpasst.« Er untersuchte die unsichtbare Wunde an seinem Daumen.

Pierre sagte: »Nein. Wir müssen das jetzt machen. Sie hat recht, wir müssen ihn in die Notaufnahme bringen. Wir können ihn nicht einfach bei Fremden lassen.«

Also erzählte ich ihnen, wie die Minna auf der Tankstellenzufahrt den Geist aufgegeben hatte, und von Gamma Dora und Mama Misha. Ich berichtete auch von Lance, Tony, Jimmy Singh und der neuen Batterie.

»Du hast echt genug Knete abgestaubt, um für alles zu zahlen?«, rief Schmister. »Und eine neue Batterie noch dazu?«

»Es wird keine neue sein«, sagte Pierre missmutig. Sein Blick klebte an der Küchentür, als könne er noch immer Cherrys sich entfernenden Hintern sehen. Er sah älter und müder aus, aber kein bisschen weiser.

Kapitel 11

In dem ich ein Leben rette

Drei Nonnen und vier Hunde trafen vor Mishas Tür ein, als Lance und Tony gerade rauskamen.

»Wo waren Sie denn?«, sagte Tony. »Ma springt im Dreieck.«

»Verstärkung holen«, sagte ich. Die Wirkung des Diazepam ließ nach, Elektra redete nicht mit mir, und ich wollte nichts als mich hinlegen und schlafen.

»Leg dich hin und stirb«, flüsterte der Teufel in mein Ohr. »Es ist genau wie ein langer, friedlicher Schlaf. Na los. Du weißt, du willst es.«

»Was verdammt haben Sie mit meinen Lieblingen gemacht?« Misha stürzte aus der Tür und schloss die Königlichen in ihre Arme.

»Bei Gottes runzligem ollem Anus, noch mehr schofle bekloppte Schwestern«, sagte Gamma Dora. »Wir dachten schon, Sie wären desertiert.«

»Schwester Angela Mary hat uns gerufen«, sagte Schmister fromm. »Wir danken Ihnen für Ihre Barmherzigkeit.«

»Barmherzigkeit ist schofel«, verkündete Gamma Dora. »Wir geben die Kohle nicht zurück. Das können Sie vergessen. Das Geld steht uns zu, wir haben's uns verdient.«

»Wir würden doch nicht wollen, dass Sie mit leeren Taschen dastehen«, säuselte Pierre. »Aber Ihr wahrer Verdienst wird nichtmaterieller Art sein.«

»Nur über meine Leiche.« Gamma Dora verpasste ihm ihr

kriegerisches nebliges Starren. »Ich will meinen schoflen Verdienst jetzt und hier.«

»Sie haben ihn doch längst bekommen.« Ich war zu müde, um nonnenhaft zu sein.

Oh mein armes Hirn – mein pisseverseuchtes, geplatztes, verbogenes, ausgeschabtes Hirn. Alle reden gleichzeitig, und niemand sagt in Wahrheit das, was aus seinem Mund kommt.

Schmisters Mund sagt: »Barmherzigkeit«, aber seine echte Stimme sagt: »Seht doch, wie hübsch ich bin. Lasst euch bezaubern und tut mir nicht weh.«

»Ich will nur, was mir zusteht«, sagt Gamma Doras Mund. Soll heißen: »Gebt mir alles. Ich bin erst zufrieden, wenn ich alles kriege, was ihr habt.«

Misha spricht aus: »Meine Hundchen«, doch was ich höre, ist: »Meine Babys.«

»Wir sollten Connor jetzt mitnehmen«, sagt Pierre mit dem Mund. »Hellere Sprechweise«, krittelt sein Verstand, »nicht höher, sondern heller. Fühl dich heilig. Was würde Julie Andrews tun?«

Satan sagt: »Hier ist viel zu viel Lärm. Du bist müde, du hast weder gegessen noch geschlafen. Spring einfach vom Balkon. Das löst alles.«

Aber als ich mich umsah, stellte ich fest, dass es gar keinen Balkon gab. Das hier war Mishas Wohnblock und nicht Burg Cropper mit den langen Außenkorridoren. Außerdem – und das war schon ein bisschen schräg – stapfte ich gerade unten zur Haustür hinaus, wandte mich nach links und ließ den ganzen Tumult und Krach hinter mir. Meine Hand tastete aus eigenem Antrieb nach Elektras schmalem Schädel und ihren weichen Ohren, und da war sie, tappte schweigend neben mir her.

»Plan B«, sagte Satan, »schmeiß dich unter einen Bus. Das hat den zusätzlichen Vorteil, dass es den morgendlichen Berufsverkehr für Stunden lahmlegt.«

»Zu viel Sauerei«, sagte ich. »Und was ist mit Elektra? Wenn ich tot bin, schnappt Frost-Cherry sie sich ganz sicher.«

»Cherry kriegt sie sowieso.« Satan griente höhnisch. »Cherry kriegt immer, was sie will. Darauf achte ich. Sie steht unter meinem Schutz, falls du es noch nicht gemerkt hast. Ich sorge für die Meinen.«

»Das tue ich auch«, sagte ich. »Elektra gehört zu mir. Nicht zu dir, und ganz bestimmt nicht zu Miss Selbstgerecht.«

»Wollen wir wetten?« Er kicherte hämisch. »Ich dachte nur, du willst dir vielleicht den Trennungsschmerz ersparen. Lieber jetzt eine kleine Sauerei als die große Qual, die später unausweichlich kommt. Na, wie wär's?«

Ich stand mit dem Rücken zur speckigen Tür eines kleinen Cafés. Ein paar Kerle in Blaumännern und dicken Parkas blieben stehen und versuchten sich an mir vorbeizudrücken, ohne mich aus dem Weg zu schubsen. Einer sagte: »Sie sehen halb erfroren aus, Schwester.«

Hinter ihm sah ich einen Bus, er hatte die Nummer 666, oder vielleicht war es auch eine umgedrehte 999. Ich kann es nicht mehr mit Sicherheit sagen, denn im nächsten Moment lag ich mitten auf der Fahrbahn, und der Busfahrer und einer von den Arbeitern knieten neben mir auf dem Asphalt. Der Fahrer sagte: »… aus heiterem Himmel. Ist sie unverletzt?«

»Weiß nicht, Kumpel«, sagte der Arbeiter. »Sie atmet noch, aber sie hat einen höllischen Stoß abgekriegt.«

»Ja, höllisch«, murmelte ich. »Der Teufel wollte es so.« Die dunkelgraue Morgendämmerung, durchschnitten vom blendenden Licht der Busscheinwerfer, gab mir das Gefühl, in einem Theaterstück zu sein. Ich lag isoliert in einem Lichtkegel, während auf der anderen Straßenseite der Verkehr vorbeidröhnte, ohne innezuhalten. Ich wandte den Kopf und sah die zerknautschten Reste eines blauen Fahrrads sterbend im Rinnstein liegen. Es brach mir schier das Herz.

»Das war nicht der Teufel«, sagte der Fahrer. »Wenn Sie das nicht gemacht hätten, wär jetzt einer tot. Ich hätte beinahe jemanden getötet. Ich hätte *Sie* beinahe getötet.«

Der Arbeiter sagte: »Ich hab noch nie wen sich so schnell bewegen sehen.«

Ich drehte wieder den Kopf und sah, dass der Busfahrer jetzt auf der Bordsteinkante hockte, neben einem dünnen Mann in Spandex-Fahrradkluft. Dessen orangefarbener Helm lag in seinem Schoß, und er tupfte an einer stark blutenden Platzwunde an seinem Knie herum. Sein Gesicht war leichenblass.

Er sagte: »Sie hat mich vom Rad gerissen.«

»Danke deinem guten Stern dafür, Kumpel«, erwiderte der Arbeiter.

»Sie dürfen nie, nie, niemals versuchen, einen Bus auf der Innenseite zu überholen«, sagte der Fahrer. »Ich hätte Sie um ein Haar überfahren. Sie sollten es wirklich besser wissen.«

»Es ist doch eine Fahrradspur«, sagte der Radfahrer. Er zitterte wie eine Hütte bei Erdbeben.

»Scheißegal, was es ist«, sagte der Fahrer. »Sie fahren gefälligst da, wo ich Sie sehen kann.« Er zitterte genauso.

Ich mühte mich ab, um mich aufzusetzen. So müde. Der Teufel hatte recht – ich brauchte dringend ein langes, langes Schläfchen. Elektra tauchte an meiner Seite auf. Ich versuchte sie an mich zu ziehen, aber mein Arm wollte mir nicht gehorchen. Und dann, ganz plötzlich, kamen Pierre und Schmister angeflattert wie flügelschlagende Raben. Und Tony fragte: »Was hat sie jetzt wieder angestellt?« Und mitten auf der Straße stand ein Range Rover schief, und der Verkehr staute sich, und alles hupte.

Schmister sagte: »Warum gibt es bloß immer so ein heilloses Chaos, egal wo du hingehst?«

Der Radfahrer sagte: »Sie hat mir das Leben gerettet.«

Ich musste lachen. »Schade, dass ich nichts mehr davon weiß.«

»Ihre Birne muss wohl was abgekriegt haben«, meinte der Arbeiter.

»Ich hätte sie leicht alle beide umbringen können«, sagte der Busfahrer, der genauso elend und bleich aussah wie der Radfahrer.

»Ach ja, ich liebe ein gepflegtes kleines Chaos«, sagte Fürst Fiasko. »Aber du hättest doch *unter* dem Bus liegen sollen, nicht davor im gemütlichen Plausch mit dem Fahrer. Wie kann man so eine gute Gelegenheit verpassen?«

Pierre faltete seine riesigen Hände. »Dank sei Gott dem Herrn dafür, dass er das Leben unseres Bruders und unserer Schwester verschont hat.«

»Amen«, sagten Schmister, Tony und der Busfahrer.

»Halleluja«, sagte der Radler. Jemand drückte ihm einen Becher Tee in die bebende Hand. Vor dem Café hatte sich eine kleine Menschenmenge gebildet, und die Busfahrgäste tuschelten miteinander und überlegten, wann es wohl passend wäre, nach einer möglichen Weiterfahrt zu fragen.

»Merkst du denn gar nichts?« fragte mich Graf Gau. »Wenn du Elektra gleich mitgenommen hättest, wäre Cherry jetzt ausgebootet, und ihr könntet in alle Ewigkeit ein Lager teilen.«

»Elektra etwas antun?«, rief ich. »Es ist mir egal, ob du der Fürst der Finsternis bist. Ich werde dir nie wieder gehorchen. Niemals.«

»Sie hat Wahnvorstellungen«, erklärte Pierre hastig.

»Sie glaubt, sie sieht den Teufel«, sagte Schmister. »Das kommt von der Kasteiung des Fleisches – Sie wissen schon, Fasten und, ähm, Selbstgeißelung.«

»Vorhin hat sie mir so einiges über den Teufel erzählt«, meinte Tony, »als ich sie um Rat gefragt habe. Was sie da gesagt hat, war sehr vernünftig.«

Pierre und Schmister starrten ihn fassungslos an.

Ich versuchte nochmals, den Arm um Elektra zu legen, und scheiterte. »Ich glaube, ich habe mir den Arm verletzt.«

Behutsam hoben sie mich von der Straße und in Tonys Range Rover.

»Warten Sie!«, rief ein Mann vom Café aus. »Es ist ein Krankenwagen unterwegs, und die Polizei auch. Die werden eine Aussage von ihr wollen.«

»Da wird nichts Brauchbares bei rumkommen«, sagte der Radler. »Nicht, wenn sie allen erzählt, dass der Teufel ihr befohlen hat, mein Leben zu bewahren, wo sie doch in Wahrheit ein rettender Engel ist.«

»Ein rottender Engel«, knurrte Schmister, als er Elektra neben mich auf die Rückbank hob. »Wie machst du das bloß, Momster? Du brauchst nur einmal zu niesen, und schon gibt es eine Epidemie von titanischen Ausmaßen.«

»Aua!«, erwiderte ich, denn ganz plötzlich stach meine linke Schulter mit Stahlnägeln auf mich ein.

Tony ließ den Motor an und fragte: »Bringen wir sie ins Krankenhaus?«

Pierre, der vorne neben ihm saß, erklärte: »Erst holen wir unser Fahrzeug ab, dann sammeln wir wie besprochen Connor ein. Wir kümmern uns immer um die Unsrigen. Wir zocken keinen ab, wir schröpfen nicht mal Vater Staat.«

»Hey, Sie sind ja aus Amerika«, sagte Tony. »Wie kommt es, dass Sie hier Nonne geworden sind?«

»Gott segne Sie für Ihre Anteilnahme.« Pierre lief schier über vor Wärme und Liebe. »Aber wir lassen unsere Vergangenheit hinter uns, wenn wir dem Ruf Christi folgen.«

Das trifft auch zu, wenn man dem Ruf des Teufels folgt. Ich ließ ein von ethischen Grundsätzen und Redlichkeit geprägtes Leben hinter mir, als ich ihm folgte, und es gab kein Zurück. *Er* gewährt einer Frau allerdings nicht den Schutz des Brauttums – er nimmt sie von hinten und lässt sie auf den Knien zurück, verbraucht und in eine Million Stücke zerbrochen.

»Nun gönn doch dem Teufel mal 'ne Pause, ja?«, sagte

Schmister. Mir war nicht klar gewesen, dass er mich hören konnte.

Tony sagte: »Natürlich glaubt sie an den Teufel. Das tu ich auch. Das muss man doch, wenn man an Gott glaubt.«

»Aber sie muss ja nicht die ganze Zeit mit ihm reden.« Schmister rammte mir einen tückischen Ellbogen in die Rippen. Er wurde der heiligen Rolle langsam überdrüssig.

Kapitel 12

Vollständige Desastrosität in einer Zufahrt

Ich sah, dass etwas nicht stimmte, sobald wir in die Tankstellenzufahrt einbogen.

Die Minna war noch da, wo sie gestanden hatte, neben der Druckluftzapfe, aber jetzt quoll dreckiger, dunkelgrauer Qualm aus ihrem Auspuffrohr. Und jemand hatte in Schwarz, Gelb, Grün und Rot ein Graffito auf ihre Seite gesprüht. Die Buchstaben waren zu verschnörkelt, um sie auf die Schnelle zu lesen, immerhin gelang es mir, das Wort ›DÉBRIS‹ zu entziffern.

»Debris Dior?«, fragte Schmister.

»Débris d'Or«, sagte Pierre. Vielleicht war es beim Entziffern von Graffiti ein Vorteil, in Detroit aufgewachsen zu sein.

»Militante Naturisten?« Tony legte den Kopf schief und versuchte zu verstehen, was er sah.

»Naturalisten«, sagte Pierre.

»Was ist denn Débris d'Or?«

Ich sagte: »Vielleicht – ähm – Goldschrott? Auf Französisch.« Wenn Pierre bei Graffiti glänzte, konnte ich immerhin etwas Schulfranzösisch beisteuern. Ich hatte den Herrn der falschen Versprechungen mal zu einem einwöchigen Paris-Urlaub eingeladen. Das sollte mich wenigstens *etwas* gelehrt haben. »Trümmer«, präzisierte ich. »Ungewolltes, Aussortiertes, Wertloses, Weggeworfenes.«

»Was zur Hölle treiben militante Naturisten mit Ihrem Bus?«, schimpfte Tony. »Ich hab doch nicht extra eine frisch überholte Batterie eingebaut, damit irgendwelche Scheißer damit abdamp-

118

fen können. Und was zum Henker benutzen die als Treibstoff? Kerosin? Die werden den Motor ruinieren, und zwar elendig!«

Gerade als er ›elendig‹ sagte, kletterte wie zur Antwort auf seine Frage ein Bärtiger in einem grünem Parka aufs Dach der Minna und entfaltete ein Banner, auf dem stand: »Nein zum Übel Öl.« Das konnten wir alle ziemlich mühelos lesen.

»Oy«, rief Tony und lehnte sich aus dem Fenster. »Hallo, was denken Sie sich denn? Das ist nicht Ihr Bus!«

»*Et ta sœur!*«, schrie der Bärtige zurück.

»Was?«

»Irgendwas mit Ihrer Schwester, glaube ich.«

Tony sprang mit einem Satz aus dem Range Rover. »Was ist mit meiner Schwester?«, brüllte er blindwütig. Pierre und Schmister wechselten einen entsetzten Blick. Schmister rutschte tiefer in seinen Sitz. Pierre raffte seine Robe und stieg auf der Beifahrerseite aus. Dann öffnete er meine Tür und half mir beim Herausklettern.

»Sprich du mit dem Arschloch«, flüsterte er. »Als würde die ganze Scheiße nicht schon genug zum Himmel stinken.«

»Das würde Julie Andrews aber so nicht sagen.«

»Bist du irre?«

»Blöde Frage«, murmelte ich. Dann sah ich mir den mageren bärtigen Aktivisten an, aufgepumpt mit aggressiver Selbstherrlichkeit. »*Bonjour*«, rief ich. »*Nous sommes toutes vos sœurs.*«

»Was?«, rief Tony.

»*Oh merde*«, sagte der Aktivist.

»Ich glaube, ich habe gesagt, wir sind alle Schwestern, und er hat ›oh Scheiße‹ gesagt.«

»Dem werd ich gleich was scheißen.« Tony krempelte die Ärmel hoch und entblößte seine muskelbepackten tätowierten Unterarme.

»*Tantie!*«, brüllte der Aktivist und stampfte aufs Dach der Minna.

»Er ruft nach seinem Tantchen«, bemerkte ich hilfreich.

»Das hab sogar ich verstanden«, sagte Pierre.

Tantie Débris d'Or war dünn und hippiehaft. Wie auch der junge Mann und die junge Frau, die nach ihr dem Innenraum der Minna entstiegen.

»Allo«, sagte Tantie und schob sich lange Strähnen ihrer grauen Locken aus den Augen. »Sie wollön was?«

»Ja – dass Sie schleunigst Ihre Ärsche aus dem Bus der Schwestern hieven«, knurrte Tony. »Er gehört Ihnen nicht.«

»Wir abön diese Vehikel in Gewahrsam genommen«, sagte Tantie. »Es ist symbolisch von Vergeudung und Dreck des Übels Erdöl.« Sie deutete auf das Banner und die klumpigen schwarzen Rauchwolken. »Wir andeln korrekt. Wir abön telefoniert zu BBC und Guardian-Zeitung. Sie können uns schlagön und tötön, aber wir werden nischt weischen.«

»Wir sind Nonnen«, sagte Pierre. »Wir schlagen und töten nicht. Aber wir brauchen unseren Bus.« Auch ihm schien so langsam die Heiligkeit auszugehen.

»Wir lassen uns ier nieder«, fuhr Tantie fort, »um unsere Sache zu verbreiten *et aussi*, weil unsere CD ist *début* und wir tretön bald auf.«

»Omeingott, omeingott, omeingott!« Schmister glitt aus dem Range Rover und packte Pierre am Arm. »Sieh ihn dir an. Hast du jemals etwas so dermaßen Saftiges gesehen?«

Es war nicht der Bärtige, der ihn dahinschmelzen ließ. Es war die Knabenhälfte des Paars, das ich für Zwillinge hielt. Sie waren schlank und kindlich mit hellem Teint und langem lohfarbenem Haar. Sie hatten gerade Nasen und gerade Brauen über den bernsteinfarbenen Augen.

»Ich bin verliebt«, hauchte Schmister.

»Halt die Klappe, verdammt«, hauchte Pierre zurück. »Du lieferst uns noch alle ans Messer.«

»Eure Sache ist mir krottenpiepegal«, brüllte Tony, der sich auf den Bärtigen eingeschossen hatte. »Mach, dass du von dem scheiß Bus runterkommst. Und wenn du noch ein Wort über meine Schwester sagst, komm ich rauf und verpass dir eine.«

»Er meint nischt so«, sagte Tantie.

Die Mädchenhälfte des Doppelpacks näherte sich Tony und legte ihm ihre weiße, kindlich zarte Hand auf den Arm. Ihre Wimpern waren so lang wie Spinnenbeine. Sie wedelte beschwichtigend damit. »Sähr politisch«, erklärte sie. »Er asst American Oil. Er nicht beleidigen dein Schwester. Er nur wütend.«

»Das bin ich auch.« Tony klang beschwichtigt. »Wer seid ihr alle?«

»Ich bin Sylvie. Dies sind meine Brüder: Louis«, sie zeigte auf den Bärtigen, »… und Zach«, sie streckte die Hand nach Schmisters neuer Flamme aus, »… und unsere *Tantie* Barbette. Süsammen sind wir Débris d'Or.«

»Zach«, flüsterte Schmister, als schmecke er Honig.

»*Comment?*«, sagte Zach.

»Sprisch Englisch«, befahl Tantie.

»Denk an deinen geliebten Endokrinologen«, fauchte ich Schmister an, »und hör auf zu balzen. Du bist eine Nonne, verdammte Unzucht.«

»Chaos, das meine wildesten Träume in den Schatten stellt«, frohlockte Satan.

»Es ist so«, begann Pierre, »wir sind von einem armen Orden, und dieser Bus ist unser einziges Transportmittel.«

Bart-Louis brüllte von hoch oben etwas Unverständliches.

»Was?«, brüllte Tony.

»Ist nischts«, sagte Sylvie rasch.

»Denk an Harpreet Kaur«, flüsterte ich Tony zu, denn wie Schmister sah auch er allmählich betört aus.

»Er mag nischt Religion«, erläuterte Sylvie sanft.

»Er mag gar nischts«, fügte Tantie hinzu. »Er ist unser Akti-vist.«

»Unser Trommler«, ergänzte Zach, als erklärte das irgend-was. »Er schlägt gern auf Sachen.«

Eigentlich hatte ich doch nur vorgehabt, Kerri Cropper zu berichten, dass es ihrem Kind gut geht. Auftrag ausgeführt. Dann, heute früh, hatte ich nur vorgehabt, ihr Kind in die Notaufnahme des nächsten Krankenhauses zu bringen und den Kleinen dort zu lassen, damit sich jemand Kompetentes um ihn kümmerte. Und ich brauchte die Minna, damit ich mit Elektra irgendwo nächtigen konnte. Denn selbst wenn sich Miss Cherry Selbstgerecht als bösartiger Troll und des Teufels fügsame Dienerin erwiesen hatte, mochte sie doch vielleicht, möglicherweise, eventuell ein klein wenig richtig liegen damit, dass Elektra zu alt war für das Leben auf der Straße.

Satan kicherte. »Du bist so dermaßen desaströs. Ich liebe es – unendlich viele winzig kleine Schritte, die dich alle zur voll-ständigen Desastrosität führen.«

»Das ist doch noch nicht mal ein Wort«, sagte ich. »Aber gut, wenn du Desastrosität willst, liefere ich dir Desastrosität.«

»Na dann, Vorhang auf«, sagte der Graf des grausamen Gelächters.

»Hältst du jetzt mal die Schnauze«, murmelte Schmister. »Reiß dich zusammen, Weib.«

»Legt ihr beiden es drauf an, alles zu vermasseln?« Pierre stand vor uns und schirmte uns gegen die anderen ab. »Senkt den Kopf in Demut und sprecht mir nach: ›Ich brauche Liebe, um meinen Frieden zu finden. Ich muss jemanden finden, den ich mein nennen kann. Doch Mama sagt …‹«

Wir alle drei senkten die Köpfe und rezitierten leise, Pierre immer vorweg, den Songtext von *Can't Hurry Love*. Er sprach die Worte so schlicht und aufrichtig, dass es sich anfühlte wie eine religiöse Erfahrung, doch mir entging nicht, dass Schmister muffig und Elektra müde war.

Schmister fragte: »Wozu wollen die überhaupt die verdammte Minna?«

»Für ihre Protestaktion«, sagte Pierre und bekreuzigte sich.

»Ich schätze, sie haben sonst nichts zum Wohnen«, sagte ich zu Elektra. »Ich glaube, sie sind obdachlos, genau wie wir, aber wohl zu stolz, um es zuzugeben.«

»Sollen sie sie haben«, meinte Schmister. »Das nervt doch alles.«

»Aber dann haben Elektra und ich nichts zum Wohnen.«

Schmister und Pierre wechselten einen bedeutungsvollen Blick, und ich hörte, wie Satan auf sie einflüsterte, so leise, dass nur sie seine Worte verstehen konnten.

Tony kam rüber und sagte: »Ich will ja nicht eure Andacht unterbrechen, Schwestern, aber diese Schwachköpfe wollen nicht nachgeben, und Jimmy Singhs Frau hat die Bullen gerufen.«

Das waren schlechte Nachrichten für alle – außer anscheinend für Débris d'Or.

»Die da denken, es bringt ihnen gute Publicity«, fuhr Tony fort. »Aber meine Familie will mit der Schmiere nichts zu schaffen haben, also hab ich Lance angerufen, und er bringt Connor schnell rüber.«

»Was werden denn Ihre Mutter und Ihre Großmutter dazu sagen?« fragte ich.

»Denen erzählen wir's gar nicht. Wir finden, dieser Mist geht jetzt schon viel zu lange. Tut mir echt leid und überhaupt, aber Sie müssen selber sehen, wie Sie das hinbiegen. Der Kleine braucht anständige Fürsorge, und wie ich schon sagte, mit den Bullen haben wir's nicht so.«

Schmister sah entgeistert aus, aber Pierre nahm die Nachricht mit unerschütterlicher Gelassenheit auf. Er neigte den Kopf und sagte: »Dein Wille geschehe.«

»Das ist nicht mein Wille«, wehrte Tony ab. »Ich wollte nicht, dass es so kommt.« Er sah beschämt und sehr verlegen aus. Im Hintergrund sangen Tantie, Sylvie und Zach ungeheuer harmonisch den *Redemption Song*. Meine Schulter pochte im Rhythmus dazu.

»Was haben die bloß in den Tank gefüllt?« Tony war aufs Neue abgelenkt von dem schwärzlichen Qualm, der aus dem Auspuff drang.

»Singt wie ein Engel.« Schmister war aufs Neue von Zach abgelenkt.

Die Cops und Connor – eine Kombination, die unweigerlich zu meinem Untergang führen musste. Ich würde noch vor dem Frühstück wieder im Kittchen landen.

»Bleibt hier«, sagte ich zu Pierre und Tony.

»Komm mit«, sagte ich zu Schmister und packte seine Hand.

»*Venez avec moi*«, sagte ich zu Débris d'Or. »Ihr braucht doch einen Ort *avec une douche pour les dames. Non?*«

»Ja«, sagten Tantie und Sylvie unisono und aus voller Brust.

»Was hast du gesagt?«, erkundigte sich Schmister.

»Dass Zach erschöpft aussieht und einen ruhigen dunklen Ort braucht, um sich hinzulegen. Ich hab gesagt, du könntest ihm für ein Stündchen oder so dein Bett überlassen.«

»Du bist ein Genie«, sagte Schmister, »und ich nehme alles zurück, was ich Anderslautendes über dich gesagt habe.«

»Pierre kann sich inzwischen mit der Minna befassen. Dafür braucht er uns nicht – wir wären ihm nur im Weg.«

Wir schlichen uns von der Tankstelle und überließen Tony und Louis ihrer Anbrüllerei und Pierre die Vermittlerrolle. Wir trotteten schweigend dahin, bis auf meine Schulter, die laut schrie. Das Diazepam steckte tief in meinem BH, und ich kam nicht heran, ohne einen sehr un-nonnenhaften Striptease hinzulegen. Abgesehen von ein paar ergatterten Pausen war ich die ganze Nacht auf gewesen. Ich hatte ein Leben gerettet, aber der Teufel ließ mich nicht in Ruhe, und allmählich wurde mein Blickfeld trüb. Die Bullen waren im Anmarsch, und alles, was ich denken konnte, war: »Das ist das letzte Mal, dass ich einer Freundin einen Gefallen tue.« Scherereien und Schmerzen sind die Strafe, wenn ich mich in Freundlichkeit versuche.

Auf Rache verstehe ich mich besser.

Schmister ließ uns in Ms. Hundediebins Haus ein. Er wirkte zuversichtlich, daraus schloss ich, dass er wusste, wann sie zur Arbeit ging. Selbst liebestrunken, wie er wegen Zach war, würde er keine Konfrontation mit ihr riskieren. Ich geleitete Tantie und Sylvie in das rosenrosa Schlafzimmer, während Schmister sich um Zach kümmerte. »*Restez là*«, sagte ich, »so lange ihr wollt.«

Sollte Cherry doch heimkommen und ihr Haus voller Eindringlinge finden. Sollte sie doch das alles auseinanderklamüsern. Elektra und ich würden längst weg sein. Wir würden uns die Minna wiederholen, in irgendeiner Seitenstraße parken und stundenlang schlafen. Sie würde uns nie finden.

Pierre, Tony und Louis konnten Connor in ein Krankenhaus bringen, oder etwa nicht? Warum sollte immer ich alles tun müssen?

Ich befreite das Diazepam aus meinem Ausschnitt, nahm zwei, entdeckte noch ein Päckchen Pillen, die prämenstruelle Krämpfe zu lindern versprachen, und spülte ein paar davon mit Milch aus dem Kühlschrank runter. Dann fütterte ich Elektra mit einer Portion Schmorhühnchen, das ich in einer adretten Plastikbox entdeckte. Ich hoffte, es war das Abendessen von Miss Tadellos. Elektra hatte im Laufe dieser Nacht drei oder vier vollständige Mahlzeiten verspeist. Vielleicht waren das genug Kalorien, dass sie noch ein bisschen durchhielt.

Ich war bereit zum Aufbruch.

Elektra sagte: »Lass mich ein Stündchen schlafen. Du könntest dich neben mir auf den Teppich legen und ein wenig ausruhen. Du zuckst ja schon.«

»Wir brauchen die Minna.«

»Was ist mit den Cops?«

»Mit ein bisschen Glück sind die schon wieder weg, bis wir …«

»Wann hattest *du* denn je Glück?«, fragte sie mit ihrer schlichten Logik.

*

Genau als wir die Tankstellenzufahrt erreichten, passierten sechs Vorgänge unmittelbar hintereinander.

Jimmy Singh erschien in Schlafanzug und Lammfellpuschen und brüllte: »Verpisst euch jetzt alle miteinander, entschuldigt den Ausdruck, Schwestern.«

Lance kam in seinem Range Rover angebraust und hielt neben Tonys Range Rover.

Louis Débris d'Or sprang vom Dach der Minna und verpasste Tony einen Faustschlag auf die Kinnspitze.

Tony fiel rückwärts gegen seinen Range Rover und schlug im Fallen mit dem Kopf an eins der Rücklichter.

Wir alle hörten das Jaulen einer Polizeisirene, die auf der nördlichen Ringstraße näher kam.

Pierre raffte seine Robe bis übers Knie und kletterte auf den Fahrersitz der Minna.

Das gab für mich den Ausschlag. Ich hob Elektra auf den Beifahrersitz und kletterte hinterher.

»Fahr!«, schrie ich.

Pierre fuhr.

Kapitel 13

Doppelter Schweinefick

Keine Ahnung, wie er es schaffte, Connor nicht zu überfahren. Ich weiß auch nicht, wie ein kleines Kind, obendrein bedröhnt von Hustensirup, es fertigbringen konnte, von der schwindelnden Höhe eines Range Rovers herabzusteigen. Ich weiß nur, dass Pierre im Rückwärtsgang um ein Haar über ihn drüberfuhr, denn er stand mitten auf der Zufahrt, sein Mund in schon vertrauter Pein weit aufgerissen, und schrie gellend, während Lance sich Louis vorknöpfte, um für seinen auf die Bretter geschickten Bruder Rache zu nehmen.

Pierre stieg voll auf die Bremse und brach uns fast das Genick.

»Heb ihn rein!«, brüllte er.

»Nein!«

Er langte über mich hinweg und stieß meine Tür auf. »Du kannst ihn nicht hierlassen, er wird überfahren.« Er schubste, und ich taumelte auf den Asphalt. Mir blieb gerade noch Zeit, Elektra hinter mir herzuzerren, dann röhrte Pierre in einer Wolke aus pechschwarzem Qualm davon.

»Eine scheiß-tolle Nonne bist du!«, schrie ich, als ich mein Heim auf der nördlichen Ringstraße verschwinden sah, während ein Panda mit zwei großen uniformierten Bullen auf die Stelle rollte, die er frei gemacht hatte.

Immerhin war Connor anständig bekleidet, blaue Latzhose, langärmliges T-Shirt und viel zu große Turnschuhe. Ich griff nach seiner Hand. Er biss zu.

Ich schrie. Er schrie. Elektra sagte: »Wie konntest du das vergessen? Er ist ein Beißer. Wenn er ein Hund wäre, würde man ihn einschläfern.«

»Wenn er ein Hund wäre, würdest du dann zurückbeißen?«

»Vielleicht«, sagte sie. »Aber wehe! Du bist kein Hund, du hast kein Recht dazu.«

»Kann ich ihn ohrfeigen?«

»Nicht vor den Cops«, empfahl sie sanft. Sie stupste Connor mit der Nase, und er hörte auf zu brüllen und schaute sie an. Sie schien ihn zu beruhigen.

Ich packte die Träger seiner Latzhose und lenkte ihn von dem Polizeiwagen weg.

Die Bullen hatten als echte Kerle nur Augen für den Faustkampf. Louis war nicht halb so stämmig wie Lance und Tony, aber er kämpfte wie ein Frettchen auf Speed. Er hieb auf alles ein, was sich bewegte, und er schien sich zudem das eine oder andere bei Connor abgeguckt zu haben, denn er setzte auch seine Zähne ein.

»Der war gut, Louis«, murmelte ich. Halb zog, halb schleppte ich Connor an seinen Trägern davon.

»Bleib noch«, wisperte der Teufel leutselig. »Das ist erstklassige Unterhaltung. Du musst dringend mal wieder lachen, und du bist so müde und fußlahm.«

»Komm schon«, drängte Elektra. »Du darfst nicht in der Nähe von Cops herumeiern. Du bist viel zu auffällig.«

Ich war überhaupt nicht auffällig. Ich schwebte fünfzehn Zentimeter über dem Asphalt mitten auf der Straße, während in beide Richtungen Pferde und Mastodonten vorbeidonnerten, und niemand nahm auch nur ein Zipfelchen Notiz davon. Eine Nonne, ein Hund und ein Kind konnten vom Schauplatz eines Handgemenges türmen, schlittern, hüpfen oder schweben, ohne dass jemand ihre Existenz bemerkte, ganz zu schweigen von ihrer Abwesenheit. In der Welt kämpfender Männer bedeuteten wir weniger als ein abgebrochener Fingernagel. Gebt mir eine Knarre, eine Machete oder eine Armbrust und eine saftige Dosis Testosteron – und dann sagt mir, was ich bedeute. Na los. Macht schon. Auf dieser Welt zählt nur Männergewalt. Ich zerre gegen seinen Willen ein gewalttätiges Kind neben mir her. Hat irgendjemand ein Interesse an ihm? Der Umstand, dass er hier bei mir ist, beantwortet doch die Frage. Wir sind beide vollgedröhnt bis an die Schädeldecke und folgen einer überalterten Greyhoundhündin, haben keinen Ort, wo wir hinkönnten, und kein Geld, um hinzukommen. Schert das irgendwen?

Connors magerer kleiner Körper ist übersät mit Zigarettenbrandmalen und Blutergüssen, aber Lance und Tony widmen sich viel lieber einer Rauferei auf einer Tankstellenzufahrt, als sich um ihn zu kümmern. Jemandem eine reinhauen ist leicht verglichen damit, ein Kind großzuziehen – und eine so viel dankbarere Aufgabe. Vielleicht hätte ich auch ein paar Treffer anbringen sollen. Dann würde ich Respekt ernten. Im Knast hab ich einer Frau eine Plastikgabel ins Gesicht gerammt, um meine Ruhe zu haben. Hat funktioniert.

Ob derselbe Trick auch bei einer blonden Hundediebin klappt? Wenn ich ihr frostiges Lächeln mit einer Plastikgabel absteche, lässt sie Elektra dann in Ruhe?

Connor ist jetzt mein Baby. Der Teufel ist sein Vater. Er ist das Kind, das ich von meinem dämonischen Liebsten empfangen hätte bei jenem einen Mal, als er mich mit seinem Gürtel auf den Stuhl vor dem Toilettentisch schnallte, vornübergebeugt vor dem Spiegel, damit er seinen eigenen Widerwillen bewundern konnte und mir nicht in mein alterndes, schmerzverzerrtes Gesicht sehen musste. Da hatte er noch nicht all mein Geld, mein Vermögen und meine Sachkenntnis verbraucht, sonst hätte er mir nicht einmal diese grausame Zuwendung gegönnt.

Jawohl, ich hatte Geschlechtsverkehr mit dem Herrn der Hosenschlangen, und Connor ist unser missratener, unsittlich gezeugter Sohn. Mit seinem kahlrasierten Schädel und den schlackernden Füßen sieht er aus wie Krebs auf Beinen oder ein Babysträfling – ein winziger harter Mann aus Zellenblock H wie Hölle.

»Satans Brut?«, sagte Elektra. »Jetzt klingst du ernstlich wie eine Nonne. Überquer um Himmels willen endlich die Straße – steh nicht bloß in der Gegend rum und halt Maulaffen feil. Du wirst uns noch umbringen. Mag sein, dass du sterben willst, aber ich nicht.«

Also überquerten wir zwei Straßen. Oder vielleicht dieselbe Straße zweimal? Und wir marschierten, weil Gehen meine schmerzende Pumpe beruhigt. Aber es ermüdete Elektra, und Connor hing schwer im Geschirr seiner Hosenträger an meiner zügelnden Hand. Als er zu fertig war, um noch zu schreien und zu beißen, machte ich Halt. Ich hockte mich auf den Gehweg und sah ihm zum ersten Mal ins Gesicht. Seine krustige Haut war gelb vor Erschöpfung, und schwarze Ringe unter den Augen ergänzten die tiefblauen Veilchen. Am schlimmsten waren die Sorgenfalten. Habt ihr schon mal ein Kleinkind mit tiefen Sorgenfalten auf der Stirn gesehen? Es ist ein sehr unheimlicher Anblick, ein Indiz für viele Vorfälle, über die man gar nicht nachdenken mag.

»Na schön«, sagte ich zu Elektra, »er ist vielleicht nicht Satans Brut, aber er ist auch nicht gerade eins von Gottes Kindern.«

»Gott ist ein Mann – er sorgt nicht für seine Kinder«, sagte sie und setzte sich ermattet hin. »Aber Connor ist auch nicht dein Kind. Du kannst nicht für ihn sorgen. Du kannst ja noch nicht mal für mich sorgen. Ich muss mich immer um dich kümmern. Was glaubst du, wieso ich ganz zufrieden damit bin, bei Cherry zu wohnen?«

»Aber ich hab dir das Leben gerettet.«

»Und jetzt bringst du mich um.«

»Nun übertreib nicht«, sagte ich. Doch sie sah mich nur mit redlichen, schläfrigen Hundeaugen an.

Ein alter Mann mit einem Laufgestell blieb mitten im Schlurfen stehen und fragte: »Ham Sie Probleme, Schwester?«

»Der Junge ist bluterkrank«, sagte ich, um Vorwürfen wegen der vielen blauen Flecke zuvorzukommen. »Wir wollten zum Krankenhaus, aber anscheinend habe ich mich verlaufen.«

»Och, lass dir mal was anderes einfallen«, sagte Elektra und verdrehte müde die Augen.

»Gehen Sie an der Ampel da rechts«, sagte der alte Mann. »Bei der Schule über die Straße, dann die nächste links. Ich würd Ihnen ja das Busgeld geben, aber meine Rente is immer noch nich gekommen.«

»Kommst du dir nicht mies vor«, fragte Elektra, »wenn du die guten Absichten anderer ausbeutest? Meinst du, du verdienst die Mildtätigkeit eines gütigen Mannes?«

»Güte ist freiwillig«, sagte ich unerträglich fromm. »Niemand verdient sie.«

»Da sprechen Sie ein großes Wort gelassen aus.« Der Alte schlurfte unter Schmerzen davon. Es war kein großes Rätsel, warum er den Weg zum Krankenhaus so gut kannte.

Letztendlich schleppte ich Connor huckepack in die Notaufnahme. Seine misshandelten kleinen Beine trugen ihn einfach nicht mehr. Zum Glück war er viel zu müde, um mich in den Nacken und in die Schultern zu beißen.

»Sie können hier nicht mit dem Hund rein«, sagte eine andere Ausgabe von Cherry in brauner Uniform mit Security-Schild. Sie nahm überhaupt keine Notiz von Connor und dem Umstand, dass mein Rücken und meine Schulter völlig verkrampft waren vom Schmerz einer Verletzung und weil ich ihn getragen hatte. Nie bekomme ich Anerkennung für meine guten Taten, nicht mal als Nonne.

»Gott vergebe Ihnen«, sagte ich. »Bitte helfen Sie mir mit ihm.«

»Sie müssen sich erst an der Rezeption anmelden«, sagte sie und ging weg, um jemand anders zu schikanieren.

Ich ließ Connor von meinem Rücken auf einen fleckigen braunen Stuhl gleiten. Als er sein müdes, trübes Heulen wieder aufnahm, ließ ich ihn sitzen und ging zur Rezeption. Die drei Frauen, die dort arbeiteten, aßen gerade Schokoladengeburtstagskuchen. Eine Nonne mit Schmerzen und ein misshandelter Junge konnten da selbstredend nicht mithalten. Ich war so am Ende, dass ich anfing zu singen: »*Hab ich Unrecht heut getan, sieh es, lieber Gott, nicht an! Deine Gnad und Jesu Blut macht ja allen Schaden gut …*«, sehr laut.

»Wir werden gleich verhaftet«, warnte Elektra.

»Schon gut – ich weiß den Text nicht mehr. Der Herr ist mein Hirte …«

»*Den* Text kann doch auch niemand«, sagte sie.

»*Alle Dinge klar und schön*«, sang ich, »*alle Tiere groß und klein …*«

Elektra legte sich hin und schloss die Augen.

»Was ist denn?«, rief eine Rezeptionistin hinter einem mit Partyknallern geschmückten Computer hervor.

»Ich habe Sie doch angewiesen, den Hund draußen zu lassen«, rügte die uniformierte Cherry-Doppelgängerin. »Und Singen ist hier auch nicht erlaubt.«

»Schön«, sagte ich. Ich war erleichtert. Sie befahl mir zu gehen, also war es ihre Schuld, wenn ich Connor sich selbst überließ. Macht mir keine Vorhaltungen – ich tu nur, was man mir sagt. Ich strebte zur Tür. Sie glitt automatisch auf, und ich stand wieder draußen im Wind. Meine Schulter schrie immer noch, aber ich war nicht mehr mit Connor belastet. Er befand sich in einem Gebäude voller professioneller Betreuungskräfte. Er würde schon betreut werden. Meine Arbeit für Kerri Cropper war getan.

»Warte«, sagte Elektra, »ich muss unbedingt pinkeln, sonst platze ich.«

»Mach schnell«, sagte ich. »Wir müssen noch einen Schlafplatz finden.«

»Ist das alles, was wir müssen?« Sie hockte sich hin und machte ein seliges Gesicht.

Das Krankenhaus lag nun hinter mir. Vor mir lagen ein Torweg oder ein Park, ein verwahrloster Garten oder eine versteckte Nische hinter einer Mauer, wo ich mein müdes Haupt betten konnte.

»Du hast ihnen nicht mal seinen Namen gesagt.« Sie kam hoch und stellte sich zwischen mich und den Schlaf.

»Wenn sie nicht wissen, wer er ist, können sie ihn nicht den Leuten zurückbringen, die ihm wehgetan haben.«

»Wer genau sind ›sie‹?«, fragte sie gnadenlos. »Sind das dieselben, die zu sehr mit ihrem Geburtstagskuchen beschäftigt sind, um einem misshandelten kleinen Jungen zu helfen?«

»Da drin gibt es auch Ärzte und Krankenschwestern. Sie werden sich um ihn kümmern und alles regeln.«

»Regeln? Du weißt ganz genau, wer es so ›geregelt‹ hat, dass Connor bei seiner Großmutter lebt, solange Kerri im Gefängnis sitzt. Schon vergessen? Sie wurde von der ›Fürsorge‹ als geeigneter Vormund eingestuft. Woher willst du wissen, dass sie jetzt nicht jemand noch Schlimmeres auftreiben?«

»Ist mir egal«, sagte ich. »Ich kann ihm nicht mehr helfen. Du hast doch selbst gesagt, dass ich nicht mal für dich richtig sorgen kann. Also erwarte jetzt nicht plötzlich, dass ich eine verantwortungsbewusste Bürgerin bin – denn das bin ich nicht. Und das weißt du auch.«

»Ja, das weiß ich«, sagte sie traurig. »Aber du wirst es bereuen. Es ist immer das, was du *nicht* tust, was du am meisten bereust.«

»Du sprichst mit der Frau, die dem Herrn der bösen Taten ihr Leben, ihre Liebe und ihre Unbescholtenheit geopfert hat.«

»Komm drüber weg«, sagte sie. »Er war bloß ein unehrlicher

Mann. Wird langsam Zeit, dass du aufhörst, aus einem banalen Vorfall eine griechische Tragödie zu machen.«

»Dein Name ist Elektra«, gab ich zurück. »Halt du mir keine Vorträge über griechische Tragödien.«

»Ich bin ein Hund«, sagte sie müde. »Ich hab mir meinen Namen nicht ausgesucht.«

»Wir sind doch jetzt frei«, sagte ich. »Verdirb uns das nicht.«

Ich weiß nicht, ob es euch aufgefallen ist, aber das Leben ist ziemlich genau wie eine Banane. Eben noch hältst du sie in deiner Hand, und im nächsten Moment erstickst du dran – ich hatte die Worte kaum ausgesprochen, da hielten mit quietschenden Bremsen zwei Streifenwagen direkt vor mir. Dem ersten entstiegen zwei Bullen, die einen sich sträubenden, mit Handschellen gefesselten Louis Débris d'Or zu bändigen versuchten. Aus seiner Nase und seinem Mund floss Blut, doch in seinen Augen brannte weiterhin das Feuer rechtschaffenen Zorns.

Das andere Fahrzeug enthielt Tony und Lance. Tony hatte sichtlich eine Gehirnerschütterung. Er hing schlaff zwischen Lance und einem der Bullen. Lance hatte einen geschwollenen Kiefer, ein blaues Auge und zerschrammte Fingerknöchel. Die Bullen wirkten selbstzufrieden – sie hatten drei gefährliche Übeltäter gefasst.

»Schwester«, rief Lance, als er mich sah, »bin ich froh, Sie zu sehen! Erzählen Sie denen, wie dieser Schwanzkopf Ihren Bus klauen wollte.«

»Oh, doppelter Schweinefick«, sagte ich, faltete die Hände und senkte demütig den Kopf.

»Wie bitte?«, sagte einer der Cops.

»Doppelt steinig«, erklärte ich rasch. »Die Wege des Herrn sind oft …«

»Okay«, sagte er. »Ich dachte schon, Sie hätten was anderes gesagt. Dieser, ähm, Herr hier meint, er kennt Sie, und dass er versucht hat, Ihnen zur Rückgabe Ihres Eigentums zu verhelfen.«

Ich beugte den Kopf noch tiefer. »Er und sein Bruder waren sehr gütig. Die Sache ist jetzt erledigt.«

»Nicht so ganz«, sagte der Cop. »Es gäbe da noch ein paar Kleinigkeiten zu klären, nämlich Störung der öffentlichen Ordnung, leichte Körperverletzung sowie schwere Körperverletzung. Ich brauche eine Zeugenaussage von Ihnen.«

»Natürlich«, sagte ich. »Aber bedarf dieser Mann nicht ärztlicher Versorgung?«

»Ja«, sagte Lance. »Und zwar sofort. Schnell.«

»Ich verlor meine Liebe«, lallte Tony.

»*Vive la révolution!*«, schrie Louis und spuckte Blut.

»Los jetzt.« Der Cop, der mit mir gesprochen hatte, sah allmählich gereizt aus. »Sie kommen am besten mit.«

»Mein Hund …«

»Pretty, Pretty«, sang Tony. »Ich will zu Pretty.«

»Seine Freundin …«, setzte ich an.

»Psst«, sagte Tony, »das'n Geheimiss.«

»Los jetzt«, beharrte der Cop.

»Was für ein Geheimnis?«, fragte Lance.

»Er is so gross wie duhm«, warf Louis mit perfektem Zeitgefühl ein.

Tony holte aus. Louis lachte. Lance holte aus. Die Cops sprangen hinzu. Elektra hüpfte aus dem Weg. Ich hinterher. Tony ließ einen wilden Schwinger los. Und mehr weiß ich nicht.

Kapitel 14

Eine Pflegekraft und ein Schreihals

Jemand hat mich geschlagen. Meine Mutter. Meine Mutter schlug mich. Sie sagte: »Das ist alles deine Schuld. Du warst das. Du bist ein schlimmes, schlimmes Mädchen.« Sie schlug mir hart gegen den Kopf. Mein Ohr tat weh, meine Zähne klapperten.

Mein Bett klapperte.

Jemand sagte: »Das ist alles meine Schuld.«

Jemand anders sagte: »Nehmen Sie viermal täglich zwei hiervon mit etwas zu essen. Gehen Sie in ein paar Tagen zum Verbandwechseln in die nächste Ambulanz.«

Ich machte die Augen auf und schaute einem rückwärts gehenden Cop direkt ins Gesicht.

»Mutter?«, murmelte ich

Er sagte: »Hallo, Dornröschen ist aufgewacht.«

Der erste Jemand sagte: »Sprechen Sie nicht so über sie. Sie ist eine Nonne.«

Der zweite Jemand sagte: »Sie können hier nicht rein, bevor der Arzt da war.«

Ich machte die Augen zu und wieder auf. Der Cop war noch da. Er sagte: »Ich brauche eine Aussage.«

»Ich hab gar nichts getan«, sagte ich zu meiner Mutter.

»Der Mann hat Sie getroffen.«

»Ich erinnere mich nicht«, sagte ich, obwohl sich mein Kopf langsam klärte und es mir wieder einfiel.

Der erste Jemand sagte: »Das war kein Mann, es war ein Bus.«

Ich sagte: »Das war kein Bus, das war meine Mutter.«

»Bitte was?«, sagte der Cop.

Ich rappelte mich hoch, setzte mich auf. Der erste Jemand war ein Mann in Spandex-Fahrradklamotten. Er hatte einen orangefarbenen Helm unterm Arm und ein dick bandagiertes Knie. Er streckte mir die Hand entgegen. »Fergus«, sagte er. »Sie haben mir das Leben gerettet.«

»Könnten Sie meinen Hund suchen?«, fragte ich. »Sie heißt Elektra.« Wir schüttelten uns die Hand.

Mein Bett fuhr eine scharfe Linkskurve, aber mein Hirn schien weiter geradeaus den Korridor entlangzufahren. Ich war umzingelt von türkisfarbenen Vorhängen.

Der zweite Jemand entpuppte sich als männliche Krankenschwester mit wogendem Busen. Er sagte: »Wir werden diese Haube abnehmen müssen. Wir müssen Ihren Kopf röntgen.«

»Nein«, sagte ich. »Mutter erlaubt das nicht.« Ich sah den Schatten des Cops durch den Vorhang. »Ich meine, die Mutter Oberin.«

Fergus steckte seinen Kopf herein und fragte: »Was für ein Hund?«

Der Pfleger sagte: »Ich dachte, die hätten gesagt, Sie sind mit einem kleinen Jungen gekommen.«

»Ich muss jetzt schlafen«, sagte ich.

»Ich kann Sie nicht schlafen lassen«, sagte der Pfleger. »Bei Schädeltrauma ist das gefährlich.«

Der Cop steckte den Kopf durch den Spalt zwischen den Vorhängen und sagte: »Wenn der Knabe da nicht spinnt, müssten es zwei Schädeltraumas sein – sie ist vorher schon von einem Bus erwischt worden.«

Der Pfleger packte mein Handgelenk. »Muss wohl Ihr Glückstag sein.« Er tastete nach einem Puls. Anscheinend fand er einen, denn er machte »Hmm« und ließ meine Hand wieder auf meine Brust fallen.

137

Der Cop fragte: »Wann kann ich mit ihr reden?«

»Das geht nach ärztlichem Ermessen.«

»Und der Arzt, wo ist der?«

»Sie.«

»Will schon was heißen«, murrte der Cop, »wenn der Doktor eine Sie ist und die Schwester ein Er.«

»Wieso denn?«, fragte Fergus, der erheblich jünger war.

»Früher hab ich zu Ärzten aufgeblickt.«

»Und ich hab früher zu Polizisten aufgeblickt.« Der Pfleger baute sich vor dem Cop auf, die Arme in die Seiten gestemmt. »Los, gehen Sie wem anders auf den Wecker. Oder noch besser, gehen Sie nachsehen, was mit dem Kind ist.«

»Was für ein Kind?«

»Zuhören ist wohl nicht Ihre Stärke, was?«, sagte der Pfleger. »Ich ruf Sie, wenn es so weit ist, dass Sie mit – äh, mit …«

»Schwester Angela«, sagte Fergus. »Sie ist mein rettender Engel.«

»Ich dachte, Sie sollten nach einem Hund suchen.« Der Pfleger war eindeutig allseits genervt.

»Sie ist ein getigerter Greyhound«, sagte ich. »Elektra. Sie ist ein geretteter Hund – von Streit und Geschrei kriegt sie Angst.«

»Dann wär die Arbeit in der Notaufnahme nichts für sie.« Der Pfleger zerrte den Vorhang zu. Wäre es eine Tür gewesen, er hätte sie geknallt.

»Na schön«, sagte er, als er sich vergewissert hatte, dass wir wirklich allein waren. »Schwester Angela? Ich bin ein abgefallener Katholik – katholische Erziehung mit allem Bohei, und ich hab noch nie 'ne Nonne mit 'nem roten Jogginganzug unter ihrem Habit gesehen.«

»Möge Gott Ihnen vergeben, dass Sie geguckt haben«, sagte ich. »Bitte gehen Sie jetzt und schicken Sie mir eine weibliche Schwester.«

»Ich bin momentan alles, was Sie kriegen können. Außerdem

sind Sie meine Patientin – komme, was da wolle, und Ihnen traue ich einiges zu. Ich werd Sie nicht verpfeifen – Schweigepflicht und dieser ganze Scheiß.«

Vor Krankenschwestern kann man nichts geheim halten. Sie dürfen dir straflos unter den Rock gucken oder in die Hose.

Ich seufzte. »Ich hab Gedächtnislücken.«

»Ach ja? Was ist mit dem kleinen Jungen?«

»Welcher kleine Junge?«

»Die an der Aufnahme sagen, Sie sind mit einem kleinen Jungen gekommen.«

»Wer, ich?« Was habt ihr erwartet? Ein doppeltes Schädeltrauma muss doch für was gut sein. »Ich weiß, dass ich einen Hund habe«, fuhr ich fort, runzelte die Stirn und machte ein, wie ich hoffte, ratloses Gesicht. »Sie ist ein geretteter Greyhound. Wir franziskanischen Nonnen widmen unser Leben notleidenden Tieren …«

»Soweit ich weiß«, unterbrach er mich, »heißen franziskanische Nonnen Klarissen, und wenn Sie eine wären, wüssten Sie das. Und dann hätten Sie Ihr Leben der Armut gewidmet, nicht Greyhounds. Sie sind aufgeflogen, Schwester Angela, Ihre Maskerade ist in Scherben wie billiges Porzellan beim Polterabend.«

»Mein Kopf tut weh«, sagte ich. Das zumindest war die reine Wahrheit.

»Was wissen Sie über den kleinen Jungen?«

»Ich sagte es schon, ich kenne keinen kleinen Jungen.«

»Sie können's mir erzählen oder der Polizei. Die Sache ist ernst. Er ist richtig schlimm misshandelt worden, und Sie verkleiden sich hier als Ordensschwester. Haben Sie was damit zu tun?«

»Ich?« Ich war entsetzt »Ich bin eine Nonne …«

»Das sind die Schlimmsten – die und Priester.«

»Aber Nonnen rauchen doch gar nicht …«

»Hah!«, krähte er triumphierend. »Also wissen Sie von den Brandwunden!«

»Hab's im Korridor aufgeschnappt.«

»Im Korridor waren Sie bewusstlos.«

»Kurz bevor ich die Augen aufgemacht habe.« Na ja, was sollte ich denn machen? Die Wahrheit sagen? Selten so gelacht – manche Wahrheiten sind so grotesk, dass man sich besser ans Lügen hält. Soll ich vielleicht einem Pfleger, der anscheinend gewisse ethische Maßstäbe hat, erzählen, dass ich gerade aus dem Knast gekommen bin, dass ich nur wegen des schnöden Mammons auf heilig mache, dass ich an der Entführung eines Kindes beteiligt bin, dass ich mit diesem Kind in meiner Obhut auf Alkohol und verschreibungspflichtige Medikamente angewiesen bin und dass ich verzweifelt versucht habe, ihn dem staatlichen Gesundheitssystem anzudrehen? Klingt nicht besonders gut, wenn man alle Sünden auflistet, was?

Ich seufzte erneut und sagte: »Ich glaube, ich habe mir die Schulter ausgekugelt. Können Sie mir da helfen?«

»Setzen Sie sich auf und schauen Sie mich an.« Er seufzte ebenfalls. Vielleicht hatte er sogar mehr Grund zum Seufzen als ich. Vielleicht hatte er eine lange, komplikationsreiche Schicht hinter sich und brauchte jetzt wirklich keine falsche Nonne, die ihm auf den Keks ging. Wie auch immer, als ich mich aufsetzte, stellte er sich dicht vor mich und tat etwas unbeschreiblich Gewaltsames mit meinem Arm. Ich kreischte durchdringend.

»Besser?«, fragte er mit einem sadistischen Lächeln.

Als ich wieder sprechen konnte, bat ich um ein Schmerzmittel.

»Nicht, bevor Sie nicht ärztlich untersucht und geröntgt worden sind.«

»Was ist mit einem Glas Wasser?«, flehte ich. Ich musste ihn lange genug loswerden, um an die Arznei in meinem BH ranzukommen. Das Päckchen Diazepam rief nach mir.

Aber als er ging, musste ich zugeben, dass sich mein Arm

jetzt schmerzfrei bewegen ließ. Der Sadist fügt Schmerzen zu und nimmt sie von uns – so gehen Sadisten vor. Ich weiß Bescheid – ich hab mal einen geliebt.

Ich warf ein Diazepam ein und krabbelte aus dem Bett. Ich schwamm tief in türkisfarbenen Vorhängen, doch ich bahnte mir einen Weg durch die Wellen und hinaus in den Korridor. Da stand ich dann und wusste nicht, wohin. Ich konnte nicht zurück zur Rezeption, denn da würden die Cops auf mich warten. Aber irgendwo beim Haupteingang würde, so er ein Mann war, der zu seinem Wort stand, auch der spandex-umhüllte Fergus mit meiner besten Freundin auf mich warten. Ich musste ihn finden, bevor die Cops mich fanden. Und ich musste es hinkriegen, bevor der Ethik-Sadist im Schwestern-kittel merkte, dass ich verduftet war.

Endlose Vorhänge, endlose Korridore. Auf dem Boden benutzte Einwegspritzen, fleckige Verbände und verdächtige Pfützen. Korridore verbanden sich mit Wartebereichen und noch mehr Korridoren. Ich stieß auf eine Personaltoilette, die aussah, als hätte sie eine harte Nacht mit Junkies hinter sich statt mit Ärzten. Aber es war besser als nichts. Ich wusch mir Gesicht und Hände, richtete meine Haube und trank aus dem Wasserhahn. Mein Spiegelbild wurde abwechselnd scharf und unscharf. Selbst unscharf sah ich irrsinnig aus.

Ich ging weiter den Korridor entlang, den Kopf gesenkt, und versuchte eine Nonne zu imitieren, deren Streben ganz auf reine Dinge gerichtet ist, während meins in Wahrheit zeternd auf Flucht und eine Flasche Rotwein gerichtet war. Ich merkte, dass ich nach Elektra Ausschau hielt, obwohl ich wusste, dass sie draußen sein musste. Ich glaubte einen blinden Affen mit einem weißen Stock zu sehen, doch dann stellte sich heraus, dass es eine alte Frau war, die an ihrem Tropf lehnte.

Dann sah ich Connor. Er raste auf mich zu, den Mund wasch-korbweit aufgerissen. Er schrie gellend. Ich nahm an, dass er eine Erscheinung war und einfach durch mich hindurchrennen würde. Stattdessen krachte er gegen meine Beine und versteckte sich in meiner Robe.

Es war eine Illusion. Es geschah nicht wirklich. Nicht mal Connor konnte so gestört sein, dass er *mich* für einen Ort der Zuflucht hielt. Aber hier war er, klammerte sich an meine Robe, schrie und versuchte mich ins Bein zu beißen.

»Sei still!«, fauchte ich. »Du schickst sie uns doch auf den Hals!« Als das nichts fruchtete, packte ich ihn und zerrte ihn von mir weg. »Komm mit zu der netten Hundi«, flüsterte ich. »Du magst doch die nette Hundi, oder? Sie mag dich auch, aber du musst LEISE sein.«

Ich hätte Mitleid mit ihm haben sollen, aber er brachte mich in Gefahr. Und er war beinahe zu hässlich und einfach eine zu schreckliche Plage, um einem leidzutun. Wie konnte ich das über ein hilfloses Kleinkind denken? Ich bin nicht stolz drauf, aber es ist wahr. Connor war grauenhaft – er hatte seine schönen neuen Sachen vollgemacht, er stank und er biss. Aber bei dem Thema ›Hundi‹ beruhigte er sich ein Stück weit, und ich konnte ihn an der Hand einen weiteren Korridor entlangführen und einen Ort suchen, wo ich ihn abladen könnte. Stattdessen fand ich einen Notausgang. Nichts wie raus – nur um festzustellen, dass es schüttete.

»Oh super«, sagte ich.

»Waaah!«, antwortete Connor.

»Mir gefällt das ja auch nicht«, sagte ich. »Aber heule ich vielleicht? Nein, tu ich nicht. Obwohl es für mich viel schlimmer ist als für dich. Warum? Weil ich mich um dich kümmern muss. Deshalb. Du kümmerst dich um niemanden.«

Das ältliche Baby sagte plötzlich: »Du lügst. Du kümmerst dich gar nicht um mich. Du kannst es kaum erwarten, mich loszuwerden. Ich bin knapp drei Jahre alt, weißt du, und ich hatte ein Scheißleben. Das Mindeste, was du tun könntest, ist mich füttern und ein bisschen amüsanter sein. Ich verlange ja gar nichts wirklich Schwieriges – wie etwa Liebe.«

»Entscheide dich«, sagte ich. »Entweder brüllen oder sprechen. Du tust beides gleichzeitig, und das treibt mich in den Wahnsinn.«

Wir standen auf einem Personalparkplatz. Ich dachte, wenn ich mich links hielt und immer wieder nach links ging, müsste ich irgendwann an der Vorderseite des Gebäudes herauskommen. Aber anscheinend war ich drinnen schon durch einen ganzen Irrgarten von Flügeln und Anbauten gewandert.

»Du hast dich verlaufen«, zeterte das alte Baby.

»Wenn du es besser hinkriegst, geh doch vor.«

»Suchen Sie den Eingang?«, fragte ein Mann in einem orangefarbenen Plastikregenmantel. Er lieferte einen Großposten Chirurgenhandschuhe auf einer Sackkarre aus. Und deutete in die Richtung, aus der wir kamen.

»Chirurgenhandschuhe machen mir Angst, waaah!«, gellte Connor.

»Gott segne Sie«, sagte ich zu dem Mann.

»Was weißt du in deinem Alter denn von Chirurgenhandschuhen?«, fragte ich Connor.

»Pardon?«, sagte der Lieferant.

»Waaah!«, machte Connor.

Wir gingen weiter. Ich dachte, wenn ich mich rechts hielt und immer wieder rechts ging, müsste ich irgendwann an der Vorderseite des Gebäudes herauskommen. Wenn links falsch war, musste doch rechts das Rechte sein.

»Wir sind hier ebenerdig«, argumentierte ich. »Notaufnahmen sind immer ebenerdig, damit Betrunkene sich nicht umbringen, wenn sie Treppen rauf- und runtermüssen.«

»Denkst du, ich weiß nicht Bescheid über Säufer und Drogis?«, brüllte das uralte Kleinkind. »Mum und Dad sind Dealer. Meine Tante ist eine Crackhure, und meine Oma schießt sich morgens, mittags und abends mit Sprit ab. Wenn du die Frau je besoffen erlebt hättest, würdest du im Leben nie wieder einen Tropfen Rotwein anrühren. Sie ist in deinem Alter, weißt du.«

»Was hat das Alter damit zu tun?«

»Euereins sollte es besser wissen. Ihr solltet ein gutes Beispiel geben.«

»Das ist Altersdiskriminierung«, krähte ich. »Warum müssen wir besser sein als alle anderen?«

»Haben Sie nicht Ihr ganzes Leben dem Gutsein verschrieben?«, fragte eine Frau, die sich als Schutz vor dem Regen einen Plastikordner über den Kopf hielt.

»Eigentlich der Armut. Außer wenn wir solche Kleinen hier durchfüttern müssen.«

»Totaler Quatsch!«, kreischte der Kleine.

»Ich würd Ihnen ja was geben, aber ich will nicht, dass meine Haare nass werden.« Sie hastete davon.

»Noch mehr totaler Quatsch«, kreischte der Kleine noch lauter. »Ich bin nass und unwohl, und wenn du mich nicht mal vor dem Regen beschützen kannst, wozu verdammt bist du dann überhaupt zu gebrauchen?«

»Ich bin zu gar nichts zu gebrauchen, du dummes Gör. Das sag ich doch jedem immerzu. Und trotzdem bist du hier, aus eigenem Antrieb.«

»Waaah!«, machte Connor. »Du hast mir ein Hundi versprochen.«

»Ich tu ja mein Bestes, aber dein ständiges Gebrüll macht es mir echt schwer.«

»Er versteht Sie nicht.« Die Frau, die nicht wollte, dass ihre Haare nass wurden, war im Schutz eines großen Golfschirms zurückgekehrt. »Er ist bloß ein Baby. Hier …« Sie reichte mir eine Zehnpfundnote. »Ich hab mich so mies dabei gefühlt, Sie so stehen zu lassen. Ich weiß genau, wie schwer es ist, wenn man gut zu sein versucht. Ich nehme an, sogar Nonnen müssen oft hart darum kämpfen. Niemand ist von Geburt an einfach gut. Es bleibt immer eine Von-Minute-zu-Minute-Entscheidung.«

Sie wartete meinen Dank nicht ab. Sie drückte mir den Riesenschirm in die Hand und huschte davon. Der Regen verschlang sie.

»Ich will mit ihr mitgehen! Waaah!«

»Lass dich nicht aufhalten.«

»Die zehn Pfund sind für mich. Gib her.«

»Da ist Hundi.« Ich zeigte darauf.

Selbst wie ein Hund, schaute Connor auf meinen Finger statt in die Richtung, in die ich deutete. Ganz gleich, wie intelligent Elektra zu sein behauptet – auf einen Finger zu starren ist nicht gerade schlau. Und vor der Nase eines notorischen Beißers einen Finger auszustrecken auch nicht.

»Waaah!«, schrie ich. Diesmal floss Blut.

Elektra und Fergus hatten unter dem Vorbau des Haupteingangs Schutz gesucht. Beim Klang meiner Stimme stand sie auf, streckte sich und kam angetrottet. Ihre Ohren waren gespitzt und ihr Schwanz wedelte eine Begrüßung. Offenbar hatte sie ein Schläfchen gehalten und fühlte sich besser.

Ohne sie bin ich verloren. Ich sagte: »Hilf mir. Ich komm nicht klar. Ich war so allein.«

»Dir auch ein freundliches Hallo«, sagte sie. »Ich dachte, du wolltest den Kleinen loswerden.«

»Ich kann's nicht. Hab's versucht. Er taucht immer wieder auf.«

»Hör auf zu weinen. Wir fallen sonst unangenehm auf.«

»Er hat mich gebissen.«

»Tja, und du hast ihn abserviert. Jetzt seid ihr quitt.«

Connor begrüßte sie ziemlich sanft. Sie schnupperte an seiner Latzhose und rümpfte die Nase.

»Hallo.« Fergus kam herübergehinkt, und wir standen alle zusammen unter dem riesigen Schirm.

»Geht es Ihnen jetzt gut?«, fragte er. »Haben die Sie entlassen? Wer ist der Kleine? Ich dachte, Sie erinnern sich nicht …«

»Nein. Aber er scheint sich an mich zu erinnern.« Ich wischte mir die Augen mit meinem langen schwarzen Ärmel.

Jetzt, wo wir Elektra gefunden hatten, hörte Connor auf zu brüllen und stopfte sich stattdessen vier Finger in den Mund. Hoffentlich biss er mal sich selbst.

»Genau so soll man ein Baby behandeln«, sagte Satan kichernd. »Ich bin durch und durch einverstanden.«

»Ich hab mich schon gefragt, wann du wieder auftauchst.«

»Ich konnte nicht weg«, sagte Fergus. »Sie haben mich ja gebeten, Ihren Hund zu suchen. Haben Sie bei der Polizei Ihre Aussage gemacht? Können wir jetzt gehen?«

Die Cops hatte ich ganz vergessen. Ich schaute hinüber zur Ambulanzzufahrt, wo sie verbotenerweise ihre Wagen abgestellt hatten. Die Wagen standen noch da. Die Cops waren vermutlich im Aufnahmebereich. Ich konnte Connor also nicht durch die Automatiktür schieben und die Fliege machen. Fast fing ich wieder an zu heulen.

»Connor braucht Schokolade«, sagte ich, um abzulenken.

»Unbedingt«, sagte Connor, der laut an seinen Fingern saugte.

»Tolle Idee«, sagte der Teufel. »Mit fünf ist er dann so zahnlos wie du.«

»Ein Junge, der wachsen muss, braucht Fleisch – genau wie eine alte Greyhounddame.«

»Meine Freundin wartet auf dem Besucherparkplatz auf mich«, sagte Fergus. »Können wir Sie irgendwohin mitnehmen?«

Satan fing wieder an zu kichern. »Macht er Witze? Eine falsche Nonne, ein altersschwacher Hund und ein stinkendes Baby – seine Freundin wird sich bedanken.«

Der Prinz der Paranoia hatte wie immer recht. Fergus' Freundin Jade wartete in einem blitzsauberen kleinen Honda, der nach Pinien-Lufterfrischer duftete. Bis wir hineinkletterten.

Aber sie spielte tapfer mit. Sie sagte: »Ich bin Ihnen so dankbar, dass Sie Fergus gerettet haben. Es ist ja dermaßen riskant, im Londoner Verkehr mit dem Fahrrad unterwegs zu sein. Das hab ich dir bestimmt tausendmal gesagt, oder nicht?«

»Doch, das hast du«, sagte er matt.

»Und ich hatte doch recht damit, oder nicht?«

»Doch, ja, wirklich.«

Da hatten wir's – schon wieder eine Hübsch-in-Rosa-Freundin, die immer recht behielt. Reiner Zufall? Ich glaube kaum. Ich glaube, sie sind Schwestern – zwei Töchter Satans des Selbstgerechten.

»Das Baby nehmen Sie besser auf den Schoß«, sagte sie und untermauerte damit meinen Verdacht. »Er ist zu klein für den Gurt.«

»Ich setz mich nicht auf dich!«, kreischte Connor.

»Er mag nicht auf dem Schoß sein«, sagte ich. »Sie werden einfach vorsichtig fahren müssen.«

»Was glaubst du wohl, warum er nicht auf Leuten sitzen mag?« Graf Grausam schüttelte sich vor Lachen.

»Ich will nicht darüber nachdenken.«

»Ich auch nicht«, sagte Fergus.

»Niemand will darüber nachdenken«, sagte Connor. »Was glaubt ihr, warum ich in der Scheiße stecke?«

»Weil du dich eingeschissen hast«, antwortete Graf Grausam.

»Waaah!«

»Im Handschuhfach sind noch Karamellbonbons.« Jade kannte Connor noch keine zwei Minuten und klang schon verzweifelt.

Fergus sagte: »Kann er daran nicht ersticken?«

»Mir egal«, sagte sie. »Gib ihm einfach ein verdammtes Karamellbonbon.« Sie fuhr jetzt erheblich zu schnell über die Bremsschwellen auf dem Parkplatz. Ich hätte schwören können, jedes Mal ein Platschen zu hören, wenn Connor wieder aufkam.

Fergus reichte mir eine Tüte Karamellbonbons, und ich stopfte eins in Connors Schlund. Es wurde still.

»Er ist doch nur ein Baby«, Fergus klang besorgt.

»Er ist ein unglückliches Baby«, sagte ich. »Unglückliche Babys schaden anderen Menschen.«

»Hunden auch«, sagte Elektra.

»Wo müssen wir hin?«, fragte Jade. Wir hatten die Parkplatzausfahrt erreicht.

Ich hatte keine Ahnung. Satan flüsterte mir Cherrys Adresse ins Ohr, und ich gab sie an Jade weiter, ehe ich darüber nachdenken konnte. Mein Kopf fühlte sich gewichtslos und schwabbelig an wie ein Ballon an einem Stock.

Kapitel 15

Waah!

Unglückliche Kinder verbreiten Elend, wo sie auch hinkommen. Je älter sie werden, desto grausamer und zerstörerischer verhalten sie sich. Sie haben kein eigenes Verständnis von Fröhlichkeit, also wollen sie sie vernichten, wo immer sie sie bei anderen sehen. Manche unglücklichen Kinder geben, wenn sie heranwachsen, Millionen für Therapien aus. Es nützt nichts. Wenn es um die Wurst geht, werden sie nie ganz erwachsen, und unglücklich sind sie immer noch. Andere werden vielleicht Künstler oder Dichter und tun so, als gäbe ihnen ihr Unglücklichsein einen einzigartigen Zugriff, ein tieferes Verstehen des Menschseins. Tut es nicht. Die Kunst verschafft ihnen bloß mehr und effizientere Möglichkeiten, ihr Elend weithin zu verbreiten.

Dies erzählte mir der Prinz der Depressionen.

Unglückliche Kinder, so versicherte er mir, sind tot besser dran. »Lass den armen Connor Schaden erleiden, auf dass er zu mir komme«, sagte er. »Ich liebe ihn. Ich weiß, was er braucht. Das sollte eigentlich dein Werk hier auf Erden sein – meine leidenden Kleinen von ihrer Mühsal zu befreien und heimzuschicken.«

»Warum seid ihr Menschen so aufs Glücklichsein fixiert?«, fragte Elektra. »Mir ist der einfache Duft eines Laternenpfahls Seligkeit genug.«

»So etwas wird Connor nie genügen«, sagte ich.

»Was denn?«, fragte Fergus.

»Genau das meine ich«, dozierte mein dunkler Lord. »Connor ist ein Mensch, die anspruchsvollste und unterhaltsamste meiner Schöpfungen. Ihm wird es Freude machen, anderen Kleinen den Schmerz zuzufügen, den er selbst empfindet. So wächst meine Familie.«

»Sollte er dann nicht besser hier auf Erden bleiben, um deinen Willen geschehen zu lassen?«

»Sprich sie nicht an«, sagte Jade. »Sie betet.«

»Genaugenommen schon«, sagte mein Gebieter. »Er sollte leben, um auf mein Geheiß zu handeln. Aber manchmal brauche ich Gesellschaft. Ich muss mal ein bisschen mit jemandem plauschen, der in der Pornografie der Grausamkeiten versiert genug ist, um mich anzumachen.«

Connors Kopf sackte gegen Elektras Schulter. Sein Sabber war karamellfarben. Sein knochiger Nacken dürr wie ein Zweiglein.

»Denk nicht mal dran«, sagte Elektra.

Aber das tat ich. Ich dachte: Wenn jetzt ein Skateboarder plötzlich auf die Straße rollt oder ein Hund einem Ball nachjagt und Cherry-Jade voll in die Eisen steigt, dann wird Connor, unangeschnallt, durch die Windschutzscheibe schießen, sein Zweiglein wird zerbrechen und sein elendes Leben vorbei sein. Dann muss ich nicht um immer mehr und mehr Geld betteln, um ihm Windeln und Schokolade zu kaufen, und meines Gebieters Wunsch wird erfüllt sein, ohne dass ich einen Finger rühren muss. Dann wird mir auch jemand was zu trinken geben – wegen des Schocks. Selbst Nonnen ist doch ein kleines arzneiliches Schnäpschen für ihre Nerven erlaubt, oder?

»Du redest irre«, merkte Elektra – meiner Meinung nach fälschlich – an.

»Ich dachte an etwas mehr aktive Beteiligung«, sagte der Prinz der Peinigung. »Diese Neigung zur passiv-aggressiven Persönlichkeitsstörung solltest du im Auge behalten.«

Obwohl der Gestank fast nicht auszuhalten war, war mein

größtes Problem mit Connor der ständige Radau. Ein brüllendes Kind tut meinen Ohren weh und verdreht mein Hirn zu einer Brezel.

»Weißt du was?«, sagte Satan. »Ich hätte mal fast die gesamte menschliche Rasse ausgelöscht, weil ich das Babygeschrei nicht ertragen konnte. Ein ganzer Haufen wurde von den Eltern erstickt, weil sie Raubtiere anlockten. Raubvögel fraßen einige. Säbelzahntiger fraßen wesentlich mehr. Aber dann lernte ich die damit einhergehenden Qualen lieben.«

»Hat Gott bei alldem denn gar nichts mitzureden?«, fragte ich.

»Du musst dir Gott als Computerfreak bei einem Videospiel vorstellen. Er befindet sich derzeit auf Level sechsmilliardenundacht. Ihr hingegen seid auf Level neun. Er ist schon lange weg. Er weiß nicht mal was von Nonnen, und wenn er's wüsste, würde er lachen. Nein, ihr habt es nur mit mir zu tun. Andere gibt's nicht.«

»Ist das nicht die Minna?«, fragte Elektra.

Ich sah hin. Sie war es. »Halt!«, sagte ich.

»Geht nicht«, sagte Jade-Cherry. »Hier darf man nicht parken, und ich habe ein Taxi an der Stoßstange kleben. Ich wünschte, die würden das lassen. Es macht mich ganz nervös.«

»Ich würd ja fahren«, sagte Fergus, »aber mein Knie ...«

»Wir sind fast da«, sagte sie. »Zumindest glaube ich das. Erkennen Sie diese Straße, Schwester?«

Ich erkannte gar nichts. Zeit für noch ein Gebet.

»Lass es«, sagte Elektra. »Du murmelst doch nur Blödsinn vor dich hin. Mit Laternenbeschnüffeln wärst du besser dran.«

»Seht mal«, rief Fergus, »noch eine Nonne. Kennen Sie sie? Wir müssen wohl ganz in der Nähe sein.«

Ich sah hin. Es war Schmister. »Nicht anhalten«, sagte ich.

Jade hielt an. Das Taxi fuhr uns hintendrauf.

Connor und Elektra purzelten vom Rücksitz. Ich wurde vorwärts geschleudert und stieß mit der Nase an Jades Kopfstütze.

151

Fergus knallte mit dem verletzten Knie gegen das Handschuhfach. Jade bekam den Airbag ins Gesicht.

Connor brüllte los. Fergus brüllte auf.

»Oh Kacke«, nuschelte Jade durch den Airbag.

Elektra krabbelte auf den Sitz zurück und leckte mir die Nase ab. Die blutete. Connor wandte mir sein heulendes Gesicht zu.

»Beinahe«, keuchte der Pascha des Personenschadens, als er zwischen all seinem Gelächter wieder ein Wort herausbekam.

Ich stopfte ein neues Karamellbonbon in Connors aufgerissenen Mund.

Schmister zog meine Tür auf. »War ja klar, dass du es bist«, sagte er zur Begrüßung.

»Nimm ein Karamellbonbon«, sagte ich.

»Rufen Sie 999«, sagte Jade.

»Der Sprechfunk ist hinüber und mein Telefon ist kaputt.« Der Taxifahrer taumelte herbei, um Jades Tür zu öffnen.

»Nonnen haben keine Handys«, sagte Schmister.

»Nächstes Mal kaufst du ein Auto mit zwei Airbags.«

»Es gibt kein nächstes Mal. Das ist alles deine Schuld. Du bist abserviert.«

»Das ist alles deine Schuld«, sagte Schmister zu mir. »Cherry hat mich rausgesetzt.«

»Das ist alles eure Schuld«, schrie der uralte Connor uns alle an.

»Eigentlich«, sagte Satan, »war *ich* das. Wo bleibt euer Sinn für Humor?«

»Holt mich hier raus«, schrien Jade und Connor im Chor.

»Sie haben gerade mitten auf der Straße eine verfluchte Vollbremsung gemacht«, sagte der Taxifahrer.

»Sie sind viel zu dicht aufgefahren«, sagte Fergus. Er humpelte um den Wagen herum zu Jades Seite und starrte hilflos auf den Airbag. »Sollten diese Dinger sich nicht automatisch entleeren?« Blut sickerte durch die Bandage an seinem Knie.

»Ich hatte keine Chance«, sagte der Taxifahrer.

»Sie sind schuld«, keifte Jade. »Ich habe zwei Nonnen als Zeugen.«

Schmister und ich sahen uns an.

»Beten.« Schmister zog mich beiseite. Er sprach mit gefalteten Händen und gesenktem Kopf. »Du machst dir keine Vorstellung, was für Scherereien du mir eingebrockt hast«, sagte er. »Ich hab diesen Nonnenscheiß dermaßen satt. Aber Cherry hat mich unwiderruflich an die Luft gesetzt. Sie hat meine Medikamente behalten, und ich komm nicht an meine Sachen ran. Ich hab Angst, was sie noch tun wird. Sie hat Pierres sämtliche Kleider zerschnitten. Glaubt man so was? Sie wusste doch, wer er ist, als sie was mit ihm anfing. Er hat ihr nie was vorgemacht. Aber sie versucht hartnäckig, ihn in einen ›richtigen Mann‹ zu verwandeln. Wenn sie auf einen Freund aus war, den sie mit heim zu Papa nehmen kann, hätte sie sich so einen suchen sollen.«

»Überrascht mich alles nicht«, sagte ich. »Ich hab dir gesagt, sie ist die Tochter des Teufels.«

»Nein, hast du nicht. Du warst doch bloß eifersüchtig auf sie wegen Elektra.«

Als sie ihren Namen hörte, kam Elektra herbei, um ihn zu begrüßen. Bei all seinen Macken hatte Schmister sie ehrlich gern.

»Hast du Kohle?«, fragte er und streichelte Elektras Nacken.

Ich hielt ihm meine Hände hin. Darin waren eine Zehnpfundnote und eine Tüte Karamellbonbons.

»Damit komme ich nicht weit.«

»Ist für Connor. Satan bringt ihn immer wieder zu mir zurück. Es ist unfair. Schließlich habe nicht ich ihn gekidnappt.«

»Na ja, Pierre und ich hätten nie von ihm gehört, wenn du nicht wärst. Und hör mal auf mit dem Satansquatsch – das ist nicht schlau.«

Wir starrten einander an. Ich freute mich, ihn zu sehen, auch wenn sein hübsches Gesicht sich immer wieder in das eines Kapuzineräffchens verwandelte.

»Du bist ja drauf«, sagte er. »Worauf bist du? Gib mir was.«

»Sie hat wirklich Pierres Kostüme zerschnitten?« Ich wollte noch mehr Schlechtes über Miss Selbstgerecht hören. Dadurch fühlte es sich richtiger an, sie zu hassen. »Was ist mit den Perücken?«

»Sie hat sie in den Garten geworfen. Im strömenden Regen. Sie ist eine richtige Kuh.«

»Miss Missgunst ist 'ne Muh-Kuh«, sang ich glücklich.

»Sie hat alle Regeln verändert. Anfangs kam sie rüber, als ob sie uns total so akzeptiert, wie wir sind. Aber nach einer Weile hieß es dann: ›Nur dieses eine Mal, führ mich doch mal aus und zieh einen schicken Anzug an.‹ Dann hieß es: ›Aber meine Familie hält euch für Freaks.‹ Sie hat sich bloß mit mir arrangiert, weil sie dachte, sie könnte Pierre ändern, und dann würde *er* mich raussetzen.«

Fergus und seine Jade kamen herbei. Jades Gefieder war gesträubt, und sie kreischte und hackte wild um sich. Sie hockte auf Fergus' Handgelenk und krallte sich so daran fest, dass es aussah, als würde seine Haut gleich durchlöchert und blutig sein.

»Sie sind die andere Nonne«, sagte Fergus zu Schmister.

»Sie sind meine Zeugen«, sagte Jade. »Ich brauche Ihre Namen und Adressen für die Versicherung.«

»Ich liebe ein hübsches Gehänge in Spandex«, murmelte Schmister.

Ich sagte: »Wir sind eigentlich zu dritt, reisende Nonnen – Klarissen –, seit die Gerichtsvollzieher das Kloster gepfändet haben. Gerichtsvollzieher hatten noch nie Verständnis für das Armutsgelübde.«

»Wie bitte?« Jade legte den Kopf schief und flatterte mit den Flügeln.

Sie hätte eine Krähe sein sollen, dachte ich, aber in Wirklichkeit war sie ein türkis-gelber Ara. Zum Glück war ihr Gefieder zu gesträubt, um Tollheit zu erkennen, selbst wenn sie direkt vor ihrer Nase stand. Sie reichte mir ein Hello-Kitty-Notizbuch und einen Ballpointstift in Pink. Ich schrieb: »Schwester Angela Mary und Schwester Josephine Mary« und gab Ms. Missgunst-Muhs Adresse an. Ich war sicher, Jade und Ms. Missgunst würden fabelhaft miteinander auskommen. Ich tat ihnen beiden einen Gefallen.

Der Taxifahrer sagte: »Ich brauche auch Zeugen. Sie hat eine Vollbremsung hingelegt. Woher sollte ich das wissen? Ihre Bremslichter waren aus.«

»Jetzt sind sie es auf sicher.« Fergus deutete auf das zerknautschte Heck des Hondas und die Scherben auf der Straße.

Ich schrieb ›Bremslicht Putt‹ auf den schmuddeligen Umschlag, den der Taxifahrer mir hinhielt. Ich fügte Ms. Muhs Adresse hinzu. Er hatte es sich verdient, auch zu der Party zu dürfen. Ich faltete den Umschlag sorgfältig und gab ihn ihm zurück. Niemand dankte mir.

Ich gab dem Ara die Tüte mit den Karamellbonbons. Schließlich gehörten sie ihr, und Klarissen sind in solchen Belangen sehr ehrlich. Ich sagte: »Geben Sie Connor davon drei pro Stunde. Wir gehen Verstärkung holen. Sind gleich wieder da.« Und ich zog ab mit Schwester Schmister und Elektra.

»Krächz!«, kreischte der Ara.

»So ist es recht, überlass mich einer Bande von … du *weißt* ja nicht mal, was sie sind, oder? Sie könnten Kinderschänder sein«, schrie Connor.

»Hey«, sagte der Taxifahrer.

»Nicht so schnell«, sagte der Teufel. »Ich bin noch nicht fertig mit dir.«

»Tja, ich bin aber fertig mit dir«, sagte ich, obwohl es keine Rolle spielt, was ich sage – was zählt, ist der Wille des Teufels.

Meine Verbindung mit dem freien Willen endete in dem Moment, wo ich mich verliebte.

»Das heißt nicht, dass du den Unterschied zwischen richtig und falsch vergessen hast«, sagte Elektra, die an meiner Seite dahintrottete. »Selbst jetzt – du weißt, du solltest ein Baby nicht bei Fremden lassen.«

»Ich bin eine Fremde«, protestierte ich. »Und doch wurde er bei mir gelassen.«

»Und du wirst dir zunehmend fremder«, bemerkte Schwester Schmister. »Jetzt gib her!«

Wir bogen um eine Ecke und waren außer Sicht. Ich drückte mich in einen Hauseingang, und er stellte sich vor mich, während ich unter meiner Robe nach dem Diazepam fischte.

»Das löst natürlich alle Probleme.« Elektra schnüffelte mir um die Füße. Ich ignorierte sie, und Schmister und ich pfiffen ein paar Tabletten ein.

»Meine Nerven«, sagte er. Tatsächlich wirkte er bemerkenswert ausgefranst für so eine hübsche Nonne.

»Hast du geweint?«

»Oh, auch schon gemerkt«, sagte Elektra und leckte mitfühlend seine Hand.

»Ich hab alles verloren«, sagte er. »Ich weiß nicht, was ich machen soll. Ich muss in das Haus zurück und mir meine Medikamente holen. Wenn ich die Tabletten nicht regelmäßig nehme, bin ich in null Komma nichts bärtig und so flach wie ein Bügeleisen. Und wenn ich nicht an meine Klamotten komme, kann ich meinem süßen Endokrinologen nicht unter die Augen treten. Aber Cherry hat mir die Schlüssel weggenommen.«

»Das hast du jetzt davon, dass du dich nicht beherrschen kannst«, sagte ich. »Hättest du zur rechten Zeit an deinen Endokrinologen gedacht statt nur an Zach, wäre das vielleicht alles nicht passiert.«

»Und dabei war das Ganze so ein Reinfall. Er ist regelrecht besessen von seiner Schwester. Richtig krank. Anscheinend stehen sie sogar auf dieselben Männer. Er hatte überhaupt kein Interesse an mir. Es ist alles deine Schuld. Diese Nonnennummer war deine Idee. Und jetzt komm ich da nicht mehr raus.«

»Wo sind sie jetzt – Débris d'Or?«

Sein unvermittelt spitzbübisches Grinsen erhellte sein Gesicht. »Das war schlicht brillant – Cherry kam zum Lunch nach Hause und traf in der Küche auf Tantie, die Omelettes machte. Sie besetzen ihr Haus. Sie haben gesagt: ›Eigentum ist Diebstahl‹, und sie gehen nicht weg.«

»Also willst du jetzt nicht mehr Ms. Missgunst meinen Hund überlassen, ja?«

»Das war doch nie geplant«, sagte er, ohne auch nur zu erröten. »Du weißt, du kannst mir vertrauen – wir sind Gefährten.«

Gedankenlos folgten wir Elektra auf einen Friedhof und ließen uns auf einem viktorianischen Grabstein nieder, der einer Sarah Anne geweiht war, Gemahlin von, Tochter von, Schwester von, drei Männer – alle mit Familiennamen und Berufen. War das üblich bei den viktorianischen Kerlen, fragte ich mich, das Grab einer Frau für gewerbliche Reklame zu benutzen? Wir benutzten es als Sofa, lehnten uns aneinander und warteten auf die heitere Gemütsruhe der Pillen.

Mir fiel ein, dass wir wirklich Gefährten waren. Vor einem Jahr hätte er mich im Traum nicht mit Antabus abgefüllt. Wobei das so nicht ganz richtig ist – von Stärkeren lässt er sich immer dirigieren wie ein Blatt im Wind, und sein Bedürfnis nach teurer Frauenkleidung macht ihn anfällig für Erpressung. Kurzum, er ist schwach und unzuverlässig. Aber ein Gefährte ist ein Gefährte.

Er sagte: »Jeder gibt doch mal vor, was zu sein, was er nicht ist.«

»Ich nicht.«

Wir schauten beide auf meinen zerknitterten schwarzen Habit und lachten gleichzeitig los.

Er fuhr fort: »Ich meine, wie wenn du verliebt bist und so tust, als wärst du mehr wie dein Liebster, als du eigentlich bist.« Er seufzte dramatisch. »Aber Cherry hat das nicht getan. Sie wollte sich nicht ändern, sie wollte Pierre ändern. Wie kann sie sagen, sie liebt ihn, wenn sie gar nicht will, dass er ist, wie er ist? Wenn sie versucht zu vernichten, was ihm wichtig ist?«

Bevor ich den Teufel liebte, glaubte ich, eine ehrliche und anständige Frau zu sein. Ich änderte mich nicht ihm zuliebe. Vielmehr entlarvte er mich als das, was ich eigentlich war, tief im Herzen und in der Seele – ein schlimmes, schlimmes, böses Mädchen. Mein Hunger nach Liebe siegte über alle ethischen Grundsätze und über die Ehrlichkeit.

»Aber du hast nicht versucht, ihn zu ändern«, beharrte er.

Den Lord der dunklen unstatthaften Wahrheiten ändern? Vielleicht hätte ich es versuchen sollen. Selbst eine armselige Bemühung hätte gezählt.

»Er war nicht der Teufel, du verrückte olle Stute«, sagte Schmister. »Du hättest einfach nur alles getan, um nicht allein zu sein. Eine einsame Frau und ein habgieriger Kerl. Mehr war nicht dabei.«

Der König der gebrochenen Herzen lachte und sagte: »Ehrlich warst du doch nur aus Mangel an Gelegenheit.«

»Ich habe nicht aus Gier gestohlen, ich tat es aus Liebe.«

»Und hast du Liebe gekriegt?« Schmister grinste höhnisch. Tut er immer, wenn wir an diesen Punkt der Geschichte kommen. Er sagte: »Du hast geliebt, aber du wurdest nicht geliebt. Du wurdest benutzt. Es ist egal, warum du es getan hast – es war trotzdem Diebstahl.«

Dann verlor ich den Durchblick eimerweise. Es war kein kohärentes Gespräch mehr.

Schmister sagte: »Du musst mir helfen, in das Haus reinzukommen.« Und er sagte: »Wo soll ich nur leben?«

Und ich sagte: »Pierre hat die Schlüssel.«

»Mag sein. Aber ich weiß nicht, wo er steckt. Ich wollte ihn suchen gehen, als ich auf dich stieß.«

»Er ist mit der Minna weggefahren – und an der sind wir vor ein paar Minuten vorbeigekommen. Sie muss liegen geblieben sein, und er hat sie stehen lassen.«

»Hilfst du mir nun oder nicht? Wenn du zu Cherrys Vordertür gehst und klingelst, kann ich mich vielleicht hinten durch die Küche reinschleichen. Zach und die anderen würden mich nicht verpetzen.«

»Mach es«, sagte Mr. Scherereien Erster Klasse. »Du willst es Cherry doch heimzahlen, oder?«

»Bittebittebitte?« Schmister stand auf.

Ohne ihn als Lehne kippte ich beinahe um. Elektra kehrte einem besonders interessanten Grabstein den Rücken, kam zu mir und legte ihren Kopf auf mein Knie. »Gehen wir Cherry besuchen?«, fragte sie.

»Nein«, sagte ich.

»Du hast es versprochen«, protestierte Schmister. »Du kannst doch nicht so matschbirnig sein, dass du das schon vergessen hast.«

Kann ich nicht? »Ich hab nichts versprochen. Wann hab ich was versprochen?«

»Gerade eben.« In einem Nonnenhabit sah Schmister unglaublich jung und ehrlich aus.

»Wirklich?«

»Aber klar«, sagte Il Flunkerino.

»Ich habe es nicht gehört«, sagte Elektra die Wahrhaftige. »Aber ich bin hungrig, durstig und müde. Cherry hat Futter, Wasser und einen weichen Teppich.«

Ich versuchte Zeit zu schinden und sagte: »Ich meinte eben,

Pierre hat die Schlüssel für die Minna. Er hat sie Louis wieder abgenommen.«

»Wer ist Louis?« Schmisters Augen hatten diesen Hauch von Entrücktheit, den sie haben, wenn er breit ist.

»Der Wutnickel bei Débris d'Or.«

»Ach ja.« Er hatte keine Ahnung, wovon ich sprach, aber er nickte eifrig.

Ich halte das nicht mehr aus, dachte ich. Ich kann nicht zu Cherry gehen, und ich muss ganz dringend diese fromme Kostümierung loswerden. Es wäre alles so viel einfacher, wenn ich wirklich eine Nonne wäre. Wenn man über kleine Defizite hinwegsieht – zum Beispiel den Umstand, dass ich zwar an den Teufel, nicht aber an Gott glaube –, würde ich wohl eine ganz gute abgeben. Alles, was mir fehlt, ist ein wenig Bußfertigkeit und Demut. Das mit der Armut beherrsche ich schon perfekt. Dann bekäme ich zu essen und wüsste immer, was ich zu tun habe.

»Hör auf zu lachen«, sagte ich zu Schmister.

»Ich lache doch gar nicht. Wann habe ich gelacht?«

Ich hörte Gelächter. Ich hielt mir die Ohren zu.

Elektra sagte: »Schnell. Er geht ohne uns.«

Schmister war schon am Friedhofstor.

Elektra sagte: »Du kannst ihn nicht allein zurückgehen lassen. Er wird unter die Räuber fallen. Du weißt, dass ihm was passiert.«

Ich stand auf. Ein Grabstein traf mich in die Rippen. Vielleicht konnte ich ja auch einfach liegen bleiben und schlafen.

»Nasses Gras«, mahnte Elektra. »Du wirst dir den Tod holen.«

»Wär doch 'ne gute Idee«, sagte ich, aber sie trottete bereits hinter Schmister her.

Ich stand auf und folgte ihr, obwohl ich wusste, dass sie zu dem Ort ging, wo ich nicht sein wollte. Sirenen und körperloses Gelächter lieferten den Soundtrack des Tages, und das prophezeite keine friedvolle Zukunft.

Kapitel 16

Verrat

Ich möchte, dass ihr euch einprägt, dass nichts von alledem meine Schuld war.

»Die Chaostheorie sieht das etwas anders«, sagte der Don des Durcheinanders. »Wenn du nicht Kerrilla Croppers Kind erwähnt hättest …«

»Wenn Kerrilla mich nicht gebeten hätte …«

»Und in Ecuador schlägt ein Schmetterling mit den Flügeln«, sagte er mit einem selbstzufrieden-höhnischen Grinsen in der Stimme. »Schmetterlinge sind mein Lieblingsinstrument. Hast du es noch nicht gemerkt? Ich liebe Schmetterlinge und edle Ziele.«

»Halt verflucht noch mal die Klappe«, sagte Schmister. »Du machst uns zum Gespött.«

»Ich sollte gar nicht hier sein«, sagte ich. »Und vor allem sollte Elektra nicht hier sein.«

»Du hilfst mir hierbei. Das bist du mir schuldig nach allem, was ich für dich getan habe.« Er führte das nicht weiter aus, sondern holte tief Luft und marschierte auf Cherrys Haustür zu. Es gab einen Klopfer und eine Klingel. Er benutzte beides. Ich hielt in alle Richtungen nach Streifenwagen Ausschau, daher hatte ich keine Zeit für Einwände.

Cherry öffnete die Tür so schnell, als hätte sie auf uns gewartet.

»Haut ab«, keifte sie.

»Aber guck doch mal«, rief Schmister, »ich hab dir deinen Hund zurückgebracht.«

»Tatsache«, sagte sie kühl. Sie schnippte mit den Fingern. Gehorsam trat Elektra mit einem höflichen Schwanzwedeln auf sie zu. Schmister verpasste ihr von hinten einen Schubs. Cherry schnappte sie sich und zog sie nach drinnen. Flink wie eine Ratte in der Regenrinne schlüpfte Schmister hinterher. Cherry knallte mir die Tür vor der Nase zu. Zwei Sekunden allerübelsten Verrats.

»Du heimtückische ranzige räudige alte Kuh«, schrie ich die Tür an. Ich wusste nicht genau, wen ich eigentlich anschrie – Cherry, Schmister oder sogar Elektra. Cherry war der Feind. Das wussten sie beide ganz genau, und trotzdem gingen sie alle beide mit ihr auf Schmusekurs.

»Diebe«, brüllte ich aus vollem Hals. »Huren. Krankes Gewürm auf dem Antlitz der Menschheit – und ihr nennt euch menschliche Wesen? Scheißhaufen, Arschkriecher …«

»Braves Mädchen!«, sagte mein einzig wahrer Freund, der Erbfeind.

»Sie hat schon die Polizei gerufen.« Ein Nachbar steckte den Kopf aus dem Fenster im Obergeschoss. »Und wenn die nicht in genau zwei Minuten hier sind, ruf ich selber an.« Er schwenkte ein Handy. »Nicht, dass ich mich nicht schon beschwert hätte. Die Straße geht echt den Bach runter, seit sie diesen Bimbo hat einziehen lassen. Ich soll so was ja nicht sagen, aber es ist nun mal wahr. Und jetzt auch noch Ausländer und religiöse Eiferer. Erzählen Sie mir nichts – ich hör doch das Gesinge. Und Ihnen Ihre Ausdrucksweise! Das ist doch keine Art für eine Nonne. Sie sollten sich was schämen.«

»*Ich bin keine verfluchte scheiß Nonne!*« Ich rupfte mir die verhasste Haube runter, und der kalte feuchte Wind ließ meine Kopfhaut schrumpeln. »Ich würde dem gemeinen Scheißkerl am liebsten die Haut abziehen, der die tolle Idee hatte, Frauen in lange schwarze Säcke zu stecken. Du kannst dich nicht bewegen, du kannst nicht rennen und nicht atmen und jeder redet dich mit Schwester an statt mit deinem Namen.« Runter mit den schwarzen Fledermausärmeln. »Du hast keine verdammte Identität. Du könntest genauso gut im Knast hocken mit einer scheiß Nummer anstelle eines Namens. Ich *bin* keine Nummer und auch nicht eure verfickte Schwester. Und *ich will meinen Hund zurück*!«

Ein zerknautschter Haufen aus leerem schwarzem Stoff lag zu meinen Füßen. Jetzt trug ich nur noch einen roten Jogging-anzug. Und ich fror. Ich fror fürchterlich. »Und Sie, stecken Sie gefälligst Ihre fette Nase nicht in meine Angelegenheiten«, fuhr ich fort, obwohl mir langsam die Munition ausging und ich dringend einen großen Schluck Rotwein brauchte sowie eine gute Idee.

»Ich bin nicht fett, ich bin behindert«, brüllte er zurück. »Ihr Leute – wenn ihr mich nicht anstarrt, als wäre ich eine Art Missgeburt, dann seht ihr über mich hinweg, als gäbe es mich gar nicht, oder ihr sagt mir noch ins Gesicht, dass ich mich auf Staatskosten aushalten lasse. Sie können wenigstens rausgehen und rumlaufen. Ich nicht. Ich sitze hier fest mit vier Wänden zur Gesellschaft, und ich komm nicht mal die Treppe runter ohne die Haushaltshilfe, und die ist zwei Stunden und vierzig Minuten überfällig, die faule Sau.«

»Wenigstens haben Sie Ihre vier Wände.«

»Wenigstens haben Sie Ihre zwei intakten Beine.«

»Wenigstens haben Sie es warm.«

»Wenigstens können Sie sich eine Tasse Tee machen, wann Sie wollen.«

»Würde ich ja gern, wenn ich eine vermaledeite Küche hätte«, brüllte ich. Dann fügte ich in der Millisekunde der Gelegenheit hinzu: »Ich mach Ihnen ein Tässchen, wenn Sie wollen. Oder helfe Ihnen die Treppe runter.«

»Seh ich aus, als würde ich jemanden wie Sie in mein Haus lassen? Sie fluchen wie ein Landser, und Sie haben sich bestimmt eine Woche nicht mal die Haare gebürstet.«

»Tja, friss oder stirb.«

»Bettler können nicht wählerisch sein.« Der Schlagabtausch von abgedroschenen Phrasen schien ihn zu beruhigen. Nach kurzem Zögern sagte er: »Ich hab einen Notfallknopf. Eine falsche Bewegung, und ich benutze ihn.« Er warf einen Schlüsselbund herunter.

Sein Haus war exakt so gebaut wie das von Ms. Missgunst. Aber ihrs war rosa und verzickt, seins war braun und verwahrlost.

Es war nicht so, dass er keine Beine hatte – sie waren nur untauglich dafür, seine Leibesfülle sonderlich weit zu tragen. Es gab eine Gehhilfe neben dem Bett, einen Rollstuhl an der Tür, jede Menge Handläufe und einen Treppenlift.

»Ich hab mir den Rücken verletzt, meinen Job verloren, und meine Frau hat mich verlassen«, sagte er, als er merkte, wie ich die endlosen unbeherrschbaren Fleischmassen anstarrte, in denen er gefangen war.

»Sie brauchen mir nicht zu erklären, was eine Depression ist«, sagte ich.

»Ich bin nicht deprimiert, ich bin verflucht sauer. Die Haushaltshilfe ist überfällig. Essen auf Rädern hat mich versetzt. Meine Tochter ist nicht mit dem Auflauf gekommen. Die DVD hängt im Dingsbums fest, und ich komm nicht an die Fernbedienung ran, die mir gestern Abend runtergefallen ist, weil ich mich nicht bücken kann.«

Ich hob die Fernbedienung auf und gab sie ihm. Er bedankte sich nicht. Er stellte den Fernseher auf ein Programm mit Pferderennen ein, rief seinen Buchmacher an und platzierte eine Wette. Ohne den Blick vom Bildschirm zu nehmen, sagte er: »Da sind vier Dosen Hühnernudelsuppe. Machen Sie die warm und bringen Sie mir den ganzen Topf und einen Löffel rauf. Ich bin nicht etepetete.«

»Ach was«, sagte ich und wandte mich treppabwärts.

Die Küche war eine Offenbarung. Sie sah aus wie ein Lagerhaus. Großposten von Hühnernudelsuppe stapelten sich auf allen Borden bis zur Decke, desgleichen Milchreis in Dosen und ein ganzes Gebirge aus Fosters Lagerbier. Ich schnappte mir sofort eine Dose von Letzterem – na, würdet ihr das nicht auch tun? Ich meine, eine Dienstmagd braucht doch ein Salär, oder etwa nicht?

Dann öffnete ich die Hintertür und trat aus der Küche in den kargen Garten. Ein zwei Meter hoher Zaun trennte ihn von Cherrys nebenan. Ich könnte einen Teil davon flachlegen, dachte ich, und Elektra zurückklauen, wenn sie das nächste Mal zum Pinkeln rausgelassen wurde. Ich stemmte mich gegen den Zaun, aber er gab nicht mal um einen Zentimeter nach.

Während die Suppe heiß wurde, trank ich mein Lager und durchsuchte die Küche nach Besserem. Der Kerl stand auf Essen, das man nicht kauen musste, und Dünnbier. Alles, was er brauchte, gab es in Aufreißdosen. Anscheinend befand sich nichts im Haus, was Zähne oder einen Korkenzieher erfordert hätte. Ich stibitzte eine weitere Dose Fosters.

»Gehen Sie weg«, sagte er, als ich ihm den Topf voll Suppe brachte. »Ich kann's nicht leiden, wenn mir Leute beim Essen zugucken. Ich weiß, was ihr denkt, und es ist ja nicht so, als hättet ihr keine Schwächen.«

»Stimmt«, sagte ich und ging durch zu dem kleinen Zimmer auf der Rückseite des Hauses. Das Fenster bot Blick auf den Garten. Ich machte es auf und lehnte mich hinaus.

Ms. Missgunst hatte ein Eckhaus, dadurch besaß sie ein größeres Grundstück sowie eine Art kleine Durchfahrt bis nach hinten, wo die Minna gestanden hatte. Ihr Garten war deutlich breiter und gepflegter als der ihres Nachbarn. Es gab einen Schuppen und etwa zehn blattlose Rosensträucher. Ich sollte Big Boys Buchmacher anrufen und eine Wette darauf abschließen, dass sie rosa blühten.

Was sich im Haus tat, konnte ich weder sehen noch hören,

also setzte ich mich auf das schmale Bett, lehnte mich mit dem Rücken an die Wand und ließ meinen Kopf auf die Brust sinken und meine Augenlider zufallen.

»Wozu willst du denn jetzt schlafen?«, sagte Meister Hämmerlein, der Insomniker. »Solltest du nicht im Nachbarhaus für Chaos sorgen? Wo bleibt dein Stolz? Wo ist dein Hund?«

»Lass mich in Ruhe«, sagte ich. »Wenn ich nicht schlafe, krieg ich einen Brägenkoller.«

»Wie bitte?«, sagte er. »Tut mir leid, aber das Wort kenne ich nicht. Ist das ein Krankheitszustand?«

Der Kerl lehnte auf seiner Gehhilfe, vor Anstrengung lila im Gesicht. Er sagte: »Sie können mein Bett machen, solange ich im Bad bin.«

»Ach ja?«

»Wenn Sie von hier die Nachbarn bespitzeln wollen, müssen Sie sich schon nützlich machen.«

»Wer sagt, dass …«

»Ich bin ja nicht von vorgestern.« Diese Art Phrasen ging ihm wirklich locker von der Zunge.

»Woran ist denn Ihr letzter Diener gestorben?«, fragte ich, um mir nicht die Butter vom Brot nehmen zu lassen.

»Und klauen Sie nicht noch mehr von meinem Bier.« Er kehrte mir den Rücken und fing an, sich in Zeitlupe Richtung Badezimmer zu schieben. »Ich bin vielleicht behindert, aber meine Nase funktioniert noch gut.«

Ich richtete sein riesiges stahlverstärktes Bett und drehte seine Kissen um. Das Drei-Uhr-zehn-Rennen in Chepstow fing gleich an. Ich setzte mich auf sein Sofa. Es war zehn nach drei am Nachmittag. Die Zeit spielte verrückt. Ich wusste nicht mal mehr, wann ich eigentlich aus dem Knast gekommen war. Und wo war ich jetzt – gestern, heute oder morgen?

Ich träumte, dass ich auf einem Laufband irgendwo auf dem Lande war – in der Heide, glaube ich. Da hätte ich Wanderungen machen können, frei umherstreifen, immer der Nase nach, aber stattdessen marschierte ich mit einem Tempo von exakt 6,5 km/h auf dem Laufband. Elektra sagte: »Ich möchte runter.« Aber es gab keinen Knopf zum Anhalten.

Der Kerl sagte: »Das ist mein Sessel.« Und ich wachte auf.

Er sagte: »Wenn Sie schlafen wollen, unten gibt es ein Sofa. Waschen Sie gleich den Topf ab, wenn Sie schon dabei sind.«

Ich stand auf, und er setzte sich.

Ich sagte: »Ich habe heute zwei Schädeltraumen erlitten. Erst hat mich ein Bus erwischt, und …«

»Was geht da draußen vor?«, unterbrach er mich. »Ich höre was schreien.«

Ich kam gerade rechtzeitig zum Fenster, um zu sehen, wie Fergus und Connor aus einem schwarzen Taxi stiegen. Fergus humpelte stark, und sein Verband war nach wie vor rot durchweicht. Er hielt Connor an der Hand fest und zerrte ihn auf Eis-Cherrys Haustür zu. Seine Freundin war nicht dabei.

»Was passiert da?«, fragte Big Boy.

Ich sagte: »Ich bin in Ihrem Haus, ich habe Ihnen Mittagessen gekocht und Ihr Bett gemacht. Wie heißen Sie?«

»Billy«, sagte er. »Was passiert da?«

Cherrys Haus lag etwas schräg zu Billys, so dass ich aus seinem Schlafzimmerfenster die Vordertür gut sehen konnte.

Ich berichtete ihm: »Ein Typ in Radfahrerkluft mit einem blutigen Verband bringt einen kleinen Jungen zur Tür von Miss Missgunst. Er klingelt …« Ich ließ weg, dass Fergus den abgeworfenen Nonnenhabit auf dem Gehweg bemerkt hatte und verwirrt aussah.

»Der kleine Junge ist völlig außer sich«, ergänzte ich unnötigerweise – man hörte ihn vermutlich bis nach Paris.

»Wie haben Sie die von nebenan eben genannt?«, fragte Billy. Er wirkte ebenso gierig nach Neuigkeiten wie nach Essen.

»Ist sie eine Freundin von Ihnen?«

»Ja, na klar«, sagte er. »Sie nennt mich Fettwanst und ich nenne sie Hexenschlampe.«

»Nicht gerade respektvoll gegenüber weisen Frauen und anderen weiblichen Wesen«, stellte ich fest.

»Sind Sie 'ne Feministin oder so was? Was passiert jetzt?«

»Fergus hämmert gegen die Tür. Er sieht ziemlich verzweifelt aus. Connor beißt ihn in die Hand. Oh, es blutet. Er ist wirklich ein Wildkind.«

»Wer ist Fergus? Wer ist Connor?«

»Oh, jetzt«, rief ich. »Sylvie hat gerade die Tür aufgemacht. Sie reden.«

»Fenster auf. Wenn es zu ist, kann man nichts hören.«

Also das tat er, um sich zu zerstreuen, wenn die Pferderennen durch waren. Ich öffnete das Fenster. »Sie sprechen Französisch«, berichtete ich dann enttäuscht. Allerdings musste ich zugeben, dass es wesentlich mehr Spaß machte, von hier oben aus zuzuschauen, als wie Fergus in der Kälte zu stehen und gebissen zu werden.

»Ein höchst gebildeter Radfahrer«, bemerkte ich. Fergus führte eine richtige Unterhaltung auf Französisch mit langen Dialogen. »Oh-oh!«

»Was, *was*?«

»Er erliegt ihrem Charme.« Ich war viel zu müde für einfühlsame Deutungen subtiler Körpersprache, aber selbst ich konnte sehen, wie Fergus' Haltung von kriegerisch zu begeistert wechselte. In einem Spandex-Radlerdress kann man nicht viel verbergen, also bekam Sylvie es vermutlich auch mit.

»Wer ist Sylvie?«

»Eine Umweltaktivistin, möglicherweise, oder vielleicht auch Sängerin – da bin ich nicht sicher. Jedenfalls ist sie ausnehmend schön – lange kastanienbraune Haare, riesengroße bernsteinfarbene Augen. Mit einem Hauch von Rehkitz-Hilflosigkeit. Seltsamerweise hasse ich sie nicht.«

»Du könntest doch hierbleiben«, wisperte Satan Satanis. »Du könntest dir seine Behindertenrente unter den Nagel reißen. Du könntest dich dafür bezahlen lassen, ihm seine Dosen mit Matsch zu öffnen. Du könntest Elektra zurückstehlen.«

»Zurückholen, was mir gehört, ist kein Stehlen.«

»Was ist kein Stehlen?«

»Elektra ist mein Hund. Ihre frostäugige Nachbarin hat sie mir gestohlen.«

»Der alte Greyhound?« Er klang interessiert. »Wissen Sie, das hat mich überrascht. Ich hätte nie gedacht, dass die Hexenschlampe sich von einem Tier ihre flauschigen Polstermöbel ruinieren lässt. Die Hübsche hat die Hündin eines Tages mitgebracht. Keine Ahnung, warum die Hexenschlampe auf einmal Mädchen im Haus duldet. Davor hatte sie nie Freundinnen. Nur Männer.«

»Wie kommt es, dass mich das nicht wundert«, murmelte ich.

»Das mit dem Bimbo kann ich noch verstehen«, fuhr Billy fort. »Er macht ihr das Auto. Hält die Karre richtig gut in Schuss, spart ihr ein Vermögen. Ihn kann sie brauchen. Aber wozu die Blonde?«

»Brillante Kosmetikerin«, sagte ich. »Sie ist außerdem keine Bedrohung – sie hat da ein körperliches Problem.«

»Und zwar?«

»Äh, also, ähm, da ist was mit ihrem Unterleib nicht in Ordnung.« Nämlich das ganze Jungszubehör, das Schmister loszuwerden versuchte.

Das möbelte Billy regelrecht auf. Er schien überhaupt plötzlich ausnehmend guter Laune zu sein. Wie sich herausstellte, hatte sein Pferd, ein großes hässliches Vieh namens Bath Bambino, gewonnen und ihm über hundert Mäuse eingebracht. Ich bot an, seinen Gewinn für ihn abzuholen. Er lachte mich aus. Also ging ich runter, um ihm eine Tasse Tee zu machen und vier Dosen Milchreis aufzuwärmen. Sein Teebecher fasste

171

mehr als einen halben Liter und trug die Inschrift »I Am A Big Mug«.

Ich nahm noch eine Pille, als ich unten war, und öffnete die Küchentür zum Garten. Von nebenan war Radau zu vernehmen, aber es waren zu viele Stimmen und zu undeutlich. Wie viele Leute waren da jetzt? Sieben? Meine Lippen verzogen sich zu einem unfreundlichen Lächeln.

Der Zaun war leider sehr stabil. Vielleicht konnte ich ja Billy überzeugen, sich dagegenzulehnen. Plötzlich bekam ich Angst, ich könnte so missgünstig werden wie Cherry Bitter.

Ich servierte den Milchreis in einer großen Plastikrührschüssel, wie er es verlangt hatte, mit vier Esslöffeln Himbeermarmelade obendrauf. Ich klaute keine weitere Dose Lager, aber ich fand eine staubige alte Flasche süßen Sherry ganz hinten in einem Schrank im Wohnzimmer. Was für ein Dilemma – ich liebe Alkohol, aber ich verabscheue süßen Sherry. Mein Leben ist völlig aus den Fugen; selbst die Entscheidung für ein Getränk überfordert mich. Ich legte mich auf sein Sofa und schloss die Augen.

Kapitel 17

Chaos in Suburbia

Billy gestand mir als Abendessen gnädig eine Dose seiner Hühnernudelsuppe zu sowie eine Dose Milchreis, aber erst, nachdem ich ihn versorgt hatte. Er war komisch – nicht nur, dass er nicht wollte, dass ich ihn essen sah, er konnte es auch nicht ertragen, mich essen zu sehen. »Es sind *meine* Lebensmittel«, sagte er, dabei hatte er es selbst erlaubt. »Ich will nicht sehen müssen, dass Sie was davon nehmen.«

Aber er war sehr zufrieden mit sich. Ein Hauptgewinn und zwei Platzwetten brachten ihn ordentlich in Führung, ein einträglicher Nachmittag bei den Rennen. Das andere, was ich über ihn erfuhr, war, dass er Onlinepoker spielte und auch dabei moderat gewann. Die Behörden wussten von beiden Betätigungsfeldern nichts. »Und dass Sie mich ja nicht verpetzen«, sagte er. »Die warten doch nur auf eine Gelegenheit, mir die Invalidenrente zu kürzen. Ich weiß ganz genau, wie die denken.«

Was scherten mich seine Gewinne? Keinen feuchten Scheiß. Ich erwachte aus meinem tiefen Schläfchen mit schädelspaltendem Kopfweh und einem Loch im Herzen, wo Elektra sein sollte. Vielleicht war sie draußen im Garten gewesen, als ich geschlafen hatte. Vielleicht hatte ich meine einzige Chance verpasst, sie mir zurückzuholen. Das Schlimmste war, dass ich immer wieder dachte, sie würde vielleicht nicht zu mir zurückwollen. Vielleicht hatte ich ihr das Leben gerettet, aber das würde mich nicht retten. Es war Vergangenheit. Jetzt lebte sie bei einer jüngeren Frau mit regelmäßigem Einkommen, einem

Haus und einem gemütlichen Teppich. Warum also sollte sie eine gestörte alte Schrulle mit einer Schwäche für Rotwein vorziehen? Ich versuchte mich aufzumuntern, indem ich ein Diazepam mit dem verhassten süßen Sherry runterspülte. Süßer Sherry ist ein Getränk, das bei alten Nutten beliebt ist. Er klebt dir am Gaumen und hinten in der Kehle wie Sirup.

Hier unten gab es kein Geld und keinen Rotwein. Ich sah überall nach. Es gab auch keine Fotos von der fehlenden Frau, aber es gab ein Bild von einem jüngeren, fitteren Billy, wie er in Biker-Pose auf einer großen Honda saß. Er war eindeutig nie eine Schönheit gewesen, aber er sah kräftig und lebenslustig aus.

Von Traurigkeit überwältigt borgte ich mir seinen riesigen schwarzen Dufflecoat aus, der an einem Haken im Flur hing. Er roch nach Staub, und ich fragte mich, wie lange es wohl her war, dass er ihn zuletzt getragen hatte. Ich klinkte seine Tür ein und ging hinaus in den Regen.

Es war dunkel. Schmale Lichtstreifen zwinkerten mir von hinter Ms. Mies' rosa Samtvorhängen zu. Ich konnte nicht hineinsehen, aber ich konnte Connor heulen hören.

»Du bist unerwünscht«, sagte der Teufel. »Lieber arrangiert sie sich mit französischen Umweltaktivisten und brüllenden Babys, als dass sie dich noch mal einen Fuß in ihr Haus setzen lässt.«

»Ich rede nicht mit dir«, sagte ich. »Ich will da gar nicht rein. Ich will, dass Elektra rauskommt.«

»Weißt du, was Elektra tut? Sie liegt schlafend zu Cherrys Füßen. Ihr Bauch ist voll und sie hat es warm und behaglich. Und da willst du, dass sie rauskommt und sich mit dir den Arsch abfriert?« Er gackerte unfreundlich. »Das ist die Art von Liebe, die ich schätze«, sagte er.

»Halt die Klappe«, sagte ich. »Ich schleiche hier heimlich rum.«

»Darin bist du auch nicht sonderlich gut, was? Ist denn was rausgekommen bei deinem Herumschleichen? Pustekuchen, du Nulpe. Wieso zwitscherst du nicht ab zum Spritladen? Du hast immer noch die zehn Pfund, die dir die Frau auf dem Krankenhausparkplatz gegeben hat.«

Verblüffenderweise hatte er recht – da war ein Zehnpfundschein in der Tasche meiner roten Jogginghose. Schmister hatte ihn nicht geklaut. Ich hatte ihn nicht verloren.

Ich befolgte seinen Befehl trotzdem nicht. Ich ging zum nächsten Spätkauf und packte zwei Dosen Hundefutter und zwei dicke Schokoriegel in meinen Korb. Erst dann fügte ich eine Zweiliterflasche Rotwein hinzu. Ich hatte einen Plan.

Nur einmal nippte ich ganz kurz am roten Nektar, um mir Mut zu machen, dann marschierte ich zurück zu Billys Haus.

Ich kann nicht beschreiben, wie gut dieser erste Schuss Wein schmeckte, als er mit seinem uralten Versprechen von Behagen und Freude meinen Mund füllte. Er glitt über meine Zunge und in meine Kehle wie Butter auf heißem Toast und ließ sich in meinem Magen nieder, die Liebkosung einer zärtlichen Hand. Jetzt konnte ich mit Billy reden. Jetzt konnte ich mit einem gleichgültigen Universum zurande kommen.

Billy sagte: »Wo waren Sie denn? Ich habe gerufen und gerufen. Sie können sich nicht einfach verkrümeln, wie es Ihnen gerade passt.«

Ich holte einen der Schokoriegel heraus und sagte: »Ich hab Ihnen das hier besorgt als Dankeschön dafür, dass Sie mich ein Weilchen hierbleiben lassen.«

»Was ist los?«, fragte er und riss ihn mir aus der Hand. »Wollen Sie, dass ich an Typ-2-Diabetes sterbe?« Er hatte kaum Zeit, die Worte herauszubringen, bevor ein Viertel des Riegels in seinem Mund verschwand.

»Was tut sich nebenan?«, fragte ich.

»Da heult ein Kind, und das nervt mich zu Tode. Warum hat sie ein Kind da drin? Sie kann Kinder nicht ausstehen. Ich kapier's nicht. Das geht so, seit der Bimbo eingezogen ist.

Der hat das Blondchen angeschleppt. Die ist zwar klasse. Aber warum lässt Cherry sie überhaupt rein? Ihren Mann hätte sie nie auch nur drei Worte mit einer anderen reden lassen. Genau wie sie ihm keinen Hund erlaubt hat, deshalb kapier ich auch das mit dem Greyhound nicht. Und was Kinder angeht – wissen Sie, was? Steves kleiner Sohn – er war erst zwei Jahre alt, als die Hexenschlampe Steve gezwungen hat, ihn und seine Mum rauszuwerfen. Anfangs kam der Kleine noch jedes Wochenende her. Später dann wartete Steve auf der Straße auf ihn - sie wollte seinen Sohn nicht im Haus haben, wissen Sie, also musste er irgendwo anders mit ihm hingehen. Gegen Ende des Jahres verschwand der Junge einfach. Sie spielt nicht fair, und sie plant von langer Hand, diese Kuh, aber sie kriegt immer ihren Willen, egal wie viele Manöver es dazu braucht.«

»Also meinen Hund kriegt sie nicht«, sagte ich.

»Ich dachte, den hat sie schon.«

»Warum bietet ihr nie jemand die Stirn?«

»Es gibt solche Frauen«, sagte Billy traurig. »Sie sorgen einfach dafür, dass es den Ärger nicht wert ist.«

»Männer können genauso sein.«

»Bring mir noch ein Bier«, sagte er, ohne hinzuhören.

Ich holte ihm noch eine Dose, und in der Küche schenkte ich mir ein Glas Wein ein.

Ich schenkte mir ein Glas Wein ein! Wisst ihr überhaupt, was das heißt? Nein, das wisst ihr natürlich nicht. Ihr habt ja nicht seit mehr Jahren, als ihr zurückdenken könnt, Wein aus einer Plastikflasche gegluckert. Ihr habt wahrscheinlich Gläser in einem Küchenschrank, in einer Küche, in einer Wohnung oder sogar einem Haus. Ihr stellt das Glas auf die Küchentheke, füllt es mit Rotwein und nehmt es dann mit ins Wohnzimmer. Oder ihr öffnet eine Flasche bei Tisch und gießt euren Lieben oder Freunden etwas ein. Manchmal macht das auch ein Barmann für euch oder ein Kellner. Wenn ihr eine Wohnung habt, könnt ihr Gläser zum Einschenken haben und Freunde zu Besuch. Wenn nicht – tja, dann ist alles, was ihr habt, eine Plastikflasche mit Schraubverschluss. Manchmal müsst ihr die teilen. Also reicht ihr sie rum und hofft, dass keiner eurer zeitweiligen Trinkkumpane gerade an einer übertragbaren Krankheit stirbt. Husten-Hazel hat sich ihre Lungenkrankheit geholt, weil sie Cider aus der Flasche mit einem trank, der voriges Jahr gestorben ist. Jetzt trinkt sie Cider aus der Dose. Aber es ist zu spät.

Billy trank sein Bier auch aus der Dose. Aber das wollte er so – er hat Gläser im Schrank und sogar zwei Pintgläser, die auf der Küchenfensterbank Staub ansetzen.

Ich nahm mein Glas mit nach oben, stellte mich ans Fenster und nippte wie eine zivilisierte Person. Mir war warm. Meine Hände waren sauber. Wenn Billy mich angreifen wollte, wäre das wie von einem Zombie gejagt werden. Ich könnte aus der Tür sein und zweimal um den Häuserblock joggen, ehe er überhaupt von seinem Sofa hochkam.

Ich war in Sicherheit. Fast hätte ich es laut gesagt, nur um die Worte zu hören.

Als ich so die Straße betrachtete und den Wein diesen ständigen Teufelskreis aus Ängsten und Besorgnis wegstreicheln ließ, die wie überanstrengte Muskeln in meinem Bewusstsein krampften und zuckten, da wurde mir klar, dass ich jemanden getroffen hatte, dessen Selbstwertgefühl noch angeschlagener war als mein eigenes. Es war eine höchst ungewohnte Situation – aber eine, die ich ausnutzen konnte, so dachte ich. Ich brauchte mich bloß unentbehrlich zu machen.

Wenn Frost-Cherry die Art Kuh war, die von langer Hand plante, dann würde ich das eben auch tun.

Dass ihr jetzt ja nicht dasitzt und über mich urteilt. Ihr seid nicht gerade aus dem Knast gekommen, habt nicht euer fahrbares Zuhause eingebüßt, und euch wurde nicht euer Hund gestohlen. Wenn ihr jahrelang auf der Straße gelebt und in Hauseingängen gepennt habt, ohne zu wissen, wer euch vielleicht ausraubt, vergewaltigt oder nur so zum Spaß eure Füße in Brand setzt – dann könnt ihr über mich urteilen. Aber vorher nicht.

»Noch ein Bier, Billy?«, fragte ich mit hilfsbereitem Lächeln.

*

Das Chaos brach genau um einundzwanzig Uhr fünfundvierzig los.

Zwei Cops, ein langer und ein kurzer, tauchten auf und klopften an die Tür von Cherrys Iglu. Bei sich hatten sie eine Frau mittleren Alters in Leggings und einem sehr tief ausgeschnittenen Top. Ihr Busen schien immun gegen den eisigen Wind, aber das lag vielleicht daran, dass sie alles andere als nüchtern war.

»Die ist ja ein heißer Feger«, sagte Billy und quetschte sich neben mir ans Fenster.

Ich fragte mich, ob mit seinen Augen etwas nicht stimmte.

Schmister öffnete die Tür. Er hätte sie gleich wieder zugeschlagen, wäre da nicht ein Polizistenstiefel in Größe 48 dazwischen gewesen. Die Insignien der Armut und Keuschheit hatte er abgelegt zugunsten eines purpurroten Angorapullis und eines königsblauen Minirocks.

»Die würde ich auch nicht von der Bettkante stoßen«, sagte Billy, der prompt vergaß, was ich ihm über die Unterleibsprobleme erzählt hatte.

Die Cops schienen ein ruhiges Gespräch zu suchen, doch die Frau fing an herumzubrüllen.

»Oy, du da, Blondie«, legte sie aus vollem Hals los. »Ja, du – wo sind die Nonnen, von denen ich gehört hab? Die haben meinen Enkel geklaut – *Perverse!*«

Schmister sah aus, als würde er gleich in Ohnmacht fallen.

»Verdammte Unzucht«, sagte ich, »das ist Kerri Croppers Ma.«

»Wer ist Kerri Cropper?«

178

»Connors Mama.«

»Wer ist Connor?«

Ich brachte ihn, so schnell ich konnte, auf Stand, aber er hörte nicht richtig hin. Er wollte keine Sekunde verpassen von dem, was vor Cherrys Haus vor sich ging. Und ich auch nicht. Chaos ist direkt unterhaltsam, wenn man nicht mittendrin steckt.

»Ich wusste doch, du würdest dich zu meinem Ansatz bekehren«, sagte Don Durcheinander.

»Oh geh kacken«, sagte ich. Ausnahmsweise wollte ich bloß normal sein.

»*Was?*«

»Was?«

»Hast du mir gerade gesagt, ich soll kacken gehen?«

»Ich meinte Mrs. Cropper«, sagte ich rasch. »Man würde denken, sie sei Connors Beschützerin. Aber sie ist genau das Gegenteil. Und jemand muss den Cops klarmachen, dass sie sie nicht in seine Nähe lassen dürfen.«

»Solltest du nicht runtergehen? Ihnen das selbst sagen?«

»Billy«, sagte ich, »schlag mir das nur vor, wenn du heute Abend kein Bier mehr gebracht bekommen willst. Ich bin die Art Frau, der grundsätzlich an absolut allem die Schuld zugeschoben wird.«

»Ja«, sagte er, »warum warst du denn nun als Nonne verkleidet? Das wollte ich schon die ganze Zeit fragen.«

Schmister sprach zu leise, um ihn zu verstehen. Aber Kerris Ma brüllte: »Wenn mein Junge auch nur einen Kratzer hat, weiß ich, wer das war.«

»Der war gut«, sagte der Teufel bewundernd. »Weiter so, Mädchen! Immer schön abwälzen.«

Ich sagte: »Der Kleine ist voller Brandwunden und Blutergüsse, und das müssen sie und ihr Freund gewesen sein.«

»Ich kapier nicht, warum der Kerl mit dem blutigen Knie ihn hergebracht hat«, sagte Billy nicht ganz ungerechtfertigt.

»Wer schreit da?«, fragte einer der Cops.

Cherry wählte diesen Moment für ihren Auftritt. Sie zerrte Connor unsanft an seinen Latzhosenträgern heraus und sagte: »Nehmen Sie ihn bloß mit. Ich weiß sowieso nicht, warum er überhaupt hergebracht wurde.«

Die Cops sahen Connor an. Connor erblickte seine Groß mutter und drehte völlig durch. Cherry ließ Connors Hosen träger los, trat zurück ins Haus und knallte die Tür zu. Er und Schmister standen draußen.

»Sieht nach einem Fall für die Sozialbehörden aus«, sagte Billy.

Der größere Cop hämmerte gegen die Tür, Schmister klin gelte Sturm. Der kleinere Cop ging in die Hocke, um Connor eine tröstende Hand entgegenzustrecken. Connor hörte gerade lange genug mit Kreischen auf, um ihn zu beißen. Mrs. Crop pers wogender Busen kündete von unschuldiger Empörung, nicht aber von irgendeiner großmütterlichen Gefühlsanwand lung. Billy war vollkommen gefesselt. Ich fürchtete, wenn er sich noch weiter rauslehnte, würde er abstürzen oder die Mauer würde zusammenbrechen.

Als Cherry die Tür wieder öffnete, klebte ihr ein Handy im Gesicht. Sie sagte: »Bringen Sie das Kind zum Schweigen, ich kann so nicht denken. Ich spreche gerade mit meinem Anwalt.«

Der lange Cop sagte etwas, das ich nicht verstand, aber Cherry antwortete laut, um den Lärm zu übertönen. »Ich hab Sie doch selbst schon vor Stunden gerufen. Warum haben Sie darauf nicht reagiert? Wozu bringen Sie diese Schickse da mit? Wenn sie mit dem Kleinen verwandt ist, soll sie ihn mal in den Griff kriegen.«

Dann schrie sie in ihr Telefon: »Mr. Vernon, kommen Sie sofort her, ich habe die Situation nicht unter Kontrolle.«

Billy fing an zu schwabbeln wie ein sehr weich gekochtes Ei. Ich sah ihn erschrocken an, aber er lachte bloß.

Mrs. Cropper rief: »Wen nennst du hier Schickse, du hochnäsige alte Ziege?«

»Unbezahlbar«, sagte Billy.

»Ist dieses Kind Connor Cropper, Ihr vermisster Enkel?«, schrie der kleine Cop.

»Wen bezeichnen Sie hier als ›alt‹?« Cherry grinste hämisch. »Ich bin ein ganzes Stück jünger als Sie, Sie aufgebrezelte Schlampe.«

Der lange Cop schnappte sich Mrs. Croppers Arm und versuchte sie in Richtung Auto abzuschleppen.

Connor biss den kleinen Cop ins Knie. Der Cop fuhr so heftig zusammen, dass er Connor gegen Schmister schleuderte. Schmister wich den Zähnen aus und flüchtete nach drinnen.

»*Hören* Sie mich?«, fragte Cherry ins Handy. »Ich habe in den letzten Stunden fünfmal bei der Polizei angerufen. In mein Haus sind ausländische Terroristen und ein vollgekacktes tollwütiges Kind eingedrungen. Dann ist endlich die Polizei gekommen, aber sie haben eine gewaltbereite alternde Prostituierte mitgebracht. Ich brauche Sie *unverzüglich* hier vor Ort. Ich will an höherer Stelle Beschwerde einlegen. Ich will, dass die Beamten ihre Pflicht tun und mein Haus für mich wieder sicher und bewohnbar machen.«

»Der Scheißer hat meinen Connor getreten«, schrie Mrs. Cropper. »Sie haben es gesehen. Das ist nackte Polizeigewalt. Dafür krieg ich Sie an den Eiern. Gucken Sie sich doch das arme Baby an – voll mit blauen Flecken. Sie haben doch alle gesehen, wie es passiert ist. Ich will Schmerzensgeld.«

»Wir brauchen Verstärkung«, brüllte der kleine Cop ins Funkgerät, »und zwar *sofort*.«

Inzwischen waren vier oder fünf Nachbarn zusammengekommen. Sie hielten ihre Handys auf das Geschehen gerichtet, und eine von ihnen filmte mit einem Camcorder, als wäre das, was vor ihnen ablief, Performancekunst.

Die Szene kam rüber wie eine Farce, doch eigentlich war es eine Tragödie.

»Das ist das Prinzip meiner Art zu schreiben«, brüstete sich der Poet der Perversion. »Ich bringe sie zum Lachen, damit sie nicht merken, dass der kleine Junge vor Kälte und Vernachlässigung stirbt. Und wenn sie es dann mitkriegen, fühlen sie sich so scheußlich, dass sie sich alle Mühe geben, nicht darüber nachzudenken. Also wenden sie sich ab von dem, was sie eigentlich wissen. Und dann, beim nächsten Mal, sind sie schon ein kleines bisschen mehr brutalisiert. Ehe man sich's versieht, tolerieren sie alle möglichen kranken Ausschreitungen und möchten vielleicht sogar mitmachen. Stufenweise Verführung.«

»Was kann ich dagegen tun?«

»Rein gar nichts«, antwortete Billy. »Mischen Sie sich ja nicht ein. Ich weiß gar nicht mehr, wann ich mich zuletzt dermaßen amüsiert habe.«

»Es ist so absolut daneben«, sagte ich. »Da unten gibt es nicht eine einzige Stimme der Vernunft.«

Frostaugen-Cherry sagte: »Jetzt, wo Sie endlich da sind, tun Sie Ihre Pflicht und entfernen Sie die Terroristen, die illegal mein Haus besetzt haben! Warum nehmen Sie dieses unmögliche Kind nicht in Gewahrsam? Ich bin hier das unschuldige Opfer. Ich zahle meine Steuern, und ich will, dass Sie etwas unternehmen.«

Der lange Cop war zu sehr von seinem Ringkampf mit Mrs. Cropper in Anspruch genommen, um darauf zu antworten, aber der kleinere sagte: »Eins nach dem anderen, Ma'am. Das Kind geht vor.«

»Dann geben Sie ihn doch seiner Großmutter zurück. Hier wurde ein Verbrechen begangen und ist immer noch im Gang. Es nennt sich ›Hausfriedensbruch‹ – oder haben Sie noch nie davon gehört?«

»Sie denken da an unerlaubtes Betreten«, sagte der kleine Cop. »Das ist allerdings kein Verbrechen, also fällt es nicht in unsere Zuständigkeit. Ihr Anwalt kann Sie da beraten. Inzwischen beantworten Sie bitte mal ein paar Fragen, zum Beispiel, wie lange haben Sie schon ein entführtes Kind bei sich versteckt?«

»Wie bitte? Seit wann ist denn Hausfriedensbruch kein Verbrechen mehr?«

»War es noch nie. Mag sein, dass es in Amerika ein Verbrechen ist, aber im Vereinigten Königreich ist es ein Vergehen. Man kommt dafür auch nicht gleich ins Kittchen. Nun zurück zu dem Kind …«

»Haben Sie das gehört?«, brüllte Mrs. Cropper. »Das Bullenschwein hat mich Flittchen genannt.«

»Kittchen«, schrie der kleine Cop, »*Kittchen*, Sie blöde Schl… man kommt für unerlaubtes Betreten nicht ins Kittchen.«

»Der kleine Kerl kann einem ja leidtun«, sagte Billy ohne jede Spur von Bedauern. Ich wusste, er meinte den Cop und nicht etwa Connor.

Niemand wollte sich mit Connor befassen, der mittlerweile versuchte, ins Haus zurückzugelangen. Aber Cherry-Eis ließ ihn nicht durch. Sie fasste ihn nicht an, sie blockte nur jeden seiner Versuche ab.

Ich hielt fast den Atem an, wartete darauf, dass Elektra erschien. Sie war kein Mensch. Deshalb konnte Connor ihr trauen.

»Wieso haben Sie mir nicht gesagt, dass Hausfriedensbruch nur unerlaubtes Betreten ist?«, fauchte Cherry ins Telefon. »Jetzt stehe ich da wie ein Idiot. Was? Noch mal, wie war das? Okay, danke.« Sie klappte das Smartphone zu und wandte sich wieder dem kleinen Cop zu. »Wie ist es mit tätlichem Angriff?«, sagte sie. »Ich wurde in meinem eigenen Haus von drei französischen Terroristen tätlich angegriffen. Alles klar? Und was unternehmen Sie jetzt?«

Ich habe keine Worte dafür, wie niedergeschlagen der kleine Cop dreinschaute. Er hatte den falschen Einsatz erwischt, am falschen Abend, im falschen Job. Löwenbändiger im Zirkus wäre eine gescheitere Berufswahl gewesen.

Er sagte: »Trotzdem geht das Kind vor.«

»Dann werden Sie das Kind endlich los«, schrie sie. »Tun Sie *irgendwas*. Stehen Sie nicht bloß rum und stellen mir dumme Fragen, während mein Leben in Stücke geht.«

»Ich könnte Sie auch in Haft nehmen wegen Behinderung …«

»Ich rufe Sie wegen einer berechtigten Beschwerde – tätlicher Angriff in meinem eigenen Haus –, und Sie bedrohen *mich*. Nur zu. Ich freu mich schon darauf, mir das morgen früh auf You-Tube anzusehen.«

Der Cop drehte sich um und sah die Nachbarn ihre Handys auf ihn halten. Er sackte ein Stück in sich zusammen.

Der lange Cop, dem es nicht gelungen war, Mrs. Cropper im Wagen zu verstauen, sagte: »Stecken Sie die Telefone weg, sonst beschlagnahme ich sie.«

»Oh, der Herr Lehrer will unsere Handys konfiszieren«, sagte ein Nachbar, der in Häschenpuschen rausgekommen war.

Das war die Macht des Volkes. Ich war begeistert.

»Gib mal mein Handy«, sagte Billy. »Ich will auch mitmachen.«

»Wem wollen Sie denn die Bilder schicken?« Ich kam nicht an ihm vorbei, deshalb musste ich unter dem Bett durchkriechen.

»Meinen Freundinnen«, sagte er.

Es gibt immer irgendetwas, was man den Leuten nicht ansieht. Ich gab ihm sein Telefon, aber jetzt nahm er den gesamten Fensterplatz ein, also ging ich runter und durch die Küchentür raus in den Garten.

Kapitel 18

Pierre stößt zur Legion der Obdachlosen

Der erste Satz der Gelegenheitslehre besagt, wenn an der Vordertür ein Riesenheckmeck stattfindet, besteht die Chance, dass die Hintertür solange unbewacht bleibt.

Es war dunkel. Der Zaun zwischen den Gärten von Billy und der Eisernen Trolllady war zwei Meter hoch und stabil. Ich ging wieder rein und suchte nach einer Leiter.

Es gibt in jedem Haus eine Leiter, richtig? Nicht bei Billy. Plötzlich war ich sauer auf ihn. Wieso konnte er nicht das Werkzeug haben, das ich brauchte, um in den Nachbargarten einzubrechen? Vielleicht hatte er ja mal eine Leiter gehabt, sich aber draufgesetzt und sie zerbrochen. Dann fiel mir wieder ein, dass ich überhaupt nur in seinem Haus war, weil er gehbehindert war. Ich sollte nicht sauer, ich sollte dankbar sein. Außerdem hatte er mir zu essen gegeben, obwohl er eindeutig eine gestörte Beziehung zu Nahrung hatte. Also sollte ich aufhören, dickenfeindliche Bemerkungen zu denken, und abermals dankbar sein.

»Hau den Zaun mit einem Hammer kaputt«, schlug meine destruktive Durchlaucht vor. »Richte deine Wut auf ein lebloses Objekt.«

»Wer ist denn hier wütend?«, gab ich zurück und goss mir noch ein Glas Wein ein. »Ich will nicht mit dir reden. Ich will mit Elektra reden. Du bist nicht mein Freund, und du gibst beschissene Ratschläge.«

»Ich bin jedermanns Freund. Ich bin immer da, wenn du mich brauchst. Immer.«

Das klang mehr nach Drohung als nach Trost, also borgte ich mir nochmals Billys Dufflecoat, ohne zu fragen, und schlüpfte hinaus in die Nacht.

Der Plan war, auf dem langen Weg zum Nachbargrundstück zu kommen, nämlich einmal um den ganzen Block. Ich konnte ja nicht an Cherrys Haus vorbeigehen, solange Cherry davorstand, nicht? Selbst im Schutz des elefantösen Mantels mochte ich noch erkennbar sein. Ich wollte, dass meine Anwesenheit geheim blieb. Wenn sie nicht wusste, dass ich nebenan hockte und eine Befreiungsaktion plante, würde sie Elektra weniger sorgfältig bewachen.

Wenn ich nach links gehe, dann nach links und wieder nach links, stellte ich mir vor, dann musste ich doch um den Häuserblock herum zu Cherrys Hintertür gelangen.

»Denn das hat ja schon im Krankenhaus so toll geklappt«, höhnte Baron Besserwisser.

Ich gebe wirklich ungern zu, dass er recht behielt, aber zwanzig Minuten später stieß ich nicht etwa auf Ms. Zielsichers Küchentür, sondern auf die Minna. Sie bot einen traurigen Anblick im gelben Licht einer Straßenlaterne und voller Débris d'Or-Graffiti.

In der abwegigen Hoffnung, dass Pierre sie vielleicht unverschlossen gelassen hatte, probierte ich es mit der Hecktür … und sah Pierre über das Primusöfchen gebeugt auf dem Kajütenbett hocken, wo er sich eben eine Dose Würstchen mit Bohnen warm machte.

»Warum klopfst du denn nicht?« Er starrte mich zutiefst erschocken an. »Herzattacke meinerseits.«

»Was zum Geier machst du denn hier?« Ich war genauso überrascht wie er.

»Cherry hat mich rausgeschmissen.« Das Licht einer Taschenlampe ließ seinen Bowlingkugelkopf sanft glühen.

»Ich weiß. Schmister hat's mir erzählt.«

»Lil Missy war da?« Er machte große Augen. » Aber Cherry hat sie doch auch rausgeworfen.«

»Der treulose kleine Scheißhaufen hat mich ausgetrickst und Elektra zu Cherry zurückgebracht. Ich muss sie mir wiederholen.«

»Dann hat sie Lil Missy also wieder reingelassen? Weißte was? Ich wünschte, ich wär beiden nie begegnet.« Er schüttete die köchelnden Bohnen in einen Plastiknapf. »Willste auch?«

Ich schüttelte den Kopf.

»Nichts ist je genug für sie«, grollte er vor sich hin.

»Wenn sie einen Hund wollte, warum schafft sie sich keinen eigenen an?«, fragte ich.

»Sie wollte doch gar keinen Hund.« Er pustete auf den dampfenden Löffel. »Lil Missy und Elektra kamen halt im Doppelpack. Aber sie hasste die Vorstellung, dass es dich gab. Sie konnte es nicht ab, dass wir uns Zeit für irgendwen außer ihr nehmen. Es ging noch, solange ich meine eigene Bude hatte. Aber ab dem Moment, wo ich bei ihr einzog, war es, als wär ich ihr Besitz. Als ob sie was gewonnen hätte. Ich war eine Art Trophäe und musste mich nach ihren Vorstellungen richten, wie ein Boyfriend zu sein hat.«

»Sie ist ein Troll«, steuerte ich bei, nur um ihn zu bestärken, »ein bösartiger Kobold.«

»Was ich dabei nicht verstehe, ist Missy. Sie und ich sind seit vielen Jahren dicke Kumpels.«

»Er ist auch ein fieser Kobold.«

»Sie zu beschimpfen führt kein Stück weiter.«

»Na ja, gut, er ist ein kleiner Pilz«, sagte ich. »Er nimmt immer den Geschmack des stärksten Elements im Stew an.«

»Schwach ist sie schon«, meinte Pierre. »Und, komisch eigentlich, ich hätt auch von Cherry nie gesagt, dass sie stark ist. Aber wenn sie das nicht ist, wie kommt's, dass sie bei jedem Scheiß ihren Willen kriegt? Wie kommt's, dass ich mir 'n Anzug plus

Krawatte – die sie auch noch aussucht – gekauft hab, um ihre Leute zu besuchen? Wie kommt's, dass sie meine komplette Ausstattung zerschneidet und ich ihr keine reinhaue?«

»Es ist die Tyrannei der Schwäche«, behauptete ich. »So jemand jammert und bettelt und beansprucht dein Mitleid und deinen Schutz, während sie dich in Wahrheit manipuliert. Und du merkst es erst, wenn es zu spät ist.«

»Viel zu kompliziert für mich«, sagte er und schluckte den Löffel voll Würstchen und Bohnen runter. »Oder meinst du so was wie passiv-aggressiv?«

»Sie ist eine Drahtzieherin. Sie hat sich das Kind ihres Mannes vom Hals geschafft. Dann hat sie den Mann einweisen lassen, und jetzt hat sie sein Haus.«

»Was für ein Kind?« Er starrte mich an, den Löffel auf halber Strecke zum Mund. »Mir hat sie gesagt, ihr Mann ist verrückt geworden und hat sie misshandelt.«

»Das Kind hat sie also nie erwähnt?«

Er griff nach der Taschenlampe und richtete sie auf mich. Sah die Größe meines Mantels und grinste. »Du hast mit dem dicken Nachbarn gesprochen, was? Und gleich noch seinen Mantel gemaust.« Er beugte sich vor und schnupperte. »Du pichelst wieder. Richtig?«

»Und wessen Idee war es, mir Antabus zu verpassen?«

Er antwortete nicht, also sagte ich: »Wir alle müssen tun, was sich für uns selber richtig anfühlt.«

Er nickte verdrießlich und löffelte sich weiter Würstchen und Bohnen in den Mund. Er wirkte, als hätte er seine Lebensgeister verlegt. Sich mit dem falschen Troll einzulassen kann sich so auswirken. Ich hoffte, eines Tages, bevor ich starb, würde es dazu kommen, dass ich ihn live und in vollem Ornat *Can't Hurry Love* bringen sah.

»Ich sollte noch mal hingehen«, knurrte er und kratzte den Boden seiner Schüssel leer. »Es mit ihr austragen.«

»Im Augenblick wäre das wie Paraffin ins Feuer kippen.« Ich erzählte ihm von Connor, Mrs. Cropper und den Cops.

Er sah geplättet aus. »Dieser kleine Hosenscheißer ist schon fast wie das dicke Ende, das immer nachkommt.«

»Eher ein dünnes Ende«, sagte ich. »Niemand will ihn. Niemand kommt mit ihm zurecht.«

»Die waren dabei, ihn umzubringen«, sagte er. »Du weißt schon, in dieser grauenhaften Drecksbude in Shoreditch. Ich konnte doch nicht bloß ein Foto schießen und davonspazieren.«

»Ja, schon klar, aber wie sollte es dann weitergehen? Ihr habt ihn einfach allein in der Minna gelassen. Woher sollte ich das wissen, als ich damit losfuhr? Was hattest du denn vor – wolltest du Miss Missgunst bitten, ihn zu adoptieren?«

»Ich hab nicht geahnt, dass sie so ausflippen würde. Ich wusste ja auch nicht, dass du den Hund mitnimmst. Sie ist eine so dermaßen schlechte Verliererin. Sie hat alles *mir* angekreidet – den ganzen Nonnenscheiß, die Sache mit Connor, die mit dem Hund und dich als den Tropfen, der das Fass zum Überlaufen bringt. Deinen ganzen Scheiß. *Meinen* ganzen Scheiß. Sie nannte mich einen Perversling und Abweichler. Wenn sie das so sah, wieso wollte sie dann erst, dass ich in ihrem gottverdammten rosa Bett schlafe und ihre scheiß Hypothek für sie zahle? Wenn sie mich mochte, wieso wollte sie mich dann unbedingt ändern?«

»Was hast du denn in ihr gesehen?«

»Woher zum Henker soll ich das wissen? Sie hat mich bei einer Junggesellinnenparty in meinem Club aufgerissen. Sie hatte ganz gut getankt. Sie dachte, ich wäre einer der Rausschmeißer – wusste nicht, dass ich da auftrete. Ich hatte auch was getrunken, und ich schätze, sie war einfach hübsch genug für das eine Mal. Von da an hat es sich merkwürdig verselbständigt – Schrittchen für Schrittchen. Ich *stehe* ja nicht mal auf blonde Frauen.«

»Und gefallen dir blonde Frauen, die Hunde stehlen und misshandelte Kleinkinder eiskalt abservieren?«

»Frag mich nicht so was«, sagte er mit hängendem Kopf und mied meinen Blick. Er erschauerte und versuchte sich an der mageren Flamme des Primus die Hände zu wärmen.

»Hast du vor, heute Nacht hier zu bleiben?«

Er sah sich in der Minna um, starrte die schmalen Kajüten-betten an, das winzige Becken, den Primus. Schmister, Elektra und ich hatten hier drin mal gewohnt. Aber Pierre war größer als wir alle drei zusammen. Er schaute kreuzunglücklich drein.

»So ist das also?«, fragte er. »Plötzlich kannst du nirgends mehr hin, hast keinen Ort, der dir gehört? Keinen Platz für deinen Krempel. Keine Privatsphäre?«

»So in etwa – wobei es normalerweise nicht ganz so plötzlich kommt. Mehr so Schritt für Schritt – wie wenn man sich mit dem falschen Troll einlässt –, und irgendwann guckst du dich um, hast nichts Eigenes mehr und kannst nirgendwo mehr hin. Und du weißt gar nicht so genau, welcher Schritt nun eigentlich der ausschlaggebende war. Sei froh, du hast immerhin einen guten Job und Geld. Du könntest sogar für ein paar Nächte in ein Hotel gehen.«

»Weißt du was?« Er schenkte mir ein Lächeln, das ihn völlig verwandelte. »Ich mag dich lieber, wenn du säufst.«

»Ich mich auch«, sagte ich. Es stimmte – ich fühlte mich ihm gegenüber auch viel entspannter jetzt, wo ich ein paar Gläschen intus hatte und er nicht mehr auf verantwortungsbewusster Erwachsener machte, der genau weiß, was am besten für mich ist. Als vom Glück verlassener Travestiekünstler war er wesentlich menschlicher. Und wenn er sich nicht gerade bei Miss Tadellos einschleimte und sie ›Schatzii‹ nannte, bekam ich von seiner Gegenwart auch keinen Brechreiz.

»Komm mit mir zurück zu Billy«, bot ich an. »Da gibt es ein Sofa, das ist größer als die zwei Kajütenbetten zusammen. Und es gibt unten ein Klo und ein Bad. Wenn du leise bist, merkt er gar nicht, dass du überhaupt da bist.«

»Er ist ein Rassist. Hat mich allen Ernstes mit ›Bimbo‹ angesprochen. Geht's noch schlimmer?«

*

»Verdammt, wo warst du denn?«, keifte Billy. »Ich hab gerufen und gerufen.«

»Willst du noch ein Bier oder was?«

»Ja, ich will ein Bier. So was trink ich nämlich, falls du's noch nicht gemerkt hast.«

»Fein, und falls *du* es noch nicht gemerkt hast, ich trinke Wein«, sagte ich, als ich mit einer Bierdose in der einen und einem Glas Wein in der anderen wieder hochkam. In der Tasche hatte ich den zweiten Schokoriegel, falls seine Laune versüßt werden musste. Mein Kopf begann sich gerade sehr seltsam anzufühlen, so als würde sein Inhalt anschwellen, während mein Schädel drum herum schrumpfte. Dabei wurden meine Gedanken durch Mund und Nase nach draußen gequetscht, knallrot wie Tomatenmark aus der Tube.

»Alles ruhig jetzt?« Ich nickte Richtung Fenster. Er lag auf seinem Bett und guckte die Snooker-Meisterschaften.

»Jammerschade«, sagte er. »Erst kamen noch mehr Cops und nahmen die mit den tollen Riesendingern mit. Die hat echt Haare auf den Zähnen. Sie haben auch den Schreihals mitgenommen. Tolles Spektakel. Ein anderer Cop und ein Kerl, wohl der Anwalt der Hexenschlampe, sind nach drinnen verschwunden, und in den letzten zehn Minuten hab ich keinen Piep mehr gehört.«

Ich musste daran denken, wie Arktis-Cherry Connor an den Latzhosenträgern aus ihrem Haus gezerrt hatte. Während ich es vor mir sah, verwandelten sich ihre Fingernägel in Eiszapfen – lang, spitz und klirrend kalt.

Ich nahm einen Schluck aus meinem Glas, um meinen Kopf klar zu kriegen, und schloss die Augen. »Was ist mit meinem Hund? Hast du Elektra gesehen?«

»Kein Hund. Keine hübschen Mädchen. Nichts, was ich meinen Freundinnen schicken könnte.« Der unbewegliche Mann war ein Actionjunkie.

Ich wachte davon auf, dass er meinen Fuß mit seiner Gehhilfe malträtierte. »Oy, Sackgesicht, penn mir hier verdammt noch mal nicht ein! Hast du die Haustür offen gelassen, als du reingekommen bist? Ich könnte schwören, ich hab unten die Klospülung gehört. Geh runter und sieh nach.«

Ich ging runter. Pierre lag rücklings auf Billys braunem Cordsofa. Er trug einen schneeweißen Body, dazu seidene French Knickers und weiße Sneakersocken. Mir schleierhaft, warum er damit eher entzückend als lächerlich aussah, aber so war es.

Ich flüsterte: »Wenn er sich eine Realityshow mit reichlich Gesang, Getanze und Gejubel ansehen würde, könntest du so weitermachen, aber das tut er nicht. Er guckt Snooker, also hört er jedes Geräusch, das du machst. Drück nicht noch mal die Klospülung.«

»Ich bin so fertig – ich hab's vergessen.« Pierre gähnte so herzhaft, dass ich sein Abendessen sehen konnte.

Ich ging ins Bad, betätigte erneut die Klospülung und ließ den Deckel des Wasserkastens knallen. Dann holte ich noch ein Bier aus der Küche und ging wieder rauf.

Ich sagte: »Wann hast du zuletzt nach deinem Schwimmerhahn geguckt?«

»Willst du mich verarschen?«

»Dieses Dingsda in deinem Wasserkasten, das sich von selbst schließen soll, war offen. Das hast du gehört.«

»Okay.« Anscheinend verstand er weniger von sanitären Anlagen als ich.

»Vorder- und Hintertür sind abgeschlossen.« Ich wusste nicht mehr, wie viele Biere ich raufgetragen hatte und wie lange es dauern würde, bis er blau genug war, fremde Geräusche nicht mehr wahrzunehmen. »Kann ich noch was für dich tun, bevor ich mich ablege?«

Er schaute auf die Uhr. 23:57. »Ich soll nach dem Abendessen nichts mehr naschen.«

»Klar«, sagte ich wie eine verantwortungsbewusste Pflegerin. Aber ich wartete.

Er sagte: »Meine Tochter hat im Tiefkühlschrank noch einen Bottich Schokoladeneis gebunkert. Bloß ein Schüsselchen davon, das macht doch keinen scheiß Unterschied, oder?«

»Ich bin nicht dein Knastwärter«, sagte ich.

Das Schokoladeneis erinnerte mich an den Schokoriegel, der in meiner Tasche schmolz. Ich wickelte ihn aus und tat ihn in einen kleinen Topf, den ich auf niedrige Hitze stellte. Zwischen zwei Teelöffeln zerdrückte ich sechs Diazepam und rührte das Pulver in die Schokolade.

Gerade goss ich die heiße Schokomasse über das Eis, da sagte Pierre: »Hey, heb mir was davon auf.« Er hatte sich auf Söckchen so lautlos angeschlichen, dass ich um ein Haar alles verschüttet hätte.

»Schsch!«, sagte ich. Aber er ignorierte mich einfach und schaufelte eine riesige Portion Eiscreme in eine zweite Schüssel.

»Ich dachte, du schläfst.«

»Selbst noch im Koma kann ich Schokosoße riechen«, verkündete er fröhlich.

»Sei still! Billy hört dich sonst.«

»Billy kann mich kreuzweise«, sagte er und ignorierte mich wieder mal.

Also tat ich einen Klacks geschmolzene Schokolade in seine Schüssel.

Gute Nacht, alle miteinander.

Kapitel 19

Tote erwecken

Frost-Cherrys Vordertür war abgeschlossen. Ihre Hintertür ebenfalls. Alle Fenster waren fest zu. Elektra war drinnen, ich war draußen. Allein. Ich hätte heulen mögen, aber ich musste leise sein. Ich schlich zurück in Billys Haus.

Pierre lag bäuchlings ausgestreckt auf Billys Sofa. Oben lag Billy rücklings ausgestreckt auf seinem Bett. Beide schnarchten.

Ich sammelte die sauber ausgeleckten Eiscremeschüsseln ein, brachte sie in die Küche. Wusch sogar ab. Ich wollte keine Spuren hinterlassen.

Es war Pierres Schuld. Wenn er nicht so laut gewesen wäre, hätte ich Billy keinen Diazepam-Schlummermix unterschieben müssen. Wenn er nicht so gierig gewesen wäre, hätte er nicht die Hälfte von Billys Nachthappen gezockt.

Ich setzte mich auf das schmale Bett und überlegte, wie ich Frost-Cherrys Frühstücksflocken anreichern könnte. Dann hätte ich keine Schwierigkeiten, mir Elektra zurückzuholen. Und nach alledem verdiente Cherry nichts anderes. Sie hatte meinen Hund gestohlen und mich mit Antabus vergiften lassen. Sie war zudem der Grund, warum Connor wahrscheinlich zu Mrs. Cruella Cropper zurückmusste.

Im Grunde, fand ich, war sie sogar daran schuld, dass Gamma Dora und Misha Connor unter Drogen gesetzt hatten. Wenn sie nicht so ein Erztroll wäre, hätten Pierre und Schmister ihn nämlich nicht in der Minna verstecken müssen. Und ich wäre auch nicht genötigt gewesen, mit Elektra wegzufahren, während er hintendrin lag. Wenn man es ganz genau bedenkt und alles ganz logisch betrachtet, ist eigentlich *alles* Cherrys Schuld. Warum also soll sie als Einzige nicht gegen ihren Willen mit Drogen abgefüllt werden?

Mit diesem seligen Gedanken schlief ich beinahe ein, doch der Klang erhobener Stimmen und knallender Türen brachte mich wieder zu mir.

Ich rannte runter und öffnete die Haustür einen Spalt. Vor dem Nachbarhaus stand Tantie Débris d'Or in der Kälte, nur mit BH und Slip bekleidet. Der Wind packte ihr graues Haar und wirbelte es wie einen wild gewordenen Mopp um ihren Kopf. Sie sah verblüfft aus und extrem ungeschützt.

Oben öffnete sich ein Fenster, und ein Mann steckte den Kopf heraus. Mit hochgestochenem Akzent rief er hinunter: »Mrs. Price wird die Hälfte Ihrer Kleidung Ihrem Neffen aushändigen und die andere Hälfte Ihrer Nichte. Die beiden können sie Ihnen bringen, sofern sie dieses Haus verlassen. Andernfalls werden Sie, so befürchte ich, eben frieren müssen.«

»Oh wie boshaft«, sagte ich, und meine Brustwarzen zogen sich zusammen vor Einfühlung. Arme Tantie.

»Zum Totlachen!«, wisperte der Peiniger. »Du solltest Billy wecken. Er wird das lieben.«

Aber das Mann-Gebirge war unbewegbar und unerweckbar. Also wühlte ich in seiner Kommode und fand einen federbettgroßen wolligen Pullover in den scheußlichen Halloweenfarben Orange und Braun. Ich rollte ihn zu einem möglichst festen Ball zusammen und warf ihn aus Billys Schlafzimmerfenster. Sobald ich geworfen hatte, duckte ich mich hinter die Vorhänge. Wenn sie mich sah, würde sie reinkommen wollen. Billy beherbergte bereits einen ungeladenen Gast mehr, und ich glaubte nicht, dass ich mit zweien durchkommen würde.

Außerdem war ich, abgesehen von ein paar erschlichenen Stündchen hier und da, grob überschlagen an die zwei bis drei

Tage wach – nicht annähernd genug Schlaf für eine Unterhaltung mit einer aufgebrachten Französin. Und schließlich gab es mit Pierre auf dem Sofa gar keinen Schlafplatz mehr für sie.

Ich schlich mich nach hinten durch zu dem kleinen Bett im Gästezimmer.

»Memme«, zischte Satan. »Du bist zu feige, um sie aus der Kälte nach drinnen zu holen.«

»Bin ich nicht«, sagte ich und bettete mein dankbares Haupt aufs Kissen. »Ich will ja, dass sie die ganze Nacht bei Cherry Sturm klingelt und an ihre Türen hämmert. Ich will bloß nicht, dass sie dabei erfriert.«

»Lügenbold, Lügenbold, piss dir doch die Büxe voll«, sang der oberste Oberlügner. »Du hast Schiss vor Cherry. Du hast Angst, wenn sie merkt, dass du nebenan bist, schnappt sie sich Elektra und verzieht sich irgendwohin, wo du sie nie wiederfindest.«

»Ich wette, ich weiß, warum sie partout so einen alten Greyhound will«, sagte ich. »Nämlich nur, weil es *mein* alter Greyhound ist. Sie hasst mich.«

»Miss dir nicht so viel Bedeutung bei. Es geht nicht um dich. Du zählst in Wirklichkeit überhaupt nicht. Es geht um ihren Krieg mit Pierre.«

»Was für einen Krieg?«

»Na, ihr ausgeklügelter Feldzug, um ihn in die Sorte Partner zu verwandeln, die sie ihrer Meinung nach verdient – einer, den ihre Familie und Freunde gutheißen und um den man sie beneidet – einer, der keinerlei andere Bindungen hat außer der zu ihr. Also erst macht sie sich unentbehrlich, indem sie ihn überredet, bei ihr einzuziehen. Dann gibt sie seinem Freund Schmister eine Bleibe. Schmister bringt Elektra mit, für die er sorgt, solange du sitzt. Jetzt hat sie Macht über Pierre, sie kann ihn zwingen, ihr zu Willen zu sein, indem sie damit droht, seinen Freunden zu schaden.«

»Aber ich bin doch gar keine Freundin.«

»Nein, du bist bloß eine Verpflichtung. Schmister ist der Freund. Elektra ist das Faustpfand in diesem Spiel. Der Siegerpreis ist Pierres Kehle, entblößt in totaler Unterwerfung. Wenn er Schmister sitzenlässt, dir den Rücken kehrt und Elektra ins Tierheim bringt oder einschläfern lässt, dann weiß sie, dass sie gewonnen hat. Spiel, Satz und Sieg.«

»Das ist doch krank. Dabei zerstört sie alles, was sie zu lieben behauptet. Ist sie denn wirklich so eiskalt berechnend?«

»Sag du es mir. Warum hast du dich mit ihr angelegt? Es ging doch nicht nur darum, dass sie hinter deinem Hund her war, oder? Du kannst übrigens nicht gewinnen, weißt du. Sie gehört zu den Meinen.«

»Ich dachte, du willst, dass *ich* zu den Deinen gehöre.«

»Nach deiner Willfährigkeit verlangt es mich fast so sehr wie dich nach meiner Liebe.«

»Läuft nicht – nicht, wenn du um Cherry Price buhlst. Verpiss dich und lass mich schlafen.«

»Du könntest morgen sterben. Was dann? Wenn es keinen Gott gibt und ich keinen Anspruch auf dich erhebe, wo willst du dann hin?«

»Zu den Hunden.«

»Oh, das wird ein Spaß«, er brüllte vor Lachen, »wenn meine Tochter Cherry alle Hunde hat.«

»Ich muss jetzt schlafen.«

»Du *musst* jetzt die Tür aufmachen, sonst wacht sogar der sedierte Billy noch auf und wirft dich raus.«

Ich kämpfte mich weg vom gähnenden Schlund der segensreichen Stille und vernahm hartnäckiges Klopfen an der Vordertür. Das feuchte Schnarchen aus Billys Zimmer begleitete mich die Treppe hinunter. Ich öffnete die Tür, und vor mir stand Tantie, die barfuß auf der Türschwelle tanzte, halb verschwunden in dem grässlichen Pullover.

»Kalt«, sagte sie unnötigerweise. Ihre Nase lief, und ihre Zähne klapperten.

Ich musste sie ja wohl reinlassen, nicht wahr? Und ich musste sie in die Küche setzen und ihr einen Becher heißen Tee geben und eine Schüssel von Billys Hühnernudelzeug. Ich wollte sie fragen, wieso Zach und Sylvie nicht mit ihren Klamotten rausgekommen waren, aber meine schläfrige Zunge schaffte es nicht, die richtigen Worte zu formen.

»Isch ier schlafön?«, sagte sie, als sie die Suppe geleert hatte, den Teebecher aber immer noch mit blauweißen Händen umklammerte.

»Nein«, lallte ich entschieden. »Ist nicht mein Haus.«

»Aber Sie fragön?«

»Nein. Er schläft. Ich such Ihnen ein Paar Socken.«

Ich schleppte mich wieder nach oben und zog die oberste Schublade von Billys Kommode auf. Socken ganz oben, richtig? Falsch. Pornografie – eine Sammlung Magazine mit dem Reihentitel ›Doktor Arsch & Möpse‹ – stapelte sich da, wo unschuldige Socken hätten nisten sollen.

»Schaurig«, klapperte Tantie, die barfuß hinter mir hergeschlichen war. »Was ist los mit diese Mann?«

Sie hatte bemerkt, was mir entgangen war. Billys gleichmäßige Schnarcher klangen jetzt abgerissen und unregelmäßig. Das Mann-Gebirge verwandelte sich langsam in einen Blauwal.

Habt ihr je versucht, einen zweihundertfünfzig Kilo schweren Mann, der auf dem Rücken liegt, in die stabile Seitenlage zu bringen? Selbst wenn ich zog und Tantie schob, bewegte er sich nicht einen Zentimeter.

Tantie ohrfeigte ihn, damit er zu sich kam. Ich versuchte es mit Herzmassage, aber unter all den Schichten widerstrebenden Fleischs konnte ich nicht ausmachen, wo er sein Herz versteckt hatte. Ebenso wenig konnte ich sein Telefon finden. Vermutlich hatte er sich im Einschlafen draufgewälzt. Jede meiner

Bewegungen war begleitet von rhythmischem dämonischem Gelächter. Irgendwo knapp außerhalb meines Blickfelds tanzte Mr. Bojangles als Todesengel eine Jig.

»Sei still, sei still, sei still«, schrie ich und rannte die Treppe runter, um hundertzwanzig Kilo Pierre zu wecken.

»Wach auf, wach auf, wach auf«, schrie ich und hieb auf seinen Rücken ein, bis er aufstöhnte und mich abschüttelte.

»Wa?«

»Steh auf, steh auf, steh auf«, schrie ich. »Es ist Billy – er stirbt!«

»Wa?« Seine Zunge klebte am Gaumen fest, aber ich fand sein Handy, das er ordentlich auf seine gefalteten Sachen gelegt hatte.

»Ruf einen Krankenwagen«, brüllte ich ihm in ein schlaftrunkenes Ohr. »Ich weiß die Adresse nicht.«

Er rief an, während er sich in seine Jeans kämpfte. Unter Schieben, Ziehen und Protest stieg er dann die Treppe hoch.

»Wa?«, fragte er, als er Tantie sah, die Billys Nase zuhielt und es mit Mund-zu-Mund-Beatmung versuchte.

»Was hast du getan?«, fragte er.

Und plötzlich wurde mir klar, dass Billy nicht der Einzige war, der in Gefahr schwebte.

»Nichts«, sagte ich. »Ich schwör's. Was soll ich denn getan haben?«

»Das wirst du den Sanitätern sagen müssen, wenn sie kommen.« Er musterte ein kleines Fläschchen und ein paar Schachteln auf Billys Nachttisch und überschlug die Anzahl der leeren Bierdosen. Mein Weinglas stand noch auf der Fensterbank, von wo aus wir das Drama nebenan beobachtet hatten. Zu allem Überfluss hatte ich immer noch das Diazepam im BH stecken.

»Hilf ihm«, rief ich und schob Tantie aus dem Weg. Sie hatte sich völlig verausgabt, aber wenigstens, dachte ich, war ihr jetzt nicht mehr kalt.

Pierres gewaltige Hände schienen an Billys Leib auf Normalgröße zu schrumpfen. Trotzdem stieß er sie rhythmisch gegen Billys Brust.

»Los, wach auf, du rassistisches Arschloch«, murmelte er und ackerte weiter. »Scheißkerl nennt mich Bimbo, und was mach ich? Rette sein gottverdammtes Leben.«

»*Mon dieu!*«, rief Tantie. »Er ist die große Nonne, *n'est-ce pas*?«

»Weiß nicht, was Sie meinen«, sagte ich und versuchte mich zu verdrücken.

»Wo willst du hin?«, fragte Pierre. »Los, nimm die scheiß Kissen da weg, sie sind im Weg.«

»Spül die Pillen im Klo runter«, flüsterte der Teufel. »Du musst das Belastungsmaterial loswerden.«

»Ich versuch's ja«, sagte ich und zerrte die Kissen vom Bett.

Tantie ruhte sich immer noch schwer atmend auf dem Sofa aus. Sie sagte: »Und du bist die andere, etwa nischt?«

»Reden Sie keinen Unfug.«

»Bleib hier!«, brüllte Pierre. »Du verpisst dich jetzt nicht!«

»Ich wollte bloß mal pinkeln«, sagte ich.

»Du doch nicht – *er hier*. Wir verlieren ihn.«

»Ich geh runter und warte auf den Krankenwagen.«

»Du gehst nirgendwohin«, keuchte er.

»Isch gehe«, sagte Tantie. Sie öffnete Billys Kleiderschrank und wählte einen bodenlangen Fleecemorgenrock und ein Paar Lammwollpantoffeln aus, bevor sie runterging.

»Wir sind aufgeflogen«, sagte ich. »Sie weiß Bescheid.«

»Nicht mein Problem«, sagte Pierre und hieb auf Billys Brust ein.

»Wie leicht manche Leute vergessen«, sagte der Graf des guten Gedächtnisses. »Jetzt, wo sie weiß, dass ihr die Nonnen wart, kann sie euch mit Connor in Verbindung bringen – Kindesentführung – et cetera. Das ist nicht so eine Kleinigkeit wie Totschlag.«

»Wieso Totschlag?«

»Nur wenn er stirbt«, sagte Pierre. »Also bete, dass es nicht so weit kommt. Ich brauch 'ne Pause. Komm her.«

»Ich kann nicht«, sagte ich und starrte mit Widerwillen auf Billys blau-gelb angelaufenes Gesicht.

»Musst aber.« Pierre sank aufs Sofa, den Kopf in den Händen. »Wenn du's nämlich nicht machst und er abkratzt, gibt's eine Obduktion, und du hältst den Kopf hin für alles, was sie in diesem Sack Eingeweide finden.«

Ich kniete mich aufs Bett und versuchte zu tun, was ich Pierre hatte tun sehen.

»Mehr Schmackes«, blaffte er, »du sollst den Kerl kräftig durchrütteln und nicht kitzeln.«

Ich besaß so viel Schmackes wie ein Flamingo Finger.

»Du tust der Welt einen Gefallen«, säuselte der Vitzliputzli. »Du schaukelst ihn schön in den ewigen Schlaf. So stirbt man in Frieden. Niemand wird ihn vermissen.«

»Ich schon!«, schrie ich. »Er ist ein ausgewiesenes Arschloch, aber er hat mich nicht vor die Tür gesetzt. Anders als die hartherzige Hilda von nebenan.« Ich stieß mit aller Kraft gegen die Stelle, wo ich sein Herz vermutete. »Er hat Freundinnen«, japste ich. »Die werden ihn auch vermissen.«

»Freundinnen?«, fragte Pierre ermattet. »Wem willst du das denn weismachen?«

»Such mal sein Telefon, dann siehst du …«

»Ach, Telefonsex«, sagte er wegwerfend.

»Mach es nicht schlecht. Immerhin hat er Sex, für den er nicht damit zahlen muss, dass er seine Freunde verrät. Immerhin lieben seine Freundinnen ihn nicht auf die Art, dass sie seine Identität unterminieren und seine Klamotten vernichten.«

»Okay, okay.«

In dem Moment, wo Pierre »okay« sagte, stieß Billy ein Prusten aus, ein einzelnes, langes, nasses, widerliches Prusten, und dann würgte er etwas Scheußliches aus.

»Scheiße, Wahnsinn«, rief Pierre. Er sprang auf die Füße, schlagartig wieder voll da, und versenkte seine Riesenfaust in Billys Solarplexus. Billy würgte nochmals. Ich stieß mit aller Kraft.

Der Teufel verschluckte sich fast vor Lachen und sagte: »Erst killt sie sie, dann rettet sie sie.«

»Wir müssen ihn umdrehen, sonst erstickt er«, keuchte Pierre. Aber zu Billys Glück wurden wir von der Ankunft der Experten unterbrochen.

Füße trampelten die Treppe herauf. Eine Frau im orange-roten Overall sagte: »Wer von Ihnen hat angerufen?« Dann sah sie Billy und fügte hinzu: »Oh Scheiße, wir brauchen einen größeren Wagen.«

Ihr Kollege sagte: »Wir versorgen ihn hier. Was hat er genommen?«

Pierre zeigte ihnen Billys reguläre Tabletten.

Die Frau sagte: »Mirtazapin – meine Güte, heftige Dosierung. Temazepam *und* Zopiclon? Sonst noch was?«

Ich stand vom Bett auf. Ich schwitzte, also machte ich das Fenster auf. Mit dem Rücken zum Zimmer warf ich mein Weinglas raus auf das Rasenstückchen unterm Fenster. Dann fischte ich das Diazepam aus meinem BH und ließ es neben dem Bett auf den Boden fallen.

Der Kollege zählte Bierdosen. Er sagte: »Party gefeiert?«

»Können Sie ihm helfen?«, fragte ich.

»Da war aber jemand verflucht unverantwortlich«, sagte der Kollege. »So, jetzt alle raus hier, damit wir unseren Job machen können.«

»Wenn ich jetzt so drüber *nachdenke*«, sagte Pierre, »habe ich, glaube ich, auf dem Boden noch mehr Tabletten gesehen – gleich da, wo Sie stehen, *Schwester* Angela.«

Mit Unbehagen wurde mir klar, dass er meine Aktion im Fenster gespiegelt gesehen hatte. Ich hob die Pillen auf und gab sie der Sanitäterin. Dann konnte ich gar nicht schnell genug aus Billys Schlafzimmer kommen.

»*Café*?«, fragte Tantie, als wir uns in der Küche versammelten.

Wir fanden eine uralte verkrustete Dose Douwe Egberts. Sie rümpfte die Nase, aber ich stellte drei Tassen raus und füllte den Kessel.

Pierre lehnte sich an den Türrahmen und lauschte den Geräuschen gewaltsamer Rettung aus dem oberen Stockwerk. Seine Arme waren über der Brust verschränkt, und er sah aus wie Gott beim Rechtsprechen. »Haste sie gesehen?«, fragte er.

»Wen?«

»Auf ihrem Namensschild steht Alicia. Ist sie nicht umwerfend?«

Ich hatte sie kaum wahrgenommen, sagte aber: »Bei deinem abartigen Frauengeschmack – denk nicht mal dran.«

»Wohingegen«, gackerte Er-der-zu-ganz-schlechten-Entscheidungen-rät, »dein Männergeschmack erwiesenermaßen hervorragend ist, so dass du Alicias Kollegen anschmachten kannst wie ein mondsüchtiges Girlie.«

Alicias Kollege besaß breite Schultern. Seine Hände waren vierschrötig, verlässlich und ganz offensichtlich sanft. Und das Verführerischste an ihm: Er rettete Billys Leben und damit, ob er es wusste oder nicht, meinen Hals.

»Bezaubernd«, sagte der Verkünder der grausamen Wahrheit, »eine zahnlose alte Schachtel im Liebesrausch – mein Lieblingsszenario. Was für eine großartige Gelegenheit für ein gebrochenes Herz. Genau wie letztes Mal.«

»Ich bin nicht im Liebesrausch.«

»Nö, aber du bist eine zahnlose alte Schachtel. Du wurdest schon als alte Schachtel geboren, und du wirst als alte Schachtel sterben. Und du bist sehr viel zu alt für die Männer, nach denen du dich verzehrst.«

»Halt's Maul und lass mich in Ruhe.«

Tantie starrte mich schockiert an, aber Pierre merkte nichts Er sagte: »Ich guck ja nur mal. Ist 'ne Frau in Uniform nicht zum Niederknien?«

»Weißt du was, Pierre«, sagte ich. »Du bist nachgerade beängstigend, wenn es um Frauen geht. Hast du zufällig auch das Namensschild ihres Kollegen gesehen?«

»Colin«, sagte Tantie und seufzte.

Wie es aussah, hatten wir alle drei unser Herz an die Retter verschenkt.

»Ich hab euren Louis gesehen«, sagte ich zu Tantie, um sie abzulenken. »Er war mit der Polizei im Krankenhaus.«

»Nischt schon wieder«, sagte sie und hob Hände und Schultern, eine Geste der Resignation.

Der Kessel kochte. Ich machte drei schwarze Kaffees. Wir sprachen nicht über das gedämpfte Rumsen und Scheppern, das wir oben hörten.

»Louis kampft«, sagte Tantie. »Immer, immer im Kampf. Aber in seinem Herz, er ist rein. Er liebt diese Planet. Mensch ist Feind.«

»Ach was, er schlägt sich einfach gern.« Pierre setzte sich an den Küchentisch.

»Ihr seid die Nonnen. Ja?«

»Sei nicht albern«, sagte ich.

»Ja«, sagte Pierre. »Wir waren die Nonnen. Aber auch wir sind reinen Herzens.«

»Der kleine Junge?«

»Wir haben ihn zu retten versucht, aber es ging schief.«

»Ja«, stimmte sie zu. »Isch auch versucht, aber …«, sie zuckte die Achseln. »Schaurig. Zu viel schlimm. Ich versuch zu retten Zach und Sylvie. Zu weit weg.«

Da gab es noch eine Geschichte, noch eine Tragödie, die sich in gebrochenem Englisch nicht erzählen ließ.

»Warum muss denn *alles* so im Arsch sein?«, rief ich.

»Warum musst *du* so im Arsch sein?«, fragte Pierre. »Was haste dir nur dabei gedacht? Billy so viel zu saufen zu geben? Und Downers – zusätzlich zu seinem regulären Scheiß. Siehste denn nicht, dass er gesundheitliche Probleme hat?«

»Er ist übergewichtig«, protestierte ich, »aber doch kein Volldepp. Das hier ist sein Haus. Er hat das Sagen. Es ist sein Bier. Wenn er es trinken will, respektiert man seine Entscheidung.«

»Tolle Philosophie – besonders von einer Trinkerin.«

»Tolle Zurechtweisung – besonders von dem arroganten Kerl, der so genau weiß, was das Beste für mich ist, dass er mich gegen meinen Willen mit Antabus traktiert.«

»Verdammt, nun hör schon auf, ja?« Er war so aufgebracht, dass er fast brüllte, und Tantie sah alarmiert von ihrem Kaffee auf. »Du bist total verkorkst. Ich dachte, du könntest Hilfe brauchen. Und wenn du mir schon mit Respekt kommst, warum nennste Lil Missy immerzu ›Schmister‹ und ›er‹? Sie ist kein Er. Sie hat ein Recht auf ihre Identität. Wer bist du, dass du dir Vorurteile in Bezug auf ihr Geschlecht erlaubst?«

»Er ist bis jetzt nicht operiert, also ist er das, wozu die Natur ihn gemacht hat.«

»Manchmal liegt die Natur auch falsch«, sagte Pierre zornig. »Du musst Leuten schon zugestehen, dass sie selbst festlegen, wer sie sind. Es ist ihre Entscheidung, nicht deine.«

»Schön, und Rotwein ist meine Entscheidung.« Mit seinem Zorn konnte ich nicht mithalten, dafür war ich zu müde. Aber ich konnte auf meinem Standpunkt beharren. »So wie Fummel deine sind. Niemand hat das Recht …«

»Okay, okay.«

»Und bloß weil Billy zweihundertfünfzig Kilo schwer und genauso bigott ist, heißt das nicht, dass er sich nicht abschießen oder Freundinnen haben darf.«

»Ja, aber du musst ihn doch nicht auch noch ermutigen. Und du darfst ihm wirklich keine Downer verabreichen.«

»*Hah!*« Ich streckte ihm einen Finger ins Gesicht.

»Und mich darfste auch nicht sedieren.«

»Ich *hab* dich nicht sediert – du bist reingekommen und hast die Hälfte von seinem Nachthappen gemopst, du Gierschlund.«

»Und biste jetzt nicht froh, dass ich das getan hab?«

»Du bist doch der Grund, warum ich überhaupt nachhelfen musste, dass er wegtritt. Du warst dermaßen laut und unachtsam.«

Wir funkelten uns immer noch böse an, als Colin mit düsterer Miene in die Küche kam. »Wir haben's geschafft, dass er atmet«, sagte er, »aber wir kriegen ihn nicht wach. Normalerweise würden wir ihn mitnehmen, aber in seinem Fall erfordert das Spezialausrüstung. Also müssen wir seine Funktionen an Ort und Stelle überwachen. Das geht, aber falls ein dringender Notruf reinkommt, müssen wir einem von euch zeigen, was zu tun ist.« Er sah erwartungsvoll Pierre an.

Pierre blickte erst zu Tantie, die immer noch Billys Morgenmantel und Lammfellpantoffeln trug, und dann zu mir. Als keine von uns reagierte, schaute er auf die Uhr und sagte: »Ich muss in drei Stunden zur Arbeit.«

»Dann eben euch allen«, sagte Colin. »Und weiß jemand, wer Michelle Watson ist und warum Billy das ihr verschriebene Diazepam genommen hat?«

Kapitel 20

In dem ich finde, was ich will,
es aber nicht kriegen kann

Pierre zeigte auf mich und sagte: »Lasst sie lieber nicht in die Nähe des Patienten. Sie ist, äh, sozusagen unfallträchtig.«

Tantie nutzte die Überbevölkerung in Billys Schlafzimmer, um sich an Colin ranzuschmeißen. Sie sah immer noch wie eine Geistesgestörte aus, aber ich schätze, das trifft auf die meisten älteren Frauen zu, die einen halb so alten Rettungssanitäter umgarnen.

Alicia, die ihren Overall so prall ausfüllte wie Luft eine Aufblaspuppe, hörte mit einem Stethoskop Billys Herz ab. Sie sah nicht auf, als Pierre an ihre Seite trat.

Billy hatte jetzt eine gesunde Gesichtsfarbe und schien friedlich zu schlafen. Das Zimmer roch nach Erbrochenem.

Ich sagte: »Warum sind Arzthandschuhe eigentlich blau?«

»Pssst«, sagte Pierre.

»Damit man uns nicht mit Friseuren verwechselt«, sagte Alicia. Und Pierre lachte zu laut und zu lange.

Ich war froh darüber. Alles, was Frost-Cherrys Macht über ihn lockerte, war willkommen. Auf einmal fiel mir ein, dass er ihr vielleicht den Hausschlüssel nicht zurückgegeben hatte. Also schlich ich mich, während Alicia und Colin uns sehr nett einen Vortrag über Herz-Lungen-Wiederbelebung hielten, aus dem Raum und nach unten ins Wohnzimmer, wo Pierre geschlafen hatte.

Ich fand einen fetten Schlüsselbund in seiner Jackentasche –

neun Stück insgesamt. Es ist doch typisch, oder? Immer gibt es von allem entweder zu wenig oder zu viel. Wieso konnte er nicht einen adretten rosa Schlüsselring haben mit einem Schildchen dran: ›Ich schließe Ms. Frosts Haustür auf, klau mich‹?

Andererseits hatte er auch eine Geldklammer in der Tasche.

Ich verließ Billys Haus in Billys Mantel mit Pierres Schlüsseln in der Hand. Wenn einer davon mir eine Tür öffnete, konnte ich reingehen, wenn alle schliefen, Elektra holen und North Finchley für immer hinter mir lassen.

Ich könnte mir ein Bus- oder U-Bahn-Ticket zum Piccadilly Circus kaufen und umgeben von großzügigen Fremden leben. Ich könnte von der Treppe der National Gallery aus zusehen, wie das Leben vorbeizog. Ich könnte meinen eigenen Rhythmus leben, in meinem Tempo, ohne die zermürbende Verantwortung für misshandelte Kinder oder Behinderte. Niemand würde mich dafür anschreien, dass ich trank. Elektra mag gelegentlich zart eine maßvollere Haltung empfehlen, aber sie ist eine *echte* Freundin. Sie versucht nicht, mir zu ihrem eigenen Vorteil unerfreuliches Verhalten aufzuzwingen. Solange sie genug Essen und Schlaf bekommt und ich genug Rotwein, sind wir die idealen Gefährtinnen. Wenn sie an meiner Seite ist, hält ihr Liebreiz den Teufel fern. Er attackiert mich fast nie, während sie auf mich aufpasst. Ich kann mich auf ihre Liebe und Loyalität verlassen.

Denn wie kann eine Frau morgens aufstehen ohne Liebe? Wenn ihr Herz ganz allein in dem gähnenden Loch in ihrer Brust schlägt, wie kann sie dann einen Fuß vor den anderen setzen?

Niemand hat das Recht, Liebe zu stehlen. Cherrygeschmack mag sich einbilden, Elektra sei bloß ein Faustpfand in ihrem von langer Hand geplanten Spiel, aber als sie sie stahl, stahl sie die Hüterin meines Herzens und meiner Seele. Ohne Elektra habe ich kein Tick zu meinem Tack, keinen Roll zu meinem Rock und keinen Boden unter den Füßen.

Die Küchentür wäre am sichersten, überlegte ich mir, denn das große Schlafzimmer, das von Miss Kühltruhe, lag nach vorne raus. Ich ging an der Seite von Cherrys Haus entlang, vorbei an der Schottereinfahrt, wo die Minna gestanden hatte, vorbei an ihrem geschmackvoll nebelgrauen Toyota Yaris bis zum Gartentörchen. Dessen Riegel hob sich mühelos, und hinein schlich die hoffnungsvolle Einbrecherin.

Die Küchentür war weiß gestrichen und gut in Schuss. Das Schloss sah nach einem Schlüssel mit drei oder vier Bartzacken aus. Davon hatte ich vier zur Auswahl. Ich probierte einen. Er passte nicht im Entferntesten. Der nächste auch nicht. Der dritte glitt hinein wie durch Zauberei und ließ sich leicht drehen. Aber die Tür ging nicht auf. Entweder hatte die eisige Trollin sowohl abgeschlossen als auch verriegelt, oder all der Regen in letzter Zeit hatte das Holz quellen lassen, und davon saß die Tür fest.

Ich wollte mich gerade mit der Schulter dagegenstemmen, da ging das Küchenlicht an. Ich fiel auf die Knie, und mein Herz schlug Purzelbäume wie ein Turner auf Crack.

Auf allen vieren krabbelte ich zur Seite des Hauses und hockte mich auf den nassen Beton. Es war mir gar nicht aufgefallen, aber der Himmel färbte sich bereits Bluterguss-dunkelgrau. Irgendwo im Osten hinter Cherrys Schuppen fing es an zu dämmern. Um wie viel Uhr dämmert es im November? Hatten wir noch November? Ich wusste es nicht. Und was für ein Wochentag war heute? Würde Ms. Arktis zur Arbeit gehen oder das ganze Wochenende zu Hause bleiben?

All ihr Leute mit Computern, Handys und Fernsehern würdet das sofort wissen. Habt ihr euch schon mal gefragt, wie der Rest von uns klarkommt? Manchmal sind simple Informationen von ungeheurer Wichtigkeit – vor allem beim Einbrechen.

In der Gegend, wo ich mich am liebsten aufhalte, dem West End, kann man immer irgendwen fragen. Hier, wo ich jetzt hocke, kurz vor dem ersten Spatzenfurz in einem öden gesichtslosen Garten an einer öden gesichtslosen Straße, wo die 08/15-Häuser Einsamkeit, Ödnis und Verzweiflung bergen, verzweifle auch ich. Ich sehne mich nach den Lichtern und dem Leben, den Touristen, den Shopaholics und der weltgrößten Ansammlung gestörter Säufer – wie mir selbst. Wir verstecken unsere Unzulänglichkeit nicht in einem einsamen Schlafzimmer. Wir stellen sie zur Schau und bitten andere, dafür zu zahlen – sei es aus Großzügigkeit oder aus dem Bedürfnis nach einem menschlichen Kontakt.

Billy hätte letzte Nacht sterben können in seinem einsamen Zimmer. Aber er wäre nicht allein gewesen. Er gewährte mir Unterschlupf, und ich dehnte seine Gefälligkeit auf Pierre und Tantie aus. Wir, von der Kontrollkönigin obdachlos gemacht, fanden Zuflucht beim nichtsahnenden bigotten Billy, und aus genau diesem Grund war er nicht gestorben. Pierre würde jetzt dagegenhalten, dass erst mein Zutun ihn in Gefahr gebracht hatte, aber wer weiß denn, ob das wahr ist? Pierre versteht nichts von den Zufallsgesetzen des Straßenkarmas. Das, was du raustust, kommt nicht notwendig genauso zu dir zurück – nichts derart Ordentliches –, aber vielleicht läufst du ihm irgendwann wieder über den Weg, während es gerade an seiner Kotze erstickt. Dann kannst du entweder Hand anlegen oder weitergehen. Deine Entscheidung.

Nur erwarte niemals, dass Säufer Freundlichkeit mit Freundlichkeit erwidern. Wir mögen dankbar sein, aber das heißt nicht, dass wir dir nicht auf die Türschwelle kotzen.

»Oh halt die Fresse und mach voran«, sagte mein dunkler Lord. »Willst du nun reingehen und deinen Hund suchen oder nicht? Ich hab dir den Schlüssel gegeben, also warum benutzt du ihn nicht?«

»Du hast mir gar nichts gegeben außer schlechten Ratschlägen.« Aber ich stemmte mich steif hoch, wobei meine Knie knackten wie brechende Zweige, und schob mich um die Ecke, so dass ich durchs Küchenfenster spähen konnte. Das Licht brannte. Zach und Sylvie saßen am Küchentisch, ihre Knie berührten sich. Schmister machte Kaffee in einer Cafetière. Er trug einen aquafarbenen Hausanzug und eine Schmollmiene. Sylvie steckte in seinem cremefarbenen Satin-Negligé. Ich erkannte es wieder aus der Zeit vor dem Knast. Zach trug Boxershorts und ein T-Shirt, vermutlich beides seins.

Ich duckte mich bis unter Fensterbankhöhe. Schmister durfte mich nicht sehen – er war der kleine Feind im Lager der großen Feindin. Aber ich konnte den Kaffee beinahe riechen. Wenn er noch mein Freund wäre, würde er mir vielleicht einen heißen Becher voll geben, um den ich meine gefrorenen Hände legen konnte. Vielleicht würde er mir sogar ein Paar von seinen flauschigen Bettsocken borgen. Meine Füße waren so kalt, dass ich sie kaum noch spürte.

Ich konnte in dem schneidenden Wind nicht länger stillsitzen, also wischte ich meine Nase an Billys Ärmel ab und schlich davon, folgte dem Verlauf des Gartenzauns. Der Plan, wenn man es so nennen wollte, war, Zuflucht im Gartenschuppen der Schneekönigin zu suchen. Es war ein großer, stabil gebauter Schuppen auf einem soliden Betonfundament. In seinem Schutz konnte ich die Rückseite des Hauses beobachten und mich bereithalten für den Moment, wo Elektra das nächste Mal rausgelassen wurde.

Vereitelt wurde der Plan von einem dicken, fetten Vorhängeschloss. Ich schaute Pierres Schlüssel durch, doch keiner passte. Typisch, dachte ich. Auf dem Besitz der bösen Königin würde es keinen Schutz und kein Entgegenkommen geben. Ich umrundete den Schuppen, hoffte auf ein leicht eindrückbares Fenster und fand natürlich gar kein Fenster.

Der Schuppen stand nahe an Billys Zaun. Blickgeschützt rüttelte ich probeweise an allen Pfählen. Sie waren sämtlich fest verankert und so neu wie der Zaun selbst. Ich würde wohl einen Tunnel graben müssen. Falls Billy einen Spaten besaß. Miss Tadellos hatte vermutlich einen, aber der war hinter dem Vorhängeschloss gesichert. Die frostige Festung war gut bewacht.

Ich setzte mich mit dem Rücken an die Schuppenwand.

»Es ist bloß Holz«, sagte der Erfinder der Chaostheorie. »Steck es an. Hau es um.«

»Es ist zu massiv.«

»Bist du nicht nur blöd, sondern auch taub?«

»Was?«

»Hallo«, sagte Elektra. »Ich kann dich drei Meilen gegen den Wind riechen. Komisch, oder? Dass ich weiß, dass du hier bist, während du, obwohl du angeblich auf der Suche nach mir bist, mich nicht findest.«

»Aber …«

»Ein bisschen langsam heute Morgen, was? Ja, ich bin hier, eingeschlossen in einem Schuppen, und warte drauf, dass du mich retten kommst.«

Ich hatte keinen Schlüssel. So nah dran – so quälend dicht an ihr dran –, und doch konnte ich sie weder sehen noch berühren. Ich brach in Tränen aus.

Sie schnüffelte und winselte ein paarmal, um mich wissen zu lassen, dass sie da war und es ihr auch leidtat. Aber ich konnte mich einfach nicht einkriegen – ich heulte Rotz und Wasser. All der Frust, all die Müdigkeit, all die Angst holte mich ein und überrollte mich einfach.

Als ich wieder sprechen konnte, sagte ich: »Liebling, ich gehe Hilfe holen. Sei stark, halte durch. Warte auf mich. Ich komme wieder.«

Immer noch Tränen schluckend verließ ich Cherrys tristen Garten, Elektras Gefängnis, und ging Pierre suchen.

Kapitel 21

Verhandeln

Pierre saß in der Küche und studierte ein Pamphlet. Ohne aufzusehen sagte er: »Ich kann einen Sanitäterkurs in Erste Hilfe und Reanimation machen. Hey, ich könnte Leben retten.«

»Ja«, schniefte ich, »das kannst du. Fang gleich damit an.«

»Alicia meint, ich bin begabt.«

»Hat die letzte Frau, auf die du scharf warst, meinen Hund schon früher in ihren Schuppen gesperrt?«

»Wie war das?« Endlich sah er mich an.

»Elektra ist im Schuppen nebenan«, schluchzte ich, »und da hängt ein fettes scheiß Vorhängeschloss davor, und ich kann sie nicht rausholen.«

»Du warst nebenan? Wieso biste so'n Arschloch, Mädchen? Man muss verhandeln, überzeugen, vielleicht sogar 'n kleinen Klunker kaufen, wenn man was will, wovon Cherry nicht will, dass man es will. Man platzt nicht einfach rein und stürmt den Laden. Wo haste deinen Kopf?«

»Na dann verhandle, kauf Klunker. Tu, was du tun musst. Warum sperrt sie bloß Elektra in den Schuppen? Warum?«

Seine gewaltigen Schultern sackten nach unten. »Damit du oder Lil Missy mich bearbeiten, ich soll verhandeln und Klunker kaufen.«

»Es ist eisig da draußen! Ich weiß nicht mal, ob Elektra ihren Mantel anhat. Sie ist ein Greyhound, Pierre – Greyhounds sind extrem dünnhäutig und haben kein Unterhaar. Sie frieren sehr leicht. Sie könnte sterben.«

»Cherry hat diese Wettbewerbs-Ader, so dick wie ein Gletscher.« Er breitete die Arme aus. »Früher fand ich das niedlich.«

»Was will sie?«

»Frag lieber nicht. Sie will ein neues Auto und eine neue Küche. Sie will, dass ich mit ihr nach New York fahre. Sie will, dass ich Anzüge trage und Schlipse und sie ins Theater ausführe. Sie will, dass ich mit ihr zu Betriebsfeiern gehe und zu schnieken Dinners mit ihrer Familie. Sie hasst meine Perücken und Kleider. Sie will einen richtigen Boyfriend.«

»Warum hat sie sich dann dich ausgesucht?«

»Ich glaube, es spielt gar keine Rolle, wen sie sich aussucht. Es ist mehr, als ob sie bloß Rohmaterial sucht, das sie formen kann, um es ihren Bedürfnissen anzupassen. Alles, was von mir kommen musste, war der Wunsch, mit ihr zu schlafen. Sie hat den ganzen Rest besorgt. Ich hätte nach dem ersten Mal einfach gehen können.«

»Warum hast du's nicht getan?«

»Ich *weiß* es doch nicht.« Er jaulte beinahe. »Sie hat mich rangelassen. Ich brauchte bloß zuzugreifen. So simpel. Vielleicht bin ich einfach faul. Das hat sich als der teuerste Fick meines Lebens erwiesen.«

»Um wie viel Uhr geht sie zur Arbeit?«

»Sie arbeitet samstags nicht.«

»*Samstags?*« Ich legte den Kopf auf den Tisch und zitterte. Der Teufel grub seine eisige Klaue in meine Schulter und sagte: »Du hast doch wohl nicht gedacht, dass es so einfach wird, oder?«

»Was soll ich denn jetzt machen?«, fragte Pierre. Sein hilfloser Ton bewirkte, dass ich ihm prompt eine kleben wollte.

»Irgendwas«, sagte ich. »*Egal was.*«

»Aber ich red nicht mit dieser Bitch – ab sofort ist sie für mich gestorben.«

Gestern noch war sie ›Süßi-Schatziii‹. Jetzt ist sie für ihn gestorben. Männer sind doch furchterregend. Bedenkt mal, was der Teufel mir alles angetan hat. Und doch liebe ich ihn noch immer, oder etwa nicht? Für mich gestorben? Schön wär's.

Ich sagte: »Wenn Elektra in diesem Schuppen vor Kälte stirbt und ich deswegen an gebrochenem Herzen sterbe, tja, dann sind wir eben alle für dich gestorben. Problem gelöst.«

»Du bist so was von melodramatisch!«

»Melodramatisch heißt in Wirklichkeit ›hysterisch‹«, höhnte der Teufel. »Das ist eine feine Methode, Frauen unterm Joch zu halten. Ich hab es mir schon vor Jahrtausenden einfallen lassen. Ein tolles Wort, an dem ich noch nie etwas verbessern musste. Du solltest es gut kennen – hast es ja oft genug gehört als Kind.«

»Oh sei still!«, rief ich.

»Und noch was – dieser rassistische Mistkerl, den du letzte Nacht fast umgebracht hast – interessiert dich denn nicht mal, wie es ihm geht?« Er hatte sich bei Miss Hat-immer-recht eine Portion Selbstgerechtigkeit abgeguckt.

»Der Rettungswagen ist weg.« Ich hob den Kopf. »Und du sitzt hier unten und planst einen Berufswechsel. Also haben Alicia und Colin Billy entweder mitgenommen, oder es geht ihm besser.«

»Tantie sitzt bei ihm. Wieso haben diese Kids eigentlich ihre Sachen nicht runtergebracht?«

»Sobald sie rausgehen, sind sie obdachlos. Genau wie Schmist… wie Lil Schmissy. Er hat deinem eiskalten Schatzii Elektra ausgeliefert, weil er extrem Angst davor hatte, nirgends mehr hinzukönnen. Sie ist gefährlich, Pierre. Sie bringt Elektra um.«

»Das ist so seltsam. Sie arbeitet für eine dieser Gewerkschaften des öffentlichen Diensts. Ich fand immer, wenn sie einen Fehler hat, dann den, dass sie so brav und spießig ist.«

»Das Böse kann sehr banal und langweilig sein.«

»Weißte, ich hab mir diese Perücken extra anfertigen lassen«, sagte Pierre und strich sich mit der Hand über seinen perfekten Mahagonischädel. »Hat mich Tausende gekostet. Alle ruiniert.«

»Konzentrier dich, Pierre. Wie kann ich Elektra retten? Ist die Küchentür verriegelt? Wo hebt deine frostige Freundin den Schlüssel für den Schuppen auf?«

»Gib mir meine Schlüssel und mein Geld zurück, oder ich erzähl dir gar nichts. Haste gedacht, ich merk das nicht?« Er funkelte mich böse an.

»Wenn du es mit mir zu tun hast, zeigst du auf einmal Rückgrat«, beschwerte ich mich. »Wie kommt es, dass du dich bei Ms. Arktis-Arsch nicht durchsetzen kannst?« Ich schaffte es, einen Schein zu befreien, hoffentlich eine Zehnpfundnote, bevor ich die Geldklammer aus Billys Manteltasche zog und ihm aushändigte. Er zählte gar nicht nach. Wenn er so betucht war, hätte ich die Unterschlagung verdoppeln sollen. »Wo wir gerade vom Ausnehmen reden«, sagte ich schnell, »hast du nicht gesagt, du hast für Ms. Grabsch ihre Hypothek bezahlt?«

»Scheiße – wie ist es bloß dazu gekommen? Ich hab doch nur angeboten, bei den Einkäufen behilflich zu sein. Dann bin ich eingezogen, und sowie ich keine eigene Bude mehr hatte …«

»Und dann kam noch Schmis… Lil Sch… Missy dazu …«

»… und zwar mit Elektra, also wollte sie Miete für uns zwei und einen Hund, plus der Stellplatz für den Bus … Tja, ich schätze, so kam das.«

»Schrittchen für Schrittchen, während dein Männerhirn anderweitig beschäftigt war«, sagte ich, die in die gleiche Falle gegangen war, als mein Frauenhirn ganz mit der einmaligen Gelegenheit beschäftigt war, jemanden zu lieben. »Als Nächstes bringt sie dich – ohne dass du was merkst – dazu, Schmister und Elektra abzuservieren – und du sitzt mit der Hypothek und ohne Freunde da. Ich hoffe, sie hat dich nicht überredet, irgendwas zu unterschreiben?«

Pierres entsetztes Gesicht sprach Bände.

Vor langer Zeit, in einem anderen Leben, habe ich bei einer Bausparkasse gearbeitet. Ich hatte tagtäglich mit Hypotheken zu tun, mit Grundpfandrecht und Terminverpflichtungen und dem ganzen Firlefanz, jeden Tag meines Berufslebens – bis der Teufel meine ängstlich-redliche Natur kontaminierte. Ich sagte: »Lass mich mal einen Blick auf die Papiere werfen.«

Pierre starrte mich an, starrte auf meinen verbeulten, schmuddeligen Jogginganzug, der in Billys gigantischem Mantel versank. Sah meine ungewaschenen Haare, meine geschwollenen Hände, mein verwahrlostes Gesicht. Fast hätte er gelacht.

»Ich hab nicht immer so ausgesehen«, sagte ich betrübt. »Du zeigst mir, wie Elektra zu befreien ist, und ich helf dir aus den Hypothekenverpflichtungen raus, die du mit Madam Ausbeuterei von nebenan eingegangen bist.«

Sein Telefon summte wie eine Biene auf der Fensterbank und ließ mich zusammenzucken. Manchmal vergesse ich ganz, dass man auch mit der Welt außerhalb meines Kopfes kommunizieren kann.

Pierre sagte: »Sie ist es.« Sein riesiger Daumen schwebte über dem Touchscreen.

Ich sagte: »Für dich gestorben, aber nur bis sie anruft?«

Er funkelte mich stirnrunzelnd an, bis das Ding aufhörte zu summen. Dann nahm er es und hörte sich die Nachricht an. »Sie will ein Treffen«, sagte er. »Sie sagt, so geht's nicht weiter. Sie sagt, ich muss zu ihr kommen, weil sie Eindringlinge hat, die sie nicht loswird. Sie sagt, sie braucht meine Hilfe.«

»Oh ja«, sagte ich. »Sie braucht einen Rausschmeißer. Einen großen starken Mann, der Zach und Sylvie rauswirft wie Connor und die arme Tantie. Sie braucht ein Auto und jemanden, der regelmäßig ihre Hypothek zahlt. Mit anderen Worten, sie braucht einen Hampelmann.«

»Das hilft jetzt nicht«, sagte er.

»Falsch. Ich wünschte, jemand hätte mit mir Klartext geredet, ehe ich dem Teufel in die Hölle gefolgt bin. ›Hampelmann‹ ist nämlich noch viel zu höflich für das, was aus *mir* wurde.«

»Hättste denn darauf gehört?«

Eher hält sich Eis am Stiel in der Hölle. Der Teufel war meine einzige Chance zur Flucht. Auf *meine Mutter* gehört? Niemals, nicht in tausend Jahren. Daher mein Eintrag im Haftstrafenregister.

»Treffer!«, sagte der Teufel schadenfroh.

»Du bist kein guter Fang für eine liebenswürdige und großzügige Frau wie Alicia, wenn du jedes Mal einknickst, sobald Cherry-Eiscreme was von dir will.«

»Das hilft *wirklich* nicht.«

»Na, dann verhandle doch wenigstens«, sagte ich verzweifelt. »Sie arbeitet für die Gewerkschaft, sie kennt sich aus mit Verhandlungen. Krieg Elektra aus dem Schuppen raus und zu mir zurück. Danach hilfst du ihr. Und *danach* helfe ich dir mit der Hypothek.«

Sein Handy pingte, und er nahm es auf. »SMS«, sagte er, »von Lil Missy.« Er zeigte mir das Telefon.

Die Nachricht lautete: »Bittebittekomm. Siehatmeinemed. Habngst.« Ich brauchte ein paar Minuten, um zu entschlüsseln, was Pierre auf Anhieb verstanden hatte. Er knöpfte sich bereits die Jacke zu.

»Tu das nicht, Pierre – du verlierst doch die einzige Verhandlungsmasse, die du hast. Und ich verliere Elektra.«

»Lil Missy ist meine Freundin«, sagte er schlicht.

»Schreib ihm zurück …«

»*Ihr!*«

»Schreib ihr zurück, schlag was anderes vor. Sie weiß nicht, dass du nebenan bist, oder? Sie *darf* auch nicht wissen, dass du nebenan bist, oder ich oder Tantie.« Ich sprang auf und hängte mich an seinen Ärmel. Ich sagte: »Schmissy ist Cherry gegenüber völlig hilflos – sie würde ihre Seele verkaufen für einen guten Badezimmerspiegel. Du weißt, dass das wahr ist. Ich kreide ihr das nicht an, Pierre, aber sie ist so unsicher. Für Geborgenheit würde sie alles tun.«

Er zögerte. Ich packte seinen Mantelärmel fester. »Lil Missy muss auch gerettet werden«, sagte ich. »Er wurde gezwungen, seine Freunde zu hintergehen. Die Trollin wird nichts Besseres zu tun haben, als ihn … sie zu weiterem Verrat zu nötigen. Und dann wirft sie ihn … sie raus. Oder überredet *dich*, ihn rauszuschmeißen. Sie ist unnachgiebig. Und du *weißt*, dass Missy nicht stark genug ist.« Fast hätte ich gesagt: »Cherry ist die Tochter des Teufels – sie hat alle Tricks von ihm gelernt.« Aber ich konnte gerade noch an mich halten. Pierres Ansichten über den Teufel sind höchst prosaisch, skeptisch und kein Stück hilfreich.

Er sagte: »Wir wissen doch gar nicht, was vorgeht. Wir wissen nicht mal, wer alles im Haus ist.«

Sofern nicht der Anwalt noch da war, vermutlich nur Zach, Sylvie, Schmister und die Schneekönigin. Ich ging zur Vordertür und spähte hinaus. Es war ein eisiger grauer Morgen. Ich überprüfte die Straße auf Polizeiautos. Mein Inneres fühlte sich hohl und wund an, mein Kopf war voll mit selbstmitleidigem Matsch. Ich musste klar und logisch denken. Ich musste erkennen können, was Elektra mir jetzt raten würde. Zurück in der Küche öffnete ich die letzte Flasche Wein und goss mir ein, wie ich hoffte, damenhaftes Schlückchen ein. Ich tat das ungern vor Pierre, aber da saß er nun mal, hockte noch am Küchentisch, ging nirgendwohin. Er verdrehte die Augen, doch ich zügelte mich und nippte nur.

Vielleicht war es das Trinken aus einem Glas, das mich gewärtiger machte. Ich wusste, es war Frühstückszeit. Ich wusste, dass ich etwas von Pierre verlangte, was gegen seine weichherzigen Instinkte verstieß. Ich sagte: »Ich verspreche, von jetzt an nur noch aus einem Glas zu trinken. Ich verspreche, mein absolut

Bestes zu geben, um es im Griff zu behalten, bis ich Elektra zurückhabe und du deine Ruhe vor mir.«

Er rieb sich den glänzenden Schädel mit seiner Hand in der Größe einer Schaufel und grinste mich säuerlich an.

Ich sagte: »Habe ich schon jemals was versprochen?«

»Mir nicht. Nein.«

»Also?«

»Versprechen sind billig. Du bist einfach nicht vertrauenswürdig.«

»Ich weiß«, sagte ich, plötzlich niedergedrückt vom Gewicht des Verlustes. Dem Verlust von Logik, Zurechnungsfähigkeit, Verlässlichkeit und meiner besten und einzig wahren Freundin. Früher war ich mal vertrauenswürdig. Früher konnte ich Wort halten. »Ich kann nur versprechen, es zu versuchen.«

»Na ja …«

»Oben in Birmingham«, begann ich, »hat mich die Frau, mit der ich die Klos putzen musste, gebeten, nach ihrem kleinen Sohn zu sehen, Connor. Ich hab ihr nichts versprochen, Pierre, aber hingegangen bin ich. Du weißt, was ich vorgefunden habe.«

»Yeah«, sagte er reumütig, »und ich weiß auch, was dann folgte.«

»Gut gemeint«, sagte ich traurig. »Aber nach Strich und Faden vermasselt. Und richtig abartig wurde es, als die Bullen Connors Großmutter zu Cherry brachten, damit sie ihn identifiziert. *Und Cherry schleifte ihn raus.* Sie hat den Cops nicht mal gesagt, dass seine fürchterliche Oma die Letzte ist, der man Connor anvertrauen darf. Sie hat ihn einfach an seinen Hosenträgern rausgezerrt. Es war schweinekalt, Pierre, und er heulte sich die Augen aus. Sie *wusste*, warum ihr ihn dort weggeholt habt. Sie *wusste*, was seine Oma ihm angetan hat, aber sie sagte eiskalt: ›Nehmen Sie ihn mit.‹ Und er wurde mitgenommen. Sie haben ihn ins selbe Auto gesetzt wie die Frau, die ihre Kippen auf ihm ausdrückt.«

Ich machte eine Pause, damit der Sachverhalt, den er nicht

wahrhaben mochte, sich an den Verteidigungswällen in seinem Hirn vorbeidrücken konnte – namentlich die Tatsache, dass die Frau, mit der er so vertraut gewesen war, wie zwei Menschen nur sein können, gefühlsarm, kalt und herzlos war. Der Rotwein beruhigte mich. Der Anblick des noch drei Finger breit mit Ungetrunkenem gefüllten Glases verschaffte mir Luft zum Atmen. Und zum Pläneschmieden.

Sein Kopf sank in seine Hände. Ich wollte gerade den Vorteil nutzen und nachlegen, da klingelte es.

»Bleib hier«, sagte ich. »Mach keinen Mucks.« Ich befürchtete Cops, Sozialarbeiter oder Billys Tochter. Doch als ich die Tür öffnete, stand Alicia davor, ohne ihre Uniform, aber mit Instrumententasche in der Hand.

Sie schenkte mir ein morgenfrisches Minzlächeln und sagte: »Ich wollte mal nach dem Patienten sehen.«

»Und wo ist Colin?«

»Nach Hause ins Bett. Er ist ja so ein Leichtgewicht.«

Ich verbarg meine Enttäuschung, schickte sie in die Küche und ging nach oben, um selbst mal nach dem Patienten zu sehen. Ich dachte mir, unten konnte sie mehr ausrichten, indem sie ihr prachtvolles Lächeln dazu einsetzte, Pierre wieder mit seiner verloren gegangenen Menschlichkeit zusammenzubringen.

Oben murmelte Billy »Klingel, Klingel« durch schlafgeschwollene Lippen und eine wollsockentrockene Zunge. Tantie steckte mittlerweile in zwei Holzfällerhemden aus Flanell. Das zweite war wie ein Sarong um ihre Taille geschlungen. Sie lag zusammengerollt auf Billys Couch und schlief fest.

»Morgen, Sonnenscheinchen«, sagte ich munter und kehrte meinem erschöpften Hirn energisch den Rücken. Ich gab Billy eine Flasche Wasser und sah zu, wie er sie weggluckerte. Schließlich erhaschten seine halb geöffneten Augen einen Blick auf Tantie.

»Wersdas?«

»Tantie«, sagte ich. »Sie hat heute Nacht dein Leben retten geholfen .«

»Warum trägt sie mein Hemd?«

»Du hast ihrs vollgekotzt.« Ich spürte, dass ich einen neuen Ursprungsmythos zur Welt bringen konnte. »Billy, du hast dir gestern Abend zu viele Downer eingeklinkt und viel zu viel Bier. Du warst weggetreten und hast praktisch aufgehört zu atmen. Ich konnte dich nicht bewegen und kam nicht an dein Handy ran, also musste ich mir Hilfe von nebenan holen. Eine Sanitäterin ist gerade noch mal wiedergekommen, um nach dir zu sehen. Willst du erst aufs Klo, oder soll ich sie jetzt raufschicken?«

»Oh Scheiße«, sagte er und machte sich an die langsame und mühevolle Prozedur, sein Bett zu verlassen.

Er war nicht sehr sicher auf den Beinen, und ich hatte Angst, dass er auf mich drauffiel. Aber er wies mich an, ihm einen sauberen Schlafanzug rauszusuchen und die Bettwäsche zu wechseln. Dabei entdeckte ich, dass er an irgendeinem Punkt seiner Nahtodepisode ins Bett gemacht hatte.

»Oh Jubel«, sagte ich und weckte kurzerhand Tantie, damit sie mir half.

Zurück in der Küche stieß ich auf Pierre und Alicia, Knie an Knie ins Gespräch vertieft. Sein Handy summte unbeachtet zwischen ihnen auf dem Tisch. Er verlor kein Wort darüber, zur Arbeit zu gehen oder seine Freundin nebenan aufzusuchen.

Alicia stand auf, als sie mich sah, und meinte: »Ich hab Pierre schon berichtet, dass ich Billys Hausarzt über den Vorfall letzte Nacht informiert habe, also könnt ihr mit einem Hausbesuch rechnen. Aber ich dachte, ich checke ihn auf dem Nachhauseweg lieber noch mal durch – nur damit ihr ganz beruhigt seid.«

»So lieb«, gurrte Pierre. Sein Lächeln war so prachtvoll und weiß wie das ihre.

»Oh ja«, ich nutzte die Gelegenheit für ein paar Nachträge.

»Billy weiß gar nicht mehr, was letzte Nacht los war. Er hat gerade erst Tantie kennengelernt, und er weiß nicht, dass Pierre hier ist …«

»Yeah«, sagte Pierre. »Vielleicht behältste das lieber für dich – er ist kein Fan von mir.«

»Aber du hast ihn am Leben gehalten, als ihr auf uns gewartet habt.«

»Das weiß er noch nicht«, sagte ich.

»Er hat ein Problem mit Hautfarbe«, erläuterte Pierre nachsichtig.

Alicia und Pierre wechselten einen Blick tiefsten Verständnisses. Ich fing langsam an, Pierre wieder zu mögen.

Als Alicia hinaufging, nahm ich noch einen zivilisierten Schluck aus meinem Glas, dann stopfte ich Billys besudelte Bettwäsche und seinen Pyjama in seine Waschmaschine. Damit endete jedoch mein zerbrechlicher Zugriff auf Handlungsfähigkeit. Angesichts viel zu vieler Drehwähler, Knöpfe und Möglichkeiten musste ich Pierre bitten, die Maschine einzustellen und zu starten. Er hatte nichts dagegen. Er schien gegen überhaupt nichts mehr etwas zu haben. Er schien sogar *mich* zu tolerieren. Jedenfalls fragte er nicht, wie er sich in Hypothekenfragen auf die Hilfe einer Person verlassen sollte, die wegen der Anzahl der Knöpfe an einer Waschmaschine aus dem Häuschen geriet. D-Körbchen machen einen Kerl wohl ziemlich immun gegen praktische Bedenken.

»Alicia würde nie ein trauriges beschädigtes Kind wie einen Sack Müll vor die Tür setzen«, sagte ich, »oder eine liebe, schöne alte Greyhounddame in einer Winternacht in den kalten Schuppen sperren.«

»Nee, sie nicht«, stimmte er zu.

»Oder deinen besten Freund zu Tode ängstigen, indem sie ihm seine Medikamente vorenthält, nur um dich zu zwingen, ihr beizustehen.«

»Scheiße nein, sicher nicht.« Schlagartig kam er wieder auf die Erde und hörte seine Nachrichten ab. Es gab zwei zunehmend drängende Anrufe von der Königin der Nötigung und eine neue SMS von Lil Missy. »Kackenhausen«, sagte er. »Okay, Folgendes werde ich tun.« Seine Daumen waren dick wie Rottweilerpfoten, doch sie tanzten anmutig über den Touchscreen. »Ich hab geschrieben: Sag ihr, ich helf ihr, aber erst, wenn du bestätigst, dass du deine Medizin zurückhast.«

Ich fühlte Panik aus meinem Bauch in die Kehle aufsteigen. »Was ist mit Elektra?«

»Dummbatz«, sagte er. »Woher soll ich denn wissen, dass Elektra im Schuppen ist, wenn sie nicht wissen darf, dass wir nebenan sind?«

»Aber was, wenn sie Missy einschüchtert und ihn zwingt, dir zu schreiben, dass sie ihm … ihr die Medizin gegeben hat, und in Wahrheit behält sie sie einfach?«

»Du bist echt mega-paranoid in Bezug auf sie«, sagte er. »So heimtückisch ist sie nun auch wieder nicht.«

»Sie benutzt deine Freunde und arglose Hunde, um dich zu erpressen – mach, was sie will, oder sie tut ihnen weh. Selbst ein drei Wochen altes Kätzchen kann erkennen, dass das heimtückisch ist.«

»Weißte was? Du solltest ein bisschen schlafen. Du siehst aus wie zu hart geritten und nass weggestellt.«

»Weißt du was? Solange du keine eigene Wohnung hast, wo Missy bleiben kann, bist du abhängig von Frostschatzi nebenan und kannst überhaupt niemanden beschützen, schon gar nicht einen Hund und ein Kind.«

»Wieso bin *ich* immer der Beschützer?«, fragte er wehleidig. »Und wer beschützt *mich*?«

»Na ich«, sagte ich zu meiner eigenen Verblüffung. »Ich hab dich gestern Abend aus der Kälte geholt, und ich helf dir auch mit der Hypothek.«

»Jeder denkt, nur weil ich groß bin, muss ich verantwortlich sein.«

»Na klar, Schwester Diana Ross vom Orden Sweet Charity. Du bist ja auch verantwortlich. Verantwortlich für das ganze scheiß Chaos in meinem Leben, seit ich wieder raus bin.«

»Weißte was?« Er lächelte. »Als wir uns für die Nonnennummer verkleidet haben, das war ein ganz irres Gefühl, so richtig befreit und erleichtert. Ich hab gemerkt, dass ich schon seit Monaten nicht mehr so viel Spaß hatte.«

»Das waren nicht zufällig die Monate, die du nebenan gewohnt hast, oder?«

Er überging das. »Und dann wurde auf einmal alles Afghanistan und Syrien.«

»Connor ist keine von deinen Fantasien. Er ist ein echtes, lebendiges, leidendes kleines Kind. In der wirklichen Welt werden echte Menschen verletzt, schwer verletzt.«

»Yeah, toll, erzähl das doch Billy, den du beinahe kaltgemacht hast.«

»Der Teufel ...«, setzte ich an, doch da kam Alicia in die Küche, D-Körbchen voran, und was von Pierres Aufmerksamkeit noch übrig war, galoppierte am Horizont davon.

»Wie geht's Billy?«, fragte er, als läge ihm wirklich daran.

»Noch bedröppelt.« Alicia bewies ihren feinfühligen Umgang mit Medizinerjargon. »Er muss im Auge behalten werden und braucht viel Flüssigkeit, aber keinen Alkohol.« Sie warf mir und meinem Glas Roten einen taxierenden Blick zu. »Sein Hausarzt soll mal mit ihm seine Medikamente durchgehen. Er übertreibt es eindeutig und sollte zurückstecken.« Sie starrte die Stapel Dosensuppe und Milchreis an, ehe sie weitersprach. »Ist wohl vergebliche Mühe, anzuregen, dass er mehr Obst und Gemüse essen müsste, was?«

Ich sagte: »Er kriegt auch Essen auf Rädern.«

»Oh, okay. Die sind gar nicht schlecht, was gesunde Diäten

225

angeht. Aber …« Sie zuckte die Achseln. Billys Diätbedarf überforderte sie offenbar fast genauso sehr wie mich. Wir zuckten alle die Achseln.

»Er schreit nach seinem Frühstück«, sagte sie. »Und ich sollte mal nach Hause ins Bett.«

Pierres Handy klingelte.

Kapitel 22

In dem überraschend Billys Tochter und meine Mutter vorbeikommen

Tantie schlief auf dem Sofa. Billy schlief in seinem Bett. Ich hinterließ eine dringende Nachricht auf dem Band des Tierschutz-Notrufs. Sonst konnte ich für Elektra und mich nichts tun, bis Pierre zurück war. Dann legte ich mich im kleinen Schlafzimmer hin.

Ich träumte, dass ich ganz allein im Holloway-Gefängnis war. Es gab kein Gebrüll, keine Schreie, kein raues Gelächter, kein Türenschlagen. Das ist das Einprägsamste am Knast – der Klang zuschlagender Türen und das Quietschen von den Gummisohlen der Wachteln, wenn sie die Gänge auf und ab patrouillieren. Aber ich war die Einzige hier, allein in endlosen stummen Gängen und leeren Zellen. Ameisen und Käfer krochen über den Boden und die Wände hoch. Es gab etwas Dringendes, was ich tun musste. Putzen? Ich wusste es nicht mehr. Ich versuchte jemanden zu finden, der mir sagte, was ich tun sollte. Und bekam Panik.

Dann, am Ende eines Ganges, stieß ich plötzlich auf ein Panoramafenster. Draußen lag ein Vorstadtgarten. Ich konnte noch immer nichts hören, aber ich sah Leute, die sich an einem schönen Sommertag auf einem Grillfest verlustierten. Es gab Steaks und Burger auf dem Grill, dicke goldene Maiskolben und volle Gläser mit rubinrotem Wein. Kinder spielten in einem Planschbecken. Pierre prunkte in einem blau-karmesinroten Teekleid aus Seide. Little Missys Sommerkleidchen war hauchdünn, weich und fließend. Cherry trug eine rosa Baseballkappe mit dem Wort *Sieger* drauf und zeigte Alicia die beste Art, Burger zu wenden. Billy lag in einem weißen Satinpyjama auf einem Liegestuhl. Tantie, Zach, Sylvie und der Wütige sangen *a cappella*. Elektra schlief in der Sonne, elegant, gut genährt und wunderschön.

Sie waren alle befreundet und amüsierten sich entspannt in Cherrys Garten. Cherrys Grillfest, Cherrys Freunde. Cherrys Hund. Aber ich wusste, irgendwo unter dem Gras lag die Leiche eines vernarbten, schwer gestörten kleinen Jungen, der verhungert war.

Cherry war die Einzige dort, die wusste, dass ich aus meinem Gefängnisfenster zusah. Sie sah mich an, lächelte ihr verkniffenes kaltes Lächeln und sprach. Ich konnte sie deutlich hören. Sie sagte: »Ich hab gewonnen. Verpiss dich.«

Es klingelte. Ich fuhr aus dem Schlaf, ging nach unten und ließ den Hausarzt rein. Er sah mich komisch an und fragte: »Kenne ich Sie?«

»Nein«, sagte ich, obwohl es der war, zu dem mich Pierre mitgenommen hatte – der Antabus und Neuroleptika verschrieben hatte. *Natürlich* war er ein niederträchtiger verschlagener Hirnficker – er war ja auch Cherrys Hausarzt.

»Billy ist oben«, sagte ich hilfreich. Wo sollte er auch sonst sein?

»Ich kenne mich aus«, sagte er verstimmt – als wäre ich ihm bei einer schwierigen Diagnose zuvorgekommen.

Ich bot ihm weder abgestandenen Kaffee noch Hühnersuppe oder Milchreis an. Er verdiente es nicht.

Tantie kam mit flatternden Holzfällerhemdschößen aus dem Wohnzimmer gestolpert und verschwand im unteren Bad. Was mich daran erinnerte, dass ich mich seit … wie vielen Tagen nicht mehr richtig gewaschen hatte?

Ich ging in die Küche, goss mir ein maßvolles Gläschen Wein

ein und sah mit Besorgnis, dass er zur Neige ging. Das war nicht so beunruhigend, wie es hätte sein können, wegen Billys Bier und den klumpigen Resten vom süßen Sherry. Zudem hatte ich noch Pierres Zehnpfundschein in der Tasche. Und trotzdem durchzuckte ein Anfall von Panik meine Eingeweide und mein Hirn. Eigentlich sollte ich mit Elektra draußen sein, im West End, und Geld für die nächste Flasche sammeln. Gelegentlich sagt irgendein rechtschaffener Bürger: »Warum gehen Sie nicht arbeiten?« oder »Ich muss mir mein Geld selber verdienen – das sollten Sie auch mal tun.« Sie verstehen einfach nicht, wie viel Zeit und Mühe man aufbringen muss, um bei Wind und Wetter auf dem Boden zu hocken und kränklich und bedauernswert auszusehen. Oder durch den Regen zu huschen, wenn alle einschließlich mir selbst gern woanders wären. Aber es ist unser Job, und Elektra und ich machen ihn so gut wir können.

Ihr könnt anderer Meinung sein. Aber es ist ein ehrliches Auskommen. Ich frage, ihr gebt, oder auch nicht. Es liegt ganz bei euch. Ist jede einzelne Münze in eurem Portemonnaie oder eurer Tasche schon verplant und vergeben? Ihr könnt euch arm fühlen oder gestresst und mir meine Bedürftigkeit verübeln. Ihr könnt mich sehen und so tun, als hättet ihr das nicht, wütend, weil ich euch das Gefühl gebe, nicht großzügig zu sein. Ihr könntet mich auch gar nicht bemerken. Es ist auch denkbar, dass ihr zornig genug seid, um mir einen Vortrag über Trinken, Drogen und Faulheit zu halten. Ich hab nichts dagegen – vielleicht wollt ihr ja auch, dass mal jemand *euch* bemerkt und begreift, wie hart ihr arbeitet. Vielleicht werdet ihr zu Hause oder im Büro nicht genug geschätzt. Oder vielleicht lasst ihr eine Münze in meine Hand fallen, während ihr vorbeieilt. Ihr könntet euch sogar bücken und Elektra streicheln. Danke – sie mag das. Dann und wann könntet ihr anhalten und in die Hocke gehen, Elektra kraulen und zu mir sagen: »Hey, wie geht's denn heute so?« Nochmals danke, ich mag das ebenfalls.

Ich wasche mich nicht oft – weil ich nicht kann. Und ich spüle kein Weinglas aus – weil es keins gibt. Ganz egal. Das ist Freiheit.

Ich lebe von einem Tag auf den anderen, von einer Flasche zur nächsten. Es gibt an jedem Tag eine klare, unausweichliche Aufgabe: Essen und Trinken für Elektra und mich. Das Leben ist abgespeckt, aufs Wesentliche reduziert. Ich tue nur, was absolut notwendig ist. Könnt ihr das auch von euch sagen, wenn ihr die Stehrümchen auf eurem Kaminsims abstaubt, euer Auto reinigt, euch fragt, was ihr heute anziehen sollt?

Und ja, richtig, ich kann hier stehen und eine Lebensweise wertschätzen, die ich mir wahrlich nicht ausgesucht habe, weil ich mich unter Vorspiegelung falscher Tatsachen in Billys warme Küche eingeschlichen habe. Und zudem nippe ich, ladylike, an einem Glas Rotwein, den ich mit betrügerisch erworbenem Geld bezahlt habe.

»Ich mag dich lieber, wenn du dir was vormachst«, wisperte der Lord der Lügen. »Leute, die sich selbst belügen, kann man so viel leichter dazu bringen, dass sie *alle* anlügen. Los, trink aus.«

»Weißt du was?«, sagte ich. »Ich hab es satt, dass du mir sagst, was ich tun soll.« Ich nippte noch mal und stellte das Glas dann halbvoll in den Kühlschrank.

Hört mal alle her. *Ich habe ein ungeleertes Glas Wein in den Kühlschrank gestellt.* Habt ihr überhaupt die leiseste Ahnung, was das bedeutet?

»Klar«, Satan kicherte. »Es bedeutet, dass du es wieder rausholen musst, wenn du nach neunzig Sekunden den Vorsatz aufgibst, es halbvoll zu lassen.«

»Halt's Maul, Knaufkopf«, sagte ich.

»Wie bitte?«, sagte der Arzt. »Sprechen Sie mit mir?«

Ich wollte eben verneinen, da ging die Haustür auf, und eine Frau mit drei Kindern spazierte herein. »Wer zur Hölle sind

Sie?«, fragte sie mich. »Was ist hier los? Warum sind Sie hier, Doktor?« Bekleidet war sie mit einem marineblauen Anorak und Jeans und schleppte eine ofenfeste Hartglasschüssel so groß wie ein Tennisplatz voll mit etwas, das nach Cottage Pie aussah. Die drei Kinder, zwei Jungs und ein Mädchen, waren alle genau wie ihre Mutter angezogen, und jedes von ihnen trug zwei volle Iceland-Plastiktüten.

Der Arzt sagte: »Hallo, Mrs. Wilton. Es tut mir leid, aber Ihr Vater hatte letzte Nacht wieder einen von seinen Anfällen.«

»Ach?« Sie setzte ihren Auflauf auf dem Küchentisch ab. »Sollte er dann nicht im Krankenhaus sein? Kinder, das Eis schmilzt doch. Geht es ihm jetzt gut? In den Gefrierschrank – das solltet ihr doch langsam wissen. Warum hat man mir nichts gesagt?«

»Ich wurde selbst erst vor einer Stunde informiert«, sagte der Arzt steif. »Die Situation wurde von einem Rettungsteam eingeschätzt und behandelt. Ich …«

»Ich weiß schon«, unterbrach sie. »Sie hatten keine ›Spezialausrüstung‹ für krankhaft Fettleibige dabei. Ich kenn das alles. Wer ist die da?«

»Eine Nachbarin«, sagte er und sah mich an, als glaubte er es selber nicht so recht. »Sie hat den Notruf gewählt, als sie festgestellt hat, dass Billy nicht mehr ansprechbar war.«

»Was werden Sie jetzt dagegen tun?« Sie hörte auf nichts als ihre eigene Stimme. »Dad sollte dringend ebenerdig untergebracht sein. Betreutes Wohnen. So was in der Art.«

»Er steht auf der Liste beim Sozialdienst.« Der Arzt schlug einen Tonfall an, der besagte, dass er alles über Billy wusste und auch alles über Listen. Er sah aus, als wäre ihm schon vor Jahren der Optimismus ausgegangen.

»Tja, also ich bin nicht zufrieden«, sagte Mrs. Wilton. Und auch sie klang, als hätte sie diese Worte schon Millionen Mal bei Millionen Gelegenheiten ausgesprochen.

»Ich fürchte, ich kann nicht bleiben. Ich habe noch einen Hausbesuch zu machen.« Und weg war er. Er schaffte es genau, Tantie zu verpassen, die mit einem Handtuch um den Kopf und einem weiteren um die Schultern aus dem Bad auftauchte.

Die Kinder stießen einander an. Mrs. Wilton sagte: »Was geht hier vor?«

Tantie verschwand im Wohnzimmer und schloss die Tür.

Ich hatte das Gefühl, als ob mein Kopf explodieren würde, wenn jemand eine Nadel hineinsteckte. Die Sache mit dem Knast ist die: Du kannst es haben, dass wochenlang einfach gar nichts geschieht. Das Chaos der letzten paar Tage forderte jetzt seinen Tribut.

Ich sagte: »Wir bleiben nur, bis wir sicher sind, dass es Billy gut geht.« Ich stieß meinen Daumen in Richtung Wohnzimmertür und fuhr fort: »Ihr Vater hat sich über sie erbrochen, deshalb hat sie nichts anzuziehen, bis …« Ich zeigte auf die Waschmaschine. Es war das Beste, was ich auf die Schnelle zustande brachte, um die Anwesenheit einer beinahe nackten älteren Frau im Haus ihres Vaters zu erklären. »Ich nehme an, Sie möchten jetzt Ihren Vater sprechen und ihm sein Mittagessen bringen.«

»Teemahlzeit.« Sie warf mir einen überheblichen Blick zu.

»Können wir jetzt gehen?«, fragte ihre Tochter.

»Ich muss heim und dieser Bande *ihre* Teemahlzeit bereiten. Alles, was ich mache, ist anscheinend Leuten Essen in den Hals stopfen. Sie können doch die Cottage Pie für Dad warm machen, oder?«

»Wollen Sie denn gar nicht nach ihm sehen?« Es war nur zu meinem Vorteil, dass sie so gleichgültig war. Aber es erstaunte mich.

»Glauben Sie mir«, sagte sie, »das Einzige, was er von mir will, ist in dieser Auflaufform.« Sie trieb ihre Kinder zusammen und zog ab. Die Kinder waren nach ihrer kurzen Reaktion auf

Tanties unbekleideten Zustand wieder in schweigsame Apathie verfallen.

»Wollt ihr nicht euren Opa sehen?«, murmelte ich in Richtung ihrer entschwindenden Rücken. Ich verstand es zwar nicht so recht, aber vermutlich repräsentierten Cottage Pie und Eiscreme irgendeine Art von Zuwendung und Engagement. Ich ging nach oben.

Billy sagte: »Was hat sie mir gebracht?« Er nannte seine Tochter nicht mal beim Namen.

»Cottage Pie«, sagte ich. »Hör mal, können wir kurz was klären? Deine Tochter …«

»Die Hälfte jetzt«, sagte er, »die andere Hälfte morgen.«

»Aber geht es in Ordnung, wenn Tantie auch ein paar Tage hierbleibt?«

»Rede nach dem Essen mit mir«, sagte er. »Und dreh den Fernseher in meine Richtung. Ich stehe heute nicht noch mal auf – ich bin zu geschwächt.«

»Nein«, sagte ich, denn ich sah meinen Vorteil. »Ich muss das jetzt wissen. Sie hat geholfen, dein Leben zu retten, und sie ist obdachlos.«

»Wo ist der Zusammenhang?« Seine Finger trommelten auf die Rückseite seines Handys und klangen wie ein winziges galoppierendes Pferd.

»Sie war nebenan untergeschlüpft«, sagte ich. »Sie ist mir zu Hilfe gekommen, als du ohnmächtig wurdest, und jetzt hat deine Lieblingsnachbarin sie ausgesperrt und rückt nicht mal ihre Kleider raus.«

»Ohne Scheiß!«, sagte er, schlagartig interessiert. »Was zur Hölle geht da vor? Die Hexenschlampe ist so ein Kontrollfreak – normalerweise hat sie ihren Scheiß perfekt im Griff. Ich hab das doch nicht geträumt letzte Nacht, oder? Mit den Cops und diesem scharfen Stück mit den dicken Dingern?«

Oh, was für Frauen Männer sich für ihre Fantasien aussuchen!

Haben sie denn gar keine anderen Kriterien für ihre Auswahl als dicke Möpse und gespreizte Beine? Mrs. Cropper – eine besoffene, zugedröhnte, gewalttätige Großmutter – und Cherry – eine drangsalierende, eisgesichtige, hartherzige Hundediebin – haben keinerlei Mühe damit, Männer aufzureißen.

Ich sagte: »Du hast es nicht geträumt. Deine Nachbarin dreht am Rad.«

»Sie hat mir immer Zettel unter der Tür durchgeschoben, weil ich den Rasen im Vorgarten nicht mähe. Oder wenn jemand vor ihrem Haus geparkt hat – als ob das nicht eine öffentliche Straße wäre. Und nicht nur mir, den anderen Nachbarn auch. Ich bin keineswegs der Einzige, der nichts dagegen hätte, wenn sie mal einen Dämpfer kriegt oder auch zwei.«

»Also geht es klar, dass Tantie bleibt?«

»Nicht lange. Sie ist alt, oder, hat graue Haare?«

»Du hast sie doch gesehen.«

»Ich füttere sie nicht durch – sie kauft sich ihr Essen selber.«

Ich drehte den Fernseher in seine Richtung und ging, bevor er mich dazu brachte, ihn zu ohrfeigen.

*

»Was tu isch nur?«, fragte Tantie. Sie war verzweifelt – nicht nur, weil ihr Leben aus den Fugen war, sondern weil sie sich nicht in ihrer Sprache mitteilen konnte.

»Die Hälfte von dieser Pie aufwärmen.« Ich zeigte auf den Auflauf und den Ofen. »Mach Billy Essen. *Il dit que* du kannst *rester chez lui* ein paar Tage.«

»Isch abe Erlaubnis?« Sie stand auf und starrte ratlos auf die Pie und den dreckstarrenden Ofen. Ihr Haar war sauber, aber es stand wirr um ihr besorgtes kleines Gesicht. In ihren zwei Hemden sah sie noch irrer aus als ich. Aber ihr Wohnproblem lag für ein paar Tage auf Eis. Wie auch meins. Es sei denn, wir brachten unseren Gastgeber extrem gegen uns auf. Oder die Cops vertrieben uns. Denn die Cops würden wiederkommen. Tun sie immer. Darauf könnt ihr euer Sparbuch verwetten. Jederzeit. Ganz anders als die Leute vom Tierschutz, deren Aufgabe es war, Grausamkeit gegen Tiere zu verhindern. Wo waren die, wenn man sie brauchte?

Ich hatte noch ein Problem. Nur zweieinhalb Gläser Rotwein waren meine Kehle hinuntergeflossen seit ... seit wann? Jetzt, da ich meinen Konsum in Gläsern maß statt in Flaschen, fiel mir das Zählen leichter. Aber ich fühlte mich ziemlich mies – mir war leicht übel, ich hatte Kopfweh, Panik und war unsicher auf den Beinen.

Ich setzte mich an den Küchentisch, stützte den Kopf in die Hände und versuchte zu rekonstruieren, was meinem armen versehrten Körper alles widerfahren war, seit er den Schutz und Komfort des Kittchens Ihrer Majestät verlassen hatte. Von Jugendlichen getreten, vom Bus angefahren, von einem Mann niedergeschlagen, mit Antabus und Rezeptdrogen vergiftet und um den Schlaf gebracht. Das Schlimmste war, dass ich keine Ahnung hatte, wie ich Elektra befreien sollte. Die Sorge um ihr Wohlbefinden fraß an meinen Magenwänden wie reine Säure.

Ich sollte stillsitzen und mich aus allem raushalten, bis Pierre wiederkam. Aber Pierre war schon den ganzen Nachmittag weg. Ich hatte mein Bestes getan, doch alles, was ich für meine heroische Zurückhaltung bekam, war eine leere Weinflasche und eine leere Sherryflasche. Entweder war ich gezwungen, erneut Billy zu bestehlen, oder ich musste raus und mit dem von Pierre geklauten Geld Vorräte kaufen. Betteln ist doch ein ehrbarer Beruf verglichen damit, in jemandes Haus abzuhängen und nicht mal das Geld fürs Allernötigste auf Tasche zu haben. Und ich musste weiter in Billys Haus abhängen, denn Elektra saß nebenan in der Falle.

Ich konnte nicht länger warten. Um halb sechs hüllte ich

mich in Billys Mantel und stolperte hinaus in einen so feinen und kalten Sprühregen, dass es sich anfühlte, als wäre meine gesamte Kleidung nass. Hastig, mit gesenktem Kopf und hochgeschlagenem Kragen, riskierte ich es, am Eishaus vorbeizuhuschen. Die Vorderseite sah nichtssagend aus – ein Klon des Hauses gegenüber, ein Klon sämtlicher nichtssagender Häuser in der ganzen Straße.

Meine rechte Hand umklammerte Pierres Zehnpfundnote. Meine linke Hand tastete vergeblich in der finsteren und leeren Luft an meiner Seite, wo Elektra hätte sein sollen.

»Gewöhn dich dran«, sagte der Teufel. Im kalten Labyrinth identischer Häuser klang der Teufel wie eine Frau. Ich blieb stehen und sah mich um. Ich war allein.

»Gewöhn dich dran«, sagte sie nochmals. »Ich kann in jeder beliebigen Gestalt zu dir kommen, wie es mir gerade passt. Für mich gibt es keine Grenzen. Du bist bloß sexistisch, und es mangelt dir an Vorstellungskraft. Ich bin eine chancengleiche Emanation der ganzen Menschheit – und dazu noch ein paar Katzen, Ratten, Fledermäuse und Kumquats. Nenn mich Mutter.«

»Verpiss dich«, sagte ich. Doch ich wusste, dass es stimmte. Wie sonst hätte er alle meine Schwächen so genau kennen können? Und es stimmte auch, dass der Feind, der mich und meine einzige Freundin vernichten wollte, eine Frau war. Dieses Mal gingen Gewalt und Zwang nicht von einem Mann aus. Diesmal war ich ein Opfer weiblicher Manipulation und Nötigung. Oh Jubel – eine wettbewerbsfähige Frau, totale Gleichberechtigung in einem Sport, den niemand von uns überhaupt treiben sollte.

Es gefiel mir nicht. Der Böse sollte männlich sein. Er war das, was aus dem Engel Luzifer geworden war. Er war vorher ein Engel gewesen, und Gott hatte nur Kerle zu Engeln gemacht. Sein Gesicht war das meines dämonischen Exliebsten. Er war der Verräter, der Betrüger, der Zerstörer all meiner Würde, meiner Redlichkeit und der letzten Überbleibsel von Vertrauen und Weiblichkeit. Ließ er mich, selbst noch in der Gestalt des Teufels, jetzt schon wieder hängen?

»Ich hab ihm ja gesagt, dass du dumm bist«, teilte Mutter mir kühl mit. »Du liebst ihn immer noch, was? Ich habe recht, wie immer – du bist dumm. Große Füße, tollpatschige Hände, unzulänglicher Verstand – das ist meine Tochter.«

»Wärst du eine …«

»Was? Bessere Mutter gewesen? Gibst deiner Mutter die Schuld, ja? Die letzte Ausrede des elenden Versagers. Wie banal. Ich hingegen gebe selbstverständlich dir die Schuld. Du warst schon als Kind verderbt und verlogen. Deinetwegen hat mein Mann mich verlassen.«

Ich hatte mir oft gewünscht, der Teufel möge verschwinden und nie wiederkommen. Aber im Vergleich der Peiniger war er der Gestalt, die sich als meine Mutter ausgab, bei weitem vorzuziehen. »Sei still«, knurrte ich fast unhörbar durch zusammengebissene Zähne – so wie ich es getan hatte, als sie noch lebte und wir zusammen in Acton wohnten.

Mittlerweile hatte ich den Wohlfahrtsladen erreicht, der die Grenze markierte zwischen dem reinen Wohnviertel und dem, was sich in dieser Hinterwäldlerödnis Hauptstraße nannte. Auf einer Strecke von dreihundert Metern gab es hier drei Wohlfahrtsläden und einen Ramschdiscount. Da sie dort keinen Rotwein verkauften, ließ ich sie links liegen. Dann kam ein Mini Mart, der mit günstigem Wein warb. Darauf war ich aus. Doch gleich neben dem Mini Mart lag ein Eisenwarenladen. »Räumungsverkauf!« stand auf dem Schild. »Alles muss raus!«

Und da, gleich vorne in der unordentlichen Auslage, lag ein Bolzenschneider. Preis: zehn Pfund.

Zehn Pfund. Genau das, was ich hatte – Pierres zehn Pfund in der Tasche von Billys Mantel. Zehn Pfund, von denen ich eine Flasche billigen Rotwein erstehen konnte und noch genug übrig hätte, um Eier oder Bohnen und Brot für Tantie zu kaufen.

Oder ich konnte das Vorhängeschloss einer Schuppentür knacken, Elektra befreien und danach Cherry Eis-Price einen Bolzenschneider über den Schädel ziehen.

»Allerdings«, höhnte Mutter, »hast du gar nicht die Courage für unbefugtes Eindringen und Sachbeschädigung auf dem Territorium der hübschen Cherry, es sei denn, du nimmst vorher einen von deinem Lieblingsmutmacher zur Brust.«

Während ich noch schwankte, hielt ein Volvo Kombi vor einem der Wohlfahrtsläden. Eine Frau stieg auf der Fahrerseite aus, spähte verstohlen die Straße rauf und runter, öffnete dann schnell wie ein Fuchs die Heckklappe und warf zwei Müllsäcke auf den Gehweg. Sie konnte gar nicht schnell genug wegkommen.

»Hör auf, Zeit zu schinden«, sagte Mutter. »Du vergeudest bloß wertvolle Suffzeit. Du weißt genau, du hast nicht mal den Schneid, dich zu entscheiden, solange du nicht etwas von dem roten Tonikum durch deine feige kleine Kehle rinnen lässt.«

»Verzieh dich«, sagte ich laut. Aber als ich mich umsah, war da niemand, der mich hören konnte, so wie niemand da war, der die Frau mit dem Volvo Kombi hatte sehen können.

Der handgeschriebene Zettel an der Tür des Wohlfahrtsladens verkündete: »Bitte keine Spenden draußen abstellen, wenn wir geschlossen haben. Kommen Sie wieder, wenn wir offen sind. Sonst werden die Säcke geplündert oder regnen ein, und Ihre wertvollen Gaben werden ruiniert oder gestohlen.«

Wie wahr. Es gibt ein ganzes Heer von Lumpenproletariat, das sich nicht mal die Preise in den Wohlfahrtsläden leisten kann.

»Hast du denn überhaupt keinen Stolz?«, sagte Mutter. »Ich würde lieber sterben als so tief sinken.«

»Du *bist* gestorben«, sagte ich, »also hör auf, mich zu nerven.«

Ich wollte sie wirklich nicht hören. Ihre Stimme machte das Atmen schwer.

Der erste Sack, den ich öffnete, war voll mit Baby- und Kleinkindklamotten. Sie sahen nach ziemlich guter Qualität aus, aber ich merkte am Geruch, dass sie nicht gewaschen waren. Die Volvofrau spendete nicht aus Nächstenliebe, sie machte Kehraus und hatte keine Lust zu warten, bis der Müll abgeholt wurde.

Der nächste Sack war voll mit ungewaschener Frauenkleidung. Ich nahm das ganze Ding mit, überquerte wieder die Straße und ging zum Mini Mart.

»Einen Wohlfahrtsladen bestehlen«, näselte Mutter. »Kein Wunder, dass du dich nüchtern nicht ertragen kannst.«

Ich versuchte sie zu ignorieren, als ich die Tür zum Mini Mart aufstieß. Und während ich zielsicher auf die Spirituosen zusteuerte, versuchte ich vor meinem geistigen Auge das Bild eines Bolzenschneiders zu ignorieren, der nur zehn Pfund kostete.

Kapitel 23

Was ist Liebe?

Tantie kippte den Inhalt des Sacks auf den Küchenboden. Sie starrte auf die Klamotten und brach in Tränen aus. Vielleicht war nichts für ihren Geschmack dabei. Vielleicht war nichts in ihrer Größe dabei. Aber dann wischte sie sich an Billys Ärmel die Augen ab und warf ihre Arme um mich.

Gemeinsam wühlten wir uns durch all die Markenklamotten vom unteren Ende der oberen Mode-von-der-Stange-Kategorie. Sie suchte sich ein dunkelblaues Hemd aus, einen grauen Pullover, ein schwarzes Viskose-Wolle-Jackett und schwarze Jeans, die ihr vermutlich eine Nummer zu groß waren. Aber dafür beinahe sauber. Ich nahm einen schwarzen Jogginganzug, schwarze Leggings und einen dicken, knielangen grünen Pullover. Er hatte ein paar Babykotzeflecken an der Vorderseite, die Tantie mit einem Schwamm entfernte. Manche der Klamotten waren zu versifft und fadenscheinig, um noch in Frage zu kommen. Die wanderten gleich zurück in den Müllsack. Manches taten wir in die Waschmaschine zusammen mit allem, was wir die letzten zwei Tage angehabt hatten. Tantie war kein Stück überfordert durch die Komplexität von Billys Haushaltstechnik.

Eine Frau mit kleinen Kindern schnellt zwischen Kleidergrößen umher wie ein Yo-Yo. Unsere faule Wohltäterin hatte die Geschichte ihrer Gewichtsschwankungen über Bord geworfen. Mal besaß sie eine Taille, mal nicht. Sie hatte große Brüste gehabt und war fast flach gewesen. Sie hatte kaschierende

Sachen getragen und Sachen, die zur Schau stellten. Tantie und ich hatten ein Riesenglück.

Zwei gravierende Lücken in unserer neuen Ausstattung waren Unterwäsche und Schuhe. Aber es war schon fast Schlafenszeit, und wir waren zu müde, um uns groß darum zu scheren.

*

Gegen ein Uhr kam Tantie herein, um auf dem Boden des kleinen Gästezimmers zu schlafen. Sie schaffte es, mir mitzuteilen, dass Billy zum Einschlafen Pornos auf seinem Computer guckte. »Bang, bang, bang, bis Frau blutet«, verdeutlichte sie unmissverständlich. Wodurch ich Lust bekam, dasselbe mit einem Golfschläger an Billys Kopf auszuprobieren.

*

Kaum war ich wieder eingeschlafen, da hörte ich Pierre viel zu laut zur Haustür hereinkommen. Ich eilte nach unten, um ihn zum Leisesein zu bringen und die Tür hinter ihm abzuschließen. Er roch nach moschuswürzigem Parfüm und nach Rum. Er hatte Elektra nicht befreit.

»Wo warst du?«, knurrte ich und schob ihn in die Küche. Denn selbst wenn ich ohne Nase geboren wäre, hätte ich riechen können, dass es nicht Cherrys Parfüm war. Miss Frostfurz stand auf blumig und rosa. Was an Pierre haftete, war karmesinrot mit einem Schuss dunklem Karamell und Orange.

»Ich muss mich ablegen«, jammerte er.

»Nicht so schnell. Wo ist Elektra? Warst du überhaupt nebenan?«

Er setzte einen großen Rucksack auf den Küchentisch und zog den Reißverschluss auf. Mich durchfuhr kurz die irre

Hoffnung, Elektra würde heraushüpfen, direkt in meine Arme, und sagen: »Ta-da! Überraschung, was?«

Stattdessen hob er andächtig eine biskuitfarbene Glamourperücke heraus, die er dann sorgsam auf einen groben Styroporkopf zog.

»Lil Missy hat sie für mich gerettet«, erklärte er. »Sie hat sie unter ihrem Bett versteckt, als Cherry alles andere gemetzelt hat. Ja, natürlich war ich nebenan. Ich hab einen Deal gemacht. Wir – du und ich – müssen Zach und Sylvie die Minna überlassen. Aber erst morgen. Jetzt kann ich nicht mehr denken.«

»Du hast mein Zuhause weggeschenkt, und alles, was sie dir dafür gegeben hat, ist ihr Wort?«

»Hör mal, sie dachte, ich könnte Zach und Sylvie einfach am Kragen packen und vor die Tür setzen. Sie hat immer noch dieses Bild von mir, als wär ich so 'ne Art Rausschmeißer. Sie denkt, nur weil ich groß bin, muss ich gewaltbereit sein und sie vor allem beschützen, was des Wegs kommt. Tja, so ist es aber nun mal nicht. Ich *bin* so nicht. War ich nie. Werd ich nie sein. Basta.«

»Was sie von einem Mann will …«, begann ich und dachte an all meine eigenen begrabenen Hoffnungen und Träume.

»Egal was das ist«, sagte er, »ich bin es nicht. Nach diesem ersten Mal mit ihr war ich ganz offen – ich hab ihr erzählt, wer ich bin und was ich mache. Und sie hat behauptet, sie fände das ›anders und aufregend‹. Aber als es dann ernst wurde, wollte sie das Klischee – den ›richtigen Boyfriend‹. Den will sie offenbar immer noch.«

Und ich, ich habe praktisch denselben Fehler gemacht – ich hab mir eingebildet, weil er ein großer Kerl ist, der einen gewissen Einfluss auf Miss Rosa Rattengift hat, würde er einfach losgehen und meinen Hund retten. Ich sollte mir wohl mal die Zeit nehmen und die Mühe machen, mein Bild von

Pierre gründlich zu revidieren. Denn Kerle, die tatsächlich wie Frauen aussehen *wollen* und – wenigstens für eine kleine Zeitspanne – sogar Frauen *sein* wollen, aus welchem Grund auch immer, sind seltene Vögel aus einem ganz anderen Holz. Die meisten Männer würden nämlich lieber sterben.

»Setz mal die Perücke auf, Pierre. Ich will dich damit sehen.«

Er sah mich komisch an, als würde auch er mich neu einschätzen. Dann grinste er und ging mit der Perücke zum Spiegel ins Badezimmer.

Als er zurückkam, trug er immer noch Jeans, ein Flanellhemd und kein Make-up – aber er war eine Frau. Dieselbe Magie, die ihn als Nonne hundertmal überzeugender gemacht hatte als mich, machte ihn auch überzeugend weiblicher, als ich es je sein konnte.

Ich hockte ihm am Küchentisch gegenüber, das Kinn in die Hand gestützt. Er saß vollkommen entspannt da und schien meinen forschenden Blick zu genießen.

»Ja«, sagte ich schließlich. »Zauberei. Ich hoffe, du hast dich so Alicia gezeigt.«

»Du bist ja nicht mal besoffen«, sagte er in ebenso staunendem Ton wie ich. »Klar hab ich's ihr gezeigt. Und sie hat sich nicht in die nächste Starkstromschiene geworfen.«

»Gut für sie«, sagte ich. »Pierre, hast du Elektra gesehen?«

»Nein«, sagte er traurig. Seine Stimme klang fast holdselig. »Du hattest recht. Cherry sagte, sie wäre wegen einer Erkältung über Nacht beim Tierarzt. Aber als sie aufs Klo ging, hat mir Missy gesteckt, dass sie lügt. Sie hat Elektra noch im Haus behalten, solange der Kleine da war, weil er nur so überhaupt mal Ruhe gab. Aber als sie Connor los war, meinte sie, sie wolle nicht mehr an dich erinnert werden und daran, wie du mich dazu gebracht hast, sie zu hintergehen. Daran zu denken sei so schmerzhaft – also hat sie Elektra außer Sicht geschafft. Sie wird Montag etwas wegen ihr unternehmen.«

»Sie schreibt die Geschichte um.«

»Ich weiß das«, sagte er mit der sanften, warmen Stimme der Frau, die er geworden war. »Warum hab ich nicht schon vor Monaten erkannt, wer Cherry wirklich ist?«

»Vielleicht hat sie dich dazu animiert, die Dinge ausschließlich wie ein Mann zu sehen«, sagte ich. »Aber, Pierre, was hat sie am Montag vor?«

»Du denkst, Frauen sehen Menschen klarer?«

»Wir sind genauso blind und blöde, wenn es um die Liebe geht«, räumte ich ein. »Aber gewöhnlich riechen wir den Braten, wenn eine andere *Frau* etwas im Schilde führt. Was hat diese Blumenfaschistin nun am Montag vor?«

»Nichts weiter – ich hab's dir doch gesagt. Wir übergeben Zach und Sylvie die Minna. Sie kommt ihrem Teil des Deals nach.«

»Du glaubst ihr? Inzwischen muss Elektra noch eine eiskalte Nacht im Schuppen verbringen. Ich weiß nicht, ob sie ihren Mantel anhat und ob sie überhaupt zu fressen bekommt. Was hat Little Missy darüber erzählt?«

»Nichts. Sie zittert viel zu sehr um ihre eigene Zukunft.«

»Ach.« Dann befiel mich eine plötzliche Ahnung. »Worin genau besteht der Deal?«

»Siehste, ich dachte mir schon, dass du kiebig sein wirst.« Er biss sich auf die Lippe, dann setzte er zögernd die Perücke ab und zog sie wieder auf ihren Styroporständer. »Du denkst immer, jeder Scheiß betrifft nur dich. Aber weißte, das ist gar nicht so. Andere Leute haben auch ihren Scheiß zu tragen.«

»Du hast Elektra nicht mal zur Sprache gebracht.«

»Das stimmt so nicht. Ich wollte es. Cherry aber nicht. Was ich rausgefunden hab, kam von Lil Missy. Und das war echt kaum was. Missy ist schon ewig meine Freundin. Sie hat Angst. Sie kann nicht mal über ihre Medikamente verfügen. Was meinst du denn, wie ihr zumute ist, wenn solche Scheiße wie zurückkehrender Bartwuchs davon abhängt, ob sie eine Frau günstig stimmen kann, vor der sie sich fürchtet? *Jetzt guck nicht so.* Du hast doch keine Ahnung, wie viel Anstrengung sie da schon reingesteckt hat und was für ein gefährliches Spiel sie spielen muss, nur um endlich die sein zu können, von der sie weiß, dass sie sie eigentlich ist.«

»Was glaubst du, mit wem du hier redest?«, fauchte ich. »Ich war doch dabei. Ich hab sie gesehen, als sie zusammengeschlagen wurde. Ich hab sie gepflegt, nachdem ein Bulle sie vergewaltigt hat. Wag es ja nicht …«

»Okay, okay. Schön, du hast hier und da was mitgekriegt. Also weißt du Bescheid. Wiegt das nicht schwerer als die Bequemlichkeit eines Hundes?«

»Hier geht es nicht um *Bequemlichkeit*. Es geht darum, dass ein lebendiges Wesen als Faustpfand missbraucht wird in einem Spiel, das dein Ex-Schatzi unbedingt gewinnen will. Es geht um eine Frau, die so begierig nur auf ihre eigenen Ziele aus ist, dass sie ein Kleinkind zu den Leuten zurückschickt, die ihn als Aschenbecher benützen. Wenn sie das einem Baby antun kann, wie kannst du da wissen, was sie einer hilflosen Transe antut, die sie verachtet, oder dem Hund einer Frau, die sie hasst? Sag mir das, Pierre. Sie hat doch mal gesagt, sie liebt dich, oder? Und jetzt, zwei Tage später, drangsaliert und erpresst sie dich und bedroht deine Freunde. Wird es nicht langsam Zeit, dass du dich mal gerade machst für das, wovon du *weißt*, dass es richtig ist? Na, wie sieht's aus?«

Er stand auf und ging zum Kühlschrank. Er nahm zwei Dosen Lager heraus und riss sie auf. »Trink mal was«, sagte er. »Du hörst dich schon an wie Judy Garland.«

*

245

Habt ihr gedacht, ich hätte den Wein dem Bolzenschneider vorgezogen? Wenn ihr das dachtet, kann ich's euch nicht verübeln. Denn das hatte ich fest vor. Es war das, was ich zu wollen glaubte. Aber ich hab es nicht getan. Ich hab für zehn geklaute Pfund den Bolzenschneider gekauft. Ich hab zudem einen Sack Kleider beim Wohlfahrtsladen geklaut. Seht ihr, ich hab mit aller Kraft versucht herauszufinden, wie es sich anfühlt, eine *tugendhafte* Diebin zu sein. Dann ging ich zurück zu Billy, elend und nüchtern wie ein Taktstock.

Doch Teufel Mutter behielt recht. Ohne meinen Gehilfen Alkohol hatte ich weder Schwung noch Schneid. Ich konnte mich nicht überwinden, das Risiko einzugehen, dass ich beim Einbrechen erwischt wurde. Gegen meine Bewährungsauflagen verstieß. Prompt wieder zurück in den Knast wanderte. Nicht mal für Elektra.

Nennt ihr das vielleicht Liebe? Nein, ich auch nicht.

Denn gewisslich heißt Liebe doch, dass man das Wohl eines anderen über das eigene stellt? Oder es zumindest gleichrangig behandelt? Es heißt nicht, dass man zu feige ist und zu viel Schiss vor dem Kittchen hat, um die paar Schritte in den Nachbargarten zu machen und den neuen Bolzenschneider am Vorhängeschloss des Schuppens eines eiskalten Trolls zu testen. Elektra würde an meiner Stelle anders handeln. Sie würde sich in Gefahr begeben, um mich zu retten. Andererseits ist Elektra wohl das einzige Wesen auf der Welt, das für mein Versagen Verständnis hätte. Also *das* nenne ich Liebe.

Aber wiederum andererseits rannte sie mit dem Schwanz zwischen den Beinen davon, als ich vor Burg Cropper von diesen Jugendlichen angegriffen wurde. Und habe ich ihr das übelgenommen? Na ja, um ganz ehrlich zu sein, schon. Aber nur ein bisschen. Ich hab es verstanden. Jedenfalls weitgehend. Ich würde mir nicht wünschen, dass sie Tritte abkriegt, nur weil ich welche bekomme. Ist *das* Liebe?

Liebe sollte nicht von zwei von Billys Bierdosen und einer weiteren schlaflosen Nacht abhängen.

Liebe, dachte ich fiebrig, ist doch nicht bloß das, was du *fühlst* – es muss von dem untermauert werden, was du *tust*. Oder etwa nicht?

Und deshalb schrieb ich eine Nachricht auf einen alten Briefumschlag, den ich in Billys Mülleimer fand. Sie lautete: »Wenn ich bis zum Morgen nicht zurück bin, ruf Kaylee Yost an.« Ich schob ihn unter der Wohnzimmertür durch, wo Pierre ihn auf dem Weg ins Bad sehen musste.

Kapitel 24

Was machen wir falsch?

Der Schuppen ragte vor mir auf, regenglänzend, schwärzer als der Himmel.

»Ich komme«, flüsterte ich Elektra zu. »Jetzt dauert es nicht mehr lang.« Doch sie antwortete mir nicht. Ich tastete mit einer Hand nach dem Vorhängeschloss und balancierte mit der anderen den Bolzenschneider aus, bis ich spürte, dass sich die Backen um den Bügel schlossen. Dann packte ich ihn fest mit beiden Händen und drückte mit aller Kraft die Backen zu.

Ein schneidender Schmerz fuhr wie ein Schlangenbiss meinen Arm hoch bis in die kürzlich ausgekugelte Schulter. »Au-au-au!«, schrie ich. Ich konnte mir nicht helfen. Ich ließ den Bolzenschneider fallen und rannte hinter den Schuppen, um mich zu verstecken.

Kein Securityscheinwerfer flammte auf. Niemand riss ein Fenster auf und brüllte mich an. Der Schmerz ließ nach ein paar Minuten nach, aber von Elektra war nichts zu hören.

Ich wünschte, ich hätte in Billys Haus eine Taschenlampe finden können. Ich wünschte, ich hätte solche Nieterhandgelenke wie Pierre. Ich wünschte, ich hätte nicht die unmögliche Wahl zwischen Wein und Bolzenschneider treffen müssen. Bier dämpft meine Unzulänglichkeiten lange nicht so gut wie Wein. Wein schenkt mir Selbstvertrauen. Von Bier muss ich bloß dringend pinkeln.

»Lass das«, sagte Pierre und erschreckte mich so, dass ich

schier aus der Haut fuhr, ganz zu schweigen von meinen Hosen. Wo war er plötzlich hergekommen? »Was machst du denn?«, fuhr er angeekelt fort. »Markierst du das Territorium? Ich dachte, Elektra wäre hier der Hund.«

»Das macht das Bier, das du mir gegeben hast.« Ich zerrte mir panisch die Hose hoch. »Und was machst *du* hier?«

»Dich vor dir selbst retten. Ich musste mal aufs Klo und fand deine Nachricht. Ich dachte mir schon, dass du hier bist und irgendwas völlig Irres machst. Stimmt doch, oder? Cherry in den Garten pissen? So 'ne Art Vergeltungsmaßnahme?«

»Du hast den Bolzenschneider übersehen«, sagte ich. Ich war so erleichtert, dass er da war, ich hätte ihn umarmen können. Stattdessen sagte ich: »Ich hab dich nicht um Hilfe gebeten. Warum gehst du nicht zurück ins Bett?« Eine Person hat ja wohl das Recht, etwas bärbeißig zu sein, wenn sie in den Rabatten ihrer Todfeindin beim Pipimachen erwischt wird.

»Bolzenschneider?«, sagte er. »Lass mal sehen.«

Ich zeigte ihn ihm. »Es funktioniert nicht«, sagte ich. »Vielleicht ist das Schloss zu neu.«

»Dummchen«, sagte er. »A: Das Ding da ist Dreck. B: Man schneidet nie durch das Schloss. Wo bist du denn zur Schule gegangen – Mary Janes Akademie für Blödis? Du musst versuchen, den Riegel zu zertrennen – der ist dünner, älter und rostiger.«

Schweigend reichte ich ihm das geschmähte Werkzeug. Er seufzte und nahm es. Nach vier Versuchen fiel der Riegel zu Boden und der Bolzenschneider auseinander. Er rupfte das Vorhängeschloss ab und zog die Schuppentür auf.

Elektra kam nicht herausgehüpft, um mich zu begrüßen. Es war stockdunkel. Zuerst dachte ich, sie wäre gar nicht da – vielleicht war der Eiszapfen weich geworden und gestand ihr für die Nacht ein wärmeres Plätzchen zu. Doch dann hörte ich ein zittriges Winseln.

»Warte mal«, sagte Pierre. »Ich hab eine kleine Schlüsseltaschenlampe.« Er kramte in seinen Hosentaschen herum.

Ich tastete mich weiter in den Schuppen vor, bis meine Hand Elektras weiches Fell spürte. Sie schien an etwas zu lehnen, völlig untypisch, an etwas Hartem. Dann zeigte mir das schwache bläuliche Licht von Pierres winziger Taschenlampe meine beste Freundin halb auf der Seite liegend, auf nacktem Beton. Ihr Kopf war in einem merkwürdigen Winkel aufwärts gerichtet.

»Scheiße, Scheiße, oh Scheiße«, sagte ich.

Es war noch nicht schlimm genug, dass Elektra in einen Schuppen gesperrt worden war oder dass sie keinen Mantel und kein Bett hatte: Jemand hatte sie zusätzlich an einen großen benzinbetriebenen Rasenmäher gekettet, mit einer Kette, die es ihr nicht erlaubte, sich richtig hinzulegen. Es gab nicht mal eine Schüssel Wasser.

»Ich versteh das nicht«, knurrte Pierre. »Wer macht so was?«

»Deine Partnerin«, sagte ich bitter. »Die Frau, die du geliebt hast, mit der du in die Ferien fahren willst, mit der du das Bett geteilt und die du ›Schatzii‹ genannt hast. Halt jetzt die Klappe. Hilf mir die Kette abmachen.«

»Nicht meine Partnerin.« Er kniete sich neben mich und richtete sein winziges Licht auf Elektras Hals. »Was zum …?«

Die Kette war mit einem Vorhängeschloss um Elektras Hals befestigt und dann mit einem Vorhängeschloss an dem Rasenmäher. Zwei Vorhängeschlösser für einen einzigen armen alten Hund.

»Ich kann das nicht abmachen«, sagte er. »Der Bolzenschneider ist Schrott.«

»Kannst du aufstehen, Liebling?«, fragte ich Elektra. Ich legte meine Arme unter ihre Brust und half ihr auf die Beine. Sie war so geschwächt, dass sie sich sofort hinsetzen musste. Ich hatte nicht mal Wasser bei mir, das ich ihr geben konnte.

»Ich muss sie tragen«, sagte ich. »Du wirst den Rasenmäher klauen müssen.«

»Können wir die Maschine nicht auseinandernehmen?«

»Kein Werkzeug«, sagte ich. »Keine Zeit.« Ich hob Elektra auf. Er stellte sich hinter den Rasenmäher. Langsam, viel zu langsam verließen wir den Schuppen.

»Scheii-ße«, stöhnte er mit einem Blick zum Küchenfenster. Das Licht war an. Er schaute auf die Uhr. »Frühstück«, sagte er. »Dein Timing ist beschissen.«

Elektras Kopf hing schlaff von meinem Arm. Sie war in der Dunkelheit der Winterdämmerung fast unsichtbar, aber ich konnte durch ihre zarten Knochen hindurch die ganze Grausamkeit und Traurigkeit fühlen, die ins Zentrum ihres Körpers gesickert war. Ich dachte: »Davon erholt sie sich nie.« Sie hatte ihr Vertrauen einer Person geschenkt, die nur vorgab, sich etwas aus ihr zu machen. Sie hatte jemandem Zutrauen und Liebe entgegengebracht, nämlich Frost-Cherry, die sie in dem Kriegsspiel, das sie mit Pierre abzog, als Waffe benutzte. Sie hatte auf mich vertraut, doch ich hatte sie sitzenlassen. Ich ging in den Bau und ließ sie bei Lil Missy, der zu schwach und unsicher war, um auf sich selbst aufzupassen, und erst recht, um sie zu beschützen. Sie war meine Freundin, meine Verantwortlichkeit, und ich hatte sie schmählich im Stich gelassen.

»Mein kleiner Arsch ist nicht dafür gebaut, Rasenmäher zu schieben«, brummelte Pierre. Wir näherten uns dem Törchen zwischen Garten und Schotterauffahrt. Mir war schleierhaft, wieso niemand im Haus uns hörte.

Elektra hat immer meinen Schutz gebraucht. Nur ein Tag trennte sie noch von der tödlichen Spritze, als wir uns begegneten. Sie war ein schrottreifer alter Rennhund, unvertraut mit menschlicher Gesellschaft – nicht gerade eine Spitzenposition auf der Wunschliste von jemandem, der ein Kuscheltier adoptieren möchte. Vermutlich war das der Grund, warum die

Leute im Tierheim einer Obdachlosen erlaubten, sie zu nehmen. Wäre sie jünger gewesen und weniger ängstlich und zittrig, dann hätten sie ihr ein richtiges Zuhause gesucht.

»Na, das hat doch prima geklappt, nicht wahr?«, höhnte Mutter Satan. »Du und dich um einen Hund kümmern? Du hast deinen Hamster umgebracht, wie ich mich erinnere.«

»Sei still«, keuchte ich. Obwohl sie ausgehungert und dehydriert war, war Elektra immer noch ein großer Hund. Zusätzlich musste ich gebückt gehen, weil die Kette, die sie an den Rasenmäher fesselte, so kurz war. Aber ich hörte satanisches Gelächter, also sagte ich trotzig: »Der Hamster hat das Kabel vom Elektroofen durchgenagt.«

»Weil er aus deinen kleinen Schwitzehändchen geflüchtet ist«, frohlockte Mutter. »Er wollte lieber gegrillt werden als sich von dir streicheln lassen. Deinen Goldfisch hast du überfüttert. Ich habe dich gewarnt, aber du wolltest ja nicht hören. Ich bin so froh, dass du für Kinder zu spät dran bist.«

»Wein jetzt nicht«, sagte Pierre. »Dafür ist keine Zeit. Hey, ich hab 'nen Werkzeugkasten im Auto. Wir werden die alte Hündin ganz bald befreit haben.«

»Connor konnten wir auch nicht beschützen«, sagte ich. »Was machen wir bloß falsch?«

»Es geht nicht darum, was *wir* falsch machen«, sagte er. »Es geht darum, was … Scheiße, ich weiß nicht … was andere Leute alles anrichten. Du kannst das so nicht sagen, dass wir Connor nicht geholfen haben. Die Cops werden da schon was für ihn regeln.«

»Die Cops …«, begann ich. Dann bogen wir um die Ecke. Und da waren sie.

Kapitel 25

In dem Kaschmir über Vagabundentum triumphiert

Ich hab es euch doch gesagt – die Cops kommen immer noch mal wieder.

Und da war auch Miss Eiszapfen – sie mit ihrem seidigen beigefarbenen Haar und ihren mustergültig gebügelten beigefarbenen Kleidern – so ladylike und so glaubwürdig. Neben ihr stand – blonder, aber fast ebenso respektabel – Lil Missy und beschirmte sie mit einem rosa Regenschirm.

»Schei…«, begann Pierre und brach ab.

»Oh fuck, fuck, fuck«, sagte ich, denn genau in dieser Sekunde entdeckte uns Miss Eisgesicht. Hoch kam die Hand, und heraus kam ihr scharfkralliger, perfekt manikürter ausgestreckter Finger.

»Weißte was?«, murmelte Pierre. »Ich hätt's wissen müssen. Weißte wieso? Weil sie absolut keinen Arsch hat – es geht gerade runter von ihren Schultern bis zu den Fersen. Nichts zum Anpacken. Trau nie einer Frau ohne Hintern.«

»Ha-ha-ha«, machte Teufel Mutter.

»Ich habe es Ihnen ja *gesagt*«, verkündete Cherry. »Sie sind bei mir eingebrochen. Das ist mein Rasenmäher, sie stehlen ihn gerade.« Ihre Stimme klang vornehm und total überzeugend. »Das dort ist Angela Mary Sutherland. Sie ist eben erst aus dem Gefängnis gekommen. Und schauen Sie – schon begeht sie ein Verbrechen.«

Ich kam unter Elektras leblosem Gewicht ins Stolpern. Ich setzte mich auf den nassen Gehweg und wiegte sie in meinen

253

Armen. »Wir können nicht weglaufen«, sagte ich zu ihr und Pierre.

»Ich schon«, sagte Pierre.

Für einen Augenblick dachte ich, er würde es tun. Doch er hielt die Stellung. Er sagte laut: »Es gibt hier kein Verbrechen. Wir wollen ihren scheiß Rasenmäher gar nicht. Sie kann ihn wiederhaben, sobald der Hund frei ist. Komm schon Cherry, sei nicht so – gib mir die Schlüssel zu den Vorhängeschlössern.«

Die beiden Cops – ein bulliger Mann und eine kleine Frau - kamen näher. Sie schlenderten auf diese absichtsvolle Art, die mir eine Gänsehaut macht. Die Frau sagte: »Ich bin PC Suzie Pang, und dies ist PC Ian Gregory.« Heutzutage bilden sie sich ein, wenn sie schlendern und ihre Namen sagen, wirken sie weniger bedrohlich. Falsch – wenn man wie ich mal mit ihnen aneinandergeraten ist, können sie gar nicht verschleiern, dass sie des Teufels starker Arm auf Erden sind.

»Denn wo du mich siehst, wirst du mich erkennen«, sagte der Teufel. Zu meiner großen Erleichterung schien es, dass er Mutters Stimme aufgegeben hatte und wieder männlich war.

»Du bist wieder da.« Ich öffnete Billys riesigen Mantel, so dass ich Elektra dicht an meinen Körper ziehen konnte. Der Mantel war groß genug für zwei von mir und zwei von ihr. In diesem Moment liebte ich Billy. Ich hob sie an meine Brust, so dass sie den Kopf auf meine Schulter legen konnte, ohne von der Kette gewürgt zu werden. Ihr unaufhörliches Zittern machte mir eine Höllenangst.

»Wessen Rasenmäher ist das?«, fragte PC Gregory.

»Ihrer«, sagte Pierre.

»Meiner«, sagte die toxische Trollin gleichzeitig. »Sehen Sie? Er macht sich nicht einmal die Mühe, es zu leugnen.« Sie wirkte so geschmackvoll in ihrem beigen Kaschmirpullover, dem dreiviertellangen Rock und den hellbraunen Stiefelchen.

Pierre sagte: »Scheii-ße – was soll ich denn mit einem Rasen-mäher? Hab überhaupt keinen verdammten Rasen. Aber wir müssen diese arme Töle retten.«

»Wem gehört der Hund?« fragte PC Pang.

»Mir«, flüsterte ich.

»M-mir«, stammelte Lil Missy. Sie trug einen grauen Kasch-mirpullover, einen dreiviertellangen Rock mit Hahnentritt-muster und schwarze Stiefelchen.

»Das Tier ist alt und inkontinent«, sagte Cherry. »Deshalb schläft es im Schuppen.«

»Warum tust du das, Mädchen?«, wandte Pierre sich an Missy. »Und warum hast du Cherrys Sachen an?«

Little Schmister konnte Pierre nicht in die Augen sehen.

»Wer von Ihnen ist nun der Eigentümer des Hundes?«, fragte PC Gregory.

Cherry stieß Schmister an, und er sagte: »Ich natürlich«, klar und deutlich und mit einem kultivierten Akzent, in dem nur noch eine allerletzte Spur Irland mitschwang.

Ich sagte: »Sie gehört mir. Ich hab sie aus dem Tierheim in Battersea. Sie ist ein Rennhund im Ruhestand.«

»Wie heißt sie?«, fragte PC Pang.

»Elektra«, sagte Schmister.

»Fragen Sie mal nach ihrem vollen Rennhundnamen«, sagte ich.

Gregory und Pang sahen zu Schmister. Cherry stieß ihn wieder an und flüsterte ihm etwas ins Ohr. Bestimmt sagte sie: »Denk dir was aus. Das prüfen sie nicht nach.« Aber er schaffte es nur, einen gequetschten Laut auszustoßen, der mit »Ich« anfing und mit »nicht mehr« endete.

Frost-Cherry sah angeekelt aus. Sie sagte: »Das ist doch irrele-vant.« Sie zeigte wieder auf mich. »Sie hat Bewährungsauflagen. Sie ist Alkoholikerin und eine Vagabundin dazu, und sie ist soeben in meinen Gartenschuppen eingebrochen und hat meinen Rasenmäher gestohlen. Ich habe es von meinem Bade-zimmerfenster aus gesehen und sofort 999 angerufen. Wenn Sie mir nicht glauben, gehen Sie ums Haus und sehen Sie nach. Ich habe keine Ahnung, warum sie mich immerzu schikaniert – ich habe nur versucht, ihr zu helfen. Aber sie hat Gewalt und Chaos in mein Haus gebracht, und ich will, dass Sie etwas dagegen unternehmen.«

»Einbruch ist ein ernstes Verbrechen«, sagte Gregory zu mir. »Sie sind im Besitz eines Rasenmähers und eines Hundes, und keines von beidem ist Ihr Eigentum.«

»Warte mal«, sagte Pang. »Ich glaube, der Hund gehört doch ihr. Sie hat ihn ›sie‹ genannt. Miss Price sagte ›das Tier‹. Aber bevor wir dem weiter nachgehen, muss ich Ihnen sagen, Miss Price, dass wir nichts von einem 999-Anruf wissen. Wir sind nicht deswegen hier.«

»Aber jetzt sind Sie ja hier«, sagte Miss Kältezone. »Ein Ver-brechen ist verübt worden, und Sie können doch wohl nicht einfach ignorieren, was direkt vor Ihrer Nase geschieht.«

»Nun …«, setzte Pang an.

»Tierquälerei ist auch ein Verbrechen«, sagte ich. »Man kettet einen Hund nicht an einen Rasenmäher, schon gar nicht mit einer Kette, die zu kurz ist, als dass sie sich hinlegen kann, nur weil sie inkontinent ist. Was sie übrigens nicht ist. Man benutzt nicht zwei Vorhängeschlösser, nur um seinen hellbeigen Tep-pich zu schützen. Man tut so etwas aus Grausamkeit und Bös-artigkeit, nur um zu drangsalieren.«

»Weniger ist mehr«, flüsterte Pierre und stieß mit seinem Fuß an meinen. »Sei jetzt still.«

»Hör nicht auf ihn«, flüsterte der Teufel. »Sprich weiter. Lass es raus.«

Gregory sagte: »Wir haben nicht geklärt, wer der rechtmä-ßige Eigentümer ist.«

»Spielt das eine Rolle?«, rief ich. »Sehen Sie Elektra an. Na los, sehen Sie hin. Sie stirbt vor Kälte und Dehydrierung. *Scheiß* auf rechtmäßig.«

»Oh brillant«, sagte Pierre.

»Scheiß auf rechtmäßig?«, jubelte der Teufel. »Bullen *lieben* solche Ansagen.«

»Sie braucht *Wasser*!«, schrie ich. »Ich weiß nicht, wie lange sie es schon ohne aushalten musste.«

Pang sagte: »Wir sind hier, weil gegen die Bewohner dieser Adresse schwere Anschuldigungen erhoben wurden. Unter anderem geht es um Entführung von und Körperverletzung an einem Minderjährigen ...«, sie schlug ihr Notizbuch auf, »... einem Kind namens Connor Cropper.« Sie wandte sich direkt an Cherry. »Was können Sie mir darüber sagen?«

»Ich kann es nicht fassen. Ich rufe Sie hierher und habe eine berechtigte Beschwerde, nämlich Einbruch und Diebstahl – und Sie sehen ja wohl mit eigenen Augen, was hier vorgeht. Gestern Abend habe ich Sie wegen tätlichen Angriffs und widerrechtlichem Betreten meines Hauses gerufen.« Sie deutete auf die weiß gestrichene Tür hinter sich. »Und was tun Sie? Absolut nichts. Sie interessieren sich mehr für betrunkene alte Säuferinnen ...«, an dieser Stelle deutete sie auf mich als Repräsentantin betrunkener alter Säuferinnen überall, »... als für eine respektable Hausbesitzerin, die ihre Steuern bezahlt – und damit auch Ihre Gehälter. Wenn Sie wissen wollen, wer Connor Cropper entführt hat ...«, wieder der anklagende Finger, »... das war sie. Sie hat auch diesen Perversling da ...«, der Finger schwang wie eine Wetterfahne zu Pierre herum, »... zu kriminellen Handlungen angestiftet. Und dann hat sie Penner von ihrem Schlag – ausländische Terroristen – in mein Haus gebracht. Und die haben mich tätlich angegriffen, und sie gehen einfach nicht weg.«

»Hey ...«, sagte Pierre.

»Da war wohl jemand ein unartiges Mädchen«, bemerkte PC

Gregory, der eindeutig mehr auf Kaschmir gab als auf Vagabundentum.

»Jetzt winde dich da mal raus«, kicherte Er, der sich am Desaster aufgeilt.

Dann geschahen zwei Dinge gleichzeitig: Tantie kam aus Billys Tür gerannt, eine Wasserflasche in der einen und eine Müslischale in der anderen Hand, und ein weiterer Streifenwagen bremste vor Cherrys Haus.

»*Pauvre petite*«, sagte Tantie, ging neben mir in die Hocke und goss Wasser in die Schale. Sie hatte zwei Paar von Billys Riesensocken an den Füßen, aber nördlich davon war sie recht seriös in schwarze Wolle gehüllt.

»Was haben wir denn hier?«, fragte der neue Cop, als er seine massige Gestalt aus dem kleinen Auto stemmte, »so 'ne Art Kirchentreffen? Immerhin ist ja Sonntag.«

»*Merci mille fois*«, sagte ich zu Tantie. »Du bist ein Engel, und ich liebe dich.«

Gregory sagte: »Hallo, Nidge – bisschen Nerverei hier.« Er sah drein, als bräuchte er dringend männliche Verstärkung, so viel er kriegen konnte.

Ich stützte Elektra, so gut ich konnte, während Tantie ihr die Schale unter die Nase hielt.

Pang sagte: »Bist du wegen eines Rasenmähers da? Ich hab nämlich langsam den Eindruck, dass wir hier mitten in einen ziemlich ätzenden häuslichen Konflikt geraten sind.«

Langsam, schwächlich, begann Elektra das Wasser zu schlabbern. Mir liefen Tränen übers Gesicht.

»Weiht mich doch mal eben ein, ja?«, sagte Nidge.

»Wenn Sie mir nur einmal zuhören würden …«, begann Miss Ätz.

»Kleinen Moment, Miss Price …«

»Bitte, Schmister, *bitte* bring uns diese Schlüssel …«

»Yeah, Lil Missy, bring sie her. Wir können doch nicht …«

»Du bleibst, wo du bist«, blaffte die Kühlkönigin. Und dann sanfter: »Entferne dich jetzt besser nicht, Liebes – es ist doch schon fast Zeit für deine Pillen.« Lil Missy zuckte krampfhaft.

Die drei Cops steckten die Köpfe zusammen. Ich hörte Gregorys Eröffnung: »So wie ich die Sache sehe …«, nur um kurz darauf von Pang unterbrochen zu werden: »Das ist zu leicht …«, gefolgt von Nidges kläglichem: »Ich hab's ganz gern leicht.«

Pierre starrte Cherry geradezu staunend an. »Hast du Lil Missy gerade *bedroht*?«

»Ich kann nicht fassen, dass du das überhaupt für möglich hältst«, sagte das Zitronensorbet in tragischem, tief gekränktem Ton. »Was ist nur mit dir geschehen? Lässt du dir jetzt von einer launischen Alkoholikerin vorschreiben, wie du über mich denkst? Sie hat mich doch nie leiden können, und sie hat von dem Moment an, wo diese Idioten sie aus dem Gefängnis entlassen haben, versucht, sich zwischen uns zu stellen. Und du lässt das auch noch *zu*. Wenn du nur ein bisschen Integrität hättest, wärst du deinen Freunden gegenüber loyaler. Alles, was ich tat, habe ich nur aus Liebe getan. Siehst du das denn nicht? Es bricht mir das Herz, mitanzusehen, wie sie dich in den Schmutz zieht und wie du all deine Selbstachtung aufgibst.«

Satan sagte: »Ein besseres Drehbuch hätte ich selbst nicht schreiben können. Das war brillant.« Er klatschte Beifall. »Brava, mein Kind, brava!«

»*Sie* war es nicht, die meine Perücken zerstört hat«, sagte Pierre. Aber er hörte sich jetzt unsicher und defensiv an.

Ich sagte: »Cherry, bitte, wenn Sie noch ein Fünkchen Menschlichkeit haben, überlassen Sie mir die Schlüssel zu den Vorhängeschlössern.«

»Sie hat dich in deinen früheren ungesunden Lebenswandel zurückgezerrt«, fuhr sie fort und ignorierte mich vollständig. Ihre Stimme klang ruhig, weich, durch und durch vernünftig.

»Du brauchtest diese Kostüme gar nicht mehr, Liebster, du hast dich so gut herausgemacht. Jetzt hingegen gestattest du einer Irren, sich von dir abhängig zu machen. Wenn du nicht aufpasst, stellst du irgendwann fest, dass du den Rest deines Lebens für sie sorgen musst. Aber wenn das deine Entscheidung ist, kann ich dir nur Glück wünschen.«

Es war reine, dornenscharfe Bosheit, aber sie sagte es so ruhig und sachlich, dass Pierre unmerklich anfing, seine Position neben Elektra und mir in Richtung Cherry zu verlagern. Der Meister der Tücke sagte: »Du musst zugeben, dass ich sie gut ausgebildet habe. Ich hätte das selber nicht besser hingekriegt.«

Elektra hörte auf zu trinken und fiel schlaff in meine Arme zurück, was mich zu Tode erschreckte. Aber ich konnte spüren, dass sich ihr Brustkorb noch bewegte. Ich legte mich dicht neben dem Rasenmäher flach auf den Boden mit ihr auf mir drauf. Nicht nur, weil mich die Bosheit von Polar-Price geplättet hatte. Nicht nur, weil mein Herz schmerzte. Mein Rücken tat auch weh, und ich musste eine Haltung finden, in der Elektra halbwegs natürlich liegen konnte, ohne gewürgt zu werden, den Kopf auf meiner Brust. Sie war es, um die es hier gehen musste, schärfte ich mir ein. Ich musste mich um ihretwillen zusammenreißen – ich konnte nicht aufstehen und Trolle verdreschen, ohne ihr noch mehr Schmerzen zuzufügen.

»Schläft sie?«, fragte ich Tantie.

»Ja, aber du bist nass, so nass.«

»Tantie, kannst du ein bisschen von dem Hackfleisch holen, das in Billys Cottage Pie im Kühlschrank ist?«

Ihr blieb keine Zeit zum Antworten, denn vom Nachbarhaus schallte eine zornige Stimme herab. »Verpisst euch bloß – ihr gebt dem Hund nichts von meiner Pie. Auf keinen Fall!« Billy hatte das Schlachtfeld betreten.

Kapitel 26

Beschuldigungen

Von meiner liegenden Position aus war es schwierig zu sehen, was vorging. Ich hob den Kopf. Billy hing an seinem Fenster, trug seinen Schottenkaro-Pyjama und einen dunkelblauen Bademantel und hielt sein Handy auf den Kampfplatz unter ihm gerichtet. Ich rief zu ihm hinauf: »Sie ist am Verhungern, Billy – ich ersetze alles, was sie isst.«

»Du träumst wohl«, brüllte er zurück. »Was krieg ich denn als Sonntagsessen, wenn sie meine Pie frisst? Auf keinen Fall.«

»Aha, ich verstehe«, sagte die Schneekönigin. »Ihr wohnt alle bei Fettwanst. Das hätte ich wissen sollen.«

»Pierre nicht«, sagte Lil Missy Schmister. »Er schläft in der Minna.« Und so bekam ich mit, dass Pierre Wort gehalten und nicht mal seiner Langzeitkumpanin verraten hatte, dass wir nebenan waren. In meiner Kehle saß ein Kloß, als hätte ich ein hartgekochtes Ei am Stück verschlungen. Ich legte meinen Kopf wieder aufs nasse Pflaster und ließ den langsamen Regen mein Gesicht waschen. Unter dem Mantel fühlte ich, wie Elektras flacher Atem über meinen Hals strich. Fast noch mehr als nach Schlaf verlangte es mich nach dem Geschmack von Rotwein in meinem Mund. Ich war hohl und schwach ohne ihn. Aber ich zog Elektra an mich und passte auf, dass ihr Kopf geschützt war.

»Der Eisschrank«, rief Tantie zu Billy hinauf. »Vielleischt da gibt *des saucissons*?«

»Was?«, schrie Billy. »Ich verstehe nicht. Was ist in meinem Gefrierschrank?«

»Ein solcher Ignorant«, murmelte Miss Alleswisserin Schmister und Pierre zu.

»Vielleicht gibt es Würstchen im Gefrierschrank«, sagte ich zu Tantie.

»Würstschen«, schrie Tantie.

»Haut bloß ab«, schrie Billy zurück.

»Haut?«, fragte Tantie verdutzt.

Eine neue Stimme meldete sich: »Mummy, können wir dem armen Hundchen was von Scruffys Fressen geben?«

Ich drehte den Kopf und sah, dass die Frau, die gestern Abend den Tumult zwischen Cherry, Mrs. Cropper und den Cops mit ihrem Camcorder aufgenommen hatte, auf der anderen Straßenseite stand und mich aufnahm.

»Okay«, sagte sie, ohne das Auge vom Sucher zu nehmen. »Aber nur ein bisschen, und du passt auf, dass du die Schüssel zurückbekommst.«

»Danke«, sagte ich. Ihr Sohn rannte ins Haus.

»Das wird allmählich der reinste Zirkus«, sagte Cherry. »Könnten wir nicht reingehen, Officer Gregory? All diese Streiterei in der Öffentlichkeit – so führe ich mein Leben eigentlich nicht.«

»Sehen wir zu, dass wir aus diesem endlosen Regen kommen«, sagte Gregory zu Suzie Pang.

»Sie alle bleiben hier«, sagte Nidge zu allen, die keine Cops waren und kein Kaschmir trugen.

Ich bekam Panik. Das lief ganz falsch. Cherry würde sich im stillen Kämmerlein mit Mrs. Croppers Anschuldigungen Connor betreffend auseinandersetzen, schön separiert, als hätte das alles gar nichts zu tun mit Elektra und dem Rasenmäher. Sie würde das Ganze sauber und plausibel wegerklären und die Schuld mir und Pierre in die Schuhe schieben. Es würde niemand da sein, der ihr widersprechen konnte. Little Missy Schmister ganz bestimmt nicht.

Der Rasenmäher, Elektra und ich würden separat abgehandelt werden. Ein simpler, offensichtlicher Fall von Diebstahl, sorgsam und ordentlich eingetütet, ganz nach Cherrys Art. Denn so führte sie ihr Leben eigentlich. Ich würde von Elektra weggerissen und eingesperrt, wieder mal Gast Ihrer Majestät. Diesmal würde meine beste Freundin ganz bestimmt sterben. Niemand würde Cherry drankriegen für ihre Verbrechen gegen Hunde, Babys, Travestiekünstler, Transsexuelle und Trinkerinnen. Ein weiterer Sieg für Miss Perfekt-Plausibel.

»Du plumpst doch schon dein ganzes Leben lang in dasselbe Loch«, prustete der Teufel. »Du bist ein Schwächling – zu schwach, um gegen deine Mutter anzukommen, zu schwach, um loszugehen und dir einen Mann zu suchen, zu schwach, um ehrlich zu bleiben, zu jammerlappenlausig schwach, um als Beschützerin für …«

»Sei still!«, schrie ich. »Geh mir von der Pelle. Wieso schikanierst du mich dermaßen?«

»Achten Sie gar nicht auf sie«, sagte Frost-Cherry lieblich. »Sie ist eine Irre und gehört in die Anstalt. Sie glaubt, sie spricht mit Satan. Sie tut mir wirklich aufrichtig leid, aber man hätte sie nie vorzeitig entlassen dürfen. Ich habe versucht zu helfen, aber sie hat sich rundheraus geweigert, ihre Medikamente zu nehmen. Was soll man da machen?«

Meine Augen waren zu, deshalb konnte ich ihr hübsches, hilfloses Achselzucken nicht sehen. Aber ich hörte PC Gregory sagen: »Bestimmt haben Sie Ihr Bestes getan.«

»Halt«, rief ich. »Alles, was sie sagt, ist verdreht und entstellt.«

»Sch-sch«, machte Tantie und streichelte mein kräuseliges nasses Haar.

»Es stimmt, dass ich mit dem Teufel rede«, fuhr ich fort. »Aber das weiß sie nur, weil sie seine Tochter ist, eine Blutsverwandte des personifizierten Bösen.«

»Sie sehen, was ich meine?« Die Frau brachte es fertig, gleichzeitig triumphierend und abstoßend mitleidig zu klingen.

»Moment mal!«, meldete sich schließlich Pierre zu Wort. »Okay, kann sein, dass sie manchmal eine Schraube locker hat. Aber das heißt nicht, dass sie schlecht ist oder eine Lügnerin.«

»Es heißt auch nicht, dass sie das nicht ist«, säuselte süß seine Exfreundin.

»Dein edler Ritter ist bloß ein Scheusal, das Frauenkleider anzieht«, erklärte mir der Teufel vergnügt.

»Erzähl du mir ja nichts von Scheusalen«, sagte ich. »Deine Tochter ist nicht nur boshaft und lügnerisch, sie ist auch noch eine Kleinkindmörderin.«

»Was?«, sagte PC Pang.

»Och, nun *kommen* Sie schon!«, rief Cherry. »Wollen Sie wirklich auf das wirre Gestammel einer Geistesgestörten hören?«

»Gehen wir erst mal aus dem Regen«, warf PC Gregory ein.

Ich liebkoste Elektras schmalen Kopf als Glücksbringer. Mir blieb genau noch eine Chance, zu erklären, dass Cherry Connor höchstwahrscheinlich zum Tode verurteilt hatte, indem sie ihn mit seiner fürchterlichen Großmutter wegschickte. Mir war schwindelig. Hätte ich nicht sowieso schon flach auf dem Gehweg gelegen, ich glaube, ich wäre umgefallen. Nur ein halbes Glas Wein hätte das alles gehandhabt. Aber alles, was kam, war eine kleine Schüssel Hundefutter in den Händen eines rotblonden Engelchens.

»Du bist ein Engel«, sagte ich zu ihm, schlug mir Connor aus dem Kopf und kämpfte mich hoch in Sitzposition.

»Ich bin Ziggy«, sagte der Engel. »Meine Mum sagt, ich bin ein *Starman*.«

Offenbar war Camcorder-Mum ein Bowie-Fan. »Deine Mum hat recht, du bist auf jeden Fall ein Star.« Vielleicht wäre manchen Menschen die Wahl zwischen Elektra und Connor schwergefallen. Aber nicht mir. »Halt die Schüssel ruhig«, sagte ich zu Ziggy. »Ja, genau so. Oh sieh nur, sie fängt an zu essen.«

Wie kann ich euch erklären, was mir der Geruch des Hundefutters bedeutete? Oder die Geräusche, mit denen Elektra es sich einverleibte? Ein kleiner Sieg, ich weiß, aber mein Leben hat von Anfang an immer nur aus Niederlagen bestanden. Alles wirklich Bedeutende – Liebe, Selbstachtung, Redlichkeit, Vertrauen, Zurechnungsfähigkeit – wurde mir ausgetrieben. Was blieb, war Hundefutter.

»Was meinst du denn mit ausgetrieben?«, höhnte Satan. »Du hast doch nichts von alledem je besessen. Der Begriff des ›geborenen Verlierers‹ wurde extra für dich erfunden.«

»Aber Elektra ist am Leben«, sagte ich trotzig. »Sie hat die Kraft, zu trinken und zu essen. Was macht es da schon, dass deine eisgesichtige, eiskalte Tochter Connor Cropper umbringt? Meine Niederlagen mögen gewaltig sein. Aber meine winzigen Triumphe kannst du mir nicht wegnehmen.« Ich saß jetzt aufrecht da und lehnte mich gegen den Rasenmäher. Ziggy hielt die Futterschüssel, Tantie die Wasserschüssel.

Pierre sah zu, wie Cherry, Lil Missy und die beiden Cops den Pfad zur Haustür entlanggingen. Er rief: »Lil Missy – warte doch mal. Du kannst das immer noch geraderücken.«

»Ich kann nicht«, sagte Lil Missy. »Ich bin nicht so stark wie du.« Er konnte sich nicht mal umdrehen und Pierre ins Gesicht sehen. An seiner Stimme hörte ich, dass er weinte.

In diesem Augenblick tauchten so schnell wie zwei tanzende Funken Zach und Sylvie im Türrahmen auf. Und als Cherry herankam, knallten sie ihr die Tür vor der Nase zu.

»*Allez Débris d'Or!*« Tantie ließ die Wasserschüssel fallen und boxte mit ihrer blassen, mageren Faust in die Luft.

»Oy, das war meine Müslischüssel«, brüllte Billy wutentbrannt. »Die bezahlst du mir aber.«

»Das ist lächerlich«, fauchte Cherry. »*Tun* Sie doch was.«

»Polizei – aufmachen!« PC Gregory klopfte und drückte gleichzeitig auf die Klingel.

»Nidge«, sagte Pang, »lauf du ums Haus zur Hintertür.«

Während Nidge schwerfällig um die Hausecke verschwand, fuhr sie fort: »Nur fürs Protokoll – können wir kurz eine Kleinigkeit klären? Wer ist nun die rechtmäßige Besitzerin dieser Hündin?«

»Ich«, sagten Schmister und ich gleichzeitig.

»Sie«, sagte Pierre und zeigte auf mich.

»Du hast wohl überhaupt keine Integrität«, sagte Cherry. »Sag die Wahrheit und gib zu, dass du, Lil Missy und dieser Hund seit fast einem Jahr in meinem Haus von meinem Essen leben. Lil Missy hat *mir* den Hund gebracht. *Wir* haben uns um das T… um sie gekümmert. *Ich* habe Heizung, Strom und Teppichreinigung aus eigener Tasche bezahlt. Du hast in meinem Bett geschlafen, Pierre – gibt mir das nicht ein Anrecht auf ein klein wenig Loyalität oder Respekt?«

»Stimmt das?«, fragte Pang Pierre.

»So halb«, grummelte er. »Also, es ist irgendwie zutreffend, aber beileibe nicht die Wahrheit. Die Hündin, Elektra, gehört weder ihr noch Lil Missy. Sie gehört zu der leicht Überkandidelten da, die ihr das Leben zu retten versucht.«

»Und Sie …«, PC Pang wandte sich mir zu, »… wovon reden Sie da – Kleinkindmörderin? Hat das irgendetwas zu tun mit der Entführung und Misshandlung von Connor Cropper? Was hat sich hier in den letzten paar Tagen wirklich abgespielt?«

»Um Himmels willen«, unterbrach Cherry.

»In den letzten paar Tagen?«, grölte Billy aus seinem Fenster. »Ihr redet alle über das falsche Kind. Diese Hexenschlampe Cherry Price hat doch den kleinen Sohn ihres Mannes umgebracht. Er ist genau zu dem Zeitpunkt verschwunden, wo sie diese optische Beleidigung von einem gottverfluchten Schuppen in ihren Garten gesetzt hat. Für den sie nie eine Baugenehmigung eingeholt hat. Ich und ein paar Nachbarn beschweren uns seitdem andauernd. Aber macht hier vielleicht mal irgendwer *irgendwas*? Ihr solltet endlich diesen verkackten Schuppen abreißen und nachgucken, was sie da drunter verscharrt hat.«

266

Kapitel 27

Weitere Beschuldigungen

Alle fingen gleichzeitig an zu reden.

»Und wer sind Sie?«, begann Suzie Pang.

»Das kann nicht Ihr Ernst sein – er ist der allerletzte Hanswurst.« Cherry wurde jetzt doch allmählich laut.

»Oh verflucht, wie genial!« Die Nachbarin richtete ihren Camcorder auf Billy.

»Los, Billy«, sagte ich leise in Elektras Ohr.

Und Tantie machte mich aus voller Kehle nach: »*Los, Billy!*«

»*Los, Billy*«, schrie Ziggy, der das Ganze enorm genoss. »Guck, Mummy, das Hundchen hat ihr ganzes Frühstück verputzt.«

»Geh nach drinnen, Ziggy«, sagte die Nachbarin, ohne für eine Sekunde das Auge vom Sucher zu nehmen. »Du wirst ganz nass.«

»Die Hintertür ist abgeschlossen«, keuchte Nidge, der um die Hausecke kam und sich die Brust hielt. »Aber an dem Schuppen hat sich eindeutig jemand zu schaffen gemacht.«

»Wir können das hier nicht handhaben«, zischte Gregory Suzie Pang zu. »Wir müssen die alle mit aufs Revier nehmen.«

»Oh, Sie machen wohl Witze«, sagte Cherry, so kurz davor, die Beherrschung zu verlieren, wie ich sie noch nie gesehen hatte.

Ich verkrampfte mich vor Angst. Sogar Elektra erwachte kurz und winselte einmal, ehe sie sich bequemer auf mir zurechtlegte.

»Ja«, rief Billy, »kommen Sie rauf und holen mich ab. Das

wird mir Spaß machen. Ich war schon seit über dreieinhalb Jahren nicht mehr da draußen.«

Ich sagte: »Zuerst müssen Sie Miss Permafrost überzeugen, die Schlüssel rauszurücken, denn sonst müssen Sie Elektra und den Rasenmäher auch mitnehmen. Ich kann sie nicht halb erwürgt hier im Regen lassen. Und Sie können mich nicht dazu zwingen. Wenn sie stirbt, laden Sie alle Mitschuld auf sich. Aber vor allem du, Miss Kühlschrank. Du bist jetzt schon eine eiskalte Baby-Killerin. Mach die Liste deiner Gräueltaten nicht noch länger.«

»*Hören Sie auf, mich kalt zu nennen!*«

»Ruhe, alle miteinander!«, brüllte PC Gregory.

»Ich bin doch nicht kalt, oder, Pierre?«, fragte Frost-Cherry in ihrem ekelhaften Süßer-Piepmatz-Ton.

»Du wurdest gerade als Baby-Killerin bezeichnet«, sagte Pierre. »Und da regst du dich über ›*kalt*‹ auf?«

»Aber du *kennst* mich.«

»Das dachte ich auch, aber die letzten paar Tage hab ich eine andere Seite von dir erlebt. Du redest von ›Integrität‹ und ›Ehrlichkeit‹ und ›Werten‹. Aber du musst immer gewinnen, Cherry. Bei dir geht's nur ums Gewinnen – um Kontrolle, und wozu du andere Leute zwingen kannst. Baby, du hast gar keine ›Werte‹, es sei denn, Leute rumschubsen ist ein ›Wert‹.«

»Was redest du denn da?«, jammerte Cherry. »Mir wird mein Zuhause geraubt, von ausländischen Terroristen, und ihr alle redet über nichts anderes als einen räudigen inkontinenten Hund und ein verwildertes inkontinentes Kind. Ich, ich weiß überhaupt nichts von Vorhängeschlössern und Schlüsseln. Fragt doch lieber mal *ihn*.« Und schon richtete sie den gehässigen Finger auf Lil Missy, die erbleichte. »Und«, fuhr sie dann fort, »*ich kann nicht in mein eigenes Haus hinein*. Was unternehmen Sie dagegen?«

»Wie fühlt sich das an?«, fragte ich.

»*Oui*«, sagte Tantie. »Wie fühlt sich das an?«

»Haben Sie die Schlüssel zu den Schlössern, Miss?« Gregory blickte Lil Missy wohlwollend an. Offenbar wirkten blondes Haar, Möpse und Stiefelchen stärker als das Personalpronomen ›ihn‹.

»Nein«, sagte Missy und warf Cherry Gelato, die ihn ignorierte, einen flehentlichen Blick zu. »Sie müssen noch im Haus sein – ich weiß nicht recht. Ich weiß nicht, was ich machen soll.« Er verlagerte den hilflos flehentlichen Blick auf Pierre. »Ich weiß *wirklich* nicht, was ich machen soll. Der Zeitpunkt für meine Pillen ist schon eine Stunde überschritten. Es tut mir leid, es tut mir leid, *es tut mir so leid*. Ich konnte nicht anders.«

»Ist schon gut«, sagte Pierre, denn er verzieh viel leichter als ich.

Doch Elektras Schicksal hing von mir ab, also sagte ich zu Tantie: »Kannst du Zach und Sylvie bitten, nach den Schlüsseln zu suchen … *les clefs* … und auch nach Lil Missys Medikamenten?«

»*Zach et Sylvie? Pah!*« Ihre Handbewegung war so wegwerfend, das Schlenkern ihres Handgelenks so endgültig, dass ich zu dem Schluss kam, selbst wenn sie die Ideale von Débris d'Or weiterhin unterstützte, konnten ihr Neffe und ihre Nichte genauso gut tot sein.

So viele Anwürfe, so viele alte Verletzungen, die hier im Regen in Cherrys Vorgarten plötzlich an die Oberfläche traten. So viel Schmerz, so viel Bedarf an Vergebung. Aber nicht von mir, dachte ich – ich vergebe niemandem, ehe Elektra nicht in Sicherheit ist. Und selbst dann verspreche ich nichts.

Nach kurzer Beratung mit ihren beiden Kollegen trat Pang an Tantie und mich heran. »Spricht sie Englisch?«, fragte sie mich.

»Sprichst du Englisch?«, fragte ich Tantie. Tantie fing an zu lachen.

»Entschuldigung«, sagte Pang direkt zu Tantie und warf mir

einen vorwurfsvollen Blick zu. »Hören Sie, wir haben hier eine sehr komplizierte Situation, und ich will das Chaos nicht noch vergrößern, indem ich ausländische Staatsangehörige verhafte …« Sie hielt inne. Tantie starrte sie ungerührt an und schaffte es, sowohl würdevoll als auch grotesk auszusehen in zwei Paar durchweichten Socken. Pang setzte noch mal neu an. »Wenn Sie uns helfen könnten, eine komplexe Situation einfacher zu gestalten, wären wir Ihnen dankbar.«

Tantie durchdachte das. Ich hielt den Atem an. Der Dauerregen fing an, durch Billys Mantel zu dringen. Ich konnte es mir nicht leisten, auch nur einen Moment auf einer Polizeiwache zu verbringen. War ich erst mal dort, würden sie mich nie wieder gehen lassen. Sie halten mein Cyber-Ich in ihren Computern gefangen, eingewickelt wie eine Fliege im Spinnennetz. Meine einzige Sicherheit ist Unsichtbarkeit.

»Viel Glück damit«, sagte der Teufel. »Denn weißt du, du *hast* gegen die Bewährungsauflagen verstoßen. Meines Wissens hast du mindestens ein halbes Dutzend Verbrechen verübt. Und meine hübsche Tochter, Cherry-Schatzi, wird die Polizei energisch an jedes einzelne davon erinnern. So eine gute Tochter«, schnurrte er, und seine Stimme triefte zu gleichen Teilen von Drohung und Befriedigung.

»Ich kann nicht denken«, sagte ich. »Hör auf zu reden. Ich brauch was zu trinken.«

»Mummy, kann ich der Dame etwas Wasser bringen?«, sagte Ziggy.

»Die *Dame* spricht nicht von Wasser.« Ziggys Mum zielte mit ihrem Camcorder auf mich.

Bei Ziggys Mum konnte man nur mit freimütiger Wahrheit durchkommen – keine Ausflüchte. Glaubt es einer Bettlerin – manchmal, wenn ihr wirklich, wirklich Hilfe wollt, müsst ihr über euren Schatten springen und offen darum bitten. Ich schaute direkt in ihre Linse. »Sie haben recht. Ich bin Alkoholikerin. Und ich leide just in diesem Moment an heftigen Entzugsproblemen. Ich will keine ganze Flasche. Ich kann es mir gar nicht leisten, in dieser Situation blau zu sein. Aber wenn Sie nur ein Glas *egal was* hätten – am allerliebsten Rotwein –, würde ich wesentlich besser zurechtkommen. Und ich wäre Ihnen zutiefst dankbar.«

»Ich hab's doch gesagt«, kreischte Cherry. »Sie hat es zugegeben – sie ist eine wirre alte Alkoholikerin und man kann ihr kein einziges Wort glauben.«

Das Objektiv schwankte nicht. Ziggys Mum sagte: »Ziggy, hör mal genau zu – in der Kühlschranktür steht eine Flasche von diesem Erwachsenensaft, den du nicht anrühren darfst. Geh hin und hol sie. Und setz deine Kapuze auf, sonst erkältest du dich noch. Los, beeil dich.«

Ziggy rannte los. Mein Herz raste. Ich konnte nicht sagen, ob das Nass auf meinem Gesicht Schweiß, Tränen oder Regen war.

Tantie sagte: »Kommen Sie mit«, packte Pang am Handgelenk und zog sie zu Cherrys Haustür. Tantie würde versuchen, mir zu helfen. Irgendwie hatte ich, so übelnehmerisch und widerwillig, wie ich war, eine Freundin gefunden.

»Hey, wo wollen Sie denn hin?«, rief Gregory plötzlich.

Pierre, im von vornherein zum Scheitern verurteilten Bestreben, nicht aufzufallen, versuchte aus der Menschenansammlung auszuscheren. Er sagte: »Ich hab Werkzeug im Kofferraum meines Wagens. Ich dachte, es würde vielleicht Zeit sparen, wenn ich die arme alte Töle loseise.«

»Werkzeug? So was wie Bolzenschneider?« Special Constable Nidges Verstand war so scharf wie sein Daumen. »Das Werkzeug werde ich mir ansehen müssen.«

»Schei-ße«, sagte Pierre ergeben. »Ich hole es jetzt, ja?«

»Sie gehen nirgendwohin, bis wir es sagen.«

Ziggy tauchte in meinem Blickfeld auf, in den Händen … Oh habt Dank, Ziggy und Ziggys Mum, möget ihr beide ein langes Leben in Wohlstand und Sicherheit genießen, möget ihr nie von Feinden geschwächt oder von Freunden verraten werden. Ziggy hielt in seinen schmuddeligen kleinen Händen eine Flasche Shiraz, bestimmt noch ein Drittel voll.

»Machen Sie langsam«, riet eine neue Stimme. Der Sprecher stand hinter Ziggys Mum und etwas abseits. Er war Teil einer Gruppe von etwa sieben weiteren Nachbarn mit Handys und Schirmen. Ein älteres Pärchen hatte auch noch Campingstühle und Kaffeebecher dabei.

Ich streckte die Hand aus, und Ziggy drückte den glatten, kühlen Behälter des Heils hinein. Ich konnte nicht sprechen, ehe ich nicht einen lebensrettenden Mundvoll durch meine Kehle hatte rinnen lassen. Dann aber sagte ich: »Vielen, vielen Dank euch beiden.«

»Wissen Sie, was Sie da getan haben?«, sagte Miss Biederfrau. »Sie haben einer gemeingefährlichen Alkoholikerin Alkohol verschafft.«

»Tja, Sie haben ihr eine Lungenentzündung verschafft«, gab Ziggys Mum zurück. »Und wahrscheinlich ihren Hund umgebracht, genau wie Sie Steve Pascoes Kind umgebracht haben – wenn das stimmt, was Billy sagt.«

»Es stimmt«, schrie Billy aus seinem Fenster.

Elektra rührte sich in meinen Armen. »Bin ich denn tot?«, flüsterte sie schwach.

»Schon gut«, flüsterte ich zurück. »Alles wird gut.« Ich setzte die Flasche noch mal an, ließ den Wein meinen Mund füllen, versuchte langsam zu schlucken, den Zaubertrank maßvoll in meine Gurgel sickern zu lassen, obwohl ich ihn am liebsten in einem Zug runtergeschüttet hätte, um diese süße Erlösung auf einen Schlag zu fühlen.

»Wer ist Steve Pascoe?«, fragte PC Gregory.

»Ihr Ex«, sagte Ziggys Mum und deutete mit dem Camcorder auf Cherry.

»Sie hat seine Ehe zerstört«, brüllte Billy.

»Lügen, Lügen, Lügen«, sagte Cherry. »Ich weiß nicht, warum Sie das tun – wollen Sie die Vergangenheit umdichten?«

»Sein Kleiner ist einfach verschwunden«, rief Billy mit unziemlicher Befriedigung. »Dieser Schuppen da ist erheblich zu groß für einen verdammten Rasenmäher. Sie müssen nachforschen, was darunter begraben ist.«

»Sag ich doch«, meinte Ziggys Mum. Und in der Menge hinter ihr erhob sich ein murmelnder Chor aus »Genau!« und »Das sagen die Leute schon ewig«. Wie es aussah, hatte Cherry eine ganze Menge Nachbarn gegen sich aufgebracht.

Sie sagte: »Ich rufe jetzt auf der Stelle meinen Anwalt an.« Sie drehte sich zu Lil Missy um und schnippte mit den Fingern. Schweigend reichte er ihr ein Telefon. »Wenn dieser Schwachsinn hier geklärt ist, verklage ich Sie, Sie, Sie und Sie wegen Verleumdung und übler Nachrede.« Sie zeigte auf Billy, Ziggys Mum, die Menge hinter ihr und mich. Na ja, warum sollte sie mich außen vor lassen? Sie hatte mir ja noch lange nicht genug Ärger gemacht.

»Das sind ernste Anschuldigungen«, rief Gregory zu Billy hinauf, »und sofern Sie das nicht beweisen können, empfehle ich Ihnen, sich zurückzuhalten.«

»Verhaften Sie mich doch.« Billy wieherte und schüttelte sich vor Lachen. Endlich war sein unkontrollierbares Fleisch ihm nützlich, machte ihn unangreifbar. Vielleicht war es das schon von Anfang an für ihn gewesen: eine Art Rüstung, um ein sehr kleines, sehr ängstliches Geschöpf zu beschützen.

»Er ist ein verbitterter alter Fettklecks.« Cherry gewann offenbar dadurch, dass sie andere heruntermachte, ihr Gleichgewicht zurück. »Seine Frau hat ihn verlassen«, fügte sie hinzu, an PC Gregory gewandt, aber laut genug, um von allen gehört zu werden, insbesondere von Billy. »Er verabscheut alle, die jünger und attraktiver sind als er.« Sie fasste sich an den makellosen Haarhelm und zog sichtlich Kraft aus dem Wissen, dass es Leute gab, die älter und fetter waren als sie. Dann wandte sie sich verächtlich ab und beschäftigte sich mit ihrem Handy.

Jede Bewegung, die sie machte, wurde auf Schritt und Tritt begleitet von Lil Missy und ihrem rosa Regenschirm. Ich fragte mich, ob nur ich sah, was für einen verrückten und krankhaft ichbezogenen Anblick das bot.

»Aber *natürlich* bist du die Einzige«, sprach der Teufel schadenfroh. »Du bist nicht normal, also hast du auch keine normalen Ansichten. Und da du nun mal verrückt bist, ist es fast schon zwangsläufig, dass du meine Lieblingstochter als verrückt verunglimpfst. Ich muss dich da wohl an etwas erinnern – sie ist nicht diejenige, die man eingewiesen und mit Antipsychotika behandelt hat. Denk mal darüber nach, bevor du anderen vorwirfst, deine eigenen Schwächen zu haben.«

»Antworte nicht«, flüsterte Elektra. »Lass dich nicht auf sein Niveau herab.«

Ein Murmeln lief durch die Menge. Ich drehte mich um. Statt eine komplexe Situation einfacher zu gestalten, hatten Zach und Sylvie soeben ein blassrosa Laken aus dem Schlafzimmerfenster gelassen und sangen jetzt die Internationale auf Französisch. Die mit Edding auf das Laken geschriebene Botschaft lautete: »Schluss mit Kapitalismus. Schluss mit Krieg. Schluss mit dem Pinguinsterben.«

»Nun ja, bei den Pinguinen kann ich nicht widersprechen«, sagte die ältere Dame im Campingstuhl.

»*C'est l'éruption de la fin …*«, sangen Zach und Sylvie in süßer Harmonie, linke Fäuste geballt, rechte Hände schwenkten das Laken. Trotz allem wirkten sie so erdentrückt wie Filmstars im falschen Spielfilm.

»Das ist mein Laken«, jaulte Cherry auf. »Die haben eins von meinen guten Laken ruiniert. Ich sage es Ihnen schon die ganze

Zeit, die verwüsten mein ganzes Eigentum. Und niemand tut etwas dagegen.«

»Ich fühle wirklich mit Ihnen«, sagte Gregory. »Bedauerlicherweise ist das aber keine Polizeiangelegenheit.«

»Na, es *sollte* aber Polizeiangelegenheit sein«, rief die Frau, die Pinguine mochte. »Sonst sind wir ja alle nicht mehr sicher in unserem Zuhause.«

»Das ist angewandte Demokratie«, gackerte der Teufel. »Die Stimme des Volkes, bezeugt und aufgezeichnet vom Volk. Gefällt's dir?«

»Immer noch um Klassen besser als Faschismus«, sagte ich.

»Was brabbeln Sie denn da?« Cherry stand über mir, Hände auf den Hüften, vor dem Regen geschützt durch Lil Missys rosa Schirm. »Das Ganze hier ist Ihre Schuld. Sie sind schmutzig, alkoholsüchtig und verrückt. Sie haben ja mehr Gesichtsbehaarung als moralische Werte. Sie können sich einfach nicht einfügen. Sie haben sich nicht im Griff. Sie verbreiten Chaos, wo Sie auch hinkommen. Und du …«, sie wandte sich an Pierre. »Wir haben uns so nahegestanden, wie es zwischen zwei Menschen möglich ist. Aber du hast diese … diese … dreckige Landstreicherin in mein Leben gelassen. Alles, was ich wollte, war jemand, den ich lieben kann, aber sobald *die da* auftaucht, fängst du wieder mit deinem abweichlerischen Zeugs an, trägst Frauenkleidung, lässt mich wie eine Idiotin dastehen. Du hättest diese Terroristen einfach rauswerfen können, aber nein, auf einmal heißt es nur noch, ›so einer bin ich aber nicht‹. Tja, ich sag dir was, ein richtiger Partner hätte mich beschützt. Ein richtiger *Mann* hätte etwas unternommen, hätte irgendetwas getan, egal was, um zu zeigen, auf welcher Seite er steht …«

»Stopp«, sagte Pierre. »Vielleicht bin ich kein richtiger Mann. Vielleicht sollte ich sogar stolz darauf sein. Zweitens, du wolltest nicht jemanden, den du lieben kannst – du wolltest jemanden,

den du lenken kannst. Mit einem Kerl zu vögeln gibt dir nicht das Recht, ihn umzukrempeln oder unermüdlich alles niederzumachen, was ihm was bedeutet. Du wusstest von Anfang an, was ich bin. Ich hab nie ein Geheimnis draus gemacht. Ich bin Travestiekünstler. Das hab ich dir offen gesagt. Sieh's ein, Schatz, du hast nur so getan, als würdest du mich akzeptieren, aber du hast von Anfang an geplant, alles an mir zu bekämpfen, was nicht deinem Bild von einem ›richtigen Partner‹ entspricht. Du wolltest nur jemanden, der deine Hypothekenrate zahlt, dein Auto repariert und mit dem du vor deiner Familie angeben kannst. Das ist keine Liebe.«

»Angeben, mit dir? Sie waren so beeindruckt, dass sie zwei Tage, nachdem sie dich kennengelernt haben, der British National Party beigetreten sind.«

»Das ist der erste vernünftige Satz, den ich von Ihnen höre«, rief Billy.

»Von *Ihnen* brauche ich keine Anerkennung«, fauchte Cherry. »Los, kümmern Sie sich um Ihre eigenen Angelegenheiten und benutzen Sie Ihr fettes Mundwerk, um weitere zwanzig Donuts zu futtern.«

So unterhaltsam das auch war, es lenkte meine Aufmerksamkeit von dem wilden Streit ab, der sich zwischen Tantie, Zach und Sylvie entsponnen hatte. Ich verstand zwar kein Wort, aber es klang ganz und gar nicht nach Liebe und Familienzusammenhalt.

Pang war ebenso ratlos. Sie kam zurück zu Gregory und fragte: »Sollten wir einen Dolmetscher kommen lassen?«

»Wir sollten einen Gefangenentransporter kommen lassen und mehr Leute, um diese ganzen Irren einzuladen und sie allesamt in die Themse zu schmeißen. Oder gleich eine bewaffnete Einheit. Oder einen Haufen stämmige Krankenschwestern mit Spritzen voller Schlummersaft.«

»*Bitte!*« Pang zeigte auf die Nachbarn hinter Gregory, die

jedes Wort mitschnitten. Der Teufel hatte recht: Dies war Demokratie im Einsatz.

»Na ja, irgendwas müssen wir machen. Ruf Verstärkung.«

»Hab ich schon.«

»Und wo bleiben die?«

»Es gibt eine Massenkarambolage am Brent Cross – Ruf an alle Einheiten.«

»Alle Einheiten außer uns.« Gregory zuckte mit den fleischigen Schultern, dass die Regentropfen von seinem Mantel spritzten. Er sah sich mit unverhülltem Widerwillen um. »Wir kriegen die Monstrositätenshow.«

»Also gut«, setzte Pang an, nicht hundertprozentig entschlossen. »Ms. Price, da unsere vordringlichste Ermittlung mit Ihnen zu tun hat, ersuche ich Sie, uns aufs Revier zu begleiten.«

»Nein«, sagte Cherry hundertprozentig entschlossen. »Ich lasse mein Haus nicht in der Hand von gefährlichen zerstörungswütigen Terroristen. Und ich weigere mich, ohne meinen Rechtsbeistand irgendwohin zu gehen.«

»Es wäre doch viel bequemer für Sie«, sagte Gregory in so schleimig beschwichtigendem Ton, dass Pang leicht zusammenzuckte. »Sonst setzen Sie sich wenigstens mit uns in den Streifenwagen und beantworten Sie uns einfach nur ein paar Fragen.«

»Warum sollte ich irgendwelche Fragen beantworten – lächerliche Fragen, die sich auf Lügen und Gerüchte gründen, die Säufer und gehässige Nachbarn in die Welt gesetzt haben? Ich habe die Polizei aufgefordert, herzukommen und *mir* beizustehen. Es wurden Verbrechen gegen *mich* verübt – Diebstahl und Gewalt. Aber unternehmen Sie irgendetwas dagegen? Nein. Alkis und Abnormale nehmen Sie beim Wort, aber mich ignorieren Sie. Können Sie mir einen Grund nennen, warum ich Ihnen helfen sollte?«

Ich musste zugeben, dass Winter-Cherry wirklich was von

Rhetorik verstand. Dies war schon wieder eine gute, wiewohl unehrliche Ansprache gewesen. Erst dachte ich, der Applaus, den ich hörte, käme vom Teufel, aber dann wurde mir klar, dass auch ein paar von den Nachbarn, die hinter Ziggys Mum standen, Beifall klatschten.

»Hey!« Billy winkte aus seinem Schlafzimmerfenster. »Heißt das, der große Bimbo zieht Frauenkleider an? Das wird ja immer besser.«

»Perücke auf und verbeugen«, wollte ich Pierre animieren. Aber er hatte sein Stichwort längst erkannt. Er marschierte in Billys Vorgarten und rief hinauf: »Das Sofa in Ihrem Wohnzimmer ist wirklich Spitze. Die Eiscreme war auch superlecker. Ich möchte Ihnen für die großzügige Gastfreundschaft danken.« Er sank in den anmutigsten Knicks, den ich je erblickt hatte, vielleicht abgesehen von Ballerinas.

Aber Anmut hin oder her, der Idiot hatte mich gerade um mein Bett für die Nacht gebracht. Ich sah Billy schnaufen und stammeln, als er vergeblich nach einer hinlänglich deftigen Erwiderung suchte, doch dann sagte PC Pang zu Cherry: »Ich muss darauf bestehen, und wenn Sie nicht freiwillig mitkommen, werde ich Sie leider festnehmen müssen.«

»Wa-hey!«, brüllte Billy, erfolgreich abgelenkt. »Ein Ergebnis! Falsches Kind, aber das kann ich hinnehmen!«

»Wofür wollen Sie mich denn verhaften?«, fragte Cherry im Ton tief bekümmerter Empörung. »Sie haben, glaube ich, eine Entführung erwähnt. Nun, ich habe niemanden entführt. Er da schon!« Sie zeigte triumphierend auf Pierre. »Und sie da!« Sie zeigte auf mich. »Und ...«

»Nicht!«, schrie Pierre. »Tu das *nicht*. So grausam darfst du nicht sein.«

»Hier geht es nicht um Grausamkeit«, sagte Cherry lieblich. »Es geht um die Wahrheit.«

»Inwiefern?«, fragte Pang.

»Er.« Madame Eiseneis drehte sich gelassen zu Lil Missy um und nahm ihm den Schirm aus den zitternden Händen. »Dieser *Mann* hier ist die dritte von den Nonnen, die das verwilderte Kind aus seinem Heim in … ähm … wo war das gleich?«

»*Mann?*«, sagten Gregory, Billy, Ziggys Mum und die Hälfte der Nachbarn.

»Wie bitte?«, sagte Pang.

»Cherry …« Tränen kullerten über Lil Missys hübsches Gesicht. »Wieso? Ich dachte, wir wären Freundinnen.«

»Tut mir leid, wenn du dich verletzt fühlst«, sagte Cherry ohne eine Spur von Mitgefühl. »Aber hier geht es nicht um dich. Es geht ums Prinzip, um das Prinzip, die Wahrheit zu sagen. Denn wir alle brauchen Wahrheit in unserem Leben, und ich bin sicher, das wird dich letztlich stärker machen.«

Ich sagte: »Nun ja, die Wahrheit ist: Sie sind eine herzlose, manipulative, eiskalte, boshafte, habgierige …«

»Bitte sag nicht Bitch«, flüsterte Elektra, momentan sicher in meinen Armen.

Kapitel 28

In dem Lil Missy die Seiten wechselt

Es hatte einen Vorteil, flach auf dem Rücken auf dem nassen Pflaster zu liegen – ich war unterhalb von Suzie Pangs Blickfeld.

Es hatte einen Nachteil, groß und schwarz zu sein. Pang knöpfte sich Pierre vor. »Sie haben ein Kind entführt? Sind Sie sich im Klaren …?«

»Nein«, sagte Pierre schlicht.

Und dann kam Lil Missy Schmisters Auftritt. Ihre hübschen Wangen waren noch tränennass. Sie trat an Pierres Seite und sagte: »Officer Pang, bitte hören Sie mich an – zu dem fraglichen Zeitpunkt wollten wir niemanden entführen. Wir wollten ein schwer misshandeltes Kind retten. Pierre, zeig ihr das Foto. Wir hatten nichts weiter im Sinn, als durch den Briefschlitz Fotos zu machen. Aber als wir sahen … Es war so schrecklich, Officer Pang, ich habe so etwas noch nie gesehen. Wir mussten etwas tun. Zeig ihr das Foto, Pierre. Wir hatten nichts weiter vor, als Fotos an die Behörden zu schicken, das schwöre ich. Aber da waren wir nun, direkt vor Ort, und wir konnten es einfach nicht irgendwem anders überlassen, nicht wahr, Pierre? Wir konnten nicht einfach warten, bis irgendwer irgendwann eine Entscheidung trifft.«

»Das reicht jetzt«, sagte Gregory. »Sie alle drei, in meinen Wagen. Sofort.«

»Nein«, sagte ich, und die Angst ließ mich den Shiraz viel zu schnell austrinken. »Ich lasse Elektra nicht so hier zurück.«

»Nehmen Sie sie alle mit«, sagte Judasina Price. »Ich sagte Ihnen doch – das hat nichts mit mir zu tun. Ich habe nichts Falsches getan. *Die* schon.«

»Nein«, sagte Lil Missy Schmister. Jetzt, wo sie in Fahrt kam, gab es kein Halten mehr. Sie stolzierte mit ihrem kessen, popo-schwingend langbeinigen Gang hinüber zu Cherrys Tür, wo Tantie noch immer mit Zach und Sylvie stritt. Alle – Männer, Frauen und Ziggy – wollten sehen, was sie tun würde, doch niemand wusste, was sie vorhatte.

Was sie tat, war schnell und einfach. Sie packte den Stiefel-kratzer neben Cherrys Türschwelle. Zwei lange Schritte brach-ten sie zum Wohnzimmerfenster. Ihr rechter Arm holte aus, und mit dem schneidigen Scheppern von brechendem Glas segelte der Stiefelkratzer in gerader Linie durch das Fenster.

»Wirft wie ein Mädchen«, bemerkte Pierre. »Also muss sie ein Mädchen sein.«

»*Mein Fenster!*«, kreischte die Hoheit der Bosheit. »Hallo! Tut doch was.«

Ein rauer Jubel wallte durchs Publikum.

Zach und Sylvie starrten entgeistert herab.

Tantie fing an, mit ihren zarten dünnen Fingern Scherben aus dem Rahmen zu zupfen.

Eine Nachbarin lieh Pierre ihren Gehstock, und er gesellte sich zu Tantie, schlug sorgfältig alles Glas weg, bis man sicher über die Fensterbank in Cherrys Wohnzimmer einsteigen konnte.

Cherry nahm Ian Gregory als ihr aussichtsreichstes Ziel ins Visier. »Bitte«, sie verbarg ihre Wut unter der Hilflosigkeits-attitüde. »Bitte, Ihre Kollegen haben offenbar die Kontrolle über die Situation verloren. Und den Überblick, wer hier das Opfer ist. Können *Sie* nicht irgendetwas tun?« Sie lehnte sich subtil in seine Richtung, als wollte sie ihren Kopf an seine männliche Brust betten und sagen: »Mach es wieder heil, Daddy, mach, dass alles weggeht.«

Das sorgte dafür, dass PC Ian Gregory sich aufblies und auf Beschützer machte. »Keine Sorge«, sagte er und stellte sein Funkgerät an. »Ich kann das alles im Handumdrehen regeln.«

Gleich, so dachte ich, würde der Tumor aus Wut und Entsetzen in meiner Brust platzen, und die Gewalt der Explosion würde meine Rippen zertrümmern.

Unbeachtet holte Suzie Pang tief Luft. »*Halt!* Alle sofort aufhören mit dem, was sie gerade tun.« Sie sah aus, als wollte sie sich am liebsten hinsetzen und weinen. Wenn sie nicht die Uniform angehabt hätte, hätte sie mir ehrlich leidgetan.

Billy schrie: »Das hübsche Mädel ist ein schwuler Kerl? Das ist ja widerlich.«

»Und Sie haben ihn angeschmachtet«, schrie einer der Nachbarn zurück. »Glauben Sie nicht, wir hätten nicht gemerkt, wie Sie hinter Ihren Vorhängen allen nachspionieren, Sie dreckiger alter Lüstling.«

»Halt die Fresse, du Judenarsch«, donnerte Billy.

Oh, er wusste sich wirklich auszudrücken. Er war mein Gastgeber, ich war sein Schmarotzer. Und letzte Nacht hatte ich ihn fast umgebracht. Nicht mal ein so knapp überstandener Tanz mit dem Tod machte ihn im Mindesten freundlicher oder toleranter. Bedauern gesellte sich zu Wut und Angst und rollte sich wie ein Kätzchen neben ihnen zusammen.

»Geig ihm die Meinung«, empfahl der Teufel verschlagen. »Lass ihn an deiner Weisheit in Sachen Geschlechtsumwandlung teilhaben.«

»Still«, murmelte Elektra. »Von dem Thema verstehst du genauso viel wie von Elementarteilchenphysik.«

»Ich geh jetzt rein«, verkündete Pierre.

»Wage es ja nicht«, rief Cherry. »Halten Sie ihn auf, Officer Gregory, bitte.«

Pierre ignorierte beide, stieg über die Fensterbank hinweg in Cherrys vorderes Zimmer und tauchte eine Minute später an der Haustür wieder auf. Er öffnete sie sperrangelweit und sagte: »Partystunde. Hereinspaziert, alle miteinander, fühlt euch wie zu Hause. Trocknet euch ab, wärmt euch auf.«

Tantie war als Erste am Start. Sie raste hinein und die Treppe hoch. Lil Missy folgte ihr, zögerte dann auf der Schwelle, bis Pierre die Arme ausbreitete und große Versöhnung sowie eine gewaltige, muskulöse Umarmung anbot.

»Nein, nein, nein«, sagte die Besitzerin des Eishauses. »Ich habe dich nicht eingeladen. Du bist nicht willkommen. Es ist mein Haus.«

»Nun ja, ich zahle immer noch die verdammten Hypothekenraten«, konterte Pierre gelassen und trat höflich einen Schritt zur Seite, um drei Polizeibeamte, Ziggys Mum und Ziggy hereinzulassen.

»Kannst du gehen, Liebling?«, fragte ich.

»Ich kann es versuchen«, sagte Elektra leise.

Steif und mühselig stand ich auf. Billys Mantel war schwer vom Regen. Ich stellte Elektra auf die Füße und bemerkte eine Stelle, wo die Kette ihren Hals aufgerieben hatte. Ihre Haut ist sehr dünn. Greyhounds tun sich furchtbar leicht weh. Little Missy Schmister und ich nahmen immer nur weiche Schals anstelle eines Halsbands. Eis-Price hatte ihr Ketten verpasst. Dafür würde sie bezahlen, dachte ich grimmig.

Ich schob den Rasenmäher. Elektra hinkte unsicher nebenher.

»Nein, Sie nicht«, schrie Cherry auf und versuchte Pierre aus dem Weg zu stoßen, damit sie uns aussperren konnte. Pierre stand so felsenfest, dass sie praktisch von ihm abprallte. »Bist du wahnsinnig?«, brüllte sie ihn an. »Ich dulde keinen Rasenmäher auf meinem Flurteppich. Und ich habe dir doch gesagt, dass diese dreckige alte Säuferin Hausverbot hat.«

»Ach, du möchtest keinen Rasenmäher im Haus haben?«, fragte er unschuldig. »Ganz einfach. Hol die Schlüssel für die Vorhängeschlösser. Ansonsten ist das meine Party. Meine Gästeliste. Ausnahmsweise hast du hier mal nicht das Sagen.«

Aus dem Nachbarhaus schallte Billys Stimme herüber. »Das ist mein gottverdammter Mantel, du Kuh. Du hast diesen Perversen in mein Haus gelassen, du hast meine Müslischale zerstört und du willst dem Hund mein Mittagessen geben. Setz ja nie wieder einen Fuß in mein Haus.«

Gleich zwei Hausverbote an einem Vormittag? Das wurde sogar mir zu viel. »Billy«, schrie ich zurück, »das mit der Schale tut mir leid. Aber wenn du je wieder ein Bier trinken willst, lässt du mich besser wieder rein.«

»Und schick mir die alte Froschfrau rüber, sie soll mir meine Pie bringen«, brüllte er. »Ihr könnt mich hier nicht einfach allein und hungrig sitzen lassen.«

»Wenn du irgendwas willst, egal was«, sagte ich, »dann solltest du dir dringend abgewöhnen, Leute mit Schimpfnamen zu betiteln.« Es geht doch nichts über abgebrochene Brücken, damit ich mal anfange, Leuten die Augen zu öffnen. Oh, ich werde ja so mutig, wenn ich nichts mehr zu verlieren habe.

Ich buckelte und ruckelte den Rasenmäher über die Schwelle vom Eishaus, bis er drinnen auf der Fußmatte stand, ölig und schlammig, wie er war. Elektra setzte sich neben ihn, und ich fühlte mich unterstützt, als ich sah, dass sie Cherry und auch Lil Missy nicht begrüßte. Womöglich war sogar ihr großes Herz angesichts ihres Verrats ein wenig abgekühlt.

»Ich verbiete Ihnen endgültig, auch nur einen Schritt weiter zu gehen«, keifte Cherry.

»Mir ist so kalt«, seufzte Elektra.

»Verbieten?«, fragte ich. »Aber Ihr Teppich muss doch mal gemäht werden.« Und ich schrammte den Rasenmäher über den Flurteppich.

»Schlüssel?«, empfahl Pierre sanft.

Es war ganz merkwürdig – er war von dieser Tochter des

Teufels getäuscht und manipuliert worden. Sie hatte sich bemüht, ihm seine Identität wegzunehmen und alles zu beschädigen, was ihm wichtig war. Aber war er jetzt lädiert? Es hatte nicht den Anschein. Er war voll wieder da, machte seinen Willen geltend. Ich konnte nicht umhin, seine Unverwüstlichkeit mit meiner eigenen elenden Selbstaufgabe gegenüber meinem dämonischen Liebhaber zu vergleichen. Dieser Sohn des Satans hatte *mir* meine Identität weggenommen, und er besitzt sie noch immer. Er schmetterte mich auf den harten kalten Boden, und ich bin immer noch zerstört.

Pierre hingegen sieht Cherry an, als wäre sie eine Fremde, die ihm in der überfüllten U-Bahn auf den Fuß getreten ist. Sie hat ihm vielleicht die Zehen gequetscht, sie hat sich nicht entschuldigt, aber jetzt ist es überstanden. Das Leben geht weiter. Sie war nicht groß genug oder stark genug, um ihn schwer zu verletzen. Sie würde keine Narbe hinterlassen – er war gar nicht involviert genug gewesen, um tiefe Narben davonzutragen. Er war einfach nur aufgewacht, hatte gemerkt, dass sie versucht hatte, ihn zu beherrschen, und jetzt sagte er: »Schluss damit.«

Würde ich gegenüber des Teufels Sohn je so empfinden? Ich konnte es mir nicht vorstellen. Zerstört, unheilbar – mein Stadium des Verfalls schien schon in meinen Grabstein eingraviert, ein Epitaph.

Und was war mit Cherry? War ihre Affäre mit Pierre einfach bloß ein Spiel, das sie nicht gewonnen hatte? Oder ging das doch tiefer? Natürlich wollte ich nicht, dass es da noch etwas Tiefergehendes gab. Ich konnte mich nur mit ihr auseinandersetzen, indem ich ihre Menschlichkeit negierte. Ich bin selbst viel zu schäbig und zu seicht, als dass ich mich mit irgendwelchem Leid abgeben könnte, das nicht mein eigenes ist.

»Ist schon gut«, flüsterte Elektra. »Ich werde ihr eines Tages verzeihen, auch wenn du es nicht kannst. Ich übernehme das für uns beide.«

»Manchmal ist es dumm, jemandem zu verzeihen und zu vertrauen, der dich verletzt hat«, erklärte ich ihr.

»Und ich bin nicht dumm«, sagte Pierre. »Ich will die Schlüssel, und es gibt da noch etwas, etwas, was noch wichtiger ist – du weißt, wovon ich spreche?«

»Nein«, sagten Cherry, Elektra und ich gleichzeitig.

»Ja«, sagte Lil Missy.

»Wo *sind* nun deine Pillen?«, fragte Pierre.

»Ich *weiß* es doch nicht.«

Sie sahen einander an, deshalb bekamen sie es nicht mit. Aber ich sah, wie Cherrys Hand für einen Sekundenbruchteil in Richtung ihrer Handtasche zuckte.

»Ihre Tasche«, sagte ich. »Sie sind in ihrer Handtasche.«

Lil Missy stürzte sich auf sie.

»*Polizei!*«, schrie Cherry. »Wenn du Hand an mich legst, verklage ich dich wegen tätlichen Angriffs. Ich gebe der Polizei deinen Geburtsnamen, und du wirst verhaftet, als Mann angeklagt, als Mann verurteilt und ins Gefängnis gesteckt. *Als Mann.* Wie gefällt dir das? Und du, Pierre, wenn du noch mal irgendetwas ohne meine ausdrückliche Erlaubnis tust, bist du schuld an dem, was mit Missy passiert. Du trägst die Verantwortung. Nun schau mich nicht so an. Es geht hier um Wahrheit und Selbstachtung. Ich will, dass das alles hier aufhört. Ich will, dass ihr beide all diese Verunglimpfungen widerruft und dagegen vorgeht. Hört ihr mich? Das hier hat schon zu lange gedauert. Und nichts davon ist meine Schuld.« Sie sah schwach und hilflos aus, als sie das sagte – geradezu jämmerlich.

Ich fühlte Wut in meiner Kehle hochsteigen wie Kotze.

Sie zeigte auf mich und den Rasenmäher, als wären wir ein einziger großer, verfilzter Klumpen. »Es ist ihre Schuld«, fuhr sie fort, und ihre Stimme überschlug sich, als hätte ich aus purer Gehässigkeit völlig grundlos ihr perfektes Leben ruiniert. »Ich verstehe einfach nicht, wie eine solche Kreatur diese Macht über dich haben kann. Was hat sie denn für dich getan, Pierre, mein Süßer? Sie ist nicht deine Freundin. Du schuldest ihr gar nichts. Sie ist verrückt, stinkig und abstoßend. Und trotzdem habt ihr beide, du und Missy, euch nicht mehr wie euer wahres Selbst verhalten, seit sie aufgetaucht ist. Ich verlange ja nicht, dass du sie gleich in der Kälte aussetzt, aber ich brauche ein Bekenntnis von dir, wer dir am wichtigsten ist. Ich brauche von euch beiden ein öffentliches Bekenntnis, dass ich die Nummer eins in euren Leben bin. Und dass nichts von alledem hier meine Schuld war.«

Meine Wut lief über. »Wenn Sie mich und Elektra nicht in Ihr Haus lassen, dann *ist* das in der Kälte aussetzen. Was glauben Sie denn, was das da draußen ist, Acapulco Bay? Hören Sie endlich auf damit, ständig Ihre eigene Grausamkeit in die Verantwortung anderer Leuten abzuschieben. Das ist *Ihre* Entscheidung. Nicht die von irgendwem sonst. Die beiden mögen weich sein, aber *Sie* sind kalt und boshaft. *Sie* sind diejenige, die den Schaden anrichtet.« Damit drückte ich mich an dem Rasenmäher vorbei und entriss ihr ihre Tasche. »Niemand anders enthält Schmissy seine Medizin vor, nur Sie. Niemand benutzt seine Arzneien dazu, ihn in die Rolle eines persönlichen Jüngers zu pressen, nur Sie.« Ich öffnete die rosa Handtasche und fand etwas, das wie eine Mini-Apotheke aussah. Ich kippte alles vor Lil Missys Füßen aus.

»Sie haben es gesehen!«, rief sie und drehte sich nach polizeilicher Unterstützung um. »Sie haben es alle gesehen. Sie hat mir meine Handtasche geraubt.«

Ich öffnete jeden Reißverschluss, jedes Fach. Ich schüttelte alles heraus. Ich leerte ihr Münzenportemonnaie, ihre Brieftasche und ihr Make-up-Etui. Alles auf den Boden. Dann hielt ich Cherry die Tasche wieder hin. Sie weigerte sich, sie zu nehmen, also warf ich sie vor ihre Füße. »Bezichtigen Sie *mich* nicht des Diebstahls«, sagte ich. »Ist das vielleicht *Ihr* Name auf den Rezepten? Steht da etwa: ›Dieses Medikament wurde Satans Tochter verschrieben‹? Nein? Also dann haben Sie sie *gestohlen*. Schmissy nimmt sich nur zurück, was ihm gehört, ich meine ihr. Erzählen Sie *das* PC Gregory.«

Ich suchte nach zwei Schlüsseln. Ich fand sie nicht.

Ziggys Mum richtete ihren Camcorder auf Elektra. »Hmm, tja«, sagte sie zu niemand Bestimmtem. »Ich könnte diesen Clip natürlich direkt auf YouTube stellen und an den Tierschutzbund schicken.« Sie schwenkte die Kamera auf Cherrys Gesicht und fuhr fort: »Sie würden sich eine Menge Ärger ersparen, wenn Sie den armen Hund befreien.«

»Und wie viele neue ›Daddys‹ hatte Ihr Sohn allein im letzten Jahr?«, schoss Cherry zurück. »Vielleicht sollte mal jemand Ihren Ex und die Sozialbehörden informieren.«

»Sie denken wohl, Sie können noch einen dritten kleinen Jungen einfach verschwinden lassen«, sagte Ziggys Mum. »Aber so läuft das nicht. Die Leute kriegen das mit. Die Leute reden.«

Lil Missy zählte seine Blisterpackungen und Fläschchen und raffte sie an sich.

»Hast du alles?«, fragte Pierre. »Na dann los – hol dir ein Glas Wasser und nimm sie. Dann machst du für uns alle Tee und Kaffee. Sei die perfekte Gastgeberin, ja?«

Er sah seinem Freund nach, als er in der Küche verschwand. Seine Erleichterung war fast so deutlich sichtbar wie die von Missy. Das ist Liebe, dachte ich. Nicht diese ständige Verhandelei, die man zwischen schlecht zueinanderpassenden Bettgenossen erlebt, das ständige Pingpong aus Drohung und Gegendrohung. Es ist die Liebe echter Freundschaft.

Als ob der Teufel der Eisprinzessin meine Gedanken ins Ohr geflüstert hätte, sagte sie zu Pierre: »Ich wusste immer, dass du scharf auf ihn bist. Tja, das ist ein weiteres Beispiel dafür, dass du mich jeden einzelnen Tag unserer Beziehung getäuscht und belogen hast. Nur vergiss nicht, wenn du dich auf eine

Seite schlägst, ich weiß Bescheid über deine Arbeitserlaubnis – beziehungsweise deren Nichtvorhandensein ...« Sie ließ die Worte in der Luft hängen. »Zwing mich nicht ...«, fügte sie noch mit einem vornehmen Lächeln hinzu.

»Oy veh«, sagte Ziggys Mum und nahm schließlich ihren Camcorder runter. »Wissen Sie, was, wenn man Sie mit einer schweren Bronzefigur erschlagen in einer Bücherei finden würde, wäre die Konkurrenz für den Verdächtigen des Jahres endlos. Mich eingeschlossen. Wieso sind Sie so gestört? Hat Ihr Daddy Sie nicht lieb genug gehabt?« Damit wandte sie sich ab und folgte Schmissy in die Küche.

Ihren Platz im überfüllten Flur nahm Suzie Pang ein, die bestürzt auf die Sauerei starrte, die ich auf dem hellbeigefarbenen langflorigen Flurteppich angerichtet hatte. Sie schien auf die Größe einer Zehnjährigen zu schrumpfen, während zugleich ihr Gesicht den verkniffenen Ausdruck einer besorgten alten Frau annahm.

Ich schloss energisch die Haustür hinter mir. Wer mich und den Rasenmäher jetzt noch rauswerfen wollte, hatte ein kompliziertes Unterfangen vor sich. Dann zog ich Billys Mantel aus, wendete ihn mit der Innenseite nach außen und faltete ihn zu einem dicken Kissen, auf das Elektra sich legen konnte. »Danke«, sagte sie. »Es tut gut, aus Wind und Regen raus zu sein. Aber kannst du mich noch etwas näher an die Heizung bringen?«

»Ich versuch's mal«, sagte ich. »Du bist ja kalt bis auf die Knochen.«

»Du auch«, sagte sie.

»Aber ich musste nicht die Nacht im Schuppen verbringen.«

»Wie bitte?« Pang sah stark verwirrt aus, aber Pierre grinste. Er half mir, Elektra an einen wärmeren Platz zu verlagern. Beide ignorierten wir bewusst, was das mit dem Teppich anrichtete. Und ich tat so, als würde ich den Ausdruck von Wut und

Frustration nicht genießen, der über Cherrys sonst so emotionsloses Spießerinnengesicht huschte. Offenbar beschloss sie, dass Pang als Wahrerin ihrer Rechte nutzlos war, und verzog sich auf der Suche nach aussichtsreicherem Material ins Wohnzimmer. Ich ließ mich mit dem Rücken an der Flurheizung so auf dem Fußboden nieder, dass ich Elektras Kopf auf den Schoß nehmen und trotzdem noch mit gestrecktem Hals ins Wohnzimmer spähen konnte, um mitzukriegen, was sich dort tat.

Meine Befürchtung war, dass Pang vielleicht gehört hatte, wie Cherry Pierre mit seiner fehlenden Arbeitserlaubnis bedrohte. Aber sie kam mir mit stärkerem Tobak. »Das Kind«, sagte sie. »Connor Cropper, was wissen Sie über seine Entführung?«

Elektra sagte: »Sei jetzt tapfer. Du hast doch eben mitgekriegt, wie verwundbar Pierre und Lil Missy sind.«

»Und ich etwa nicht?«

»Wie bitte?«

»Tschuldigung, Officer«, sagte ich. »Ich frage mich nur gerade, womit ich anfangen soll. Verstehen Sie, ich war im Gefängnis mit einer Frau zusammen, die mich bat, nach ihrem kleinen Sohn zu schauen, wenn ich rauskomme. Ich hatte keine Ahnung, worum es dabei ging. Also machte ich mich auf nach Shoreditch, aber dann war ich so schockiert, dass ich nicht mehr klar denken konnte, und der Teufel gab mir ein, meine beiden Freunde hier um Rat und Hilfe zu bitten. Ich schwöre Ihnen, sie wurden da nur hineingezogen, weil ich mit dem, was ich vorfand, absolut nicht klarkam.«

»Sie sind also verantwortlich?«

»Nein – das wird Ihnen jeder bestätigen – ich bin absolut unverantwortlich. In diesem Punkt hatte Eis-Price ganz recht. Und das war Kerrilla Croppers großer Fehler. Sie kann weder lesen noch schreiben, wissen Sie. Dadurch hatte sie unrealistische Erwartungen an mich.«

»Wie bitte?«

»Mach langsam«, sagten Pierre und Elektra gleichzeitig.

»Du musst das nicht tun«, sagte Pierre.

»Du musst das *unbedingt* tun«, sagte Elektra. »Du kannst nicht weiterhin Cherry vorhalten, dass sie diesen armen kleinen Welpen kaltherzig aus dem Haus geworfen hat, wo du ihn doch selber auch einfach ausgesetzt hast. Und zwar dreimal.«

»Schon, aber Gamma Dora wusste, was sie tat, und ihre Tochter auch. Bei ihnen hatte er die beste Nacht seines erbärmlichen Lebens. Und im Krankenhaus hätte er eigentlich auch sicher sein sollen, und, na ja, Fergus ist immerhin wesentlich verantwortungsbewusster als ich. *Ich* hab ihn niemals zu Mrs. Cropper und ihrem Freund zurückgeschickt. Niemals. Darum ging es schließlich – ihn von denen wegzuholen.«

»Wie bitte? Was sagen Sie da?«

»Moment.« Endlich holte Pierre sein Handy aus seiner Hosentasche, vollführte etwas Daumenakrobatik und zeigte Suzie Pang ein Foto. Ich konnte es selbst nicht sehen, aber ich sah, wie ihre Miene von konfuser Gereiztheit zu erstarrter Abscheu wechselte.

»Wann wurde das aufgenommen und wo?«

»Vor ein paar Tagen«, sagte Pierre.

»In der Burg Cropper«, sagte ich.

»Wie bitte?«, sagte Pang. »Hören Sie, Mrs. Cropper sagt, Connor wurde vor zehn Tagen von Nonnen entführt, und davor war er ein völlig gesunder, lebensfroher kleiner Junge.«

»Sie lügt«, sagte Pierre schlicht.

»Super«, sagte ich. »Ich war vor zehn Tagen noch im Kittchen, also kann ich es nicht gewesen sein.«

Pang ignorierte mich. »Sie sagt, sie und ihr Partner wollten für einen Kurzurlaub nach Whitstable und haben ihn ihrer anderen Tochter anvertraut. Diese Tochter wurde aber krank, kam erst später und redete sich ein, dass Connor von der Familie seines Vaters abgeholt worden sei. Aber die Nachbarn haben erzählt, dass Nonnen das Kind verschleppt hätten. Mrs. Cropper erfuhr die Wahrheit erst, als sie heimkam und ihre Wohnungstür eingetreten vorfand.«

»Wo ist Connor jetzt?«, fragte Elektra und starrte mir drängend in die Augen.

»Ich will die Frage nicht stellen.«

»Wie bitte?«

»Na gut«, sagte ich zögerlich. »Wo ist Connor jetzt?«

»Er wurde im Krankenhaus wegen Schock und Dehydrierung behandelt. Dann hat man ihn in die Obhut seiner Großmutter entlassen, wobei eine sozialbehördliche Untersuchung ansteht, ebenso wie diese polizeiliche Ermittlung.«

»Das können Sie doch nicht …«, rief ich.

»Oh *Mann*!«, rief Pierre im selben Atemzug aus. »Das darf nicht wahr sein. Bitte sagen Sie, dass das nicht wahr ist!«

»Sind Sie alle blind?«, fragte ich. »Einige seiner Narben sind Monate alt, wenn nicht sogar Jahre. Er sieht aus wie ein Kind aus einem Hungersnot-Land. Das muss Ihnen doch aufgefallen sein.«

»Schauen Sie nicht mich an«, sagte Pang. »Das war eine andere Schicht, die damit befasst war. Ich hab ihn nie gesehen.« Sie gab Pierre sein Handy zurück. Sie *wollte* nicht hinsehen, nicht mal jetzt. Pierre schaltete das Telefon aus und steckte es schnell weg. Niemand wollte hinsehen.

»Hab ich doch gesagt.« Der Teufel lachte.

»Holen Sie ihn da raus«, sagte ich. »Die foltern ihn da.«

»Du musst wirklich dringend lernen, mir besser zu dienen«, sagte der Teufel. »Es macht nicht mal halb so viel Spaß mit dir, wenn du versuchst, das Richtige zu tun.«

»Und du kannst jetzt mal die *Fresse halten*«, rief ich. »Du hast nichts getan, außer Bosheit und Verwüstung zu verbreiten. Du hast doch Cherry Price, die du für dich reklamierst. Kannst du dich nicht damit zufrieden geben? *Lass mich in Ruhe!*«

»Wie bitte?« Pang wich einen Schritt zurück. Ich musste sie erschreckt haben.

»Ist schon gut«, sagte Pierre. »Sie spricht nur wieder mal mit ihrem bösen Geist – Satan, wissen Sie?« Er legte ihr tröstend eine Hand auf den Arm. Was auch nicht half. Er war riesig, und Pang war winzig.

»Sie sagen also, dass weder Sie selbst noch Miss Price noch sonst jemand von Ihnen hier Connor Cropper verletzt haben kann. Dann waren es die Nonnen …?«

»Tee oder Kaffee?«, schmetterte Schmissy aus der Küche. »Milch, Zucker oder Süßstoff?« Sie trat mit einem Tablett auf uns zu, rosa getupfte Becher sowie dazu passend Milchkännchen und Zuckerdose. Sie trug eine rosa Küchenschürze und ein gewinnendes Lächeln. Ich stellte fest, dass ich zurücklächeln musste, auch wenn er eine schwache, feige, verräterische kleine Kröte war.

»Ich verstehe noch nicht«, setzte Pang an, aber Schmissy drückte ihr einen dampfenden Becher in die Hand und forderte sie auf, sich mit Milch und Zucker zu bedienen. Schmissy verkörperte die Gastgeberinnenrolle mit solchem Schwung und solcher Überzeugungskraft, dass Pang mit ihren kalten Händen in ihrer Verwirrung die Illusion akzeptierte. Für den Augenblick jedenfalls.

Pierre und ich wechselten einen kurzen Blick und einigten uns stillschweigend darauf, ihr den Trugschluss bezüglich der ›Nonnen‹ einstweilen durchgehen zu lassen. Ich weiß nicht, wie Pierre das sieht, aber meiner Meinung nach gilt: Je mehr Irrtümer und Verwirrung sich in eine Situation einbringen lassen, an der die Polizei beteiligt ist, desto besser. Sie mögen es, wenn ihre Schlussfolgerungen sauber von A nach B führen. Sie wissen am liebsten mit aller Klarheit, auf wen sie den Finger richten sollen. Und das ist gewöhnlich jemand wie ich. Sie zeigen praktisch nie auf sich selbst, nachdem sie gerade einen gewaltigen

Schnitzer gemacht haben, der einen gefolterten kleinen Jungen noch tiefer reinreißt. Und auch nicht auf eine vornehme blonde Spießerin mit teuren Stiefelchen und einem Herz aus Stein. Nein, nein, geben wir die Schuld lieber den Abweichlern.

Ich nahm von Schmissy einen Becher entgegen und tat fünf Stück Zucker hinein, für die Energie. Ziggy kam und setzte sich auf den Boden, um mit Elektra zu schmusen, den Rücken an der Heizung. Er sah fast so schläfrig aus wie sie.

Aus dem Wohnzimmer hörte ich Cherry mit einer Glaserfirma über eine Notverglasung verhandeln. Pierre hörte es auch. »Die Rechnung lass ich mir nicht aufdrücken«, knurrte er mir zu.

»Das glaubt aber auch nur er«, murmelte der Teufel.

Es schien eine recht beachtliche Menschenansammlung im Wohnzimmer zu sein – abgesehen von den anderen beiden Cops war noch eine Handvoll Nachbarn durch das herausgebrochene Fenster eingestiegen und nutzte die Gelegenheit als morgendlichen Kaffeeausschank. Ich liebte sie alle dafür. Diejenigen, die Cherry hassten, konnten Billy auch nicht sonderlich leiden. Und niemand von ihnen schien geneigt, die Bullen zu unterstützen. Sie waren ein Mob, ein Haufen Pöbel, der die Cops in Schach hielt und behinderte. Und sie hatten allesamt großen Spaß an einem sonst öden Sonntagvormittag.

»Schlaf noch nicht ein«, sagte ich und stupste Ziggy mit dem Fuß an. »Bist du gut im Sachenfinden? Irgendwo hier im Haus hat diese grässliche Frau die beiden Schlüssel versteckt, die diesen entzückenden Hund befreien würden. Glaubst du, du kannst sie für mich aufstöbern?«

»Darf ich, Mum?«

»Klar darfst du«, sagte Ziggys Mum. »Ich helf dir glatt.« Bevor jemand sie aufhalten konnte, ging sie mit Ziggy nach oben. Sie würde sich prächtig amüsieren, indem sie Cherrys gesamten Krimskrams durchwühlte. Der Himmel bewahre uns vor dem Blick einer echt neugierigen Frau. Es erleichterte mich, dass ich nichts besaß. Man kann eine Person schlecht nach ihrer Habe beurteilen, wenn sie gar nichts hat. Komisch, wo ich gerade so durchnässt und mir so kalt war, aber ich war in diesem Moment froh, hauslos zu sein und nicht in einer so kahlen und seelenlosen Straße zu leben, wo es schon als Vergnügen zählte, am Sonntagmorgen in den frevelhaften Affärchen einer Nachbarin herumzuschnüffeln. Das war etwas, das meine Mutter getan hätte. Sie hatte ein unzufriedenes Leben geführt und war enttäuscht gestorben.

»Da du gerade durchgehst, weshalb du dich glücklich schätzen kannst«, hänselte Diabolo, »wem verdankst du es eigentlich, dass *du* keine Kinder hast, die über das urteilen könnten, was *du* alles im Leben erreicht hast? Was gibt dir das Recht, die Nase hoch zu tragen?«

»Nichts«, sagte ich und fühlte mich sofort wieder elend. »Absolut rein gar nichts. Dafür hast du gesorgt.«

»Wie bitte?«, sagte Pang. Dann klingelte ihr Telefon, und alles änderte sich.

Kapitel 29

Ein schlechter Morgen für die Cops

Was?«, fragte PC Gregory und versuchte sich in den Flur durchzudrängen.

»Das Kind«, sagte Pang möglichst leise. »Er wurde auf der Treppe vor dem Haus gefunden, scheint hingefallen zu sein. Er hat schwere Kopfverletzungen und liegt im Krankenhaus. Seine Großmutter beschuldigt Ms. Price und eine Schar Nonnen der Kindesentführung oder zumindest der Sachbeschädigung an ihrer Wohnungstür, wodurch das Kind überhaupt losgehen und sich in Gefahr bringen konnte.«

»In Ordnung«, rief Gregory und drehte sich wieder ins Wohnzimmer. »Alle, die nichts mit dem Cropper-Fall zu tun haben und nicht in diesem Haus wohnen, raus hier.«

»Aber wir haben doch noch gar nicht ausgetrunken«, beklagte sich ein Nachbar.

»Machen Sie Ihre Telefone, Kameras und sonstigen Aufnahmegeräte aus und gehen Sie«, blaffte Gregory. »Wir haben diese Farce jetzt lange genug mitgemacht. Es ist Zeit für seriöse Polizeiarbeit, und Sie alle behindern nur unsere Ermittlungen.«

Sollte ich etwas sagen oder lieber nicht? Es ist eigentlich nicht meine Art, den Cops überhaupt irgendwas zu sagen. Aber ein paar von den Leuten, die Gregory gerade rauswarf, waren Zeugen und hatten sogar Aufnahmen des Schlamassels, das sich vor der Tür ebendieses Hauses ereignet hatte, als die Cops Großmutter Cropper anschleppten, um den armen Connor zu identifizieren und zurückzufordern.

Ich schaute Elektra fragend an, aber sie war eingeschlafen. Pierre konnte nicht Gedanken lesen. Doch der Teufel schon.

»Du?«, gluckste er. »Du und der Polizei bei ihren Ermittlungen helfen? Komm in die Gegenwart, Schwachkopf – die Polizei ist heutzutage so zahnlos wie du. Ich habe die Infrastruktur so weit beschädigt, dass wir nur noch einen winzigen Schritt von der endgültigen Gesetzlosigkeit entfernt sind.«

»Ich bin geneigt, dir zuzustimmen, was die Cops betrifft«, erwiderte ich. »Sie können nicht mal eine scheinheilige Trolltussi dazu bewegen, zwei Schlüssel rauszurücken, um einen leidenden Hund zu befreien.«

»*Wie bitte?*« Plötzlich war Pang konzentriert. Sie stieg über mich, Elektra und den Rasenmäher hinweg und schob sich ins Wohnzimmer. Dort marschierte sie auf Miss Biederfrau zu, die gerade eine dringliche Nachricht auf der Mailbox ihres Anwalts hinterließ. Ohne zu warten, bis sie damit fertig war, sagte Pang energisch: »Holen Sie auf der Stelle diese Schlüssel. Sonst kontaktiere ich persönlich den Tierschutz und einen Wochenend-Schlüsseldienst, um das arme Tier freizubekommen. Sie dürfen das dann zahlen. *Und* Sie werden wegen Tierquälerei angezeigt. Das gibt eine saftige Rechnung, das können Sie mir glauben.«

Gelassen beendete Miss Eisberg ihren Anruf. »Kommen Sie mir nicht in so einem hochtrabenden Ton«, sagte sie. »Sie fragen ja nicht mal höflich.«

»Bitte«, sagte Gregory artig. Offenbar hatte er sich hineinziehen lassen in Cherrys schäbige Scheinwelt, wo ein Firnis aus Schicklichkeit als Tarnung für grausame Handlungen und unehrliche Absichten diente.

»Deine Mutter hätte meinen kleinen Schatz Cherry geliebt«, bemerkte der Teufel. »So feminin, so nichtssagend hübsch – wie ein glänzender Pink Lady-Apfel mit einem fauligen Kern.«

Und da richtete Schatz Cherry eine kirschrot lackierte Kralle auf Lil Missy. »Ich weiß gar nicht, warum Sie alle ständig *mich* nach diesen Vorhängeschlössern fragen«, sagte sie süßlich. »Ich hatte nichts damit zu tun. Das war er. Er hat es getan.«

Sogar der Nachbar, der gerade aus dem kaputten Fenster kletterte, hielt inne und starrte Lil Missy an. Ihr sanftes Gesicht schrumpelte. »Aber du hast es mir befohlen. Du hast gesagt, wenn ich es nicht …«

»Die böse Frau hat mich dazu gezwungen?«, fragte Cherry. Ihr Sarkasmus war so geschickt verhüllt, dass es kaum jemand mitbekam. »Nehmen Sie ruhig Fingerabdrücke von den Schlössern, im Schuppen und am Rasenmäher. Meine werden Sie da nicht finden. Sondern nur seine. Also bevor Sie sich alle endgültig zum Narren machen, richten Sie Ihre Anschuldigungen dahin, wo sie hingehören.« Sie sah Missy an und klang jetzt wie eine gütige strenge Lehrerin. »Du bist es, der das mit dem Hund zu verantworten hat – du musst unbedingt lernen, die Konsequenzen deines Tuns selbst zu tragen. Hör endlich mit diesem Mädchengetue auf. Du bist weder jung noch unschuldig, du bist nämlich nichts als ein abartiger kleiner Strichjunge.«

»Wieso reden wir schon wieder über einen verfluchten Köter?«, fragte Nidge.

»Wieso bist du überhaupt noch hier?«, konterte Pang gereizt.

»Wegen einer Beschwerde über Einbruch und Diebstahl eines Rasenmähers.«

»Der Rasenmäher befindet sich noch immer auf dem Grund und Boden der Beschwerdeführerin.«

»Also warum kümmern wir uns dann nicht mal um die französischen Terroristen oben in meinem Schlafzimmer?«, warf Eis-Price in ihrem allervernünftigsten Ton ein.

»Genau, klärt doch endlich mal diese Terroristengeschichte, wie wär's damit?« Gregory schien seine Verachtung jetzt auf seine eigenen Leute auszudehnen.

»Oder ich verfüge mich einfach auf mein Revier zurück«, sagte Nidge beleidigt. »Ich scheine hier ja überflüssig zu sein.«

»Halt, alle miteinander«, sagte Pang. »Eins nach dem anderen. Lasst uns wenigstens eine Sache richtig machen. Ms. Price, wir verlangen jetzt die Schlüssel.«

»Ich nicht«, murmelte Gregory. Trotz allem war es schon ein Genuss, mitanzusehen, wie drei Cops aufeinander einhackten.

Schmissy wischte sich die Tränen ab und sagte leise: »Sie hängen an einem Nagel direkt hinter der Küchentür. Da, wo sie mir befohlen hat sie hinzuhängen.«

»Lügen, Lügen, nichts als Lügen«, erklärte Cherry mit tief enttäuschtem Kopfschütteln.

»Ich hol sie«, sagte Ziggy eifrig. »Darf ich, Mum?«

»Komm mit, Kleiner«, sagte Pierre. »Wir machen das zusammen.« Ziggys klebrige kleine Pfote verschwand in Pierres riesiger Faust, und sie zogen ab.

Auf einmal wurde es still. Ein klitzekleiner Akt der Menschlichkeit stand bevor. Alle brauchten ihn, alle warteten. Ich hielt den Atem an.

Warum glaube ich an den Teufel und all seine Lakaien, aber nicht an Gott und Engel? Nun ja, mein Glaube hält sich an das, was belegt und erwiesen ist. Aber manchmal, ganz selten, nimmt ein menschliches Wesen kurz die Gestalt eines Engels an. Pierre breitete seine prächtigen, schimmernden schwarzen Flügel aus, um Lil Missy Vergebung zu gewähren und Elektra und mir Schutz. Manchmal bringt mir eine Frau oder ein Mann ohne jeden Grund an einem frostkalten Tag einen Becher heiße Schokolade. Oder lässt ihren kleinen Starman eine Flasche Shiraz holen. Oder stiftet eine alte Decke, auf die Elektra sich legen kann. Vielleicht klaut so eine Person schon am nächsten Tag einem kleinen Kind sein Sparschwein. Aber für ein paar Minuten zu einem ganz besonderen Zeitpunkt hat das Herz eines Engels in ihrer Brust geschlagen.

Engel Pierre machte das eine Vorhängeschloss auf und ließ Ziggy das andere übernehmen. Wir waren frei. Alles reckte die

Hälse, um zu sehen, wie wir das jetzt feiern würden. Es gab nicht viel zu sehen. Ich ließ Elektra runtergleiten, so dass ich nicht mehr ihr ganzes Gewicht auf Arm und Schulter hatte. Sie hob ein schläfriges Augenlid, leckte mir die Hand und legte sich in ihrer Lieblingsposition quer über meinem Schoß wieder schlafen.

Ich? Ich ging vorerst nirgendwohin. Ich saß mit dem Rücken an einer warmen Heizung. Habt ihr eine Ahnung, wie lange eine Obdachlose braucht, um trocken zu werden, wenn der Regen sie erst mal richtig durchnässt und sie keine Klamotten zum Wechseln hat, keine Handtücher und keinen Ort, um Sachen zum Trocknen aufzuhängen? Also ich kenne das gut.

»Na, Gott sei Dank«, sagte Pang. Sie hatte keinen guten Vormittag gehabt, und dieser klitzekleine Sieg schien sie zu trösten.

Mich jedenfalls tröstete er enorm. Ich vergaß für einen Moment meine Wachsamkeit und schloss die Augen.

Ich träumte, ich ging mit Elektra die Charing Cross Road entlang. Sie trug ein Würgehalsband. Das verblüffte mich sehr, doch als ich das nächste Mal hinschaute, sah ich nicht Elektra, sondern Connor, und dann merkte ich, dass ich das Würgehalsband trug und er mich führte.

»Aufwachen«, sagte Gregory und trat nach meinem Fuß. »Wir brauchen Ihre Aussage.«

»Hab keine.«

Pang saß auf der Treppe, ihr Notizbuch auf den Knien, und wartete. Gregory stand bedrohlich zwischen mir und der Haustür. Wo waren alle anderen? Ich reckte den Hals, um ins Wohnzimmer zu spähen. Frost-Cherry saß am einen Ende des Sofas und sprach in ihr Telefon. Nidge hockte am anderen Ende und sah verlegen und bedrückt aus. Ich konnte weder Pierre noch Lil Missy entdecken. Die Nachbarn waren alle weg.

»Name?«, sagte Pang energisch.

So fängt es immer an – die Abwärtsspirale, die in die Scheiße führt.

»Bag mit E hinten«, sagte ich. »B-A-G-G-E. *Lady* Bag.«

»Wie bitte?«

»Ms. Price hat sie vorhin Angela Mary Sowieso genannt«, sagte Gregory, der Mann mit dem unliebsamen Gedächtnis.

»Da hat sie sich geirrt«, sagte ich. »Nie von so jemandem gehört. Der, mit dem Sie sprechen sollten, ist Billy nebenan. Er kann nicht raus, wissen Sie, und er beobachtet die Nachbarn schon seit Jahren. Wenn es im Fernsehen keine Rennen und kein Snooker gibt, wird er einsam und gelangweilt. Na ja, das würde Ihnen kaum anders gehen, oder, wenn Sie nicht weiter gehen könnten als bis zum Klo?«

»Das ist nicht Ihr Name«, sagte Gregory. Offenbar hatte er auch noch ein Ohr für die wichtigen Dinge.

»Bag, mit E. Beweisen Sie mir doch das Gegenteil. Der Punkt ist aber, im Zeitalter der Massenkommunikation müssen Sie sich gar nicht auf mein fehleranfälliges Gedächtnis verlassen, wenn es um Fakten und Zahlen geht. Jeder von diesen Nachbarn hat so ein elektronisches Dingsda, und alle haben von den Ereignissen gestern Abend Bilder gemacht, als Ms. Frost Connor an die Frau abgeschoben hat, die ihn so abscheulich misshandelt. Ihnen und Ihren Leuten kann ich eigentlich nichts vorwerfen – Sie kannten die Geschichte nicht und hatten das Bild nicht gesehen. *Aber sie schon.* Sie wusste ganz genau, wie verzweifelt seine Lage war.«

»Wir kriegen das ganz leicht raus«, sagte Gregory. »Ihre Fingerabdrücke, Ihr Lichtbild und alle Angaben sind im System.«

»Reißen Sie den Schuppen nieder«, sagte ich, und das verzweifelte Bedürfnis nach einem Schluck pochte hinten in meinem Schädel wie Rahmenschläge auf einer Snare-Trommel. »Sie hat ziemlich sicher schon mal einen kleinen Jungen umgebracht. Sie brauchen mir nicht zu glauben – sprechen Sie mit Billy.«

»Name?«, sagte Gregory.

Die gesegnete, heilige Türklingel schellte.

Es war, als würde das Haus kalte Luft einatmen, als Gregory die Tür aufriss. »*Was ist?*«

»Scheibenreparaturnotdienst«, sagte einer der beiden Neuankömmlinge.

»Kriminalpolizei«, sagte der andere.

»Oh herrlich«, sagte Pang leise.

»Oh Scheiße«, sagte ich.

»Sieh an, sieh an«, sagte Gregory. »Wenn wir armen Fußtruppen nur genug Nüsse ausgraben, kommt doch früher oder später ein Eichhörnchen zum Fressen vorbei.«

»Pang«, sagte Pang und stand rasch auf.

»Hobbs«, sagte der Kripo-Mann. »Ich bin hier, um die Situation zu beurteilen. Terrorismus?«

»Jemand muss mir eine EC-Karte geben und meinen Arbeitszettel gegenzeichnen«, sagte der Scheibenreparaturnotdienst-Mann. »Und könnten wir einen Zahn zulegen – ich hab noch keinen Lunch gehabt und muss noch zu zwei weiteren Notrufen. Wo ist der Hausbesitzer?« Von solchen Kinkerlitzchen wie Terrorismus würde er sich nicht aufhalten lassen.

»Ms. Price«, rief Gregory. »Hier ist jemand gekommen, um Ihr Fenster auszubessern.« Er wirkte sehr glücklich darüber, dass er den Glasbruch über die Kripo stellen konnte.

»Gott sei Dank«, sagte Cherrylzebub und trat in den Türrahmen vom Wohnzimmer.

»Ich kann aber mein Zeug hier nicht reinschaffen, Liebchen, wenn Sie nicht den Flur räumen und diesen verflixten Rasenmäher loswerden.«

»Es sind keine Terroristen«, sagte ich. »Ich glaube, sie sind Umweltaktivisten, die vom Weg abgekommen sind.«

»Hä?«, sagte Hobbs.

»Hören Sie bloß nicht auf das, was sie von sich gibt«, sagte Miss Rosa Rollenklischee. »Sie ist nicht bei Verstand.«

»Hat nicht alle Latten am Zaun«, bestätigte Gregory.

»Ihre Sorge um die Pinguine könnte auch ein Indiz sein«, sagte ich.

»Sie haben mich in meinem eigenen Haus angegriffen«, sagte Baby-Cherry mit ihrer Piepmatz-Stimme.

»Wozu haben Sie überhaupt einen Rasenmäher im Flur stehen?«, sagte Glas-Mann zu Eis-Frau.

»Als Instrument des Chaos«, bemerkte das Chaos in Person, »hat sich der Rasenmäher hervorragend bewährt. Eine deiner besseren Darbietungen. Ich bin angetan.«

»Du hast deinen Zweck erfüllt«, sagte ich zu dem Rasenmäher, »und jetzt musst du weichen.« Ich kämpfte mich steif auf die Beine. »Ich stell ihn zurück in den Schuppen, ja?« Elektra stand ebenfalls auf und streckte sich.

»Heben Sie das Ding hoch und tragen Sie es«, plärrte Sie-sich-mehr-um-Flurteppiche-sorgt-als-um-Kinder-oder-Hunde.

Unterdessen sagte Hobbs zu Gregory: »Gehen Sie einfach die Treppe rauf, verhaften Sie die beiden Terroristen und buchten Sie sie ein. Was hält Sie auf?«

»Aber gerne doch«, sagte Gregory. Das Einzige, was ihn davon abhielt, die Treppe immer zwei Stufen gleichzeitig zu erklimmen, waren Pierre, Lil Missy und Tantie, die beladen mit Taschen herunterkamen.

»Sie haben vor, Zach und Sylvie zu verhaften«, berichtete ich.

»*Et pourquoi pas?*« Tantie zuckte die Achseln.

»Wir gehen jetzt«, sagte Pierre zu seiner eisigen Ex.

»Ich verstehe nicht, warum du mich so schäbig behandelst«, erwiderte sie und schniefte pathetisch. »Ich habe dir nichts getan, außer dich zu lieben und dir und deinem Freund ein Heim zu geben.«

»Wo gehen Sie hin?«, fragte Pang. »Wir brauchen eine Adresse, unter der wir Sie erreichen können.«

»Gleich nebenan«, erwiderte Pierre. »Selbst ein rassistisches Schwein wie Billy ist eine Verbesserung nach dem hier.«

»Sie nicht«, sagte Pang zu mir. »Wir brauchen Ihre Aussage.«

»Ich helf nur kurz mit dem Rasenmäher und bin gleich wieder da.« Ich trat Pierre gegen den Knöchel, als er in Richtung Tür strebte. Er drehte sich um und packte den Rasenmäher an den Vorderrädern. Halb schoben, halb trugen wir ihn gemeinsam über die Schwelle. Lil Missy und Tantie folgten uns nach draußen.

Trotz der allgemeinen Verwirrung fiel mir auf, dass Tantie endlich ihre eigenen Stiefel trug und dass sie ihr Kraft und Haltung verliehen. Bei manchen Frauen scheint das Selbstwertgefühl am Schuhwerk zu hängen.

Kapitel 30

Gimme Shelter

Uns wurde der Zutritt zu Billys Haus nur gestattet, weil Tantie sich strikt weigerte, allein zu kommen. Billys Bedürfnis nach Pie machte ihn von Tantie abhängig und übertrumpfte zeitweilig alle Spielarten von Rassismus, Ageismus und Sexismus.

Sein Durst nach Klatsch machte ihn von mir abhängig. Also ging ich, nachdem ich Pierre, Lil Missy, Tantie und mich mit widerrechtlich angeeigneter Hühnersuppe und Milchreis gesättigt hatte, nach oben, um Geschichten zu erzählen. Das Erste, was er sagte, noch bevor er Hallo gesagt hatte, war: »Dieser Blonde, du weißt schon, der Schwule, ja, meinst du, der zeigt mir mal seine Titten?«

»Du bist ekelhaft, Billy«, sagte ich.

»Ich bin bloß ein ganz normaler Kerl«, sagte er. »Und was immer da unterhalb der Taille bei ihm los ist, obenrum sieht er wirklich lecker aus. Und, werden die Cops nun die Kuh nebenan verhaften? Sind sie noch da?«

Ich sah aus dem Fenster. Ein Streifenwagen und das zivile Fahrzeug, in dem Hobbs gekommen war, standen da wie zuvor. Ob Nidge Zach und Sylvie mitgenommen hatte? Es regnete noch immer, aber jetzt sah der Regen schon ein bisschen nach Hagel aus, wo er aufs Fenstersims traf.

Der Glas-Mann machte gerade das Eishausfenster dicht, obwohl mir schien, dass ein bisschen Hagel im Wohnzimmer bei dem kalten Klima auch keinen Unterschied mehr machen dürfte. Auf der anderen Straßenseite wurden Pang und Gregory in Ziggys Haus eingelassen.

Ich sagte: »Glaubst du wirklich, dass die Eisbombe nebenan den kleinen Jungen von ihrem Ex beseitigt hat?«

»Kann schon sein«, sagte er. »Sie konnte es echt nicht leiden, wenn der arme Kerl seine Aufmerksamkeit auf irgendwas richtete, was nicht sie war – selbst wenn es nur 'ne Zigarette war. Aber wenn du mich fragst, was sie *wirklich* wollte, würde ich sagen, das Haus. Deshalb hat sie ihn auch von den Jungs mit den Schmetterlingsnetzen wegsperren lassen.«

»Sie kann sein Kind nicht umgebracht haben. Dafür gab es bestimmt zu viele Leute, die auf ihn aufpassten. Zum Beispiel die Mutter. Benimm dich, Billy – du willst doch bloß, dass sie den Schuppen abreißen, oder?«

»Du kommst gar nicht so aus dem Mustopf, wie du aussiehst.« Seine Augen verschwanden in einer Rolle Wangenfett. Billy lächelte.

»Sie würde nie etwas richtig Böses selber tun«, sagte ich. »Sie würde es jemand anders für sich tun lassen. Und sie wäre immer imstande, es zu rechtfertigen oder einfach wegzuerklären. Wie das mit Connor. Wenn er stirbt, ist es ja nicht ihre Schuld. Sondern meine, weil ich überhaupt zu ihm hingegangen bin. Oder meine und Missys und Pierres, weil wir ihn zu retten versucht haben. Und die der Sozialbehörden und der Cops, weil sie ihn seiner Großmutter zurückgegeben haben. Aber niemals ihre, auch wenn sie Bescheid wusste und es ihr egal war.«

»Das scharfe Stück mit den dicken Möpsen war eine Großmutter?«, fragte Billy schockiert, und sein Lächeln verschwand. »Zu alt, verflixt. Viel zu alt.«

»Vorgestern war sie dir noch nicht zu alt. Überhaupt, Billy, wie alt bist du eigentlich?«

»Da hatte ich getrunken«, sagte er. Was natürlich alles erklärte. Kein Witz. Es erklärt wirklich alles.

Es wurde langsam dunkel, und Hagel schlug gegen die Scheiben. Ich sah Pang und Gregory aus Ziggys Haus kommen. Sie warfen einen strengen Blick auf Billys Fenster, gingen dann aber stattdessen nach nebenan.

»Wie wär's jetzt mit einem Bier?«, fragte ich.

»Okay, aber ich geb dir keins ab.«

»Bist ein Gentleman«, sagte ich und verließ schnell sein stinkendes Schlafzimmer.

Aber nicht schnell genug, um seiner Erwiderung zu entrinnen: »Das ist *mein* Haus, und du bist hier nicht eingeladen.«

In dem kleinen rückwärtigen Schlafzimmer sammelte ich alle Klamotten ein, die ich aus dem Wohlfahrtssack genommen hatte. Ein Armvoll – mehr, als ich seit langer Zeit besessen hatte. Ich trug sie runter in die Küche. Tantie hatte Billys Mantel vor den Ofen gehängt, um ihn zu trocknen. Das war lieb von ihr, aber jetzt, wo sie Schuhe und eine Handtasche hatte, empfand ich den Abstand zwischen uns. Ich gab ihr eine Dose Bier und deutete an die Decke. Sie schnitt eine Grimasse, aber sie brachte sie nach oben.

Ich zog so viele Schichten an, wie es ging, danach suchte ich zwei Müllsäcke heraus, steckte einen in den anderen und stopfte den Rest der Kleider hinein. Dann schlüpfte ich in Billys Mantel. Er war noch feucht, aber doch so viel besser als nichts.

Elektra schlief im Wohnzimmer vor einem Elektroofen. Pierre und Missy waren ins Gespräch vertieft.

Ich sagte: »Die Bullen kommen gleich, und ich muss hier weg. Ihr kriegt das schon hin, aber für Elektra und mich ist es hier nicht sicher. Nordpol-Nora nebenan hat dafür gesorgt, weil sie ihnen erzählt hat, dass ich auf Bewährung draußen bin.«

»Du kannst doch Elektra bei dem Wetter nicht mit rausnehmen«, protestierte Missy. Sie sah so traulich aus, wie sie da in ihrem Kaschmirpulli saß, Nase an Nase mit Pierre. Sie war meine treulose süße Freundin. Es brach mir fast das Herz.

Ohne gerufen worden zu sein, stand Elektra auf und stellte sich neben mich. Sie hatte mir nichts zu sagen, aber sie war bereit. Der Teufel, der ja immer etwas zu sagen hat, meinte: »Bring dich in Sicherheit und deinen Hund um. Jawoll ja, das ist die Art Abkommen, die mir zusagt.«

Ich versuchte ihn zu ignorieren und sagte: »Ich nehme nicht an, dass einer von euch an Elektras Mantel gedacht hat.«

»Du wirst mir wohl niemals verzeihen, oder?«, sagte Lil Missy und fing an, in einer riesigen gestreiften Strandtasche zu wühlen.

»Es war keine böse Absicht«, sagte Pierre und streckte seine Hand nach Missy aus. »Es war Schwäche. Sie ist so leicht einzuschüchtern.«

»Das bin ich auch«, sagte ich. »Und Elektra auch.«

»Du bist stark und unabhängig«, sagte Pierre.

»Nein, bin ich nicht. Ich bin obdachlos. Ich *muss* mit dem zurande kommen, was das Leben mir um die Ohren haut. Ich hab keine Wahl, das macht mich aber nicht mutig. Ich laufe weg, auch jetzt gerade. Sieh mich doch bloß an.«

Schweigend, während Tränen ihre blauen Augen vergrößerten, hielt Schmister mir zwei Sachen hin. Das eine war Elektras alter grüner wasserdichter Regenmantel. Das andere war pink, aus Mohair und handgestrickt. Mit limonengrünem Filz waren auf einer Seite Worte appliziert: *Lady Bags Lady Dog*.

»Zieh es ihr an«, sagte ich. Und Elektra wartete geduldig, während Schmissy ihr den Hundepullover überzog und die Schlaufen und Perlenknöpfe unter ihr schloss. Perlenknöpfe retteten die Optik nicht gerade – nur Schmister konnte mit so einer Farbkombination durchkommen. Elektra nicht. Es sah aus wie … nun ja, sie wirkte aufgetakelt wie eine Fregatte in Hundegestalt.

Aber es war warm und trocken, und ich konnte sehen, wie viel Arbeit drinsteckte. Ich zog ihr den alten Regenmantel drüber.

»Die Minna«, sagte Pierre und fischte in seiner Tasche nach den Schlüsseln. »Geh dahin, dann kommst du aus diesem Wetter raus.« Er konnte seine Schlüssel nicht finden. Wobei mir einfiel, dass ich sie noch in Billys Manteltasche hatte.

»Nicht sicher genug«, sagte ich. »Die arktische Attentäterin weiß davon. Sie wird es den Bullen erzählt haben.« Ich ging in die Küche, um so zu tun, als würde ich die Schlüssel finden.

»Behalt sie«, flüsterte Meister Urian mir ins Ohr. »Die Cops werden meinen kleinen Liebling verhaften, und dann kannst du dich in ihrem Haus verstecken. Kein Mensch kommt auf die Idee, dich da zu suchen.«

Ich blieb stehen. »Wie soll ich denn erfahren, ob sie verhaftet wird und für wie lange?« Es war so eine verlockende Vorstellung.

»Ist doch egal«, er kicherte. »Du hast ja gesehen, wie leicht es für Zach und Sylvie war, sie rauszuwerfen. Zeit der Vergeltung.«

»Stimmt«, gab ich zu und schob Pierres Schlüssel wieder in Billys Tasche zurück. Beim Klicken von Elektras Krallen auf den Küchenfliesen drehte ich mich um. Da stand sie, den Kopf schief gelegt, die Ohren aufgestellt, und wartete darauf, rauszugehen. Ihre Topasaugen liebkosten mein heimgesuchtes Hirn.

»Warte kurz«, sagte ich zu ihr.

»Warte mal kurz«, sagte ich zum alten Ziegenbart. »Du nennst sie ›mein Liebling‹, aber du schlägst vor, dass ich sie reinlege. Warum?«

»Sie ist eben nicht mein einziger Liebling«, sagte er schmeichlerisch. »Auch du kannst mein Liebling sein. Du schmachtest nach Liebe und Anerkennung. Du wurdest schon schmachtend geboren. Ich weiß es, ich weiß Bescheid über *dich*.«

»Nein«, sagte ich, »nein, du weißt nicht über mich Bescheid. Wenn *sie* dein Liebling ist, will ich es nicht sein. Wenn du sie erwählt hast, kannst du mich nicht haben. Wer sie wählt, ist unter aller Kritik.«

»Dann wähle ich dich«, sagte er schlicht und direkt. »Kein Vergleich.«

»Du gerissener, lügnerischer Scheißkerl«, sagte ich. Aber ich war so bewegt, dass ich mich auf einen Küchenstuhl setzen musste, den Kopf auf den Tisch legte und weinte. Er kannte mich so gut. Er wusste, was ich wollte. Es gibt in meinem Leben niemand anderen, der mich so genau kennt. Und gab nie jemanden.

»Was willst du denn sonst machen?«, wisperte mein teuflischer Freund. »Das Leben des Geschöpfs aufs Spiel setzen, das du zu lieben behauptest? Die zwei einzigen Menschen im Stich lassen, die wenigstens so tun, als machten sie sich etwas aus dir?«

Ich kann euch gar nicht sagen, wie sehr ich in diesem Moment einen Schluck brauchte. Der Druck presste mein Hirn auf Walnussgröße zusammen. Mein Herz quoll mir als schwere Salzwassertropfen zu den Augen raus. Meine Hände zitterten, Schweiß verklebte mir die Haut, meine Eingeweide krampften und wanden sich. Der Tisch, auf dem mein Kopf lag, schlingerte wie ein Floß auf kabbeliger See. Ich hatte Angst, ich würde gleich sterben. Ich hatte Angst, ich würde es nicht.

Pierre sagte: »Was 'n los – du siehst ja schlimm aus.«

»Tschuldigung«, sagte ich. »Ich brauch was zu trinken. Ich brauch …« Meine Zunge haftete wie Pelz an meinem Gaumen. Ich drehte mich zu Elektra um. »Wie blöde *bin* ich denn?«, fragte ich sie. Wie viele Tage, Wochen, Jahre war es her, dass sie mir ins Gesicht gesagt hatte, wie dumm es war, bei einem Hund Rat zu suchen? Wie lange war es her, dass sie mir erzählte hatte, dass eine Hündin nicht lügt, weil sie nicht sprechen kann? »Auf wen soll ich nun hören? Auf den intelligenten Wortgewandten, der mir sagen kann, was ich tun soll? Oder auf die, die nicht sprechen kann?«

»Wie war das?«, sagte Pierre, während Elektra bloß dasaß und mich ansah.

Darauf wartete, dass ich das Richtige tat.

Ich wühlte in meiner Tasche, und meine zitternden Finger ließen Pierres Schlüssel auf den Boden fallen.

»Du vertust deine einzige Chance«, warnte Damian Deibel.

»Du hast sie gefunden«, sagte Pierre erleichtert.

»Ich kann jetzt nicht reden«, sagte ich. »Mir ist schlecht.«

»Sag bloß. Was machen wir nur mit dir?«

»Ich kann nicht denken. Könnte ich ein bisschen Geld haben?«

»Du lässt dich doch nur volllaufen. Deshalb ist dir schlecht, Dummbatz.«

»Falsch«, sagte Seine Gnaden von der Finsternis. »Dir ist schlecht, weil du *nicht* voll bist.« Und diesmal sagte er wirklich die schmerzliche Wahrheit.

»Ich muss weg.« Ich stolperte auf die Beine. Bekam keine Luft und schaffte es nicht mal bis zur Tür.

»Halt«, rief Missy. »Du kannst nicht einfach wegrennen und uns alles ausbaden lassen.«

»Ihr ist schlecht«, sagte Pierre.

»Gibst du mir dein Telefon?«, fragte ich. »Dann könnt ihr mich erreichen, wenn ihr wollt.«

»Ich geb ihr mein altes Handy«, sagte Pierre.

»Sie wird's verkloppen. Sie wird's verlieren. Jemand wird's ihr wegnehmen.«

»Tja, na ja, ich muss es erst mal finden und aufladen.«

»Keine Zeit – hau ab«, sagte ich. Aber ich war es, die abhaute. Ich machte die Tür auf und trat hinaus in den müßigen, hagel-durchsetzten Regen, der so beharrlich wirkte, als könnte er die ganze Nacht anhalten.

»Halt«, rief Lil Missy Schlimmster wieder. »Nun sei doch nicht so eine Drama-Queen. Ich hab nur einen Fünfer, aber den kannst du haben.« Sie streckte mir einen zerknautschten Geldschein hin.

Pierre griff nach seiner Geldklammer. Er schien ein wenig erstaunt, dass sie nicht besser bestückt war, aber er zog einen Zehner ab und gab mir auch den. Schmister streifte meinen Ärmel hoch und schrieb seine Nummer und die von Pierre auf meinen Unterarm. »Es besteht ja wohl kaum Gefahr, dass du das abwäschst, oder?«, fügte er schnippisch hinzu.

Pierre sagte: »Wegen der Bullen und Connor – wir müssen wohl bei der Wahrheit bleiben.«

»Ich weiß«, sagte ich, und fünfzehn Piepen vibrierten in meiner Hand. »Seht einfach zu, dass Miss Blitzeis uns nicht *alle* Schuld in die Schuhe schiebt. Sie wusste ganz genau, wo Connor herkam.«

»Sie wusste Bescheid«, sagte Pierre und runzelte die Stirn, als hätte er Kopfweh.

»Sie hat noch so getan, als wär sie zutiefst schockiert«, sagte Schmissy.

»Macht's gut«, sagte ich eilig, denn ich war nun rechtmäßige Besitzerin von fünfzehn Pfund und konnte dafür sorgen, dass es mir sehr bald sehr viel besser ging. Ich zog vor ihren besorgten Gesichtern die Tür zu, und Elektra und ich gingen die wenigen Schritte durch Billys Vorgarten zur Straße. Gleichzeitig mit uns kam ein kleiner weißer Kia dort an. Die Fahrertür sprang auf, und ein Regenschirm entfaltete sich. Ihm folgte Alicia in einem fleecigen Mantel und flippigen roten Stiefeln. Pierre würde nicht mehr lange besorgt bleiben.

Sie sagte: »Hallo, was für ein hinreißender Hund. Ich wusste gar nicht, dass du einen hast.« Sie bückte sich und legte Elektra eine Hand auf den Kopf. Elektra machte die Ohren flach nach hinten und akzeptierte die Hand. Ich stellte fest, dass ich die Hand ebenfalls akzeptierte.

Ich sagte: »Richtest du Pierre etwas von mir aus? Es geht um eine Hypothek. Frag ihn, ob sein Name wirklich auf einem Vertrag auftaucht. Wenn ich richtig liege, hat er vermutlich bloß den Dauerauftrag unterschrieben. Und in dem Fall muss er nur mit seiner Bank sprechen und ihn stornieren. Und vielleicht der Hypothekennehmerin mitteilen, dass er das getan hat.«

»Eine Hypothek?«, fragte sie. »Ein Dauer...?«

»Auftrag. Er wird es dir erklären, oder auch nicht.« Ich war erschöpft, aber ich fügte hinzu: »Er hat eine sehr schlechte Entscheidung teuer bezahlt.«

»Oh ja, klar, das kennen wir alle nur zu gut.« Ihr bedauerndes, verlegenes Lächeln überzeugte mich, dass sie vermutlich kein Troll war. Trolle geben schlechte Entscheidungen nicht zu. Sie sind prinzipiell Opfer der Bösartigkeit oder Blödheit anderer, nie der eigenen. Pierres Glück war wohl dabei, sich zu wenden.

Meins nicht. Es gab immer noch zwei Bullen, die Tür-zu-Tür-Befragungen vornahmen, es hagelte weiterhin, und ich befand mich nach wie vor auf gefährlichem Trollgebiet. Alicia aber wusste von alldem nichts. Sie verhinderte meinen eiligen Abgang, indem sie mir eine Hand auf den Ärmel legte und mir ohne zu blinzeln in die Augen schaute. Ich hatte das Gefühl, dass sie mich wirklich sah, und doch blieb ihr Blick unbeirrt liebenswürdig. Sie fragte: »Kann ich ihm vertrauen?«

»Er ist kein durchschnittlicher Kerl«, sagte ich. »Aber er *ist* ein Kerl.«

»Zynisch«, sagte sie und schmunzelte. Sie wartete, aber sie hielt dabei ihren Schirm über Elektra und mich und schützte uns. Also sagte ich: »Kannst du dir selbst trauen? Kannst du freundlich und halbwegs aufrichtig sein? Er hat ein Krokodil in seinem Kopf gehabt. Das muss er erst noch durch was Besseres ersetzen.«

»Ein was?«

»Ein Krokodil.« Ich zog mich langsam zurück. »Eis in seiner warmen Suppe«, versuchte ich es zu erklären. »Ein Bandwurm im Bauch.« Ich ging weg und murmelte vor mich hin, es tat mir leid, dass die gute Frau jetzt verwirrt war. Doch dann blieb ich stehen. Das richtige Wort war mir gerade eingefallen. »*Parasit!*«, rief ich.

Alicia, schon fast an Billys Tür, drehte sich um. »*Was?*«

»Kein Mensch ist auf der Höhe, wenn ihn gerade etwas von innen auffrisst. Bandwürmer sind nicht wie Misteln, weißt du – sie bringen ihren Wirt am Ende um.«

Aber bis ich diesen Gedanken formuliert hatte, war ich schon halb bei den Läden und nicht mal mehr in der gleichen Straße wie Alicia.

*

»Was jetzt?«, fragte Elektra.

Wir gingen über den Trafalgar Square zu den Stufen der National Gallery. Rechterhand lag die National Portrait Gallery. Dort war ich letztes Jahr dem Teufel über den Weg gelaufen. Es ist ja immerhin ein kultureller Hotspot.

»Du bist nicht wegen der Kultur hier«, murmelte sie.

»Ich bin wegen dem Leben hier«, sagte ich.

»Und, wo ist es?« Eine berechtigte Frage. Der Hagel war zu Schnee geworden. Er schmolz zwar, sobald er den Boden berührte, aber es war wirklich Schnee, und da zudem Sonntagabend war, lag der Trafalgar Square so gut wie ausgestorben da – ein sehr ungewöhnlicher Anblick. Doch ich war nicht unglücklich. Ich setzte mich auf eine Bank dicht an einer schützenden Mauer. Elektra hüpfte neben mich, und ich öffnete Billys Mantel, so dass wir uns zusammen darunterkuscheln konnten.

Bis jetzt hatte ich das Gefühl gehabt, mit Elektra noch gar nicht allein gewesen zu sein. Es war, als hätte ich meine Freiheit bisher ausschließlich in Gegenwart einer rempelnden

Menge aus riesigen Menschen verbracht, die alle gleichzeitig viel zu laut redeten. Ich war regelrecht zerquetscht worden in dem Gedränge. Es gab einfach zu viele Stimmen in meinem Kopf.

»Ich brauch mal ein bisschen Ruhe und Stille an einem vertrauten Ort.«

»Das ist ja alles sehr schön«, sagte Elektra, »aber sollten wir nicht auf der Suche nach einem Schlafplatz sein?«

»Im Kittchen weißt du, woran du bist. Du weißt, wer deine Feinde sind, und du weißt, *wo* sie sind. Es gibt wenig Überraschendes, und es gibt immer ein Bett.«

»Sehnsucht nach dem Knast?«, fragte sie und drückte ihren Kopf unter mein Kinn. »Nach einem Ort ohne Hunde und Rotwein?«

»In der wirklichen Welt ist einfach zu viel los. Zu viele Gefühle. Ich kann das nicht alles bewältigen.«

»Du bist stumpf geworden, als du gesessen hast.«

»Mach das nicht runter. Ein bisschen Stumpfheit dämpft auch die Verwirrung. Das gibt Raum zum Denken.«

»Na gut, du Genie«, sagte sie und gähnte, »dann denk doch mal und sag mir, wo wir schlafen. Aber lass dir nicht zu viel Zeit.«

Ich betrachtete den Trafalgar Square, der hinter einem hauchzarten Vorhang aus reglosem Schnee aufwärts zu schweben schien. Was hätte ich getan, bevor ich Freunde und eine Minna als Schlafplatz hatte, ehe ich mir Zutritt zum Haus eines Behinderten ergaunerte? »Juliet House«, sagte ich. »Die halten immer ein paar Plätze für Frauen bereit.«

»Und sie haben kein Hundeverbot.« Elektra stupste mich zustimmend mit der Nase.

Ich zog die Halbliterflasche algerischen Roten aus Billys Tasche. Zwei Finger breit waren noch drin. Ich war so stolz auf mich. Ich hatte nur eine Halbliterflasche gekauft, ich war es langsam angegangen und hatte nicht alles auf einmal runtergekippt. Ich bewies mir selbst, dass ich maßvoll trinken konnte.

»Hmm«, murmelte meine Freundin. »Wir werden sehen.« Und dann zogen wir nach Norden, um unser Glück im Juliet House zu versuchen.

*

Ocean Freedom prüfte meine Strafvollzugs-Entlassungspapiere. Sie hatten die Regeln verschärft, während ich weg gewesen war. Heutzutage musst du allen Ernstes *nachweisen*, dass du keinen Schlafplatz hast, damit eine Schutzunterkunft dich aufnimmt.

»Aber ihr kennt mich doch«, sagte ich. »Wir waren schon oft hier.«

»Ja«, sagte Ocean mit spürbarem Mangel an Begeisterung. »Tja, wie das Leben so spielt, hast du Glück. Es gibt eine Stornierung. Also komm rein, dann können wir dich vor dem Abendessen noch einchecken.«

Es gab Veränderungen. Anstelle des kleinen Zimmers mit den zwei Stockbetten bekamen Elektra und ich einen winzigen Raum ganz für uns allein. Es war eigentlich weniger ein Raum als eine Kapsel. Und, Wunder über Wunder, ich erhielt einen elektronischen Schlüssel. So konnte ich meine Tasche in der Kapsel lassen, und niemand würde reingehen und sie klauen. Anstelle des Schlafsaals, in dem früher dreißig Männer schliefen, gab es jetzt dreißig Kapseln an dem leuchtend weißen Mittelgang, der zum Tagesraum führte. Es erinnerte mich ans Gefängnis, nur dass die Kapseln viel kleiner waren als Zellen – und *ich hatte einen Schlüssel*.

Juliet House ist überhaupt kein Haus. Es ist ein Obdachlosenasyl oder eigentlich eine Schutzunterkunft unter einer Kirche. Die eine Hälfte liegt in der Krypta, die andere im Keller des

Gemeindesaals nebenan. Warum es Juliet House heißt, weiß ich nicht.

Trotz der räumlichen Anbindung sind die Leute, die das Asyl führen, nicht besonders kirchlich. Manche Ehrenamtliche schon, aber denen kann man leicht aus dem Weg gehen. Nicht umgehen lassen sich die erdrückenden grauen Steinblöcke, die man hier verwendet hat, um ein gewaltiges grottenartiges Gebäude zu errichten, wo Gläubige mit einer nichtexistenten Gottheit sprechen können. Dieses Haus der sinnlosen Anbetung wurde etwa zur gleichen Zeit und aus demselben Material gebaut wie das Gefängnis Ihrer Majestät, das kürzlich mein Domizil gewesen war.

Es war ein verschneiter Sonntagabend, deshalb war der Tagesraum vollgestopft mit mehr als vierzig Männern, die aufs Essen warteten. Wahrscheinlich hockten mehr von uns hier im Keller, als oben in der riesigen Kirche Leute bei der Abendandacht waren.

Hunde, sofern zugelassen, mussten an der Leine bleiben. Elektra war durch einen von Lil Missys Seidenschals mit mir verbunden, und ich behielt meine Hand auf ihrem schmalen Kopf, überwältigt von so vielen zerlumpten Männern. Ich fühlte mich extrem losgelöst – klaustrophobisch und doch allein. Es gab auf der ganzen Welt niemanden, der mich kannte, umgekehrt erkannte ich niemanden. Der große Fernseher hoch oben an der Wand zeigte ein Fußballspiel ohne Ton: zweiundzwanzig weitere unbekannte Männer im Konflikt, und nur drei Schiedsrichter, um Ordnung zu halten.

Im Tagesraum gab es gar keine Schiedsrichter, und die Überfülltheit machte die Atmosphäre angespannt. Meine Haut kribbelte davon.

»Ist schon gut«, wisperte Elektra, obwohl ich das Zittern in ihrem Körper genauso spüren konnte wie sie das meine.

»Es ist nicht gut«, sagte der in Kirchen unbefugte Eindringling. »Kirche, Knast, alles dasselbe, oder? Vorschriften und Regeln. Verhaltensbeschränkungen. Putz dir die Nase. Pass auf, wo du hintrittst. Niemand hier ist dir wohlgesonnen, und jeder will dir was.«

Ich hasse und fürchte diese Stelle in meinem Kopf, wo er immer wieder einen Durchschlupf findet, durch den er einsteigen und Elektras Stimme beiseiteschieben kann. Aber ich konnte ihm nicht antworten – Elektra und ich waren offenbar die einzigen weiblichen Wesen im Raum. Feindselige Blicke schlugen in uns ein wie Nägel. Ich war hier nichts als eine weitere Schnauze an einem zu kleinen Trog.

Ein paar Minuten später, als die erste Panik ihr gesträubtes Gefieder ein wenig glättete und handhabbar wurde, sah ich Scots Gary allein in der hintersten Ecke und mit leerem Gesicht zum Fernseher hochstarren. Ich war erleichtert. Wenn er hier war, würde Husten-Hazel auch da sein, und ich hatte jemanden zum Reden. Ich stieg über Beine hinweg, wand mich zwischen Tischen und Stühlen hindurch und gesellte mich zu ihm. Es gab nichts zum Sitzen, also hockte ich mich mit dem Rücken zur Wand hin.

»Ach, du bist es«, sagte er, als er mich bemerkte. In seinen Augen lag ein steinharter schielender Blick, und sein Mund war verkniffen und wirkte ausgetrocknet.

Kacke, dachte ich, das kommt nicht vom Ciderschlürfen – das ist Crack. Ich fragte: »Wo ist Hazel?«

»Schlampe hat mich sitzenlassen«, knurrte er giftig und sah wieder auf den Bildschirm.

Ich war platt. Gary und Hazel waren wie siamesische Zwillinge – ich hab nie verstanden, warum. Wer zur Hölle kann nachvollziehen, was andere voneinander wollen und aneinander finden? Ich nicht.

Ich legte die Arme um Elektra und hockte schweigend da. Es gab sonst keinen Sitzplatz, und mir fiel nichts, absolut gar nichts ein, was ich zu Gary sagen und was vielleicht den Wall aus Wut durchdringen konnte, den er um sich errichtet hatte. Bald würde der Rollladen zwischen Küche und Tagesraum hochgehen, und wir alle würden uns zum Essenfassen anstellen. Dann konnte ich mir einen Platz möglichst weit weg von ihm suchen.

Das Sonntagsessen bestand aus Hähnchennuggets und Fritten. Am Sonntag, wenn wenig Ehrenamtliche verfügbar sind, stopfen sie in den Ofen, was am einfachsten geht, und das gibt es dann mit einem großen Klacks Ketchup und brauner Soße statt Gemüse. Es war eine Abwechslung nach Hühnernudelsuppe und Milchreis.

An einem anderen Tisch stopfte Gary sich in zornigem Tempo voll. Nach zwei Minuten hatte er sein halbes Essen runtergeschlungen. Dann stand er plötzlich auf, hob seinen Teller hoch über den Kopf und schmetterte ihn zu Boden. Der Plastikteller hüpfte harmlos umher. Wutentbrannt sagte Gary: »Und der Rest von euch kranken Wichsern kann auch gern zur Hölle fahren.« Nachdem er der desinteressierten Menge diese Botschaft übermittelt hatte, stampfte er aus dem Tagesraum und stieß jeden beiseite, der ihm in den Weg geriet.

Niemand außer mir sah ihm nach. Auf einmal waren alle ganz auf die Hunde konzentriert. Elektra war von ihrem Platz an meinem Knie aufgestanden und hingegangen, um das heruntergefallene Essen zu begutachten, ihr Seidenschal schleifte über den klebrigen Boden. Zu ihr stießen ein unangeleinter Lurcher und ein Staffordshire Bullterrier. Alle drei trafen sich bei der Sauerei am Boden, zögerten und beäugten einander argwöhnisch.

In dem überfüllten Raum stieg die Spannung. Ein paar der Männer standen auf, um besser zu sehen. Mit Unbehagen erkannte ich, dass sie nach einem Hundekampf jieperten. Ein Hundekampf würde die Anspannung lockern. Im Leben eines

Mannes gibt es Zeiten, da muss er Blut und Gemetzel sehen. Wenn die Hunde kämpften, brauchten es die Männer vielleicht nicht zu tun. Oder es lieferte ihnen genau den Grund, den sie brauchten, um ebenfalls aufeinander loszugehen. Manche von ihnen brannten darauf. Ich konnte es an ihrem Atem riechen.

Elektra handelte zuerst. Sie brach den Blickkontakt mit den anderen beiden Hunden ab, senkte den Kopf und fing an, die ihr am nächsten liegenden Hähnchennuggets und Fritten zu fressen. Mir rutschte das Herz in die Hose. Wusste sie, wie nah sie daran war, zerfleischt zu werden?

Ich rief sie leise, wollte nicht, dass man die Angst in meiner Stimme vernahm. Doch alles, was ich hörte, war angespanntes Atmen und Ashmodai, der mir ins Ohr flüsterte: »Ein sicherer Ort, ja? Für dich gibt es keinen sicheren Ort, mein Mädchen. Für dich oder deine knochige Hündin.«

»Ich wollte nichts weiter«, sagte ich zu ihm, »als irgendwohin, wo mir Pang und Gregory kein Loch in den Schädel bohren mit Fragen, die ich nicht beantworten kann – und wo ich Schutz vor dem Schnee finde.«

»Jungs, Jungs, Jungs«, rief Ocean Freedom von hinter dem Küchentresen. »Ganz ruhig. Hunde an die Leine, sonst muss ich sie und ihre Eigentümer raussetzen.«

»Mit welcher Armee denn?«, fragte mein Tischnachbar. Er klang so sehr wie der Teufel, dass ich mich umdrehte und ihn ansah. Er war dünn, seine Haare noch dünner. Alles Massige kam von vielen Schichten schmutziger Militärkluft.

Er hatte recht. Wie sollte ein Kerl, der seinen Namen urkundlich zu Ocean Freedom geändert hatte, vierzig ausgewachsene Kerle handhaben, die nach Action gierten?

Ich stand auf und ging zu Elektra. Hob den Schal auf und zog sie fort von den Hähnchennuggets. Der Lurcher und der Staffie fingen an, einander zu umkreisen, und ich wollte uns so weit weg bringen wie möglich. Erst wollte ich zu meinem Essen zurück, aber als ich mich umdrehte, sah ich, dass der dünne Kerl es gerade vertilgte. Er begegnete meinem Blick mit einem hämischen Zwinkern, und ich konnte ihn förmlich sagen hören: »Was willst *du* schon dagegen tun, häh? Häh?«

Was immer ihr in einer Schutzunterkunft tut, lasst nie euren Teller unbeaufsichtigt. Wenn ihr es euch aussuchen könnt, setzt euch neben einen Junkie. Junkies essen nicht viel. Ihr Hunger gilt anderem als Essen, also werden sie euch eures vermutlich nicht stehlen.

Der Staffie machte den ersten Zug, einen Satz nach vorn, starkschultrig, scharfzahnig. Des Lurchers Verteidigung und Angriff war Geschwindigkeit. Er federte weg und wirbelte herum, schnappte nach dem Schenkel des Staffies, sprang zurück und baute sich wieder auf. Den Kopf zwischen die Schultern gezogen, Lippen und Nase gekräuselt – die Waffen gezückt. Ein dünnes Blutrinnsal erschien auf dem kastanienbraunen Fell des Staffies. Rufe hallten durch den Tagesraum. Manche erfreut, andere überrascht.

»Das reicht!«, donnerte eine neue Stimme. Es war eine große, magere Frau mit Ofenhandschuhen an beiden Händen – von denen eine einen langstieligen Holzlöffel gepackt hielt, während die andere einen Pfannenheber aus Metall schwenkte. Sie kam aus der Küche geschossen.

»Wem gehören die Hunde?«, brüllte sie. »Ihr solltet euch was schämen!«

Ich glaubte nicht, dass sie eine Chance hatte. Sie trug eine blaue Schlachterschürze und sah aus wie eine von diesen Mittelschichts-Ehrenamtlichen, die zwischen unabgewaschenem Geschirr und untoten Obdachlosen nach irgendeiner Art von Wiedergutmachung streben.

Münzen und Tabak gingen von Hand zu Hand. Die auf den Lurcher und den Staffie gesetzten Wetten wurden flugs auf die Frau mit dem Holzlöffel ausgeweitet.

»Lorelei! Nicht!«, flehte Ocean Freedom hinter dem Tresen.

Elektra starrte mich flehentlich an. »Weine nicht«, sagte ich. »Sie können nichts dafür. Es gibt nur schlechte Hundehalter – keine schlechten Hunde.«

Hätte sie sprechen können, sie hätte gesagt: »Aber draußen schneit es. Die schlechten Hundehalter werden dafür sorgen, dass die guten Hunde im Schnee schlafen müssen.«

»Da hat sie wohl recht«, sinnierte Meister Hämmerling, Geißel der Hauslosen. »Ich gewinne immer. Lasst Chaos herrschen.«

»Es schneit«, rief ich schwächlich. »Jagt doch die Hunde nicht raus in den Schnee.« Aber es war nicht nur das. Elektra und ich machten uns Sorgen um den Lurcher. Er trug sein Greyhound-Erbe mit Stolz – er war sehr schnell. Aber zu verspielt. Er besaß weder den breiten, muskulösen Kiefer des Bullterriers noch dessen Zielstrebigkeit. Seine Vorstellung von einer Balgerei war Schnappen und Flüchten, Schnappen und Flüchten. Nur gab es in dem überfüllten Tagesraum nicht genug Platz, um weit zu flüchten, und er würde nie genug Schaden anrichten können, um den Staffie ernstlich auszubremsen. Wenn er in eine Ecke gedrängt wurde und der Staffie ihn zwischen die Zähne bekam, war es aus mit ihm.

Obwohl sie nach Kräften gerempelt und blockiert wurde, watete die ehrenamtliche Lorelei mitten in die Action hinein. Ängstlich sah ich zu. Ofenhandschuhe waren kein großer Schutz gegen einen Staffie. Was ihr nichts auszumachen schien – alles in Reichweite bekam eins mit dem Holzlöffel übergezogen.

Ocean Freedom überwand sein Zögern und folgte ihr. Er musste auch den Panikknopf gedrückt haben, denn ich hörte das Geräusch rennender Schritte aus dem Flur zwischen Büro und Tagesraum.

»Jemand hat bestimmt die Polizei gerufen«, informierte Satan mich beiläufig.

Das gab den Ausschlag. Ich schnappte mir einen Pfeffer-streuer vom nächsten Tisch und schraubte den Deckel ab, während ich mich zur Mitte des Männergedränges durchkämpfte. Ohne auf den Lurcher zu achten, schüttete ich den Pfeffer direkt dem Staffie ins Gesicht, als er gerade auf die Weichteile seines Gegners loswollte.

Wie war das mit der Zielstrebigkeit – der Staffie zuckte kaum. Er preschte einfach weiter vor wie ein Laster ohne Bremsen. Alles, was ich tun konnte, um den Lurcher zu retten, war, ihn beiseitezutreten.

Blind vom Pfeffer, unfähig anzuhalten, verfehlte der Staffie den Lurcher und knallte mit voller Wucht gegen ein Tischbein. Ocean Freedom griff die Inspiration auf und verstreute Pfeffer in alle Richtungen.

Lorelei stieß dem leicht betäubten Staffie den Holzlöffel zwischen die Zähne und ließ so wenig locker wie eine schlimme Erkältung, womit sie ihn höchst wirksam davon abhielt, etwas anderes zu beißen.

Ein Mann mit Bart und heftig tränenden Augen boxte mich in den Bauch, so dass ich rückwärts auf einen umgekippten Stuhl fiel, und schrie: »Du hast meinen Hund getreten. Ich mach dich fertig – na warte.«

Jetzt lag ich auf dem Boden, meine Beine verheddert in die des Stuhls wie bei zwei Liebenden. Es gab nichts, was ich tun konnte, also sagte ich: »Also leg los. Ich bin schon von Kids getreten und von einem Bus umgefahren worden. Wenn du noch eine Stelle findest, wo keine blauen Flecken sind, kannst du deine Spuren hinterlassen. Los jetzt, fackel nicht lange. Ich hasse Warten.«

Der Besitzer des Staffies übernahm ihn von Lorelei, konnte seinen Hund aber nicht dazu bewegen, den Holzlöffel loszu-lassen. Lorelei richtete sich auf und zog meinem Angreifer eins mit dem Pfannenheber über. »Kümmern Sie sich um Ihren

Hund, Chris«, befahl sie scharf. »Sie wollen doch um die Zeit nicht mehr raus in die Kälte und sich einen anderen Schlafplatz suchen.«

»Ich könnte Sie wegen tätlichen Angriffs fertigmachen oder so«, drohte Chris halbherzig. »Sie dürfen die Kunden nicht schlagen.«

»Kunden können mich mal!« Lorelei hatte so etwas Lebhaftes und zugleich Nüchternes an sich, dass Chris sich knurrend und Hähnchenreste aus seinem Bart saugend zurückzog. Ocean Freedom allerdings sah beunruhigt und missbilligend aus und folgte ihm – vermutlich um sicherzustellen, dass er das Asyl nicht verklagte. Lacht nicht. Ist alles schon vorgekommen.

Lorelei streckte eine Hand aus und zog mich mit für jemand so Dünnes überraschenden Kräften auf die Füße. Jetzt, wo ich sie aus der Nähe sah, schien sie mir über siebzig zu sein.

»Ich mach Ihnen einen neuen Teller fertig«, sagte sie. »Hat jemand Ihren Hund gefüttert?«

»Ja. Aber sie hat immer Hunger, und als Scots Gary seinen Teller hingeschmissen hat …«

»Ich weiß, hab's gesehen. Aber das müssen Sie ihm nachsehen – Hazel ist heute Nachmittag gestorben. Sie haben ihren Raum bekommen.«

»Aber er meinte doch …«

»Ich weiß schon – ›die Schlampe hat mich sitzenlassen‹, das hat er zu mir auch gesagt. Er ist stinkwütend auf sie, weil sie gestorben ist.«

»Okay«, sagte ich, auch wenn ich geschockt war. Aber der Tod *ist* eine Art, jemanden zu verlassen. Und wenn es sich so anfühlt, ist es eben so.

»Sie kannten sie«, sagte Lorelei. »Wie geht es Ihnen damit?«

»Es ist seltsam. Manchmal dachte ich, Sie wissen schon, jeder hat doch irgendwie sein Ding laufen, und ich dachte manchmal, krank zu sein ist ihrs.« Ich dachte an ihr vertrautes quietschendes Röcheln. »Ich dachte wohl, Sie wissen schon, sie würde für immer Husten-Hazel bleiben. Aber jetzt hat Hazel ausgehustet.«

»Und das ändert alles.« Lorelei schloss mit ihrem elektronischen Schlüssel die Küche auf und dann hinter sich ab. Wir ›Kunden‹ dürfen da nicht rein, sonst klauen wir alles, was nicht niet- und nagelfest ist. Und niemand von uns darf scharfe Messer in die Finger kriegen.

Sie erschien an der Durchreiche mit einem Teller Essen für mich und einer weiteren Schüssel Hundefutter. Es freute mich, zu sehen, dass Elektras Appetit wieder da war. »Du hattest ein paar heftige Tage«, murmelte ich und zupfte sachte an ihren samtigen Ohren. Sie hob kurz den Kopf und warf mir einen wunderschönen Topasblick zu. »Wirst du Ms. Bosheit das mit dem Rasenmäher je vergeben?«

»Sie wird's vergessen«, lästerte Graf Großkotz. »Wer vergisst, braucht nicht zu vergeben.«

»Tja, also *ich* werd's nicht vergessen.«

»Doch, das wirst du. Sowie du dir eine Handvoll von den Nickerpillen eingepfiffen hast, die du auf dem Weg hierher bei der Nachtapotheke gekauft und in deinem linken Schuh verstaut hast, wirst auch du meine kleine Miss Tadellos vergessen. Und auch um Connor, meinen zerbrochenen Sohn, wirst du dich dann nicht mehr scheren. Du wirst gemütlich in der privaten Kapsel pennen, die kaum größer ist als Hazels Sarg, und alles vergessen, was mit Freunden, Feinden und geprügelten Kindern zu tun hat.«

»Ich hoffe es sehr«, sagte ich.

Etliche Männer wischten sich noch immer die Augen und Nasen. Ocean Freedom half dem Besitzer des Staffie, dem Hund die Augen mit Wasser auszuwaschen. Der Staffie hatte immer noch den Holzlöffel zwischen den Zähnen und weigerte sich, ihn loszulassen.

»Ich hatte 'ne Prise Golden Virginia auf ihn gesetzt«, sagte ein Kerl mit rasiertem Schädel und streckte seinen Becher aus, um mehr Tee zu bekommen. »Jetzt sind alle Wetten nichtig, besten Dank.«

Ich konnte nicht recht sagen, ob mir gratuliert oder etwas vorgeworfen wurde. Und auch nicht, mit wem er eigentlich sprach – mit Lorelei oder mir. Ich blieb in der Nähe des Küchentresens. Manchmal scheint die Welt der Obdachlosen komplett von beschädigten Männern bevölkert, und ich fühle mich unterlegen und machtlos. Zu solchen Zeiten, wenn ich noch unbeliebter bin als normalerweise, bin ich dankbar, dass Menschen wie Lorelei bewaffnet sind mit Pfannenhebern und unverbrüchlichen ethischen Prinzipien.

Ich wollte mich mit Elektra in meiner Klaustrophobiekapsel verstecken. Ich wollte tief und fest schlafen. Aber zuerst musste ich mit Elektra raus in den Schnee. Ich zog Billys Mantel an und wickelte meinen Kopf in einen Extrapullover, ein närrischer Turban gegen die Kälte. Elektra zog ich ihren wasserfesten Mantel über. Einer der Sozialarbeiter ließ uns raus. Als wir die äußere Steintreppe hochstiegen, begegneten uns zwei Cops, die runterkamen. Mit trockenem Mund presste ich mich möglichst flach gegen den Handlauf, Kopf und Augen gesenkt.

Sie gönnten mir kaum einen Blick. Aber ich atmete erst wieder durch, als ich draußen auf dem matschnassen Pflaster davoneilte, weg von dem Streifenwagen, der ordnungswidrig mit zwei Reifen auf dem Gehweg parkte. Wir waren hier weit entfernt vom nord-nordwestlichen Teil der nördlichen Ringstraße, und ich wusste auch, dass die Betreuer sie gerufen hatten aus Angst, der Hundekampf würde ausarten, aber ich wollte von Bullen weder gesehen noch wiedererkannt werden, sie sollten nicht über mich nachdenken und sich nicht an mich erinnern. Besonders Letzteres. Cops haben so ein lästiges Langzeitgedächtnis.

Ich scheuchte Elektra um eine Ecke, außer Sicht des Asyls, bevor ich ihr erlaubte, sich hinzuhocken und zu pinkeln. Wir standen halb geschützt im Eingangsbereich eines aufgegebenen Ladens, und ich sah den Schnee waagerecht von Ost nach West die menschenleere Straße entlangtreiben. Noch immer schmolz er, wenn er den wärmeren Gehweg berührte, aber schon deutlich langsamer. Wenn es so weiterschneite, würde bis zum Morgen eine weiße Decke über allem liegen. Hübsch, aber tödlich.

Ich wusste nicht, wie ich es schaffte, noch aufrecht zu stehen. Kummer und Zorn, Gefahr und Verwirrung brachen wie eine Lawine über mich herein. Manipulation, Verrat, Schlaflosigkeit und Schmerz durchtränkten mich bis auf die Knochen. Die frostige Bürde von allem war plötzlich unerträglich, und ich stellte fest, dass ich weinte. Diese ganze hilflose, hoffnungslose Sauerei aus Grausamkeit und Unmenschlichkeit fand ihren Ausdruck in würgenden Schluchzern voller Trauer um, ausgerechnet, Hazels Tod. Ich hatte ihren schlammigen Husten erst vor ein paar Tagen zum letzten Mal gehört. Sie hatte ihren Cider geteilt und mich vor Antabus gewarnt – Akte der Großzügigkeit von einer, die nichts hatte. Nun ja, sie hatte nicht nichts – sie hatte Gary gehabt, einen ewigen Gefährten, eine Art von Liebe. Jetzt war sie tot, und Gary hatte nur noch Wut im Herzen. Das ist doch wohl ein paar Tränen wert, oder? Ich kannte ihre Geschichte nicht und würde sie nun nie erfahren. Wie eine Schneeflocke auf dem warmen Asphalt war sie binnen Sekunden vergangen. Ist das vielleicht kein Grund zum Klagen?

»Tränen tropfen aufs nasse Pflaster«, gluckste der Großfürst der Geringschätzung. »Welch passende Huldigung.«

Ich hätte ihm ja geantwortet und versucht, meine Traurigkeit in einen durchaus erträglicheren Grimm umzuwandeln, doch eine vorbeieilende Gestalt in einem dicken Mantel mit einem roten Schirm erblickte uns und blieb stehen. Es war Lorelei.

»Was machen Sie denn hier draußen?«

»Ich warte, bis ich sicher sein kann, dass die Polizei weg ist.«

»Die sind weg«, sagte sie knapp. »Warum weinen Sie?«

»Warum nicht?«

»Ja, warum eigentlich nicht?« Sie ließ es nach tiefgründiger Philosophie klingen.

Wie hätte mein Leben sich wohl entwickelt, wenn ich eine Mutter wie sie gehabt hätte? Die nicht sagte: »Was hast du jetzt schon wieder?« oder »Sei still – andere haben es viel schwerer« oder »Hör auf, dich zu bedauern, du blamierst mich.« Nein, sie bestätigte mir einfach, dass Kummer gerechtfertigt war, ganz gleich aus welchem Anlass, stellte sich geduldig daneben, fast so geduldig wie Elektra, und wartete, bis der Ansturm etwas nachließ. Dann zog sie einen ihrer Handschuhe aus, griff in ihre Tasche und reichte mir eine Faustvoll Schneuztücher.

Sie sah zu, wie ich mir das Gesicht abtrocknete. Dann zog sie den anderen Handschuh aus und gab mir beide. »Wärmen Sie sich auf. Sie sind erschöpft. Drinnen ist es jetzt sicher.«

Und so war es. Hinter einer abgeschlossenen Tür in meiner sarggroßen Kapsel kuschelte ich mich in ein Federbett, das nur ein ganz klein bisschen muffig roch. Elektra wärmte mir die Füße, und ich krachte Kopf voran in die Schwärze.

Kapitel 31

Ein sicherer Ort

Ich blieb drei Tage im Juliet House, weil die Temperatur drei Nächte hintereinander weit unter null fiel. Damit trat das Kaltwetterprotokoll in Kraft, bei dem niemand rausgeworfen oder abgewiesen wurde. Der Tagesraum füllte sich mit Notmatratzen und Schlafsäcken. Die Stimmung knisterte. Essensvorräte und Ehrenamtliche für die zusätzliche Küchenarbeit wurden knapp.

Waren wir dankbar? Das würdet ihr doch annehmen, nicht wahr? Aber stattdessen verhielten wir uns, als wären wir zahlende Gäste in einem Fünfsternehotel, denen inadäquater Service zuteil wird. Wenn das Mittagessen zehn Minuten später fertig wurde, wenn es nicht mehr genug saubere Becher für Beuteltee und Nescafé gab, wenn jemand in die Dusche geschissen hatte und niemand es wegmachte, beschwerten wir uns. Wir veranstalteten Aufruhr, wir fühlten uns schlecht behandelt und machten laut unserem Unmut Luft. Wir benahmen uns, als stünde uns, den Opfern des Schicksals, eine Entschädigung zu. Wir hatten *Anspruch* auf Essen und Zuflucht. Also macht's gefälligst besser, ihr faulen Ehrenamtlichen. Wie kommt das? Ich weiß es nicht. Vielleicht weil wir ausnahmsweise nicht weggeschickt werden konnten, also durften wir aufhören, so zu tun, als wären wir demütig und dankbar, und konnten uns stattdessen aufführen wie verwöhnte Touristen.

Elektra und ich schliefen viel. Ich konnte Schlummerpillen nehmen, wann immer ich wollte. Es machte das Leben ohne

Rotwein in meiner Klaustrokapsel erträglich. Es hielt mich außer Reichweite der gestörten Männer. Es gab meinem armen misshandelten Körper eine Chance zu heilen.

Draußen war es still, obwohl die Hauptstraßen gepflügt und gestreut wurden. Die Gehwege waren vereist. Ein paar gewissenhafte Bürger hatten ein paar Meter über ihre Zuständigkeit hinaus Schnee gefegt, aber die meisten machten sich gar nicht die Mühe. Elektra und ich schlidderten und rutschten vorsichtig ein paarmal täglich um den Block und sahen kaum je irgendwen.

Die meiste Action spielte sich direkt vorm Juliet House ab, da es trotz Kaltwetterprotokoll keine Lockerung bei dem Tabak-und-Alkohol-Tabu gab. Gruppen zankender Männer drängten sich auf den Stufen vor der Kirche und versuchten mit Handschuhen zu rauchen. Manchmal rafften sich ein paar Kerle mit Bewegungsdrang auf, sammelten Geld bei anderen ein, die verzweifelt genug waren, um ihnen zu trauen, schleppten sich zum nächsten Laden und kehrten mit Tabak, Cider oder Bier zurück. All das musste dann eiligst konsumiert werden, draußen in der eisigen Kälte.

Ich ging ebenfalls zum Laden, musste aber feststellen, dass sie Rotwein nur in Zweiliterflaschen verkauften. Nicht mal ich konnte zwei Liter auf einen Rutsch trinken – was ich aber gemusst hätte, weil ich den Rest nicht nach drinnen schmuggeln konnte. Ins Juliet House kann man nicht einfach hineingehen. Man muss sich von den Vollzeitbetreuern im vorderen Büro reinsummen lassen. Und dann kommt erst noch eine Art Luftschleuse, wo man auf Trunkenheit, Aggression und Labilität geprüft wird. Wenn sie wollen, können die Vollzeitler sagen, man soll ›es sich ablaufen gehen‹, und einen wegschicken, bis man ruhiger und willfähriger ist und zu den Hausregeln passt. Sie können einem auch den Zutritt verweigern. Sie können die Cops rufen und tun es auch, wenn man gewalttätig wird und nicht weggeht. Wohltätigkeit beginnt für Obdachlose nicht daheim, sondern in einer Luftschleuse.

Aber ich fühlte mich, nachdem die Bedrohung des Hundekampfs sich verzogen hatte und solange ich für mich blieb, relativ sicher und behaglich. Ich hätte, so dachte ich, gleich herkommen sollen, als ich das Gefängnis verließ, statt mich darauf zu verlassen, dass Pierre und Lil Missy mir den Weg in jene Art Freiheit ebnen würden, nach der ich mich so gesehnt hatte. Aber woher hätte ich wissen sollen, dass ihre Herzen, Köpfe und ihre Zivilcourage von einer Tochter Damians des Dunklen unterminiert waren?

So gewöhnte ich mich an die Routine, in der mir regelmäßig Mahlzeiten verabreicht wurden, ich mir meinen Tee nicht selbst zu kochen brauchte, es Seife und Wasser gab und frühe Schlafenszeiten in einem warmen und trockenen Bett. Ich ruhte mich aus, sagte ich mir, baute mich und Elektra wieder auf – bis Weihnachten würde ich Juliet House bestimmt verlassen haben.

In Wahrheit wäre ich vermutlich geblieben, bis mir die Schlummerpillen ausgingen und mein Durst kritisch wurde oder bis die Vollzeitkräfte im Asyl mich rauswarfen – was immer zuerst der Fall gewesen wäre. Doch dann geschah etwas, das alles veränderte.

Ich hatte Lorelei seit jenem ersten Abend nicht mehr gesehen. Aber zur Mittagszeit am vierten Tag tauchte sie auf einmal hinter dem Küchentresen auf und verteilte Teller mit Spaghetti Bolognese. Die Küchenleute hatten sich die Mittagsnachrichten im Radio angehört und vergessen, es auszuschalten, als sie den Rollladen der Durchreiche hochfuhren, so dass unheilverkündende BBC-Sprecherstimmen mit dem Dauer-Sportkommentar aus dem Fernseher im Tagesraum konkurrierten. Scots Gary, dessen Wut langsam mürrischer Dumpfheit wich, stand vor mir in der Schlange. Er fauchte Lorelei an: »Stellen Sie den Scheiß ab. Glauben Sie, *ich* will was darüber wissen, wie im

Arsch der Mittlere Osten ist, oder über – was ist jetzt wieder – verfluchte *tote Babys*?«

»Ich schätze mal, das möchten Sie nicht, Gary«, sagte sie, reichte ihm gelassen einen Teller und wandte sich dann ab, um das Radio auszumachen. Aber nicht, bevor ich die BBC-Stimme sagen hörte: »… kam es gestern Abend zu einer Verhaftung …« Der ernste Tonfall zerrte gegen meinen Willen zurück in mein Bewusstsein, was ich drei friedliche Tage lang erfolgreich daraus verbannt hatte.

Als ich drankam, sagte ich: »Was denn für tote Babys? Wer ist verhaftet worden?«

»Ich hab nicht richtig hingehört, Lady.« Sie hielt mir die Schüssel mit geriebenem Käse hin, und ich nahm mir einen gehäuften Löffel voll. Ich liebe Käse. »Aber es gab da einen Skandal bei den Sozialbehörden wegen eines kleinen Kindes, das wurde wohl misshandelt aufgefunden und dann …«

»War das ein Junge? In Shoreditch?«

»Falls das noch dieselbe Geschichte ist – aber ich weiß es ehrlich nicht, ich hab mich mehr auf die Soße konzentriert. Warum?« Sie warf mir einen neugierigen, abgeklärten Blick zu.

»Schon gut.« Der Mann hinter mir drängelte ungeduldig, und ich eilte mit meinem Teller davon zu einem Tisch am entfernten Ende des Raums. Da krempelte ich meinen Ärmel hoch, um auf meinen Unterarm zu gucken.

Natürlich war er sauber. Ich hatte Lil Missys hingekritzelte Telefonnummern abgewaschen.

»Was habe ich getan?«, flüsterte ich Elektra zu. Doch sie antwortete nicht. Sie saß dicht neben mir und starrte bedauernd auf meinen Teller. Sie liebt Käse auch. Er ist nicht besonders gut für sie, aber ich nahm eine Prise und bot sie ihr auf meiner Handfläche dar. Rasch nahm sie die Gabe an.

Ich starrte aus dem Fenster. Schnee klammerte sich hartnäckig an die Ecken der Scheiben. Wir waren unter Straßenniveau, deshalb sah ich nicht viel außer vorbeigehenden Schuhen und Knöcheln hinter den Eisengittern. Alles wirkte nass, grau und dunkel. Es gab keinen Himmel. Selbst wenn wir rausgingen und nach oben schauten, gab es bloß eine dicke Schicht Steinwolle, die auf uns runterdrückte.

»Es ist wie im Knast«, sagte ich zu Elektra.

»Blödsinn«, sagte einer der Kerle, die mir gegenübersaßen, und fing an zu erzählen, von Essen, auf das die Arschlöcher beim Küchendienst gespuckt und gepisst hatten, und von Kantinenschlägereien. Ein anderer Kerl stimmte ein, und sie tauschten Erinnerungen an Brutalität und Erniedrigung aus. Muss bei Männern immer alles zum Wettbewerb geraten? Nun, vielleicht nicht bei allen Männern. Ich dachte an Lil Missy und Pierre, wie sie gewesen waren, als ich sie kennenlernte. Freundlich zueinander. Sie hatten sich gegenseitig unterstützt bei ihrer Unterlaufung dessen, was von ›normalen Männern‹ erwartet wird – bis das Winterweib anfing, sie in eine Form zu pressen, die ihre bürgerlichen Bedürfnisse befriedigte. Was für eine Frau tut so was? Ist das nicht üblicherweise ein Männerfilm – nur an die eigenen Wünsche zu denken und die Persönlichkeit des Gegenübers komplett zu ignorieren?

»Das ist Sexismus«, feixte der lieblose Lindwurm. »Ich habe es dir schon mal gesagt – *ich* führe ganz gleichberechtigt in Versuchung. Ich finde und fördere Talent bei Männern wie bei Frauen. Du solltest dir mal ein Beispiel an mir nehmen.«

»Oh verpiss dich«, sagte ich mit vollem Mund.

»Verpiss dich doch selbst«, sagte der Kerl gegenüber. »Wenn dir die Gesellschaft nicht passt, hau endlich ab.«

Das tat ich. Ich nahm meinen Teller mit in meinen Kokon. Auf dem Zimmer essen ist im Juliet House nicht erlaubt, aber niemand von den Betreuern bemerkte mich.

»Was soll ich machen?«, fragte ich Elektra. Sie antwortete nicht. Sie sprang neben mich auf das schmale Bett und lehnte sich an meine Schulter, bis sie noch etwas Käse geschleckt und ich sie einmal von der Schnauze bis zum Schwanz gestreichelt hatte. Dann rollte sie sich zusammen und schloss die Augen.

Ich musste an Lil Missy Schmister denken, wie er verhaftet und ins Gefängnis gesteckt wurde, wo man auf sein Essen pisste und er Kantinenbrutalität erlitt. Ich machte mir weniger Sorgen um Pierre – er war so groß und voller Selbstvertrauen, er könnte sich selbst noch in einer Federboa Respekt verschaffen.

»Wenn das so ist«, unterbrach mich der Säer des Zweifels, »warum ist er dann eingeknickt und zur Marionette meines Kindes der Liebe geworden?«

»Ich weiß es nicht. Hat vielleicht was mit Sex zu tun? Vielleicht hat sie wirklich wie ein Parasit sein Leben infiltriert, ohne dass er es merkte, und ihn geschwächt.«

»Genial im Ausnutzen von Schwäche – meine Tochter hat so viele faszinierende Fähigkeiten. Kommt man gar nicht drauf, wenn man sie so sieht, nicht wahr? Wie fühlt es sich an, derartig manipulierbare Freunde zu haben?«

»Unsicher«, sagte ich.

»Nun, warum dann die hier entdeckte Sicherheit riskieren, um sie aufzusuchen? Was könntest du denn für sie tun, wenn sie wirklich verhaftet worden sind?«

So langsam war ich ganz froh, dass ich ihre Handynummern von meinem Arm gewaschen hatte. Ich legte mich hin und schloss die Augen. Es blieb noch Zeit für ein Nickerchen vor dem Tee. Aber ich war kaum weggedöst, da hörte ich das Klappern von Besteck auf einem Melaminteller. Elektra vernichtete die allerletzten Spuren von Spaghetti Bolognese mit Käse. Der Teller sah aus wie frisch aus dem Geschirrspüler. Doch der Anblick von sauberem Plastik brachte mich irgendwie dazu, meinen anderen Ärmel hochzukrempeln. Und da, auf meinem *linken* Arm, war der nicht mehr gänzlich lesbare Rest von zwei Telefonnummern. Lil Missy musste sie mit einem Edding geschrieben haben. Konnte ich so tun, als hätte ich es nicht gesehen, und bei meiner nächsten Dusche deutlich gründlicher vorgehen?

»Das wäre meine Empfehlung«, schmeichelte Meister Mies.

»Was soll ich tun?« Ich zeigte Elektra die Zahlen. Sie leckte meinen Arm. Die verblichenen Zahlen verschwanden im Gegensatz zum Käse nicht.

»Oh, Sackratten und Bananenläuse.« Ich nahm den blankgeputzten Teller und verließ die Sicherheit meiner Kapsel.

Lorelei wollte gerade gehen, als ich an die Küchentür kam. Sie nahm meinen Teller entgegen, meinte aber: »Den wasche ich nicht mehr ab. Ich hab in der letzten Stunde so viel gespült, meine Finger schmelzen schon.« Sie blickte auf ihre Hände runter, als wären sie zu groß für sie und gehörten jemand anderem. Sie seufzte und stellte meinen Teller auf den Tresen. Dann seufzte sie nochmals und ließ mich in die Küche, während sie meinen abgeleckten Teller und meine Gabel unter dem Heißwasserhahn abspülte und in den Sterilisator tat. Die Küche war extrem sauber. Normalerweise ist sie eine Müllhalde – jeder lässt den Abwasch für die anderen stehen. Aber nicht Lorelei. Ich wusste, sie würde mir helfen.

»Jetzt aber raus«, drängte ich, »bevor jemand noch was zu tun findet für Sie.«

Wir verließen die Küche, und diesmal schloss sie die Tür mit einem endgültigen Ruck. Zusammen gingen wir durch den Flur auf das vordere Büro zu.

»Können Sie mir bei etwas helfen?« Ich schob meinen linken Ärmel hoch bis zum Ellbogen und zeigte ihr das beinahe lesbare Gekritzel. Sie kramte in einer beuligen Reisetasche nach ihrer Lesebrille.

»Ach je«, murmelte sie, blinzelte und spähte. »Entweder Sie waschen sich zu gründlich oder nicht gründlich genug.« Aber sie holte sich Rex und sein Vergrößerungsglas aus dem vorderen Büro dazu. Gemeinsam beschlossen sie, dass es fünf Möglichkeiten für die zwei Zahlenfolgen gab, und schrieben sie mir auf. Dann verlangte Lorelei die Schlüssel zum Lagerraum und suchte mir eine dicke gestreifte Strickmütze und ein Paar schwere Männerschuhe mit dicken Sohlen heraus. Die Vollzeitbetreuer im Büro machten missbilligende Gesichter, aber sie sagten nichts. Zu ihren Ehrenamtlichen sind sie immer höflich, aber ich hatte das Gefühl, dass sie sich auf Lorelei mehr verließen als üblich. Und deshalb gestatteten sie mir auch nach einigem Hin und Her, eins der Bürotelefone zu benutzen.

Die erste Nummer trug mir Beschimpfungen ein: »Wählen Sie nie wieder diese Nummer. Ich hab kein Geld. Suchen Sie sich einen anständigen Job!« Erst dachte ich, das wäre persönlich gemeint, aber Rex erklärte mir, dass er Klinkenputzeranrufe genauso abfertigte. Die zweite Nummer gab es gar nicht. Bei der dritten ging Lil Missy ran.

Sie legte sofort los: »Momster, wo hast du gesteckt? Wir brauchen Zeugen. Warum läufst du bloß immer weg, wenn du mal gebraucht wirst? Du bist so eine Trottelträne! Ehrlich, deine Trotteligkeit würde selbst einen Heiligen fertigmachen, ich sag's dir.«

Fast hätte ich aufgelegt. Doch nach einem hörbaren Gerangel sagte Pierre: »Nimm's ihr nicht übel, sie schiebt bloß Panik.«

»Was ist passiert? Geht es um Connor?«

Es gab eine Pause, und dann sagte Pierre leise: »Er ist letzte Nacht gestorben. Er ist gar nicht wieder aufgewacht.«

Ich rutschte an der Wand runter und krümmte mich, als hätte mir jemand in den Bauch geboxt. Oh diese Arschlöcher, oh Scheiße, Scheiße, Scheiße – die verkrüppelnde Bürde, die wir kleinen Kindern zu tragen geben! Aber das können sie nicht. Sie sind zu klein. Sie schaffen es einfach nicht.

Warum war Connor tot? Was hatte er getan, um das zu verdienen?

»Nada«, sagte Pierre. »Er war bloß ein Kind.«

»Aber er war unmöglich. Auf eine Art wollte ich ihn auch umbringen.«

»Ärger?«, fragte Lorelei fünf Minuten später, als wir den vereisten Gehweg entlang zu ihrem Auto gingen. Sie war müde und bahnte sich langsam ihren Weg zwischen den trügerischen Schneehaufen hindurch. Jetzt, wo die Kälte in ihre Wangen biss, sah sie mehr wie achtzig als wie siebzig aus. Sie war älter, als meine Mutter jetzt wäre, wenn sie noch leben würde.

»Was hat Connor getan, um so viel Misshandlung zu verdienen?«, hätte ich sie gern gefragt. »Was habe *ich* getan?« Aber ich stellte die Frage nicht. Ich war am Leben, und meine Mutter hatte nie ihre Zigaretten auf mir ausgedrückt. Wie konnte ich meine Kindheit mit der von Connor vergleichen?

Ob Lorelei mir wohl die einzig vernünftige Antwort gegeben hätte? »Was kannst du schon getan haben? Du warst nur ein Kind. Und nebenbei, du wirfst da zwei sehr unterschiedliche Kindheiten durcheinander.« Dann hätte ich geschrien: »Und warum fühle ich mich dann so verdammt schuldig?« Doch es gibt Knoten, die nicht mal weise alte Frauen entwirren können.

»Aber ich kann es«, raunte mir der Scheich der Schuldgefühle ins Ohr. »Was glaubst du, warum die liebste Mama es immer *dir* vorgeworfen hat, dass dein Vater gegangen ist? Wo Vorwürfe sind, da ist auch Schuld.«

Kapitel 32

Erinnerung

Wir trafen uns in dem Café, wo wir gesessen hatten, als ich aus dem Knast kam, wo ich ein klebriges Gebäckstück mit Elektra geteilt und nicht gemerkt hatte, wie gefährlich achtbar Pierre und Lil Missy geworden waren. Achtbarkeit ist nämlich sehr gefährlich – sie hat nichts mit Freundlichkeit oder dem Glauben an das Gute zu tun. Alles, was sie will, ist die eigenen starren Maßstäbe auf andere Menschen übertragen und ihre wunderbar anarchischen Gestalten in kleine viereckige Schachteln zwingen.

Die Überbleibsel von zweimal gefrorenem Schnee klebten noch draußen am Gehweg. Der Beschlag auf den Fensterscheiben war so dick wie eine Gardine, und quer davorgehängt war eine klägliche kleine Weihnachtslichterkette, die unregelmäßig blinkte.

»Wann ist Weihnachten?«, fragte ich Elektra.

»Frag mich doch nicht«, sagte sie und führte mich eifrig zur Eingangstür. »Das Jesusbaby kam doch meines Wissens nicht, um uns Hunde zu erlösen, oder?«

»Was hat dich aufgehalten?«, fragte Lil Miss Schmister. Sie trug aquamarinblaue Angorawolle und sah wieder mehr nach ihrem alten Ich aus.

Was mich aufgehalten hatte, war die mittlerweile unübliche Verrichtung, genug Mäuse für eine halbe Flasche rote Erlösung zusammenzukratzen. Habt ihr gedacht, ich könnte Connors Tod so ganz ohne Hilfe wegstecken?

»Oh bit-te«, seufzte Elektra.

»Nicht schon wieder diese alte Ausrede«, gähnte der Totengräber, ausnahmsweise einer Meinung mit meiner guten Fellfee.

Pierre bestellte mir einen Becher dunklen süßen Tee und einen getoasteten Teekuchen. Er überredete die Frau hinterm Tresen, eine Schüssel Wasser und ein kaltes Würstchen für Elektra zu bringen.

»Es ist ernst«, erklärte er mir. »Wir warten auch noch auf Kaylee Yost. Diese Cropper behauptet, wir hätten Connor *und* ihre Tochter misshandelt, und es gibt ich weiß nicht wie viele Nachbarn, die das bestätigen.«

»Die sagen, ich hätte eine Minderjährige vergewaltigt«, keuchte Lil Missy. »Ich!«

»Die Nonnen«, sagte Pierre. »Atme. Tiefe Atemzüge. Wie's aussieht, traut man Kirchenleuten derzeit praktisch alles zu.«

»Aber so eine Art Nonne war ich nicht – ich war Audrey Hepburn in *Geschichte einer Nonne*. Sie würde keiner Fliege je was zuleide tun.«

»Schon klar«, brummte Pierre beruhigend, »und Whoopi Goldberg oder Julie Andrews auch nicht, aber weißt du, die Art Illusionen versteht heute keiner mehr. Und du weißt ja, Cherry hat den Bullen gesteckt, dass wir die Nonnen sind. Hat diesbezüglich eine eidesstattliche Erklärung abgegeben oder so was.«

»Und damit sind wir am Haken, gesalzen, geräuchert und geliefert. Du auch, du am schlimmsten«, sagte Lil Missy zu mir. »Weil es deine Idee war, weil du ein Exsträfling bist und auf Bewährung und dann noch Diebstahl und Einbruch und so weiter.«

»Nun ja«, sagte Kaylee Yost, die einen Schwall Winter mit ins Café brachte und die letzten Sätze gehört hatte. »Die schwerwiegendsten Anschuldigungen, die den kleinen Jungen betreffen, werden nicht standhalten, wenn die Ergebnisse der forensischen Beweisaufnahme vorliegen, vorausgesetzt, Sie sagen die Wahrheit. Aber das kann noch einige Zeit dauern, und inzwischen dürfte es für Sie *alle* ziemlich ungemütlich werden.«

»Wir sagen die reine Wahrheit«, beteuerte Pierre. Er war tatsächlich der Einzige, der halbwegs glaubwürdig Aufrichtigkeit verkörpern konnte. Es kam wohl daher, dass er wirklich aufrichtig war. Lil Missy und ich hatten das nie fertiggebracht – vielleicht, weil Briten von Natur aus kein Talent dazu haben, an sich selbst zu glauben.

Kaylee Yost setzte sich und bestellte Kaffee. Sie steckte wie üblich in einem maskulin dunklen Hosenanzug, aber sie schaffte es trotzdem, wie ein schusseliges Schulmädchen auszusehen in ihren zweckmäßigen Gummistiefeln, das glatte Haar hinter die Ohren geklemmt. Sie sagte: »Ich brauche den Namen des Kostümverleihs, wo Sie die Nonnensachen ausgeliehen haben, und ich hoffe, Sie haben die Quittung behalten. Das wird Ihre Aussage stärken.«

»In Ordnung«, sagte Lil Missy, die niemals eine Quittung aufhob. Oft hatte sie gar keine – sie ist eine größere Diebin als ich.

»Die Cropper gibt falsche Zeiten an«, sagte Pierre. »Sie behauptet, wir hätten Connor wochenlang gehabt statt zwei Tage.«

»Da wird die Quittung des Kostümverleihs sehr hilfreich sein.« Kaylee verbrannte sich die Zunge am heißen Kaffee, und ihr traten Tränen in die Augen.

»Es muss doch Berichte von Sozialarbeitern oder Ärzten von anno dazumal geben«, sagte Lil Missy. »Man kann doch nicht so viele Brandwunden und Blutergüsse haben, ohne dass es *irgendwer* mal mitkriegt.«

»Es ist eine sozialbehördliche Untersuchung angesetzt«, sagte Kaylee. Doch selbst sie mit ihrem Urvertrauen in das System schaffte es nicht, dabei optimistisch auszusehen. Wir anderen seufzten nur. Sogar Elektra.

Ich sagte: »Na ja, alle wissen ja, wo ich bis ... ähm ... letzte Woche war. Und immerhin hab ich ihn ins Krankenhaus gebracht.«

Alle drei schauten mich erstaunt an. Und mir wurde klar, dass genauere Ausführungen meiner Episoden mit Connor vielleicht nicht zu meinem Vorteil waren.

»Und wer hat ihm den Kopf geschoren?«, fragte Kaylee. »Mrs. Cropper macht ein Riesending daraus. Jemand hat ihm all die schönen Locken abrasiert.«

»Seine schönen Locken waren verfilzt, voll mit getrockneter Scheiße und wimmelten von Läusen und Nissen.«

»Ach, dann wurde er wohl im Krankenhaus geschoren? Das können wir dann doch nachweisen, oder, dass es keiner von Ihnen war?«

»Ich schwöre, keiner von uns war es.« Was mich anging, so fand ich Kaylees übereilte Schlussfolgerung ganz passend.

Die anderen beiden fragten sich offensichtlich, warum ich unserer Anwältin nichts von Gamma Dora und Mama Misha erzählte: Gamma Dora, bei der ich jede Wette einging, dass sie gesessen hatte; Misha mit ihrer überwältigenden Mütterlichkeit und ihrem Misstrauen gegenüber den Sozialbehörden; die ganze Familie, die ›es nicht so mit den Bullen hatte‹. Sie hatten Connor wirkliche Aufmerksamkeit geschenkt. Sie sahen seine Verletzungen, seine Ausgehungertheit und seine Läuse, und anders als alle anderen unternahmen sie etwas dagegen. Sie fütterten ihn, wuschen ihn, kleideten ihn ein. Na schön, sie waren vielleicht ein bisschen freigiebig mit Hustensaft und Alkohol, aber wenigstens hatte er mal für kurze Zeit aufgehört zu schreien und war eingeschlafen. Das war ein großes Geschenk für ein kleines Kind wie Connor. Sie hatten es nicht verdient, dass man die Justiz mit all ihren Pfuschereien und Bezichtigungen auf sie hetzte.

»Du wirst sie verpfeifen, wenn du musst«, erklärte der Emir

des Eigeninteresses. »Und du findest auch eine Rechtfertigung dafür. Wer kann schließlich sagen, ob er nicht immer noch betäubt und drogenverstrahlt war, als er zu der Tür rausstolperte, die deine Freunde eingetreten haben. Wer kann sagen, ob es nicht ihr Handeln ebenso wie deins war, aufgrund dessen er kopfüber die Steintreppen runterfiel?«

»Wir haben versucht, ihn zu retten.«

»Ha-ha-ha. Du weißt ja, womit die Straße zu meinem Wohnsitz gepflastert ist, nicht wahr?«

»Mit edlen Zielen ist leider vor Gericht kein Staat zu machen«, sagte Kaylee.

»Warum verschwenden wir Zeit mit der Frage, wer Connor die Haare geschnitten hat?«, fragte Pierre. Etwas an ihm war anders. Er trug ein afrikanisches Tuch um die Schultern, ein dickes, gemustertes Baumwollgewebe in dunklem Orange, Karmesinrot und Gold. Jedes Mal, wen er sich bewegte, roch es nach Kardamom, Zimt und Weihrauch – der Duft von … ah ja, jetzt erkannte ich ihn wieder – der Duft von Alicia.

»Mrs. Cropper ist sehr gut darin, Verwirrung zu stiften«, sagte Kaylee. »Ungeachtet ihres Anteils an Connors Zustand waren es Sie drei, die in ihre Wohnung eingedrungen sind, Connor entführt haben und mit ihm weggefahren sind. Jemand hat ihm ohne Zustimmung seines gesetzlichen Vormunds den Kopf rasiert. Sie wirft alles, was sie zu fassen kriegt, mit in den Topf und rührt kräftig um.«

»Aber wir waren das nicht«, sagte Lil Missy.

»Mit einer besseren Ausbildung hätte aus ihr eine erfolgreiche und sehr lästige Anwältin werden können«, murmelte Kaylee sinnend. »Sie ist einfach brillant in Irreführung – sie sucht sich ein Detail heraus, wo sie ihre Unschuld beweisen kann, ganz gleich, wie irrelevant es auch sein mag, bindet damit die Zeit und die Energie sämtlicher Beteiligter und legt alles lahm. Die Polizei, die Sozialbehörden, Anwälte, ich – alles versinkt über beide Ohren in der Frage, welcher Unbefugte Connor den Kopf geschoren hat. Das ist ein Übergriff et cetera, et cetera – aber nicht von ihrer Seite. Sie ist unschuldig wie frisch gefallener Schnee.«

Das waren sehr schlechte Neuigkeiten für mich, Gamma Dora und Mama Misha. Ich dachte, vielleicht sollte ich meinen Teekuchen schnell aufessen und ohne eine Adresse anzugeben wieder zum Juliet House zurückgehen. Elektra stupste mein Knie an und sagte: »Nein, du bist die Einzige, die für die beiden einsteht und sie schützt. Wenn du jetzt gehst, werden Pierre und Lil Missy Kaylee ganz sicher von ihnen erzählen. Sie waren auch mit bei Misha. Sie kennen die Adresse.« Ihr Atem roch nach kaltem Schweinswürstchen.

Ich gab ihr ein bisschen gebutterten Teekuchen. »Schon, aber was sage ich nun?«

»Dir fällt schon was ein.« Sie legte sich hin, den Kopf auf meinem Fuß, und schloss die Augen. Ich schloss meine auch, aber mir fiel nichts ein.

»Machen wir mal eine Zeitleiste«, sagte Kaylee, holte einen Collegeblock aus ihrer Aktentasche, ließ einen Stift fallen und verschwand auf der Suche danach unterm Tisch.

»Okay«, sagte ich hilfreich. »Wobei ich mich nicht an die Daten erinnern kann – in meinem Kopf sind Lücken –, aber am Tag, nachdem ich aus dem Knast kam, bin ich zur Burg Cropper gegangen, weil mich Kerrilla Cropper gebeten hatte, mal nach ihrem kleinen Jungen zu sehen, Connor. Es war niemand dort außer Connor. Er war ganz allein und hockte in seinem eigenen Dreck, heulend, voller blauer Flecke und so dürr wie ein Kamm. Ich sah ihn durch den Briefschlitz. Ich sprach mit einer Nachbarin, die mir sagte, sie schiebt ihm manchmal ein Stückchen Pizza durch den Briefschlitz. Ich weiß nicht mehr … Ich wollte noch mal zurückgehen, aber dann …« Auf einmal erinnerte ich nur noch den Aufprall von Sportschuhen an meinen Rippen und die brennende Ohrfeige auf meiner Wange, als meine Mutter sagte: »Halt jetzt den Mund, du verlogene kleine Ziege.«

»Ich hab 999 angerufen«, sagte ich so laut, dass ich ihre Stimme übertönte.

»Wann?« Kaylee klickte mit ihrem Kuli.

»Du hast doch gar kein Handy«, bemerkte Lil Missy.

»Die Minderjährige, also so ein Mädchen, das Connors Tante war – ich hab ihr Telefon genommen. Sie hat's mir weggeschnappt, aber ich hab der Frau in der Leitung noch gesagt, wo sie Connor finden können.« Das war ein Vorgang an jenem üblen Tag gewesen, den ich bis eben völlig vergessen hatte.

Die anderen starrten mich verblüfft an.

»Gehirnerschütterung«, erklärte ich.

»Der Anruf muss aufgezeichnet worden sein«, sagte Kaylee, »auch wenn er abgebrochen wurde.« Aber sie klang nicht hundertprozentig sicher.

»Wir reden nicht mit Fremden über solche Dinge, nicht in meiner Familie«, knurrte meine Mutter zwischen zusammengebissenen Zähnen, als sie mich unter dem Bett hervorzerrte.

Lil Missy sagte: »Sie war die ganze Nacht weg, oder, Pierre? Es war doch am nächsten Tag, dass wir uns als Nonnen verkleidet haben und hingegangen sind, um uns anzusehen, wovon sie erzählt hat. Stimmt's nicht?«

»Doch, stimmt.«

»Pierre hat ein Foto gemacht«, erzählte Lil Missy Kaylee eifrig. »Da ist ein Datum drauf. Das beweist, dass Connor zwei Tage nach Momsters Entlassung noch in Shoreditch war.«

»Es beweist auch, dass er noch seine Haare hatte«, sagte Kaylee, »und dass Sie dort waren. Und es untermauert also Mrs. Croppers Behauptung, dass Sie ihn geschoren haben.«

Ich sagte: »Das Handy verrät allerdings nicht, *wer* das Bild gemacht hat.«

»Aber ...«, sagten Pierre und Lil Missy gleichzeitig.

»Nein, Moment«, unterbrach Kaylee. »Lady B hat recht – niemand kann sagen, wer was getan hat, es sei denn, Sie geben ihnen die Informationen. Sie brauchen nur zu sagen, dass Sie Performancekünstler sind. Sie waren als Nonnen verkleidet. Sie wurden zufällig Zeugen eines ernsten Verbrechens – grauenhafte Misshandlung eines Kindes – und Sie haben ihn um seiner Sicherheit willen von dort entfernt. Erzählen Sie mir nicht mehr als das.«

»Aber Cherrys Aussage …«

»Meine Güte, Pierre«, sagte Kaylee, »diese Ms. Price ist eine beängstigend gehässige Person. Was um Himmels willen wollten ausgerechnet Sie mit einer solchen Frau? Und was haben Sie ihr getan, dass sie dermaßen rachsüchtig ist?« Sie schaute ihn mit warmen, nassen Augen an, und mir wurde plötzlich klar, dass sie in ihn verliebt war, und das vermutlich schon, seit sie sich zum ersten Mal begegnet waren. Jetzt lief ihr Gesicht fleckig rosa an und sie fuhr überstürzt fort: »Angenommen, dass Sie zugeben, die Nonnen gewesen zu sein, die ihn zu ihr nach Hause brachten, kann nichts, was sie aussagt, Sie darüber hinaus belasten. Sie ist vor allem daran interessiert, sich selbst von jedem Vorwurf reinzuwaschen. Nein, wer sich am meisten Sorgen machen muss, das sind Sie, Lady B.«

»Ich kann mich an mehr nicht erinnern«, sagte ich. »Ich weiß es wirklich nicht. Ich hatte ein Schädeltrauma. Ich weiß noch, dass ich von Kids zusammengetreten wurde und von einem Bus angefahren, und beim Krankenhaus hat mich jemand niedergeschlagen. Da waren Cops und ein Pfleger. Aber ich weiß die Reihenfolge nicht mehr oder was als Nächstes kam.«

»Es gibt ja Zeugen«, sagte Pierre. »Wir wissen, dass sie von einem Bus angefahren wurde, weil wir kurz danach hinzugekommen sind, und da war ein Typ, der meinte, sie hätte ihm das Leben gerettet.«

»Und derselbe verfluchte Typ brachte Connor am selben

Abend zu Cherrys Haus«, sagte Lil Missy. »Aber wer weiß schon, was dazwischen passiert ist?« Sie sah mich bedeutungsvoll an. Ich dachte, sie will sich von irgendetwas distanzieren … aber was? Oh ja – das war, als sie und ich von dem Unfall mit Jades Auto weggingen und Connor heulend auf dem Rücksitz mit zwei Fremden allein ließen. Sie will, dass ich das vergesse. Das will ich auch, dachte ich. Ach ja, wie oft hatte ich es versäumt, mich Connor gegenüber wie ein anständiges, fühlendes menschliches Wesen zu verhalten? Nein, lieber nicht zählen.

»Ich weiß nicht«, sagte ich hilflos. »Ich hab's vergessen.« Es war ja fast die Wahrheit.

Kaylee berührte mein Handgelenk. »Versuchen Sie es«, drängte sie, »versuchen Sie, Ihre Gedanken zu ordnen.«

»Oh heilige Scheiße«, sagte Lil Missy. »Sehen Sie sie doch mal an – sie könnte ja nicht mal eine Reihe Ständer im Puff ordnen. Sie war die halbe Nacht gehirntraumatisiert und die andere Hälfte blau.«

»Aber du hast es trotzdem geschafft, Connor ins Krankenhaus zu bringen?«, fragte Pierre hastig. »Kannst du dich nicht erinnern, was davor geschah?« Er starrte mich eindringlich an. Wollte er, dass ich mich erinnerte oder etwas vergaß? Und dann sah ich ihn vor mir, wie er in der Minna davonpreschte und eine Wolke giftiger Abgase zurückließ, und wie er nur um Haaresbreite vermied, den kleinen Jungen unter die Räder der zurücksetzenden Minna zu nehmen.

Die Bullen kamen. Wir hatten beide Panik. Aber ach, dachte ich, wie viele Leute braucht es, um ein Kind umzubringen?

»Alles, was ich noch weiß«, sagte ich, »ist, dass ich ihn auf dem Rücken zu einem Rezeptionstresen geschleppt habe, aber irgend so eine Frau zwang mich, Elektra rauszubringen. Hunde verboten.«

»Welches Krankenhaus?« Kaylees Stift schwebte über ihrem Block.

Ich zuckte hilflos die Achseln.

»Woher wussten Sie, wie Sie hinkommen?« Sie ließ nicht locker. »Waren Sie am Haupteingang oder an der Notaufnahme?«

»Sie war gerade von einem Bus angefahren worden«, sagte Lil Missy.

»Und bevor Sie fragen«, sagte ich, »die Nummer des Busses war die Zahl des Tieres.«

»Ach herrje«, sagte Kaylee und ließ resigniert ihren Stift fallen.

Pierre und Lil Missy Schmister bekamen es beide hervorragend hin, ihre Seufzer der Erleichterung wie Seufzer der Erbitterung klingen zu lassen.

»Wir haben wirklich nur versucht zu helfen, ehrlich«, sagte Lil Missy.

»Das bezweifle ich gar nicht«, sagte Kaylee traurig.

»Es war schon zu spät«, sagte Pierre.

Lord Leid rammte mir seinen Ellbogen in die Rippen und deklamierte: »Zu spät, zu pleite, ohne Lust – nie tust du, was du eigentlich musst – und was du tust, bringt nichts als Frust.«

Kaylee sagte: »Unser Befragungstermin bei der Polizei ist morgen um halb vier.«

»*Unser* Befragungstermin?« Ich setzte mich kerzengerade.

Kaylee wandte mir ihr besorgtes Schulmädchengesicht zu. »Ich fürchte ja. Die Polizei will natürlich mit Ihnen allen dreien reden. Die beiden …«, sie nickte zu Lil Missy und Pierre hinüber, »… haben schon vorläufige Aussagen gemacht, aber Sie waren weg, bevor die Beamten Ihre aufnehmen konnten.« Sie seufzte. »Warum haben Sie mich denn nicht angerufen?«, fragte sie Pierre. »Ich hätte für Sie da sein können.«

»Ja«, sagte er. »Hätten wir machen sollen. Aber wissen Sie, ich dachte die ganze Zeit, das kriegen wir hin – ich dachte einfach: ›Wir retten ein Kind. Das ist doch *gut*, oder?‹ Vielleicht dachte ich auch so was wie, also ich kann das mit Cherry nicht geradebiegen, aber ich kann wenigstens was für den Kleinen tun. Ihn aus dem verschissenen Loch rausholen, in dem er da steckte. Ich hätt's wissen sollen – Sozialbehörden, Justiz, die haben ihre Art, Dinge zu regeln –, aber wir haben, na ja, mehr so spontan gehandelt.«

»Ich wünschte, Sie hätten sich nicht spontan als Nonnen verkleidet. Dadurch wirkt das Ganze so frivol und gleichzeitig, nun ja, irgendwie abartig. Es macht Sie zur leichten Zielscheibe für Mrs. Cropper und die Medien.«

»Edle Ziele«, sagte ich und hörte den Joker hinter meinem Rücken kichern. »Sei still«, rief ich, »ich will mir nicht mehr anhören, womit der Weg zur Hölle gepflastert ist.«

»Hörst du jetzt mal auf, von Teufel und Hölle zu faseln?«, schimpfte Lil Missy. »Wir stecken deinetwegen in dieser Klemme. Immer wenn wir dich brauchen, geht dein Verstand in die Binsen und dein Hirn macht einen Tagesausflug.«

»Es wird nur schlimmer mit ihr, wenn Sie Druck machen«, sagte Kaylee, »ich hab das schon öfter erlebt.«

»Ich werde alles bestätigen, was Lil Missy und Pierre sagen«, erklärte ich Kaylee. »Sie haben recht, und ihnen hat auch keiner in den Schädel getreten, also funktioniert ihr Gedächtnis. Aber was immer Bonnie Boshaft sagt, werde ich strikt bestreiten, widerlegen und ihr widersprechen. Sie ist eine Lügnerin.«

»Bonnie …?«

»Sie redet von Cherry Price.« Pierre seufzte. »Sie glaubt, Cherry ist diejenige, die Connor zu seiner Oma zurückgeschickt hat. Sie glaubt, Cherry hat schon mal ein Kind unter ihrem Schuppen verscharrt.«

»Das ist Billys Version«, warf Lil Missy amüsiert ein. »Er ist ein spinnerter alter Knilch.«

»Nun …«, sagte Kaylee und brach dann ab.

»Nun was?« Pierre fixierte sie mit seinem warmen, zwingenden Blick.

Kaylee schmolz dahin. »Ich sollte wirklich nicht darüber reden«, sagte sie, »und Sie müssen mir versprechen, kein Wort davon weiterzusagen.«

»Ich verspreche es«, schnurrte Pierre.

»Nicht so schnell«, sagte sie. »Es betrifft Ms. Price, und vielleicht haben Sie ja noch Gefühle für sie … ?« Ich konnte deutlich sehen, dass sie sich nicht traute, direkt zu fragen, aber inständig hoffte, er möge direkt antworten.

»Für mich ist sie gestorben«, versicherte er ihr folgsam. »Sie war der größte Schnitzer meines bisherigen Lebens.«

Sie seufzte, lächelte und sagte: »Vielleicht ergibt sich daraus gar nichts, aber als ich auf dem Polizeirevier auf ein freies Vernehmungszimmer warten musste, hörte ich ein paar durchaus hochrangige Beamte darüber diskutieren, ob man dieses spezielle Gerücht vielleicht doch ernst nehmen sollte. Anscheinend ist Billy nicht der einzige Nachbar, der Ms. Price im Verdacht hat.«

»Wieso hast du dich bloß auf sie eingelassen?«, rief ich. »Es gibt einen Grund, warum alle sie hassen. Wie konntest du übersehen, was du direkt vor der Nase hattest?«

»Vielleicht war ich einsam in dieser Nacht«, murmelte Pierre düster. »Sie war einfach so leicht zu haben. Es sollte nichts von Bedeutung werden.«

»Nichts von Bedeutung? Du bist bei ihr *eingezogen*. Du hast Lil Missy, Elektra und mich zu Geiseln gemacht. Die ganze Geschichte wäre nicht halb so verfahren, wenn du nicht in ihrem Haus gelebt hättest.«

»Lass gut sein jetzt«, sagte Pierre scharf. »Es ist eben so gekommen, und jetzt kommt es anders. Vorbei. Erledigt. Ausgestanden.« Er wandte sich wieder an Kaylee. »Also wäre es möglich, dass die Cops Cherrys Garten aufbuddeln?«

»Ich weiß es nicht. Wäre möglich.«

»Was ist mit der Hypothek?«, fragte ich halsstarrig.

»Was für eine Hypothek?«, fragte Kaylee.

»Er hat ihre Raten gezahlt.«

»Anstelle von Miete für sich, mich und Elektra«, sagte Lil Missy. »Also war es auch mit ihre Schuld, weil sie eingefahren ist und sich nicht um ihren Hund kümmern konnte.«

»Hört jetzt auf, alle beide.« Offenbar hatte Pierre keine Lust, diesen Punkt zu diskutieren. Dann ließ er sich doch erweichen und sagte: »Ich hab deinen Rat befolgt, was diese verdammte Hypothek angeht, Lady B, und ich bin da rausgekommen.«

»Lady B hat Ihnen einen Rat in Finanzsachen erteilt?«, fragte Kaylee mit ehrfürchtigem Staunen. »Und Sie haben ihn befolgt?«

Pierre lehnte sich rüber und tätschelte mir mit seiner baseballhandschuhgroßen Pranke den Kopf. »Da ist noch so manches drin.« Er grinste mich an, und ich grinste zögernd zurück.

Ich war immer noch sauer, weil er der Schneekönigin erlaubt hatte, sein Herz einzufrieren, aber allmählich schien er wieder Wärme und Humor zu entwickeln. Vielleicht lag es an Alicia. Bisher zumindest schien sie einen guten Einfluss zu haben. Aber wie soll man einem Kerl trauen, der so leicht von seiner gerade aktuellen Bettgenossin umgedreht werden kann? Sagt mir das mal.

Doch auch ich bin empfänglich für Anerkennung, deshalb sagte ich zu Kaylee: »Wenn also Pierre die Raten für Eiswittchens Haus gezahlt hat, kann er dann überhaupt wegen Einbruchs belangt werden? Ich meine, wenn er gewissermaßen rechtmäßig vor Ort war, kann er mir dann nicht die Erlaubnis erteilt haben, ihn zu besuchen und neben ihm zu stehen, wenn er auf dem Grundstück, für das er zahlt, einen Schuppen öffnet?«

»Nun, ihrer Aussage zufolge hat sie ihn rausgeworfen und er hatte keine Erlaubnis, zurückzukommen. Aber wenn sie *de facto* immer noch monatlich Miete von ihm nahm, dann hätte sie ihm zumindest schriftlich zum Monatsende kündigen müssen.«

»Das tat sie, und das hat sie nicht.« Pierre fing an, hoffnungsvoll dreinzuschauen.

»Natürlich hatte ich die Absicht, genau diesen Punkt sowohl bei der Polizei als auch im Gespräch mit Ms. Price' Rechtsbeistand anzuschneiden«, trug Kaylee ziemlich steif vor. »Aber Sie haben mich wirklich erst zu einem sehr späten Zeitpunkt angerufen.«

»Das tut uns leid«, sagte Lil Missy. »Wir konnten einfach nicht glauben, dass Cherry das wirklich durchzieht.«

»Aber selbst wenn ich Ms. Price bewegen kann, die Klage gegen Sie fallen zu lassen, ist da immer noch die wesentlich schwerwiegendere Angelegenheit mit Connor Cropper. Ich brauche dazu ausführliche Aussagen von Ihnen allen.«

»Wie kann denn irgendjemand glauben, dass wir einem kleinen Kind etwas antun würden?«, fragte Lil Missy mit seinem engelhaftesten Gesichtsausdruck.

»Weil er *mein* Geschöpf war«, sagte der Vater alles Bösen.

»Er war in Grausamkeit geschmiedet«, bestätigte ich. »Und das machte es unmöglich, ihn zu lieben.«

»Also *das* sollte sie besser zu niemandem außer uns sagen«, knurrte Pierre und entzog mir seine Anerkennung wieder.

Ich dachte an Kerri Cropper und ihren fixenden Kindsvater. Hatte Connor denn überhaupt je eine Chance gehabt? Irgendeine? War ihm sein Schicksal schon in die DNA eingraviert? Ich dachte an meine Mutter und meinen Vater. War ich auch in Grausamkeit geschmiedet? War ich deshalb auch unmöglich zu lieben? Welche Chance hatte ich je gehabt?

Elektra rührte sich und stupste meinen Knöchel. »Du lebst doch noch«, wisperte sie schläfrig. »Du hast immer noch Chancen, weil du noch Entscheidungen treffen kannst.«

»Hah!«, trumpfte der Meister der vertanen Chancen auf.

»Sieh dir die Entscheidungen, die du triffst, nur mal an! Na los, sieh sie dir an.«

»Ganz egal, wie er ›geschmiedet‹ war«, sagte Kaylee, »ein Kind kann niemals für Missbrauch oder Misshandlung verantwortlich gemacht werden, die es erfährt – von wessen Hand auch immer.«

»Sagen Sie das mal meiner Mutter.« Ich hob die Hand, um mein geschwollenes, schmerzendes linkes Ohr zu berühren und die linke Seite meines Kiefers zu betasten, wo der Zahn lose war. »Sie ist über ihre viel zu großen Füße gestolpert«, sagte meine Mutter zur Nachbarin. »Sie ist so tollpatschig.«

»Bitte setzen Sie sich wieder hin«, sagte Kaylee. »Es geht gerade nicht um Ihre Familie.«

»Nicht alles dreht sich um dich«, stichelte Lil Missy.

Gar nichts drehte sich um mich. Es ging immer nur um sie. Sie klemmten mich zwischen sich. Warum mich? Mein Bruder war freigestellt. Warum? Weil er ein Junge und damit wertvoller war als seine jüngere Schwester? Vielleicht ließ er sich weder beherrschen noch verführen. Oder vielleicht stand mein Vater nicht … *Nein, halt!* Wo kommt das alles her?

»Ich weiß es nicht«, sagte Kaylee. »Aber bitte, setzen Sie sich jetzt hin und beruhigen Sie sich. Wir brauchen wirklich Ihre Anwesenheit bei dem Termin mit der Polizei in Brent Cross.«

»Wirklich? Unbedingt?«, fragte Lil Missy. »Sie ist so eine verrückte olle Fledermaus, sie lässt mich und Pierre auch schlecht dastehen.«

»Schreiben Sie was«, sagte Pierre zu Kaylee. »Sie wissen schon, all das Zeug, was sie erzählt hat über … na, alles – die Cropper'sche Bude, den 999-Anruf, das Krankenhaus, wie sie getreten und vom Bus angefahren wurde. Irre genug, um nach ihr zu klingen, aber kein ›Fledermaus‹-Kram. Lil Missy, du hilfst ihr. Ich geh mit ihr 'ne Runde spazieren. Wir kommen zurück.«

*

Er knöpfte mir sogar den Mantel zu – wie ein *guter* Vater, wenn die Hände seiner Tochter zu kalt und zu unbeholfen sind, um es selbst zu tun. Wir nahmen Elektra mit. Ich liebe Lil Missy Schmister, aber als sie das letzte Mal für meine wundervolle Greyhoundgefährtin verantwortlich war, hat er sie nicht beschützt – eher im Gegenteil. Ich mag ja verrückt sein, aber ich mache nicht denselben Fehler zweimal.

»Stimmt«, bestätigte Milord, »du machst ihn gleich fünfzigmal. Oder du lässt dir ganz neue einfallen.«

»Sei nicht so gottverdammt hart mit dir«, sagte Pierre, als wir auf Schneeplacken vor uns hin rutschten und glitschten. »Und sei auch nicht so gottverdammt hart mit Lil Missy. Schon klar, sie ist unter Druck keine Leuchte. Aber wer ist das schon? Ich nehm mal an, wir haben alle ein Stückchen von unserer Seele eingebüßt in dem Heckmeck mit Cherry und Connor.«

»Ich auf jeden Fall.« Ich nickte heftig. »Ich kam überhaupt nicht damit klar. Ich war praktisch die ganze Zeit so damit beschäftigt, mir selber leidzutun, dass ich nicht mal Mitleid mit ihm hatte.«

»Und jetzt ist er tot«, krähte der Schädelsammler.

»Und jetzt ist er tot.« Pierre schüttelte reumütig den Kopf. »Wir haben's vergeigt. So einfach ist das. Dasselbe gilt für Cherry – ich hab's vergeigt. Connor hat dafür bezahlt. Du hast dafür bezahlt. Elektra hat dafür bezahlt. Aber was soll ich jetzt machen? Mich den Rest meines Lebens ohrfeigen?«

»Guter Plan«, sagte ich, denn das sagte Satan zu mir, während er seine knochigen Finger in mein Herz grub.

»Also Alicia sagt«, begann Pierre, als hätte er mich gar nicht gehört – hatte er vermutlich auch nicht, denn das ist die logische Folge, wenn man nicht zuhört. »Sie sagt, was zählt, ist, was du als Nächstes tust.«

Vielleicht konnte ich als Nächstes mal einen ordentlichen Schluck zur Brust nehmen und all das Schreckliche vergessen, was ich getan hatte, ebenso wie all das Gute, was ich nicht getan hatte, und all die Versehrungen, die mir angetan worden waren. Ich weiß schon, was funktioniert.

Es gab da ein lauerndes Ungeheuer von Erinnerung, das ausbrechen wollte, das sich aus meinem Unterbewusstsein an die Oberfläche zu kämpfen versuchte. Ich wollte es nicht haben. Ich wollte es loswerden, so wie ich das misshandelte Kleinkind Connor schließlich losgeworden war. Ich hatte Connor zum letzten Mal zurückgelassen, heulend in einem Unfallauto. Ich hatte ihm den Rücken gekehrt und war weggegangen. Konnte es etwas geben, was so übel war? Aber da war etwas. Begraben unter dem Geröll in der ruinierten hinteren linken Ecke meines Hirns versuchte etwas, sich hoch ans Licht zu wühlen.

»Ich helf dir auf die Sprünge«, murmelte der Lord der Gedächtnislücke. »Du warst sieben Jahre alt, und …«

»Sei still, sei still, sei still.« Ich hielt mir die Ohren zu und fing an zu rennen.

»Langsam.« Pierre legte eine suppentellergroße Hand um meinen Arm. »Du kannst nicht weglaufen. Das funktioniert nicht, das weißt du. Was, wenn du auf dem Eis ausrutschst und dir ein Bein brichst? Was wär dann mit Elektra?«

»Du würdest sie zu Madame Schockfrost von Tiefkühlkost geben. Sie würde in einem Schuppen an die Kette gelegt werden. Sie könnte schon tot sein, Pierre, an Unterkühlung gestorben, bloß weil du partout Frieda Frischebox bumsen musstest. Alles nur, weil ich in den Bau gegangen bin. Alles nur, weil ich mich in den Scheich der Schande verliebt hab. Und Connor. Was ist mit ihm passiert? Aufgefunden am Fuß dieser versifften Betontreppe. Alles bloß, weil die arme Gorillakacke ungesattelten Sex mit ihrem Drogendämon hatte.«

»Was redest du denn da, Mädchen?« Pierre zuckte ungeduldig mit den Schultern. »Dass schlimme Dinge geschehen, wenn man sich die falschen Geliebten aussucht? Ach, sag bloß!

Liebhaber kommen nun mal nicht mit eintätowierten Rezensionen auf dem Hintern. Man muss sie sich reinziehen und es selbst rauskriegen. Und wenn einem nicht schmeckt, was man findet, muss man eben weiterziehen.«

»So wie du etwa?«, rief ich.

»Was bist du denn so besessen davon? Wieso kannst *du* nicht einfach mal weiterziehen?«

In gemeinsamem Missverstehen funkelten wir uns an.

Pierre legte mir seinen riesigen Zeigefinger genau zwischen die Augen. »Alicia sagt: ›Du probierst was, du fällst auf die Nase, du fängst von vorne an.‹ Warum kannst du das nicht?«

»Weil ich ein *Gedächtnis* hab«, brüllte ich ihn an. »Ich hab Stimmen im Kopf, die flüstern zu mir.«

»Aber warum flüstern die immer bloß was von Scheiße und Höllenfeuer? Und warum hörste verdammt noch mal überhaupt hin?«

»Ich flüstere nie von Scheiße und Höllenfeuer«, erwiderte Elektra verstimmt und wandte sich von einem interessanten Poller ab.

»Stimmt – du nicht.« Ich blieb stehen und ging in die Hocke, nahm ihr schönes schmales Gesicht zwischen meine Hände. »Du setzt mich immer auf den Topf.« Ich schaute hoch zu Pierre. »Vielleicht ist Alicia deine Elektra. Wenn das so ist, hast du echt großes Glück.«

»Ich weiß nicht, wie sie sich dabei fühlt, wenn du sie mit einer Hündin vergleichst.« Sein Gesicht verzog sich zu einem kleinlauten Grinsen.

»Stolz«, sagte ich.

»Immerhin muss ich nicht erst tanken, um mit ihr sprechen zu können. Hör mal, Lady B, wir haben ein Problem. Wenn du hier in der Gegend bleibst, sitze spätestens Dienstag wieder im Knast. Kaylee scheint zu denken, dass wir deine Aussage brauchen. Aber ich weiß nicht – kann sein, dass ich was gelernt hab – na ja, es ist nicht richtig, dich und deine Töle für meine Sicherheit zu opfern.«

»Was ist mit Lil Missy?«

»Das ist noch was anderes.«

»Lauf weg«, riet mir mein tiefwohlgeborener Lord. »Gleich wird er dich bitten, dich für Lil Missy zu opfern.«

»Weißte, ich glaube, Kaylee hat recht – langfristig wird uns dieser Forensik-Scheiß aus der Patsche helfen: Connor wurde schon lange gequält. Das können wir nicht gewesen sein. Aber da nun auch noch Cherry mitgemischt hat, bist du der Sündenbock, reif zum Einfahren. Und Lil Missy auch. Also, versteh mich richtig, ich finde, ihr zwei solltet abtauchen, bis sie Mrs. C und ihren feinen Freund verhaften. Denn du hast schon recht, die würden dich irgendwie drankriegen, nur weil du du bist. Und Lil Missy kann sich auch nicht leisten, dass jemand allzu genau hinguckt.«

»Ja aber«, fing ich an, »was ist mit deiner Arbeitserlaubnis? Madame Klauen und Zähne hat das doch rein zufällig den Bullen gesteckt. Also hältst du auch keiner Überprüfung stand. Der Baron des Betrugs hat dich dazu verführt, Prinzessin Price gefährliche Informationen anzuvertrauen. Ihre Bemerkungen werden Folgen nach sich ziehen. Die Vergangenheit befleckt die Gegenwart und die Zukunft mit Blut.«

»Schei-ße.«

»Alicia sagt, zieh weiter, schön und gut, aber wohin? Zurück in die Staaten? Als Deportierter?«

»Ich red mit Kaylee. Sie kann mir einen Einwanderungsanwalt vermitteln.«

»Gefahr. Der Rüsselkäfer der Liebe ist ihr ins Herz gekrochen. Er sättigt sich schon daran.«

»Wie war das?«

»Bist du blind? Kaylee hat eine Schwäche für dich. Vorsicht ist geboten.«

»Also jetzt flippste endgültig aus.«

Ich starrte in seine freundlichen, nichts sehenden Augen.

»Verschon mich damit«, sagte er.

»Merkst du eigentlich gar nichts bis auf das, was dir gerade in den Kram passt? Du willst nicht, dass Miss Missgunst missgünstig ist, also bemerkst du weder ihre Bosheit noch ihre Winkelzüge. Du willst nichts von der armen Kaylee, außer als nützliche Anwältin, also bemerkst du sie als Frau einfach gar nicht und auch nicht ihre Gefühle für dich. Manchmal könnte ich dich ohrfeigen, Pierre.«

»Was faselste denn da bloß, Frau? Alles, was ich sage, ist, du und Lil Missy, ihr solltet die Fliege machen. Ich versuch was für euch zu regeln. Es muss wirklich nicht annähernd so kompliziert laufen.«

»Und ich sage, vielleicht sollten wir alle die Fliege machen.«

»Ich kann jetzt nicht aus London weg. In ein paar Wochen fängt mein Sanitäterkurs an.«

»Du bist gerade von einer Frau zur anderen gewechselt, ohne auch nur zum Luftholen hochzukommen. Eben noch schmeißt Cherry-Snob dich und deine Perücken raus in den Regen, und schon beim nächsten Tagesanbruch verfällst du mit Haken, Leine und Senkblei der ersten Frau, die deinen Weg kreuzt. Meinst du nicht, dass dieser Umstand Miss Nuklearniederschlag vielleicht ein bisschen rachsüchtig machen könnte?«

»Mit Cherry komm ich schon klar.«

»Du bist wirklich der dämlichste Selbstbetrüger, den ich kenne.«

Wir funkelten uns wieder grimmig an und dann gingen wir, ohne etwas zu sagen, langsam und vorsichtig weiter die vereiste, fast völlig menschenleere Straße entlang. Das Gehen beruhigte mich. Pierre schob die Hände in die Taschen, zog die Schultern hoch und versuchte seine Ohren in seinem prachtvollen Schal zu vergraben. Seinem Alicia-Schal. Er könnte ruhig auch seinen Kopf darin vergraben.

Wie mag es wohl sein, wenn man so liebenswert ist? Jeder Tag meines Lebens hat mir nur gezeigt, wie es ist, das nicht zu sein.

»Es hat einen feuchten Scheiß mit Liebe zu tun«, erklärte ich Elektra von Neid gequält. »Eine Frau will einen Boyfriend. Wer es ist, ist egal. Ein Mann will einen Fick. Wer es ist, ist egal.«

»Aber Pierre *ist* liebenswert«, sagte sie zu mir.

Pierre starrte mich nur an und sagte: »Ich wusste gar nicht, dass du dermaßen sexistisch bist oder dermaßen zynisch.«

Meinen miesen Meister falsch zitierend sagte ich: »Ich bin eine ganz gleichberechtigt sexistische Zynikerin. Aber Elektra hat schon recht, du bist durchaus liebenswert.«

»Aha, na prima«, sagte er. »Damit ist das dann wohl geklärt.«

»Aber bist du auch liebesfähig?«

»Na klar«, sagte er mit lässigem Selbstvertrauen. Er war sich offenbar sicher, die richtige Antwort zu kennen.

»Hast du Cherry geliebt?« Darauf gab es keine richtige Antwort, und er wusste es. Er schaute ratlos drein.

Schließlich sagte er: »Es gibt nicht nur eine Art zu lieben.«

Ich verpasste ihm einen verächtlichen Blick und ließ ihn schmoren. Wir gingen weiter. Ich wartete.

Dann sagte er aufgebracht: »Was willste denn jetzt von mir? Wenn ich nein sage, bin ich ein Dreckskerl, und wenn ich ja sage, bin ich ein Blödmann.«

»Wozu brauchst du denn *meine* Billigung? Ich bin bloß eine verrückte Fledermaus, schon vergessen? Wozu brauchtest du Cherrys Billigung? Sie ist bösartig, gehässig und habgierig.«

»Was haste dich denn daran so festgefressen? Wir ham's doch gerade mit einer ganz anderen Situation zu tun – es geht um Connor, Connors verlogene Drecksau von Großmutter und die Bullen.«

»Weil, Pierre, wir alle tief in der Scheiße stecken. Aber du willst Lil Missy und mich wegschicken und dich opfern. Wofür denn? Damit du mit einer Frau schlafen kannst, die du kaum kennst? Wir sitzen so in der Patsche, nur weil du mit Miss Schnösel Schneesturm geschlafen hast – aus keinem besseren Grund, als dass sie ›dich rangelassen‹ hat. Du denkst, dein Sexleben berührt nur dich, ja? Aber es gibt immer Konsequenzen. Für Lil Missy, für mich, für Elektra. Und für Connor. Connor ist tot, weil ...«

»Connor ist tot, weil alle verkackt haben. Alle und jeder.«

»Ja, aber nimm doch einmal kurz Cruella raus aus dem Bild, Pierre. Ersetze sie durch jemand Gütiges, dem Kinder mehr bedeuten als Teppiche.«

»So wie Alicia? Willst du mir sagen, dann wäre alles ganz anders gelaufen? Das ist jetzt ehrlich verrückt. Du kannst die Geschichte nicht umschreiben.«

»Du könntest es«, sagte ich und fing an zu heulen.

Pierre fragte: »Warum biste so festgefahren und besessen davon?«

»Ich weiß es nicht.« Er hatte recht: Cherry saß mir wie ein Wurm im Hirn, fraß mich allmählich auf, bis nichts anderes mehr existierte als ihr hämisches, selbstgefälliges Lächeln. Ich wollte, dass Pierre sie für mich so ungeschehen machte wie für sich selbst. Ja, ich wollte, dass er für mich die Geschichte umschrieb.

Denn wenn mein Vater nicht getan hätte, was er tat, und wenn meine Mutter ihn – uns ... mich – nicht erwischt hätte, wäre eine ganz andere Person aus mir geworden. Oder nicht? Also wie denn nun? Es war doch wohl nicht alles in Satans Handschrift in den Sternen festgeschrieben. Oder etwa doch?

»Etwa nicht?«, fragte der Scheich der allgegenwärtigen Schmach. »Glaubst du wirklich, dass das, was ich schreibe, ungeschrieben gemacht werden kann?«

»Wein doch nicht«, sagte Pierre und rückte näher an mich heran, bis unsere Ellbogen beim Gehen aneinanderstießen. »Du hast dein Bestes getan.«

»Nein, das hab ich nicht.« Und mir wurde klar, dass ich das

noch immer nicht tat. Denn ich weinte nicht um Connor, wie Pierre dachte – ich weinte um mich selbst. Warum? Warum erwischte mich gerade jetzt diese Abrissbirne von einer Erinnerung und demolierte mein ohnehin schon unbewohnbares Haus? Ausgerechnet jetzt, wo jemand anders meine Tränen viel eher verdiente als ich?

»Oh supi«, sagte Meister Mnemonik. »Ja, bleib dran. Mit vereinten Kräften werden wir ihnen zeigen, wie verrückt die Fledermaus wirklich ist. Du warst ein unartiges Mädchen und ein böses Kind. Genau wie Connor. Deine Schuhe glänzten nicht, und du hattest Dreck unter den Fingernägeln.«

Ich zog einen Handschuh aus. Unter meinen Fingernägeln waren schmuddelige kleine Sicheln.

»Siehst du? Du hast dich keinen Deut verändert.«

»Lass das!«, brüllte Pierre. Er bückte sich, stellte mich auf die Füße und versuchte den Schnee von meinen Händen zu wischen. »Zieh deine Handschuhe wieder an. Wenn du dir die Dreckpfoten waschen willst, nimmste Wasser und Seife.« Er rubbelte meine Hände kräftig an seinem Mantel. »So holste dir bloß Erfrierungen. Und wem soll das was nützen, verdammt?«

»Ich habe gar nichts gemacht«, schluchzte ich.

»Keiner von uns hat was gemacht.«

»Ich habe gar nichts gemacht«, sagte ich, als meine Mutter mir so hart ins Gesicht schlug, dass meine Zähne sich lockerten. Ich habe fast gar keine Zähne mehr. Hat sie sie mir alle ausgeschlagen? So lange her.

»Es ist nicht deine Schuld«, sagte Pierre, »jedenfalls nicht mehr als die von anderen auch.«

»Denk dran«, wisperte Fürst Flashback. »Es ist alles da und wartet nur.«

»Es ist nicht das, wonach es aussieht«, sagte mein Vater, als plötzlich, oh Schreck, in meinem schäbigen kleinen Schlafzimmer das Licht anging.

»Du und ich waren doch nicht mal im Haus, als die Bullen kamen und Connor holten.«

»Aber ich habe es gesehen.« Und ich habe gesehen, wie mein Vater für immer das Haus verließ mit dem unhandlichen Koffer, der gegen seine Beine schlug. Er weinte nicht und schrie auch nicht. »Erzähl's nicht deiner Mutter«, sagte er. Das sagte er immer. Und ich tat es auch nicht. Aber ich *hätte* es jemandem erzählen sollen. Nur nicht ihr. Oh nein, auf keinen Fall ihr. Sie packte Connor an den Trägern seiner Latzhose und warf ihn raus wie Müll, damit er geschlagen, verbrannt und die Treppe runtergeworfen wurde. Wie, ja, wie Müll.

»Hör *auf*!«, schrie Pierre und packte wieder meine Hände. »Was machste denn? Was soll sich dadurch ändern, dass du dir selber in die Fresse haust?« Er wischte mir mit dem Kragen meines Anoraks das Blut von der Nase.

Er verstand nicht das Geringste, aber er schien zu spüren, dass ich etwas von ihm brauchte. Also sagte er: »Okay, ja, ich hab Cherry nie geliebt. Sie war irgendwie langweilig. Aber sie, ja, sie hat mich rangelassen, und sie hatte ein Haus. Damals kam es mir vor wie eine gute Idee – ein Zuhause für Lil Missy und Elektra. Ein Stellplatz für die Minna. Es sollte ja nicht für immer sein. Nichts von großer Bedeutung. Nichts von diesem ›Liebes‹-Scheiß. Und ich dachte ... ich komm da jederzeit raus, wann ich will. Aber das lief nicht. Alles wurde zu so 'ner Art scheiß Verhandlung, um alles gab's so 'n zähes Ringen.

Sie war wie, ach, ich weiß ja auch nicht, wie so ein Gang-Boss, der seinen Tribut einfordert. Aber das kam in kleinen Schritten. So wie, wenn ich 'ne Tasse Kaffee wollte, bekam ich 'ne Tasse Kaffee. Aber ich musste den Abwasch machen. Und als ich einmal den Abwasch gemacht hatte, musste ich ihn jeden scheiß Abend machen. Es war von da ab mein Job. Also hörte ich auf, nach Kaffee zu fragen. Aber der Abwasch war immer noch mein Job. So wie die verfluchten Hypothekenraten auch.

Und dann fing es an, dass, wenn ich mal ausging, mit Lil Missy in einen Club ging, dann kam sie auf einmal mit solchen Sprüchen wie ›Das Haus ist einfach zu voll‹ oder ›Der Hund macht eine Sauerei aus meinem Garten‹, nur um mir klarzumachen, weißte, dass sie uns jederzeit den Stöpsel ziehen konnte, wenn ihr was nicht passte. Also hörte ich auf, auszugehen. Aber davon hörten die Drohungen nicht auf. Wobei es ja keine richtigen Drohungen waren. Es waren mehr so Winke mit dem Zaunpfahl, dass wir auf sie angewiesen sind.

Und weißte noch, was du darüber gesagt hast, dass sie dich, Lil Missy und Elektra als Geiseln benutzt? Tja, das ist auch so 'ne Gang-Boss-Technik – ›Du machst das jetzt, oder ich schick deine kleine Schwester auf den Strich.‹ Du durftest in der Minna wohnen, aber *ich* musste dafür sorgen, dass du die Pillen nimmst, die *sie* dir gern verpassen wollte. Du durftest noch ein paar Nächte länger bleiben, aber dafür musste ich mit ihr nach New York. Ich war ständig dabei, irgendwas abzuzahlen. Ich weiß nicht, wie das anfing, und ich hab es echt nicht kommen sehen.

Und dann, als sie ihren Willen nicht kriegte, warf sie uns alle achtkantig raus. Und das hab ich auch nicht kommen sehen. Es schien einfach nie was zu geben, wofür ich sie hätte zur Rede stellen können. Nichts, was sie nicht glatt abstreiten konnte. Nie. Bis du ankamst und sie eiskalt nanntest und – wie war noch gleich dein Wort dafür – drangsalierend? Ich hab's nicht gemerkt. Ich hab sie immer für klein und schwach gehalten. Mann, hab ich mich da getäuscht! Kann sein, ja, dass es am Sex lag. Aber weißte was, sogar der war irgendwie, du weißt schon, langweilig.

Yeah«, sagte er reumütig. »Und jetzt kommt Alicia des Wegs, groß und weich und warm, und mag mich einfach um meinetwillen. Und weißte was, sie hat einen herrlichen großen Mund, nicht bloß so 'nen dünnen Spalt im Gesicht, wo sie ihren Lippenstift hinschmiert. Und einen herrlichen Arsch hat sie auch. Riesenmund, Riesenarsch – genau meine Art Frau.«

»Und wer ist jetzt sexistisch?« Aber ich fühlte mich schon etwas besser.

»Also wie kommt es, dass du das mit der Kälte und dem Drangsalieren glasklar sehen konntest und ich nicht?«

»Ich hab sie nicht gebumst«, sagte ich, und er zuckte zusammen. »Und sie … sie …« Sie was? Und dann kam es plötzlich rausgeschossen wie ein Klumpen, wie ein Amboss, der auf meinem Kopf landete: »Ich hab sie erkannt. Sie ist meine Mutter. Ich meine, sie hat mich an meine Mutter erinnert.«

»Im Ernst?«, fragte er abwesend. »Harter Scheiß.«

Du wirst nie erfahren, was für harter Scheiß sich bei uns zu Hause abgespielt hat, Pierre-der-Liebenswerte. Aber Elektra hatte zugehört. Sie drückte ihre Schulter gegen mein Bein, sah zu mir hoch und gab diesen liebevollen Laut von sich, der irgendwo zwischen einem Grunzen und einem Winseln liegt.

»Sie zittert ja«, sagte Weiß-nix-merkt-nix-Pierre. »Gehen wir zurück.«

Kapitel 33

Vielleicht die Macht des Volkes

Als wir wieder beim Café ankamen, war Kaylee schon gegangen.

»Wo wart ihr denn?« Lil Missy war genervt. Sie betrachtete meine vollgeschnodderten blutverschmierten Ärmel und tränenfleckigen Wangen. »Schon wieder ein ›Zwischenspiel‹?«, fragte sie giftig. »Nein, erzählt's mir nicht. Ich will es gar nicht wissen. Kaylee hat eine leicht entstörte Fassung von dem aufgeschrieben, woran du dich erinnert hast. Und ich hab deine Unterschrift gefälscht, während unsere brillante, aber prüde Rechtshelferin Pipi machen war. Sie hat eine richtige Zwangsneurose, was Regeln angeht. Langweilig!«

»Ich kann zu keinem Polizeitermin gehen«, sagte ich.

»Und ich auch nicht«, sagte sie. »Ich fahre nach Bristol, ob du mitkommst oder nicht. Mein geliebter Endokrinologe sagt, da gibt es eine florierende aktive Trans-Szene, und er hat einen Freund, der mich einführen kann. Und ich hab einen alten Kumpel, der dort Fummelpartys organisiert. Erinnerst du dich noch an Hot Heather Hott, Pierre? Sie meint, da gibt's jede Menge zu tun, sie suchen immer Conférenciers und Stripper für Junggesellen- und Junggesellinnenpartys. Ich könnte die Ballkönigin von Bristol werden. Und du auch, Pierre.«

Ich sagte: »Er hält sich für bombenfest.«

Lil Missy sagte: »Ich glaube, er ist muschifixiert.«

Pierre sagte: »Ich glaube, ihr zwei haltet euch da mal raus.«

Graf Zwietracht sagte: »Ich glaube, ihr solltet alle getrennte

Wege gehen, dann können meine Jungs in Blau euch schön einzeln einsammeln.«

Elektra sagte gar nichts. Sie legte ihren süßen Kopf auf meinen Schuh und schlief ein. Ich brauchte einen Schluck. Wenn ich jetzt losging, konnte ich mir einen genehmigen und zum Abendessen wieder im Asyl sein. Dort war ich weitgehend in Sicherheit. Nicht mal Pierre, Lil Missy oder Kaylee wussten, wo ich war, also konnten sie mir auch nicht die Bullen auf den Hals schicken. Kaylee hatte meine Aussage. Was konnte man mehr verlangen?

»Bist du eigentlich gehirnamputiert?«, fragte meine Mutter in dem süßlichen, vernünftigen Ton, mit dem sie ihre besonders verletzenden Beleidigungen kaschiert.

»Nur vertrottelt«, schnurrte Satan. »Sie hat schon vergessen, dass sie das Handy des Perverslings vom Bürotelefon des Asyls aus angerufen hat und die Nummer in seinem Smartphone längst gespeichert ist.«

»Sie war immer ein bisschen begriffsstutzig«, stimmte Mutter zu. »Vom modernen Leben versteht sie überhaupt nichts.«

»Ich kann sie jederzeit erreichen, wann immer mir danach ist. Und du auch, Mutter.«

»Und die Polizei auch.« Meine Mutter lachte. »Unter Druck wird der Perversling sie im Handumdrehen opfern. In Sicherheit? Mit solchen Freunden? Sie besitzt nicht das geringste Urteilsvermögen.«

»Wie würden wir denn nach Bristol kommen?«, fragte ich Lil Missy. »Kannst du die Minna fahrtüchtig machen?«, fragte ich Pierre.

»Weiß nich«, sagten beide.

»Ich hab sie in die Werkstatt schleppen lassen«, fügte Pierre hinzu. »Sie sieht mir ziemlich geschrottet aus. Aber mal sehen. Ihr werdet ja was brauchen. Lil Missy hat Kumpels, wo sie unterkriechen kann, aber du nicht.«

»Du hast auch Freunde da«, sagte Lil Missy zu Pierre, »und einen Job.«

Pierre seufzte. »Du kapierst es nicht, was, Missy? Du checkst es nie. Ich bin keine Transe. Klar, ich performe gerne in der Szene, aber in Wahrheit, Liebes, bin ich ein Automechaniker.«

»Du bist viel, viel mehr als das«, protestierte Lil Missy. »Na schön, Cherry hat dich verunsichert, und jetzt bist du kopfscheu bei diesem ganzen Identitätsding, auch weil du eine Neue hast. Aber mach dich nicht kleiner, als du bist.«

»Weißte, ich hab da 'ne Chance«, sagte er, »mich weiterzuentwickeln, was Neues zu lernen. Erste Hilfe. Sanitäter. Ambulanzhelfer. Alicia meint, ich hätte das Talent dazu.«

»Du hast eine Chance, von den Bullen hoppgenommen zu werden«, sagte Lil Missy. Ich merkte, dass es ihm etwas bedeutete und er Angst um Pierre hatte. »Du hast eine Chance, tief in den Tod eines misshandelten Kindes verstrickt zu werden.«

»Du hast eine Chance, deportiert zu werden.« Ich wollte auch meinen Teil besteuern. »Als illegaler Einwanderer, Pierre, weil du ohne Arbeitserlaubnis werktätig warst. Du weißt, wie paranoid alle wegen Ausländern sind. Mit dieser Nummer sorgt unser böser Fürst wirklich gründlich für verbrannte Erde.«

»Okay, okay.« Er richtete seine Schultern auf, als wögen sie ganz plötzlich eine Tonne. »Ich rede mit Kaylee und ich rede mit Alicia. Jetzt hört auf.«

»Er hält sich für den starken Mann«, kicherte Satan.

»Du hältst dich für den starken Mann«, sagte ich. »Aber du könntest leicht der verwundbarste von allen sein.«

»Hey!«, protestierte Lil Missy. »Er *ist* der starke Mann.«

»Genau das will der Fürst der Fehleinschätzung – das sollt ihr glauben. Er will uns auseinanderbringen und einzeln erwischen.«

»Wir tun Folgendes«, sagte der starke Mann. »Wir gehen alle zurück zu Billy. Ja, du auch, Lady B.«

»Ver*piss* dich«, sagte ich.

»Pfui!«, rügte meine Mutter. »Wasch dir den Mund mit Seife aus. Was für ein verdorbenes Mädchen du bist! Schmutzig, schmutzig, schmutzig und verlogen!«

Stolpernd kam ich auf die Beine. Ich musste hier raus – musste weg von meiner Mutter, so weit weg wie nur möglich. Was würde sie als Nächstes sagen? Woran würde sie mich erinnern? Was mir vorwerfen?

»Warte«, sagte Pierre und packte mein Handgelenk. »Wir gehen zuerst in eine Bar. Auf ein kleines Glas Roten, ja? Vielleicht zwei, wenn du brav bist.«

»Immer tust du irgendwas, was *ich* später bereue«, sagte Lil Missy. »Das nennt sich Vorschub leisten.«

»Das nennt sich pragmatisch«, gab Pierre zurück. »Sieh sie dir doch an.«

»Muss ich?« Lil Missy schüttelte sich. Pierre nahm meinen Arm, Lil Missy nahm seinen, und wir trieben davon in Richtung Erlösung – auch bekannt als das King William, nur eine halbe Meile von Billys Haus entfernt. Und Troll-Territorium. Hingelockt von der Aussicht auf ein Glas oder zwei. Wann lerne ich je dazu?

*

»Ich erkenne den Geruch«, sagte Elektra, nachdem Pierre das Auto geparkt hatte und wir im Zwielicht der Dämmerung auf Billys Haus zugingen. »Anfangs verband ich ihn mit Futter und Behagen. Aber später, ich erinnere mich, da gab es eine Nahtoderfahrung mit einem Rasenmäher.« Sie schauderte zartfühlend. Ich bückte mich, um ihre beiden Überzieher zurechtzurücken. Sie hatte ganz recht – je näher wir Cherrys Haus kamen, desto mehr fiel die Temperatur. Beim Aussteigen hatte uns ein schneidender Wind begrüßt, der frisch aus dem Polarkreis kam.

Ich hielt an. »Warum mache ich das mit?«, fragte ich Elektra.

»Gemeinsam sind wir stark«, sagte sie. »Getrennt stecken wir ernstlich in der Kacke.«

»Ich hab's dir doch gesagt«, meinte Pierre. »Ich hab mein altes Handy für dich aufgeladen. Hatte nur vergessen, es einzustecken. Du musst mit Lil Missy in Kontakt bleiben.«

Das hatte er nie auch nur erwähnt. Ich wollte ihm das gerade sagen, da mahnte Elektra: »Nach dem Angebot, ein Glas Wein zu kriegen, hast du nicht mehr zugehört.« Was durchaus stimmen mochte.

Wir bogen in die Straße ein, wo Polar Price wohnte, und blieben stehen wie angewurzelt.

Vor Cherrys Haus standen drei Streifenwagen und eine große Wanne. Wortlos drehten wir um und verschwanden rasch wieder um die Ecke. Lil Missy nahm sein Telefon aus seiner winzigen Tasche und drückte eine Nummer. »Billy«, raunte er Pierre zu.

Wir warteten. »Billy hat an Lil Missy einen Narren gefressen«, flüsterte Pierre. »Weißte was – dieser verdrehte Scheißkerl ist eine Schande für alle Perversen und Rassisten. Ich kann den Mann nicht ausstehen, und er kann mich nicht ab. Der einzige Grund, warum er mich bleiben lässt, ist …«, und er zeigte mit dem Daumen auf Lil Missy, der mit aufgeregter Mädchenstimme in sein Smartphone sprach. »Du glaubst ja nicht, wie schwer es heutzutage ist, in London eine anständige Mietwohnung zu kriegen.« Er musste meinen Gesichtsausdruck bemerkt haben, denn er fügte hinzu: »Tschuldige, ich hab anscheinend Bohnensuppe im Hirn.«

Lil Missy machte seinen Bildschirm schwarz und sagte: »Wir müssen schnell zu Billy. Er sagt, sie reißen Cherrys Schuppen ab und graben ihren Garten um. Wir müssen uns das *unbedingt* ansehen.«

»Graben ihren …?« Pierre war völlig baff. »Die Bullen? Ich

dachte, das wär bloß, na, so üble Nachrede. Wonach zum Teufel suchen die denn?«

»Es geht darum, was alle über den Kleinen von ihrem Exmann gesagt haben.«

»Aber das ist doch bloß ein Gerücht.« Pierre rieb sich das Gesicht. »Die Nachbarn müssen sich das aus reiner Bosheit ausgedacht haben. Ich versteh nicht, wieso die Cops das ernst nehmen.«

Die Nachbarn zitterten in einer kleinen Gruppe auf der anderen Straßenseite vor sich hin. Es war zu kalt für die Art spontaner Straßenparty, die sie neulich so genossen hatten. Es war auch zu kalt für uns. Wir gingen den langen Weg um den Block zu Billys Haus.

»War sie denn überhaupt verheiratet?«, fragte Pierre vor sich hin. Er war sichtlich bestürzt darüber, wie wenig er über die Frau wusste, in deren frostige Faust er unser aller Schicksal gelegt hatte.

Wie wenig wir doch über die wissen, denen wir verfallen. Ich wusste nichts über meines gewissenlosen Lords gewissenlosen Sohn, als ich ihm mein Herz schenkte sowie meinen Körper und meine Bankverbindung. Nichts, außer dass er jünger und anziehender war, als eine Frau wie ich es je verdient hatte. Und den außergewöhnlichen und herzrasenmachenden Umstand, dass er in mir etwas Besonderes sah. Natürlich wurde alles, was ich glaubte, grausam widerlegt. Es wird immer einen Teil von mir geben, der einsieht, dass ich nur bekam, was der unartigen, dummen, unbeholfenen Tochter meiner Mutter nun mal zustand.

Ich berührte mitleidig Pierres Arm. Aber Pierre war eindeutig liebenswert – bis zu einem gewissen Grade. Er sagte: »Und selbst wenn sie mit dem Kerl verheiratet war, lebt er doch noch, oder? Und die Mutter. Der Junge konnte doch nicht einfach so verschwinden und umgebracht werden, ohne dass jemand einen Aufstand gemacht hätte.«

»Der Kerl ist eingewiesen worden«, sagte ich. »Er hockt irgendwo in einer Geschlossenen rum.«

»Was ist mit der Mama des Jungen?«

»Keine Ahnung«, sagte ich. »Hat Billy nicht gesagt. Aber deine Miss Permafrost hat ihr Mann und Heim abgeknöpft. Also ist sie vielleicht auch verrückt geworden und hat sich umgebracht. Oder sie wurde kriminell und endete im Kittchen, so dass nur noch eine grausame, drangsalierende Stiefmutter, deren Name nicht genannt werden soll, da war, um sich um den kleinen Jungen zu kümmern.«

»Wir reden hier nicht von Connor«, erinnerte Pierre mich sanft.

Aber ich erinnerte mich plötzlich an Connors Ma, Kerrilla Cropper, im Knast, ohne Schutz vor den Frauen der Knallhartentruppe, die sie wegen ihrer Figur und ihres Analphabetismus verhöhnten und entwürdigten. Hatte ihr jemand wegen ihres kleinen Jungen Bescheid gesagt? Als ich sie zuletzt sah, war sie nackt, blau vor Kälte, verrückt vor Wut und Kummer und wurde weggeschleppt zur Einzelhaft. Ich hatte ihr applaudiert, auch wenn sie es mir einbrockte, die Sauerei wegzumachen, die sie durch das Verstopfen sämtlicher Klosetts mit ihren Klamotten verursacht hatte.

Connors Mutter – vermutlich hatte man, also wer immer das am besten zu wissen meinte, sie als unfähig eingestuft, für ihn zu sorgen. Dabei waren *die* es, die unfähig waren, an ihrer Stelle zu entscheiden. Die kapierten am allerwenigsten. Seht doch nur, was geschehen ist! Na los, seht hin, wenn ihr die Traute dazu habt.

»Seht wohin, Flippnudel?«, fragte Lil Missy.

»Still jetzt«, sagte Elektra.

»Wir sind fast da.« Pierre ging schneller. »Reißt euch zusammen, bis wir genauer wissen, was anliegt.«

Wundersamerweise rissen wir uns zusammen und schafften es, ungesehen Billys Haus zu erreichen.

Wir schlichen auf Zehenspitzen in die Küche und gleich wieder zur Hintertür hinaus, wobei wir im Vorbeigehen drei Küchenstühle mitnahmen, um über den Gartenzaun zu spechten.

Der Schuppen, Elektras Gefängnis, war flachgelegt und lehnte am Gartenzaun wie ein unmontiertes Mitnahmemöbel. Die Polizei hatte begonnen, ein Zelt über dem Betonsockel zu errichten, während ein Mann im weißen Overall ihn mit einem Bohrhammer aufbrach. Sie hatten offenbar Zugang von allen Seiten, sowohl vom Haus her als auch von der Seitenpforte. Von Cherry oder ihrem Anwalt war weit und breit nichts zu sehen.

Es war zu kalt, um draußen zu bleiben, also zogen wir wieder in die Küche – wo wir auf Tantie trafen, die etwas aufwärmte, was nach einem Topf voller *Bœuf bourguignon* aussah.

»Du bist ja noch da«, sagte ich überrascht. Sie küsste mich zur Antwort auf beide Wangen. Sie wirkte so erfreut, mich zu sehen, dass ich einen Schluchzer der Dankbarkeit unterdrücken musste. Nur Elektra freute sich sonst, mich zu sehen.

»Ticket nach Ause in swei Wochen«, sagte sie. »Isch koche für grässlischen Billy. Und schlafe warm.«

Ich schnupperte an dem üppigen Eintopf. »Du kochst ja wunderbar«, sagte ich.

»Natürlisch«, erwiderte sie mit einem verächtlichen Seitenblick auf die Dosen-Gebirge in Billys Regalen.

Pierre sagte: »Ich kann nicht fassen, dass die Cops das wirklich ernst nehmen. Cherry mag ja ein Herz aus Stein und Eis haben, aber sie hat doch niemals irgendwen umgebracht.«

»Vielleicht ist das die Macht des Volkes«, sagte Lil Missy. »Vielleicht haben zu viele Leute zu viel Aufhebens darum gemacht. Vielleicht haben sich die Medien eingeschaltet. Bei der Polizei dreht sich doch heutzutage alles um PR und Statistiken.«

»Wo ist mein Abendbrot?«, rief Billy die Treppe runter. »Ich will mein Essen, und ich will, dass Missy es mir bringt. Ich hab euch reinkommen gehört.«

»Wenn meine Hände groß genug wären, würde ich ihn gern erwürgen. Sofern ich seinen Hals finden könnte. Ich weiß ja, dass er irgendwo unter seinen Ohren sein muss, aber ...« Lil Missy nahm das Tablett, das Tantie ihr hinhielt, und wartete, während Tantie ein hohes Glas mit Lager füllte. Zögernd trug sie dann Billys Abendbrot hinauf.

Ich konnte deutlich Rotwein in dem *Bœuf bourguignon* riechen. Vielleicht war ja noch etwas davon übrig.

»Vielleicht ist auch noch was von dem Rindfleisch übrig«, sagte Elektra, deren Nase hundertmal empfindlicher war als meine und deren Prioritäten ganz andere waren. Sie tappte zielstrebig auf den Mülleimer zu. Tantie kam ihr zuvor, suchte alle Rindfleisch-Abschnitte heraus und fügte noch ein paar Brocken aus dem göttlich duftenden Stew hinzu.

Würde man mich zum Essen einladen? Erst hatte ich mich dagegen gewehrt, überhaupt mit zu Billys Haus zu kommen, und jetzt wollte ich nicht ungespiesen gehen, zurück zum Juliet House, wo ich meinen Teller gegen Diebe bewachen und in einer Kapsel schlafen musste, die kleiner war als meine Knastzelle. Wenn man mal von Billy selbst absah, waren alle, die ich liebte, hier in Billys Haus.

»Bevor du gehst«, sagte Pierre, »geb ich dir mein altes Handy. Ich hab es für dich eingestellt. Lil Missys und meine Nummer sind auf Kurzwahltasten gespeichert, und ich zeig dir, wie man damit umgeht. Alles, worauf du achten musst, ist, es aufzuladen. Wir können dich nicht ganz unbeaufsichtigt herumgondeln lassen.« Er verschwand im Wohnzimmer und kam mit einem kleinen Gerät und dem Ladekabel zurück.

»Lass mal«, sagte ich. »Wenn es bis Ende der Woche noch nicht geklaut ist, verscherbele ich es womöglich für was zu saufen.«

»Keine Chance.« Lil Missy kam mit dem leeren Tablett zurück und rümpfte die Nase. »Selbst ein gehirnamputierter

Dieb würde kein so altes Handy klauen, und verkaufen könntest du es nicht mal in einem Dritte-Welt-Slum. Wenn du das Ding loswerden willst, musst du es schon von einer Autobahnbrücke werfen.«

»Hey!«, begehrte Pierre auf. »Es ist nicht schick, aber es geht noch.« Dann ignorierte er Missy und zeigte mir, wie man auf dem zierlichen Ding, das zu klein für meine schwieligen, vernachlässigten Daumen schien, seine Nummer wählte. Während er das tat, bemerkte ich, dass Tantie den Küchentisch für fünf eindeckte. Einer von diesen Plätzen konnte durchaus meiner sein. Ich versuchte mich auf das, was Pierre sagte, zu konzentrieren, aber seine Stimme schien von meinem knurrenden Magen übertönt zu werden. Ich wurde gerettet, als er aufsprang, um die Haustür zu öffnen, weil Alicia kam.

Ich vernahm ihre Stimme aus dem Flur: »Was ist denn nebenan los?«, aber ich konnte seine Antwort nicht verstehen, denn es klang, als versuchte er gleichzeitig, sie zu küssen und zu sprechen.

Schnuppernd betrat sie die Küche und zeigte Tantie einen begeistert erhobenen Daumen. »Hallo«, sagte sie zu mir, ganz offen und nicht überrascht. Der Raum vibrierte förmlich vor Zuneigung. Elektra erwachte aus ihrem Rind-erzeugten Dösen und kam herüber, um sich daran zu beteiligen.

Lil Missy berichtete: »Sie haben jetzt das Zelt fertig aufgestellt – man kann nichts mehr sehen außer Licht. Oh, hey, Ali. Hat Pierre dir schon erzählt, was abgeht? Billy meint, du könntest nach dem Essen mal raufkommen und seine Brust abhören. Er hat sich lange aus dem offenen Fenster gelehnt, um die Nachbarn zu bespitzeln, und fürchtet jetzt, dass er sich eine Lungenentzündung weggeholt hat.«

Offensichtlich beteiligte sich auch Alicia an Pierres Miete. Sie seufzte, grinste und sagte: »Okay«, in einem resignierten, aber humorvollen Ton.

Tantie stellte den Topf mit einer Kelle darin auf den Tisch, so dass wir uns alle bedienen konnten. Sie hatte auch eine große Schüssel Kartoffelpüree gemacht. Niemand stellte meine Anwesenheit infrage.

»Freundschaft«, murmelte Elektra leise und gähnte. »Entspann dich. Ruinier es nicht.«

Also setzte ich mich und aß mit meinen Freunden zu Abend. Ein abgedroschener, banaler Satz, aber in meiner Erfahrung ein beinahe einzigartiges Ereignis. Pierre und Alicia saßen so dicht beieinander, dass sie wirkten, als wären sie an Knöchel, Knie, Schenkel, Hüfte, Ellbogen und Schulter zusammengewachsen. Teilweise aß Alicia mit der linken Hand, damit sie unter dem Tisch ihre Finger ineinanderschlingen konnten. So eine Liebe hatte ich nie gehabt – Liebe, die nicht zerrüttet war von meiner Angst, sie zu verlieren, Liebe, die nicht ruiniert wurde von Verstellung und Manipulation. Ich schluckte duftende Soße und saure Eifersucht im gleichen Maße. Jahrelang hatte ich um eine machtvolle, einfache, gleich große Liebe gebetet, um dem schuldgefüllten Haus meiner Mutter endlich zu entkommen. Stattdessen hatte mir mein dämonisch-väterlicher Lord jemanden geschickt, dessen Name Tücke war – na ja, eigentlich hieß er Graham – und der mich in tausend Stücke zerschlug. Ich habe sie bis heute nicht alle wiedergefunden. Sie könnten überall sein, sogar unter *euren* Fußnägeln.

»Keine dämonischen Lords beim Abendessen«, Lil Missy klopfte auf den Tisch, um meine Aufmerksamkeit zu erringen.

»Und keine Fußnägel«, fügte Tantie hinzu und gab mir noch einen Nachschlag von allem.

»Sie klingt nur halb so daneben, wenn sie den Mund voll hat«, meinte Pierre zu Alicia.

»Genau wie du«, erwiderte sie liebevoll, stieß ihm in die Rippen und brachte ihn zum Lachen.

»Wo bleibt mein Pudding?«, jaulte Billy aus seiner Höhe

herab und trübte die Stimmung. Tantie holte eine Schüssel *Crème brûlée* aus dem Kühlschrank, füllte eine Schale und brachte sie selbst nach oben. Ich blinzelte erstaunt.

»Wie kriegt sie denn Billy dazu, das alles zu bezahlen?«, fragte ich.

Lil Missy lachte los. »Sie hat es genau einen Tag mit Hühnersuppe und Milchreis ausgehalten, dann ist sie raufgestürmt, um Protest einzulegen. Billy hat sie prompt rausgeworfen. Was tat sie also? Marschierte runter zum Einkaufszentrum und fing an, Musik zu machen. Ich ging mit, nur um was zu lachen zu haben. Aber weißt du was? Sie hat eine Stimme wie, ach, ich weiß nicht, eine von diesen 60er-Jahre-Röhren, ähm, Joni Mitchell? Und noch ehe ich sagen konnte, bring doch mal was Zeitgemäßes, hatte sie einen Hut voller Geld zusammen. Sie ist echt 'ne Marke, unsere Tantie.«

»Dann kam sie zurück«, sagte Pierre, »und kümmerte sich einfach null um Billys Rauswurf, und seitdem essen wir hier besser als die Top-Manager der globalisierten Gier AG.«

»Und, war ja klar, kein Mucks mehr von Billyboy.«

»Sie ist eine Inspiration«, sagte Alicia. »Ich hätte auch gern so viel Schwung, wenn ich in ihr Alter komme.«

Höflicherweise sah niemand zu mir, die so viel Schwung, Verdienstmöglichkeiten und kulinarisches Talent besaß wie eine Pappschachtel.

Tantie kam mit Billys schmutzigem Geschirr herunter. Sie sagte: »Sie finden etwas. Etwas passiert.«

»Du verarschst uns!« Pierre sprang auf und unterbrach den warmen, stärkenden Kontakt zu Alicia. »Was …?« Er eilte zur Haustür.

Lil Missy sprang ebenfalls auf. »Nicht!« Er packte Pierre am Arm. »Du kannst da nicht raus. Es wimmelt von Cops.«

»Machst dir wohl Sorgen um Ms. Motz?«, fragte ich und versuchte, mir meine Verbitterung nicht anmerken zu lassen.

Er ignorierte mich. »Es muss ein Irrtum sein. Jemand hat Mist gebaut. Es kann nicht sein.«

»*Bist* du besorgt um Cherry?« Alicia ignorierte meine Bemerkung nicht.

»Nein«, sagte er mit Nachdruck. Und dann: »Doch.« Plötzlich sah er aus wie zwölf und völlig von den Socken. »Okay, ja, ich weiß inzwischen Dinge über sie, die ich damals nicht für möglich hielt.« Er sprach von ihr, als wäre die Affäre Jahrhunderte her. »Aber wir haben doch mit ihr *zusammengelebt*. Wie konnten wir uns dermaßen in der Frau irren – einer stinknormalen langweiligen Frau?«

»Vielleicht ist niemand stinknormal und langweilig«, sagte Alicia sanft.

Ich sagte: »Vielleicht habt ihr als stinknormale langweilige Männer ihr nicht richtig zugehört, sie nicht mal richtig angeguckt?«

»Oy!« Lil Missy schrie auf. »Nimm das zurück. Ich bin kein Mann, und ich war noch nie stinknormal.«

»Ich auch nicht«, sagte Elektra.

»*Peut-être*«, mischte sich Tantie ein, »sie kann sehr gut lügen.«

»Yeah«, Pierre sah erleichtert aus. »Wie sollte irgendwer so was ahnen?«

»Ich bin durch und durch Feministin«, sagte Alicia. »Aber ich muss zugeben, dass Frauen schlimm und gefährlich sein können. Denkt nur an die Großmutter des armen kleinen Connor. Armut und Unwissenheit machen oft Schreckliches aus Menschen. In meinem Job hält man keinen Tag durch, wenn man das nicht ebenso im Kopf hat wie den Ort, wo der Defibrillator ist.«

»Miss Frost war aber weder arm noch unwissend.« Ich konnte Pierre einfach nicht so davonkommen lassen. Ich weiß nicht, wieso. Ich mag Pierre wirklich sehr, aber seine vorsätzliche Blindheit Cherry gegenüber saß mir immer noch quer in der Gurgel wie ein hartgekochtes Ei. »Sie war des Teufels Tochter, und das konnte jeder sehen, der sie nicht vögelte. Frag doch Billy. Frag die Nachbarn.«

»Lass gut sein«, sagte Alicia mit einer sanften Hand auf meiner. »Wir alle machen mal furchtbare Fehler.«

»Amen«, sagte Tantie.

»Und du selbst hast einen der gigantischsten gemacht«, betonte Lil Missy mit Wonne.

»Erwischt«, sagte Elektra. »Frag dich mal, wie es kam, dass du nicht gesehen hast, wie boshaft Satans Sohn war.« Sie war liebevoll und absolut großmütig, aber auch unangenehm wahrheitsliebend.

»Aber ich war in ihn *verliebt*«, wandte ich ein. »Natürlich konnte ich ihn da nicht richtig ›sehen‹. Pierre hat ja nicht mal das als Entschuldigung.«

»Yeah, stimmt schon, das hab ich nicht«, bestätigte Pierre hauptsächlich Alicia zuliebe. »Aber warum biste bloß so gottverdammt sauer auf mich?«

Ich wusste es nicht, also ignorierte ich die Frage. »Was, wenn sie tatsächlich Hilfe braucht?«

»Die kann sie sich leisten«, sagte Lil Missy. »Pierre hat monatelang für ihre scheiß Hypothek geblecht. Und für den wöchentlichen Einkauf auch noch. Plus drei Viertel der Nebenkosten. Sie war eine gierige Ziege – das hab ich immer gesagt.«

»Das hast du absolut *nicht*«, gab Pierre erbost zurück.

Der Streit blieb uns erspart, da es energisch an der Tür klopfte.

»Bullen!« Lil Missy erbleichte.

»Ich geh hin«, sagte Alicia. »Seid leise, Leute, sonst lasse ich euch allesamt auffliegen.« Sie warf ihr warmes Lächeln in die Runde und ging hinaus, wobei sie die Küchentür fest hinter sich zumachte.

Sekunden später kam sie mit dem kleinen Ziggy herein, der

auf und ab hüpfte vor Aufregung und unverbrauchter Energie. Er sagte: »Sie müssen die Glotze anmachen. Wir sind alle im Fernsehen. Mum sagt, Sie sollen *London im Blick* gucken.«

Alicia ergänzte: »Sie hat auf Facebook und YouTube das Video gepostet, das sie aufgenommen hat, als der kleine Connor nebenan rausgeworfen wurde. Connor ist immer noch eine Sensationsmeldung, daher hat es anscheinend einer der Nachrichtensender gekauft.«

Alles stand auf und strebte zur Treppe. Der einzige Fernseher im Haus stand bei Billy.

»Ich krieg vielleicht eine Playstation, sagt Mum …«, setzte Ziggy an. Dann sah er Elektra, und sie stand auf und ging zu ihm, wedelte eine Begrüßung. »Es geht ihr besser«, sagte er glücklich.

»Sie bedankt sich bei dir für das Futter, das du ihr gebracht hast, als sie angekettet war.«

»Mein Scruff ist aus dem Tierheim«, sagte er und streichelte ihre Schultern. »Ich will ganz viele Hunde retten, wenn ich älter bin.«

»Du hast schon einen guten Start hingelegt«, sagte Elektra.

»Sie sagt, du hast schon einen guten Start hingelegt.«

»Stimmt.« Er grinste Elektra an, die zurückgrinste. »Meine Mum sagt, ich soll gleich wieder nach Hause kommen.« Er klopfte sie noch ein letztes Mal und hüpfte zur Tür hinaus.

Eigentlich hätte ich den anderen nach oben folgen sollen, aber stattdessen spitzte ich prüfend in den Kühlschrank. Und halleluja, da stand eine Flasche Rotwein, noch ein Drittel voll. Im Stillen dankte ich Tantie dafür, dass sie ein echtes *Bœuf bourguignon* gemacht hatte, und gönnte mir ziemlich langsam einen Mundvoll, dann ging ich rauf in Billys Schlafzimmer.

Vier von uns standen hinter Billys verstärktem Sofa und sahen sich professionelle Nachrichtenaufnahmen an, die zeigten, wie Polizeibeamte in weißen Overalls einen Leichensack aus dem Zelt in Cherrys Garten holten, ihn durch die Seitenpforte trugen und auf der Schotterauffahrt in einen nicht gekennzeichneten Transporter verluden.

»Ich hab's euch doch gesagt«, krähte Billy. »Hab ich's nicht gesagt? Ich hatte die ganze Zeit recht.« Er klang so erstaunt und triumphierend, als hätte er in Epsom mit einer riskanten Wette ein Vermögen gewonnen.

»Das ist Livematerial«, sagte Lil Missy. Sie hatte einen Logenplatz vorne neben Billy. Er hatte eine Hand auf ihrem Knie. »Seht euch die Lichter an.«

Es stimmte – als wir noch beim Essen in der Küche gesessen hatten, war ein Senderteam für Außenaufnahmen aufgetaucht. Jetzt sahen wir offenen Mundes zu, wie die Cops die Hecktüren des Transporters zuschlugen und wegtraten, während er eine Wende machte und schnell davonfuhr. Das Bild wechselte zu einer Reporterin, die draußen vor Cherrys Tür stand. Sie trug Lammfelljacke und Mütze, trotzdem war ihr Gesicht verkniffen vor Kälte.

»Ein ganz gewöhnliches Haus in einer ganz gewöhnlichen Nordlondoner Vorstadtstraße – und doch haben sich hier in der letzten Stunde außergewöhnliche Dinge ereignet. Erst vor wenigen Stunden wurde ein polizeiliches Untersuchungsteam entsandt, ein Gartenschuppen wurde niedergerissen, und wie es scheint, hat man unter dem Betonfundament Überreste einer Leiche sichergestellt.«

»Das ist der kleine Junge vom armen alten Stevie«, sagte Billy. »Hab ich's euch nicht gesagt?«

»Ich glaub's nicht«, sagte Pierre ganz heiser vor Schreck.

Die Reporterin fuhr mit klappernden Zähnen fort: »Die Hausbesitzerin wird derzeit im Hauptquartier der Polizei befragt, aber vorläufig ist keine Verhaftung erfolgt.«

»Das kommt schon noch«, sagte Billy. »Schluck *das*, Hexenschlampe.«

»Es mutet an wie ein merkwürdiger Zufall«, fuhr die Reporterin fort, »dass gleich zwei laufende Polizeiermittlungen in diesem unschuldig wirkenden Haus aufeinanderprallen. Eine bizarre Wendung: Wie es scheint, hat Baby C, das Kleinkind, das in den frühen Morgenstunden des gestrigen Tages tot aufgefunden wurde, zumindest für kurze Zeit hier gelebt. Die folgenden Aufnahmen wurden von Nachbarn während eines Vorfalls gemacht, an dem die Besitzerin des Hauses, die Polizei, Baby C und Baby Cs gesetzlicher Vormund beteiligt waren. Einige Gesichter wurden verpixelt, da beide Fälle noch anhängig sind.«

Und so schauten wir zu, wie eine verpixelte Cherry an den Trägern der von Gamma Dora und Mama Misha gestifteten Latzhose Connor aus ihrem Haus zerrte. Wir sahen, wie der schreiende Connor völlig hysterisch wurde, als er seiner Großmutter gegenübergestellt wurde. Ihr Gesicht war verfremdet, aber ihr Busen nicht. Wir sahen, wie Connor einen Polizeibeamten in die Hand biss und einen weiteren ins Knie, während ein Studioansager intonierte: »Manche Zuschauer mögen diese Bilder verstörend finden, aber sie werfen schwerwiegende Fragen auf, was das Vorgehen der Polizei im Umgang mit einem, wie man hier sieht, extrem hilfebedürftigen Kleinkind angeht. Gibt es womöglich einen Zusammenhang zwischen dem Tod von Baby C und dem Fund eines menschlichen Leichnams, der unter dem Fundament eines Gartenschuppens entdeckt wurde? Wir schalten live zu Meredith vor Ort.«

»Und ob es da einen Zusammenhang gibt«, sagte Billy. »Nämlich die Hexenschlampe. Ich wusste ja, dass sie Steves Kleinen beseitigt hat, und jetzt …«

»Das war ein normalgroßer Leichensack«, sagte Pierre.

»Ach, gibt es Leichensäcke in small, medium und large?« Lil Missy drehte sich zu Alicia um.

Alicia sagte: »Ich habe keine Ahnung, was für Leichensäcke die Justiz verwendet.«

Auf dem Bildschirm wusste Meredith rein gar nichts und erläuterte das ausführlich. Die Kamera schwenkte herum, und in der dicht zusammenstehenden Menschentraube aus vor Kälte zitternden Nachbarn erkannte ich als Erstes Ziggys Mum, die den Kameramann filmte, der sie filmte. Dann gelang es Meredith, einen hochrangigen Cop zu fassen zu kriegen, der sagte: »Ich habe gegenwärtig keine weiteren Informationen. Es ist noch viel zu früh, um Spekulationen darüber anzustellen, ob es zwischen den beiden Fällen überhaupt eine Verbindung gibt, die Ermittlung läuft aber. Alles, was ich Ihnen sagen kann, ist: Als die Polizei gewisse Informationen erhielt, haben wir äußerst schnell und effizient reagiert.«

»Von wegen schnell«, höhnte Billy. »Ich hab denen vor Tagen erklärt, wie es aussieht. Und alle anderen auch.«

»Sie haben jetzt gerade die Hausbesitzerin in Gewahrsam, höre ich«, setzte Meredith nach.

»Eine Privatperson unterstützt die Polizei freiwillig bei ihren Ermittlungen. Und seien Sie versichert, dass wir uns noch ausführliche Aussagen von allen Beteiligten beschaffen werden.«

»Oh Kacke«, murmelte Pierre.

»Ja genau, Bimbo-Boy«, sagte Billy. »Du hast ja mit der Hexenschlampe zusammengelebt. Wirst wohl ein paar Fragen beantworten müssen.«

Lil Missy stand auf und stellte sich neben Pierre. Sie sah ängstlich aus, sagte aber nichts. Der Rest von uns glotzte nur.

»Hah!«, rief der Teufel triumphierend. »Schweigen ist Zustimmung. Das weißt du doch, oder nicht?«

»So habe ich sie großgezogen«, verkündete meine Mutter. »Sprich nie etwas Unerfreuliches aus. Kehre es unter den Teppich. Tu so, als wäre es nie geschehen.«

»Schweigen ist Gold, und Geheimnisse gedeihen im Dunkeln«, erwiderte hämisch der König des lichtscheuen Gewürms. »Sieg, Sieg, Sieg.«

Inzwischen sagte Meredith: »Heißt das, Sie verfolgen auch die Spur der Nonnen, die das Baby ursprünglich entführt haben sollen?«

Der hochrangige Cop sah aus, als hätte er gern gefragt: »Was für Nonnen?« Stattdessen entgegnete er geschmeidig: »Jede einzelne Person, die über relevante Informationen verfügen könnte, wird ausfindig gemacht und befragt.«

»Raus!«, brüllte Billy plötzlich. »Raus aus meinem Haus, alle miteinander. Ich weiß, dass ihr Leute die verflixten Nonnen wart. Ich schmeiß doch hier keine Pennbude für Kriminelle und den Abschaum der Gesellschaft.«

»Er ist viel zu schwerfällig, um überhaupt was zu schmeißen«, raunte Lil Missy.

»Was?«

»Nichts.« Lil Missy war tapfer genug, um es auszusprechen, aber nicht tapfer genug, um auch gehört zu werden.

Meredith bekam von alledem nichts mit und redete weiter: »Also, die Frage bleibt – was für Geheimnisse verbergen sich hinter einer gewöhnlichen Haustür in einer gewöhnlichen Nachbarschaft ganz in Ihrer Nähe? Wer weiß – wir aber halten Sie immer auf dem Laufenden, hier bei *London im Blick*.«

Ich sagte: »Das sind wir – wir sind hinter der Tür verborgen. Wir gucken uns die Ereignisse nicht bloß im Fernsehen an. Wir *sind* die Ereignisse. Wir sind die Nonnen, die über ›relevante Informationen‹ verfügen, und wir sind in gefährlicher Nähe des Netzes der Polizei. Die Bullenspinnen warten doch nur darauf, uns mit ihren Fäden einzuspinnen, zu ersticken und uns das Blut und die Gedärme auszusaugen.«

»Wer hat dir erlaubt, deine verrückten Spinnereien wieder in mein Haus zu tragen?« Billy, vom Bildschirm abgelenkt, wandte sich mir zu. Dicke Luft und fliegende Splitter.

»Du willst v'leischt ein Bier?«, empfahl Tantie geistesgegenwärtig.

»Lady B hat recht«, sagte Alicia zu Pierre. »Hier solltet ihr nicht bleiben.«

»Ich brauche nur mein Fenster zu öffnen und ihnen zu sagen, wer hier ist.« Billys Ton hatte eine gehässige Note. Er genoss die Situation, fühlte sich mächtig. Ich konnte es riechen.

»Bier und noch ein *soupçon* von die *Crème brûlée*?«

»Also gut«, knirschte Billy widerwillig. »Aber der Rest von euch muss gehen. Pronto. Wenn ihr in einer Stunde noch hier seid …«

»Wir gehen«, sagte Alicia leise.

»Sie nicht«, versetzte Billy, widerlich entzückt, das Geschick anderer Menschen in der Hand zu haben. »Sie müssen mir die Brust abhören.«

»So läuft das nicht«, sagte sie. »Billy, Sie erwarten doch wohl nicht, dass ich Ihnen umsonst helfe, während Sie meine Freunde bedrohen.«

»Das ist aber Ihr verdammter Job.«

»Nein, keineswegs«, sagte sie entschieden. »Ich habe frei. Ich bin als Freundin hier und nicht als Sanitäterin. Also behandeln Sie mich gefälligst als Freundin. Behandeln Sie meine Freunde als Freunde. Und merken Sie sich endlich mal, dass ich eine nichtweiße Frau bin. Wenn Sie Pierre beleidigen, beleidigen Sie auch mich. Und wenn Sie Frauen herabsetzen, setzen Sie mich herab. Reißen Sie sich zusammen und zeigen Sie etwas Respekt. Ich kann Ihnen helfen oder in den Arsch treten. Sie haben die Wahl.«

Billy starrte sie mit offenem Mund an. Pierre ebenfalls. Tantie boxte in die Luft. Was ich empfand, war ein Schwindelgefühl. Das war gerade die beste Lektion im Für-sich-und-seine- Überzeugungen-Einstehen gewesen, die ich je bekommen hatte. Es war das, was ich hätte sagen und tun sollen, wäre ich nicht immer zu schwach, zu ängstlich gewesen. Ich war Billy nie wegen seines Rassismus, seines Sexismus und

Ageismus angegangen, und meine uralte Feigheit beschämte mich zutiefst.

»Es ist mein Haus«, sagte Billy und schrumpfte zusammen. Und zu meinem Entsetzen sah ich Tränen aus seinen kleinen Augen sickern »Ich bin ein kranker Mann. Ich kann nicht anders.«

»Ja«, bestätigte Alicia. »Es ist Ihr Haus, und es geht Ihnen nicht gut. Aber, Billy, Sie sind kein kleines Kind – Sie können sehr wohl anders.«

»Tut mir leid«, sagte er so gebrochen, dass es kaum zu hören war.

Warum ist der Sieg oft kein Vergnügen? Wir ließen Alicia bei ihrem Patienten und schlichen aus dem Zimmer, als wären wir dabei erwischt worden, dass wir ein Hündchen schikanierten. Tantie erholte sich bereits, während sie die Treppe runterging. »Pah!«, sagte sie unten angekommen. »Der Mann ist ein Schwein. Aber isch bleibe. Es ist praktisch.«

»Für uns nicht«, sagte Lil Missy. »Wir müssen weg.« Mir fiel auf, dass seine Hände zitterten. »Wie kommen wir raus, ohne dass uns jemand sieht?«

»So, wie wir reingekommen sind«, sagte Pierre, »schnell, vorsichtig und mit Glück.«

Mir wurde flau. Nichts davon passte auf mich.

»Los jetzt, ganz schnell zusammenpacken.« Pierre sah mich an. »Glaubst du immer noch, dass Alicia für mich nur eine schnelle Nummer ist?«

»Vielleicht hast du diesmal das große Los gezogen«, sagte ich. »Das heißt noch nicht, dass dein Urteilsvermögen besser geworden ist. Hat dich ihre Wärme, ihr Mut und ihr nobles Denken angezogen, Pierre? Oder war es eher so, dass Satan dich zuerst auf ihren üppigen Mund und Arsch hingewiesen hat? Jetzt mal ganz ehrlich?«

Pierres Blick schweifte ab, und er sagte zu Lil Missy: »Wir sollten Kaylee Yost anrufen.«

»Ich kann nicht in den Bau gehen«, sagte Missy.

»Nein, das kannst du nicht.« Er starrte sie an, sie starrte zurück. Es sah aus, als ob jetzt endlich durch ihre dicken Schädel drang, was es bedeutete, direkt neben des Teufels tückischer Tochter freie Kost und Logis zu genießen. Und mich nennen sie Dummbatz.

Pierre wählte Kaylees Nummer, während Lil Missy ihre Besitztümer einsammelte. Ich öffnete die Haustür einen kleinen Spaltbreit und linste hinaus. Ein einzelner Cop stand vor Cherrys Tür Wache. Die Nachbarn hatten sich in die Wärme ihrer Heime zurückgezogen. Ich ging zur Hintertür und trat hinaus. In Cherrys Garten brannten die Scheinwerfer unverändert hell. Es gab nach wie vor Geräusche konzentrierter Aktivität – Graben, Sieben, Heben. Was erwarteten sie noch zu finden?

Cherry war ins Netz der Spinne geraten – genau dorthin, wo sie mich hatte deponieren wollen.

»Zufrieden?«, fragte meine Mutter. »Eine wohlgeratene, höchst vorzeigbare junge Frau mit einem guten Job, immer adrett und sauber, die nie schlimme Wörter benutzt, hat jetzt einen ruinierten Ruf. Alles bloß, weil du dich in Dinge einmischen musstest, die dich gar nichts angingen.«

»Kerrilla Cropper war meine Kameradin«, sagte ich.

»Lügen, Lügen, Lügen«, sagte Satan. »Du hättest nicht mal einen trockenen Furz in einer nassen Nacht für sie gegeben. Du bist nur nach Shoreditch gegangen, weil Cherry Pierre überredet hat, dich mit Antabus abzufüllen, so dass du nicht saufen konntest. Es gab keinen tugendhaften Grund.«

Ich vergrub den Kopf in den Händen. »Sei verdammt noch mal still«, flehte ich, »wenigstens für einen Moment.« Aber selbst mit den Fingern in den Ohren hörte ich Gelächter hallen wie einen Tinnitus.

Elektra schob sich durch die Küchentür nach draußen und

erleichterte sich auf Billys struppigem Rasen. In ihrem Kielwasser folgte Tantie mit zwei kleinen Gläsern Wein. Sie sagte: »Komm jetzt rein. *Calme-toi.* Okay?« Sie reichte mir eins der kleinen Gläser und hielt mir die Tür auf. Ich nahm einen großen Schluck.

»Verschwende deine Zeit nicht mit Schuldfragen«, sagte Elektra nach ein, zwei Minuten. »Das nützt gar nichts.« Ich konnte sie hören. Der Schrecken in mir lockerte seinen Griff. In der Hitze der Küche hörte das Zittern auf, und ich konnte das Glas in einer Hand halten, ohne etwas zu verschütten. Mein nächster Schluck war zwar nicht gerade ladylike genippt, aber immerhin kein unkontrolliertes Reinkippen mehr.

»Okay?«, wiederholte Tantie.

»Okay. Danke dir.«

»*A ta santé*«, sie hob mir ihr Glas entgegen, als wäre ich eine harmlose Gelegenheitstrinkerin wie sie.

»Cheers«, sagte ich. Langsam konnte ich wieder denken. Ich trank meinen Wein aus, wappnete mich gegen die Kälte, ließ Elektra in Tanties Obhut und schlich mich hinaus, um einen Einkaufswagen aufzutreiben.

Kapitel 34

Weg von Billy

Lil Missy und Alicia gingen zusammen. Lil Missy steckte in Alicias Sanitäterinnenkluft und trug ihre Arzttasche. Sie fuhren in Alicias kleinem weißem Kia davon. Niemand nahm Notiz von ihnen. Vielleicht schauten die Nachbarn hinter ihren Vorhängen zu, aber niemand rief die Bullen.

Pierre, der kleine Riese, stellte schon ein größeres Problem dar. Ich fand einen Bettüberwurf, den ich ihm über ausgebeulten Jogginghosen wie einen Sarong um den Bauch wickelte. Dann zogen wir ihm so viele nicht zusammenpassende Kleidungsstücke über den Oberkörper wie nur irgend möglich. Ich brachte ihn dazu, die Glamourperücke aufzusetzen, die Lil Missy vor Cherrys rachsüchtigen Händen gerettet hatte. Und eine Strickmütze darüberzuziehen. Er hasste das.

»Muss das sein?«, fragte er. »War das denn wirklich eine Leiche nebenan? Und was hat das überhaupt mit mir zu tun?«

»Du hast den Cop doch gehört«, sagte ich, drehte das schöne afrikanische Tuch mit der Innenseite nach außen und wand es ihm dreimal um den Hals, so dass es aussah wie ein schmuddeliges Stück Tau.

»Na ja, also gut, vielleicht ist es ja ein Toter. Aber das hier ist Britannien – er könnte noch aus der Römerzeit sein.«

»Ich glaube kaum, dass die Römer ihre Toten unter Schuppen bestattet haben.« Ich trat zurück und starrte ihn an. Er sah aus wie Hundekotze. Er sah aus wie ich. Und er konnte gar nicht anders – er fing sofort an, die Klamotten mit Leben zu erfüllen und sich als Obdachlose neu zu erfinden.

Tantie öffnete die Tür. Sie prallte zurück, dann lachte sie los.

»Na, herzlichen Dank«, murrte Pierre. »Also die Optik hab ich wohl drauf. Jetzt muss ich bloß noch den Jargon lernen.«

»Das dauert ein Leben lang«, sagte ich. »Scheiße nein – wir müssen ja nur bis zum Auto kommen.«

»Verkleidung fängt im Kopf an«, erklärte er mir tadelnd. »Was muss ich machen, um in deinen vorzudringen?«

Tantie zeigte wieder mal unerwarteten Sinn für Humor – wortlos hielt sie ihm eine halbe Flasche Wein hin.

»Und jetzt knöpfe ich sie dir ab, und wir kämpfen darum«, sagte ich und schnappte sie ihm weg. »Der Teufel macht uns so erbittert, dass wir anfangen zu brüllen, Billy ruft die Bullen, wir werden hopsgenommen und ins Kittchen geworfen. Das wär doch ein guter Anfang.«

Wir stopften den Rest von seinen und Lil Missys Taschen möglichst planlos in den Einkaufswagen.

Ich fuhr fort. »Dein Rücken tut weh. Du bist wieder und wieder weggeschickt worden, also läufst du schon seit Stunden herum, und zwar in Schuhen, die dir nicht richtig passen. Deine Socken sind nass, weil deine Schuhe undicht sind. Es ist dunkel. Du bist müde, aber du traust dich nicht, dich irgendwo hinzulegen und zu schlafen. Alles, was du besitzt, ist in diesem Einkaufswagen. Für normale Leute sieht es nur nach Schrott aus, aber es ist alles, was du hast. Und du weißt, egal wie schmuddelig und wie wenig es auch ist, jemand will es dir klauen. Jemand wie du selbst. Oder jemand, der ganz anders ist als du, will es mit Feuerzeugbenzin tränken und in Brand setzen. Des Teufels Kinder gibt es in allen Gestalten und Größen. Traue niemandem.«

»Scheiße«, sagte Pierre und mied meinen Blick.

»Genau. Ist das fürs Erste genug Information?«

Er antwortete nicht, sondern riss ein paar Müllsäcke an der

Naht auf, um damit seine Besitztümer vor Blicken oder möglichem Niederschlag zu schützen.

»Jetzt kommst du dahinter«, sagte ich. Ich weckte Elektra und zog ihr ihre beiden Mäntel an. Sie leckte mir die Nase.

Tantie ging zur Haustür. Als sie uns das Alles-klar-Zeichen gab, drückten Pierre und ich uns in die Nacht hinaus. Keiner von uns verabschiedete sich von Billy, aber wir beide umarmten Tantie. »*Bon voyage*«, sagte sie leise und schloss die Tür. Ich war den Tränen nahe. Nach einem höchst steinigen Anfang war sie eine richtig gute Freundin geworden.

Es waren nur ein paar hundert Meter bis zur ersten Ecke, nach der wir aus Cherrys Straße raus und damit relativ sicher sein würden. Nur zweihundert Schritte. Ein Weltklassesprinter schafft diese Entfernung in zwanzig Sekunden. Wir schlurften dahin, hielten uns im Schatten, kamen im Weltklasseschneckentempo voran. Pierre machte sich gut, er schob den Wagen, Kopf gesenkt, Schultern hochgezogen, Knie geknickt, schützend über seinen Kram gebeugt. Seine unheimliche Fähigkeit, andere Identitäten anzunehmen, machte ihn kleiner, älter und sehr unsicher.

»Du glaubst doch wohl nicht, dass du damit durchkommst?«, fragte meine Mutter. »Unrecht Gut gedeihet nicht, und Lügen kommen immer ans Licht.«

»Das dicke Ende kommt noch«, raunte der Meister der dicken Enden.

Und genau in diesem Moment bremste ein Streifenwagen neben uns. Der Fahrer öffnete sein Fenster. »Hey!«, rief er.

»Weitergehen«, murmelte ich Pierre zu.

»Ich heiß nicht Hey«, sagte ich über die Schulter zu dem Cop, der so neben uns herfahren musste.

»Was treibt ihr denn hier draußen?« Er war nicht direkt feindselig – er machte nur von seinem ihm vom Teufel verliehenen Recht Gebrauch, mir auf den Senkel zu gehen.

Ich wandte mich kurz ab, hustete laut und spuckte mir meine Plastikzähne in die Hand. Dann schaute ich ihn an und nuschelte: »Ich hab nach dieser Frau hier gesucht, wissen Sie.« Es kam raus wie: »Haff naff biwe Chraue wuch …«, und schwebte auf einer Wolke aus Weinatem. Dann schenkte ich ihm und seinem Beifahrer mein haarsträubendes Lächeln. Zu meinem Entsetzen erkannte ich in Letzterem den hochrangigen Sprecher-Cop aus Billys Fernseher. Meine Hand krampfte sich um Elektras Schal, aber ich lächelte noch breiter und mümmelte: »Wie kann ich Ihnen helfen?«

»Das ist hier momentan keine gute Gegend für Leute wie euch.« Fahrer-Cop sah hilfesuchend zu Sprecher-Cop hinüber, aber Sprecher-Cop blickte hochmütig geradeaus.

»Wollmi umpmfpück minnem?«, schleimte ich.

»Häh?«

»Ich glaube«, sagte Sprecher-Cop müde, wobei er immer noch geradeaus starrte, »ich glaube, sie hat gesagt: ›Wollen Sie uns ein Stück mitnehmen?‹« Deshalb, nahm ich an, hatte der Teufel ihn auf einen so hohen Posten gesetzt – er verstand, was er gar nicht hätte verstehen sollen. Das machte ihn gefährlich.

»Ja«, sagte ich freudig, legte überdrehten Eifer an den Tag und langte nach dem Türgriff.

Nun endlich wandte Sprecher-Cop sich mir zu. »Gehen Sie weiter«, sagte er mit seinem untadeligen Akzent, fast so weich wie gegenüber der Reporterin. »Und lassen Sie sich nicht noch mal hier in der Gegend erwischen.«

»Jaol för.« Ich sackte enttäuscht zusammen.

Fahrer-Cop gab Gas. Ich stieß eine Lunge voll angehaltenem Atem aus und steckte mir die Zähne wieder in den Mund.

»Was zur Hölle sollte das denn?«, fragte Pierre wütend. »Du hast förmlich darum gebettelt, mitgenommen zu werden.«

»Genau«, sagte ich. »Die würden doch nie tun, worum ich sie bitte, klar?«

»Du spielst mit dem Feuer.« Er war sichtlich überfordert.

»Du bist jetzt auf des Teufels Spielplatz. Feuer ist das A und O hier.«

Er antwortete nicht, legte aber einen Zahn zu. Und schlurfte viel schneller dahin, als es eine echte Baglady je tun würde.

»Langsam«, keuchte die echte Baglady. Elektra und ich mussten schon traben, um Schritt zu halten. Aber er hörte nicht. Er hatte sogar schon seine Autoschlüssel in der Hand. Es schien ihm egal zu sein, wer ihn jetzt noch sah. Wie so viele Kerle fühlte er sich umso sicherer, je näher er seinem Wagen kam.

Böser Fehler. Der solide Minivan erwies sich nämlich als das nächste Problem.

Seufzend vor Erleichterung öffnete Pierre die Heckklappe und fing an, seine Taschen aus dem Einkaufswagen hineinzuhieven. Ich hätte ihm sagen können, was gleich passieren würde, aber ich war zu sehr außer Atem, um zu sprechen.

Er hatte seinen Vauxhall Minivan vor einer Reihe von kleinen, aber seriösen Häusern mit gepflegten kleinen Vorgärten abgestellt. Nicht viel anders als das von Cherry. Sein Auto ähnelte den anderen sauberen Mittelklassewagen, die dort standen. Es passte zur Gegend.

Wir nicht.

Und das machte uns ein erboster rothaariger Mann auch laut und deutlich klar, wobei er seinen Äußerungen mit einem Baseballschläger zusätzlich Gewicht verlieh.

»Was zur Hölle bilden Sie sich ein?«, brüllte er. »Das ist nicht Ihr Wagen. Sie wohnen hier nicht. Sie gehören hier nicht her.«

»Zweimal richtig, einmal falsch«, sagte Pierre aufmüpfig. Er richtete sich auf und überragte unseren Angreifer. Er war so bedient, dass er völlig aus der Rolle fiel.

»Sei vorsichtig, Dave«, sagte eine schwangere Frau, die plötzlich hinter dem Baseballschläger auftauchte. »Das ist gar keine Frau. Und sie ist schwarz.«

»Ich hab selbst Augen im Kopf«, sagte Dave.

»Dann sehen Sie sich mal meinen Autoschlüssel an«, sagte Pierre und schwenkte ihn vor Daves Nase. Nicht gerade sein klügster Schachzug.

»Wen habt ihr überfallen, um da ranzukommen?«, schrie Dave alarmiert. Er schwang den Knüppel und traf Pierres Hand mit einem mächtigen Wumms, so dass der Schlüssel im hohen Bogen wegflog.

»Ruf 999«, befahl Dave seiner Gattin.

»Aua-au!«, schrie Pierre und wiegte seine verletzte Hand.

Es war Selbstentzündung. Furcht und Aggression flammten binnen dreißig Sekunden lichterloh auf. Das Prasseln in meinen Ohren kam vom Meister der stereotypen Konsequenzen, der hingerissen applaudierte.

»*Halt!*«, schrie ich, so laut ich konnte. »*Es ist eine Verkleidung!* Wir wollen zu einer *Kostüm*party. Sofort aufhören!«

Die Schwangere hielt inne, bevor die letzte 9 auf ihrem Smartphone gedrückt war. Dave gelang es, den Schwinger, den er auf Pierres Kopf gezielt hatte, noch abzubrechen.

Mit meinem hochgestochensten Akzent sagte ich leutselig: »Ich begreife ja Ihre Verwirrung, das ist mein voller Ernst, und ich bin sicher, Sie versuchen lediglich, ein guter Nachbar zu sein, aber dies ist wirklich der Wagen meines Sohnes. Und wir müssen zur Party, wir sind tatsächlich schon etwas spät dran.«

»Sohn?«, sagte die Schwangere.

*

»Sohn?«, sagte Pierre. Er fuhr einhändig. »Ich nehme an, du findest, ich sollte mich bei dir bedanken.«

»Es war keine Alicia-Lösung. Tut mir leid. Ich bin nicht Alicia. Ich bin bloß ein Feigling. Und es war das Erstbeste, was mir in den Sinn kam.«

»Tja, das ist echt schräg – sie haben die Kostümgeschichte geglaubt, dabei bin ich groß und schwarz. Ich schätze, jetzt hast du mal eine winzig kleine Ahnung, wie es ist, ich zu sein.«

»Und ich bin wirklich eine Baglady und eine Diebin. Vielleicht kriegst du jetzt eine winzig kleine Ahnung, wie es ist, ich zu sein.«

»Sei still«, sagte Elektra. »Dieser Zwischenfall hat ihn ernstlich verletzt.«

»Mich hat er auch verletzt.«

»Das ist nicht dasselbe«, sagte sie.

»Was hast du gesagt?«, fragte Pierre ziemlich feindselig.

»Nichts«, sagte ich. Auf Elektras Rat zu hören ist fast immer das Richtige.

Er fuhr uns zum Asyl. Seine Hand schwoll an und bereitete ihm offenbar große Schmerzen.

Ich bot an, zu fahren, aber er sagte nur: »Ich hab so schon genug Ärger am Hals.«

»Du musst deine Hand röntgen lassen.«

»Ich muss dich loswerden und zu Alicia zurück.«

»Sie wird dir dasselbe sagen.«

»Du hast keinen blassen Schimmer, was sie sagt.«

Das stimmte. Er war wirklich neben der Spur und stocksauer auf mich. Mir fiel nichts ein, was ich dagegen tun konnte, also hob ich Elektra vom Beifahrersitz, nahm meinen Rucksack an mich und sah zu, wie er davonfuhr.

Wenn er noch fünf Minuten gewartet hätte, hätte er ein weiteres Beispiel dafür bekommen, wie es war, ich zu sein – Rex ließ mich nämlich nicht in die Unterkunft. »Du wurdest beim Betteln gesehen, und du wurdest gemeldet«, sagte er. »Du kennst die Regeln: Wenn du hier wohnst, darfst du nicht betteln. Du hast gegen die Hausregeln verstoßen. Du bist draußen.«

»Das muss ein Irrtum sein«, flehte ich. »Ich hab nicht gebettelt. Ich musste nach Stanmore zu einem Freund, der Hilfe brauchte. Aber ich hab nicht gebettelt. Würde ich nie. Durchsuchen Sie mich. Gucken Sie nach, ob ich Kohle hab.«

»Du hast sie versoffen«, sagte Rex. »Ich kann's an deinem Atem riechen. Du bist blau. Zweiter Verstoß.«

»Mein Freund hat mir nur ein Glas Wein spendiert.« In Wahrheit hatte Tantie mir insgesamt eine drittel Flasche gegeben. Und es stimmte, dass ich gebettelt hatte. Ich hatte das Busgeld nach Holloway gebraucht, und ich hatte mir auch Mut antrinken müssen, um mit Pierre und Missy über Connor zu reden. Aber ich sagte: »Das ist eine falsche Beschuldigung. Jemand erzählt Lügen. Wer hat mich gemeldet?«

»Das ist vertraulich«, sagte Rex.

»Aber ich kann sonst nirgendwohin.«

»Das hättest du dir überlegen sollen, bevor du gegen die Regeln verstoßen und mit Betteln und Saufen angefangen hast.« Er war unnachgiebig.

»Aber ich hab nicht gebettelt.«

In dem Moment machte Lorelei die Bürotür auf, um den Küchenschlüssel abzugeben. »Hab ein Herz, Rex«, sagte sie. »Ihr ganzes Zeug ist noch in ihrem Raum. Niemand sonst ist eingezogen.«

»Also schön.« Er sah aus, als würde es ihn schier umbringen, einzulenken. »Aber nur eine Nacht, dann ist sie draußen.« Er summte mich rein und ließ sie gleichzeitig raus. Als wir uns in der Luftschleuse begegneten, sagte ich rasch »Danke«, und sie drückte mir eine kleine viereckige Karte in die Hand.

Sowie sie die Treppe hinauf verschwunden war, sagte Rex: »Hol dein Zeug. Du bist draußen.«

»Aber Sie haben doch eben gesagt …«

»Was ich zu unseren Ehrenamtlichen sage und was ich zu dir sage, muss nicht dasselbe sein. Du hast die Regeln gebrochen. Du wurdest beim Betteln gesehen. Du bist betrunken und machst nur Ärger. Du bist eh schon zu lange hier. Die Jungs sind sauer, wenn wir zugunsten von euch Frauen die Regeln lockern.«

»Frau«, sagte ich. »Ich bin die einzige hier. Und was für ein faschistisches System ist das, wenn Sie mich nur auf das Wort eines anonymen Informanten hin rauswerfen und ich mich nicht mal verteidigen darf?«

»Die Regeln von Juliet House sind die Regeln von Juliet House. Ich muss mich hier nicht rechtfertigen. Und jetzt hör auf rumzubrüllen, oder ich ruf die Cops.«

Ende der Geschichte. Ich musste mich durch einen Haufen zerlumpter Männer drängen, die der Dunst von Aggressionen magnetisch in Richtung Büro gezogen hatte. Der Kerl, der direkt vor meiner Kapsel stand, war Scots Gary. Seine Augen waren neblig wie Trockeneis, aber in seinem dünnen Lächeln lag ein Hauch von Triumph. Er hatte sich zwei Tage nicht im Asyl blicken lassen. Jetzt war er zurück.

»Das hier war eigentlich Hazels Zimmer«, sagte ich, den elektronischen Schlüssel in der Hand. »Du warst das, stimmt's? Du hast mich denunziert.«

»Sie ist weg«, sagte er, und sein Blick wurde scharf vor Wut. »Aber du bist noch da. Wo bleibt da die Gerechtigkeit?«

»Nicht antworten«, warnte mich Elektra. Sie stupste die Hand mit dem Schlüssel an, und ich ließ uns in die Kapsel.

»Tut mir leid«, sagte ich zu ihr, als ich die Tür zugemacht hatte.

»Vergeude keine Zeit mit Bedauern – sieh zu, dass du uns hier rausbringst.«

Zuerst nahm ich alles aus den Schubladen unterm Bett und legte es obendrauf. Ich zog Billys Mantel aus und legte etliche Schichten Kleidung an. Draußen herrschten weiterhin Temperaturen um den Gefrierpunkt, Eis füllte Risse und Spalten. Ich umwickelte meine Schlafrolle mit Plastikfolie und band sie an den Rucksack. Billys Mantel war mir noch immer viel zu groß, was auf lange Sicht von Vorteil war, aber das machte es recht mühsam, mir den prallvollen Rucksack über die Schultern zu ziehen.

Schließlich war ich fertig. Kurz erwog ich, den Schlüssel in der Kapsel einzuschließen – nur um zickig zu sein. Aber ich wusste, wenn ich ihn Rex nicht beim Rausgehen in die Hand drückte, würde er mich filzen. Dann würde er auch die letzten zwei oder drei Fingerbreit von Tanties Wein finden, die ich in der Innentasche des Mantels versteckt hielt. Er würde sie konfiszieren, selbst wenn ich jetzt keine Bewohnerin mehr war. Aus reiner Gemeinheit. Weil er es konnte.

Der Spießrutenlauf den Gang entlang durch die Grüppchen schweigender Männer kam mir vor wie eine Ewigkeit. Aber niemand stellte mir ein Bein oder machte mir zusätzlich das Leben schwer. Obwohl gut die Hälfte sich erinnerte, dass ich ihnen den Hundekampf verdorben hatte, und froh war, mich von hinten zu sehen, wussten sie alle, wie kalt es draußen war.

Als ich in der Luftschleuse war, klatschte ich den Schlüssel auf den Tresen vor Rex. Er summte mich und Elektra raus. Ich ließ die Tür hinter mir zufallen. Und das war das.

Ich schleppte mich die Stufen hoch zur Straße und wandte mich südwärts in Richtung West End, meiner Stammgegend. Bei den ersten paar Schritten überlegte ich noch, ob ich Pierres Handy benutzen sollte, um ihn oder Lil Missy um Hilfe zu bitten. Dann betrachtete ich die Karte, die mir Lorelei gegeben hatte, und überlegte, ob ich sie anrufen sollte. Aber ich ließ das Handy, wo es war, in meiner Tasche, unberührt.

Rex hatte eben klar und deutlich den Preis der Wohltätigkeit demonstriert. Jetzt aber war ich mit Elektra allein, beinahe zum ersten Mal, seit ich aus dem Kittchen raus war, und musste niemandem mehr Rede und Antwort stehen.

Während wir jedoch dahinlatschten, wurde das Gewicht des Rucksacks auf meinen Schultern nach und nach zu Connor.

Connor, ausnahmsweise zu erschöpft, um mich anzuschreien oder zu beißen, ließ sich von mir zu einem Krankenhaus tragen, wo ich ihn bei Fremden ablud. Oder es versuchte. Weniger als eine Stunde später setzte ich ihn erneut aus. Was wiederum dazu führte, dass Fergus ihn bei Cherrys Haus ablud. Was wiederum dazu führte, dass … er starb.

Ach, wäre das Gewicht auf meinem Rücken doch wirklich Connor, lebendig, schreiend und beißend, aber lebendig …

»Träum weiter, du Heuchlerin«, sagte der Arge. »Du würdest genau dasselbe wieder tun.«

»Oh ja, das stimmt«, mischte sich meine Mutter ein. »Greifst nach der Flasche, wann immer dir jemand ein wenig die Leviten liest. Du bist viel zu selbstsüchtig, zu egozentrisch, um irgendwem außer dir selber beizustehen.«

»Halt's Maul«, murmelte ich und nahm den letzten Mundvoll Wein.

Wir pflügten stetig durch eine gläserne Wand aus kalter Luft. Vornübergebeugt ließ ich mich von dem Gewicht auf meinem Rücken schieben, als würde ich fallen. Früher war ich stundenlang ohne Pause so gegangen, Elektra neben mir. Ich finde es besänftigend – der Rhythmus der Schritte übertönt die Kreissäge meiner Gedanken. Doch in dieser Nacht, oh, es war so kalt, und Connor lastete so schwer auf meinen Schultern.

Als wir an der Ecke Tottenham Court Road und Oxford Street ankamen, bemerkte ich, dass Elektra hinkte. »Jetzt ist es nicht mehr weit«, versuchte ich sie aufzumuntern, denn sie ließ den Kopf hängen. Aber sie antwortete nicht, und wir kämpften uns weiter.

Ich hörte eine Uhr zwei schlagen, bevor wir die St. Martin's Lane erreichten und damit einen meiner bevorzugten Unterschlupfe in dem tiefen Eingangsportal unter dem Vordach des Duke of York's Theatre. Es war ein guter Platz – er bot Schutz vor Wind und Regen, und die Theaterleute hielten den Gehweg ziemlich sauber. Oft gab es Konkurrenz um den Schlafplatz hier, und manchmal entspannen sich sogar Handgemenge, wobei natürlich immer die stärksten Männer gewannen. Doch heute Nacht war ich allein. Ich nahm an, dass das Asyl bei St. Martin in the Fields, kaum einen Steinwurf entfernt, wegen der Kälte gerammelt voll war.

Ich warf meinen Rucksack ab, breitete eine Lage Plastikfolie auf dem Boden aus, legte meine Schlafrolle hin und den Schlafsack obendrauf. Ich zitterte, aber ich war nahezu glücklich. Ich konnte mir mein Bett an einem meiner absoluten Lieblingsplätze in ganz London machen. Mein Bettzeug war trocken. Ich war allein mit meiner besten Freundin. Es gab keine Wand zehn Zentimeter vor meiner Nase und keine Tür, die mich einschloss. Ich konnte atmen.

Ich öffnete Billys riesigen Mantel, und Elektra kuschelte sich an mich. Ich bedeckte uns beide mit der gesteppten Tasche und einer Extralage Plastikfolie. Mein Kopf ruhte auf meinem Rucksack. Wir schliefen fast sofort ein.

Kapitel 35

Paranoia am Trafalgar Square

Ich wachte davon auf, dass ich dringend pinkeln musste. Manchmal wünschte ich, ich wäre ein Hund. In dieser Hinsicht hat es Elektra so viel leichter als ich. Die Regeln der Schicklichkeit gelten nur für Menschen.

Ich packte rasch zusammen, und wir eilten zum Charing Cross, um die Toiletten zu benutzen und eine schnelle Katzenwäsche zu machen. Horden von Pendlern strömten nach London hinein wie Fischschwärme ins Netz. Pendler haben weder Zeit noch Energie für mich. Es ist wesentlich leichter und deutlich einträglicher, die Leute, die auf ihre Abreise warten, nach Kleingeld zu fragen. Aber selbst da brauchten wir fast eine Stunde, um genug warmen Regen für eine Tasse Tee und einen Burger zusammenzukriegen. Elektra aß das Hack. Ich aß das Brötchen.

Es dauerte noch länger, bis ich meine Zehen wieder spürte. Die Nacht war so kalt gewesen, dass meine Füße fast zu Eis gefroren waren. Ich sah Elektra an, und sie sah mich an. Mir fielen die grauen Stellen rings um ihre Schnauze auf. Ihre goldenen Augen leuchteten voller Hoffnung und Erwartung, aber sie war steif und hinkte immer noch. Die vorletzte Nacht hatten wir noch in einem Kokon verbracht. Wir konnten kaum atmen, aber wir hatten es warm. Wir waren nicht willkommen, aber es gab Müsli und heißen Tee für mich und eine Dose Hundefutter für sie.

Ich betrachtete meine geschwollenen Hände – die Handschuhe, die Lorelei mir gegeben hatte, hatte ich schon verloren. Meine Hände waren stellenweise blau angelaufen, und die Fingerspitzen sahen blutleer aus. Es waren die Hände einer alten Frau. Und dabei hatte ich dank Kittchen und Juliet House in den letzten Monaten kaum je draußen geschlafen.

»Ich kann ja nicht mal auf ein Paar Handschuhe aufpassen«, erklärte ich Elektra kummervoll. »Kann ich überhaupt noch mit Chaos zurechtkommen? Kannst *du* es?« Sie antwortete nicht. Ich zog sie sanft an den Ohren und sah, dass die Spitzen, vor ein paar Jahren noch schokoladenbraun, weitgehend weiß waren.

Jemand sagte: »Sie haben hier jetzt lange genug gesessen. Diese Bänke sind nur für Passagiere gedacht.« Ich sah auf und erblickte einen Mann mittleren Alters mit Stahlrahmenbrille, der sich vor mir aufgebaut hatte. Seine Miene sagte: »Ich will gar nicht das Schwein sein, aber du zwingst mich dazu, und das nehme ich dir persönlich übel.«

Ich legte meine Hand auf Elektras Kopf. »Mein Hund wird zu alt, um ständig in Bewegung zu sein. Und ich auch.«

»Sollten Sie sich dann nicht einen anderen Lebenswandel suchen?«

»Jemand, den ich mal gekannt habe, hat alle anderen Lebenswandel in seiner Sockenschublade versteckt«, sagte ich traurig. Denn so war es.

»Wieso lassen Sie die arme alte Pennerin nicht einfach in Ruhe?«, sagte ein alternder Grufti mit schwarz gefärbtem Haar, der gelauscht hatte.

»Mach hier nur meinen Job.« Der Stationsmann sah noch beschämter und übelnehmerischer aus.

»Na, dann sollten *Sie* sich vielleicht einen anderen Lebenswandel suchen?« Der Grufti konnte nichts dafür, dass er leicht blasiert klang.

»Ich war dreieinhalb Jahre arbeitslos, bevor ich den Job hier fand«, sagte der Stationsmann. »Ich will ihn nicht verlieren. Ich hab Kinder.«

Langsam erhob ich mich. Mein Rücken war steif vom Stillsitzen, und beide Männer hörten meine Knie knacken. Wortlos griffen sie in ihre Taschen und gaben mir ihr Kleingeld.

Ich dankte ihnen höflich, bevor Elektra und ich weiterzogen. Natürlich würde ich zurückkommen. Als ich mich umsah, entdeckte ich mindestens drei weitere, die am Schnorren waren, darunter ein Mädchen, das nicht älter als elf sein konnte. Was sowohl gefährlich als auch illegal ist. Ob sie für jemand anderen arbeitete? »Was denkst du?«, fragte ich Elektra. »Es ist schon hart, mit Elfjährigen um ein paar Münzen zu konkurrieren.« Sie antwortete nicht.

Ich zählte das Geld. Es reichte nicht mal für eine kleine Flasche Wein – was sehr schade war, denn ich brauchte Elektras Rat.

»Stirb jung und komm zu mir – das ist mein Rat.« Damian Deibel war heute auch früh aufgestanden.

»Das wäre auch mein Rat – nur ist es zu spät für dich, um jung zu sterben.« Meine Mutter musste auch ihre Nase reinstecken. »Geh zum Teufel. Dort wirst du mich nicht antreffen, denn ich habe ein tadelloses Leben geführt. Ich habe stets die Wahrheit gesagt, ich habe nie gesündigt und niemandem Schaden zugefügt. Nebenbei bemerkt hasse ich Hunde – die haaren alles voll, besonders die guten Möbel. Hier oben gibt es keine Hunde, Gott sei Dank.«

»Klingt für mich wie die Hölle«, sagte ich. »Und weißt du was? Du klingst genau wie Cherry Biederfrau.«

»Sie ist eine Tochter, auf die ich stolz gewesen wäre.« Meine Mutter seufzte. »Sie hätte niemals meine Ehe zerstört wie das verderbte Kind, das ich zur Welt gebracht habe.«

»Sie hat durchaus jemandes Ehe zerstört. Erinnerst du dich an den armen Steve? Sein Sohn war unter dem Gartenschuppen vergraben, in dem sie Elektra eingesperrt hatte. Ist *das* die Tochter, auf die du stolz wärst?«

»Sie ist ehrbar.«

»Sie ist eine bürgerliche Mörderin.«

»Ihre Hände sind rein.« Die Worte meiner Mutter waren mehrdeutig, doch ihr Ton erlaubte keine Diskussion. »Und sie hat nicht *meine* Ehe zerstört. Das hast *du* getan.«

Ich zog mir den Kragen fest um die Ohren und ließ die vorbeifahrenden Busse ihre drängelnde, quengelnde Stimme übertönen. Die ersten Nadelstiche einsetzenden Hagels trafen mein Gesicht. Es war noch viel zu früh für die National Gallery, erst wenn sie öffnete, konnte ich unter dem Säulenvorbau Schutz suchen mit Blick über den Trafalgar Square. Für mich ist Nelsons Säule genau die Mitte von London. Alles Leben dreht sich rundherum.

»Alles Leben dreht sich um den Phallus«, sagte Gogmagog und nahm die Gestalt eines zweiköpfigen Riesen an. »Das weißt du doch, mein Mädchen. Deshalb bist du hier.«

Ich holte Pierres Handy aus Billys Manteltasche. Pierre würde nicht mit mir reden wollen. Lil Missy wachte niemals vor zehn Uhr auf. Lorelei aber war eine alte Frau. Alte Frauen schlafen nicht. Ich schaltete das Handy ein, spähte auf Loreleis Karte und stach langsam, mühsam, behutsam mit meinem blauen Daumen ihre Nummer hinein. Beim dritten Klingeln war sie dran.

Ich sagte: »Rex hat mich gestern Abend rausgeworfen. Elektra ist zu alt, um noch draußen zu schlafen. Ich muss einen anderen Lebenswandel finden, aber ich weiß nicht, wie.«

»Ich muss dringend aufs Klo«, sagte sie. »Legen Sie auf, aber schalten Sie nicht ab. Ich ruf gleich zurück.« Leichter gesagt als getan für eine Frau mit blauen Daumen und einem unvertrauten Gerät in den zitternden Händen.

Aber sie rief mich zurück. Sie sagte: »Sie haben vermutlich

Textnachrichten von allen Leuten, die Sie kennen. Jemand hat ein Video von Ihnen, Elektra und einem Rasenmäher auf YouTube gepostet. Jetzt ist es überall auf Twitter und Facebook. Warum haben Sie mir nicht gesagt, dass Sie was mit dem Baby C-Fall zu tun haben? Die Polizei sucht nach Ihnen. Vielleicht war es gewissermaßen ein Segen, dass Rex Sie rausgesetzt hat, denn sie kamen heute früh noch vor der Dämmerung ins Juliet House. Woher wussten die, dass Sie bei uns waren? Juliet House ist in Aufruhr.«

»Oh Kacke!«, sagte ich, als sie kurz Luft holte. »Ich werde wieder in Ihrer Majestät Bunker landen. Sehen Sie, nur deshalb war Elektra nämlich an den Rasenmäher gekettet. Ich kann sie nicht noch mal alleinlassen. Ich hatte sie jemandem anvertraut, der sich um sie kümmern sollte, solange ich weg war, und das hat sie fast das Leben gekostet. Kerrilla hat Connor jemandem anvertraut, der sich um ihn kümmern sollte, solange *sie* weg war, und Sie sehen ja, was mit ihm passiert ist.«

»Sie brabbeln«, protestierte sie. »Ganz langsam. Ist Connor Baby C?«

»Ja. Ich hab mit seiner Ma zusammen gesessen. Sie hat sich Sorgen um ihn gemacht. So wurde ich da reingezogen.«

»Und Sie sind also keine wild gewordene pädophile Nonne?«

»Nein. Aber …« Ich hielt inne. Ich konnte doch einer Frau wie Lorelei jetzt nicht auf die Schnelle die verwickelten Denkweisen von zwei Transen erklären – wobei sie es wahrscheinlich bereitwilliger verstehen und akzeptieren würde als ich.

»Okay«, sagte sie. »Also es gibt da draußen in den Social Media einen Wust von widerstreitenden Meinungen und Reaktionen auf Sie. Was problematisch sein könnte. Aber ich wollte Ihnen jedenfalls erzählen, dass Sie offenbar auf jede Menge Solidarität von Tierschützern rechnen können. Tatsächlich scheint es, als wären Sie über Nacht so eine Art Heldin geworden. Also wenn Sie gerade überlegen, Ihr Leben zu ändern, Unterstützung zu suchen und weniger isoliert zu leben – da könnten sich Möglichkeiten auftun. Das würde Sie auch aus London rausbringen. London ist vielleicht momentan ein etwas zu heißes Pflaster für Sie.«

»Ich dachte, ich könnte nach …«

»Halt! Sagen Sie mir nicht, wo Sie hinwollen. Die Polizei hat mich noch nicht befragt, aber das werden sie noch.« Sie schwieg ein paar Sekunden. »Ich bin zu alt, um mit Social Media zu jonglieren. Ich bin auf Facebook und Twitter wegen meiner Enkel, aber ich habe keine Ahnung, wie man das geschickt einsetzt. Aber es muss möglich sein, sich all diese plötzliche Popularität und Beliebtheit zunutze zu machen.«

»Ich bin *populär*?« Ich war platt. »Ich war in meinem ganzen Leben noch nie populär.«

»Nun ja, es gibt einen kleinen Film von ihnen, wie Sie Elektra tragen, die an einen Rasenmäher gekettet ist. Es bricht Ihnen schier das Kreuz. Sie setzen und legen sich in den strömenden Regen, um sie zu stützen, und schützen sie unter Ihrem Mantel. Sie flehen eine teuer gekleidete blonde Frau an, sie freizulassen. Es sieht so aus, dass praktisch alle diesen Film in ihrem Freundeskreis teilen, und Tausende von Leuten klicken ›Gefällt mir‹. Das zählt in dieser geisterhaften Welt, die um uns herumwirbelt, nun mal als populär. Für mich ist das alles wie Ektoplasma.«

»Es ist Elektra, die ihnen gefällt.«

»Ja, natürlich. Wir sind schließlich in England.« Sie machte wieder eine Pause.

Ich wusste nicht, was ich sagen sollte. Ich saß mit dem Rücken zur National Gallery, einen Arm um Elektras Schultern, und dachte darüber nach, dass meine private Welt öffentlich wurde. Trotz all der ›Gefällt mir‹s war das keine gute Nachricht. Ich hatte mich auf meine gewohnte Unsichtbarkeit und Anonymität verlassen wollen, um den Cops unterm Radar durchzuschlüpfen. Vielleicht sollte ich einfach auflegen und nichts mehr darüber hören, aber Lorelei, auch wenn sie alt war und sich gegenwartsfremd fühlte, war eine Denkerin: Denker waren in meiner Welt rar gesät.

Schließlich sagte sie: »Haben Sie wegen Baby C mit der Polizei gesprochen?«

»Denen liegt meine Aussage vor.« Ich hoffte, ihr würde nicht auffallen, dass ich die Frage nicht direkt beantwortet hatte.

»Nun gut, dann dürfte es wohl auch gerechtfertigt sein, für ein paar Tage die Stadt zu verlassen.«

»Niemand hat gesagt, das ich das nicht soll.«

»Was sie aber getan hätten, wenn sie Sie ernstlich im Verdacht hätten … was wird Ihnen noch mal vorgeworfen?«

»Bisher ist mir eigentlich noch gar nichts Konkretes vorgeworfen worden. Nicht von den Cops.«

»Aber?«

»Vermutlich läuft es auf Connors Entführung hinaus. Ich hielt es für Rettung. Aber der Teufel erinnert mich ständig daran, dass der Weg zur Hölle mit guten Vorsätzen gepflastert ist.«

»Hah!«, sagte sie. »Na gut, ich rede mal mit einer technikaffinen Enkelin und durchdenke alles. Viel hängt davon ab, was die Polizei zu mir sagt und was die wissen wollen. Verstehen Sie mich? Aber machen Sie sich keine allzu großen Sorgen – ich weiß durchaus, wie die arbeiten. Ich war jahrelang Rechtshelferin für minderjährige Straftäter. Ich denke nicht blindlings, sie wären immer fair oder ehrlich gegenüber Armen und Habenichtsen.«

Das war das Tröstlichste, was sie bisher gesagt hatte, und ich musste mich damit zufrieden geben, dass sie auf meiner Seite war, jedenfalls bis zu einem gewissen Grad, und etwas Kreatives auszuhecken versuchte. Das war mehr, als ich für mich selbst tun konnte, solange ich nicht ein Schlückchen Rotwein zur Hilfe hatte. Was ich empfand, war in erster Linie Angst.

Die Bullen machen nicht nur zum Spaß im Morgengrauen eine Razzia im Obdachlosenasyl. Wer hatte ihnen gesagt, wo ich war? Jemand, den ich kannte, hatte mich verpfiffen.

Ich atmete einmal tief durch und rief Pierre an.

»Ich fahre gerade Auto«, sagte er. »Bleib dran, ich such mir 'ne Stelle, wo ich ranfahren kann.«

Ich wartete. Immerhin sprach er mit mir.

»Tantie hat angerufen«, sagte er schließlich. »Die Bullerei war gestern Abend bei Billy. Die suchen uns. Alicia ist deiner Meinung – ich sollte für ein Weilchen verschwinden.«

»Sie haben auch eine Razzia im Asyl gemacht«, berichtete ich ihm. »Aber da war ich schon weg. Von Alicia wissen sie nichts?«

»Nee. Aber weißte, ich hab so 'n Gefühl, als ob sie die Schlinge zuziehen. Und ich trau Billy nicht zu, dass er dichthält. Ich will heute Abend mit Lil Missy los nach Bristol. Alicia hat da auch Freunde. Ich bin gerade unterwegs, um mir meinen ausstehenden Lohn abzuholen.«

»Kann ich mitkommen?«, fragte ich. »Es gibt ein Wahnsinnsspektakel über mich und Elektra im Ektoplasma. Und ich kann den CCTV-Kameras langsam nicht mehr ausweichen.«

»Wie war das?«

»Ziggys Mum – sie hat so ein Video über uns auf …«

»Ah, verstehe. Diese Geschichte wird immer besser. Ich hab gestern Abend noch Kaylee angerufen. Sie meinte, sie macht sich an diesen Einwanderungskram. Sie glaubt immer noch, dass am Ende alles herrlich wird. Aber …« Sein natürlicher Optimismus wirkte irgendwie wackeliger als sonst. »Sie sagt, wir haben den Bullen ja unsere Aussagen gegeben, also spricht juristisch nichts dagegen, dass wir ein paar Tage ›aufs Land fahren‹, solange uns nicht gesagt wurde, dass sie uns noch mal sprechen wollen. So hat sie es ausgedrückt. Und uns wurde ja nichts dergleichen gesagt.«

»Kann ich mitkommen?«, fragte ich erneut.

Er seufzte. »Schätze schon. Aber du musst dich benehmen. Wenn du ausrastest und anfängst rumzubrüllen von wegen Satan und so'n Scheiß, reißt du uns alle mit rein. Ist das klar?«

»Ist klar«, sagte ich erschrocken. Ich weinte fast. Sie hatten vorgehabt, ohne mich zu fahren.

»Wo bist du jetzt?« Er hatte nichts bemerkt.

»Trafalgar Square.« Unvermittelt stand ich auf, so dass Elektra ebenfalls auf die Füße sprang. Hätte ich ihm nicht sagen sollen, wo ich war? Was, wenn ich eine solche Belastung für meine sogenannten Freunde war, dass *sie* die Bullen im Morgengrauen zum Juliet House geschickt hatten?

»Zieh lieber schleunigst weiter«, sagte der Prinz der Paranoia. »Du kannst nicht mit nach Bristol. Sie werden dich hinhängen. Weißt du noch, wer Elektra angekettet hat – nein, sag jetzt nicht, es war meine Tochter. Wer hat tatsächlich die Kette um ihren Hals gelegt und mit zwei Vorhängeschlössern gesichert?«

»Lil Missy«, gab ich zu. »Menschen tun furchtbare Dinge, wenn sie ihren Arsch retten müssen.«

»Genau«, sagte der Teufel.

»Was?«, sagte Pierre.

»Du darfst nie wieder jemandem trauen«, schärfte der Anwalt des Argwohns mir ein. »Vertrauen ist gleich Dummheit.«

»Ich muss doch irgendwem trauen.«

»Warum?«, fragte meine Mutter. »Männer sind tückische Kreaturen, auch wenn sie Röcke tragen.«

»Du seibelst schon wieder«, sagte Pierre. »Lass das sein. Hör mal, ich muss weiter. Bleib, wo du bist. Ich red mit Lil Missy und ruf dich zurück. Okay?«

»Okay«, sagte ich, aber ich ging schon westwärts, weg vom Trafalgar Square.

Ich blieb erst stehen, als wir bei dem großen Buchladen am Piccadilly waren. Bis dahin war uns beiden ein bisschen wärmer geworden. Der Laden war noch nicht offen, also setzten wir uns, und ich legte meine Mütze auffällig vor uns auf den Gehweg. Es mag Wunschdenken sein, aber ich hab oft das Gefühl, in Buchhandlungseingängen nehme ich mehr ein als irgendwo sonst. Vielleicht erinnern Bücher die Leute an freundlichere Zeiten. Vielleicht sind auch die, die in Buchläden stöbern, achtsame Menschen, die schöne alte Hunde bemerken.

Vertrauen ist was für Trottel. Ich war zum letzten Mal ein Trottel gewesen, dachte ich. Aber wie ein Trottel setzte ich mich mit Elektra hin und wartete auf Beweise für die Großzügigkeit Fremder. Gleichzeitig und im Gegensatz dazu fragte ich mich, ob es eigentlich eine Person auf Erden gab, die mich noch nie verraten hatte. Wenn es zwischen mir und der eigenen Sicherheit zu wählen galt, würde überhaupt jemand mich wählen? Vor die gleiche Wahl gestellt, wäre ich selbst auch nicht besser. Aber jemand wie ich, die draußen schlief und nichts besaß, was sie nicht auf dem Rücken zu tragen imstande war, konnte sich Prinzipien gar nicht leisten. Dann fiel mir Connor ein, und ich merkte, ich durfte niemandem krummnehmen, mich verraten zu haben – ich konnte mir ja nicht mal selber trauen.

»Ich bin ein dummschlaues Oxymoron«, erklärte ich Elektra. Sie schlief mit dem Kopf auf meinem Oberschenkel und machte nicht mal ein Auge auf. Trotz all meiner Fehltritte in letzter Zeit vertraute sie sich mir an, traute mir zu, über ihren Schlaf zu wachen. Und wenn ich aus London raus und ihr einen halbwegs anständigen Altersruhesitz suchen wollte, so wurde mir klar, dann musste ich mich trotz all ihrer Fehltritte in letzter Zeit Pierre und Lil Missy anvertrauen, musste ihnen zutrauen, dass sie mich nicht an die Bullen verpfiffen.

Nach einer Stunde oder so hatte ich genug zusammen, um ihr ein richtiges Frühstück und mir eine richtige Unterhaltung mit ihr zu verschaffen.

»Weißt du was?«, sagte sie und schleckte beglückt ihr Fleisch.

»Was sorgst du dich eigentlich so darum, dass Pierre und Lil Missy dich reinlegen könnten? Du könntest einen Tumor haben, der dich umbringt, und damit wären alle deine Probleme erledigt. Oder ich könnte einen haben. Wir leben von Stunde zu Stunde von dem wunderbaren Umstand, dass Menschen oft freundlich sind. Aber nicht immer. Freundlich und verlässlich sind immer noch zwei Paar Schuhe. Sei einfach für den Augenblick glücklich. Vielleicht ist das alles, was wir kriegen. Gehen wir runter zum Park. Es ist schon ewig her, dass ich ausgiebig im Hyde Park herumstromern konnte.«

»Okay«, sagte ich und leckte mir die Lippen, beinahe optimistisch. »Wenn du meinst, dass unsere Tumoren uns noch so weit kommen lassen.« Wir schlenderten ganz gemächlich wegen ihrer Hüften, und ich summte: »Always Look on the Bright Side of Life.« Jedes Mal, wenn sich unsere Blicke trafen, schien sie mich anzulachen.

Es war bitterkalt, und der Wind nagte durch all die Klamottenschichten hindurch immer noch an meinem schaudernden Fleisch, aber die Aussicht auf Tumoren hatte mich enorm aufgeheitert.

»Ob es in Bristol solche Parks wie den hier gibt?«, fragte Elektra. »Und gibt es Hundefutter in Dosen? Weinflaschen mit Schraubverschluss?« Sie entdeckte einen Geruch, der sie von meiner Seite wegführte, und ich sah ihr nach, wie sie eingekuschelt in ihre zwei Mäntel völlig darin aufging, dem gefrorenen Gras und den kahlen Bäumen irgendwelche unsichtbaren Informationen zu entlocken.

Wir schauten zu, wie ein paar Romafrauen im Serpentine Wäsche wuschen, und ich wusste, sie mussten in der Nähe einen Standplatz und ein Versteck haben. Sie sind meist tief verschuldet bei Geldhaien in Rumänien und leben in Sklaverei. Ich lasse mich lieber nicht mit ihnen ein – sie sind sehr traurig, aber auch knallhart.

Elektra wartete höflich, bis sie fertig waren, ehe sie trank. Sie ließ es sich gut gehen und hielt Schwätzchen mit anderen Hunden. Das erinnerte mich an die Corgis, die mich wiederum an Gamma Dora, Mama Misha, Lance und Tony erinnerten. Fremde, und doch hatten sie ihr Bestes für Connor getan. Während ich …

»Du hast auch dein Bestes getan«, sagte Elektra und kam zurück, um die Nase in meine Hand zu stecken und sich klopfen zu lassen. »Du bist eben in nichts sonderlich gut, aber das ist eine andere Frage.«

»Sie werden dieses ganze Zeugs auf dem Instatube sehen oder wie das heißt, wo alle ›Gefällt mir‹ klicken, und dann sehen sie auch, wie ich dich gerettet, aber zugelassen habe, dass Miss Eisschänderin Connor zu seinen Folterern abschiebt, während ich aus Billys Fenster zugucke. Sie bringen mich um, wenn sie mich je finden. Gamma Dora hat es gesagt, und ich glaube ihr.«

»Gib dir ruhig die Schuld an allem, wenn es dich glücklich macht«, sagte Elektra leichthin. »Aber du bist immerhin gut mit Hunden. Viele Menschen misshandeln und töten auch uns. Mit Kindern bist du eine Katastrophe, und Connor war nach jedem Maßstab ein Alptraum.«

»Schon, aber dafür konnte er doch nichts.«

»Natürlich nicht. Aber statt dich deswegen weiter zu geißeln, wie wär's, wenn du es wettmachst, indem du dich an das hältst, worin du gut bist?«

»Du meinst, ich sollte Wiedergutmachung leisten?«

»Meinst du nicht?« Sie küsste mich auf meine gefrorene Nase und sprang von der Bank. Pierres Handy klingelte.

Kapitel 36

Auf nach Westen

Ich kam zu früh. Spähte die Straße entlang. Es herrschte Hochbetrieb, alles war voller Einkaufender und Händler, aber ich sah nirgends einen Cop. Der Verkehr brummte und kroch vorbei. Ich überquerte die Straße und schaute zurück zum U-Bahn-Eingang Kensington High Street. Zwei Männer saßen rechts und links davor. Einer hatte eine Mütze vor sich liegen, der andere einen benutzten Styropor-Kaffeebecher. Ich hatte mit beiden schon mal gesprochen. Der eine kam aus Kroatien, der andere aus Syrien. Wir konnten uns schlecht verständigen, aber wir erkannten uns wieder. Ich konnte sehen, dass sie einander den gewählten Platz übelnahmen und hofften, dass ich nicht auch noch in der Nähe blieb. Ein Stück weiter spielte ein irischer Junkie etwas Klägliches auf einer Flöte. Früher waren nie so viele von uns auf so engem Raum gewesen.

»Willkommen in Albion«, sagte Nimby Sankt Florian. »Es gibt immer eine offene Zuflucht hinter unseren *White Cliffs of Dover*.«

»Sag das nicht mal im Scherz«, entgegnete meine Mutter. »Die denken sonst glatt, es wäre ernst gemeint.«

»Aber sicher meine ich das ernst. So herrlich destabilisierend – Massenmigration. Oh, all der Hass, den ich da streuen kann.«

»Nun, jeder hasst doch Ausländer.« Meine Mutter schloss sich schon immer denen an, die die Elendsten für ihre Zwecke missbrauchen.

Auf dem Weg zum Odeon-Kino gingen wir kurz in den Supermarkt, und dann tauchten wir ab in den Holland Park, wo Elektra einen Imbiss verputzte und ich ein bisschen an der Flasche nippte, die ich nach dem Frühstück erstanden hatte. Ja, es *ist* noch was drin. Natürlich ist die aus dem Supermarkt sicher in meinem Rucksack verstaut. Das ist mein Notvorrat. Ich weiß noch nicht, wo ich heute Nacht schlafe.

Wir standen halb hinter den Toren des Holland Park verborgen. Ich konnte die High Street hoch und runter spähen, ich konnte die Kreuzung mit der Earls Court Road überblicken und ich konnte die Straße vor dem Odeon im Auge behalten. Den Park hatten wir im Rücken. Ich beherzigte Elektras Rat und traute meinen Freunden so weit über den Weg, dass ich mich mit ihnen verabredet hatte. Pierre wollte um halb vier vor dem Odeon sein. Wenn wir aufbruchbereit dort waren, nahm er uns mit nach Bristol. Doch zynischerer Rat hieß mich eine Närrin, wenn ich nicht wenigstens früher kam und die Gegend auf Polizeipräsenz checkte.

»Paranoia«, murmelte Elektra. »Ich kann mir nicht vorstellen, dass sie nichts dazugelernt haben. Noch mal lassen sie uns bestimmt nicht hängen. Sie kommen in gutem Glauben.«

»Falls sie überhaupt auftauchen«, knurrte ich. Erkennen zu müssen, dass Pierre nur so ethisch war wie die Frau, mit der er ging, hatte so was dauerhaft Alarmierendes. Da verstand ich Lil Missy noch besser. Er war wankelmütig, schwach und klammerig wie eine Winde – er versuchte so weit wie möglich, sich an Leute zu hängen, die mächtig oder reich genug waren, um ihn auszuhalten. So war er schon, solange wir uns kannten, deshalb enttäuschte mich das nicht so. Aber Pierre … er hatte mich mehrfach gefragt, warum ich so sauer auf ihn war. Und ich wusste es immer noch nicht.

»Doch, du weißt es«, sagte Elektra. »Er hat uns nicht vor Cherry beschützt.«

»Ich weiß.«

»Nein, du weißt nicht«, sagte der Teufel. »Die Antwort ist zu leicht.«

»Warum sollte dich jemand beschützen?«, fragte Mammilein. »Wen beschützt du denn?«

»Du beschützt mich«, sagte Elektra, »so gut du kannst. Und du hast versucht, wegen Connor etwas zu unternehmen.«

»Zu dumm nur, dass es dir wichtiger war, dich selbst in Sicherheit zu bringen. Du hast genau das getan, was du deinen Freunden zur Last legst.« Der Teufel rieb sich zufrieden die schuppigen Hände.

Genau da sah ich den Vauxhall Minivan etwa fünfzig Meter vor der Ampel im Verkehr feststecken.

»Siehst du?«, sagte Elektra. »Er kommt dich holen. Er lässt dich nicht im Stich. Und wenn er dich nicht im Stich lässt, hat er dich auch nicht verraten.«

»Komm«, sagte ich, und wir überquerten die Straße zwischen dem stehenden Verkehr und warteten an der Bordsteinkante vor dem Odeon-Kino.

»Vielleicht bleiben wir über Weihnachten in Bristol«, sagte ich. »Vielleicht können wir neu anfangen.«

»Wer's glaubt, wird selig«, sagte mein Dämon.

»Hart, aber wahr«, sagte meine Mutter.

Elektra sah zu mir hoch, lächelnd, doch erstaunt. Sie hatte recht – es sah mir gar nicht ähnlich, Hoffnung zu haben. Aber trotz der Kälte hatte ich letzte Nacht am Duke of York's Theatre ohne Schlummerpillen besser geschlafen als seit langem. Als ich heute Morgen zusammenpackte, bemerkte ich zwei leere Flaschen, drei Dosen, ein Paar schwarze Männerunterhosen und einen geplatzten roten Ballon, und das war alles definitiv noch nicht da gewesen, als wir uns gestern Abend dort niedergelassen hatten.

Seitdem hatte wahllose Freigiebigkeit uns zu Burgern, Sandwichs, Hundefutter und Rotwein verholfen, dazu nur wenige Schmähungen. Wir waren durch den Hyde Park und die Kensington Gardens spaziert. Elektra hinkte, aber sie hatte einen freien, grasigen, hundereichen Tag gehabt, und ihre hübschen goldenen Augen leuchteten. Und wir konnten jetzt, da es gerade wieder halbherzig zu schneien begann, die nächsten paar Stunden in einem warmen Auto verbringen.

*

Alicia saß vorne neben Pierre. Das war die erste Überraschung. Das Heck des Minivans war mit Kartons vollgestopft, und Lil Missy jammerte herum, ihr sei schlecht, weil sie nicht vorne sitzen konnte. Das war gar keine Überraschung. Pierre ignorierte sie. Er schien sich nicht mal an seiner gegipsten linken Hand zu stören. Der ängstliche Dave mochte ihm zwei Finger gebrochen haben, aber Pierre spürte keinen Schmerz.

Er war glücklich. Alicia hatte sich ein paar Tage freigenommen, um ihm beim Umzug zu helfen. Ihre Hand lag auf seinem Schenkel, auf der Anlage lief Motown – was konnte schöner sein? Sie wandten sich immer wieder einander zu und lächelten.

»Da muss einem ja übel werden«, murrte Lil Missy. »Mit der verfluchten Cherry war er nie so.«

»Das will ich doch hoffen«, sagte ich. Die Wärme machte mich schläfrig. Elektra war an meiner Seite zusammengerollt. Ich ließ meine Hand über ihre scheckige Flanke gleiten, strich über die Muskeln-und-Knochen-Landschaft ihres Körpers. Es gab noch ein paar Schorfstellen an ihrer Kehle und im Nacken bei den Ohren, wo die Kette ihr die Haut abgeschürft hatte. Ich hatte die Stellen im Juliet House gebadet und antiseptische Salbe draufgeschmiert. Sie war am Genesen, doch sie war fragiler und müder als sonst. Das Trauma hatte sie altern lassen. Mein Herz vollführte einen Doppelschlag, und meine Augen flogen auf.

Auch mich hatte das Trauma altern lassen. Meine Haut war fast so gescheckt wie ihre, aber von Blutergüssen. Meine ausgekugelte Schulter hatte in der Kälte gezeckt, und es tat weh, den Arm über den Kopf zu heben. Alles Verletzungen der jüngsten Zeit. Doch es war die älteste Verletzung, die am meisten schmerzte. Es war die Wunde, die Cherry aufgerissen und in die sie Säure geschüttet hatte, indem sie … Wie eigentlich? Einfach indem sie Cherry war. Indem sie meine Mutter war. Indem sie selbstgerecht war. Indem sie mir etwas vorwarf, von dem ich gar nicht wusste, dass ich es getan hatte.

Sie zwang alle um sich herum, ihre Regeln anzunehmen. Alle mussten sich auf sie einstellen. In ihrem Herz war kein Platz für irgendwen außer ihr selbst, in ihrem Kopf kein Raum für eine andere Ansicht als ihre. Sogar ihr Liebhaber musste sich ihrer Vorstellung von einem Boyfriend anpassen, ihrer Vorstellung davon, wie ein richtiges Pärchen auszusehen hatte. Wir waren wie Satelliten, und Cherry war die Sonne, um die alles andere kreiste. Und wenn irgendetwas nicht klappte, kam der spitze Finger des Vorwurfs heraus. »*Du* bist schuld. *Du* hast versagt. Es ist *deine* Schuld. *Du* musst bezahlen. Ich? Ich bin unschuldig, nur Opfer, niemals Täterin.«

Wie konnte sie da jemals nicht gewinnen, jemals nicht die Rechtschaffene sein, wenn alle Regeln ihre Regeln waren?

»Recht so«, sagte meine Mutter. »Denn meine Regeln sind rechtschaffene Regeln. Sie sind rechtschaffen, weil ich sie gemacht habe, und ich bin immer rechtschaffen. Ich liebte meine Familie. Ich sorgte dafür, dass alle stets reinlich und ordentlich waren. Wir hatten einen makellosen Ruf in unserer Straße. Wir benahmen uns wie eine anständige Familie. Bis du alles ruiniert hast und wir ein zerrüttetes Heim wurden. Danach schauten die Leute uns anders an. Sie redeten hinter unserem Rücken. Es war nicht meine Schuld. Es war *dein* Werk. Die Schande war deine, aber ich bewahrte dein Geheimnis. Du musst es auch bewahren. Und jetzt wäre ich dir dankbar, wenn du nie wieder davon sprechen würdest.«

»Verfluchte Scheiße – ich war doch erst sieben.«

»Und wo hast du gelernt, solche Ausdrücke in den Mund zu nehmen? Nicht in meinem Haus. Nein. Du bist nur ein hässliches, verderbtes Mädchen. Verderbt, hörst du? Und Schmutz setzt sich immer am Boden ab. Du bist so weit gesunken, wie es deiner Natur entspricht. Bodensatz.«

»Mutter hat immer recht«, feixte der Teufel. »Hör auf sie.«

»Nein«, sagte ich. »Hunde und Kinder können nichts dafür.«

Alicia drehte sich auf ihrem Sitz um. »Pierre«, sagte sie, »wir steuern die nächste Raststätte an. Lady B braucht eine Tasse Tee.«

»Was sie braucht, ist ein Schubs da raus auf die harte Böschung.« Lil Missy nahm meine Hand und drückte sie kräftig, aber nicht unfreundlich.

Bei Chieveley fuhren wir von der Autobahn ab. Mein Hirn tanzte einen Jitterbug zu sehr, sehr alter Musik.

»Was'n los?«, fragte Pierre. »Was geht unter dieser wollenen Mütze vor, die du da aufhast?«

»Niemand weiß es«, sagte Lil Missy. »Irgendwas piekst sie, und schon legt sie los.« Wir eilten durch leise beiseitegleitende Türen raus aus dem Nordwind und rein in das Warendorf, das Reisenden eine Pause mit allem Komfort und zurück bot.

Der Leichenbestatter sang: »Komm zu Papa, tanz für Papa, sei heut Nacht für Papa da.«

»Was ist mit meinem Vater passiert?«, fragte ich.

»Nicht petzen«, sagte der Herr der schmutzigen Geheimnisse.

»Wir wissen es nicht«, sagte Pierre.

»Gib mir die Autoschlüssel«, sagte Alicia und hielt die Hand auf.

»Setz dich hin und halt die Klappe«, sagte Lil Missy. »Wenn du still bist, kauft Pierre dir auch einen Donut. Oder, Pierre?«

Alle gingen sie weg und ließen mich schaukelnd sitzen, schaukelnd zu der teuflischen Musik. Eine vierköpfige Familie in der Nähe stand auf und setzte sich einen Tisch weiter weg. Ein Wachmann kam rüber und starrte streng auf Elektra, aber er sprach uns nicht an.

»Ja genau«, sagte Cherry mit ihrer kühlen, emotionslosen Stimme, »was ist denn nun mit deinem lieben Papa? Deine Mutter beschuldigt dich. Du beschuldigst deine Mutter. Aber wie hat es angefangen?«

»Ich *weiß* es nicht«, rief ich. »Ich kann mich nicht erinnern.«

»Und du beschuldigst mich«, fuhr sie gnadenlos fort. »Scheint mir doch, als würdest du es den Männern ziemlich leicht machen – wenn du die Doppeldeutigkeit verzeihst.«

»Ich liebe es, wenn Frauen sich die Schuld geben«, sagte Mister Misogynie. »Dreimal umgerührt, gegen den Uhrzeigersinn, und schon fangt ihr Frauen an, einander zu zerfleischen.«

»Ich gebe mir keinerlei Schuld«, sagten Mutter-Cherry in Stereo. »Nichts von alldem war meine Schuld. Sie war das.«

»Aber ich kann mich nicht erinnern.«

»Kannst nicht oder willst nicht?«, fragte der Teufel.

»Du hast dich *nie* um irgendetwas heftig genug bemüht«, sagte meine Mutter.

Cherry zückte nur ihren spitzen, silberkralligen Finger.

Pierre setzte einen Becher heiße Schokolade vor mir auf den Tisch. Lil Missy brachte mir einen Donut und eine Serviette.

»Wo ist Alicia?«, fragte Pierre.

»Ich kann mich nicht erinnern.«

Elektra winselte und lehnte sich fest an mein Knie.

»Ich bin hier«, sagte Alicia. »Ich war noch mal am Auto.« Sie setzte sich neben mich und zeigte mir die Flasche Wein, die ich bei Morrison's an der Kensington High Street gekauft hatte. Sie goss ein bisschen in einen Styroporbecher. Ich nahm ihn in beide Hände.

»Langsam«, sagte sie. »Ganz, ganz langsam.«

Mein Handy klingelte. Lil Missy wühlte in meiner Tasche danach. Ich war nicht interessiert. Meine Hände umklammerten den Becher mit Wein, wie ein landender Vogel einen Ast umgreift.

»Langsam«, mahnte Alicia ruhig.

»Hallo«, sagte Lil Missy in das Handy. »Nein, ich bin nicht Lady B. Wer … ?«

Ganz allmählich, Nipp für Nipp, Tröpfchen für Tröpfchen, wurden die Stimmen in meinem Kopf still.

»Immer sachte«, fuhr Alicia fort. »Versuchst du trocken zu werden?«

»Das wäre ein Wunder«, sagte Lil Missy und legte das Handy vor mir auf den Tisch.

»Sei still.« Pierre nippte an seinem Kaffeebecher. »Sie hat zu mir gesagt, sie versucht es runterzuschrauben. Aber das ist schon ein paar Tage her.«

»Im Alleingang ist das extrem schwer«, sagte Alicia zu mir.

»In deinem Job siehst du so was wohl ständig, nehme ich an.«

»Ab und an«, bestätigte sie. »Aber wenn du es wirklich wissen willst, Liebes, ich war mit dreizehn Alkoholikerin. Daher weiß ich aus eigener Anschauung, wie viel Unterstützung man schon braucht, nur um etwas zurückzuschrauben.«

Das brachte *ihn* zum Schweigen. Er starrte sie nur an.

»Du hast echt ein Händchen für spezielle Frauen«, murmelte Lil Missy.

»Ja, und ob«, sagte Pierre, ohne den Blick von Alicia zu wenden.

»Ja, das hat er wohl«, sagte ich. »Jetzt ja.«

»Ja, das hat er«, bestätigte Elektra und lehnte sich noch stärker an mich.

»Ja, okay, ihr habt ja recht.« Lil Missy wurde rot und steckte ihre Nase in meinen Kakao. Dann fügte er hinzu: »Kann ja sein, dass Momster versucht, den Alk runterzufahren, aber das ändert nichts daran, dass sie mit Brief und Siegel eine durchgeknallte Irre ist.«

»Manchmal aber auch nicht.« Pierre schaute niemanden an außer seiner neuen Liebe.

»Aber meistens schon«, sagte ich und fühlte mich beinahe friedlich.

»Wer war denn das am Telefon?«, fragte Alicia, um die Stimmung zu lockern.

»Laura Sowieso«, berichtete Lil Missy. »Sie wollte wissen, wo Momster hinwill. Ich hab es ihr gesagt, und sie meinte, sie ruft später noch mal an.«

»Lorelei«, sagte ich.

»Doch nicht von den Bullen?« Pierre sah nervös aus.

»Sie ist Ehrenamtliche im Asyl«, sagte ich. »Sie hat mir ihre Handschuhe geschenkt, aber ich hab sie verloren.«

»Nun wein doch nicht«, sagte Pierre.

*

Es dämmerte schon, als wir Chieveley verließen. Diesmal fuhr Alicia. Dank heftigen Windböen, etlichen Hagelschauern und Lil Missy, der immer wieder schlecht wurde, kamen wir langsam voran. Elektra und ich schliefen und wachten erst auf, als ein Telefon klingelte. Ich setzte mich langsam auf und hörte Pierre sagen: »Es ist Cherry.«

»Drück sie weg«, sagte Lil Missy mürrisch.

Alicia sagte nichts. Sie behielt den Blick auf der Fahrbahn, auch als Pierre sie von der Seite fragend ansah. Das Smartphone klingelte weiter. Irgendwann fing sie an zu lachen. »Guck doch nicht *mich* an. Es ist *dein* Telefon, deine Ex, deine Entscheidung.«

Pierre nahm den Anruf nicht an. Zwanzig Minuten später

419

schickte Cherry eine SMS, und noch mal zwanzig Minuten später rief sie wieder an. Alicia gab keinen Kommentar ab, und Pierre schaltete sein Smartphone aus.

»So muss man die Kuh behandeln«, sagte Lil Missy. Er gab mir einen Mundvoll Wein, wie Alicia ihn angewiesen hatte.

Elektra fragte: »Ist Alicia jetzt unsere Rudelführerin? So wie es Cherry war?«

»Oh, Schweinefick.« Ich beugte mich vor, tippte Pierre auf die Schulter und sagte: »Wenn sie sagt, es ist deine Entscheidung, ob du Cherry zurückrufst, meint sie das ganz ernst. Ich glaube nicht, dass sie möchte, dass sie ihre Wünsche errätst.«

Alicia lachte wieder. »Hast du nicht damals zu mir gesagt, dass er ein Krokodil im Kopf gehabt hat?«

»Ja, genau.«

»Sie hat *was* gesagt?«

»Bei einem Krokodil wärst du schön blöd, nicht auf gut Wetter zu machen«, erklärte ich ihm. »Ich denke aber, Alicia brauchst du nicht zu begütigen. Wenn sie sagt, es ist deine Sache, dann ist das kein Test. Ganz ehrlich, ich glaube nicht, dass sie dich unter Wasser zieht und sich von deiner verwesenden Leiche ernährt.«

Ich machte es mir bequem und schlief wieder ein.

Als ich das nächste Mal aufwachte, klingelte ein anderes Telefon. Diesmal war es meins, und Lil Missy ging ran.

»Es ist wieder Lauren Sowieso.« Er versuchte, das Handy an mich weiterzureichen, aber alles, was ich wollte, war noch ein Schlückchen Wein, also übernahm Pierre den Anruf.

Ich nippte, so langsam ich konnte, um das kleine Quäntchen Frieden und Wärme möglichst lange auszukosten. Lil Missy gab mir eine Diazepam, die ich mit den letzten Tropfen runterspülen konnte.

Pierre sagte: »Wow. Im Ernst?« Und: »Ja, das könnte ein Problem lösen.« Und: »Moment, das muss ich mir aufschreiben.«

Und: »Klar. Danke. Ich sorge dafür, dass sie morgen früh da anruft.«

Er legte auf, und als er gerade etwas ausrichten wollte, klingelte Lil Missys Smartphone.

»Es ist Kaylee Yost für dich«, sagte sie und reichte Pierre ihr Telefon nach vorn.

Ich war müde bis tief in die Knochen und mein Kopf fühlte sich an, als gehörte er zu jemandem, der seit sechs Monaten begraben war. Wieder döste ich für ein paar Minuten weg. Als ich aufwachte, sagte Pierre gerade: »Sie sagt, ausländische Staatsangehörige haben jetzt alle die Hosen voll, deshalb kostet ein Einwanderungsanwalt derzeit – Scheiße, so hoch kann ich nicht mal zählen. Sie sagt, ich könnte nach Dublin gehen und mit einem Touristenvisum wiederkommen. Oder ...« Und dann klappte er den Mund zu, als hätte er einen Fernseher ausgeschaltet.

»Was denn?« Lil Missy beugte sich vor.

»Oder was?«, fragte Alicia. Sie wussten beide genau, dass etwas im Busch war.

Pierre seufzte tief. Er drehte sich auf seinem Sitz, um mich anzusehen. »Sie hat mich gefragt, ob ich sie heirate.«

»Hab's dir gesagt.« Ich machte mir nicht mal die Mühe, selbstgefällig dreinzuschauen.

»Es ist ja nur aus praktischen Gründen, um das Immigrationsproblem zu lösen«, sagte er, hauptsächlich Alicia zuliebe.

»Mach dir nichts vor«, sagte ich und hasste ihn dafür, dass er mich dazu brachte, mich aufzusetzen. »Oder noch wichtiger, mach Kaylee nichts vor. Das hat sie nicht verdient. Frauen mögen dich, Pierre – bestraf sie nicht dafür. Pass ja auf, dass *du* nicht das Krokodil wirst.«

»Hab ich nicht vor«, sagte Pierre.

»Ich kapier's nicht«, sagte Lil Missy. »Du sitzt hier in seinem Auto, und er fährt dich nach Bristol, obwohl er das nicht müsste. Er hilft dir aus reiner Freundlichkeit. Warum heizt du ihm immer noch ein?«

»Weil dir einzuheizen reine Zeitverschwendung wäre. Ich hab ein Hühnchen mit ihm zu rupfen.«

»Du versuchst einen besseren Mann aus ihm zu machen, das ist es.« Lil Missy wurde rosa vor Unglaube.

»Ich versuche bloß, meine Babyanwältin zu beschützen, du Pappnase. Sie ist so ziemlich die letzte anständige Pflichtverteidigerin, die es in London noch gibt.«

»Wo wir gerade von Versuchen reden«, sagte Pierre, »du und Elektra, ihr kriegt vielleicht noch einen letzten.«

»Was wirst du Kaylee sagen?«, fragte Alicia.

»Wovon redest du da – mein letzter Versuch?«

»Ich werde Kaylee sagen, dass ich *dich* heiraten möchte«, sagte Pierre zu Alicia. Das Auto schleuderte leicht. Und in dem perplexen Schweigen, das darauf folgte, sagte er zu mir: »Du hast ein Jobangebot.«

»Ich hoffe nur, du weißt, was du tust«, sagte Lil Missy leicht verstimmt zu Pierre. »Aber falls dem so ist, kann ich dann Erste Brautjungfer sein?«

Kapitel 37

Wie es endet

Kaylee Yost wurde herzlich und liebevoll zur Hochzeit von Pierre und Alicia eingeladen. Sie trug einen violetten Hut und weinte bei der Zeremonie.

Entgegen der Tradition waren alle Brautjungfern Freunde von Pierre und Lil Missy, dafür waren beide Trauzeugen Alicias Brüder.

Pierre trug keinen Anzug. Er und Alicia wandelten auf Wolken in bunten afrikanischen Gewändern. Aber er setzte sich eine Perücke auf und performte *Can't Hurry Love* extra für sie. Da weinte ich.

Lil Missy organisierte das Ganze wie eine Las Vegas-Show, und dieses eine Mal wurde ihr Hang zum Theatralischen fast vollständig befriedigt. Ich beobachtete sie, als sie – hinreißend in Altweiß und Schlüsselblumengelb – Rosenblüten streute, und mir wurde etwas bewusst: Ihre ganze gewaltige Vorliebe für seichte, oberflächliche Einzelheiten konnte ihre Liebe zu Pierre nicht verschleiern.

»Und du hast sie auch gern«, sagte Elektra energisch. »Wenn ich ihr verzeihen kann, kannst du es auch – und wenn es nur für einen Tag wäre. Okay?« Sie trug einen Schal aus grün-goldener Sari-Seide. Und ich hatte einen grünen Kurta-Pyjama-Anzug an. Lil Missy hatte mir die Haare geschnitten und mit Conditioner zu einer Art Frisur gebändigt. Sie warnte mich, ich sollte mich im Hintergrund halten und ja keine Szene machen. Pierre stand auf, und Alicia stellte sich neben ihn. Sie prosteten allen im Saal zu.

Hier ein bisschen was von dem, was Alicia sagte: »Pierre und ich haben uns in einer heftigen Zeit kennengelernt. Es gab ein Drama, von dem ihr vermutlich alle gehört habt. Ein Kind starb. Wir müssen alle zusammen auf die Kinder achtgeben – wer und wo immer sie sind. Und wir müssen alle auf einander achtgeben, wie Pierre und ich es uns jetzt versprochen haben. Aber Liebe ist nicht nur für den Partner da – sie ist größer und umfasst mehr als das. Heute empfinde ich das ganz, ganz deutlich.«

Hier ein bisschen was von dem, was Pierre sagte: »Ich bin nur hier in diesem Land und nicht zurück in Detroit wegen Kaylee Yost da drüben. Steh mal auf, Kaylee, und verbeug dich. Sie hat sich den Arsch aufgerissen, um mich und Lil Missy zu verteidigen, und auch Lady B da hinten. Die Bullen hatten keine Chance, da sie auf unserer Seite war. Es wird zur Verhandlung kommen, und nicht wir werden auf der Anklagebank sitzen. Danke, Kaylee.«

Kaylee weinte wieder.

Er fuhr fort: »Ihr hier seid alle meine Kumpels. Ich weiß nicht, wie ihr darüber denkt, aber ich weiß, dass ich mir für eine Weile selber verloren gegangen bin. Und dann, als die Scheiße am übelsten war, traf ich diese beeindruckende Frau hier, und wisst ihr, sie erinnerte mich daran, wer ich bin. Und, na ja, ich muss mir selber treu sein, um ihr treu sein zu können.«

Alicia weinte und ich auch.

Irgendwann am späten Nachmittag, als ich erst zwei kleine Gläschen Champagner getrunken hatte und Elektra und ich gerade mit zwei sehr kleinen Menschen tanzten, tippte mir Bow-wow-Beverly, die Hundefrau, auf die Schulter und sagte: »Na komm, unsere Freunde können sich nicht selber füttern.« Und schon zog sie los zu ihrem verbeulten alten Bus, der nach Hund, Katze, Schaf und Esel roch, und sie fuhr uns zum Bow-wow-Bungalow, einem seltsamen, an einen Hang gebauten Ort näher an Bath als an Bristol.

Beverly war in den späten Sechzigern und frühen Siebzigern als Bev Savage bekannt gewesen. Sie war Frontfrau einer Protopunkband namens *Be Savage,* hatte Auftritte mit zu vielen Rockern, Künstlern und Aristos, um sie zu zählen, wurde abhängig von Speedballs, drehte ein berüchtigtes Pornovideo und verschwand vollständig von der Bildfläche. Jetzt kennt man sie in der Gegend hier als Bow-wow-Beverly, die Hundefrau, und sie ist nur noch dafür berüchtigt, dass sie ihren Bungalow ausgesetzten Hunden und Katzen überlassen hat. Die Leute halten sie für verrückt, aber sie vertrauen ihr jeden streunenden Hund, jede Katze und jeden Wellensittich an, den sie finden. Sie hat ein paar Schuppen als Ställe, und ein alter Bewunderer hat ihr einen angrenzenden Acker gekauft, wo sie drei altersschwache Esel und zwei Ex-Rennpferde hält.

Früher war sie schön, reich und berühmt. Jetzt lebt sie wie Elektra und ich von milden Gaben.

Sie und Lorelei waren in den wilden Jahren Freundinnen, also ist es vielleicht kein Zufall, dass Lorelei in Juliet House nach irgendeiner Art von Wiedergutmachung strebt. Vielleicht gibt es überall auf der Welt Frauen – manche vom Ruhm zerstört, andere von Schönheit, manche von Männern, manche von Schwäche und manche von ihrer eigenen Gier und Unsicherheit –, die alle nach einem besseren, größeren Leben streben, um Wiedergutmachung für ihre Fehler zu leisten.

Apropos Fehler, hier kommt, was ich über das weitere Geschehen um Cherry Price weiß. Die Leiche, die die Bullen unter ihrem Schuppen ausgebuddelt haben, war ihr Ehemann Steve, nicht sein kleiner Sohn. Die Obduktion erbrachte sechs verschiedene Schädelfrakturen, von denen ihn, wie es hieß, jede einzelne umgebracht haben konnte.

Sie erklärte den Cops, dass er aus der Geschlossenen nach Hause kam und sie angriff, so dass sie sich in Notwehr verteidigen musste.

Die Klinik erklärte, er sei tatsächlich nach Hause entlassen worden, wobei er keinerlei Bedrohung dargestellt habe. Aber sie räumten auch ein, dass sie nie nachgefasst hatten.

Steves alter Anwalt, jetzt im Ruhestand, sagte aus, in der Klinik habe Steve zunächst eine Scheidung von Cherry angestrebt. Aber dann habe er nicht mehr auf Briefe geantwortet, und der Anwalt dachte, er hätte es sich anders überlegt.

Steves Exfrau sagte aus, sie sei so fertig gewesen davon, ihren Mann an Cherry zu verlieren, und so enttäuscht, dass er zu schwach war, um auch nur die Beziehung zu seinem Sohn aufrechtzuerhalten, dass sie nach Kanada emigriert war, um in der Nähe ihrer Schwester zu leben. Sie sagte, Steve habe so vollständig unter Cherrys Fuchtel gestanden, da hätte es sie nicht weiter überrascht, dass weder sie noch der gemeinsame Sohn je wieder von ihm gehört hatten. Sie hatte nicht die Absicht, nach England zu kommen, außer wenn sie helfen könnte, ›diese Schlampe wegzusperren, wie sie es verdient hat‹.

»Ich liebe wütende Frauen«, sagte der Teufel. »Sie machen allen Menschen das Leben zur Hölle und bereiten mir größtes Vergnügen.«

»Sprichst du von deiner frostäugigen Tochter?«, fragte ich. »Willst du damit sagen, Madame Eiszapfen war so wütend über die drohende Scheidung und die Gefahr, das Haus zu verlieren, dass sie den armen Steve zu Tode prügelte?«

»Schön, schön, schön. Du bist selber immer noch wütend genug, um nur das Schlimmste von meiner armen Tochter zu denken.« Sein Gelächter klang anzüglich. »Wo bleibt der Vertrauensbonus, im Zweifel für die Angeklagte? Wo bleibt dein Mitgefühl? Kannst du dir denn gar nicht vorstellen, dass sie von einem großen, labilen Mann attackiert wurde und sich verteidigen musste?«

»Nein«, sagte ich ohne das geringste Zögern.

»Es wäre möglich«, sagte Elektra. »Lass dir mehr Zeit.«

»Zu spät, Zeit abgelaufen. Du bist erbarmungslos und frauen-feindlich. Ich hab dich festgenagelt. Du gehörst mir.«

»Achte nicht auf ihn«, sagte Elektra. »Wir haben Mäuler zu stopfen, Käfige zu reinigen, und alle meine Freunde brauchen Auslauf.«

Ja, ich habe meinen alten Job zurück: eingesperrten Geschöp-fen hinterherputzen. Aber Tierkacke ist so viel besser als Men-schenkacke. Und ich kann so viel besser mit Tieren als mit Menschen.

Letzte Woche hat Bow-wow-Bev uns einen neuen Hund gebracht. »Versuch ihn zu sozialisieren«, sagte sie in ihrer brüsken Art. »Er steckt tief in der Scheiße, wenn du es nicht schaffst.« Was natürlich heißt: Wenn ein Tier sich nicht in die-ses schräge Sanktuarium hier einfügt und zu schwierig für eine Adoption ist, kann es nirgends mehr hin. Wir sind die letzte Zuflucht, der letzte Ausweg. Danach gibt es nur noch den Tod.

Elektra und ich nennen ihn Max ... na ja, Mad Max. Ich wollte ihn Connor nennen, aber sie ließ mich nicht.

Er kam in einem Sack. Bev und ich öffneten ihn vorsichtig, denn wir wissen nie, was wir finden. In diesem Fall fanden wir ein großes schönes Tier, das aussah wie eine Kreuzung zwi-schen einem Husky und einem Wolf. Seine Schnauze war mit Panzerklebeband umwickelt, ebenso seine Beine. Er war völ-lig ausgemergelt. Aber was Bev mit einer für ihre Verhältnisse hoffnungslosen Stimme aufschreien ließ »Oh, Scheiße!«, war der Umstand, dass eins von seinen Augen so gut wie ausge-stochen war und das andere uns mit so nacktem, eisigem Hass anstarrte, dass nicht mal Elektra uns empfehlen konnte, ihn zu befreien. Es war eindeutig, dass Bev diesen Ausdruck schon mal gesehen hatte. Und ich auch – an Connor Cropper. Wir wussten alle, was das hieß.

Bev rief Frieda an, unsere Tierärztin. Es gab keinerlei Dis-kussion. Frieda spritzte dem Hund ein starkes Sedativ, und wir warteten ab, vermutlich länger als unbedingt nötig, bevor wir das Panzerband durchschnitten.

Das Auge konnte Frieda nicht retten. »Zu spät«, sagte sie. »Ich weiß nicht, vor wie langer Zeit das passiert ist, aber es war nicht erst gestern.« Sie untersuchte die anderen alten Narben. »Ist das ein Kampfhund?«, fragte sie. Und dann, als sie an seinen Rippen und seinem Rückgrat entlangtastete, beantwortete sie sich die Frage selbst: »Vielleicht. Vermutlich. Aber Hunde brechen anderen Hunden nicht die Rippen. Ich sollte ihn röntgen, aber ihr dürft dieses Tier nicht in die Klinik bringen, ehe es sicher ist. Wenn er weitere Behandlung braucht, komme ich her.«

Sie verpasste ihm eine ordentliche Dosis Antibiotika. Dann folgten Floh- und Wurmspritzen, und sie empfahl uns, noch ein paar der kleineren Wunden zu waschen und das blutgetränkte Fell wegzuschneiden, ehe er aufwachte. »Denn«, sagte sie, »ihr werdet noch sehr lange nicht in seine Nähe gehen oder ihn mit den anderen Hunden laufen lassen können – falls überhaupt je.« Sie und Bev überließen ihn mir und zogen ab, um sich ein Pröbchen von Bevs Single Malt zu Gemüte zu führen.

»Was denkst du?«, fragte ich Elektra.

»Du musst es versuchen«, sagte sie, schnupperte an Mad Max und kräuselte ihre Nase. Also nahm ich ihn mir vor, Zentimeter für Zentimeter, säuberte seine Wunden, wusch ihn, strich antiseptische Salbe auf Platzwunden und Kratzer. Er hatte Narben überall. Die frischen Wunden sahen etwa eine Woche alt aus.

»Er hat seinen letzten Kampf verloren.«

»Ja«, bestätigte Elektra. »Und ich hab mein letztes Rennen verloren.«

Ich fand die Knoten und Dellen, die Frieda denken ließen, dass er getreten worden war. »Ja, reichlich«, stellte ich fest. Und fuhr mit meiner Hand vom Ansatz seines Schwanzes bis zur Spitze. Ich meinte zwei Brüche zu ertasten. Als ich ihn da berührte, drang ein dunkles warnendes Geräusch tief aus seiner

Kehle. Selbst noch im Betäubungsschlaf verzog sich seine Lippe und entblößte große, messerscharfe Zähne. Ich zog mich hastig ein Stück zurück.

Und doch, trotz seiner Wunden, war er ein wunderschönes Geschöpf mit einem dicken Pelz in Weiß und mehreren Grauschattierungen. Er war gut proportioniert und wohlgestaltet.

»In der Blüte seines Lebens«, betonte Elektra traurig.

»Ohne diesen herrlichen Pelz würde er aussehen wie Connor«, sagte ich. »Nichts als Knochen, Blutergüsse und Narben.«

»In Grausamkeit geschmiedet«, erinnerte mich der Teufel und spähte über meine Schulter hinweg auf den schlafenden Hund. »Unmöglich zu lieben, und wenn du meine Meinung hören willst, ohne längerfristige Karriereaussichten.«

»Es gibt keine schlechten Hunde«, sagte Elektra. »Nur schlechte Hundehalter.«

»Und keine schlechten Kinder«, stimmte ich zu. »Es ist niemals die Schuld des Kindes.«

»Blödsinn«, mischte sich die unwillkommene Stimme meiner Mutter ein. »Du hattest eben nie eine verdorbene, schmutzige Tochter. Wie wenig du doch weißt!«

»Schaden kommt von Schaden«, bemerkte der Teufel schadenfroh. »Generation um Generation nach meinem Pläsier führte zur Schöpfung von Connor. Und auch, nebenbei bemerkt, zur Schöpfung deiner Wenigkeit.«

»Könnt ihr nicht beide verdammt noch mal die Fresse halten?«, brüllte ich. »Ich verschaffe diesem armen Hund noch ein anständiges Leben. Ihr werdet schon sehen!«

»So wie bei Connor?« Der Teufel kicherte durchtrieben. »Wie viele Male hast du ihn hängenlassen? Hilf mir auf die Sprünge.«

Ich ignorierte ihn. Ich strich mit beiden Händen mehrmals über Max' ganzen Körper, damit mein Geruch an seinem Fell haftete. Dann fuhr ich mit den Händen über meine Kleidung, damit sein Geruch auch an mir war.

»Keine schlechte Idee«, kommentierte Elektra. »Aber ich bin nicht sicher, ob mir das gefällt.«

»Bitte versuch dich daran zu gewöhnen«, sagte ich. »Ich schaffe das nicht ohne dich. Ich brauche dich.«

Sie seufzte. »Alles, was du über Menschlichkeit gelernt hast, hast du von einem Hund.«

Wir saßen zusammen in Max' kleinem Zwinger, und ich schlang meine Arme um Elektra, zog sie an mich. »Und alles, was ich über Grausamkeit gelernt habe, habe ich von Menschen.«

»Das ist nicht wahr«, sagte sie. »Du fabrizierst bloß schöne Worte. In einem Punkt hat dein Teufel recht.« Sie stand auf, ging zu Mad Max und beschnupperte ihn vorsichtig. »Ja, Schaden kommt von Schaden. Und wenn das auf Connor, auf Max und sogar auf dich zutrifft, muss es auch für Cherry gelten. Wann bist du bereit, *ihr* ein bisschen Verständnis entgegenzubringen?«

»Niemals!«, schrie ich. Und dann hörte ich ein sehr seltsames, einzigartiges Geräusch in meinem Kopf. Ich kann es nicht mit Sicherheit sagen, aber es klang, als hätten der Teufel und Elektra beide gleichzeitig über dasselbe gelacht. Das geschieht niemals.

Ich beachtete sie alle beide nicht, dafür nahm ich ein stärkendes Schlückchen Wein aus dem Flachmann, den ich in einer Innentasche bei mir trage. Ich tat eine kleine Menge Hundefutter in eine Edelstahlschüssel und Wasser in eine andere und stellte beide in Max' Reichweite. Dann deckte ich ihn mit einer Wolldecke zu. Ich schloss seinen Zwinger sorgsam ab und überlegte, ob ich in der Nähe warten sollte, bis er aufwachte, oder ob ich ihn ungestört wach werden und sich an seine einäugige Sicht gewöhnen lassen sollte. Allein würde er sich sicherer fühlen, dachte ich. Aber wenn ich ihn letztlich zu überzeugen gedachte, dass es sicher war, *nicht* allein zu sein, sollte ich vielleicht gleich damit anfangen.

Er war immer noch bewusstlos, als ich meine Pflichten erledigt hatte, also setzten Elektra und ich uns außerhalb seines Zwingers hin und genossen die letzten Strahlen der Nachmittagssonne. Elektra legte ihren Kopf in meinen Schoß und schlief ein. Es waren noch ein paar Mundvoll Wein in meinem Flachmann. Ich konnte warten, bis Max aufwachte, oder ich konnte mir eine Mitfahrgelegenheit nach Bath oder Bristol schnorren. Vielleicht fand ich da eine gute Stelle, wo Elektra und ich sitzen und die Welt vorbeiziehen sehen konnten. Womöglich nahm ich dabei ein paar Kröten ein. Ich dachte: »Vielleicht kaufe ich mir eine Halbliterflasche Roten. Oder vielleicht lasse ich es bleiben.« Habt ihr gehört? *Vielleicht lasse ich es bleiben.* Vielleicht nehme ich die Freundlichkeit und Großzügigkeit Fremder mit nach Hause und gebe sie Bow-wow-Beverly, der Hundefrau. Oder vielleicht bleibe ich hier und warte, bis ich sehe, wie sehr Max mich nun hasst. Eins ist jedenfalls sicher, ich werde ihn mich nicht beißen lassen, wie Connor mich gebissen hat. Und ich werde ihn nicht aufgeben, wie ich Connor aufgegeben habe. Elektra und ich werden eine Lösung finden. Gemeinsam.

Es gibt tatsächlich Alternativen. Und ich habe die Wahl. Erstaunlich, oder?

Na schön, vielleicht hab ich nicht die Größe, Cherry zu verzeihen. Und ich habe auch mir selbst nicht verziehen. Aber ich muss ja auch nicht vollkommen sein, oder? Ich gehöre nicht in die wirkliche Welt. Entweder bin ich ein Stein in eurem Schuh oder ein Geist in eurer Maschine. Die einzige Waffe in meiner Rüstkammer ist euer schlechtes Gewissen. Gebt mir Geld, und ich gehe weg und vergebe euch sogar, dass ihr mehr habt als ich. Und dann könnt ihr mich vergessen. Das ist erlaubt. Bis zum nächsten Mal.

Ariadne
Herausgegeben von Else Laudan

Titel der englischen Originalausgabe:
Crocodiles and Good Intentions
© 2017 by Liza Cody

Deutsche Erstausgabe
Alle Rechte vorbehalten
© Argument Verlag 2017
Glashüttenstraße 28, 20357 Hamburg
Telefon 040/4018000 – Fax 040/40180020
www.argument.de
Umschlag: Martin Grundmann
Umschlagmotiv: © gepard – fotolia.com
Lektorat & Satz: Iris Konopik
Druck und Bindung: CPI books, Leck
Gedruckt auf säure- und chlorfreiem Papier
ISBN 978-3-86754-227-2
Erste Auflage 2017

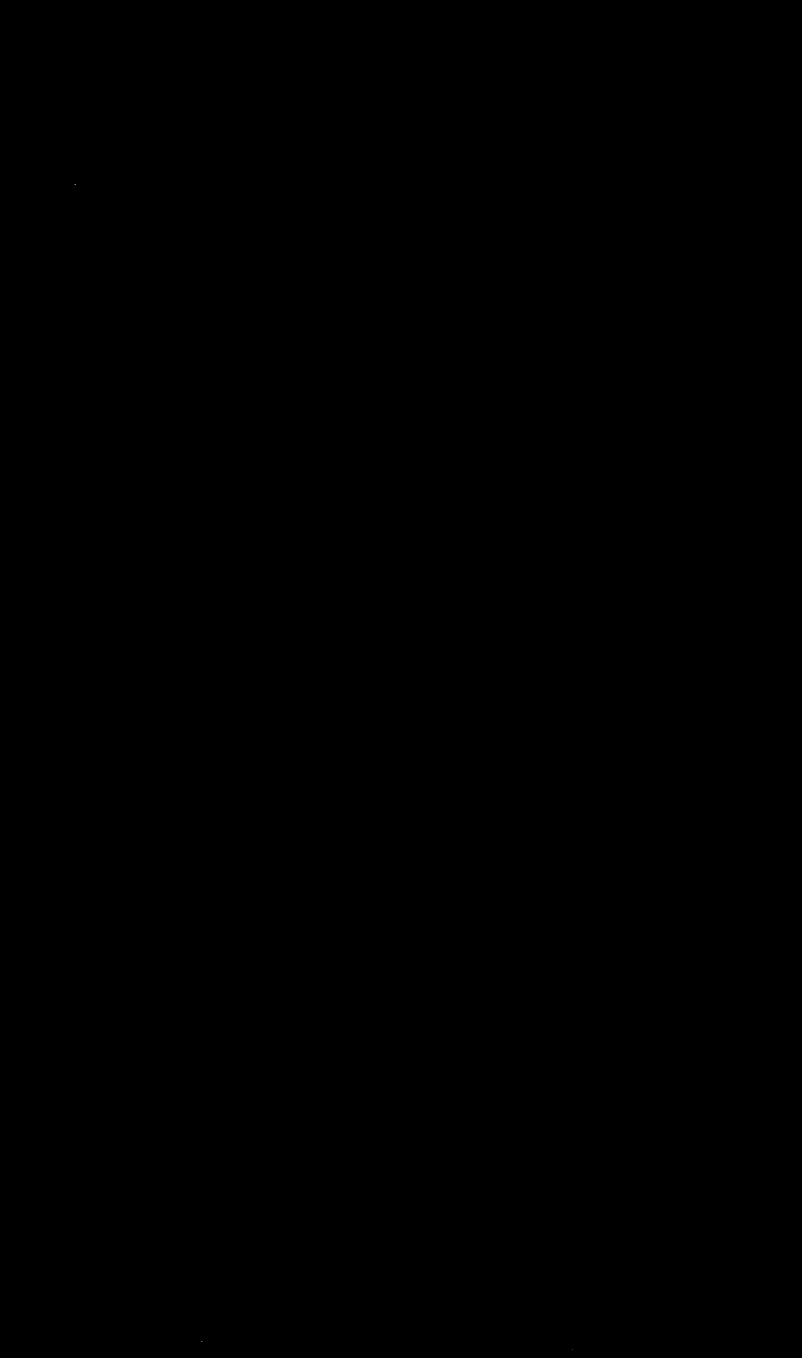